A Fine Balance

大地之上

ROHINTON
MISTRY

［加拿大］**罗欣顿·米斯特里** 著

张亦琦 译

天地出版社 | TIANDI PRESS

图书在版编目（CIP）数据

大地之上 /（加）罗欣顿·米斯特里著；张亦琦译. —
成都：天地出版社，2021.6（2023年3月重印）
ISBN 978-7-5455-6164-7

Ⅰ.①大… Ⅱ.①罗… ②张… Ⅲ.①长篇小说–加拿大–
现代 Ⅳ.①I711.45

中国版本图书馆CIP数据核字（2020）第238058号

Copyright © Rohinton Mistry, 1995
This edition arranged with Westwood Creative Artists Ltd.
through Andrew Nurnberg Associates International Limited

著作权登记号　图字：21-2020-400

DADI ZHI SHANG
大地之上

出 品 人	杨　政
作　　者	[加拿大] 罗欣顿·米斯特里
译　　者	张亦琦
策划编辑	王　鑫
责任编辑	陈文龙　王　鑫
封面设计	付诗意
内文排版	挺有文化
责任印制	王学锋
出版发行	天地出版社
	（成都市槐树街2号 邮政编码：610014）
	（北京市方庄芳群园3区3号 邮政编码：100078）
网　　址	http://www.tiandiph.com
电子邮箱	tianditg@163.com
经　　销	新华文轩出版传媒股份有限公司
印　　刷	北京文昌阁彩色印刷有限责任公司
版　　次	2021年6月第1版
印　　次	2023年3月第5次印刷
开　　本	880mm×1230mm 1/32
印　　张	22
字　　数	590千字
定　　价	98.00元
书　　号	ISBN 978-7-5455-6164-7

版权所有◆违者必究

咨询电话：(028)87734639（总编室）
购书热线：(010)67693207（营销中心）

如有印装错误，请与本社联系调换

A Fine Balance

大地之

ROHINTON
MISTRY

[加拿大] 罗欣顿·米斯特里

张亦琦 译

天地出版社 | TIANDI PRESS

全 球 媒 体 推 荐

很少有人能够像米斯特里一样捕捉到印度所蕴藏的真正苦痛与难以置信的生命力，以及生活中的曲折与美妙。

——《时代周刊》

那些喋喋不休地说着小说已经衰微的人，应该看看罗欣顿·米斯特里的作品。他不需要注入魔幻现实主义来使现实充满生机，在他看来，现实本就很魔幻。

——《纽约时报》

一部叙事宏大的小说，结合了狄更斯对底层人民的怜悯和索尔仁尼琴克制的愤怒，刻画了人类精神的韧性和梦想破败后的心碎。

——《柯克斯书评》

这部小说有勇气去记录并再次定义了我们是谁。它继承了那些伟大小说的传统，颂扬着充满光辉而永不熄灭的人类精神。

——《环球邮报》

一部充满启示和慈悲的杰作。和其他所有伟大的小说作品一样，它改变了我们对生命的理解。

——《卫报》

一部天才作家的杰作。

——《独立报》

这个故事展现了如蝴蝶展翅一般的优雅与美丽……太精彩了。

——《泰晤士报》

《大地之上》的最后几页之所以令人心碎，并不是因为我们看到主人公们的生命被可怕地缩短了，而是因为尽管如此，他们的脸上仍有笑容。

——《大西洋月刊》

在视野及洞察力方面，尤其在对人类的悲悯上，这是一部高水准的作品。

——《蒙特利尔公报》

米斯特里再一次证明了小说历久弥新的影响力，他用故事阐明了所有道理。一定要读这本书。

——《温哥华太阳报》

字字句句都像大海上闪耀的光芒……成就非凡。

——《苏格兰周日报》

让人爱不释手。

——《悉尼先驱晨报》

手捧了这本书,埋在软绵绵的安乐椅里,想道:也许这部小说能够让我消遣一下。读完高老头隐秘的痛史以后,你依旧胃口很好的用晚餐,把你的无动于衷推给作者负责,说作者夸张,渲染过分。殊不知这惨剧既非杜撰,亦非小说。一切都是真情实事。[1]

——奥诺雷·德·巴尔扎克《高老头》

---

[1]. 译文节选自《高老头》,傅雷译,天津人民出版社,2017年出版。若无特殊标注,本书脚注均为译注。

目 录

序　章　一九七五／001

第一章　海滨城市／013

第二章　梦想生长／077

第三章　河畔村庄／101

第四章　小麻烦／183

第五章　群　山／219

第六章　马戏团度日，贫民窟过夜／289

第七章　流离失所／331

第八章　美　化／363

第九章　何法可依／399

第十章　同一面旗帜下扬帆／429

第十一章　　未来晴转多云／463

第十二章　　命运的痕迹／495

第十三章　　婚礼、虫子与遁世／525

第十四章　　重归孑然／553

第十五章　　计划生育／581

第十六章　　完整的轮回／617

尾　　声　　一九八四／653

序　章

一九七五

被乘客挤得胀鼓鼓的晨间特快减速爬行，突然又猛地一蹿，仿佛想再次全速前进。列车的假动作把车上的乘客晃了个趔趄。挂在车门外面的人群也随之一抖，态势岌岌可危，像被吹到极限的肥皂泡。

车厢内部，马内克·科拉抓着头顶的扶手栏杆，在人群的推挤中仍然岿然不动。不知什么人的胳膊肘撞落了他手中的几本课本。近旁的座位上，一个干瘦的小伙子被甩进对面乘客的怀里。马内克的课本砸在了他们身上。

"哎哟！"课本的第一卷砸在小伙子背上，他叫唤了一声。

小伙子和大伯脱开身，哈哈大笑。左脸破了相的伊什瓦·达尔吉把倒在自己膝头的侄子扶回座位上。"没事儿吧，小翁？"

"只是背上砸了个坑，其他一切正常。"翁普拉卡什说着，捡起了那两本包着棕色书皮的课本。他细瘦的双手掂着两本书四下张望，寻找掉了书的人。

马内克示意书是自己的。想到他厚重的教科书砸在小伙子那根脆弱的脊梁骨上，他不由得打了个寒战。他回想起自己多年前用石头砸死的那只麻雀，动手之后，他一阵恶心。

他忙不迭地道歉："真对不住，书滑掉了，结果就——"

"别担心，"伊什瓦说，"不怪你。"接着他又对侄子说，"幸好不是反过来，是不是？要是换作我摔倒在你腿上，我这身板准要把你的骨头压碎了。"伯侄俩哈哈大笑，马内克也跟着赔笑，好像觉得光道歉还不够。

伊什瓦·达尔吉的身材算不上壮实，他之所以调侃自己的身材，完全是由于翁普拉卡什精瘦的四肢与他形成了强烈的对比。伯侄二人你一言我一语，一路上互相逗趣。吃晚饭时，伊什瓦必得盛出格外大的一份放在侄子的搪瓷盘上；在路边摊吃饭时，他则会趁翁普拉卡什去取水或解手的工夫，敏捷地从自己的饭食里盛出一部分，放在侄子盛饭的那片叶子上。

若是翁普拉卡什不肯，伊什瓦就会说："等我们回到村里，大家不知道会怎么想呢！说我在城里把侄子饿得半死，自己吃独食？吃，快吃！我要想保住名声，只能靠给你催肥了！"

"别担心，"翁普拉卡什调笑道，"你的名声只要有体重的一半就足够用啦。"

尽管大伯费尽心思，还是事与愿违，翁普拉卡什的身材仍像根柴火棍。伯侄俩手头也一如既往地拮据，难得温饱，衣锦还乡更是遥不可及的梦想。

南行的快车再次放慢了速度。转向架咻咻地喷着气，哐啷哐啷地停了下来。火车停的地方前不着村后不着店。气闸有气无力地喷出几口气，然后彻底熄了火。

翁普拉卡什向窗外张望，想看看停车的是什么地方。铁路的栅栏背后立着几座简陋的小屋，污水在水沟里无拘无束地流淌。孩子们拿着木棍和石块嬉戏打闹。一只狗崽兴奋地在旁边蹿来跳去，也想加入这场游戏。不远处，打着赤膊的男人在给奶牛挤奶。说他们在任何地方都有可能。

燃烧的粪堆发出刺鼻的气味，向火车飘来。前方不远处的铁路道口旁聚了一群人。几个人跳下车，沿着铁轨向前走去。

"但愿我们能按时到达，"翁普拉卡什说，"要是被人抢在前头，那我们肯定完蛋了。"

马内克·科拉问他们是不是还有很远的行程，伊什瓦报了个站名。"哦，我也要去那里呢。"马内克拨弄着唇上稀疏的髭须说。

伊什瓦抬起头，望向伸向天花板的丛林般的手腕，盼望着瞥见一只表盘。"劳驾,几点了?"他朝身后的一个人打听。那人神气地一抖袖口,露出手表来:差一刻钟九点。

"拜托,老兄,走啊!"翁普拉卡什拍打着大腿之间的座位说。

"还不如我们村里的牛听话呢,是不是?"大伯说。马内克听见笑了。伊什瓦便又补上一句,自己说的是实话——打他记事起,每逢节庆举办的牛车赛跑,他们村从来没输过。

"给火车来剂鸦片,保证它跑得跟牛一样快。"翁普拉卡什说。

一个卖梳子的小贩手里弹拨着一把大梳子的塑料梳齿,推搡着穿过水泄不通的车厢。人们唉声叹气,抱怨纷纷,对他的打扰颇有微词。

"喂!"翁普拉卡什叫住了他。

"塑料发绳扯不断嘞,塑料发卡有小花小蝴蝶嘞,彩色梳子梳不坏嘞,"卖梳子的小贩心不在焉地念叨着,不确定眼前这个人是真正的顾客还是只想拿他逗趣打发时间,"大梳子,小梳子,粉色橙色棕色绿色蓝色黄色任你挑嘞——梳不坏嘞。"

翁普拉卡什把梳子试了个遍,最后选中了一把红色的便携小梳子。他在裤兜里翻找一阵,掏出一枚硬币来。小贩翻找零钱时挨了好几记充满敌意的肘顶肩撞,他扯起衣袖擦去落选的梳子上沾的发油,把它们放回包里,只留下原本拿在手里的双排齿大梳子继续弹拨,柔和的拨楞声穿过整节车厢。

"你原来那把黄梳子哪儿去了?"伊什瓦问。

"断成两截了。"

"怎么搞的?"

"我放在屁股口袋里,结果坐在上面了。"

"梳子本来就不该放那儿。梳子是给脑袋用的,小翁,而不是屁股。"伊什瓦总是叫侄子"小翁",只有生气时才会叫他的大名。

"要是换成你的屁股,只怕梳子要碎成一百块呢。"侄子回敬道。伊什瓦哈哈大笑,破相的左侧面颊丝毫没有影响他的笑容,像稳立在水中的泊船柱,任凭笑容在周围荡起涟漪。

他轻轻一挑翁普拉卡什的下颔。很多时候,伯侄俩的年纪——一个四十六岁,一个十七岁——并不能准确地反映出二人之间的关系。"笑一个嘛,小翁。这张气呼呼的嘴可配不上你那英武神勇的发型,"他朝马内克眨眨眼,邀他也加入这场愉快的闲谈,"就凭你这样的帅小伙,姑娘们保证会排着队来追求你的。不过别担心,小翁,我会给你选个像样的媳妇。选个又高又壮的女人,身上的肉一个顶俩。"

翁普拉卡什咧嘴笑笑,又用新买的梳子把头发打理了一番。火车仍然没有开动的迹象。早先下车往前走的那些人又回来了,带回的消息是离道口不远的铁轨上又发现了一具尸体。马内克挤到车门口去听人们的议论。这个死法既利落又不痛苦,他心想,前提是火车要不偏不倚地撞上那个人才行。

"也许跟紧急状态[1]有关。"不知什么人说道。

"什么紧急状态?"

"总理[2]今早在广播里讲话来着,好像是说国家目前受到内乱的威胁。"

"听着倒像是政府又在搞事情。"

"为什么所有人都偏挑铁道送命呢?"另一个嘟哝道,"一点儿都不替我们这些人考虑。无论是谋杀、自杀、纳萨尔派搞的恐怖袭击还是警察拘留闹出的人命——事事都能让火车晚点。毒药、高楼和匕首都不管用了吗,怎么就没人选呢?"

人们盼望已久的轰隆声终于贯穿了每节车厢,火车抖抖钢铁做的脊

---

[1] 在时任总理英迪拉·甘地的劝说下,印度总统于1975年6月25日宣布全国进入紧急状态,以应对国内的政治危机。这一状态持续了21个月,于1977年3月21日解除。

[2] 英迪拉·甘地(Indira Gandhi,1917—1984),分别于1966—1977及1980—1984年担任印度总理,由于政治方针硬朗、坚定,被后人称为"印度铁娘子"。1984年10月31日遇刺身亡。

梁。乘客们如释重负,脸色也晴朗起来。一节节车厢缓缓驶过铁路道口,所有人都伸长了脖子,想看一看害他们晚点的罪魁祸首。三名身穿制服的警察站的位置旁边是一具草草遮住的尸体,正待送往太平间。乘客中有的轻触额头,有的则双手合十低声呢喃:"罗摩,罗摩[1]。"

马内克·科拉跟在那对伯侄身后下了车,三人一同走出站台。"不好意思,"他说着从兜里拿出一封信,"我刚来这座城市不久,你们能不能告诉我去这个地址该怎么走?"

"你问错人了,"伊什瓦看也没看便说,"我们也是新来的。"

但翁普拉卡什瞥了一眼那封信,说道:"快看,是同一个名字!"

伊什瓦从自己兜里掏出一张皱巴巴的纸片对照起来。侄子说得没错,上面写的都是"迪娜·达拉尔",后面写着地址。

翁普拉卡什突然充满敌意地盯着马内克:"你为什么要去见迪娜·达拉尔?你是裁缝吗?"

"我,裁缝?不是,她和我母亲是朋友。"

伊什瓦拍拍侄子的肩膀:"瞧,是你太紧张了。走吧,我们找那栋楼去。"

马内克不明白他们这是什么意思,走出车站之后伊什瓦才向他解释:"你看,我和小翁是裁缝。迪娜·达拉尔要雇两名裁缝做工。我们是去应聘的。"

"原来你们以为我是要跑去跟你们抢饭碗,"马内克笑着说,"别担心,我只不过是个学生。迪娜·达拉尔和我母亲是老同学。她让我在她那里住几个月,仅此而已。"

---

1. 印度教的一个神,印度教徒相信念诵他的名字可以消除罪孽,"罗摩,罗摩"(Ram, Ram)也是印度人日常打招呼的一种方式。

他们向一名卖槟榔角[1]的小贩问了路，然后顺着他指的那条街往前走。翁普拉卡什仍然心存怀疑。"既然你要在她家住几个月，那你的箱子呢？你的行李呢？你只带了两本书吗？"

"今天我只是去跟她见个面，下个月才会把行李从学校的宿舍搬过去。"

他们路过一名乞丐身边，那人瘫在一个装有轮子的木头小底座上，底座离地面大约四英寸高。他没有手指，双腿几乎贴着屁股被截掉了。"噢先生，赏点儿零钱吧！"他用缠着绷带的手掌捧住一只铁皮罐子摇晃，拖着长声吆喝道，"噢先生！嘿先生！有钱的先生，赏点儿零钱吧！"

"他是我在这座城市见过的最惨的乞丐之一。"伊什瓦说，另外两个人也表示赞同。翁普拉卡什停下脚步，往铁罐里放了一枚硬币。

他们穿过马路，再次问路。"我已经在这个城市生活了两个月，"马内克说，"可是它太大了，直叫人犯糊涂。我只认得几条大的街道。小巷子看起来都一样。"

"我们来到这里已经六个月了，还是跟你有同样的问题。刚开始我们两眼一抹黑。第一次坐火车的时候，我们连车都挤不上去，错过了两三趟车才学会怎么挤上车。"

马内克说他一点儿也不喜欢这里，已经等不及明年培训结束之后回到山区的老家去了。

"我们到这里来也只是暂时的，"伊什瓦说，"赚些钱，然后就回我们村去。这么大的城市有什么用呢？吵吵嚷嚷的，人又多，连住的地方都没有，水也不够用，到处都是垃圾。太糟糕了。"

"我们村离这里很远，"翁普拉卡什说，"要坐一整天的火车——从早坐到晚才能到。"

"但我们迟早是要回去的，"伊什瓦说，"哪里都不如自己的家乡好。"

---

1. 将槟榔果、烟草等材料包在涂有熟石灰的蒌叶中，叠成三角形放入口中咀嚼的一种零食。

序 章 一九七五

"我的老家在北方,"马内克说,"要坐一天一夜、再加一天的车才能到。从我们家的窗户往外看,可以看见白雪皑皑的群峰。"

"我们村附近有条河,"伊什瓦说,"能看见亮闪闪的河水,还能听见它的歌声。真是个漂亮的地方。"

他们沉默地走了一阵,心里想着故乡的风物。翁普拉卡什打破沉默,指着一个卖西瓜汁的小摊说:"这么热的天,喝点儿这个多舒服啊。"

小贩把长柄勺在盆里搅搅,大块的浮冰漂浮在暗红色的液体上叮当作响。"我们买点儿吧,"马内克说,"看起来很好喝。"

"我们就不喝了,"伊什瓦忙说,"我们早饭吃得很饱。"翁普拉卡什只好收起脸上那渴望的神情。

"好吧。"马内克半信半疑地说,然后点了一大杯。他望着两名裁缝站在旁边移开目光,不去看那充满诱惑的果汁盆和他手中结霜的玻璃杯。他望着他们疲惫的面容、寒酸的衣着和破旧的凉鞋。

他喝了一半,然后说:"我喝不下了。你们喝不喝?"

伯侄俩摇摇头。

"那就浪费了。"

"好吧,朋友,你反正喝不完了。"翁普拉卡什说着接过果汁。他喝了几大口,然后把杯子递给大伯。

伊什瓦喝光了杯里的果汁,把杯子还给摊主。"真好喝啊,"他笑容满面地说,"你心肠真好,跟我们分享果汁,真的很好喝,谢谢你。"侄子颇为不满地瞥了他一眼,示意他收敛些。

半杯果汁就能换来这样的感激之情,马内克心想,他们是多么渴求寻常的善意啊。

廊前的房门上挂着一块黄铜门牌:鲁斯图姆·K.达拉尔夫妇,岁月留下的铜绿使门牌上的字迹愈发醒目。迪娜·达拉尔听见有人按铃,开了门,接过那张皱巴巴的纸片,认出了自己的笔迹。

"你们是裁缝?"

"是的,太太。"伊什瓦用力点点头说道。三个人被她请进门廊,拘谨地站在那里。

门廊原本是座开放式的露台,但是早在迪娜·达拉尔的亡夫的孩提时代就被改建成了一个房间——他的父母决定把它当作游戏室,为狭小的公寓增添些空间。柱廊砌上砖,装上了带铁框的窗子。

"可我只需要两名裁缝。"迪娜·达拉尔说。

"不好意思,我不是裁缝。我叫马内克·科拉。"他上前一步,从伊什瓦和翁普拉卡什身后跨了出来。

"噢,你就是马内克啊!欢迎!不好意思,我没认出你来。我上一次见到你妈妈已经是好多年前的事了,跟你更是从没见过面。"

她留下两名裁缝待在门廊,带马内克进了门,来到前屋。"你能不能在这儿稍等几分钟,我去接待一下那两个人?"

"当然可以。"

马内克打量着身边简陋的家具:饱受摧残的沙发,两把磨破了坐垫的椅子,斑驳的三脚茶桌,带裂缝的餐桌上蒙着褪色的人造革桌布。她不可能住在这里吧,他心想,这里应该是间家庭作坊或者短租公寓。墙壁亟待粉刷。他玩味着墙上褪色的灰泥斑迹,就像看云彩那样,把它们想象成动物和景观——握爪的狗,俯冲的鹰,拄着拐杖登山的人。

回到门廊,迪娜·达拉尔抬手理了理她那尚未染上银白的黑发,然后把注意力转向那两名裁缝。她已经四十二岁了,但额头依旧光滑平整,自谋生计的十六年里岁月流逝,她的面容还是那样柔美,多年以前,正是由于这张面孔,她哥哥的朋友们才会竞相向她示好。

她询问他们的姓名和缝纫方面的工作经验,两名裁缝自称对女装了如指掌。"我们甚至能够直接为顾客量体裁衣,顾客想要什么款式我们就做什么款式。"伊什瓦自信地说,谈话一直是他开口,翁普拉卡什则在旁边频频点头。

"这份工作不需要为顾客量尺,"迪娜解释道,"直接按照纸样缝纫。你们每个星期要做两打或者三打衣物,具体看公司需要多少,款式都一样。"

"太简单了,"伊什瓦说,"不过这活我们接了。"

"你呢?"她见翁普拉卡什一脸的轻蔑,便对他说,"你还一句话也没说过呢。"

"我侄子只有在不同意的时候才会开口说话,"伊什瓦说,"他不吭声倒是好事。"

她觉得伊什瓦的面相不错,是那种能让人感到轻松自在、乐意与之攀谈的面相。可是旁边那个一言不发的家伙倒会把人吓得打住话头。跟五官比起来,他的下巴显得太小,不过只要他笑起来,面容各部分的比例看上去就匀称了。

她说明了雇佣条件:裁缝们需要自备缝纫机,所有的缝纫活计件付酬。"做得越多,赚的钱就越多。"她说道,伊什瓦也认为这样很公平。具体的报酬根据样式的复杂程度分别商定。工作时间是早八点到晚六点——不能少于这些时间,但是允许他们加班。另外,工作时不许吸烟或者嚼槟榔角。

"槟榔角我们本来就不嚼,"伊什瓦说,"但我们偶尔喜欢抽点儿比迪烟。"

"那你们只能在外面抽。"

裁缝们接受了这些条件。"您的店址是哪里?"伊什瓦问,"我们该把缝纫机带到哪儿去呢?"

"就在这儿。你们下个星期来的时候我会告诉你们把机器放在哪儿,就在后屋。"

"好的太太,谢谢,我们星期一保证来,"他们离开时向马内克挥了挥手,"我们很快就会再见面的。"

"那当然。"马内克说着也向他们挥了挥手。他觉察到迪娜·达拉尔无声的问询,便向她解释了他们在火车上相遇的事。

"你跟别人谈话千万要小心,"她说,"谁也说不准会遇上什么样的坏人。这可不是山里的小村庄。"

"他们看上去是好人。"

"嗯,是啊。"迪娜不置可否地说。接着她再次为把他当作裁缝的事向他道歉:"我没看清,因为你站在他们身后,我的视力不太好。"我真傻啊,她心想,居然把这么可爱的孩子当成了罗圈腿的裁缝。他生得这么结实,肯定是由于人们常说的山区新鲜空气、健康的食物和水。

她凑得更近些,歪着头仔细端详他。"已经二十多年了,但我还是能在你脸上认出你妈妈的面容来。你知道的,我和阿班是同学。"

"没错,"马内克被她盯得有些不自在,说道,"妈妈在信里告诉我了。她还想告诉您,我下个月才搬进来,她会把房租的支票寄给您的。"

"好的,好的,不要紧,"她说着打消了他对这些琐事的顾虑,自己的思绪则飘到了过去,"我们上学的时候真是些小捣蛋鬼。还有个女孩,叫泽诺比娅。只要我们三个凑到一起,那就是大写的'麻烦',老师们都这么说。"这回忆使她脸上掠过一丝苦笑,"不说这些了,我带你看看我的家,还有你的房间。"

"您也住在这里?"

"不然住哪儿呢?"她带着他走过狭小的公寓,问他在学校里都学了哪些课程。

"空调制冷。"

"那我就指望你来对付这么炎热的天气了,把我家弄得舒服些。"

他无力地一笑,她住的地方让他心生伤感。这里比学校的宿舍好不了多少,他心想。不过他仍然盼望着搬到这里来。在经历了宿舍发生的事情之后,住在哪儿都可以。他打了个寒战,移开了思绪。

"这里就是你的房间。"

"很不错。谢谢您,达拉尔太太。"

房间的角落里摆着一个橱柜，顶上放着一只刮花变形的行李箱。橱柜旁边有张小桌子。这里和前屋一样，发黑的天花板已经开始剥落，墙壁褪了色，灰泥大块脱落，新补上的部分格外刺眼，像刚刚愈合的伤口。两张单人床贴着墙摆成直角。他不禁怀疑她会不会也睡在这个房间。

"我会把床挪到另一个房间去的。"

他透过门望去，看见了一个更小、条件更差的房间，里面挤挤挨挨地摆着一个橱柜（顶上也有只行李箱）、一张放不稳的桌子、两把椅子，搁凳上叠放着三只生锈的大箱子。

"我把您从自己的房间里挤走了。"马内克喃喃地说，周围的环境很快让他的心情低落下来。

"别说傻话了，"迪娜轻快地说，"我需要一名寄宿房客，是我格外走运才能找到一个帕西[1]小伙子——又是我同学的儿子。"

"您心肠真好，达拉尔太太。"

"还有一件事，你应该叫我迪娜阿姨。"

马内克点点头。

"要是你在宿舍住得不满意，你随时可以把行李搬过来。反正房间也准备好了——不用非得等到下个月。"

"不用，没事的，不过谢谢您，达——"

"喂，说话小心啊。"

"我是说迪娜阿姨。"两个人都笑了。

马内克离开公寓之后，迪娜开始在房间里踱步。她忽然不安起来，仿佛即将登船开始一次漫长的航行。现在她不必到哥哥那儿去乞求下个月的房租了。她深吸一口气。她脆弱的独立感再一次得到了捍卫。

明天她就去再会出口公司取回第一批需要缝制的衣物。

---

1. 帕西（Parsi）是印度的一个民族，其祖先是约一千年前从波斯移居印度次大陆的琐罗亚斯德教教徒。

第一章

海滨城市

迪娜·达拉尔很少带着悔恨与苦涩沉浸于对过去的追忆,也很少扪心自问事情怎么会变成如今的样子,她光明的未来怎么会被命运窃走?上学时,她的名字还是迪娜·史洛夫,那时人人都说她的未来必定一片光明。即使真的陷入这种少有的情绪,她也会尽快从中脱身。颠来倒去地重复同样的故事有什么意义呢?她问自己——结局总归是相同的,无论她选择哪条走廊,最终都会来到同一个房间。

迪娜的父亲是名医生,一名开小诊所的全科医生。他比同行更加热忱地践行着希波克拉底誓言[1]。在史洛夫医生职业生涯的早期,同行、家人和医生前辈已经对他对工作的投入做了诊断,说那是年轻医生典型的激情与活力。"年轻人的这种热情真是令人耳目一新啊!"他们面带笑容,睿智地微微颔首,自信岁月必定会用冷酷的现实与家庭责任扑灭这理想主义的火焰。

然而婚姻、儿子的降生以及十一年后女儿的降生都未能改变史洛夫医生分毫。时间只是加剧了为人解除病痛与赚得可观的收入二者之间的不平衡。

"真可惜啊,"亲戚朋友摇着头说,"我们对他抱有那么高的期望,他却在这里像小职员似的拼了命地工作,简直疯了,不肯享清福。史洛

---

[1] 医生行医前的传统誓言,对医生的职业道德与伦理做了约束,传说由古希腊"医学之父"希波克拉底所写。

夫太太真可怜。从没度过假，从没参加过聚会——这日子过得有什么意思！"

到了五十一岁的年纪，绝大多数的全科医生都会开始考虑半职工作，雇用一名工资不高的实习医生，甚至卖掉诊所提前退休；而史洛夫医生既没有足够的银行存款，也没有那样的心性纵容自己如此享乐。恰恰相反，他志愿发起了一项带领医学生深入中部地区开展治疗的活动。在那里，伤寒和霍乱尚未被科学技术征服，仍然在像过去那样虏获村民的性命，史洛夫医生想要攫住死神的镰刀，或者，再不济也要将它磨钝些。

史洛夫太太则展开了一项全然不同的行动：劝阻丈夫走进死神的血盆大口。她尝试过把说辞教给迪娜，让她去动摇父亲的决心——毕竟当时十二岁的迪娜是父亲的掌上明珠。史洛夫太太心里清楚，在这件事上，儿子努斯万起不了任何作用，拉他入伙反而会抹杀掉任何让丈夫回心转意的可能。

这对父子关系的转折点是在七年前努斯万十六岁生日的时候出现的。叔叔阿姨们都被请来共进晚餐，席间有人说："喂，努斯万，你很快就要去学医了，跟你父亲一样。"

"我不想当医生，"努斯万答道，"我要做生意——搞进出口。"

叔叔阿姨们当中有的赞许地点了点头，有的则装出大惊失色的样子，扭头对史洛夫医生说："这是真的吗？不打算子承父业吗？"

"当然是真的，"他说，"我的孩子想做什么，尽可以去做。"

但五岁的迪娜看见了父亲那没来得及掩藏起来的伤感神情。她跑到他身边，爬上他膝头。"爸爸，我想当医生，长大以后跟你一样。"

所有人都开怀大笑，赞不绝口，说这个小女孩真机灵，知道怎么才能达到自己的目的。晚些时候，人们私下议论，这家的儿子显然不像父亲那样踏实可靠——没志气，成不了大器。

接下来的日子里，迪娜每年都重复着这个愿望，继续把父亲看作某种为人们带来健康的神明，与疾病做斗争，死神即使偶尔得胜也只能嚣张一时。史洛夫医生为自己有这样一个伶俐的孩子深感欣慰。在女修会学校的家长会上，校长和老师总是对她赞赏有加。只要她有心，就一定能成功，史洛夫医生深以为然。

史洛夫太太则深信，若要阻止史洛夫医生去偏远荒凉的村庄行医这个愚蠢的善良之举，必得拉女儿入伙才行。可是迪娜拒绝合作，她不赞成用这种狡猾的手段把她敬爱的父亲拴在家里。

于是史洛夫太太只能采取其他手段，不是用金钱、个人安危或是家庭去劝说他，因为她很清楚这些理由毫无胜算。她搬出了他的患者，说他这是要将老弱无助的病人们弃置不顾。"你跑到那么远的地方去，他们该怎么办呢？他们信任你、依赖你，你怎么能这么绝情呢？你根本无法想象你对他们来说多么重要。"

"不，那不是重点。"史洛夫医生说。出于对他的爱，妻子常常找出各种委婉而复杂的借口，他对此已经见怪不怪了。他耐心地向她解释，城里有许多全科医生，可以治疗各种各样的病痛——而他要去的地方，那里的人们别无依靠。他安慰妻子说这只是暂时的安排，给她的拥抱和亲吻也比平常更多。"我向你保证，我很快就回来，"他说，"还没等你习惯我不在的日子，我就回来了。"

但史洛夫医生没能信守诺言。医疗活动开始后三个星期，他死了，不是死于伤寒或者霍乱，而是死于眼镜蛇之毒——他没能等到抗毒血清送来的那一刻。

史洛夫太太平静地接受了这个消息。人们说这是由于她身为一名医生的妻子，对于死亡要比平常人更加熟悉。他们推测史洛夫医生一定时常向她传达有关他的患者的类似消息，使她对这种无法避免的事情有了心理准备。

她干练地指点葬礼的安排，效率超凡地组织各项事宜，人们这才开始疑惑她的行为是否有些不合常理。在她从提包里取出钱款支付各种费用的间隙,她还要接受吊唁,安慰悲痛的亲属,照看史洛夫医生床头的长明灯,清洗并熨烫她的白色纱丽,保证家里有足够的焚香与檀香。她还亲自关照厨师准备第二天的特制斋饭。

整整四天的葬礼过去了,迪娜仍然在哭。正忙着计算寂静之塔[1]灵堂费用的史洛夫太太轻快地说:"好了,闺女,振作点儿,爸爸不会希望你这样的。"迪娜只好竭力控制住自己的情绪。

接着史洛夫太太边写支票边心不在焉地补上一句:"只要你愿意,你原本可以阻止他的。他肯定会听你的话。"

迪娜再次爆发出更加强烈的抽泣声。除了对父亲的哀悼,她此时的泪水里多了对母亲的愤怒,甚至是仇恨。直到几个月以后她才明白,母亲那句话里并没有恶意或指责,母亲只是悲伤地如实陈述了自己的所见。

史洛夫医生去世六个月后,一直在担任所有人精神支柱的史洛夫太太渐渐崩溃了。她不再参与日常事务,无论是对家中的大事小事还是对她自身,她都漠不关心。

这对努斯万来说无甚区别,他时年二十三岁,正忙着为自己的未来做打算。至于十二岁的迪娜,她倒需要家长再照顾她几年。她对父亲的思念无以复加,母亲的自闭则让这种思念愈演愈烈。

父亲去世两年前,努斯万就已经靠经商自食其力了。他尚且单身,住在父母家里,一边存钱一边物色合适的公寓跟妻子。父亲的去世与母亲的隐居让他意识到,公寓是不必找了,娶妻才是当务之急。

他现在担起了一家之主的角色,并且是迪娜的监护人。所有的亲戚都认为这样的安排很合理。大家纷纷称赞他的无私之举,承认以前低估

---

1. 一座由石块砌成的环形无顶建筑,按照琐罗亚斯德教的传统,教徒死后应将其尸体停放在寂静之塔由兀鹫啄食。这种丧葬形式与天葬相似,但背后的出发点不同。

了他的才干。他接管了家中的财务，向母亲和妹妹保证会让她们衣食无忧，他会自掏腰包来照看她们。他嘴上虽然这样说，心里却很清楚自己不必这样做。卖掉史洛夫医生的诊所得来的钱已经足够用了。

努斯万以一家之主的身份做出的头一个决定就是削减雇员。每天上半天班、准备两顿正餐的厨师得以留下，住家女佣丽丽则被解雇了。"我们不能再像从前那样大手大脚地过日子了，"他宣布，"我实在负担不起这些人的工资。"

史洛夫太太曾质疑过这样的改变。"那谁来打扫卫生呢？我的手脚没法像以前那样劳作了。"

"别担心，妈妈，我们可以分担家务。你来做轻松的活儿，给家具掸掸灰什么的。我们自己洗刷杯碟。再说迪娜正是年轻有活力的年纪。这样对她也有好处，让她学习料理家务。"

"是啊，也许你是对的。"史洛夫太太稀里糊涂地听从了节约开支的说辞，答道。

但迪娜知道事情没这么简单。上个星期她深夜起床，经过厨房去上厕所，撞见了哥哥和女佣在一起：丽丽坐在厨房桌子一头，双脚蹬在桌沿上，努斯万的睡裤褪到了脚踝，站在丽丽大腿间，紧紧抓住她的胯揽向自己。半睡半醒的迪娜好奇地盯着他的光屁股看了一会儿，然后没上厕所便面颊通红地溜回了房间。但她停留的时间还是太长了，努斯万看见了她。

对于这件事，谁也没提起一个字。丽丽走了（得到了一笔微薄的补偿金，这事史洛夫太太不知情），她梨花带雨地说再也找不到这么好的家庭做工了。迪娜很同情她，却也有点瞧不起她。

接着便开始实行新的家务安排。每个人都切实尽了自己的一份力。自力更生的持家实验似乎还算有趣。"有点儿像去露营的时候。"史洛夫太太说。

"要的就是这种精神。"努斯万说。

日子一天天过去，迪娜的家务渐渐变多了。为了表示自己也在参与家务，努斯万去上班之前还是会洗刷自己用过的杯碟和早餐盘。除此以外，他什么也不做。

一天早上，他喝下最后一大口茶之后说："我今天要迟到了，迪娜。拜托你把我的餐具刷了。"

"我不是你的仆人！你自己的脏盘子自己刷去！"积攒了几个星期的怨气一口气倒了出来，"你说过，每个人都要做自己的那份活！结果你却把自己的脏东西留给我！"

"听听这头小母老虎说的。"努斯万笑嘻嘻地说。

"不许跟你哥哥那样说话，"史洛夫太太温和地训斥道，"记住，我们要有难同当。"

"他偷懒！他什么活都不干！都是我在干！"

努斯万拥抱了母亲："再见，妈妈。"然后他在迪娜肩上友好地一拍以示和解，她身子一缩躲开了。"小母老虎还在生气呢。"努斯万说完便去上班了。

史洛夫太太试着安慰迪娜，说晚些时候会跟努斯万谈谈，也许说服他再雇一名兼职的女佣，但几个小时之后她就把这个决定忘了，一切照旧。几个星期过去了，她不仅没能为家务分配主持公道，反而渐渐变成了女儿无穷无尽的家务清单上的一项。

现在的史洛夫太太，必须得有人告诉她，她才知道自己应该干什么。食物摆在她面前她才会吃，可是吃了也没什么用，她日渐消瘦。必须有人提醒她洗澡、换衣服。把挤好牙膏的牙刷递给她，她才会刷牙。至于迪娜，最叫她难受的活是帮妈妈洗头——头发一把一把地掉在浴室的地上，洗完之后帮她梳头时还会掉更多。

每月一次，史洛夫太太会去火庙参加丈夫的诵经会。她说听年迈的大祭司弗拉姆吉用平缓的声音为她丈夫的灵魂祈福，能让她感到莫大的安慰。迪娜担心母亲走丢，便逃学陪她一起去。

仪式开始前,大祭司弗拉姆吉会虚情假意地跟史洛夫太太握手,然后给迪娜一个长得不合理的拥抱,这种拥抱是他专门留给小女孩和年轻妇人的。他素有爱动手动脚的名声,因此获得了"咸猪手大祭司"的绰号,也获得了同仁们的敌意。令他们感到愤慨的倒不是他的行为,而是他不知掩饰,拥抱时甚至不肯用慈父的关怀或者精神上的关心打掩护。他们担心他终有一天会做得过火,把口水流到受害人身上之类的,给火庙抹黑。

他拍拍迪娜的头,摸摸她的脖颈,抚摸她的后背,又把身体往她身上贴。迪娜被他抓在手里,扭动着身体躲避。他的络腮胡非常短,胡楂像碾碎的椰子壳,蹭得她脸颊和额头生疼。就在她鼓足勇气准备从他怀里挣脱的时候,他松开了她。

离开火庙后,迪娜整天都在哄妈妈开口说话,向她询问有关家务与菜谱的建议,发现没用之后,就又问她爸爸的事,以及他们新婚时的日子。面对母亲恍惚的沉默,迪娜感到很无助。然而不久,她对母亲的担忧便被年少的本性削弱了——终有一天她会迎来自己要承受的那份痛苦与悲伤,没必要过早地背上这样的包袱。

至于史洛夫太太,她现在只能说出单个的音节,或是叹气,盯着迪娜的脸寻找答案。至于给家具掸灰尘,除了给丈夫的医学院毕业照擦擦相框,她什么也做不了。她绝大部分的时间都呆呆地望着窗外。

努斯万更乐意把母亲精神崩溃看作是寡妇该有的表现,她这是在摆脱生活琐事,专注于与神灵有关的事。他把精力集中在养育迪娜上面。肩上背负的巨大责任让他一刻也不得安宁。

他向来把父亲看作厉行纪律的人,在父亲面前他总是心怀敬畏,甚至有些恐惧。他打定了主意,既然他要接过父亲的角色,就必须让其他人感到同样的恐惧,并且在处事时经常祈求勇气与神明的引导。他向亲戚们——叔叔阿姨们——坦承,迪娜的叛逆与倔强快把他逼疯了,只有万能之神赐予的力量才能让他坚持履行自己的职责。

他的真诚触动了他们。他们向他保证会为他祈祷。"别担心，努斯万，一切都会好起来的。我们会在火庙为你点上一盏灯。"

亲戚们的支持使努斯万振作起来，他开始每个星期都带迪娜去火庙。在那里，他把一炷香塞进她手里，在她耳边严厉地低声说："现在给我好好祈祷——求神把你变成乖孩子，求祂让你变得听话。"

她在圣坛前跪拜时，他则在外墙上挂的一幅幅大祭司肖像前游逛。他从一幅画像来到另一幅画像面前，抚摸花环，拥抱画框，亲吻画上的玻璃，最后来到琐罗亚斯德[1]的大幅画像前，把嘴唇贴在上面足有一分钟。然后，他从圣坛走道上的香炉里捏出一撮灰抹在额头上，又捏出一撮抹在喉咙处，然后解开衬衫最上面的两颗纽扣，抓起一把香灰抹在胸口。

像在擦爽身粉，迪娜心想，她匍匐时用眼角瞄着他，竭力忍住笑，直到努斯万这套滑稽的举动结束她才抬起头来。

"你认真祈祷了吗？"走出火庙之后他问道。

她点点头。

"好。现在那些坏念头就会离开你的头脑，你的内心会感到平和、安宁。"

现在迪娜不被允许在假期时去朋友家了。"没必要，"努斯万说，"你在学校每天都能跟她们见面。"经他允许之后，朋友们可以来找她，但是这样没什么意思，因为他总在旁边待着不走。

有一次，他听见她在隔壁的房间跟朋友泽诺比娅打趣他的牙齿。这令他更加确信自己必须严加看管这些小捣蛋鬼才行。泽诺比娅说他长得像匹马。

"没错，戴着劣质假牙的马。"迪娜补充道。

---

1. 琐罗亚斯德教创始人，生卒年份存在争议，多认为是公元前 628 至公元前 551 年。

"要是大象长出这么大的象牙来,保证会非常自豪的。"泽诺比娅的话加剧了她们面临的风险。

他冲进房间,只见她们笑得浑身瘫软。他用恶狠狠的眼神盯着她们,然后带着威胁的意味缓缓转身走开,留下的只有沉默和痛苦。没错,这样有效,他半是吃惊、半是得意地发现——恐惧是有效的。

努斯万对自己那口不整齐的牙齿一直心存芥蒂,十七八岁时他也试过矫正。当时只有六七岁的迪娜总是毫不留情地嘲笑他。可是矫正牙齿太痛苦,他放弃了,逢人便抱怨自己的父亲身为医生,小时候居然不给他治牙,真是令人难以相信。他还会指着迪娜那口完美的牙齿说那就是父母偏心的证据。

母亲对他的中伤深感苦恼,她试图解释:"都是我的错,儿子,我不知道应该每天给小孩子按摩牙齿,轻轻地把牙齿往里推。这是给迪娜接生的老护士教我的,可那时候再给你按摩已经太晚了。"

努斯万从未被母亲的解释说服。而现在,迪娜的朋友离开之后,她就要付出代价了。他叫她把说过的话重复一遍。她毫无惧色地说了。

"你这张破嘴总是瞎说。你已经不是小孩子了,应该有人教教你怎么尊重别人。"他叹了口气,"我想,这该是我的责任。"说完他便毫无预兆地抽了她一记耳光。他直打到她下嘴唇被划破才停了下来。

"你这头猪!"她抽泣着说,"你想让我变得像你一样难看!"听见这话,他取来一把尺子,开始不分头脸地抽打她。她逃窜着躲避。

这一次,史洛夫太太察觉了异常。"你怎么哭了,闺女?"

"那个傻帽儿大龅牙!他把我打出血了!"

"啧啧,我可怜的孩子。"母亲拥抱了迪娜一下,又回到了窗边的座位。

这次争吵过去两天后,努斯万想跟迪娜和好,给她带回来一套扎头发的丝带。"扎在你的辫子上肯定很好看。"他说。

她走到书包旁,取出手工课上用的剪刀,把丝带剪得稀碎。

"你看啊，妈妈！"他带着哭腔说，"瞧你这个睚眦必报的女儿！我把辛辛苦苦赚来的钱花在她身上，她就这么感谢我。"

在追求纪律的道路上，尺子成了努斯万最常用的工具。导致迪娜受罚的最常见理由是他的衣服。在洗净、熨烫、叠好衣服之后，她必须把衣服分成四摞放在他的柜子里：白衬衫、彩色衬衫、白裤子、彩色裤子。有时她会故意把条纹衬衫放在白衬衫里，或是把犬牙纹的裤子跟白裤子放在一起。尽管每每挨打，但她从未停止过对他的挑衅。

"看她的举止，我真的感觉她是被魔鬼附身了，"每当亲戚问起近况，他总会疲惫地这样回答，"也许我应该干脆把她送到寄宿学校去。"

"不行，不行，这么极端的办法可使不得，"他们恳求道，"许多帕西女孩都是被寄宿学校毁掉的。放心吧，神会报答你的耐心与虔诚的。而一旦迪娜长大，明白了你是为她好，她也会感谢你的。"他们离开时喃喃地说这人简直是个圣人——每个女孩都应该有这样的福气，有个努斯万这样的哥哥。

亲戚们的鼓励让努斯万振作精神，坚持了下去。迪娜所有的衣服都是他买的，小女孩穿什么才得体要由他来决定。买回来的衣服通常都不合身，因为他买衣服的时候不允许迪娜跟着。"我不想当着售货员的面吵个没完，"他说，"你总是叫我难堪。"每当迪娜需要新校服时，裁缝来的那天他总要跟她一起去学校，监督裁缝量尺寸。他向裁缝询问价格和布料，想算出校长拿了多少回扣。这个一年一度的场合让迪娜避之不及，不知自己又要在同学面前出什么新丑。

她的朋友们现在梳的都是短发，她央求努斯万也让她享受这样的待遇。"只要你让我把头发剪短，我可以每天擦洗餐厅的地板，而不是隔天擦，"她试着跟他讨价还价，"或者我可以每天晚上都给你擦鞋。"

"不行，"努斯万说，"十四岁还不到梳时髦发型的时候，你梳辫子就很好。再说我也付不起钱请理发师。"不过他却立即把擦鞋加进了她的家务清单。

最后一次求情过去一个星期之后，在泽诺比娅的帮助下，迪娜在学校的卫生间里剪掉了辫子。泽诺比娅的志向是做一名美发师，朋友主动把脑袋送上门来，这样的好运气她求之不得。"我们把这些头发一股脑全剪了吧，"泽诺比娅说，"剪成真正的短发。"

"你疯了吗？"迪娜说，"努斯万会气疯的。"于是她们剪了个童花头，泽诺比娅把头发修剪到离肩膀大约一英寸的长度。剪得有些参差不齐，不过两个女孩儿对效果都很满意。

迪娜犹豫了一下，没有把剪掉的辫子丢进垃圾桶。她把辫子装进书包跑回了家，自豪地在房子里走来走去，反复从镜子前走过，从各个角度观察自己的头。然后她去了妈妈的房间，静静地等待——等待妈妈做出惊讶、欣喜或是任何一种反应。但史洛夫太太什么也没察觉。

"你喜欢我的新发型吗，妈妈？"她最后问道。

史洛夫太太茫然地盯着她看了半天。"漂亮极了，闺女，漂亮极了。"

那天晚上努斯万回来得很晚。他跟妈妈打了招呼，说办公室的事情太多了。这时他看见了迪娜。他深吸了一口气，一只手扶住了额头。他已经精疲力尽，很想用打斗之外的办法来处理这件事。可她的无礼和叛逆绝不能姑息，否则他还怎么面对镜子中的自己？

"请你过来，迪娜。解释一下你为什么不听我的话。"

她挠挠脖颈，剪下来的碎头发让她的皮肤很痒。"我怎么不听你的话了？"

他抽了她一巴掌。"我问你话的时候不许反问我。"

"你说你付不起钱请理发师。剪这个头发是免费的，我自己剪的。"

他又抽了她一巴掌。"不许顶嘴，我警告你。"他取来尺子，用平面抽了她的手心一下，然后，由于他认定这次的冒犯严重至极，便又用尺子的侧边抽了她的指节，"这个能让你吸取教训，不要像个荡妇。"

"你照镜子看过自己的发型没有？你看着就像个小丑。"她不肯被他震慑，反击道。

努斯万的发型在他自己看来是体面而优雅的典范。他梳的是中分，仔仔细细地涂了好些发油，以维持两侧头发的秩序。迪娜的讥讽点燃了这个纪律至上者心中的怒火。他用尺子抽向她的小腿和胳膊，把她拽到了浴室，开始扯下她的衣服。

"我一个字也不想听你说！一个字都不许说！今天你算是越线了！先洗澡，你这个脏货！把碎头发洗掉，省得掉在家里给我们惹霉运！"

"别担心，你的脸能把所有霉运都吓跑，"这时她赤身裸体地站在瓷砖地上，但他没有离开。"我需要热水。"她说。

他后退一步，从桶里舀起一瓢凉水泼到她身上。她瑟瑟发抖，却挑衅地瞪视着他，她的乳头变硬了。他狠狠地捏住一个，她瑟缩了一下。"瞧你这小胸脯长起来了。你以为你是个成年女人了。看我不把这玩意儿跟你那条恶毒的舌头一起剪下来。"

他打量她的眼神有些怪异，她不由得害怕起来。她知道自己刻薄的反击激怒了他，而这与他盯着她两腿之间新长出的毛发存在着某种隐秘的关联。更为安全的做法是表现出驯服，以此平息他的怒火。她转过身哭了起来，双手捂住了脸。

他满意地离开了。迪娜放在床上的书包吸引了他的注意力。他漫无目的地打开书包查看，发现了放在最上面的辫子。他用拇指和食指捏起一条辫子晃了晃，磨着牙齿，直到一丝笑容渐渐缓和了他愤怒的面容。

迪娜洗完澡以后，他取来一卷黑色的电工胶带，把辫子粘在她头发上。"你每天就这样戴着辫子，"他说，"每天都戴着，上学也不许摘，直到你的头发长出来为止。"

她真后悔自己没把这破玩意扔在学校的厕所里。辫子粘在她头上活像死老鼠的尾巴。

第二天早上，她偷偷把那卷胶带带到了学校。上课前她把辫子扯了下来。这个过程很痛苦，因为黑胶带粘得很结实。放学后，她在泽诺比娅的帮助下把它们再粘回去。通过这种方式，她在工作日得以避开努斯万的惩罚。

可是几天后，随着英国政府退出印度以及印巴分治[1]，城里发生了暴乱，迪娜被困在家中和努斯万在一起。各个街区日夜戒严，办公场所、商业区、大学、中小学全部关门。可恶的辫子几乎一刻也不得摆脱，只有在洗澡的时候努斯万才允许她把辫子摘下来，洗完之后就会监督她马上粘回去。

努斯万被圈在公寓里，为国家面临的灾难连声哀叹，不停地嘟哝。"每在家里坐一天，我就赔一天的钱。这些没文化的野蛮人真该死，不配独立。要是他们非把彼此砍死不可，我希望他们能找个别的地方安安静静地砍，最好是在他们自己的村子里，免得打扰我们漂亮的海滨城市。"

戒严解除后，迪娜立刻去了学校，开心得像只出笼的小鸟，渴望着没有努斯万的那八个小时。他也松了口气，回到了办公室。城市秩序恢复正常的第一晚，他回家时心情十分愉快。"戒严结束，你的惩罚也结束了。现在我们可以把辫子扔掉了，"他说完又宽宏大量地补上一句，"你知道吗，短发很适合你。"

他打开公文包取出一条新发带。"以后你可以戴这个，不用再戴电工胶带了。"他打趣道。

"你自己戴吧。"她说道，没有接过发带。

父亲去世三年后，努斯万成家了。几星期后，他的母亲陷入了彻底的自闭。过去她总是顺从地按指令行事——起床，把茶喝掉，把手洗洗，把药咽下去，如今却只剩下石墙般的茫然不解。

照料她已经超出了迪娜的能力范围。等到史洛夫太太房间里的味道变得实在令人无法忍受的时候，努斯万小心翼翼地向妻子提起了这个话题。他不敢直接要求她帮忙，但他希望她善良的本性能让她主动伸出援

---

1. 1947年8月14日至15日，英属印度解体，印度联邦和巴基斯坦自治领两个新国家由此诞生。

手。"露比，亲爱的，妈妈的状态越来越差了。她需要人投入很多精力，一刻不停地照料。"

"把她送进敬老院，"露比说，"她在那里会生活得更舒服。"

他息事宁人地点点头，选择了一个既没那么贵，又比把母亲送进老年人集中营——有些说话难听的亲戚保证会这么说的——更人道的做法——他雇用了一名全职护工。

护工的任职时间很短，史洛夫太太在同年晚些时候就死了，人们这才明白，面对丧偶之痛，医生妻子的抵抗力并不比寻常人更强。按照教历，她和丈夫死在了同一天。他们的祈福仪式在同一座火庙由大祭司弗拉姆吉相继主持。到这时，迪娜已经学会了如何逃脱他那过于热情的拥抱。当他走近时，她便礼貌地伸出一只手并后退一步，再退一步，再退一步。祷告殿里摆满了燃着檀香的大香炉，大祭司不好在其中穿梭着追赶她，只好蠢兮兮地笑着作罢。

史洛夫太太第一个月的祈祷仪式完成后，努斯万认定迪娜没必要继续注册上学了。她上一张成绩单糟糕得很，若不是校长顾及史洛夫医生的旧情，把这次的成绩看成一次意外失误，只怕她已经被学校劝退了。

"兰姆小姐这么看重你，真是好心，"努斯万说，"但是你的成绩已经无可救药了，这是事实。我不会再浪费钱给你交一年的学费了。"

"你整天叫我洗这个擦那个，我每天连一个小时的学习时间都没有！你还想怎么样？"

"不许找借口。年轻力壮的女孩子做点儿家务，这怎么就影响学习了？你知不知道你有多幸运？城里有成千上万的穷孩子在火车站给人擦鞋，捡废纸、瓶子和塑料——即使这样人家晚上还去上夜校呢。你有什么可抱怨的？你缺乏的是对学习的热情。就这么定了，你不用再上学了。"

迪娜不肯就这样束手就擒。她也曾寄希望于努斯万的妻子，让露比替自己出面，但露比不愿卷进他们的争吵。于是第二天一早，迪娜带着购物清单被派去市场的时候，便跑到了祖父家里。

第一章 海滨城市

祖父跟她的一个叔叔同住,房间里散发出陈旧的香膏味。她屏住呼吸拥抱了他,然后将苦水一口气倒了出来。"求你了,爷爷!求求你叫他不要这样对待我!"

老人已经开始老糊涂了,过了半天他才搞清楚迪娜究竟是谁,又花了更长的时间才弄清她要干什么。他没戴假牙,说的话叫人听不清。"我把假牙给你取来吧,爷爷?"她建议道。

"不,不,不!"他举起手激烈地甩了甩,"不要牙。都歪了,嘴疼。混蛋蠢货医生,没用的家伙。我的木匠做的牙都比他做的强。"

迪娜又慢慢地把事情重复了一遍,爷爷终于听明白了。"注册?谁,你?你当然得注册。当然了。当然了。你必须注册上学,以后还要上大学。没错,我当然会告诉那个不要脸的小混蛋送你去上学,我要命令那个纳泽。不对,纳维尔——那个努斯万,对,我要逼着他去。"

爷爷派仆人给努斯万送信,叫他尽快来见自己。努斯万不得不从。他非常注重家族成员对他的看法。以办公室的事情太多为理由拖了几天之后,他还是去了,并且带上了露比同去,好多个盟友。她得到的吩咐是尽可能地讨好老爷子。

自迪娜来访之后,祖父的记忆越来越混乱了。他全然不记得他们之间的谈话。这一次他戴上了假牙,却没什么话要说。经过好一番提示与怀旧,他似乎认出了他们。然后他彻底忽视了露比,突然断定努斯万和迪娜才是夫妻。无论迪娜怎么哄劝,他都拒绝更正这个想法。

露比坐在沙发上握着老人的手。她问他想不想让她按按脚。她没等老人回答便握住左脚揉捏起来。黄色的脚指甲早就该剪了。

他却火冒三丈地从她手里抽出脚来,用印地语说:"干什么?松开!"[1]

---

1. 原文为印地语。鉴于印度当地的语言习惯,原文中经常出现印地语词汇和语句。考虑到中文没有类似的语言习惯,也为了保证行文流畅通顺,大部分印地语在译文中未保留。

露比被这突如其来的印地语说得愣住了，坐在那里张口结舌。祖父扭头对努斯万说："她听不懂话吗？你跟女佣说什么语啊？叫她从我的沙发上滚下去，到厨房里去等吩咐。"

露比气呼呼地起身走到门口。"没礼貌的老头子！"她狠狠地说，"就因为我的皮肤有点儿黑！"

努斯万语气生硬地向爷爷道了别，跟着妻子走了，他忽然停下来，回头用得意的表情看了迪娜一眼，她还在努力解释这混乱的状况。她多待了一会儿，盼望着爷爷能唤醒隐藏的记忆，救救自己。又过了一个小时，她也放弃了，吻了吻他的额头，然后离开了。

这是她最后一次见到活着的爷爷。一个月后，他在睡梦中去世了。葬礼上，爷爷全身都被白布裹住，只能看见他的脸，迪娜不禁琢磨爷爷的脚指甲不知又长长了多少。

一连四年，努斯万都在尽职尽责地攒钱，为迪娜的婚礼做准备。他已经攒下了不小的一笔钱，打算让她在不久的将来就出嫁。他自信不必费什么力就能给她找个好丈夫——因为他自豪地告诉自己，迪娜已经出落成了一个美丽的妙龄女子，她理应办场最好的婚礼——必得是场奢华的庆典，配得上她成功商人妹妹的身份，婚礼过后许久还能让人津津乐道。

迪娜年满十八之后，努斯万开始邀请条件合适的单身小伙子到家里做客。这些人无一不让她深感厌恶，他们是她哥哥的朋友，所作所为都让她联想到努斯万。

努斯万则坚信早晚能遇上一个她相中的。他已经不能严格限制她的行动了——她已经长大，不能再用青春期的管束办法了。只要她做完家务，并且每天按照露比列的清单买回东西，家里的气氛就还算平和。如今即便有争吵，也是露比和迪娜之间的争吵，仿佛努斯万把这个职责委派给了自己的妻子。

迪娜赶集时，有时会由着自己的性子，把花菜换成卷心菜，或是忽然想吃人心果，就买了人心果却没买橙子。每到这时，露比都会指责她破坏了精心计划的餐食："这个恶毒的坏女人，把我丈夫的晚餐都给搅乱了。"露比对她的指控和宣判都是一副就事论事的机械态度，这不过是露比贤妻角色的一部分。

但她们之间并不总是充斥着争吵和拌嘴。两个女人和睦相处的时候越来越多。露比结婚后从娘家带来的东西里有一台手摇式小缝纫机。她教迪娜怎样用缝纫机，教她制作枕套、床单、窗帘之类简单的东西。

露比的第一个孩子是个叫薛西斯的男孩，孩子出生后迪娜帮忙照顾。她给孩子缝了小衣服，还织了小帽子和套头衫。侄子周岁生日时，她送来一双小鞋子。那天早上喜气洋洋，他们用玫瑰和百合把薛西斯装扮一番，还在他额头上点了个大红点。

"他真是个招人喜欢的小家伙。"迪娜开心地笑着说。

"还有你做的小鞋子——太可爱了！"露比说着紧紧地拥抱了她。

不过，像这样完全没有争吵的日子极为少有。只要做完家务，迪娜便尽可能把时间都花在家庭以外。她能够用于外出的钱只有她从买东西的钱里省下来的那些。她对此问心无愧，在她看来，这是自己繁重劳作的部分报酬，跟她应得的报酬比起来，这只不过是冰山一角。

但露比每一分钱都要查清楚。"每张账单、每张收据我都要过目。每件东西都要。"她一拳砸在厨房的桌子上，把锅盖震得哗啦响。

"路边的鱼贩子和卖菜的农妇什么时候开过收据？"迪娜回击道，把在商店里买东西的账单连同零钱一起丢向露比，那些零钱是她算准了无法查证之后提前准备好的。说完她便走出厨房，留下嫂子趴在地上捡回硬币逐一清点。

存下的钱够她坐公共汽车的。迪娜去公园，逛博物馆和集市，去电影院（只是在外面看看海报），还壮起胆子怯生生地走进过公共图书馆。

那些埋头读书的人让她觉得自己与之格格不入，那里的每个人看上去都那样富有学识，而她甚至没有注册入学。

这种感觉不久便消失了，因为她发现这些神情严肃的人手中的阅读材料包罗万象，既有约翰·弥尔顿写的那本她连名字都不会念的《论出版自由》，又有《印度画报周刊》之类的刊物。渐渐地，那些年代久远的巨大阅览室，连同其中高高的天棚、吱呀作响的地板和深色的护墙板成了她最喜爱的庇护所。长长的吊杆上垂下古朴的吊扇，搅动着空气，发出令人安心的呼呼声。深色的皮椅、空气中陈旧的味道与翻书发出的沙沙声令人心神安宁。最棒的是人们在这里讲话全都轻声细语。迪娜唯一一次听见呼喊声是门房在训斥一个想要溜进来的乞丐。她时而翻看百科全书，时而盯着艺术书籍出神，时而好奇地打开落满灰尘的医学巨著，一晃就是几个小时。离开前，她总要在这座古老建筑里找个阴暗的角落，闭上眼睛静坐一会儿。在这里，只要她愿意，就可以让时间停滞。

现代些的图书馆里设有音乐室。那里还有荧光灯、带塑料贴面的桌子、空调和色彩鲜艳的墙壁，里面总是挤挤挨挨的。她总觉得那里冷冰冰的没有人情味，只有在想听唱片的时候她才会到那里去。她对音乐知之甚少——只听说过勃拉姆斯、莫扎特、舒曼、巴赫之类的名字，是她儿时听见无意中记住的。那时父亲会打开收音机，或是在留声机上放一张唱片，把她抱到膝头说："这能让你忘记一切烦恼，是不是？"迪娜则会认真地点点头。

在图书馆里她总是随便选唱片，遇见喜欢的就尽量把名字记住，以便改天再听。唱片的名字并不好记，因为要区分那些交响乐、协奏曲和奏鸣曲的名字只能靠数字和前面诸如 Op.、K. 和 BWV 之类的字母[1]，

---

1. 音乐作品的编号系统，大多数作曲家都用 Opus（Op.）编号，但也有例外。文中的 K. 是莫扎特的作品编号，BWV 是巴赫的作品编号。

而她并不知道它们代表着什么。运气好的时候,她会碰见某首曲子,曲名能在她的回忆里引起深深的共鸣。每当熟悉的旋律充斥她的头脑,她就能短暂地战胜往昔回忆,发现自己为圆满带来的狂喜而感到痛苦,仿佛缺失的肢体得以补全。

音乐带来的澎湃体验使她既渴求又惧怕。每当她返回与努斯万和露比共处的生活,音乐室里那种完美的幸福感就会被一种没来由的愤怒取代。最激烈的争吵往往发生在她听唱片的那些日子。

杂志和报纸就远没那么复杂。通过阅读日报,她发现有几个文化团体在赞助城里的音乐会和演奏会。其中有许多都是免费的表演——大多是本地的业余乐手和名不见经传的外地乐手。她开始把车费花在参加音乐会上,发现这是一件可以取代图书馆的乐事。而表演者无疑也对她的到来满心感激,因为这些夜间表演向来观众寥寥。

她在门厅的人群外围徘徊,觉得自己像个冒名顶替的骗子。其他人看上去都对音乐颇有了解,从他们拿着节目单指指点点的高雅姿态就可见一斑。她盼望着演奏厅的大门打开,好让昏暗的光线掩饰她的窘迫。

在演奏厅里,音乐对她的触动不像她在图书馆独处时那样强烈。在这里,与音乐同时上演的还有人间百态。听过几场演奏会之后,她渐渐认得出观众里的常客了。

有个老头儿,每场音乐会都会在曲子开始四分钟后准时入睡,来晚的人只好避开他坐的那排,唯恐碰到他的膝盖。到了七分钟的时候,他的眼镜会开始顺着鼻子往下滑。到十一分钟时(前提是曲子足够长,而且他没有被鼓掌声吵醒),他的假牙就会开始往外冒。他让迪娜想起了爷爷。

还有一对五十多岁的姐妹,瘦高个儿,尖下巴,总是坐在第一排,经常在不该鼓掌的时候拍手,平白打扰了那老头儿的瞌睡。迪娜自己并不明白奏鸣曲和乐章,不过她意识到,乐曲中间有停顿并不代表演奏结束。她按照一个留山羊胡的人的动作行事,那人戴着金丝边眼镜,头戴贝雷帽，一副专业人士的架势，而且总是知道什么时候应该鼓掌。

还有个有趣的中年人，每场音乐会都穿着同一件棕色西装，他谁都认识。他在门厅火急火燎地穿梭来往，跟大家打招呼，起劲儿地摇头晃脑，向大家保证今晚的表演一定精彩绝伦。他的领带总叫人猜不透，有时垂得很长，占据了他整个上半身，在裤裆附近忽扇；有时勉强才能够着他心口。领带结的个头儿有时小得用显微镜才能看见，有时则像个胖鼓鼓的咖喱角[1]。与其说他是从这人身边走到那人身边，倒不如说他是腾跳过去的。他的评论向来简短，正如他常常解释的那样，开幕前只有几分钟的时间，而他还要跟许多人打招呼呢。

迪娜在门厅注意到了一个年轻人，他跟她一样，也喜欢远远地看着音乐会的观众们愉快地彼此交谈。她迫不及待地想离开家，因此总是来得很早，能看见他骑着自行车滑到门口，利落地下车，推着车走进大门。门房允许他这样做，以换取些许小费。他在靠边的地方用挂锁锁上车，从后座取下公文包，摘下裤脚夹放进包里，然后便退到他常待的门厅角落，研究节目单和来往的观众。

有时他们目光交会，彼此心照不宣，他们是同一类人。那个穿棕色西装的有趣男人不跟迪娜搭话，却把那个年轻人纳入了自己要打招呼的人群。"你好啊，鲁斯图姆！最近怎么样？"他声音洪亮地招呼道，迪娜就这样得知了那个年轻人的名字。

"非常好，谢谢。"鲁斯图姆说着，目光越过那件棕色西装肩头，投向了在一旁看着自得其乐的迪娜。

"跟我说说，你觉得今天的钢琴手怎么样？他有没有表现出慢乐章应有的深度？你觉得广板——哦，不好意思，不好意思，我去跟那边的麦道拉先生打个招呼，马上就回来。"说完他就走了。鲁斯图姆对迪娜笑笑，故作无奈地摇了摇头。

---

1. 印度小吃，用面皮包裹馅料油炸而成，多为金字塔形，个头比粽子略小。

铃声响起，观众席的门开了。高个子姐妹急匆匆地迈着整齐划一的跑跳步冲向第一排，放下红褐色的软座，得意地坐下来，笑容满面地对视一眼，庆祝自己在这场秘密的抢椅子游戏中再次获胜。迪娜照常坐在中间靠过道的位置，大约在音乐厅中部。

观众陆续落座，鲁斯图姆来到她身边。"这里可以坐吗？"

她点点头。

他坐了下来。"那位托迪瓦拉先生真够有趣的，是不是？"

"哦，原来他叫这个名字。是啊，他很有意思。"

"即使演奏会很一般，你总还可以指望他逗你开心。"

灯光暗下来，两位表演者上了台，台下响起稀稀拉拉的掌声。"对了，我叫鲁斯图姆·达拉尔。"他说着探身凑近些，伸出手来，与此同时，长笛应和着钢琴那银亮的标准音，还以一声金子般的笛音。

她轻声说了句"迪娜·史洛夫"，没有握他的手，因为四周很暗，她一时没注意到他伸出了手。等她发现的时候为时已晚，他已经把手收回去了。

幕间休息时，鲁斯图姆问她要不要喝杯咖啡或冷饮。

"不用了，谢谢。"

他们望着过道上的观众，有的奔向卫生间，有的去买饮料。他翘起腿说："你知道吗，我经常在音乐会上见到你？"

"没错，我很爱听。"

"你自己也演奏乐器吗？钢琴，或是——？"

"不，我不弹琴。"

"噢。你的手指那么漂亮，我以为你肯定会弹钢琴。"

"不，我不弹琴。"她重复道。她觉得面颊发热，低头望着自己的手指。"我对音乐一窍不通，我只是喜欢听而已。"

"我觉得这才是欣赏音乐的最佳方式。"

她并不确定他这话是什么意思，却还是点了点头。"你呢？你弹琴吗？"

"我的家长跟所有尽责的帕西家长一样，小时候逼着我去上小提琴课。"他笑着说。

"你现在不拉琴了？"

"哦，偶尔拉一拉。每当我想折磨自己的时候，就会把琴从琴盒里取出来，让它惨叫哀号一通。"

她笑了："至少你父母听见你拉琴会很开心。"

"不，他们都去世了。我一个人住。"

她的笑容立刻消失了，她正要道歉，他忽然加上一句："我拉琴的时候受折磨的只有邻居和我自己。"于是他们又大笑起来。

自那以后他们总是坐在一起。过了一个星期，她在幕间休息时接受了他送的芒果汁。他们在门厅里拿着冰凉的瓶子小口地喝着果汁，望着水蒸气在玻璃瓶底部凝成小水珠，托迪瓦拉先生来到了他们身边。

"我说，鲁斯图姆，你觉得前半场怎么样？依我看，表演勉强算及格。那个长笛手应该好好做做呼吸训练再考虑登台表演。"他又待了一会儿，等到鲁斯图姆介绍他跟迪娜认识，似乎这才是他过来的真正目的。之后他就走了，兴高采烈地奔向下一名受害者。

音乐会结束后，鲁斯图姆推着自行车送她到公共汽车站。离场时观众的眼睛都在他们身上。为了打破沉默，她问道："这样的交通状况，你骑车不觉得紧张吗？"

他摇摇头。"我骑车很多年了。这已经成了我的本能。"他陪她等到车来，然后骑车跟在红色的双层大巴后面，直到他们回家的路线分开。他看不见她正在大巴的上层望着他。她目送他的身影渐渐远去，有时她的眼睛找不到他了，接着又在一盏路灯下看见了他，她的目光追随着他，直到他变成一个小点儿，只有她发动想象力才能把那个点当作鲁斯图姆。

不出几星期，音乐会的常客就把他们当作一对儿看待了。他们的一举一动都被人们看在眼里，人们既关切又好奇。鲁斯图姆和迪娜觉得这样的关注很有意思，不过他们并未过多理会，只把这跟托迪瓦拉先生的滑稽举止看作一码事。

有一次，鲁斯图姆赶到后环顾四周，在人群中寻找迪娜的身影。前排两姐妹中的一个马上走到他身边，别有深意地小声说："她来了，别担心。她只是去卫生间了。"

这天雨很大，迪娜淋得浑身湿透，正在卫生间里努力地整理仪容，可是她的小手帕实在难以胜任。杆子上挂的毛巾叫人敬而远之。她尽了最大的努力，但走出卫生间时头发仍然在滴水。

"怎么了？"鲁斯图姆问。

"我的雨伞被吹翻了。我一时没能把它翻回来。"

他把自己那块大手帕递给她。这个举动的深意没能逃过旁观者的眼睛：她会接受吗？

"不用了，谢谢，"她说着，用手指拢了拢湿漉漉的头发，"等一会儿就干了。"音乐会的观众们都屏住了呼吸。

"我的手帕很干净，别担心，"他微笑着说，"这样，你进去把身上擦干，我去买两杯热咖啡。"见她仍在犹豫，他便威胁说要把衬衫脱下来，在门厅里帮她擦头发。她这才大笑着接过手帕，转身回到了女卫生间。常客们都开心地舒了口气。

来到卫生间里，迪娜用手帕擦着头发。手帕上有种好闻的味道，她心想。不是香水味，而是种干干净净的人的味道。是他的味道。她坐在他身边时偶尔闻到的正是这种味道。她把鼻子埋在手帕里深吸了一口气，然后羞涩地把它折了起来。

音乐会结束时仍然下着小雨。他们走到公共汽车站。细雨打在树木上发出嘶嘶的声响，仿佛是树叶在灼烧。迪娜打了个寒战。

"你冷吗？"

"有点儿。"

"但愿你不要发烧。你浑身都淋湿了。听我说,你把我的雨衣穿上吧,我用你的雨伞。"

"别犯傻了,伞坏了。再说,你撑着伞怎么骑车呢?"

"当然能骑。如果有必要,我甚至可以倒立骑车。"他坚持道,于是他们在车站的庇护下交换了雨具。他帮她穿上那件鸭背牌雨衣时,手从她肩头掠过。她冰凉的皮肤触碰到他的手指,感到一阵温热。雨衣袖子有些长,除此以外还算合身。雨衣被他的体温烘得很温暖,她之所以觉察到这一点,是由于它渐渐驱散了她身上的寒意。

他们紧挨着站在一起,望着银针般的细雨斜穿过路灯的光芒。然后他们第一次牵了手,仿佛这是再自然不过的事情。车来时,放手是那样艰难。

从那以后,鲁斯图姆的自行车便只用来骑着上下班了。晚上他会坐公共汽车来,这样他们就可以一起坐车,他可以送她回家。

他不骑车,迪娜也更加开心。她觉得他应该完全不再骑车,城里的交通状况太危险了。

"我要结婚了。"晚饭时迪娜宣布道。

"啊,"哥哥笑容满面地说,"好啊,好啊。究竟是哪一个?索利还是波鲁斯?"——这是他最近介绍的两个小伙子。

迪娜摇摇头。

"那肯定是达拉和费尔多什当中的一个了,"露比意味深长地笑着说,"他们俩都被你迷得神魂颠倒呢。"

"他的名字叫鲁斯图姆·达拉尔。"

努斯万吃了一惊,过去三年里他为迪娜介绍的众多对象当中并没有人叫这个名字。也许是她在他深恶痛绝的某次家庭聚会上认识的。"我们在哪里见过他呢?"

"我们没见过。我见过。"

努斯万不喜欢这个回答。他做了那么多的努力,提供了那么多的选择,她居然为了一个陌生人而通通回绝了,这让他很恼火。"你打算就这样嫁给这个家伙?你了解他本人和他的家庭吗?他了解你和你的家庭吗?"

"完全了解,"迪娜的语气令他心生不安,"我认识鲁斯图姆已经有一年半了。"

"我明白了。秘密守得很严嘛,"他挖苦道,"那么这个姓达拉尔的家伙,你的秘密情人鲁斯图姆,他是做什么的?"

"他是个药剂师。"

"哈!药剂师!还不就是个抓药的!你怎么偏拣好听的说?他就是干这个的,整天在柜台后面照着药方把药末子混在一起。"

他提醒自己现在不是该发火的时候。"那么,我们什么时候才能见到你这位万里挑一的心上人啊?"

"为什么要见面?好让你当面羞辱他吗?"

"我没有任何理由要羞辱他。但我有责任跟他见个面,再好好帮你出出主意。到头来还得你自己做主。"

到了约定的日子,鲁斯图姆带着一盒蜜饯来拜见努斯万和露比,他把礼盒交给小薛西斯,他马上就满三岁了。至于迪娜,他送给她一把新阳伞。其中的含义她心领神会,露出了微笑。他趁没人看见的时候向她眨了眨眼。

"这把伞真漂亮,"她撑开伞,说道,"形状真好看,像座宝塔。"伞面是海绿色的,伞骨是不锈钢做的,伞尖令人望而生畏。

"这个武器很危险啊,"努斯万半开玩笑地说,"当心别戳着人。"

他们一起喝茶,吃了露比和迪娜准备的奶酪三明治和黄油饼干,期间并没有产生任何不愉快。不过那天夜里,客人离开后,努斯万说他实在搞不懂他妹妹脑袋里装的究竟是什么——脑子还是锯末。

"选的人要长相没长相,要钱没钱,要出息没出息。别人的未婚夫要么送钻戒，要么送金表，再不济也要送枚胸针。你这家伙送的是什么？一把破阳伞！亏我花了那么多工夫给你介绍律师、特许会计师、警察局的长官、工程师，个个都是体面人家的小伙子。要是叫人知道我妹妹嫁给了一个胸无大志的抓药的傻帽儿，我以后还怎么抬头做人？别指望着我替你高兴或是参加婚礼。对我来说那天是个要沉痛哀悼的日子。"

真悲哀啊，他哀叹道，她为了伤他的心，竟然不惜毁掉自己的一生。"你记住我的话，你的愤怒早晚会害了你自己的。我没那个能力阻止你，你二十一岁了，已经不再是我能照顾的小女孩了。既然你执意要把自己的一生毁掉，那我只好无能为力地看着了。"

迪娜已经料到了努斯万的反应。他说的话不过是她的耳旁风，飘散在虚无缥缈间，不能伤她分毫。她还记得在那个美好的夜晚，雨水从鲁斯图姆可爱的雨衣上滚落的情景。但她又像过去无数次那样凝神细想，她哥哥究竟是从哪里学来的这套胡说八道的本事。他们的父母在这方面都缺乏天赋。

又过了几天，努斯万平静了下来。既然迪娜要出嫁，永远离开这个家，那么这场分别还是办得和气些比较好，不要为此大吵大闹。他暗地里也为鲁斯图姆·达拉尔的平凡而窃喜。要是他的朋友们败给了某个条件更优越的人，那他脸上就更挂不住了。

他参与组织婚礼的热情和慷慨是迪娜始料未及的。他想包下一座礼堂办婚礼，一切费用由他承担，就用他为她存下的那些钱。"我们把婚礼定在日落之后，然后吃晚饭。叫大家看看像样的婚礼是怎么办的——所有人都会羡慕你的。四人乐团，鲜花装饰，配上灯光。我能承受大约三百名客人的开销。但是不能喝酒——太贵，而且太冒险了。禁酒警察到处都是，你贿赂了一个，立刻有十个冒出来跟你要封口费。"

那天晚上上床以后，已经怀上第二个孩子的露比对努斯万的大手笔表示不理解。"既然是他们要结婚，这钱就应该让鲁斯图姆·达拉尔来掏。这不是你的责任——特别是她连丈夫都不让你来选。你为她做什么她都不会领情的。"

然而鲁斯图姆和迪娜想要的很简单。应迪娜的要求，婚礼时间定在了早上，仪式很低调，地点就在她父母忌日时举办诵经会的那座火庙。大祭司弗拉姆吉已是老态龙钟、弯腰驼背，他站在暗处旁观，因为自己没有受邀主持婚礼而愤愤不平。时间减慢了他的行动速度，他曾经那在劫难逃的怀抱现在已经很难捕捉到年轻女性的肉体了。尽管他已是风烛残年，与他有关的一切都在萎缩消解，但"咸猪手大祭司"的名声却还是牢牢地跟着他。"真丢人啊，"他对一名同仁嘟哝道，"我跟史洛夫家族有那么多年的交情。有丧事，他们来找我——为了超度亡灵，为了办葬礼、诵经、祈祷。可是有喜事，办婚礼他们却不找我。真是太丢人了。"

这天晚上，史洛夫家的宅子举办了一场宴会。努斯万坚持至少要这样庆祝一下，并且请了酒席承办商。来了四十八位宾客，其中六位是鲁斯图姆的朋友，再加上他的阿姨希琳和姨夫达拉布。剩下的都来自努斯万的交际圈，其中包括一些远房亲戚，如果不邀请这些人，可能会遭到亲戚的非议——他最在意这种含沙射影、交头接耳的议论了。

餐厅、客厅、努斯万的书房和四间卧室都重新做了安排，以便人们交谈走动，桌上摆满了佳肴和饮料。小薛西斯和玩伴们在房间里疯跑，尖叫着、大笑着尽情冒险探索。这突如其来的自由让他们激动万分，因为他们以前来到这幢房子总是像在蹲监狱，一举一动都被薛西斯那个严厉的爸爸黑着脸看管着。至于努斯万，孩子们每次撞在他身上，他内心都要叹息一声，表面上却只能笑着拍拍孩子，任由他们跑开。

这天晚上他掏出了四瓶苏格兰威士忌，引得人们连声赞叹。在场的男人纷纷说："现在是时候给今天的晚宴以及这对新婚夫妇加点趣味了！"说罢他们频频点头，放声大笑，交头接耳地说些不好让女士听见的话。

"好了，妹夫，"努斯万说着把两只玻璃杯拿到鲁斯图姆面前敲了敲，发出清脆的响声,"你是专家,就给大家调一剂尊尼获加[1]药水吧。"

"没问题。"鲁斯图姆和气地说着拿过了玻璃杯。

"开玩笑,开玩笑,"努斯万抓住瓶子不放,说道,"怎么能让新郎在自己的婚礼上工作呢?"这是他整个晚上唯一一次开药剂师的玩笑。

喝下威士忌一个小时之后,露比去了厨房——该上晚餐了。餐桌被移到墙边,摆成自助餐的形式。侍者端着滚烫、沉重的盘子步履踉跄地走进来,高声说着"请让一让!请让一让!"穿过人群。大家连忙恭敬地为吃的让出路来。

令人胃口大开的香味已经若有似无地在房子里弥漫了整个晚上,挑逗着鼻孔,逗弄着味蕾,此时突然势不可挡地在人群中弥散开来。屋子里瞬间安静了下来。不知谁笑呵呵地说在帕西人心目中,吃饭排第一,闲聊只能排第二。这时有人纠正道:不对,不对,闲聊排第三,排在第二位的事情有女士和孩子在场不能说。听见这话的人都对这个老掉牙的笑话报以由衷的笑声。

露比拍了拍手:"好了,大家伙儿!晚饭准备好了!大家请自便,不要拘谨,吃的管够!"她在房子里巡视,以传统的方式扮演着主人的角色,不无遗憾地对每位客人说:"请多包涵,我们准备的不过是些薄酒小菜。"

"这是哪儿的话啊,露比,这饭菜丰盛极了。"大家答道。盛取饭菜时,他们趁机打听她怀孕的情况,问她预产期是什么时候。

努斯万则仔细查看从自己面前经过的盘子,半开玩笑地数落饭盛得少的客人。"怎么回事,米娜,你是在逗我吧。这么一丁点儿,就算是我养的小麻雀吃了也要饿肚子的,"说着他给米娜添上些香饭,"慢着,霍莎,等等,再来个烤肉串,很好吃的,相信我,再来一个,来嘛,听话,"接着敏捷地往勉为其难的客人盘子里放上两串烤肉,"吃完了再回

---

1. 即Johnny Walker,世界著名的苏格兰威士忌品牌。

第一章　海滨城市

来添啊，说定了！"

所有人都盛完饭菜之后，迪娜看见鲁斯图姆的阿姨希琳和姨夫达拉布在走廊上落了单，便走到他们身边。"一定要吃好啊。您拿的够吃吗？"

"足够了，孩子，足够了。饭菜很好吃，"希琳阿姨示意她凑近些，再近些，直到迪娜弯下腰，耳朵紧贴在她嘴边，"如果你有任何需要——记住，任何需要，你都可以来找我和达拉布。"

达拉布姨夫点点头，他的耳朵很尖。"有任何需要都可以。我们就像鲁斯图姆的父母一样，而你就像我们的女儿。"

"谢谢您。"迪娜说，她明白这不仅仅是婆家人为了表示欢迎而说的客套话。她坐下来陪着他们吃饭。不远处的餐桌旁，努斯万拿着盘子和叉子，示意她给自己也盛些吃的。好的，稍等，她也示意他，然后继续陪着希琳阿姨和达拉布姨夫。老人吃饭时慈爱的目光始终不曾离开她。

努斯万示意侍者开始收拾时，只剩下寥寥几位宾客了。逗留的客人对主人的暗示心领神会，道过谢之后也离开了。

离开时，有人咯咯笑着揪住鲁斯图姆的衣领，带着酒气低声对他说，新郎和新娘真走运，两边既没有岳母也没有婆婆。"不公平，不公平！没人向你打听新婚之夜那东西有没有正常运作，你这个幸运的家伙！没人会来检查床单，是不是？"他用一根指头戳戳鲁斯图姆的肚子，"这么轻松就让你脱身了！"

"晚安了，大家伙儿，"努斯万和露比说，"晚安，晚安。非常感谢你们赏光。"

最后一位客人离开后，鲁斯图姆说："今晚真愉快。感谢你们安排了这一切。"

"是啊，确实很开心，非常感谢你们。"迪娜附和道。

"不客气——真不用客气。"努斯万说。

露比点了点头："这是我们应该做的。"

按照努斯万的建议，迪娜和鲁斯图姆原本打算在这里过夜。但他们反应过来，这需要在聚会结束的当晚就把房间恢复原样。这么一看，还是直接回鲁斯图姆的公寓比较方便。

"什么都不用担心，这些人会打扫干净的，我们付钱就是请他们做这些事的，"努斯万说，"你们去吧。"他拥抱了他们俩。这是他这天第二次拥抱迪娜。第一次是在早上，大祭司做完婚礼的赐福祈祷之后，那也是七年来的第一次。

迪娜的喉咙有些哽咽。她咽了一下口水，这时努斯万用手指飞快地抹了一下自己的眼睛。"祝你们幸福。"他说。

迪娜取来了事先为今晚准备的小旅行包。剩下的东西晚点儿会送来。努斯万让她从父母留下的家具里选一些带走。他陪他们沿着石子人行道走了一段，把他们送上出租车，然后挥手道别。迪娜惊讶地发现他说话时声音居然在颤抖："一切顺利！愿神保佑你们！"

第二天早上他们醒得很晚。尽管他们并没有钱出去度蜜月，鲁斯图姆还是请了一个星期的婚假。

迪娜在昏暗的厨房里泡茶，鲁斯图姆在一旁紧张地看着。厨房是整间公寓里最肮脏破旧的房间，天花板和墙皮被烟熏黑。鲁斯图姆的母亲做了一辈子饭，烧的都是煤块。她曾短暂地用过一段时间的煤油，结果很不顺利——煤油倾洒，起火烧了她的大腿。她由此得出的结论是，煤块要比煤油听话得多。

鲁斯图姆本想在婚礼前把厨房重新粉刷一遍，连同其他房间一起，无奈钱不够用。他开始为公寓的状况向她道歉："你肯定不习惯住在这样的地方。瞧瞧这糟糕的墙壁。"

"不要紧，没事的，"迪娜愉快地说，"我们以后再刷墙。"

也许是由于她一反常态地在早餐时间出现在了公寓里，总之，他开始觉察出周围越来越多的不足之处。"父母去世后我扔掉了很多东西。

那些东西在我看来都是杂物。我本打算像苦行僧那样生活，你知道的，只有我的小提琴做伴。不用钉床来克制自己，而是用猫肠子发出的哀号声。"

"那些琴弦真是用猫的肠子做的吗？"

"以前是，在古代。在更早的时候，小提琴手还要亲自出去捕猎、采集琴弦呢。那时候可没有 L. M. 福尔塔多和戈丁公司这样的乐器店。所有著名的欧洲古典音乐戏剧学院里不仅教音乐，还教解剖动物呢。"

"行了，别一大早就胡说八道。"迪娜责备道，不过她最喜欢他的一点正是他怪诞的幽默感。

"不说这些了，我已经找到了我的美丽天使，苦行僧般的日子结束了。猫肠子可以放一放了。"

"我很喜欢你拉琴。你应该多多练琴。"

"你是在开玩笑吧？我比上个星期在帕特卡尔音乐厅演出的家伙还糟糕呢。他拉起琴来就像 f 孔被人堵住了似的。"

"哎呀，真恶心！"

他看见她做的鬼脸，哈哈大笑起来。"我也没办法——那东西就叫这个名字。来，给你看看我的 f 孔[1]，"他从柜子顶上取下琴盒，"看见共鸣箱上面那两个开口的形状了吗？"

"噢，确实像个手写体的 f，"迪娜一根手指抚摸着那条弧线，又轻轻地摸摸琴弦，"既然都打开了，你就拉一曲吧。"

他合上琴盒，轻轻踮起脚尖，把盒子放回柜子顶上。"拉，拉，拉——我父母过去也总这么说，"他握住她的手放在自己的嘴唇上，"我真后悔没把他们的双人床留下。"接着他羞涩地问："你昨晚睡得舒服吗？"

"哦，很舒服。"她的脸也红了，两个人在狭小的单人床上相拥而眠

---

1. 这里 f 孔中的 f 也可以理解为"屁（fart）"的意思。

的情景犹在眼前。

吃完了煎蛋饼和黄油吐司早餐后,鲁斯图姆打开房门,说要给她一个惊喜。"昨天晚上太暗了,我就没带你看。"

"是什么啊?"

"你出来才能看见。"

她看见崭新的黄铜门牌在阳光下闪闪发光,上面刻着"鲁斯图姆·K. 达拉尔夫妇"。他见她喜欢,也跟着沾沾自喜。"我前天才把它装上的。"

"真好看。"

"换门牌容易,"他咯咯笑着说,"修改租房收据上的名字就难多了。"

"什么意思?"

"房租是以我父亲的名义收的,尽管他已经去世九年了。房东以为我会不耐烦,出钱要求把公寓转到我名下。他一直在暗示我。"

"那你转吗?"

"当然不转。他拿我没办法。有租房法案保护我们的权益。不论房租收据是谁的名字都没关系。而且,你作为我的妻子也有权利住在这里,哪怕我明天就死掉。"

"鲁斯图姆!别说这种话!"

他哈哈大笑。"收租人拿着写有我父亲名字的收据来的时候,我有时真想告诉他们往上走,去天堂,到租户的新地址去找他。"

迪娜把头靠在他肩上。"对我来说,这间公寓就是天堂。"

鲁斯图姆把她揽到身边,抱在怀里。"我也是。"然后他又用袖子把门牌擦得更亮些。就在他们欣赏门牌的时候,两架手推车停在了门口,车上装满了从史洛夫宅第运来的东西。

起初,鲁斯图姆雇了一辆小卡车,因为迪娜央求努斯万把爸爸的大衣柜给她,就是那个刻满太阳与花卉雕花图案的蔷薇木大衣柜。她说只要把衣柜给她,任何东西她都可以不要。努斯万答应考虑一下,最后还是拒绝了。他说把衣柜塞进鲁斯图姆那间小公寓的房门会把衣柜刮坏的,要是柜子磨花了,岂不是辜负了已逝的父亲?再说衣柜那么大,放在小房间里也不合比例。

于是他让她带走了另一只更小、也更朴素的橱柜,一张小桌子和两张成对的单人床。还有一大箱厨具,是露比委婉地询问了鲁斯图姆的厨房设施是否齐全之后为他们置备的。为了协助他们开始新生活,露比送来了锅碗瓢盆、炉子、一些餐具、菜板和擀面杖。

两架手推车卸下东西,他们把对床组装好。其中一名车夫提出想买下那张旧单人床。鲁斯图姆把床给了他,换了三十卢比,然后又把床垫卖给另一个车夫,换了十卢比。

迪娜望着他们把东西抬走时,鲁斯图姆说:"我知道你的心思,但这间公寓里实在放不下多余的床了。"她不禁好奇,现在有了对床,不知他们今晚睡觉时会离得多近。

然而他们新婚第二天醒来时,其中一张床仍像没人睡过似的。她放下心来,把整天的工夫花在打理新家上,把它打造成自己想要的样子。她首先通知了送餐中心,取消了鲁斯图姆订的晚餐盒饭。至于午饭,他下个星期回去上班时她会给他带饭。

"不许再胡闹——到外面吃饭甚至不吃饭了。"迪娜说着爬上一张椅子,查看厨房高处的架子。她找到了一套铜制厨具、一只烧水壶和一套刀具。

"那些东西早就坏了,"鲁斯图姆说,"我一直想把它们当破烂卖掉。明天就卖,我保证。"

"别犯傻,这些老物件结实着呢。修好之后镀上锡就行。如今可买不到质量这么好的东西了。"

后来焊锅匠在窗外吆喝的时候,迪娜唤他来把漏了的锅碗瓢盆补好,又铆上了水壶的破把手。她在旁边盯着,以确保他没有出错。每补完一件,她就会把它拿到卫生间盛些水试验一下。

磨刀匠扛着砂轮经过。焊锅匠停止了敲打,好让她拍手叫住磨刀匠。

钝了的刀刃渐渐磨出了锋利的刀锋,闪着光亮。她很享受这种活力、专注与敲敲打打,是它们把她的家归置成型,为她与鲁斯图姆数十年的幸福婚姻做准备。幸福生活要亲手创造,跟所有其他东西一样,她心想,必得经历一番塑造、敲打、抛光才能展现出最好的一面。

磨刀匠背过脸去,避开砂轮上喷溅的火星。真像排灯节放的烟花呀,她心想,焊锅匠的敲打声在她耳畔愉快地回响。

迪娜和鲁斯图姆在结婚一周年的纪念日去了电影院,然后在外面吃了饭。他们看的是威廉·霍尔登主演的《潜艇突击战》,威廉扮演一名派驻朝鲜的美国海军指挥官。看电影时他们一直牵着手,散场后,他们在路边的餐馆吃了鸡肉香饭。

第二年,迪娜想看些不那么苦情的电影。于是他们选了平·克劳斯贝演的《上流社会》,这部片子才刚上映。她为这天新买了一条连衣裙,蓝色的,走路时俏皮的裙摆摇曳生姿。

"我真不确定你穿这件衣服合适不合适。"鲁斯图姆说着从她身后赶上来,摸了摸她的屁股。

"怎么了?"她笑着扭扭身子挑逗他。

"你会把街上的男人都迷疯的。最好带上你那把尖头的宝塔阳伞防身。"

"难道你不能保护我,把他们赶走吗?"

"好吧。既然如此,我就来提着你的长矛。我有个更好的主意,把我的小提琴带上——惨叫声准能把他们吓跑。"

电影看得很开心。他们开了一整晚关于蓝色连衣裙的秘密玩笑,想象着妒火中烧的女人和色欲熏心的男人对这条裙子多么渴望。晚餐他们去了蒙吉尼糕点店,那里的甜品有口皆碑。

第三个周年纪念日，他们决定邀请努斯万、露比和他们的孩子（现在有两个了）来吃晚饭。自从婚礼之后，他们之间的关系一直很融洽。每逢孩子们的生日，迪娜和鲁斯图姆总会受到邀请，除此以外还有纳吾肉孜节和琐罗亚斯德的诞辰。迪娜有时独自前往，有时则跟鲁斯图姆一起带上甜品去看望侄子，或者只是去打个招呼。曾经的敌意消失得无影无踪，她已经想不起来了，甚至怀疑那都是被想象力夸大的结果。

纪念日的小聚会进行得很愉快。迪娜买不起新衣服，便穿了去年的蓝裙子。露比把裙子赞赏一番，又夸奖了迪娜的厨艺。她说小扁豆抓饭美味极了。迪娜则谦虚地说自己从嫂子那里学到了很多。"不过我离你的水平还差得远呢。"

两个男孩一个六岁一个三岁，迪娜给他们另做了不辣的饭食。可是薛西斯和扎里尔坚持要吃大人的那份。露比就让他们尝了尝，尽管辣得直伸舌头，他们还要再添饭。

"没事的，"迪娜笑着说，"冰淇淋可以灭火。"

"我现在就想吃！"孩子们异口同声地嚷道。

"得先让鲁斯图姆姑父去买才行，"迪娜说，"我们家不像你们家，可以把冰淇淋放在冰盒里保存。给，先吃这个吧。"她说着从摆放着花环和椰子的托盘里拿出两块冰糖，放进孩子们嘴里。

过了一会儿，她在露比的帮助下收拾桌子时，鲁斯图姆决定是时候去买和路雪家庭装冰淇淋了。"如果没有草莓味的话要哪个——巧克力还是香草？"

"巧克力。"薛西斯说。

"香炒。"扎里尔说。大家哄堂大笑。

"香炒！"鲁斯图姆打趣道，"你总是别出心裁，是不是？"

"真不知道他从哪里学来的，"努斯万说，"肯定不是从他爸爸这里。"大家又笑起来。他又趁机补上一句："你们俩呢，鲁斯图姆？依我看你们也该考虑要孩子了。三年的二人世界够长了。"

鲁斯图姆只是笑笑,并不想就此深谈。他开门要走,努斯万一跃而起。"我陪你去吧?"

"哦,不用,你休息吧,你们是客人。再说,要是我们走路过去反而太慢了。我一个人骑车过去,十分钟就回来了。"

迪娜摆好吃冰淇淋用的盘子和勺子,又泡上了茶。"等他回来,茶也就泡好了。"

十五分钟过去了,他们还在等他。"他去哪儿了呢?茶再泡就太酽了。你们先喝吧。"

"不用,我们再等等鲁斯图姆。"露比说。

"肯定是冰淇淋店里人太多了。"努斯万说。

迪娜又泡了一壶茶,好把上一壶兑淡些。她把茶壶放回保温套里。"他去了四十五分钟了。"

"也许第一家的冰淇淋卖光了,"努斯万说,"草莓味特别受欢迎,总是脱销。也许他是到别的地方去买了,更远些。"

"不会的,他知道我会担心的。"

"也许是自行车漏气了。"露比说。

"哪怕推着漏气的车走回来也只要二十分钟。"

她来到门廊,寻找他在远处骑车的身影。这情景让她回想起旧日时光,音乐结束后他们分手,她在大巴的上层,尽力让那辆越来越远的自行车保留在自己的视线里。

这回忆让她微笑起来,但笑容很快便被眼前的焦虑驱散了。"我觉得我应该去看看出什么事了。"

"不,我去吧。"努斯万说。

"可你不知道那家店在哪里,也不知道鲁斯图姆走的路线。你们也许会错过彼此的。"

最后他们一起去了。努斯万见迪娜那样紧张,便不断地重复说:"事情肯定一点儿也不复杂。"迪娜点点头,加快了脚步。他有些吃力才能跟上。

已经九点多了,街上很安静。小路的尽头便是冰淇淋店,人行道上围着一群人。努斯万和迪娜走近时发现警察也在场。

"不知出什么事了。"努斯万尽力掩饰着心中的不安,说道。

是迪娜最先发现了自行车。"是鲁斯图姆的车。"她说。她的声音仿佛是陌生人的声音,传到自己的耳朵里是那样陌生。

"你确定吗?"他知道她很确定。自行车被压得面目全非,但车座还是完好的。他推挤着穿过人群,来到警察身边。一阵咆哮的风暴充斥了她的耳朵,他们的话语抵达她耳畔时已是那样微弱,仿佛是从很远的地方传来的。

"是个缺德的卡车司机,"那名副警督说道,"肇事逃逸。依我看,那个可怜人是没救了。头都压碎了。不过救护车还是把他送去医院了。"

自行车旁边有摊厚重的粉红色的东西,一只流浪狗正在舔着吃。看来草莓味冰淇淋有货,迪娜木然地想。一名警察踢了那条土黄色的杂种狗一脚,它哀叫一声缩到了旁边,接着又溜了回来,还想舔。警察再次抬脚时,她尖叫起来。

"住手!它碍着你什么事了?叫它吃嘛!"

警察愣住了,说了声"好的夫人"便退到了一旁。那条狗饥饿地舔着,开心得呜呜叫,同时警惕地盯着那警察的脚。

努斯万打听到了医院的名字。副警督记下了他的地址,又去问迪娜她的地址,她还怔怔地望着变了形的自行车。自行车作为证据暂时由警察局保管——万一抓到卡车司机的话,他语气柔和地解释道。他提出驾车送他们去医院。

"谢谢您,"努斯万说,"但家里人还不知道出了什么事。"

"没问题,我可以派一名警察去告诉他们不用担心,出了交通事故,你们在医院,"副警督说,"这样你们可以晚点再详细解释。"

多亏了那位副警督的帮助,医院的事宜处理得很快,努斯万和迪娜很快便得以离开。"我们叫辆出租车吧。"努斯万说。

"不,我想走一走。"

他们到家时,泪水已经在她面颊上静静地流成了河。努斯万搂住她,摸摸她的头。"我可怜的妹妹,"他轻声说,"我可怜的小妹妹。真希望我能把他带回你身边。哭吧,没事的,你想哭就哭出来吧。"他把车祸的事悄声告诉露比时,自己也掉了些眼泪。

"哦,天哪!"露比抽泣着说,"怎么会有这么不幸的事呢!几分钟的工夫,迪娜的一生全毁了!怎么能这样?老天怎么能任由这样的事发生呢?"她定了定神,叫醒孩子们,迪娜去换下了她那件蓝裙子。

"现在我们可以吃草莓冰淇淋了吗?"薛西斯和扎里尔睡眼惺忪地问。

"鲁斯图姆姑父身体不舒服,我们得回家了。"露比说,她觉得这件事还是循序渐进地解释比较好。

迪娜很快从她的房间里出来了,努斯万走到她身边。"你得跟我们一起回家,不能让你一个人留在这里。"

"当然了,必须这样。"露比说着拉起她的手,用力地握住。

迪娜点点头,走进厨房开始打包剩下的小扁豆抓饭。露比半是好奇半是胆怯地看着她,然后问:"要我帮忙吗?"

迪娜摇摇头。"吃的不能浪费。我们回家的路上可以把它送给街边的乞丐。"

后来,只要努斯万向人讲起这件事,总是会说在那个残酷的夜晚,妹妹得体的举动让他由衷地叹服。"没有哭天抢地,没有捶胸顿足地扯着头发,你以为一个女人受了那么大的刺激、失去那么亲近的人肯定会这样做,但是她没有。"不过他也想起了母亲,她遇到相似情况时那得体的举动,以及随之而来的精神崩溃。他希望迪娜不要走上母亲的老路。

迪娜把一条白纱丽和接下来几天要用的东西装进了旅行包。那正是她三年前新婚之夜带来的旅行包。

葬礼结束，四天的诵经完成后，迪娜打算回到公寓去。"急什么？"努斯万说，"再住一段时间。"

"当然了，"露比说，"你的家人在这儿。一个人住在那里干什么呢？"

迪娜很轻易地被说动了，因为她觉得自己还没做好准备回到公寓。最难挨的是黎明前的时光。有时她会用胳膊肘轻轻地推推枕头，她过去常用这种方式示意鲁斯图姆搂着自己。当发现并没有手臂落在身上时，她便会醒来，面对周遭的虚无，在日出前的黑暗中再次体会丧夫之痛。她偶尔会出声呼唤他的名字，若是露比或者努斯万听见，他们便会走进房间紧紧地抱住她，抚摸她的头发。

"你跟我们同住又不是负担，"努斯万说，"其实你正好可以给露比做伴儿。"

于是迪娜留下了。她暂住在哥哥家的事很快传开，来吊唁的亲戚络绎不绝。来访的正式目的完成之后，谈话便渐渐带上了家庭聚会的愉快色彩，努斯万和露比很喜欢这种交际。"这样对迪娜是最好的。"他们赞同道。

鲁斯图姆的阿姨希琳和姨夫达拉布在寂静之塔参加了整整四天的诵经仪式，但一个星期后他们又来了。他们坐了一会儿，喝了杯甜柠檬汁，然后说："对我们来说，就像失去了一个儿子。但你要记住，你仍然是我们的女儿。如果你有任何需要，都可以来找我们。记住，任何需要都可以。"

露比碰巧听见了，觉得这话不太中听。"谢谢您的好意。但她还有我们照顾呢，努斯万和我。"

"对，没错，多谢神明，"她语气中的尖厉让老夫妇一愣，他们说道，"愿神保佑你们都健康长寿。迪娜有你们两个照顾是她的福气。"不久他们就告辞了，想着这样也许能让露比得到些宽慰。

又过了一个月，迪娜回到了过去的生活，在家中担起了从前的角色。用人被解雇了，迪娜并不介意，这样她在漫长而空虚的日子里还能有点事做。能够和迪娜姑姑同住，薛西斯和扎里尔自然兴奋不已。薛西斯现在上二年级，扎里尔则刚刚开始上幼儿园。她主动提出送他们上学，这很方便，她早上去集市顺路就可以送。

星期天晚上，努斯万会组织家人打牌。三个大人玩几个小时的拉米纸牌，孩子们就在旁边看着。有时迪娜会让薛西斯和扎里尔替自己拿着牌。七点钟，两个女人开始准备晚饭，努斯万则跟孩子们一起搭纸牌屋解闷儿，或是再翻一遍当天的报纸。

迪娜每个星期会回到空着的公寓一次，去除尘、打扫。在那里，她还保留着跟鲁斯图姆在世时分毫不差的家务习惯。清扫结束后她会泡杯茶，在狭小的厨房里不受打扰地守着茶杯坐着，回忆往昔，时而轻声啜泣，而那杯茶通常会放凉。她总是只喝半杯就把它倒掉。

这个秘密的哀悼仪式持续了几个星期之后，她开始任凭自己头脑中的一部分相信一切还是老样子。公寓里有人居住，分别只是暂时的。这样做似乎并无弊端，这种幻想让她心神安宁。

接着，一天晚上，夜幕降临、汽车纷纷亮起车灯时，她发现自己站在门廊向街上张望，想看看鲁斯图姆的自行车是不是快回来了。一阵寒意溜下她的脊背。她决定到此为止。在癫狂的边缘试探是一码事，不过当癫狂开始回应你的试探，那便是该叫停的时候了。

她不再每个星期都打扫公寓。如果非去公寓不可，她也从不独自前往，而是带上年幼的侄子同去。薛西斯和扎里尔很喜欢在这无人居住的房子里探险。熟悉的房间突然变得陌生而神秘，尽管摆满家具，里面却带着一种难以言说的空虚感。这种博物馆般的寂静让他们困惑不解。他们大声叫嚷，跑跳着穿过公寓，想看看这样能否将空虚驱散。

一天下午，迪娜来取东西时发现了房东送来的一只信封。孩子们正在组织越野赛跑，薛西斯规划出了路线。"我们从门廊开始，一路跑到厨房，然后一路跑到厕所，再一路跑回来，穿过所有的房间。明白了吗，扎里尔？"

"好嘞。"扎里尔说。迪娜宣布各就各位，预备，跑。她打开前屋的窗户，读了那封信。信上说由于房屋无人居住，特此通知在三十天内将房子清空并交还钥匙。

当天晚上她把信给努斯万看，他火冒三丈。"瞧瞧这个无耻的混蛋房东。可怜的鲁斯图姆去世还不到三个月，毒蛇就露出真面目了。没门儿。你一定要守住那套公寓。"

"没错，我打算下个星期就搬回去。"她附和道。

"我不是这个意思。在这里住一年，住两年——想住多久就住多久，但是不要放弃你的权利。记住我说的话，过不了多长时间，这座城市的住所就会非常紧俏。你那样的旧公寓会变成金矿的。"

"确实，"露比说，"我听说，普特利·马西的儿子交了两万卢比的租房保证金才找到落脚的地方。房租是每个月五百卢比。他的公寓甚至比你那间还小呢。"

"没错，"迪娜说，"可是我的房租——"

"别担心，我来付，"努斯万说，"至于这封信，我的律师自会回复的。"

他早有考量：迪娜早晚要改嫁，等到那个节骨眼儿上要是因为没有住处而为难，那可太倒霉了。他绝对不希望他们夫妻俩跟迪娜同住。那样只会带来摩擦和冲突。

在鲁斯图姆第一年的忌日，努斯万上午没去上班。他前一天已经给薛西斯的学校和扎里尔的幼儿园老师写了请假条，说他们"由于要去火庙参加已逝姑父的诵经仪式而不能到校"。家人全部出席仪式，迪娜对此心怀感激。

"真难以想象，"回家后努斯万感慨道，"已经过去一整年了。时间过得真快啊。"

几天后他邀请了几位朋友来喝茶，借此郑重地暗示服丧已经结束。

波鲁斯和索利也在他请来的人当中，几年前，努斯万孜孜不倦地向迪娜推荐适婚青年的时候，他们俩便是其中两个。按照努斯万的说法，二人仍是单身，条件仍然不错，前提是她肯对一些无伤大雅的小缺陷视而不见，比如初现雏形的啤酒肚和白头发。

他自以为委婉地私下对迪娜说："你知道吗，波鲁斯和索利都巴不得做你的丈夫呢。波鲁斯的律师事务所生意好得叫人不敢相信，索利则是会计师事务所的全面合伙人。他们并不介意你是个寡妇。"

"他们心肠真好啊。"

他很不喜欢这讽刺的语气。这让他想起了从前的迪娜——那个顽固、粗鲁、叛逆的妹妹，他以为那个妹妹已经蜕变成了一个更加柔和的人。不过他咽了一下口水，又平静地说下去。

"你知道吗，迪娜，我非常佩服你。任谁都别想指摘你在服丧期间举止轻浮。你在这一年里表现得太得体、太完美了。"

"我并不是在表现。而且这没什么难的。"

"我知道，我知道，"他不禁后悔自己措辞不当，连忙说，"我的意思是，我很敬重你的气节，不过问题是你还这么年轻。事情过去一年了，你也该为将来做打算了。"

"别担心，我明白你的心思。"

"那就好，我要说的就这些。走吧，该打牌了。露比！"他向厨房高声唤道，"该打拉米纸牌了！"这下肯定会有进展的，努斯万很确定。

接下来的几个星期，他继续邀请从前的那群单身汉到家里。"来，迪娜，"他说，"我给你介绍一下。"接着他装出一副忘了的样子大声说："等等，等等，我在瞎说些什么呀，我的脑子呢？你跟腾姆顿是旧相识啊。权当是我再介绍你们认识一次吧。"

这些都是事先计划好的，目的在于暗示双方现在可以再续前缘、重燃激情了。这令迪娜无比反感，尽管如此，她在为他们倒茶、递三明治的时候还是竭力克制自己不要皱起眉头。客人离开后，努斯万便开始了他昭然若揭的暗示，夸这个相貌英俊，称赞那个会做生意，又说第三个正等着继承一大笔遗产。

单身汉联谊会进行了四个月，迪娜还是没有流露出合作的意向，努斯万没了耐心。"我一直很有分寸，考虑到你的感受，也不是不通情理。可是你到底在等哪位皇亲国戚啊？我给你介绍谁你都背过脸去躲到房间另一头。你究竟想要什么样的人啊？"

"我什么样的也不想要。"

"你怎么可能什么样的也不想要呢？那你这辈子就完了。懂点儿道理好不好。"

"我知道你做这些是为我好，但我真的不感兴趣。"

这个回答再次让努斯万想起了从前的迪娜，那个不知感恩的小妹妹。他怀疑她其实很鄙视自己的朋友们。可他们都是好小伙子，每个都是。别往心里去，他不会让自己被她气着的。

"那好。我说了，我是个讲道理的人。既然你不喜欢这些人，我也不会强迫你。你自己去找一个。或者我们雇个媒人。我听说金瓦拉太太说媒的成功率最高。跟我说说你喜欢什么样的。"

"我不想这么快就改嫁。"

"快？你管这叫快？你已经二十六岁了。你还盼什么呢？盼着鲁斯图姆奇迹般地回来？你可要当心，别像巴普希姑姑那样疯掉——她好歹还有个借口，船坞爆炸之后她丈夫的尸体始终没找到。"

"你怎么能说出这么无情的话来！"迪娜嫌恶地转身走出了房间。

出事时她年纪很小，却记得很清楚，那是战争时期，两艘英国的弹药船停进船坞之后爆炸了，殃及码头周围很大一片地方，死了上千人。爆炸尚未结束，坊间便传开了关于纳粹间谍的流言。当局说死亡人数难以统计，因为许多人在可怕的爆炸中被烧得灰飞烟灭，但巴普希姑姑拒不接受这种说法。她坚信自己的丈夫还活着，只是失了忆走丢了，找到他是迟早的事。有时巴普希姑姑会相信他是被人催眠了，被坏心肠的苦行僧灌了药，抓去做奴隶了。无论哪种说法，她都坚信肯定能找到丈夫。那场灾难过去十七年了，她的信念仍然坚定不移。她把丈夫的照片装在沉重的银相框里摆在床头，对着照片喋喋不休地说着话，向他详细地讲述每天的见闻和传言。

"是你这种消沉的举止让我想到了巴普希姑姑，"努斯万跟着迪娜走进隔壁房间，说道，"你有什么借口呢？葬礼你参加了，鲁斯图姆的尸体你看见了，祷告词你也听见了。已经过去一年了，他早就死了，被消化掉了。"话刚出口，他立刻仰望苍天，祈求神灵原谅自己对逝者的不敬。

"你生在这里，你知道自己有多幸运吗？放在愚昧的地区，寡妇就像垃圾一样遭人嫌弃。你要是个印度教徒，放在过去，守妇道的寡妇可是要扑到丈夫葬礼的柴火堆上活活烧死，给他殉葬的。"

"要是能让你满意的话，我随时可以到寂静之塔去，让兀鹫把我吃掉。"

"无耻的女人！这样口无遮拦！亵渎神明！我只是让你珍惜自己的处境。因为你还有机会体验圆满的人生，重新嫁人生子。还是你想永远靠我的救济过活？"

迪娜没有回答。不过第二天努斯万上班时，她开始动手把自己的东西搬回鲁斯图姆的公寓。

露比试过阻止她，跟在她身后从一个房间走到另一个房间，苦苦哀求她。"你知道你哥哥的急性子。他是有口无心。"

"他有心的那些事倒不会说出来。"她说着继续打包。

当天晚上露比把事情告诉了努斯万。"哼！"他故意用迪娜听得见的声音嘲讽道，"她要走就让她走。我倒要看看她怎么糊口。"

大家吃完晚饭还没下桌的时候，他清了清嗓子。"作为一家之主，我有责任告诉你，我不赞同你的做法。你这是在犯大错，早晚要后悔的。

在外面谋生很艰难,但我不会求你留下。若是你明白事理,那我也欢迎你留下。"

"多谢你的教诲。"迪娜说。

"对,尽情地挖苦我吧。反正你已经挖苦了我一辈子,何必现在停下来呢。记住,这是你自己的决定,没人要把你赶出去,哪位亲戚都怪不到我头上,过去我尽了最大的努力帮助你。以后我还是会这样做。"

不久,孩子们也明白了迪娜姑姑要离开。起初他们很困惑,接着生气起来。薛西斯把她的提包藏了起来,尖叫着:"不行,姑姑!你不能走!"直到她威胁他们,说要不带提包就走,扎里尔才满脸是泪地取来了提包。

"你们随时可以来看我,"她试图安慰两个孩子,拥抱他们,给他们擦干眼泪,"星期六星期天都可以。或者假期也可以来。一定会很好玩的。"孩子们对这个建议十分心动,但他们更希望姑姑能永远陪着他们。

搬回公寓的第二天上午,迪娜去拜访了鲁斯图姆的达拉布姨夫和希琳阿姨。"达拉布!快看是谁来了!"希琳阿姨激动地招呼道,"是我们的宝贝迪娜!进来,我的孩子,快进来!"

达拉布姨夫穿着睡裤就出来了,他拥抱了迪娜,说他盼这一天已经盼了好久。"请原谅我穿成这样。"他说着在她对面坐下来,露出了开心的笑容。

迪娜和从前一样,为他们见到她时那喜悦的样子而深受感动。她感觉他们的关爱就像一股暖流。这让她想起儿时过生日时母亲为她洗的牛奶浴,半杯温热的牛奶上漂浮着玫瑰花瓣,流过她的脸、脖子和胸口,白色的细流淌过她浅棕色的皮肤。

"最艰难的部分,"她说,"是离开两个小侄子。我跟他们是那样亲近。"

"是啊,跟孩子相处就是这样,"希琳阿姨说,"但你知道的,鲁斯图姆告诉过我们，你结婚前哥哥对你有多刻薄。"

"他心地不坏，"迪娜语焉不详地辩解道，"他只是对事情自有一套看法。"

"没错，当然是这样，"希琳阿姨觉察出她不愿说家人的坏话，说道，"总之，你可以跟我们同住。你能来我们再高兴不过了。"

"哦，"迪娜急于澄清误解，忙说，"其实我已经决定搬回鲁斯图姆的公寓去了。我到这里来只是想问问你们，能不能帮我找份工作。"

听了她的话，达拉布姨夫的嘴动了动。他努力咽下这突如其来的失望，轻柔的嗫嚅声打破了寂静，希琳阿姨则拼命摆弄着外套的下摆。"工作，"她嘴里说着，头脑一片空白，无法思考，"我的好孩子……没错，工作，你必须得有份工作。什么工作呢，达拉布？你说帮她找份什么工作好呢？"

迪娜满心愧疚地陷入了沉默，等待着他的回答。但他仍在努力地吞咽失望的心情。"换衣服去，"希琳阿姨责备道，"都快下午了，还穿着睡衣闲逛呢。"

他顺从地起身走进房间。希琳阿姨松开了衣摆，双手揉揉脸，坐起身来。等达拉布姨夫把蓝色条纹睡衣换成卡其裤和宽松的衬衫，回到她们身边时，她正好为迪娜想出了一个办法。

"跟我说说，孩子，你会缝纫吗？"

"会点儿皮毛。露比教过我怎么用缝纫机。"

"很好。那你就有工作可做。我有一台多余的胜家牌缝纫机，你可以拿去用。那台机器很旧，不过运转良好。"

多年以来，希琳阿姨一直在为几个家庭做缝纫工，以贴补丈夫在国家运输公司的薪水。她做的是些简单的活计，比如睡衣、睡袍、婴儿服、床单、枕套、桌布等等。"你可以做我的搭档，"她说，"要做的活很多，我上了年纪眼睛不好，现在忙不过来。我们明天就开工。"

迪娜拿起提包，拥抱了希琳阿姨和达拉布姨夫。他们送她到门口，这时一阵喧闹声将他们引到了阳台。一大群抗议者正沿着路往前走。

"又是关于语言的破抗议,"达拉布姨夫看见他们拉的横幅,说道,"这些蠢货要按语言把国家分裂。"

"人人都想改变现状,"希琳阿姨说,"大家怎么就不能学着享受事物原本的样子呢?算了,我们进去吧。迪娜现在不能走。交通整个停滞了。"她说这话时听起来倒很开心,他们又在迪娜的陪伴下愉快地度过了两个小时,街道才恢复正常。

接下来的几天里,她带着迪娜四处拜访,向客户引荐。每到一户人家,迪娜便紧张地站在希琳阿姨身边等着,怯生生地笑着,努力记住一连串的名字和缝纫要求。希琳阿姨把大部分新接到的活都转给了她。

到了周末,迪娜终于抗议了:"我不能接这么多活,我不能把您的生计抢走啊。"

"我的好孩子,你并没从我这里抢走什么。达拉布的退休金足够我们用了。我本来也打算不再缝纫的,这份工作我做着是越来越费劲了。给,别忘了这个新图样。"

在分派任务的同时,希琳阿姨也会把客户的背景告诉她,这些信息可以帮助迪娜与他们打交道。"孟西家是最好的——总是按时付账。帕雷克家也是,不过他们家喜欢讨价还价。你千万不能松口,告诉他们,价格是我定下的。还有谁来着?哦,对了,萨乌克绍先生。他有喝酒的毛病。每到月底,他那位可怜的太太总是没钱。一定要让他们提前付款。"

至于苏尔提家,他们的情况比较特别。每当苏尔提夫妇吵架时,苏尔提太太就不做晚饭,而是把先生的睡衣全从柜子里拿出来烧掉,把灰和烧焦的布片盛在盘子上,等他下班回家时摆在他面前。

"结果就是,"希琳阿姨说,"你的生意多了。每隔两三个月,他们和好之后,苏尔提太太就会找你下一大笔睡衣订单。不过你千万要装作若无其事的样子,否则她会解雇你的。"

迪娜收集的百家像越来越多,因为希琳阿姨又为她的客户画像集增添了达瓦尔家和科特瓦尔家，梅赫塔家和帕福里家，瓦查家和斯尔瓦伊家。"这些家长里短你一定听烦了，"她说，"只要再记住最后一件，也是最重要的一件事：永远不要为男客户量裤腿的内缝长。跟他们要一件样衣照着缝。如果实在不行，就要确保量尺时有人在场，妻子、母亲、姐妹都可以。否则还没等你反应过来，他们这里扭扭，那里动动，就会把一些你不想碰的东西塞进你手里。相信我，我年轻不懂事的时候有过一次糟糕的经历。"

迪娜被带去见弗雷顿时想得最多的就是最后一条建议。他是个独居的单身汉。希琳阿姨告诫她不要独自到他的公寓去。"尽管他是个非常正派的绅士，但是人言可畏。人家会说你们有这样那样的关系。那你的名声就毁了。"

迪娜并不在乎旁人说什么，也不觉得弗雷顿有什么可怕的，不过她做好了准备，一旦他叫她量裤腿内缝就立刻夺门而出。为了让希琳阿姨放心，她说自己总是有朋友陪着。她没有告诉希琳阿姨的是，那个朋友正是弗雷顿，因为他很快就成了迪娜的朋友。他的缝纫活主要是小裙子、短裤和围裙。为了帮助迪娜，他给亲戚朋友家孩子送的生日礼物总是这些衣物，而不是塞满卢比的信封。

他们的友情日益深厚。迪娜经常陪他去布料店，帮他挑选制作礼品用的布料。买完东西之后，他们会在巴斯塔尼甜品店喝些茶，吃点蛋糕。有时弗雷顿会在回家的路上买些炸羊排或者咖喱肉，邀她回公寓吃晚饭。他总会鼓励她尝试新的连衣裙款式，面对客户时坚持自己的主张，提高价格。

几个月过去，迪娜对自己的手艺渐渐自信了起来。多亏了嫂子的指导，缝纫并不难。每当遇到难题，她便去请教希琳阿姨，她的来访让两位老人乐在其中。她隔三岔五就去，假装是被这样那样的问题难住了：褶领、插肩袖、风琴褶之类的。

缝纫活每天都会剩下一些边角料，希琳阿姨建议她把它们收集起来。"什么都别浪费——记住,任何东西都自有它的用处。这些边角料很有用呢。"她说着麻利地做了个示范,做出了一条鼓囊囊的卫生巾。

"真是个好主意。"迪娜说。以她的收入,能省则省。碎布做的填料虽然不如她过去买的卫生巾吸水性好,但是自制的卫生巾可以勤加更换,因为不花钱。不过,作为双保险,她在例假期间会穿颜色很深的裙子。

有了工作,小公寓里的时间过得就快了。她的眼睛和手指沉浸在缝纫活当中,对相邻公寓里的声音却高度敏感。她从那些公寓里收集声音,存在头脑里,重新播放,据此描绘出邻居的生活图景,就像把纸上的图样变成衣服那样。

鲁斯图姆对邻居一向敬而远之。他说见面打个招呼就够了,不然很容易招来没完没了的闲言碎语和斥责。可是洗刷锅盆的声响、门铃声、与小贩讨价还价的声音、洗衣服的水声、湿衣服在肥皂水里的拍打扑腾声、家人之间的吵架声、与仆人的争执声——所有这些声音听起来与闲言碎语无异。接着她意识到,只要邻居有心听,从她的公寓里传出的声音也把她的生活清清楚楚地送进了邻居的耳朵。世上没有绝对的隐私,生活就是一场永不落幕的演奏会,观众别无选择。

有时候,她忍不住想像从前那样去听免费音乐会打发时间,但她不愿重拾这个习惯。她对于一切能够勾起旧日回忆的事物都心怀戒备。通往自力更生的道路绝不能绕回过去。

日子一天天过去,在迪娜把裁缝工作做得轻车熟路以后,希琳阿姨便开始教她织毛衣。"羊毛制品的需求量不大,"她说,"不过还是有人定做,有的是为了赶时髦,有的则是为了去山里的度假区休假。"她渐渐学到复杂的花样以后,希琳阿姨就把自己全部的花样图册和织针都送给了她。

最后,她教迪娜刺绣,不过她警告迪娜:"绣花餐巾和茶巾非常受欢迎,报酬也高。不过做这个很伤眼睛。别接太多活,不然四十岁以后你就要付出代价了。"

就这样,三年以后希琳阿姨去世时,迪娜已经很有把握自食其力了。几个月后达拉布姨夫也去世了。她感到很孤独,仿佛再一次失去了双亲。

努斯万满以为没人会因为迪娜离家的事责怪他,恰恰相反,亲戚们迅速分成了两个阵营,尽管一少部分自称中立的人跟双方相处得都很融洽,但至少有一半的人坚定地支持迪娜。他们为了表达对她独立精神的赞许,想出了许多赚钱的法子。

"黄油饼干。这个最赚钱了。"

"你怎么不开个托儿所呢?当妈的肯定更愿意让你来照看孩子,而不是女佣。"

"做一种好喝的玫瑰冰沙,你就再也不用担心了。人们保证会成箱成桶地买。"

迪娜感激地听着大家的建议,感兴趣地侧头听着他们描绘宏伟计划。若说不置可否地点头,她已经成了这方面的专家。裁缝生意冷淡的时候她就接些别的订单,做蛋糕、粗麦粉糕点、辣味软糖和炸点心。

后来她的朋友泽诺比娅灵机一动,想出了为孩子上门理发的主意。泽诺比娅终于实现了学生时代的理想:她现在是维纳斯美发沙龙的首席美发师。晚上打烊后,她就把假发粘在石膏人头上教迪娜理发。廉价的假发打了结,总是会勾住梳子齿。

"别担心,"她安慰迪娜,"剪真头发比这容易得多。"她把店里多余的工具凑成一套,有剪刀、推子、刷子、梳子、爽身粉和粉扑。然后她们列了一张名单,上面是所有可以用来当小白鼠的亲戚朋友的孩子。薛西斯和扎里尔的名字被排除了,尽管努斯万肯定愿意在理发上省点儿钱,但是现在迪娜总觉得去他家不太自在。

"你只管一个接一个地给这些淘气包剪头发,等你把他们一股脑全剪完就好了,"泽诺比娅说,"这就是个熟能生巧的活儿。"她在一旁监督,不久,她就说迪娜受完训练可以开工了。于是迪娜就开始挨家挨户地理发。

然而这个生意几天后就倒闭了,一个孩子的头发也没理成。她和泽诺比娅都忘了一件事,那就是大多数人都认为碎头发掉在家里是非常不吉利的事情。迪娜把自己的遭遇告诉了朋友,说那些潜在的客户一想到剪掉的头发要落在自家地上,顿时勃然大怒。"这位女士,您一点儿都不替别人着想吗?我们跟您有什么仇怨,您要给我们家带来这样的霉运?"

有些人倒是同意献出孩子的脑袋。"不过您只能在外面剪。"他们说道。迪娜拒绝了。她做事也是有底线的。她是上门服务的幼儿理发师,不是路边的剃头匠。

之后她倒也没有彻底金盆洗手。朋友们的孩子得以继续获益于她的手艺。有些小男孩小女孩对她练手时期理的发型心有余悸,一听说迪娜阿姨来了就连忙躲起来。随着她的技术越来越好,孩子们渐渐不那么害怕了。

尽管有许多谋生之道,有时她还是收入微薄,难以支付房租或电费。希琳阿姨和达拉布姨夫在世时常常借给她四五十卢比,帮她渡过难关。如今唯一的选择只有努斯万了。

"当然了,这是我责任所在,"他伪善地说,"你确定六十就够吗?"

"确定,谢谢。我下个月就还给你。"

"不急。跟我说说,你有没有找到心上人啊?"

"没有。"她答道,她暗自揣测他会不会对弗雷顿有所怀疑。会不会有人见过他们在一起,告诉了努斯万呢?

希琳阿姨去世后的两年里,这位单身汉与她从朋友关系更进一步,成了情人。尽管迪娜对结婚这件事仍然难以想象,但她乐意有弗雷顿相伴,因为他跟她相处时怡然自得,不会挖空心思说俏皮话,也不必参加情侣通常参加的社会活动。无论是坐在他的公寓里还是在公园散步,两个人都同样快乐。

可是当他们闯入亲密关系的秘密花园之后,这段关系便充满了波折。有些事情她无论如何也做不到。床——任何一张床——都不行,那是只留给已婚夫妇的神圣之地。于是他们用一把椅子代替,后来有一天,就在她抬起一条腿要跨坐在弗雷顿身上时,这个动作让她回想起鲁斯图姆抬腿跨上自行车的样子。这下椅子跟床一样也不能用了。

"哦,天哪!"弗雷顿轻声叹息道。他穿上裤子,开始泡茶。

几天之后他劝说她尝试站着的姿势,迪娜没有反对。弗雷顿开始尽自己所能地完善这个过程,找来一个低矮的平台让她站在上面,以便他们相拥时身高更加匹配。接下来他买了一只小凳子,经过一番颇为私密的测量,他精准地把凳腿锯掉了二又四分之一英尺,把凳子改造成合适的尺寸,正好可以让她把一条腿搭在上面。有时她会抬起左腿,有时则是右腿。他把这些物件摆在墙边,又从天花板吊下几只枕头,垂在跟她的头、后背和臀部平齐的地方。

"这样舒服吗?"他温柔地问,她点点头。

然而床铺带来的那种终极的满足感他们只能尽量模拟,无法复制。本该作为调剂的小菜变成了正餐,导致食客的胃口总是一头雾水,未能满足。

在弗雷顿房间的墙上有扇小窗户,窗外有盏路灯。有一次,黄昏将近、夜幕将落未落时,他们正彼此相拥,站立做爱,外面忽然下起了雨。潮湿的花园气息从窗户飘进来。迪娜的眼睛半睁半闭,看见路灯周围飘着雾似的细雨。他们的手、胳膊肘或者肩膀偶尔会移到枕头之外,碰到光秃秃的墙壁,水泥贴着他们滚烫的肉体,让人感到凉爽而惬意。

"嗯……"她说着,全身的感官都沉浸其中,弗雷顿也很高兴。这时雨越来越大。迪娜看见银针般的细雨在路灯前斜着落下。

她看着看着,身体忽然僵住了。"请停下。"她小声说道,可是他仍然在动。

"我说停下！求你了，弗雷顿，停下！"

"为什么？"他哀求道，"为什么？又是哪里出问题了？"

她打了个冷战。"雨……"

"雨？你愿意的话我可以把窗户关上。"

她摇摇头。"对不起，有些事让我想起了鲁斯图姆。"

他双手捧起她的脸，但她推开了他的手。她的思绪从他们的拥抱中游离出来，飘进了很久以前那个雨夜的记忆：她身上穿着鲁斯图姆温暖的雨衣，她的雨伞被风吹坏了。那天的演奏会之后，他们在公共汽车站第一次牵手，绵绵细雨把他们的手掌淋得有些潮湿。

回想起那一刻的纯洁，迪娜将它与眼前的情景对比。她和弗雷顿在这个房间里的种种奇技淫巧是那样龌龊，她心中充满了羞耻与悔恨。她打了个寒战。

弗雷顿沉默地把内衣内裤递给迪娜。她穿衣服时瑟缩在枕头墙边，背过身去不看他。他穿上裤子，泡了茶。

过了一阵，他试着哄她开心。"在所有土气的印度电影里，下雨都会让男女主角更加亲密，"他抱怨道，"可是从今往后，下雨却成了我这辈子的阴影。"迪娜笑了，他于是受到了鼓舞："没关系，我把这个拆了，重新设计一个供我们使用。"

弗雷顿从不气馁。尽管他做了各种别出心裁的尝试，背地里还参考了性爱手册，他却仍然无法将过往彻底隔绝。他发现这东西狡猾得很，稍不留神便会躲过最严密的防守，溜进当下。

但他从不为此而抱怨，迪娜就喜欢他这一点。她打定主意不让努斯万得知他的存在，时间越长越好。

"还没有男朋友吗？"努斯万说着从钱包里掏出钱来数，"别忘了，你已经三十岁了。一旦你人老珠黄，再生孩子可就来不及了。我现在还能帮你找个体面的丈夫。你这么拼命地糊口究竟是为了什么啊？"

她把六十卢比放进钱包，任凭他说教。这是他借钱的利息，她颇富哲思地想道——这利息有点儿过分，不过这是唯一一种她付得起、他又肯接受的利息。

小提琴在柜子顶上放了五年没人碰过。半年一次的大扫除时，迪娜会把一块白布蒙在头上，拿着长柄扫帚清扫墙壁和天花板，擦柜子顶上时她也不会挪开那个黑色的琴盒。

又过了六年，她仍然用同样的办法对待那把小提琴，几乎没有意识到它的存在。现在到了第十二年的忌日。她下定决心是时候卖掉这件乐器了。与其让它在这里积灰，不如让别人用它拉些曲子。她站到椅子上取下琴盒。她的手指拨开吱嘎作响的生锈金属搭扣，掀开盖子，她倒吸了一口气。

f孔周围的共鸣箱完全塌了。四根琴弦在弦板和弦轴之间软绵绵地耷拉着，琴盒里的毛毡内衬成了碎片，被蛀虫啃噬得七零八落。酒红色的碎羊毛沾在她手上。她有点儿反胃。她用颤抖的手从盒盖里抽出了琴弦。马毛从琴弦一头垂下来，像一根细长的马尾辫，只剩下十来根完好的弓毛。她把一切归位，决定把琴送到 L. M. 福尔塔多乐器公司去。

在路上，她不得不躲进一座图书馆，因为示威者在街上横冲直撞，砸烂商店的橱窗，高喊着口号，抗议南印度人大量拥进城市抢走了他们的工作。警察的吉普车赶到时，示威者也完成任务离开了。迪娜又等了几分钟才离开图书馆。

到了 L. M. 福尔塔多乐器公司，马什卡雷尼亚什先生正在监督店员清理大块的橱窗玻璃，闪闪发亮的玻璃碎片散落在两把吉他、一把班卓琴、邦戈鼓和几张印着克里夫·理查德最新曲目的乐谱之间。迪娜带着小提琴走进店门，马什卡雷尼亚什先生回到了柜台后面。

"真可惜啊。"她指了指橱窗说。

"这就是如今做生意要付出的代价。"他说着打开了面前的琴盒。盒子里的东西让他神情严肃地沉默了一阵。"这是怎么搞的？"他没有认出迪娜，因为鲁斯图姆把她介绍给他认识已经是很久以前的事了，当时他们来店里买过一根 E 弦，"这把琴没人拉吗？"

"有些年头没人拉过了。"

马什卡雷尼亚什先生挠挠右耳朵，黑粗镜框后面的眉头使劲皱在一起。"存放小提琴的时候要把琴弦和弓毛调松，"他严肃地说，"我们人类回家休息的时候也要松开裤腰带，不是吗？"

迪娜点点头，有些羞愧："这还能修吗？"

"什么都能修。问题是修完之后音色怎么样。"

"音色会怎样呢？"

"难听，像猫打架。不过我们可以给琴盒重新铺上衬里。这个盒子不错，很结实。"

她以五十卢比把琴盒卖给了马什卡雷尼亚什先生，把小提琴的残骸也留下了。他说初学者也许会买修补过的打折乐器。"初学者拉琴反正也吱吱嘎嘎的，音色不要紧。如果卖出去了，我再补给你五十卢比。"

她想到某位热情洋溢的年轻人也许会得到这把琴，心中便宽慰了些。鲁斯图姆也会喜欢这个结局的——他的小提琴继续折磨着世人。

小提琴引起的内疚会时不时地绕回迪娜心头。我真蠢啊，她心想，竟然把它在柜子顶上放了十二年，任凭它坏掉。她至少可以把琴送给薛西斯和扎里尔，鼓励他们学琴。

后来，某天早上有人来到公寓，说是来给达拉尔太太送东西的。

"我就是。"她说。

那个小伙子穿着时髦的紧身裤和亮黄色的衬衫，上面三颗扣子没有扣，他回到送货卡车旁取东西。迪娜心想也许是小提琴。她把琴留在 L.M. 福尔塔多乐器公司已经六个月了。也许这把琴已经无可救药，所以马什卡雷尼亚什先生把它送回来了。

那年轻的小伙子拖着鲁斯图姆变形的自行车回到了门口。"警察局送来的。"他说。

还没等他示意迪娜签收,她的手便顺着门框慢慢地往下滑——她姿势优雅地倒在了地上,昏了过去。

"太太!"送货的男孩慌了手脚,"要我叫救护车吗?您是不是病了?"他慌乱地用送货单给她扇风,从各种角度向她脸上挥动,盼着某一股气流能起作用,把气息吹回她的鼻孔里。

她动了动,男孩扇得愈发起劲。他见有进展,大受鼓舞,抓起她的手腕,像是要检查脉搏。小伙子并不知道抓起手腕之后该怎么办,不过他曾在一部电影里见到过几次这样的动作,影片的男主角是名医生,女主角则是他忠诚的大胸护士。

迪娜又动了动,送货的男孩松开了手腕,为自己在医学方面的首次成就感到沾沾自喜。"太太!出什么事了?要不要我去叫人?"

她摇摇头。"天热……现在没事了。"扭曲的车架和车把再次游移进她的视线。有片刻的工夫,她纳闷儿警察为什么要把自行车漆成红棕色,车本来是黑色的。

模糊的视线退去,她的视力恢复了正常。"整个都生锈了。"她说。

"全锈了,"他点点头,又查看了标有文件编号和日期的标签,"怪不得。在证据室放了十二年了,窗户是破的,天花板又漏水。十二年风吹雨淋的,就是人的骨头也要生锈了。"

迪娜内心翻江倒海的情绪使她把气撒在了年轻人身上。"警察就是这样对待重要证据的吗?要是他们抓住罪犯,证物都损坏成这样了,还怎么在法庭作证?"

"我也同意。不过那整栋楼都在漏水。工作人员跟证物一样,都给淋湿了。重要的文件也不例外,墨水都洇了。只有大领导才有干爽的办公室。"

他的解释并没能让迪娜消气,于是他再接再厉。"您知道吗,太太,有一次我们把一袋麦子存在了储藏室。有人杀掉主人，偷走了麦子，麻袋上沾了血迹。等到那个案子开庭的时候，老鼠早就咬穿了麻袋，几乎把麦子吃光了。法官驳回了那个案子，说是证据不足。"他讲完了故事，紧张地笑笑，希望她能看到这故事中有趣的那一面。

"你觉得这件事很好笑吗？"迪娜愤然说道，"罪犯逍遥法外，正义何在？"

"太糟糕了，实在太糟糕了。"他应和着把送货单递给她签字，向她道过谢便离开了。

她仔细看着收据的复写件。上面说案件已结，涉案财物已经归还最近的亲属。

迪娜不是个迷信的人，但小提琴的命运在前，眼下自行车又给送了回来，这让她难以承受。她认为这是在向她传递隐藏的讯息。她完成了弗雷顿的最后一笔订单——是给他侄女的宴会连衣裙，送了货，跟他握了手，说自己不会再跟他见面了，因为她不再做缝纫生意，也不会再结婚了。

从那以后，迪娜再没与弗雷顿见过面。为了避免撞见他，她甚至放弃了几个住在那栋楼里的客户。靠着剩下的客源，她也得以糊口。

这样过了足足五年。接着，希琳阿姨的预言如期变成了现实。四十二岁时，迪娜的眼睛开始给她添乱了。十二个月里她换了两次眼镜。镜片的厚度长势惊人。

"不要再疲劳用眼，否则就做好失明的准备吧。"医生说。他是个瘦巴巴的小个子，检查周边视觉时喜欢摇晃着手指满屋子移动，样子很滑稽，让迪娜想起了孩子们假扮蝴蝶的游戏。

可是他突然换上的生硬态度让她很不服气，同时也有些害怕。她不知道自己不做针线活的话还能做什么。

然而命运自有安排，给她送来了解决办法。她的朋友泽诺比娅跟她说起一名大型纺织公司的出口部经理。"古普塔太太是我这里的常客。我给她送过不少人情,她肯定能帮你找到轻松的工作。"

这个星期的某天下午,迪娜来到了维纳斯美发沙龙,忍受着双氧水和其他美容药剂的刺鼻气味,等着被引荐给安然坐在吹风机底下的古普塔太太。"过几分钟就好,"泽诺比娅小声说,"我正在给她做一个无比好看的蓬松发型,保证她心情会非常好的。"

迪娜坐在接待区的椅子上看着泽诺比娅摆弄出口部经理的头发,把它砌成一道丰碑,她的动作犹如一名建筑师,甚至是雕塑家。头发仍在建造过程中,迪娜瞥了一眼侧面的镜子,想象着那座高耸的大厦顶在自己头上的样子。

不久,发夹和发卷搭成的脚手架被小心地拆掉了,发型做好了。两个女人来到等候区。古普塔太太笑容满面。

"真漂亮。"介绍之后,迪娜觉得自己有必要说上这么一句。

"哦,谢谢,"出口部经理说,"不过这都是泽诺比娅的功劳,手艺是她的。我只是提供了原材料。"

她们开怀大笑,泽诺比娅坚持说自己并没有做什么。"是古普塔太太的脸型好——瞧她的颧骨,瞧她优雅的仪态——这才是打造整体效果的关键。"

"别说了,别说了!说得我脸都红了!"古普塔太太尖声笑着说。

她们就进口洗发水和发胶的魔力做了一番讨论,然后泽诺比娅将话题引到了服装产业,转移话题的技巧之娴熟与她盘弄头发的手艺不相上下。古普塔太太很乐意谈起自己在再会出口公司的成就。

"只一年,我就让营业额翻了倍,"她说,"世界各地的著名品牌都想要我的产品。"她的公司——她从头到尾用的都是这个说法——已经开始向美国和欧洲的精品服装店供应女式服装了。缝纫工作由本地工人按照外商的要求完成,把订单拆成小份外包出去。

"这样对我来说更划算。比开间大工厂强,大工厂一旦罢工就会陷入瘫痪。工会那些恶棍谁不是能躲就躲呢？尤其是如今，国家这么乱。贾亚·普拉卡什·纳拉扬[1]那样的领导人带头搞非暴力反抗，都是在制造问题。他以为自己是圣雄甘地再世呢。"

在泽诺比娅的旁敲侧击之下，古普塔太太也认为迪娜很适合做这项工作。"没错，你不用费多少事就能雇来裁缝，监督他们工作。不用亲自受累。"

"但我从没做过复杂的款式或者时装，"迪娜实事求是地说，泽诺比娅皱起眉头朝她使了个眼色，"只做过简单的衣服，小孩的裙子、校服、睡衣之类的。"

"这个也很简单，"古普塔太太宽慰道，"只要按照纸样缝纫就好了。"

"没错，"泽诺比娅对迪娜的犹豫不决有些恼火，便说，"而且不用往里投钱，你后屋里轻松就能放下两名裁缝。"

"那房东呢？"迪娜问，"要是我在公寓里开起作坊，他肯定会给我找大麻烦的。"

"别让他知道，"泽诺比娅说，"悄没声儿地干活，不要告诉你的邻居，任何人都别告诉。"

裁缝们必须自备缝纫机，古普塔太太说这是这一行的常规。计件付酬的方式更好，这样能鼓励人们做得更多，要是按天付钱，那就等着磨洋工吧。"永远要记住一件事，"她强调道，"你才是老板，必须你说了算。永远不要失去掌控地位。这些裁缝怪得很——他们整天跟细小的缝衣针打交道，走起路来却趾高气扬，好像自己身上佩着宝剑似的。"

迪娜就这样被说服了，开始着手寻找两名裁缝，她走遍了这座城市脏乱的角落，在曲里拐弯的小巷里四处寻找。日子一天天过去，她走进

---

1. 贾亚·普拉卡什·纳拉扬（Jaya Prakash Narayan，1902—1979），印度独立活动家、理论家和政治领袖，早年积极参加圣雄甘地领导的非暴力不合作运动，在 20 世纪 70 年代中期反对总理英迪拉·甘地。

过各种摇摇欲坠的大楼和商店,每幢建筑都像破破烂烂的纸牌屋那样不牢靠。她见到过不少裁缝——有的栖身在狭小的阁楼,有的蜷缩在地下洞穴似的小房间里,有的猫着腰待在臭烘烘的格子间里,还有的盘腿坐在街角——所有人都在忙着做活,从床罩到结婚礼服,什么都有。

很乐意跟着她干活的那些人看样子无法胜任出口商品。她见过他们缝制的样品:衣领歪歪扭扭,下摆对不齐,衣袖不对称。至于那些技术娴熟的,则希望她把要做的活送上门。但这是古普塔太太唯一没有商量余地的规定:缝纫工作必须在承包商的监督下完成。没有例外,即使是泽诺比娅的朋友也不行,因为再会公司的纸样是最高机密。

迪娜只好把自己的地址写在小纸片上,留在那些服装品质合格的商店里。"如果你知道哪个像你这样手艺好的裁缝在找工作,可以叫他们来找我。"她说。她刚出门,许多店主就把纸片扔了。有些则把纸片紧紧地卷成纸筒,掏掏耳朵再扔掉。

与此同时,泽诺比娅又给迪娜想出了个主意:找个寄宿的房客。需要提供的无非是床铺、柜子、卫生间,至于膳食,自己吃什么多做一口就是了。

"你是说找个付钱寄宿的房客?"迪娜说,"不可能。那种房客就是大写的麻烦。我还记得费罗莎·巴格大楼[1]里的事。那些人过得多惨啊。"

"别神经兮兮的。我们不会让杂七杂八的人住进来的。你想想每个月收的房租——稳赚的收入。"

"不行,亲爱的,我可不想冒这个险。我听过好多老年人和单身女人遭到骚扰的事。"

可是随着她微薄的收入越来越少,她动摇了。泽诺比娅向她保证,只接收可靠的人,最好是来这座城市短住的访客,有家可回的那种人。

---

1. 出自作者于1987年出版的处女作《费罗莎·巴格故事集》,费罗莎·巴格是作者虚构出的一座位于孟买的公寓楼,其中的居民大多是帕西人。

"你去找裁缝，"她说，"我来找寄宿房客。"

于是迪娜继续把自己的姓名和地址分发给裁缝店，走得越来越远，她坐火车去北部的市郊，去这个城市中她四十二年来从未见过的地方。她的行程时常受耽搁，因为针对政府的游行队伍和示威人群会使交通陷入停滞。有时候，她坐在双层大巴的上层能够把骚乱的人群尽收眼底。横幅和标语指责总理治国不当、收受贿赂，以法院判定她在选举中舞弊为依据要求她下台。

即使总理下台——形势会有改观吗？迪娜心里琢磨。

一天晚上，区域慢车等信号灯的时候，她望向铁道栅栏后面，黑色的污泥从下水道里涌流出来。几个男人紧紧抓住一根绳子，绳子另一头伸入地下不见了。他们的手臂直到胳膊肘都是黑的，黑色的污泥从手和绳子上滴落下来。在他们背后的贫民窟里，炊烟正在闷燃，烟雾熏脏了空气。工人们正试图疏通倒灌的下水道。

这时一个男孩从地下冒了出来，紧紧抓着绳子的另一头。他身上满是下水道里滑溜溜的污泥，他站起身时，在夕阳下瑟瑟发抖地发出光来，呈现出一种可怖的美。他的头发被污物腻住，在头顶散开，犹如黑色的火焰做成的王冠。在他身后，贫民窟的炊烟打着转飘向天空，补全了这人间地狱般的景象。

迪娜被他的模样惊呆了，她凝视着他，浑身战栗，掩住鼻子以阻挡恶臭，直到火车离开那个地方。但那冥界般的景象始终在她心里挥之不去，那天如此，在那之后的许多天里亦是如此。

漫长而压抑的旅途与沿路肮脏不堪的景象令她疲惫不堪。她的情绪前所未有地低落。泽诺比娅从她的眼神里就看得出。"你阴沉着脸做什么呀？"泽诺比娅说着轻轻地捏捏迪娜的脸颊。

"这么费劲，我受够了。我干不下去了。"

"你不能现在就放弃。你瞧，又有好多人联系我要短租呢。其中一个是马内克·科拉——阿班的儿子。还记得她吗？她跟我们是同学。她给我写信说马内克很讨厌学校的宿舍，已经等不及要搬出来了。我只是想确保我们找的寄宿房客是个好人。"

"这些车费都是白花钱。"迪娜并没听她说话，自顾自地说道。她希望获得朋友的赞同，放弃这些叫人身心俱疲的旅行。

"可是你想想——一旦你找到两名裁缝，你的日子该有多舒坦。难不成你想放弃独立生活，回去跟努斯万一起住吗？"

"别拿这事儿开玩笑。"这样的前景驱使她继续寻找，把地址留在更多的裁缝店里。她觉得自己像是童话故事里那两个迷路的孩子，故事的名字她想不起来了，只记得他们在地上撒下面包屑，盼着有人来救自己。可面包屑被鸟儿吃掉了。她会得救吗，她心想，还是她留下的纸片线索都会消失——被风吹走，被黑色的下水道污泥吞没，被背着麻袋走街串巷、饥不择食般到处捡废纸的人捡走？

她既疲惫又气馁，走上了一条小路，脏水汇成一条小溪，顺着路中央往下流。蔬果皮、烟屁股、鸡蛋壳在水面浮浮沉沉。再往前走，小路变得更窄，几乎彻底成了条臭水沟。孩子们在脏水里放纸船，顺着无精打采的水流追随小船往前走。水沟里垫了木板，构成一条人行道，通向商店和民宅。每当小船从木板底下穿过，平安无事地从另一头驶出，孩子们都会欣喜地直拍手。

迪娜听见某一家的门口传出了缝纫机那熟悉的咔嚓声和嗡嗡声。这是今天拜访的最后一名裁缝，她小心翼翼地走过木板，心里拿定了主意，办完事就直接回家。

走到一半，她的脚踩穿了木板上一处腐烂的地方。她惊叫一声，虽然稳住了身子，却弄掉了一只鞋。孩子们蹚着水走过来，大呼小叫地在浑浊的水面下摸索，比赛谁能先找到鞋子。

她走到店门口，接过还在滴水的鞋子，给了那个找到鞋子、兴奋不已的小男孩一枚二十五派萨[1]的硬币。缝纫机的声响停住了，干活的人听见动静，站到了门口。

"你们这些小鬼又在干什么？"他朝孩子们喝道。

"他们在帮我的忙，"迪娜说，"我想到你的店里来，结果鞋子掉了。"

"哦，"那人嘟哝了一声，略微消了气，"关键是他们总是搞恶作剧，"得知来人是位潜在的顾客，那人换了语气，"请进，请进。"

她有关裁缝的问询让他大失所望。他用一句冷淡的"好吧，我试试"打发了她，她写下名字和地址的时候，他一直在摆弄自己的皮尺。

这时他突然脸色一亮。"实际上，你来对地方了。我有两个非常好的裁缝可以介绍给你。我明天就让他们去找你。"

"真的吗？"迪娜问，她对他突然改变主意感到半信半疑。

"噢，真的，两个很棒的裁缝，骗你我就不叫纳瓦兹。关键是他们没有店面，只能出去工作。不过他们的手艺很好。你保证会对他们很满意的。"

"好的，那我明天跟他们见面。"她离开了，并没抱什么希望。过去几个星期里已经有过几次没兑现的承诺。

到家之后，她洗了脚，擦了鞋，回想起孩子们玩纸船的那条小路，她又感到一阵反胃。她并没有燃起希望——无论是裁缝的承诺还是泽诺比娅的保证：房客转眼就到，她们同学的儿子马内克·科拉随时会来查看房间。

因此，第二天早上门铃响起时，迪娜敞开怀抱迎接了命运的转变。房客就站在她门口，与他一道的还有昨天那张小纸片的成果：两名裁缝，伊什瓦和翁普拉卡什·达尔吉。

用泽诺比娅的话来说，整个三人组一股脑都到她的公寓来了。

---

1. 货币单位，一百派萨为一卢比。

第二章

梦想生长

再会出口公司的办公室从外观到气味都像座仓库,大捆的布料用粗麻布袋装着,在地上摞得老高。空气里弥漫着新式布料散发出的刺鼻化学品气味。零碎的透明塑料、纸、绳子和包装材料散落在满是灰尘的地板上。迪娜在一张藏在金属货架背后的桌子旁找到了那位经理。

"你好啊!泽诺比娅的朋友——达拉尔太太!最近还好吗?"古普塔太太说。

她们握了手。迪娜告诉她自己找到了两名手艺好的裁缝,已经准备好开工了。

"棒极了,真是棒极了!"古普塔太太说,不过她的好心情显然不仅仅是因为迪娜的消息。她很快便道出了真正的原因:她这天下午又约了去维纳斯美发沙龙做头发。过去的一个星期里她的发型乱了,乱糟糟的鬈发很快就可以再收拾得服服帖帖了。

单凭这一件事就足以让古普塔太太高兴了,不过还有别的好消息呢,生活中那些让她心烦的小事都被一扫而光——总理昨天宣布国内进入紧急状态,国会中的大部分反对派因此被捕,同时被捕的还有上千名工会成员、学生和社会工作者。"这不是好消息吗?"她神采奕奕,十分开心。

迪娜点点头,有些怀疑:"我以为法院判定她在大选中舞弊。"

"没有,没有,没有!"古普塔太太说,"全是胡说八道,会上诉的。眼下那些惹是生非冤枉她的人都被关进牢里了。再也没有罢工、游行和讨厌的骚乱了。"

"哦，好啊。"迪娜紧张地说。

经理打开订货册，选择了一套纸样作为第一批任务。"好了，这三十六条裙子是对你的考验。要考查的是整洁度、精确度和手工的连贯性。要是你那两名裁缝能证明自己的实力，我就会继续给你分派任务。分派比这大得多的订单，"她承诺道，"我以前跟你说过，我更愿意跟私人承包商打交道。工会那群好吃懒做的家伙只想着少干活、多赚钱。这个国家的问题就在这儿——懒惰。有些白痴领导人还鼓励他们这样做，叫警察和军队反抗不合法的法令。你倒是跟我说说，法令怎么可能不合法呢？真荒唐。他们活该被关进监狱。"

"是啊，他们活该。"迪娜专心地看着裙子的设计图样，嘴上应和道。她希望经理能多谈谈生意，不要总把话题扯到政治上去。"您看，古普塔太太，这件样衣上的裙边有三英寸宽，但是图纸上只有两英寸。"

这种差别无关紧要，古普塔太太才不会为此操心呢。她点点头，耸耸肩膀，纱丽跟着从肩膀上滑了下来。她一只手连忙扶住纱丽。"谢天谢地，总理采取了强硬措施，就像她在广播里说的那样。世道这么乱，我们有个这样强势的领导人真是幸运啊。"

她摆摆手，打发了接下来的疑问。"我对你有信心，达拉尔太太，只要按照我的图样做就好了。不过你看见今天的海报没有？贴得到处都是呢。"

迪娜没看见，她满心想的都是把分配给这三十六条裙子的布料量一下，以免不够用。转念一想，不行，这样经理会难堪的。

"'现在需要的是纪律'——这是总理在海报上的口号。我认为她说得完全正确，"古普塔太太凑近些小声说道，"再会公司的门口也该贴上几张海报。瞧那两个躲在墙角的无赖。他们本该给我整理货架，却躲在一旁聊天。"

迪娜啧啧地表示同情，摇了摇头。"我一个星期后再来？"

"当然了。祝你好运。记住,对你的裁缝严厉些,不然他们就会蹬鼻子上脸的。"

迪娜开始收拾成捆的布料,却被叫住了。经理打了两下响指,叫来一个男人把布料搬进了电梯。

"我今天下午会替你跟泽诺比娅打招呼的。祝我好运吧,"古普塔太太咯咯笑着说,"我可怜的头发又要挨刀子了。"

"没错,当然了,祝您好运。"

迪娜把成匹的布料带回家,在后屋给两个裁缝腾出了地方。房客下个月才会搬进来,这样她就有时间先适应裁缝的事。她研究了纸样,又仔细查看了那包商标:尚塔尔精品店,纽约。她心中焦躁,决定先动手裁剪纸样,为星期一做好准备。她放心不下当前的紧急状态。若是发生暴乱,裁缝们很可能没法赶来。她连他们住在哪里都不知道。要是这次试用没能如期交货,那给对方留下的印象就太糟了。

达尔吉伯侄在星期一早上八点准时到达,他们是乘出租车来的,带来了缝纫机。"分期付款,"伊什瓦自豪地拍了拍那两台胜家缝纫机,"再过三年,把尾款付清,它们就归我们了。"

看样子裁缝们把钱全都用来付首付了,因为车费是迪娜付给出租车司机的。"请您从我们这个星期的薪水里扣除。"伊什瓦说。

机器搬进了后屋。他们装上传动皮带,调节松紧,装上线轴,在废布上跑了几条线检验针脚。十五分钟后,他们做好了开工的准备。

说干就干。他们做起活来像神仙一样,迪娜心想。缝纫机的踏板轻轻摇晃,飞轮嗡嗡作响,缝衣针在布料上上下翻飞,留下一排排整齐、细密的针脚,一匹匹布料铺展开,变成了衣袖、衣领、前襟、后身、褶边和裙摆。

我是监工,她不得不时常提醒自己,我不能亲自动手干活。她走来走去,检查做完的部分,时而赞扬,时而提出建议。她仔细端详着裁缝俯身在缝纫机上眉头紧锁的样子。他们小拇指上那一英寸长的指甲吸引了她的注意，他们用这只指甲来折衣缝，掐褶痕。伊什瓦破了相的面颊实在有碍观瞻，她心想：这究竟是怎么弄的？他看上去不像是会跟人动刀子打架的那种人。他的笑容和稀疏的唇髭衬得他的面容柔和了些。她把目光转向了沉默的翁普拉卡什。他骨架子似的身影棱角分明，仿佛是缝纫机延伸出的一部分机械构造。出于关切，她痛苦地想到，他脆弱得就像水晶。至于他那涂满发油的头发——但愿他不会把布料弄脏。

午餐时间来了又去，他们仍然在工作，只是停下来要了杯水喝。"谢谢，"伊什瓦大口喝着水说，"清凉又好喝。"

"都这个时候了，你们不吃午饭吗？"

他使劲地摇摇头，仿佛这个建议荒唐得很。"晚上吃一顿就足够了。再多吃，既浪费时间又浪费食物，"他顿了顿，又问，"迪娜女士，我们听说的那个紧急状态是怎么回事啊？"

"政府出了问题——都是有权势的人玩的游戏。不会影响到我们这种平民百姓的。"

"我也是这么说的，"翁普拉卡什嘟哝道，"我大伯就是爱担心。"

他们回到缝纫机旁，迪娜觉得计件付酬真是个好主意。她把玻璃杯冲干净，单独放在一边，从今往后这就是专门给裁缝用的杯子了。

下午渐渐过去，缝纫机旁的伊什瓦变得不自在起来。她发现他弓起背坐着，双腿紧紧并在一起，像是得了胃痉挛。踏板上的脚也颤抖起来。

"怎么了？"她问。

"没事，没事。"他尴尬地笑笑。

侄子赶来救场了，他竖起小拇指说："他得方便一下。"

"你怎么不早说呢？"

"我不好意思问。"伊什瓦羞涩地说。

她把他带到厕所。门关上了，她听见水流冲击便盆的声音。那声音起起落落，正是涨满的膀胱不肯尽情释放的表现。

伊什瓦回来后轮到了翁普拉卡什。"水箱坏了，"迪娜在他身后叮嘱道，"从桶里舀些水冲。"

厕所里的味道让她不太适应。独居了这么长时间，我对整洁程度太挑剔了，她心想。人和人的饮食不同，生活习惯不同——他们的尿液自然会有不同的味道。

做完的裙子堆得越来越高，而迪娜除了每天早上开门什么也不必做。伊什瓦会面带微笑地跟她打声招呼，翁普拉卡什那精瘦的身形却总是一言不发地匆匆掠过。他坐在椅子上的样子真像一只气鼓鼓的小猫头鹰，她心想。

三打裙子在交货日期到来前就做完了。古普塔太太对效果很满意，给了她一宗新订单，这次是六打衣服。第一批服装的钱则安安稳稳地装进了迪娜的钱包。这几乎是不劳而获，她这样想着，心中掠过一丝愧疚。过去的操劳岁月里，她的手指和眼睛永远费劲地忙着缝纫、刺绣，相比之下，现在的日子多轻松啊。

裁缝们得知出口公司接受了他们的手艺后如释重负。"既然第一批接受了，剩下的就不会有问题了。"迪娜数钱付给他们时，伊什瓦突然自信满满。

"是啊，"迪娜提醒道，"不过他们总是会检查质量，所以我们不能松懈。而且要按时交货。"

"太太，不要担心，"伊什瓦说，"我们做的衣服永远质量上乘，按时交付。"迪娜这次相信自己劳碌不断、麻烦缠身的日子要结束了。

裁缝们渐渐开始定期午休、吃饭了。迪娜得出了结论，伊什瓦上个星期提出每天一顿饭的方案其实是由钱包决定的，而不是出于禁欲主义或者严苛的职业道德。但她还是为此而高兴，她的生意使他们的营养状况有了改善。

刚到一点整,翁普拉卡什便会说:"我饿了,我们走。"他们放下衣服,把最珍视的锯齿剪刀放进抽屉,出门去了。

他们在街角的维什兰素食餐厅吃饭。维什兰没有秘密——一切都是公开的:一个人切菜,另一个把菜放进锅底漆黑的大锅里翻炒,一个男孩负责洗涮。小店里只有一张桌子,伊什瓦和翁普拉卡什并不等位,而是跟众人一起站在外面吃。吃完他们便匆匆回来继续工作,路上经过那名没有腿的乞丐前面,他坐在木头底座上前后滚动,生锈的轮子吱嘎作响。

没过多久,迪娜发现他们缝纫的速度不再像从前那样快得惊人了。他们休息的次数越来越多,站在门外抽着比迪烟。这再常见不过了,她心想,他们赚了几个钱就开始松懈了。

她还记得泽诺比娅和古普塔太太给她的建议:要做个强硬的老板。她用自认为严厉的语气指出了这一点,说他们的工作进度落后了。

"没有没有,别担心,"伊什瓦说,"所有衣服都会按时做完的。不过要是您同意,我们可以一边缝纫一边抽烟。"

迪娜最讨厌烟味,而且飘落的火星可能会把布料烧出洞来。"你们在哪里都不应该抽烟,"她说,"无论室内还是室外。癌症会把你们的肺毁掉的。"

"我们才不用担心癌症呢,"翁普拉卡什说,"这座昂贵的城市首先就会把我们生吞活剥掉,这是肯定的。"

"怎么?我终于能从你嘴里听见句话了?"

伊什瓦咯咯笑起来。"我跟您说过,他只有在不同意的时候才会开口说话。"

"可是你不必为钱担心,"她说,"只要努力工作,你就能赚很多钱。"

"就凭你付给我们的薪水,没门儿。"翁普拉卡什小声嘀咕道。

"你说什么?"

"没什么，没什么，"伊什瓦忙说，"他在跟我说话呢。他头疼。"

她问他要不要吃点阿司匹林。翁普拉卡什拒绝了，但是从那以后，他说话的时候渐渐多了起来。

"你去取货要走很远吗？"他问。

"不远，"迪娜说，"大约一小时的路程。"见他终于适应了这里，变得开朗起来，她感到很高兴。

"要是你需要有人帮忙搬衣服，只管告诉我们。"

他心肠真好，她心想。

"你去的那家公司叫什么名字？"

她见他不再闷闷不乐地一言不发，一时高兴，险些将公司的名字脱口而出，但她假装没有听见。他又问了一遍。

"你操心名字干什么？"她说，"我只关注这批货物。"

"说得很对，"伊什瓦表示赞同，"我们关心的也是这个。"

侄子瞪了他一眼。又过了一阵，翁普拉卡什再次尝试："你只去一家公司，还是有几家不同的公司？你的佣金是按比例结算还是每个订单一口价？"

伊什瓦脸上挂不住了。"少说话，翁普拉卡什，多干活。"

现在迪娜反而怀念起那个沉默不语的侄子了。她看清了他的用意，于是从那天起，她会确保从再会出口公司拿来的布料上没有任何能体现来源的标记。如果标签上带名字，会泄密，她就把包装上的标签撕掉。发票全锁在柜子里。跟裁缝们打交道的过程中，她乐观的情绪渐渐出现了裂缝。她知道前途不会一帆风顺。

达尔吉伯侄住得很远，上班全靠铁路。不过每当他们迟到，迪娜还是会担惊受怕，以为他们抛弃她去做报酬更高的工作了。由于不想让他们察觉到她的担心，每次他们来晚，她都会故意摆出一副愠怒的面孔，以掩饰自己如释重负的感觉。

交货日期的前一天,他们十点钟才来。"遇上事故,火车晚点了,"伊什瓦解释道,"又有个可怜的家伙死在了铁道上。"

"这种事越来越多了。"翁普拉卡什说。

空空如也的胃里的气味从他们口中散发出来,像一只包裹着字句的茧,令人不悦。她对他们的借口并不感兴趣。他们越快坐到缝纫机前越好。

但她若是一言不发,又有可能被误认为是懦弱的表现,于是她冷冷地说:"政府说过,紧急状态下火车依然会按时运行。你们的火车总是晚点,真奇怪。"

"要是政府能信守诺言,只怕天神要下凡给他们戴上花环呢。"伊什瓦说着笑起来,息事宁人地晃了晃头。

伊什瓦求和的暗示把她逗乐了。她微微一笑,他才放下心来。在他看来,任何会危害这份稳定收入的行为都是愚蠢的——他和翁普拉卡什能够在迪娜·达拉尔手下干活实属幸运。

他们搬出木头板凳,装上新的线轴开始缝制衣服。外面的天空阴沉欲雨。乌云蔽日,后屋也暗了下来。翁普拉卡什暗示房间里那个四十瓦的灯泡太暗了。

"要是我超出这个月的用电额度,电表就会跳闸,"她说,"到时候就彻底黑了。"

伊什瓦建议把缝纫机搬到前屋去,那里要亮得多。

"不可能。从街上能看见缝纫机,那样房东会来找麻烦的。在公寓里开设作坊是违法的,哪怕只有两台缝纫机也不行。他已经因为其他的事情刁难过我了。"

两位裁缝对此能够理解。他们也饱受房东的刁难。他们整个早上都在不停地工作,肚子咕噜作响,期盼着中午的休息时间。自从睡醒后他们还没吃过东西。

"今天我要喝两杯茶,"翁普拉卡什说,"还要加个黄油面包蘸着吃。"

"当心你的缝纫机,"伊什瓦说,"不然你最后拿在手里的会是两根手指头,而不是两杯茶。"他们都不断地抬头看表。解脱的时间一到,他们的脚便离开踏板,去找凉鞋了。

"别走啊,"迪娜说,"这单货要得急,而且你们早上迟到了。要是衣服交晚了,经理会非常生气的。"她很担心交货日期——要是他们明天还迟到怎么办?要强硬,要严格,她这样提醒自己。

伊什瓦犹豫了,他的侄子对这个要求可不会逆来顺受。他向侄子投去试探的一瞥,想印证自己的猜测,果然撞上了他怒气冲冲的目光。

"走吧,"翁普拉卡什看也没看迪娜,嘟哝道,"我饿了。"

"你侄子总是喊饿,"迪娜对伊什瓦说,"他是不是生虫子了?"

"没有没有,小翁好着呢。"

迪娜并不信服。这个念头早在第一个星期就在她头脑里打转了。翁普拉卡什除了身材干瘦,经常抱怨头疼、肚子饿,她还会不时瞥见他把手指伸到屁股底下搔痒,这在她看来是再确凿不过的证据。

"你应该带他去看看医生。他太瘦了——简直是火柴公司的活招牌。"

"没事没事,他好得很。再说谁有那个闲钱去看医生呢?"

"努力工作,钱少不了你的。早点把这批货做完,"她哄劝道,"我越早去送货,你们就越早能拿到钱。"

"五分钟喝杯茶又碍不了什么事。"翁普拉卡什反驳道。

"你的五分钟总是会变成三十五分钟。听我说,一会儿我来给你泡茶。特制的好茶,可不是你在街角买的那种泡得太久的苦茶汤。但是你要先做完手里的活。这样大家都满意——你、我、经理都满意。"

"好吧。"伊什瓦被说动了,甩掉凉鞋回到了座位上。踩了一个上午的铸铁踏板被他的脚焐得温热,还没来得及变凉。

两台胜家缝纫机又运转起来,翁普拉卡什气愤的低语不时穿过缝衣针的敲击声,飘进大伯的耳朵里。"你总是任由她欺负我们。我真不知道你是怎么回事。以后由我来跟她谈。"

伊什瓦点点头安抚他。无论是跟小翁争执还是训斥小翁，被迪娜听见都让他感到很难堪。

两点钟时，缝纫机的声音吵得迪娜太阳穴突突直跳，她决定把做完的衣服送去。她很生自己的气。又是央求，又是泡茶贿赂裁缝，这可不是严厉的老板该有的样子。她得出了结论，看来要多加练习才能自然地对他们颐指气使。

她从工作台底下取出再会公司运送布料用的透明塑料布和牛皮纸。她牢记希琳阿姨的叮嘱，什么东西都不浪费。她积攒的碎布头还在源源不断地增多。她心想，这些碎布做成的卫生巾就是给一整座修道院的修女用也足够了。大块的边角料则另外单放。她还没想好如何利用它们——也许可以做条被子。

她把做好的衣服打包，拿上挎包。比交货日期提前一天交付，肯定能够打动古普塔太太。

她想到了翁普拉卡什的询问，于是用挂锁从外面锁上了房门，以免他跟踪自己。

裁缝伯侄屁股酸痛、两眼昏花，来到了前屋。坐了一个上午的硬板凳之后，就连弹簧坏掉的旧沙发都变成了奢侈的享受，眼下这种舒服的感觉更上一层楼，因为这是他们偷来的享受。他们陷在柔软的坐垫里，职业带来的不适感从他们的骨缝中消融了。他们把光着的脚搭在茶桌上，掏出一包象头神比迪烟点着，贪婪地吞云吐雾起来。烟灰缸则用一块撕下来的卷烟叶代替。

翁普拉卡什挠挠头，仔细查看积在指尖的头皮屑。他用一英寸长的小拇指指甲清理了其他指甲，把油腻的污垢弹到地上。他才不会承认自己无聊呢——他虚度光阴其实是在智斗迪娜·达拉尔。要是她以为自己可以像支使傻乎乎的公牛那样支使他们，套上挽具给她犁地，那她就大错特错了。他的男子汉气概分毫不减,他忿忿地想,尽管有时候他大伯的表现不是这样。

伊什瓦任由侄子懒散地过了一个小时。饥饿像一块石头,沉甸甸地坠在他们空着的肚子里。他饶有趣味地看着翁普拉卡什在垫子上扭来扭去,决意要从迪娜·达拉尔的沙发上榨取最多的享受。他若有所思地用手指抚摸着笑容被禁锢住的那半边面颊。

他们或大笑,或打哈欠,或伸懒腰,抽着烟打发时间,此刻他们成了这张破沙发的国王,这间局促公寓的主人,这时,他们窃来的清闲被一阵捶门声打断了。

"我知道你在里面!"来人高声叫道,"门上的挂锁可骗不了我!"

两个裁缝愣住了。捶门声又响起来。"你别以为付了房租就万事大吉了!我们知道挂锁后面藏的是什么勾当!你跟你那桩违法的生意都得给赶到大街上去!"

两个裁缝明白了——准是房东。可他说的挂锁是怎么回事?砸门声停了。"快,趴在地上!"伊什瓦小声说道,他怕捶门的人从窗户往里看。

一样东西从送信口掉了进来,接着恢复了安静。他们又等了一段时间才壮着胆子回到门口。地上有只大信封,是寄给达拉尔太太的。伊什瓦转动弹簧锁。房门刚推开半英寸便抵住了门外的搭扣,证明确实上了挂锁。

"她把我们锁在屋里了,"翁普拉卡什火了,"那个婆娘。她到底是怎么想的?"

"她这样做肯定是有原因的。别生气。"

"我们把她的信拆了吧。"

伊什瓦夺过信放在一边。他们回到沙发上想坐得舒服些,重新点起了比迪烟,可是刚才那番惊扰破坏了他们的兴致。软塌塌的舒适沙发似乎变硬了,凹凸不平叫人难受。沾在衣服上的线头提醒他们后屋还有尚未做完的活计。钟表发出无情的警告:迪娜很快就要回家了。过不了多久，所有这些不被允许的行为都要叫停了。

"她占我们的便宜，"翁普拉卡什嘀咕道，"我们应该直接给出口公司干活，凭什么让她夹在中间？"他的嘴唇小心地微微挪动，吐出字句来，点燃的比迪烟挂在嘴角，叫人担心它会失去平衡掉下来。

伊什瓦宽容地笑笑。侄子嘴角叼的比迪烟蕴藏的不满全是冲着迪娜·达拉尔去的，那会像射弹丸的玩具枪那样致命。"过会儿她就要回来了，瞧你那张脸，像吃了酸柠檬似的。"

他换了更加严肃的语气继续说道："她之所以成为中间商，是因为我们没有店面。是她让我们在这里缝纫，是她把衣服拿回来，是她从公司那里获得了订单。再说，用计件付酬的方式，我们更自由——"

"别扯了，老兄。她像奴隶一样对待我们，你还谈什么自由。她用我们的血汗赚钱，自己一根手指头都不用动。你瞧瞧她家，电灯、自来水，什么都有。我们有什么？贫民窟里一间臭烘烘的小窝棚。我们永远也别想攒够钱回到村里去。"

"这就放弃了？这样可没法战胜生活啊。要不懈地抗争，小翁，即使被生活打倒，也不能放弃。"他用无名指和小指夹住比迪烟，手握成空拳把烟送到嘴边。

"我要查出她去的是什么地方，你等着瞧吧。"翁普拉卡什不服气地一仰头，说道。

"你这样一动，发型特别好看。"

"等着瞧吧，我一定会搞到那个公司的地址的。"

"怎么找？你以为她会告诉你吗？"

翁普拉卡什回到后屋，取来一把尖头大剪刀。他双手握住剪刀，用夸张的动作朝空中猛地一挥。"把这个架在她脖子上，我们问什么她都会招的。"

大伯猛地朝他头上打了一下。"让你爸爸听见你说这种话，他会怎么说？说起傻话来比缝纫机轧针脚还快，而且同样不走脑子。"

翁普拉卡什有些难为情,放下了剪刀。"早晚有一天我要把她这个中间商砍掉——我要跟踪她去那家公司。"

"我怎么不知道你有这样的本事,能像了不起的戈吉亚·帕莎[1]那样从上了锁的门里出去?难不成你是翁普拉卡什·帕莎?"他停下来吸了口烟,把烟从鼻孔喷出去,看着侄子气呼呼的脸笑了,"听我说,侄子,世界就是这样。有些人在中间,有些人在边上。要想让梦想生长,有所收获,就得有耐心。"

"要是你想留胡子,耐心倒是有用。就凭她付给我们的那点儿工钱,我们连葬礼上点火用的油脂和柴火都买不起,"翁普拉卡什使劲挠了挠头发,"还有你跟她说话时为什么老用傻子似的语气,好像你是个什么都不懂的乡巴佬似的?"

"难道我不是吗?"伊什瓦说,"人们都想觉得自己高高在上。我的语气能让迪娜女士心情好些,有什么不对呢?"比迪烟越燃越短,他品味着烟头带来的最后一丝愉悦,重复道,"耐心点儿,小翁。有些事情是没法改变的,你只能接受。"

"怎么你说什么都有理?之前是你说要抗争,不能放弃。现在你又说只能接受。摇来晃去的,像口站不稳的破锅。"

"你奶奶鲁帕过去也这么说。"伊什瓦笑着说。

"那你倒是拿定主意啊,老兄,选一边。"

"怎么可能呢?我只是个凡人啊。"他说着又哈哈大笑起来。笑声未落,就变成了咳嗽,他被呛得剧烈地颤抖起来。他走到窗口,拉开窗帘往外吐了口痰。倘若他仔细观察便会发现里面像往常一样带着血。

他从窗口缩回脑袋的时候,一辆出租车恰好开过来。"快点儿,她回来了!"他用沙哑的声音小声说。

他们开始抹去自己不得体的行为留下的痕迹:把坐垫拍鼓,把茶桌

---

[1]. 印度著名魔术师、演员。

放回原位，把火柴和烟灰装进衣兜。一丝火星从翁普拉卡什嘴里叼着的比迪烟上飘落下来，像是在调侃他先前火冒三丈的架势。他把火星从坐垫上拂去。他们一边往后屋跑，一边最后吸了口比迪烟，掐灭烟头，从后窗扔了出去。

迪娜付了车费，在提包里摸索钥匙串。黄铜挂锁失去了光泽，沉闷而笨重地挂在门上。她转动钥匙时心中掠过一丝内疚，在内心深处，她并不是个狱管。

翁普拉卡什伸手接过她的包裹。"我听见你回来了。"

"还有好多呢。"她说着指了指堆在门外的成捆布料。翁普拉卡什看了看，想找到公司的名字或者地址。所有东西都搬进屋里以后，伊什瓦把信封递给迪娜。"有人来敲门，说什么有挂锁也骗不过他。他把这个丢下了。"

"肯定是收租人，"她接过信放在一边，没有拆开，"他看见你们了吗？"

"没有，我们躲起来了。"

"那就好。"她收起提包，换上了拖鞋。

"你走的时候是不是把我们锁在屋里了？"伊什瓦问。

"你们不知道吗？没错，我必须这样做。"

"为什么？"翁普拉卡什一下火了，"你当我们是小偷还是怎么着？怕我们偷了你的东西跑了？"

"别犯傻了。我有什么值钱的东西怕偷？我是为了提防房东。我走了，他可能会冲进来，把你们赶到大街上去。但要是门上有锁他就不敢了。撬锁进屋可是违法的事。"

"说得很对。"伊什瓦说。他急着想看新衣服的纸样。侄子仍然阴沉着脸，他们撤掉餐桌上的桌布，给纸样腾出地方来。

"这次每件衣服多少钱？"翁普拉卡什抚摸着新送来的府绸料子，突然说道。

迪娜没理会他，只是看着伊什瓦摆弄纸样。他很快便沉浸在复杂的设计当中，像个玩拼图的孩子。翁普拉卡什锲而不舍："这样式很复杂。瞧这些三角布，每块都要缝才能把裙子撑起来。这次我们必须得把价钱要高些，这是肯定的。"

"别唠叨了，"她责备道，"让大人安心干活。就算你不尊重我，好歹也该尊重你大伯。"

伊什瓦拿着纸样跟样衣对比，自言自语道："袖子，没错。后身，中间有道缝——没错，这个简单。"侄子听了直皱眉头。

"没错，非常简单，"迪娜说，"比你们刚做完的那批还要简单。好消息是，每件衣服他们仍然会付五卢比。"

"五卢比，没门儿，"翁普拉卡什说，"你说你会取些更值钱的衣服回来。这点钱根本不值得我们花时间。"

"公司给什么活，我就得接什么活，否则他们就会把我们除名。"

"这活我们接了，"伊什瓦说，"临时抬价不道德。"

"那你接吧——这活才给五卢比，我可不干。"翁普拉卡什说，但伊什瓦坚定地对迪娜点了点头。

她走进厨房，去泡那壶早先许诺的茶。他们之间的分歧是好事，这样大伯就可以压制侄子的叛逆举动。她眯起眼睛打量着茶杯和茶碟上的玫瑰花边。粉色的还是红色的？粉色的给裁缝，她做了决定，跟水杯一起单独放置。红色的我自己用。

等水烧开的时候，她查看破碎的窗玻璃外的铁丝网，发现了一处缺口。她气恼起来。又是那些讨厌的猫，溜进屋子，到处找吃的，或是进来避雨。谁知道它们会从阴沟里带来什么样的细菌。

她重新固定了那块铁丝网，把网角在一颗钉子上拧紧。水壶嘴里喷出一大股蒸汽，宣告水已经烧开了。她又等了片刻，让水烧得滚沸，享受着越来越浓的蒸汽和汩汩的水泡声。这个场景为她营造出一种假象：

她生活充实，还有朋友可以与之闲谈。

她不情愿地熄灭炉火，白雾渐渐消散，只剩下稀薄的几缕。她倒满了三只茶杯，把那两只带粉色玫瑰花边的杯子端了出去。

"啊……"伊什瓦舒了口气，感激地接过茶来。翁普拉卡什头也不抬，继续缝衣服，还在生闷气。她便把茶放在他身边。

"我不要。"他嘟哝了一句。迪娜没吭声，回到厨房去取自己那杯茶。

"真好喝。"她回来时伊什瓦说。他故意把茶吸溜得很响，发出声音来馋侄子。"比维什兰素食餐厅的好喝多了。"

"他们的茶肯定一煮就是一整天，"迪娜说，"那就把茶给毁了。累的时候，没什么能比喝上一杯现煮的茶更舒服。"

"说得太对了。"他说着又抿了一口茶，发出一声诱人的叹息。翁普拉卡什的手向茶杯伸了过去。两个大人装作没看见。他饥渴地大口喝着茶，嘴仍然怒气冲冲地噘着。

这天还剩下两个小时的缝纫活要做，这段时间里他缝出来的线缝歪歪扭扭，嘴里不停地嘀咕。钟表指向六点的时候，伊什瓦总算松了口气。让侄子跟迪娜女士和睦相处变得越来越难了。

上午过得很快，此时已近中午，收租人易卜拉欣慢吞吞地走在人行道上，向迪娜·达拉尔家走去，要取她回复自己昨天送来的信件。他戴着红棕色的菲兹毡帽，身穿黑色立领长外套，自我感觉衣着很得体，路上遇见租户，他会报以微笑，问候一声"色俩目[1]"或者"最近还好吗"。他脸上带着与生俱来的微笑，只要他开口说话，笑容便会自然显现。但这个招人喜欢的特点有时反而会拖累他，尤其是当他去送信的场合需要摆出一副严肃的面孔时——比如要对房租逾期的人横眉冷对的时候。

易卜拉欣上了年纪，但他的面相比实际年龄更老。昨天捶门捶得他

---

1. 色俩目（Salaam）是伊斯兰教问候语，意为"祝你平安"。

第二章　梦想生长

左手现在还有些酸痛，他手里拿着一本塑料文件夹，用两根橡皮筋勒住。里面装的是他负责的这六栋楼相关的房租收据、账单、报修单、纠纷记录和法院文件。其中一些纠纷可以追溯到他还是十九岁的毛头小伙子的时候，那时他刚开始为现任房东的父亲工作。还有些纠纷的年代更加久远，是易卜拉欣从上一任收租人那里继承来的。

一切都记录得那样详尽，以至于有时易卜拉欣觉得自己仿佛把这几栋楼带在了身上。大约半个世纪以前，上一任收租人退休时传下来的文件夹不是塑料的，而是用两块木板和一块摩洛哥皮革草草做成的，上面还带着前一位主人的气息。皮面上缝了根破旧的棉绳，绕文件夹一圈，固定住里面的东西。裂了缝的深色木板已经严重变形，打开时吱呀作响，散发出汗水和烟草混合在一起的气味。

易卜拉欣当时年轻气盛，很不乐意叫人看见自己拿着这样的老古董。尽管里面放的都是房租收据之类的体面东西，但他知道人们会根据文件夹的外皮来判断里面的内容，而这文件夹的样子跟集市上那些声名狼藉的占星术士与算命师用的文件夹别无二致，里面净是用来糊弄人的图表和示意图。他每每想到人们可能把自己当作那种满口胡言的江湖骗子，就感到窘迫不堪。这份工作迫使他拿着见不得人的文件夹走街串巷，他对此产生了深深的怀疑——他觉得自己受了亏待，好比在集市上遭遇了缺斤短两的小贩。

后来，在一个幸运的日子，那块摩洛哥皮做的书脊坏了。他把文件夹的残骸带到房东的办公室。那里的职员仔细查看一番，确认文件夹是自然死亡的，便填写了相应的申请表。易卜拉欣得到了一根长绳子，用来度过处理文件手续的这段时间。

磨蹭了两个星期之后，新的文件夹送来了。纸板外面包着硬麻布，看上去既干练又时髦，颜色是颇上档次的棕色。易卜拉欣十分开心，对这份工作的前景也乐观了许多。

他胳膊底下夹着新的文件夹，在住宅楼之间巡访时终于可以像律师那样昂首阔步了。这本文件夹可比原来那本高级多了，带有宽敞的口袋和隔层。摘要、投诉和信件现在可以分门别类地放置其中。这样正好，因为就在这段时间，易卜拉欣的职责也增多了，无论在工作方面还是生活方面都是如此。

易卜拉欣的身份从年迈双亲的儿子变成了一位丈夫，接着又成了一位父亲。他收租人的身份也衍生出了分支。他要替房东打探情报、敲诈勒索、恶语威胁，以及对租户进行骚扰。现在他的工作内容还包括刺探他那六栋楼里见不得人的事情，比如秘密婚外情。雇主教会了他如何把一桩通奸转变成更多的租金——理亏的那一方是绝不敢说半个不字，或者提起租房法案的。必要时，如果房东的举动太过分、对方采取法律手段反击的话，易卜拉欣则会苦苦哀求、好言相劝。收租人的眼泪往往可以让租客柔和下来，放这"走投无路"的可怜房东一马，相信他饱尝如今的住房政策之苦，对租客原本并无恶意。

为了让易卜拉欣更好地扮演这些不同的角色，文件夹的口袋与隔层必不可少。然而，这份工作发展到现在的阶段，他开始渐渐感觉到自己与生俱来的甜蜜笑容带来的不便。脸上带着和善的微笑去威胁或严重警告别人可不是个好办法。若是他能换成恶狠狠的冷笑倒正合适，可惜面部肌肉却不听他使唤。同样叫他头疼的情况还包括为长久失修的住宅赔不是，以及问候家中办丧事的租户。不久，他不分场合地展露牙齿的习惯就给他赢得了名不副实的名声，人们说他冷酷、粗鲁、无能、愚钝，甚至邪恶。

就这样，他带着这倒霉的笑容用坏了三本硬麻布文件夹，每本都跟第一本相同，是棕色的，也为他自己的身形加上了二十四年的岁月磨砺。度过了二十四年劳碌而困顿的时光，他的青春一去不复返，黄金年华里的雄心壮志也被苦涩浸染。他充满绝望、满心创伤，深知自己不可能在职场大展拳脚了。他望着妻子、两个儿子和两个女儿仍然对自己坚信不疑，心中愈发痛苦。他扪心自问，自己究竟做错了什么才让生活如此乏味、空虚、无望。抑或这样的心情本该人人都有？造物主难道无心维持世事公平——抑或所谓的公平本来就是子虚乌有？

看样子他不必像从前那样频繁地去清真寺了。他不再雷打不动地参加星期五的礼拜。他开始用其他的方式寻求开解，而那些方式从前为他所不齿，认为只有无知的人才会相信。

他发现集市上的占星术士和算命师能让他心神安宁。他们为他想办法解决金钱方面的难题，为他出谋划策改善未来，而他曾经的"未来"正在以惊人的速度成为过去。他们信心十足的言辞在他看来，无异于安抚人心的良药。

他没有满足于看手相和观星术。为了寻求效力更强的定心丸，他转向了一些不那么正统的方式：选纸牌占卜的鸽子、认识星象盘的鹦鹉、通人性的母牛、用图表算命的蛇。由于担心被熟人看见自己常去不光彩的算命摊，他勉为其难地决定不再戴着那顶显眼的毡帽。那感觉就像是抛弃了一位亲密的朋友。他上一次抛弃这个每天必戴的贴身物品是在一九四七年闹分治的时候，新划定的国境线上发生的大屠杀在全国各地燃起了暴乱之火，在印度教徒聚居的地方戴着毡帽招摇过市有丧命的危险，不亚于混迹于穆斯林聚居地却没有割包皮。在某些地区，最明智的做法是头上什么都不戴，因为在毡帽、白帽和头巾之间一旦选错就有可能掉脑袋。

幸运的是他去的鸟类占卜摊还算隐蔽。他可以不引人注意地跟鸟主人一同蹲在人行道上，问个问题，鸽子或者鹦鹉便会蹦蹦跳跳地从笼子里出来，为他指点迷津。

神牛占卜则不同，那都是人头攒动的大场面。神牛盛装打扮，身披彩色织锦，脖子上挂一串小巧的银铃铛，由一个身上背着鼓的男人领着，走进被观众团团围住的场地。尽管那人的衬衫和头巾都色彩绚丽，但与花枝招展的神牛比起来他的打扮还是显得黯然失色。一人一牛在场上绕着圈走：一圈、两圈、三圈——走到他把神牛的履历背诵完毕为止，那人还会强调目前已经准确实现的神牛的预言和算命。他刺耳的声音震耳欲聋，他眼睛通红，举止狂躁，而这些疯狂的举动都是有意为之，目的在于巧妙地反衬出神牛恬静淡然的举止。简要介绍完神牛的生平之后，那人一直背在肩上闷不作声的鼓响了起来。这鼓不是用来敲的，而是用来摩擦的。他继续牵着牛绕圈走，用一根鼓槌摩擦着鼓面，发出难听的声音，像羊叫，像呻吟，又像哀号。这声音吵得死人复活、活人头晕，那怪异的声音仿佛在召唤尘世以外的神灵与力量，召唤它们降临、见证并协助神牛完成占卜。

鼓声停息后，那人附在神牛耳边大声喊出付钱的人提出的问题，声音之大，足以让围观的人全都听清。神牛那盛装打扮的脑袋或点头，或摇头作答，脖子上的小银铃叮当作响。人群既惊奇又敬仰地鼓起掌来。接着鼓面重新摩擦作响，那人开始收赏钱。

一天，那人朝着那只毫无保护的柔软的棕色耳朵吼出了易卜拉欣的问题，神牛没有回答。那人用更响亮的声音把问题重复了一遍。这次神牛有了反应。不知是由于多年受到烦人的鼓声骚扰的缘故，还是由于耳边日复一日嘶吼不断，总之它用涂满朱砂的牛角顶向了赶牛人。

起初，围观的人以为神牛是在回答提问，只是对这个问题的回应比平时更激动而已。紧接着神牛把那人顶翻在地，踏在脚下。那人的血汩汩地淌了出来，人们这才意识到这并不是常规的预言过程。

人群惊呼着"牛发疯了！牛发疯了！"四散逃窜。但神牛报复完折磨自己的那个人之后只是平静地站在原地，眨眨带着长睫毛的温柔眼睛，甩着尾巴驱散在它乳房周围飞舞的苍蝇。

那人离奇的死亡让易卜拉欣意识到这不是向神灵征求建议的好办法。过了段日子，一对新的人牛搭档占据了那片街角，但易卜拉欣避开了他们的表演。要想寻求超自然的帮助，还有其他更安全的方式。

就在他对疯牛事件仍然记忆犹新的时候，易卜拉欣再次目睹了一场死亡。这次丧命的是一条会巫术的毒蛇的主人，他没有按时给蛇挤毒腺。事情过去许久之后，易卜拉欣回想起当时的情景还会直打冷战：那蛇的毒牙同样有可能咬在他身上，因为当时他就蹲在那条蛇近旁，观察它玄妙莫测的动作。

收租人被两次死亡事件吓坏了，决定放弃所有的动物占卜师。他仿佛从噩梦中惊醒，重新戴上闲置已久的毡帽，出门去追寻失去的自我。他坐在海边，望着夕阳映出的波光照亮长堤尽头水面上的清真寺，这才恍然大悟，自己这种亵渎神明的痴迷浪费了许多钱，而这些钱本该用来贴补家用。他出神地望着潮水渐渐退去，揭开隐藏在海浪底下的秘密，不由得打了个冷战。自己那些黑暗的秘密也从困惑与绝望交织的幽暗深海中浮现出来。他竭力压制这些想法，把它们按在水下，想把它们溺死。但它们总是像鳗鱼一样溜走，重新浮上水面，对他纠缠不休。要让它们消失只有一个办法——他带着忏悔的心回到清真寺，做好心理准备迎接命运的任何安排。

除了这许许多多的烦心事，还有一件事便是塑料文件夹。用了二十四年的硬麻布文件夹之后，房东的办公室如今成了塑料文件夹的天下。其实易卜拉欣已经不在乎这些事了。他已经明白，办公用品和配饰都无法给人带来尊严，真正的尊严是不请自来的，它来自一个人的承受力。即使办公室发给他一只挑夫用的篮子，叫他把文件顶在头上走街串巷，他也能毫无怨言地照做。

不过塑料文件夹自有它的长处——它能抵挡雨季里的大雨。过去，文件上的墨水总是跟雨水纠缠不清，疯狂地打着转流淌开去，而如今他已经很少需要重新誊写文件了。到了双手开始颤抖的年纪，这实在是一桩幸事。除此以外，只要用湿抹布一擦，所有打喷嚏、吸鼻烟留下的污渍，无论豆绿还是棕黄，都被擦得一干二净，再也不会在他与房东见面时叫他难堪了。

家里发生了一些事，他也逆来顺受。说到底还有什么别的法子呢？大女儿死于肺结核，妻子紧随其后。接着两个儿子加入了黑社会，隔段时间就回家对他非打即骂。就在他以为剩下的那个女儿能够挽回局面的时候,她离家出走做了妓女。他心想,自己的生活变成了一部剧情俗套的印度电影,只是少了电影里的大团圆结局。

他总是琢磨自己为什么还在坚持工作,在六栋楼之间巡游收租?为什么没有从其中某一栋的楼顶跳下去?为什么没有把收据和现金付之一炬,浑身浇满煤油扑进火堆?他的心脏为什么还在跳动,没有炸裂?他的心智为什么依旧完好,而没有像坠地的镜子那样摔得粉碎?难不成这些东西也是用坚韧耐用的人造材料做的,就像那本坚不可摧的塑料文件夹一样?还有时间这个威力强大的破坏者,它现在为什么变得如此疏忽?

不过塑料也有寿命。易卜拉欣发现它跟硬麻布一样,也会划破、撕烂、碎裂。跟皮肤和骨骼没两样,他如释重负地想,只不过要有耐心而已。他现在用的文件夹已经是二十一年来的第三本塑料文件夹。

他时常检查文件夹,看见它陈旧的外皮上出现了与自己额头相似的皱纹。内部的塑料隔膜渐渐撕坏,整洁的隔层眼看就要造反,而自己身体内部早已开始造反。到达公寓门前的时候他心想,在这场塑料与肉体的荒谬比赛中,不知哪一方会获胜呢?他擦去鼻孔和手指上的烟灰,按响了门铃。

迪娜从猫眼看见他那顶棕色毡帽,示意裁缝保持安静。"他在的时候你们一声都别出。"她低声说。

"最近怎么样?"收租人笑着说道,露出带着污迹的牙齿和两个缺口:那是一位上了年纪的天使露出的甜美、纯真的笑容。

迪娜没理会他的问候,说道:"怎么了?房租还没到期呢。"

他把文件夹换到另一只手。"不,妹子,确实没到期。我来是为了取走你给房东的回信。"

"知道了。等一下,"迪娜关上门去找那只还没拆开的信封,"我把它放在哪儿了？"她压低声音问裁缝。

三个人在堆满物品的桌子上翻找起来。她发现自己正望着翁普拉卡什，看着他攥紧手指、移动双手的样子。他瘦骨嶙峋的身形不再让她感到不安。她渐渐发现他身上带有一种少见的、鸟类般的美感。

伊什瓦从一堆布料底下找出了信封。她撕开信封读了起来——第一遍读得很快，然后又慢慢读了一遍——为了看懂那些法律术语。信的主旨很快就清楚了：私人住宅里禁止从事经营活动，她要么立刻停止商业活动，要么就要面临驱逐。

她气得面颊通红，冲到门口。"这是在胡说八道些什么？告诉你家老板，他这样骚扰我是没用的！"

易卜拉欣叹了口气，耸耸肩膀，提高了声音："别怪我没警告过你，达拉尔太太！违反规定的行为我们是不会容忍的！下一次可就不是送信这么客气了，送来的将是驱逐令！你别以为——"

迪娜摔上了门。他立刻停止呼喊，暗自庆幸自己不必把那番话说完。他气喘吁吁地擦了把额头，转身走了。

迪娜把信重新读了一遍，深感惊愕。裁缝开工不过三个星期，房东那边已经开始找碴了。她琢磨着是否应该把信拿给努斯万，征求他的建议。不，她做了决定，他肯定会小题大做。还是先置之不理、暗地里继续赶工比较好。

现在她别无选择，只能进一步向裁缝们坦露秘密，让他们明白将缝纫工作保密的重要性。她和伊什瓦讨论了这件事。

他们商定了说辞，用来应对收租人撞见他们俩进出公寓的情况，就说他们是来给她做饭打扫的。

翁普拉卡什可咽不下这口气。"我是个裁缝，不是他妈的用人，给她扫地擦地。"那天晚上下工后他说道。

"别耍小孩脾气，小翁。这只不过是套说辞，避免房东来找麻烦而已。"

"找谁的麻烦？她的。凭什么要我跟着担惊受怕？她给我们的价钱根本就不公道。要是我们明天就死了，她转眼就会找来两个新的裁缝。"

"你说话怎么总是不经过大脑？要是她被赶出公寓，我们就没地方做活了。你这人是怎么回事？这可是我们到城里之后找到的第一份体面的工作。"

"那我就应该乐开花吗？这份工作能解决我们所有的问题吗？"

"可这才刚过三个星期。耐心点儿，小翁。城里多的是机会，在这里你一定可以梦想成真。"

"我真受够了这座城市。自从我们到这里来，一直在受罪，一件好事都没遇上。我倒希望我们死在村子里，真希望我跟家人一起被烧死了。"

伊什瓦的脸阴沉下来，他畸形的面颊为侄子的痛苦而微微颤抖。他伸出手臂搂住侄子的肩膀。"会好起来的，小翁，"他恳切地说，"相信我，一切都会好起来的。我们很快就能回村去了。"

第三章

河畔村庄

在村里，裁缝们原本是皮匠，也就是说他们的家族属于恰马尔种姓[1]，以鞣皮和制革为业。然而在很久以前，早在翁普拉卡什尚未出生的时候，他的父亲纳拉扬和大伯伊什瓦，一个十岁、一个十二岁时，就被两人的父亲送去做裁缝学徒了。

父亲的朋友们都为这家人感到担心。"杜奇·莫基[2]疯了，"他们哀叹，"他这是要眼睁睁地把自己家给毁掉啊。"全村的人都感到震惊：种姓之别亘古不变，居然有人胆敢打破这种约束，他保证很快就会遭到报应。

杜奇·莫基决定让儿子们成为裁缝，确实勇气非凡，特别是他自己这半辈子完全是按照种姓制度的传统度过的。他跟自己的祖辈一样，从孩童时代起就接受了今生注定的职业。

杜奇·莫基五岁就开始跟随父亲学习恰马尔的手艺。当地穆斯林非常少，因此附近并没有屠宰场为恰马尔提供皮革原料。他们只能等待村里的牛自然死亡，然后人们才会叫恰马尔来处理尸体。有时尸体会免费给他们，有时则需要付钱，这取决于死牛的高种姓主人在这一年里有没有从恰马尔身上榨取足够的免费劳动力。

恰马尔们将死牛剥皮，吃掉牛肉，鞣制皮革，然后把它做成凉鞋、皮鞭、挽具和水袋。杜奇渐渐明白死去的牲畜能够为他们全家提供生

---

1. 恰马尔（Chammar），贱民族群之一，多居住在印度北部。
2. 这个姓氏来自其家族的职业，莫基（Mochi）的本意是皮匠。

计。随着他渐渐学会这些技能，杜奇的皮肤也浸染上了父亲的气息，不易察觉，却无法逃避——那是制革工身上特有的臭味，即使他在能够荡涤一切的河水中反复擦洗，那气味仍然挥之不去。

杜奇起初并没意识到自己的毛孔已经浸染了这种气味，直到有一天，母亲拥抱他时皱起鼻子，用半是自豪、半是悲伤的语气说："你长大了，我的儿子，我闻得到区别。"

在那之后的一段日子里，他时不时就会把前臂放在鼻子底下，闻闻那臭味是否还在。他好奇若是把皮剥掉，不知能否摆脱这种气味。抑或这气味早已渗入皮肤之下？他戳破手指去闻自己的血，但这次试验并没能得出结论，指尖上的那颗小小的红宝石作样本远远不够。那么肌肉和骨头呢，臭味是否也在其中萦绕不散？他倒不是想要摆脱这种气味，和父亲散发出同样的气息，他感到很开心。

除了鞣皮和制革，杜奇也学到了身为恰马尔意味着什么——村里人视他们为秽不可触的贱民。这方面的教育并不需要特意指导。种姓制度无处不在，正如他和父亲劳作时牲畜尸体的臭味沾染了他们全身。若是这样还不够，大人们的闲谈与父母之间的对话也足以填补他对世界的认知中空缺的部分。

村子坐落在一条小河边，恰马尔得到批准，得以在婆罗门[1]和地主们下游的一片区域居住。每到夜晚，杜奇的父亲会跟其他恰马尔男子一同坐在聚居地的树下抽烟，谈论刚刚过去的一天，以及即将迎来的明天。闲谈声与鸟叫和扑扇翅膀的声音相伴。河岸另一边，袅袅炊烟引得人饥肠辘辘。缓缓流过的河水里，高种姓人家扔掉的垃圾顺流而下。

杜奇远远地看着，等待父亲回家。夜色越来越深，男人们的身影渐渐模糊。不久，杜奇能看见的只有点燃的比迪烟，它们随着他们手的移动，像一只只萤火虫。再后来，燃着的烟头一个接一个熄灭，树下的男

---

1. 印度种姓制度中的最高阶层。

人陆续离开。

吃饭时,杜奇的父亲会向妻子复述自己当天的见闻。"班智达[1]家的牛病了。他想趁着牛还没死把它卖掉。"

"要是牛死了该归谁呢?轮到你了吗?"

"没有,这次轮到博拉。不过他做工的地方的那些人说他偷东西。即使班智达肯把死牛给他也需要我帮忙——今天他们把他左手的手指都砍掉了。"

"算博拉走运,"杜奇的母亲说,"去年查甘的手被人从手腕剁掉了。也是同样的原因。"

杜奇的父亲喝了口水,在嘴里漱了漱才咽下去。他用手背在嘴唇上抹了一把。"多索离水井太近,挨了一顿鞭子。他总是不长记性,"他默不作声地吃饭,听着青蛙在潮湿的夜色里聒噪,然后问妻子,"你不吃点儿吗?"

"今天是我的斋戒日。"这是她的说辞,意思是食物不够。

杜奇的父亲点点头,又吃了一口。"你最近见过布杜的老婆吗?"

她摇摇头:"很多天没见过她了。"

"你要再过好些天才能见到她呢。她准是到小屋里躲起来了。她不肯跟扎明达尔[2]的儿子到田里去,他们就剃光她的头发,叫她光着身子在广场上游街。"

就这样,杜奇每晚听着父亲不加掩饰地谈论村里发生的事情。在他孩提时代就已经掌握了低种姓人群可能犯下的或真实或莫须有的种种罪行,相应的惩罚也深深刻在他的记忆中。长到十几岁时,他已经掌握了他所需要的全部知识,明白了自己永远也无法逾越那条隐形的种姓分界

---

1. 班智达(Pandit)在佛教术语中指睿智博闻的学者,在印度教中指能够以正确的梵语发音和文法背诵吠陀经典并熟悉印度教仪典的人,通常是婆罗门。

2. 扎明达尔(Zaminar)来自波斯语,本意为"土地所有者",是印度的一种世袭贵族,拥有大片土地以及为其劳作的农民。

线，明白了要想像祖先那样在这座村子里活下去，他就要学会终生与屈辱和忍耐为伴。

杜奇年满十八之后不久，父母安排他娶了一名恰马尔女孩，她名叫鲁帕，十四岁。他们共同生活的前六年里她生下了三个女儿，都只活了几个月便夭折了。

后来他们有了一个儿子，全家人都欢欣鼓舞，他们给孩子取名伊什瓦。鲁帕照看他时格外用心，格外投入，她早已通晓这种全身心的投入是只有男孩才有的待遇。她总是确保孩子有足够的东西吃，自己饿肚子则是再自然不过的事——她之前为了让杜奇吃饱，已经需要常常这样做。不过为了孩子，她甚至会毫不犹豫地去偷东西。而且据她所知，任何一位母亲都甘愿为了自己的儿子去冒这样的风险。

奶水没了之后，鲁帕开始在夜里溜进地主家的牛棚。杜奇和孩子酣睡时，她会在后半夜公鸡开始打鸣之前带上一只黄铜小罐溜出小屋。点灯笼太危险了，她摸黑走在小路上从不会被绊倒，那路线她白天已经熟记于心。黑夜像一张蛛网，轻拂她的面颊。有时候那蛛网是真实存在的。

每头牛她只挤一点儿奶，这样牛的主人就不会发现产奶量有所下降。杜奇早上看见牛奶就明白了这是怎么回事。如果他在妻子夜间出门时醒来，他也不吭声，只是瑟瑟发抖地躺在床上等着她回来。他常常在想自己是不是应该主动替她去。

不久，伊什瓦断奶了，鲁帕便开始每个星期到应季的果园里去寻找已经成熟却尚未被采摘的水果。她在黑暗中用手指判断果子的成熟程度，然后才摘下来。她和从前一样克制自己，在每棵树上只摘几个果子，这样就不会有人发现少了果子。在她四周，漆黑的夜色里只有她的呼吸声和被她惊动的小动物逃命时发出的窸窣声。

一天夜里，她正往麻袋里装橙子，树丛里突然亮起一盏灯笼。一小

第三章 河畔村庄

块空地上摆着张竹条编成的简易床，一个男人正坐在床上盯着她。完了，她心想，她丢下麻袋准备逃走。

"别害怕。"那个男人说道。他声音很轻，手里握着一根沉重的木棍。"我才不在乎你偷水果呢。"她转过身，满心恐惧地喘着粗气，不确定是否应该相信他。

"去吧，继续摘，"那人微笑着重复道，"我是果园主雇来看园子的。但我才不在乎呢。他就是个有钱的王八蛋。"

鲁帕紧张地拾起麻袋，继续摘橙子。她的手指直发抖，她把橙子装进袋口时把一个橙子掉在了地上。她回头看了一眼，那人的眼睛贪婪地紧盯着她的身体，这让她很不自在。"太感激你了。"她说。

那人点点头。"算你走运，是我在这里，而不是什么坏人。去吧，想拿多少就拿多少。"他哼着一支不成调的小曲，那声音听上去半是呻吟半是叹息。后来他不再哼曲，而是吹起了口哨，声音同样并不悦耳。他打个哈欠陷入了沉默，却仍然盯着她。

鲁帕觉得自己摘的水果够了，是时候向他道谢然后离开了。那人从她的动作里看出了她的意图，说道："只要我喊一声，他们全都会跑过来的。"

"什么？"她看见他脸上的笑容突然消失了。

"只要我喊一声，果园主和他那几个儿子就会立刻赶来。他们见到你偷东西，准会把你剥得精光，用鞭子抽你。"

见她瑟瑟发抖，他脸上又浮现出笑容："别担心，我不会喊的。"鲁帕抽紧了麻袋口，那人继续说道："抽完你之后，他们很可能会对你不敬，玷污你的名誉。他们会轮番对你那软乎乎的漂亮身子做一些可耻的事情。"

鲁帕合起双手向他道谢作别。

"别走啊，想拿就再拿点儿。"他说。

"谢谢你，我拿的足够了。"

"你确定吗？只要你想要，我可以再给你一些，不费事的。"他放下木棍，从竹床上站起身来。

"谢谢你，这些足够了。"

"是吗？等等，你可不能就这么走了啊，"他笑着说，"我的人情你还没还呢。"他向她走来。

她退后一步，挤出一声笑来。"我什么都没有，所以才会半夜到这里来，我是为了养活孩子。"

"你有些好东西。"那人说着伸手捏住了她左边的乳房。她打落了他的手。"只要我叫一声……"他威胁道，然后把手伸进了她的上衣，她被他触碰时打了个冷战，但这一次，她什么都没有做。

她畏缩着被他拉到竹床边，扯开了衣服最上面的三颗纽扣。她把双臂交叉抱在胸前。他拉开她的手臂，把嘴埋在她胸前，她扭身想躲开，他却轻声笑了起来："我给了你那么多橙子，你居然不肯让我尝尝你的甜芒果？"

"求你放我走吧。"

"等你尝过我这根茄子就放你走。把衣服脱掉。"

"求求你了，放我走吧。"

"我只要喊一声，你就死定了。"

她低声啜泣着脱掉衣服，照他的指示躺了下来。他在她身上蠕动、喘息的过程中她一直在不停地啜泣。她听见微风拂过树上的叶子，而矗立的树木如同不中用的哨兵。一条狗嚎叫起来，引着别的狗也跟着嚎叫。那人头发里涂的椰子油在她脸上和脖子上留下一道道油渍，蹭在她胸口上。那气味直冲她的鼻孔。

几分钟之后，他从她身上翻身滚落。鲁帕抓起衣服和那袋橙子，赤身裸体地跑过橙子园。直到她确信那人没有追上来，她才停下脚步开始穿衣服。

她回到小屋时，杜奇正在装睡。他夜里几次听见她压抑的抽泣声，

第三章　河畔村庄

他从她身上的气息猜出她离家时遇上了什么事。他很想靠近她,跟她说说话,安慰她。但他不知该说些什么,又害怕自己知道得太多。他静静地哭,用泪水发泄心中的羞愧、愤怒和屈辱,他真希望自己就死在那天夜里。

到了早上,鲁帕一副若无其事的样子。于是杜奇什么也没有说,他们把橙子分吃了。

伊什瓦出生两年后,鲁帕和杜奇又有了一个儿子。他们给孩子取名纳拉扬。他胸口上有一块暗红色的胎记,帮鲁帕接生的那位上了年纪的邻居说她曾经见过这样的胎记。"这说明他天生勇敢,心胸宽广。这个孩子将会是你们的骄傲。"

他们诞下第二个儿子的消息引来了一些高种姓人家的嫉妒,那些人与杜奇和鲁帕差不多同时结婚,家里的女人要么没生孩子,要么还在盼着男嗣。她们很难不嫉妒——生下女孩往往会招致丈夫和婆家人的毒打。有时候她们还会受到指使,将新生儿偷偷处理掉。她们别无选择,只能把襁褓中的婴儿掐死、毒死或是任由她活活饿死。

"这世道究竟怎么了?"人们抱怨,"凭什么贱民家里能生下两个儿子,我们家里却一个都没有?"一个恰马尔能有什么宝贝传给他儿子,神灵竟然要这样奖赏他?肯定是哪里出了问题,触犯了《摩奴法典》[1]。肯定是村里有人行为不端,冒犯了神灵,必须举行特殊的祭典,抚慰神灵,才能把这些空空如也的子宫填满男嗣。

不过,有个没生出孩子的女人用一套更贴近现实的理论来解释她们为什么生不出儿子。她说有可能这两个男孩根本就不是杜奇的儿子。也

---

1. 一部记述婆罗门教伦理规范的法典,成书年代不详,学者推测为公元前二世纪至公元二世纪。这部法典构建出以四大种姓为基础的社会模式,内容广泛,被视为印度教的法制权威,在近现代仍然具有影响力。

许是那个恰马尔去外地拐走了某个婆罗门家的新生儿——这样一切都说得通了。

随着谣言渐渐传开，杜奇开始担心家人的安危。以防万一，他极尽所能对人卑躬屈膝。每次在路上遇见高种姓的人，他都会低声下气地趴伏在地上，同时跟他们隔开一定的距离——以免他们指责他的影子玷污了高种姓的人。尽管他胡须的长度和形状完全符合种姓规定，胡须末梢谦卑地垂向地面，而不是像高种姓那样骄傲地指向天空，他还是刮掉了胡子。他从本就十分寒酸的衣物中找出最脏最破的穿在自己和孩子们身上。为了避免旁人指责他们污染水源，他叫鲁帕不要出现在村里的水井周围，而是让她的朋友帕德玛替他们打水喝。无论人们命令杜奇做什么他都会照做，从不质疑，更没想过要求回报。他的眼睛总是避开高种姓的面孔，驯服地盯着他们的脚。他很清楚，旁人对他最轻微的一丝不满都可能被煽动成熊熊烈火，吞噬掉他的家庭。

幸运的是，对于子宫处在休耕期这件事，大多数高种姓的人都满足于哲学层面的解释，而不作深究。他们说这个世界显然正处在争斗时[1]，是黑暗的时代，生不出儿子的女人并非世上唯一的反常表现。"瞧瞧最近的大旱，"他们说，"我们祭拜时丝毫没出差错，却还是天降大旱。可一旦下起雨来，下的又是猛烈的瓢泼大雨。还记得那场洪水吗？它把屋子都给冲走了。还有邻近地区生下的那头双头牛又是怎么回事？"

村里人谁也没见过那头双头牛，因为离得很远，如果去，就来不及在天黑前赶回自家安全的小屋。不过人人都听说了诞下怪物的事。"是啊，是啊，"人们赞同道，"班智达说得太对了。我们这些麻烦事的根源都在于争斗时。"

---

1. 印度教将世界分为4个循环的"时"：圆满时、三分时、二分时、争斗时。争斗时（Kaliyug）是循环中的最后一个，其时充满罪恶，人性彻底堕落。争斗时结束时，世界将被毁灭，此后新的循环开始，世界重生。据印度教典籍记载，目前所处的争斗时始于公元前3102年，将持续432 000年。

班智达给了建议，说解决的办法就是更加谨慎地遵守宗教戒律。世上的每个人都有其该处的位置，只要每个人都坚守自己的位置，就能度过黑暗的争斗时，安然无恙地脱身。若是有人胆敢僭越，破坏宇宙的秩序，那就说不准宇宙要承受什么样的灾难了。

对这种解释达成共识之后，村里遭到鞭打的贱民数量骤然增加，那是塔库尔[1]和班智达们在用鞭子规范世界的秩序。贱民犯下的罪行五花八门，颇具想象力：一个班吉[2]竟敢用自己不洁的眼睛直视婆罗门的双眼；一个恰马尔在去往寺庙的路上走错了边，玷污了道路；另一个溜达到正在举办祭拜仪式的场地附近，用他那卑贱的耳朵偷听神圣的颂歌；一个班吉小女孩打扫完塔库尔家的庭院之后没把自己的脚印彻底清扫干净，她狡辩说是扫把磨损得太厉害了——这个借口叫人无法接受。

在从黑暗时代的掌控下拯救世界的过程中，杜奇也受了些皮肉之苦。他被叫去放羊。羊主人白天要出门。"把它们仔细点儿看住了，"羊主人说，"尤其是头上的角断了一根、长着长胡子的那头羊。它是个真正的魔鬼。"作为这份工作的报酬，主人答应给他一杯羊奶。

杜奇整个上午都在看管羊群，想象着伊什瓦和纳拉扬喝到羊奶该多么开心。可是随着时间流逝，到下午时天气渐渐热了起来，他睡着了。牲畜四处游荡，跑到邻居家的地界。晚上羊主人回来时，杜奇得到的不是一杯羊奶，而是一顿痛打。

他觉得这代价不算惨重，心想着若是那人心血来潮，只怕下场还要更惨呢。那天夜里，鲁帕溜出门，偷来一些黄油涂在丈夫后背和肩膀上肿起来的地方。

黄油这东西，鲁帕偷时眼睛都不会眨一下。实际上，她甚至不觉得这是偷窃。毕竟在很久以前，黑天神小时候在马图拉常常这样做。

---

1. 塔库尔（Thakur）是印度历史上的贵族头衔，本意为"神""主人"。
2. 班吉（Bhunghi，也叫 Chuhra 或 Bhanghi）以打扫厕所为业，是地位最低的贱民。

到了适当的年纪，杜奇便开始教授儿子们手艺，这是他们生来必须从事的行当。伊什瓦七岁时第一次被带去处理动物尸体。纳拉扬也想去，但杜奇说他年纪还小，还轮不到他去。杜奇答应纳拉扬，让他帮忙给牛皮抹盐、用钝刀刮掉毛发和小块的腐肉、去摘鞣制皮革用的榄仁树果实。纳拉扬这才高兴了。

杜奇带着伊什瓦跟另外几个恰马尔一同来到普雷姆吉塔库尔的农场，被带到了水牛卧着的田里。一只白鹭落在那堆黑色的身影上，啄食水牛皮肤上的虫子。人们刚走近，它便飞走了。黑云似的苍蝇围着那畜生打转。

"它死了吗？"杜奇问。

"当然死了，"塔库尔派来的人说，"你以为我们那么有钱，可以把活牛白白送人？"他摇摇头走开了，嘴里嘀咕着这些贱民真蠢啊，留下他们继续做活。

杜奇和朋友们把手推车推到水牛身后，从车上斜搭下一块木板，伸到那畜生身边。他们抓住它的腿，开始一寸一寸地把它庞大的身躯沿着木板往上挪，不时用水把木板润湿，这样沉重的死牛挪动起来稍微轻松些。

"看啊！"其中一个人说，"它还活着，还在喘气呢！"

"喂，乔图，别这么大声，"杜奇说，"否则他们就不肯把牛给我们了。再说这牛也快死了——顶多再活几个小时。"

他们继续忙碌起来，汗流浃背、气喘吁吁。乔图不停地低声咒骂着牛主人。"挑三拣四的杂种，害得我们腰都快累断了。我们在这里把牛杀掉，当场给尸体剥皮，切成小块，可比这样轻松多了。"

"确实，"杜奇说，"但是高种姓的狗屎先生怎么会允许我们这么干？他纯洁的地皮会被弄脏的。"

"他身上唯一高种姓的就是那根吃肉的小屌，"乔图说，"天天夜里吃他老婆那高种姓的屁股呢。"

男人们哄笑一阵,然后继续劳作。一个人说:"有人看见他每个星期都到镇上去,狼吞虎咽地吃鸡肉、羊肉、牛肉,想吃什么就吃什么。"

"他们都那样,"杜奇说,"表面上吃素,背地里吃肉。来,使劲推!"

伊什瓦认真听着大人的谈话,伸出小手跟着使劲,大人们便鼓励他:"这下我们准能成功!推啊,伊什瓦,再推!使劲儿,使劲儿!"

在玩笑声、咒骂声和调笑声中,那头水牛突然活了过来,最后抬了一下头,然后才彻底死透。大人们大惊失色,往后一跳避开了牛角。但是牛角尖勾住了伊什瓦左侧的面颊,吓得他先是怔住,接着便昏倒了。

杜奇抱起儿子,拔腿就往自家的小屋跑。他的双腿焦急地吞噬着通往小屋的路途。正午的阳光下,父子二人的影子紧紧抱在一起,紧贴着他的脚跟。汗水从他额头滚滚落下,打在儿子的脸上。这时伊什瓦略微苏醒,伸出舌头,尝到了落在自己嘴唇上的父亲咸涩的汗水。这生命的迹象让杜奇为之一振,略微松了口气。

"我的老天啊!"鲁帕见儿子满脸是血,尖叫起来,"哎呀,孩子他爸,你把我儿子怎么了!你今天急着带他去干什么呀?他还这么小!你就不能等他再大点儿再让他去吗?"

"他七岁了,"杜奇小声说,"我五岁时父亲就带我去了。"

"这也能算理由?要是你五岁就受伤死了,你打算让你儿子也这样吗?"

"要是我五岁就死了,那我就没儿子了。"杜奇说着,声音更小了。他出去采集疗伤用的树叶,把它们细细地剁成类似糨糊的状态,然后才返回工地。

鲁帕给儿子清洗了伤口,敷上暗绿色的药膏。过了一阵子,她渐渐平静下来,对杜奇也消了气。她给两个儿子的胳膊系上护身符,心中断定是那些婆罗门女人恶毒的眼睛害了伊什瓦。

至于那些生不出孩子的女人,她们也安心了:宇宙的秩序恢复了正常,那个贱民男孩不再相貌周正,而是给毁了容,世事本该如此。

晚上杜奇回到家,在他吃饭的墙角坐下来。伊什瓦和纳拉扬依偎在他身边,闻着他的呼吸散发出的比迪烟味,一时间,那味道冲淡了兽皮、鞣酸和动物内脏的气味。鲁帕在擀面做饼,烤饼的香气惹得他们饥肠辘辘。

伤口先是发了几天的炎,然后才开始愈合,没过多久便不用担心了。尽管如此,这次受伤还是将伊什瓦的半边面颊永远地凝固了。父亲故作轻松地说:"神灵希望我儿子流的泪水只有世人的一半。"

他故意忽略了另一个事实,那就是伊什瓦的笑容也只剩下了一半。

伊什瓦十岁、纳拉扬八岁的那一年,雨下得格外大。杜奇整个雨季都在忙碌,到处搜寻才找来几捧茅草修缮屋顶,以免小屋漏雨。干旱的农田复苏,牛儿都长得很壮。杜奇等啊等,却等不到牲畜死亡,也就没法收皮革。

好天气持续不断,预示着地主们将会有不错的收成,对于没有土地的贱民来说这却是惨淡的一季。等收获季节到来时他们将有工可做,但是在那之前他们只能仰仗施舍或是给地主做些零散的苦力活度日。

杜奇连续过了几天无所事事的日子,终于被普雷姆吉塔库尔叫了去,他满心感激。他被带到屋后,那里放着一麻袋干辣椒,要舂成辣椒粉。"太阳下山之前你能干完吗?"普雷姆吉塔库尔问,"还是我应该找两个人来做?"

报酬本就十分微薄,杜奇不愿跟人分享,便说:"别担心,塔库尔老爷,太阳下山之前保证全部舂完。"他往巨大的石臼里装满辣椒,在石臼旁边那三根又长又重的舂杖里选了一根。他开始努力地舂辣椒,塔库尔留下来看了一会儿,杜奇不时地向他赔笑。

塔库尔离开后,杜奇放慢了速度。这样快的速度只有三个人同时在石臼旁劳作,用舂杖交替舂捣才能做到。到吃午饭的时候,他已经舂完了半麻袋，停下来吃些东西。他环顾四周，见没人看着自己，便伸手从石臼里捏出一撮辣椒粉，撒在自己的烤饼上。辣椒粉撒得正及时，因为随后塔库尔就派人端着一罐水出来了。

出事的时候日近黄昏，那时麻袋已经基本空了。舂杖照常落下又弹起，这时石臼却毫无预兆地断裂成两半，掉落下来。其中一半砸中了杜奇的左脚，把他的脚砸坏了。

塔库尔的妻子正从厨房的窗户看着他。"哎哟，当家的！快来啊！"她尖叫起来，"那个恰马尔蠢驴把我们的石臼给弄坏了！"

她的尖叫惊动了普雷姆吉塔库尔，他正抱着小孙儿在自家门前的凉棚下打盹。他把睡着的婴儿递给仆人，自己跑到屋后。杜奇趴伏在地上，想用布缠住流血的脚，那块布是他平时包在头上当作简易头巾用的。

"瞧你干的好事，你这没脑子的畜生！我雇你就是来干这个的吗？"

杜奇仰起头来。"原谅我吧，塔库尔老爷，我什么也没干。准是石臼有裂缝。"

"你撒谎！"塔库尔举起拐杖威胁道，"先是弄坏了石臼，接着又对我撒谎！要是你什么也没干，石臼怎么可能坏？那么结实的大石头！难不成它是玻璃做的，一碰就碎？"

"我用我孩子的性命发誓，"杜奇哀求道，"我只是在舂辣椒粉，舂了一整天。您瞧，塔库尔老爷，麻袋都快空了，这活——"

"起来！快从我家滚出去！再也别让我看见你！"

"可是塔库尔老爷，这活——"

塔库尔的拐杖打在杜奇背上。"我叫你起来！快滚！"

杜奇站起身，一瘸一拐地后退几步，退到塔库尔够不着的地方。"塔库尔老爷，行行好吧，我好些天没有活做了，我不——"

塔库尔抡起拐杖猛抽一气："给我听着，你这条臭狗！你弄坏了我的东西我还没追究呢！要不是我是个心软的傻瓜，我准要把你交给警察治罪。快滚！"他继续挥舞着拐杖。

杜奇躲避着拐杖，但他拖着受伤的脚走得不够快，背上挨了好几杖才溜出大门。他一瘸一拐地回到家，一路都在诅咒那个塔库尔和他的子孙后代。

"别管我。"鲁帕惊恐地问起伤势时，他恶狠狠地说道。她不肯放弃，依偎在他身边，恳求他让自己看看他受伤的脚，于是杜奇打了她。他又羞又怒，整晚都坐在小屋里默不作声。伊什瓦和纳拉扬都吓坏了，他们从没见过父亲这副样子。

后来，他让鲁帕清理伤口，缠上了绷带，又吃了她端来的饭食，却还是不肯开口。"你跟我说一说心里会好受些。"她说。

过了两天，他把事情的经过告诉了她，心中的苦楚像脚上的脓液那样源源不断地往外涌。因为山羊走失而挨打的那次他并没往心里去，那确实是他的错，是他睡着在先。可是这一次他什么错也没有。他整天都在辛苦地劳作，却被抽打一通，骗去了工钱。"不仅是这样，我的脚也给砸坏了，"他说，"我真恨不得杀了那个塔库尔。他就是个下贱的贼。他们个个都一样，把我们当牲口使唤，从我们祖辈开始就是这样。"

"嘘，"她说，"叫孩子们听见这种话不好。你只是倒霉而已，石臼坏了，就是这么回事。"

"看我不啐那群高种姓一脸唾沫。从今往后我再也不靠他们那些破工作讨生活了。"

脚伤痊愈之后，杜奇不再参与村里的事了。他黎明出发，搭乘牛车和卡车在中午前赶到镇上。他挑了一个附近没有其他皮匠揽活的街角，把他的金属鞋楦、尖锥、锤子、钉子、防滑钉和补鞋用的皮料在面前摆成半圈，在人行道上安顿下来，等着给镇上的人修鞋。

样式各异、五颜六色的皮鞋、软底鞋、拖鞋从他面前走过，令他既激动又担心。若是他们当中有人停下来修鞋，他会修吗？这些鞋看上去比他熟悉的简单凉鞋要复杂得多。

过了一阵，有人在杜奇面前停下来，甩掉右脚上的皮凉鞋，用大脚趾指指坏掉的横绑带。"修这个多少钱？"

杜奇拿起鞋子翻过来看了看。"两安那[1]。"

"两安那？你疯了吧？要我付给你这样的臭皮匠两安那，我还不如买双新鞋呢。"

"哎呀先生，谁会两安那卖给你一双新鞋呢？"他们讨价还价一阵，最后定价一安那。杜奇把鞋底刮净，让坏掉的针脚所在的那条沟纹露出来。鞋底的污垢成片地剥落。他觉得村里的污垢和镇上的污垢没两样，看上去和闻起来都一样。

他把绑带插进缝里重新缝好。那人用手把新缝的地方扯了几下才穿上凉鞋。他试验着走了几步，扭扭脚趾，哼了一声表示满意，这才付了钱。

六个小时过去，来了五位顾客。是时候回家了。杜奇用赚来的钱买了些东西——一点儿面粉、三颗洋葱、四个土豆和两个青辣椒，然后踏上了回家的路。路上的车比早晨更少。他走了很长时间才搭上一辆车。他回到村里时已经入夜。鲁帕和孩子们正焦急地等待着他。

在街角揽了几天活之后，杜奇看见他的朋友阿什拉夫沿着人行道大步向他走来。"我不知道原来你在我家附近修鞋。"阿什拉夫见到他十分惊讶。

阿什拉夫是镇上的穆斯林裁缝。他和杜奇年纪相仿，杜奇偶尔有钱给鲁帕和孩子们买衣服时总是到他那里去——信印度教的裁缝是不给贱民缝制衣服的。

得知杜奇在村里的遭遇之后，阿什拉夫问："你想不想试试换个营

---

1. 印度旧时的货币单位，16安那为1卢比。

生？也许能赚得更多的营生？"

"在哪儿？"

"跟我来。"

他收起工具，急匆匆地跟着阿什拉夫离开。他们走到镇子另一头，穿过铁道，来到了木料场。在那里，杜奇被引荐给阿什拉夫的叔叔，那家木料场由他经营。

从那以后，木料场总是有活给他干：往卡车上装卸木材，或是帮忙运货。杜奇很乐意当搬运工，这样他就可以直起腰杆跟人并肩行走，而不用整天蹲在人行道上，对着陌生人的脚说话。木材清新的气味也让他得以从脏鞋子散发的臭气中缓口气。

一天早晨，在去往木料场的路上，杜奇见到街上车来车往。腾起的尘土吞没了他搭乘的牛车。牛车不得不时常退到路边避让车辆，忽然一辆大巴经过，牛车险些跌进阴沟。

"出什么事了？"他问赶车的人，"他们这是要去哪儿啊？"那人耸耸肩膀，一门心思地想把牛车赶回大路上。他挥鞭赶牛却没有成效，两个人不得不跳下车去帮那牲口。

来到镇上后，杜奇看见街上挂满了横幅和旗帜，一打听才知道有国大党[1]的领导来访。他去阿什拉夫的店里把这件事告诉了他，二人决定去看看热闹。

领导开始演讲，说他们来是为了传播圣雄的思想，呼吁人们为自由而奋斗，为正义而奋斗。"我们在自己的国家里长期被人奴役，现在到了为自由抗争的时候了。在这场抗争中，我们不需要枪炮和刀剑，也不需要恶言和仇恨。我们要依靠真理、依靠不害[2]的教旨让英国人明白，现在

---

1. 印度国民大会党的简称，创建于1885年12月，是印度历史最悠久的政党，圣雄甘地与印度独立后的第一任总理尼赫鲁都是该党的领袖。

2. 源自古印度宗教，指对一切有情众生不加以伤害，这一概念通用于印度次大陆的诸多宗教。

是他们撤离的时候了。"

人群鼓起掌来,演讲者继续说:

"想必你们都同意,为了打破奴役的枷锁,我们必须变得强大。这一点任何人都无可辩驳。我们只有真正变得强大,才能驾驭真理与非暴力的力量。但现在病魔肆虐,我们怎么可能强大起来呢?我们首先要让我们的祖国母亲摆脱病魔。

"你们会问,这个病魔是什么呢?这个病魔,兄弟姐妹们,就是认为贱民秽不可触的观念,这种观念摧残了我们几个世纪,让我们的同胞丧尽尊严。我们必须将这个病魔从我们的社会、我们的内心、我们的头脑中根除掉。没有人是秽不可触的,因为我们都是同一个神的儿女。记住甘地先生的话,贱民观念对印度教的毒害,就如同牛奶里掺进了砒霜。"

说完这番话之后,其他演讲者又对人群进行宣讲,主题是为了自由而奋斗,以及那些进行非暴力反抗、由于拒绝服从不公正的法律而光荣被捕入狱的人们。杜奇和阿什拉夫听到了最后,党派领袖呼吁大家宣誓,摒弃思想上、语言上、行为上的一切种姓偏见。"我们要把这个讯息传遍全国,让全国人民团结起来,跟这种亵渎神灵、偏执而邪恶的种姓制度抗争。"

人群按照圣雄的呼吁宣了誓,群情激昂地跟读誓词。随后集会就结束了。

"我想知道,"杜奇对阿什拉夫说,"要是我们村里那些地主老爷听见这样一通废除种姓制度的演讲会不会跟着鼓掌。"

"他们会鼓掌,但鼓完掌之后还是老样子,"阿什拉夫说,"他们的正义感早就被魔鬼偷走了,不是吗?他们对这种事视而不见,也没有同情心。不过你倒是应该离开村子,把你的家人带到这里来。"

"那我们住在哪儿呢?在村里,我们好歹还有座小屋。再说,我家祖祖辈辈都住在那里。我怎么能离开那片土地呢?离开自己的老家太远不是什么好事情,那样你就会忘记自己是谁。"

"确实是这样。"

阿什拉夫说:"不过你至少要把儿子送来这里住上一段时间。学门手艺。"

"村里不可能让他们开张营业的。"

他悲观的情绪让阿什拉夫有些不耐烦:"事情是会变的,不是吗?集会上那些人说的话你也听见了。把你儿子送到我这里来,我可以在我的店里教他们裁缝手艺。"

有一瞬间,杜奇的眼睛亮了,他想象着未来的前景。"不行,"他说道,"我们还是待在自己应该在的地方比较好。"

到了收割庄稼的季节,杜奇便不再到木料场去。他曾经发誓不再仰仗地主讨生活,如今也动摇了,因为去镇上的路途很远,交通又不方便。天不亮他就去田里收割庄稼,黄昏后才腰酸背痛地回家,一并带回来的还有过去几个月里错过的邻村新鲜事。

那些新鲜事跟杜奇小时候夜复一夜听见的新鲜事大同小异,只是人名不同罢了。西塔因为在街上走了高种姓的那一侧而遭了石刑,不过没有给打死——刚见血,石头就停了。甘比尔就没那么走运了,他的耳朵给人灌进了烧熔的铅水,因为他竟敢在诵经时走近寺庙,听见了诵经声。达亚拉姆不答应给地主犁田,被逼着在村子的广场上吃掉了地主的粪便。迪拉杰被甘希亚姆班智达叫去劈柴,他不满足于干完活只能收到几根柴火棍,想讨价还价,结果惹恼了班智达。班智达指控迪拉杰毒害了自己的奶牛,把他吊死了。

杜奇在田里艰苦劳作,皮匠活跟从前一样稀缺,他的两个儿子没活可做。鲁帕为了给伊什瓦和纳拉扬找点事做,就叫他们出去拾柴火。他们偶尔会捡到零星几块无主的牛粪,是放牛人没注意落下的,不过这种情况非常少见,因为牛的主人把这种宝贵的东西看得很紧。鲁帕不会把牛粪当燃料用,而是会把它们抹平,砌在小屋的门口。牛粪晾干后变得

第三章 河畔村庄

坚硬平整，接下来的一段时间里，她家的门槛就像陶土那样坚固，跟养牛人家的院子一样，这让她很高兴。

尽管有杂活要做，但两个男孩还是有很多空闲时间在河边乱跑，追捕野兔。他们对自己的种姓规则一清二楚，知道什么能做、什么不能做。本能加上偷听到的大人之间的闲谈在他们的头脑中划出了石墙般清晰的界限。直到现在，母亲仍然担心他们会惹上麻烦。她焦急地盼望着打谷、扬场的季节过去，这样孩子们就可以在她眼皮底下干活，从捡来的谷糠里筛出零星的谷粒。

有时候兄弟俩上午会到村里的学校附近去。他们听着高种姓的孩子背诵字母表，唱着有关颜色、数字和雨季的歌谣。尖利的童声从窗户里飘出来，仿佛成群的麻雀。之后，他们会躲在河边的树荫里，按照记忆试着重复那些孩子唱的东西。

若是伊什瓦和纳拉扬一时好奇，凑得太近，被老师发现，他们就会被立刻赶走。"不要脸的小蠢驴！快滚，否则我打断你们的骨头！"但伊什瓦和纳拉扬自有一套偷听课的本领，他们可以凑得很近，甚至能听见粉笔在石板上写字的声音。

他们对粉笔和石板十分着迷。他们渴望把那根小白棍握在手里，像其他孩子那样写出歪歪扭扭的白色字迹，画出房屋、奶牛、山羊和花朵，就像魔法，能够凭空变出东西。

一天上午，伊什瓦和纳拉扬躲在树丛后面，学生们被带去学校的前院排练丰收节要跳的舞蹈。天空晴朗无云，远处的田野里传来断断续续的歌声。工人们的歌声中蕴含着酸痛的后背和被太阳灼伤皮肤带来的苦楚。伊什瓦和纳拉扬试着分辨父亲的声音，却无法从合唱声中听出他的声音。

学生们手拉手围成两个同心圆，光着脚向相反的方向转圈。每隔一段时间，两个圆圈就会变换移动的方向。每到这时总会响起哄笑声，因为总有孩子转得太慢，打乱了队形，孩子们挤作一团。

伊什瓦和纳拉扬看了一阵，忽然意识到教室里没有人。他们匍匐着绕过院子，来到那座小屋背面，从窗户爬进了教室。

孩子们的鞋子在墙角整齐地排成排，在另一个墙角，黑板旁边摆着他们的饭盒。食物的气味和粉笔灰混在一起。两个男孩向存放石板和粉笔的橱柜走去，每人抓起一套文具，盘腿坐在地上，学着他们经常看见的那些学生的样子把石板放在大腿上。可是两个孩子并不确定接下来该怎么做。纳拉扬等着哥哥带头行动。

伊什瓦有点儿紧张，他的粉笔悬在石板上方，心中忐忑，不知道接下来会发生什么事。他小心翼翼地把粉笔贴在石板上，画了一条线，接着又画了一条，再画一条。他咧嘴对纳拉扬笑了——写写画画原来这么容易啊！

现在轮到纳拉扬了，他激动得手指直发抖，用粉笔画下一条短短的白线，自豪地拿给哥哥看。他们胆子渐渐大起来，不再只画直线，而是画下圆圈、曲线和大大小小、形状各异的图案，偶尔停下来欣赏一番，对自己轻而易举就能创造出这些图案感到惊喜；接着他们小手一擦，就可以随意重新创造。手掌和手指上的粉笔灰逗得他们咯咯直笑——用这个可以在额头上画出奇怪的粗线条，就像婆罗门的种姓标记那样。

他们回到橱柜旁，查看里面的其他物品，展开字母表，翻看图画书。他们沉浸在禁区当中，并没察觉院子里的舞蹈已经停止，也没听见老师蹑手蹑脚来到他们背后。老师一把揪住他们俩的耳朵，把他们拽到了教室外面。

"你们这些恰马尔小混蛋！胆子越来越大了，竟敢闯进学校！"他使劲揪着两个孩子的耳朵，直到他们疼得连声哀叫，哭了起来。学生们惊恐地挤作一团。

"家长就是这么教你们的吗？亵渎学习知识的工具？回答我！是不是？"他松开他们的耳朵，腾出手来往他们头上痛打几下，然后又揪住了耳朵。

伊什瓦抽泣着说:"不是,老爷先生,不是的。"

"那你们进来干什么?"

"我们只是想看看——"

"看看!好啊,那我就让你看看!让你看看我的巴掌!"他揪住纳拉扬不放,接连扇了伊什瓦六记耳光,又往他弟弟脸上也扇了六记耳光,"你们额头上是什么?你们这些不要脸的小畜生,真是亵渎神灵!"他又扇了他们一通,到这个时候,他已经把手都打酸了。

"把柜子里的教鞭拿来,"他命令一个女孩,"你们俩把裤子脱了。等我收拾完你们俩,保证你们这些贱民小孩做梦也不敢再乱碰不该碰的东西了。"

教鞭取来后,老师让四个年纪大些的学生抓住兄弟二人的手脚,把他们脸朝下按在地上。他开始了责罚,交替抽打两个孩子。教鞭每次落在光着的屁股上,围观的孩子们都会随之畏缩一下。有个小男孩哭了起来。

两个孩子每人挨了十二鞭之后,老师停了手。"这应该能让你们长点记性,"他气喘吁吁地说,"现在滚出去,再也别让我在这儿看见你们肮脏的脸。"

伊什瓦和纳拉扬拖着裤子跑开了,跌跌撞撞、踉踉跄跄的样子十分滑稽。其他孩子哄堂大笑,这一刻的轻松让他们暗自庆幸。

杜奇直到晚上才听说了儿子们受罚的事。他阴沉着脸,告诉鲁帕晚些再做烤饼。"为什么?"她警惕地问,"你在田里忙了一天不饿吗?你这是要去哪儿啊?"

"去找拉鲁拉姆班智达。这件事他不能不管。"

"先别去,"她哀求道,"不要在吃晚饭的时候去打扰那样的大人物。"可是杜奇洗净了手上沾染了一天的尘土,出发了。

拉鲁拉姆班智达可不是普通的婆罗门,他是吉特巴万婆罗门——是纯净种姓中最纯净的那一支，是圣知识守护者的后代。他既非村长又非政府官员，但其他的高种姓都说他赢得了他们不渝的敬意，因为他年长、公正，也因为他光溜溜的大脑袋里装满了圣知识。

各种各样的争执，无论关于土地、用水还是牲畜，都要呈到他面前仲裁。家中的纠纷，比如忤逆的儿媳、固执的妻子、拈花惹草的丈夫也都由他公断。多亏了他那无可挑剔的公信力，离开时人人都心满意足：受害者相信了公正的假象，作恶之人则可以照旧作恶。至于拉鲁拉姆班智达，由于他劳动了大驾，则能够从双方那里得到布料、谷物、水果、甜食之类的礼品。

这位博学的班智达还有个名声，那就是擅长促进共同和谐。举个例子，过去每隔一段时间就有人抗议穆斯林杀牛的行为，是拉鲁拉姆班智达说服了与自己同教的信众，说印度教徒并没有权力去谴责吃牛肉的人。拉鲁拉姆班智达解释说按照穆斯林的信仰，这可怜的家伙要供养四名妻子，他必须吃牛肉暖血才能满足那四个妻子——他吃肉是由于他别无选择，而不是因为他喜欢牛肉，或是故意要冒犯印度教徒，正因如此，人们应该怜悯他，而不该打扰他按自己的宗教规定行事。

拉鲁拉姆班智达处理纷争向来滴水不漏，因此支持者众多。人们说他是如此诚实而公正，就连秽不可触的贱民也能够在他那里谋得公平。至于活着的贱民当中并没有人能够证实这种说法——这一点无关紧要。人们似乎隐约记得曾经有个地主打死了一个班吉，因为他给那户人家拉粪去晚了，日出后很久才去。拉鲁拉姆班智达裁定——也可能是他的父亲，又或者是他的祖父，总之有人裁定——这种冒犯行为固然严重，但罪不至死，因此那名地主必须补偿死者的妻儿，为他们提供食物、住所和衣服，如此六年——又或者是六个月，还是六个星期来着？

杜奇寄希望于他那公正而闻名的传奇口碑，坐在拉鲁拉姆班智达脚边，向他讲述了伊什瓦和纳拉扬挨打的事。这位饱学之士刚吃完晚饭，正坐在扶手椅上休息，来访者叙述的过程中他打了几个响亮的饱嗝。每次打嗝杜奇都礼貌地停下来，拉鲁拉姆班智达则低声嘟哝"噢，罗摩"，感谢神赐于自己的消化系统消化起食物来如此强健有力。

"他把我儿子抽成什么样了——您真该看看他们肿起来的脸，班智达老爷，"杜奇说，"他们的屁股像是被发狂的老虎用爪子挠过一样。"

"可怜的孩子。"拉鲁拉姆班智达表示同情。他起身走到屋里的一个架子旁："给，把这个药膏涂在他们背上，疼痛会缓解的。"

杜奇低下了头："谢谢您，班智达老爷，您真是个大善人，"他取下头巾，把那只扁平的小金属盒裹在里面，"班智达老爷，前段时间我被普雷姆吉塔库尔狠狠打了一通，而那并不是我的错。但是我没有来找您，我不想给您添麻烦。"

拉鲁拉姆班智达挑起眉毛，搓了搓大脚趾。他点点头，把汗水和泥垢搓成黑泥条，从手指间滚落下去。

"那一次，我默默地忍受了，"杜奇说，"但是为了我的孩子，我得来找您。他们不该遭受这种不公正的毒打。"

拉鲁拉姆班智达仍然沉默不语，他搓完大脚趾，闻闻手指头，侧身抬起半边屁股放了个响屁。杜奇往后一闪身，给屁让开路，心想，若是耽误了婆罗门的屁味扩散，不知会落得什么样的惩罚。

"他们只是孩子，"杜奇哀求道，"也没什么大错，"他等了一会儿却没有等到回答，"他们没犯什么大错，班智达老爷，"他重复了一遍，希望这位饱学之士至少会对自己的看法表示赞同，"那名老师应该为自己的行为受到惩罚。"

拉鲁拉姆班智达长长地、重重地叹了口气。他侧歪过身子，擤出一道浓鼻涕，落在干燥的地面上，扬起一小团灰尘。他揉揉鼻子，又叹了口气。"杜奇·莫基，你是个勤劳的好人。我认识你很长时间了。你总是尽职尽责，从不逾越种姓规范，对不对？"

杜奇点点头。

"这样做很明智，"拉鲁拉姆班智达表示赞同，"因为这才是幸福之道。

否则就会世道大乱。你知道的，社会分为四个瓦尔那[1]：婆罗门、刹帝利、吠舍和首陀罗。我们每个人都属于这四个瓦尔那中的一个[2]。不同的阶级不能混为一谈，对不对？"

杜奇又点点头，掩饰着不耐烦的情绪。他到这里来可不是为了听关于种姓制度的说教的。

"那么，你作为一名制革工，必须按照宗教规定对你的家人和社会尽责，那名老师跟你一样，也要尽他的责任。这一点你不反对吧，对不对，杜奇？"

杜奇摇了摇头。

"你儿子犯了错，惩罚他们是那名老师的职责所在。他别无选择。你明白吗？"

"没错，班智达老爷，有时候惩罚确实是有必要的。但是至于下手那样重吗？"

"他们的行为是严重的僭越——"

"但他们只是孩子，好奇而已，跟所有的——"

拉鲁拉姆班智达说的话被打断，他翻了个白眼，竖起右手食指指向天空，让杜奇住了口。"我怎么才能让你明白呢？你不具备理解这种事情的知识，"这时，他压抑着耐心的语气被一种更严厉的声音取代了，"你的孩子闯进教室，污染了那个地方。他们触碰了学习用具，玷污了石板和粉笔，那可是高种姓的孩子们要拿在手里的东西。算你走运，那个橱柜里没有《薄伽梵歌》之类的圣书，没有神圣的文字，否则对他们的惩罚还会更重呢。"

杜奇平静地摸摸拉鲁拉姆班智达的凉鞋，向他道别："我彻底明白

---

1. 印度教经典中用于解释种姓制度的一个概念，可大致理解为"阶层"，与人们熟知的"种姓"关系密切，但二者并不相同，亦非简单的包含关系。

2. 实际上，杜奇所属的贱民群体被排除在瓦尔那体系之外，不属于任何一个瓦尔那。

了,班智达老爷,多谢您向我解释这些。我太幸运了——您,一位堂堂的吉特巴万婆罗门,竟然肯花费宝贵的时间搭理我这样无知的恰马尔。"

拉鲁拉姆班智达心不在焉地抬起一只手向杜奇作别。他有点疑惑,不确定自己是被人奉承了还是侮辱了。不过,就在这时,又一个饱满的饱嗝轰隆隆地涌上来,驱散了他头脑中的疑惑,让他的心智和肠胃都舒坦了。

回家的路上,杜奇在河边的树下遇见了还在抽烟的那群朋友。"喂,杜奇,这么晚了你还到村子那一带去?"

"找那个吉特巴万婆罗门去了,"杜奇说完,把自己拜访的过程讲了一遍,"我看应该叫他'吃屎婆罗门'才对。"

他们开怀大笑,乔图也同意"吃屎婆罗门"这个名字才更贴切。"可是他每顿饭要吃掉一磅酥油和两磅甜食,怎么还有胃口吃屎呢?"

"他给了我这个药膏,让我给孩子。"杜奇说。他们传看那只小铁盒,仔细查看、嗅闻里面的东西。

"依我看像是鞋油,"乔图说,"他准是每天早上都把这东西涂在头顶。所以他的脑袋才像太阳那样闪闪发光。"

"哎呀,你把他的脑袋和屁眼搞混了。那才是他每天抹油的地方——按照他们那个种姓的人的说法,那里才是散发阳光的地方。所以那帮吃屎的家伙都巴不得去舔呢。"

"我有一首满是忠告的好诗要念给他们听,"达亚拉姆模仿着梵文的语调,学着祭师高声诵读经文时那抑扬顿挫的语气说道,"Goluma Ekdama Tajidevum! Chuptum Makkama Jhaptum!"

在场的人听见他关于鸡奸和交媾的戏谑都放声大笑。杜奇把小铁盒扔进河里。朋友们还在研究拉鲁拉姆班智达堆叠着层层肥肉的肚皮下面藏着什么宝贝、究竟有没有宝贝,杜奇先回家了。

他告诉鲁帕,自己第二天一早就要出发到镇上去。"我拿定主意了。我要跟裁缝阿什拉夫谈一谈。"

她没有询问缘由。她脑子里正在紧张地盘算怎样在夜里朝别人家的黄油搅拌桶下手，这一次，是为了她两个儿子的屁股。

阿什拉夫没收报酬便收下了杜奇的两个儿子做学徒。"他们是我的帮手呢，"他说，"再说两个小孩子能吃多少东西？我们做什么，他们就跟我们一起吃点儿。这样没事吧？他们没有忌口吧？"

"没有忌口。"杜奇说。

两个星期后，他带着伊什瓦和纳拉扬回到了裁缝店。"阿什拉夫跟我就像亲兄弟，"他对两个孩子解释道，"所以你们必须叫他阿什拉夫叔叔。"

裁缝为叔叔这个称呼感到很高兴，笑容满面，杜奇又说："你们要跟阿什拉夫叔叔一起住段时间，跟着他学手艺。无论他说什么，你们都要认真听，你们要像尊重我那样尊重他。"

父亲已经提前给两个男孩做好了分别的心理准备，现在只是正式宣布而已。"好的，爸爸。"孩子们答道。

"阿什拉夫叔叔会把你们培养成像他那样的裁缝。从今往后，你们不再是皮匠了——如果有人问你们叫什么名字，不要说伊什瓦·莫基或者纳拉扬·莫基。从今往后你们就叫伊什瓦·达尔吉[1]和纳拉扬·达尔吉。"

杜奇在孩子们背上分别拍了一下，又轻轻地往前推了推他们，像是在催促他们到叔叔那里去。他们离开父亲身边，走向了裁缝，裁缝伸出双手接纳了他们。

杜奇望着阿什拉夫的手指热情地握住孩子们的肩膀。阿什拉夫是个善良而温和的人，杜奇知道他会把孩子们照顾好的。尽管如此，他心中还是蔓延出一种冰冷的疼痛感。

回村的路上，他瘫卧在牛车上，感到精疲力尽。车轮在车辙和土堆上颠簸而过，震荡着他的骨头，他却几乎毫无感觉。与此同时，他又感

---

1. 达尔吉（Darji）也叫达尔兹（Darzi），是以裁缝为业的穆斯林群体的名字。

第三章　河畔村庄

受到一种狂野的冲动,这种冲动让他想跳下牛车狂奔。他知道自己为儿子做了最好的选择,心里的重担也卸了下来。可是他为什么并没感到轻松呢?究竟是什么东西让他感到如此沉重?

傍晚时分,他在村子的路边跳下牛车。他的身影出现在门口时,鲁帕正茫然地坐在小屋里盯着门外发呆。他告诉她,一切都安顿好了。

她用责备的目光望着他。他在她的生命中挖出了一个无法填补的洞。每当她想到两个儿子——远在外地,跟陌生人同住不说,还是个穆斯林——悲痛就会涌上她的喉咙,她觉得自己快要窒息了,她对丈夫如是说。他则怂怂地说,至少穆斯林朋友对待他要比印度教的兄弟好得多。

穆扎法尔裁缝铺位于一条开满家庭作坊的街上。那里有五金店、煤油店、杂货铺和磨坊,各种店铺一字排开,店铺的布局和面积都相同,只是里面传出的声音和飘出的气味不同。穆扎法尔裁缝铺是唯一一家挂了招牌的店铺。

阿什拉夫的店里逼仄不堪,楼上住人的房间也一样:一间卧室、一间厨房而已。他去年成了家,有个刚满月的女儿。家里添了两张嘴,他妻子蒙塔兹对此可不像他那么高兴。他们决定让两个学徒睡在店铺里。

面对生活中突如其来的转变,伊什瓦和纳拉扬感到无所适从。楼房、电灯、水龙头里流出的自来水——一切事物都跟村里全然不同,令人惊奇。第一天,他们坐在商店门外的石阶上满心敬畏地向街上张望,看着这震撼人心的喧嚣世界。渐渐地,他们学会了辨认街上的车流和其中的手推车、自行车、牛车、公交大巴以及偶尔驶过的卡车。熟悉了狂野的车流的特点之后,他们才放下心来,原来其中并不只有喧嚣吵闹,这些事物自有一套运行规律。

他们看着人们到杂货铺买盐、香料、椰子、豆子、蜡烛和油。他们看见谷物被送进磨坊磨成粉。磨坊主劳作时手臂渐渐变白,有时他的脸和睫毛也会变白。煤油店老板的手臂和脸则随着时间的推移变黑，给他送货的男孩整日背着成筐的煤东奔西走。伊什瓦和纳拉扬最爱看邻居们晚上洗漱，洗掉白天的色彩，呈现出色彩之下的棕色皮肤。

阿什拉夫由着他们看了两天热闹，直到他们的好奇心渐渐自动转向了裁缝店。他们最感兴趣的自然是缝纫机。为了满足他们的好奇心，阿什拉夫让两个孩子轮番踩了几下踏板，自己则拿着碎布在针下轧过。兄弟俩见自己竟能操作这架机器，激动不已。这样做带来的刺激丝毫不亚于用粉笔在石板上写写画画。

现在他们做好准备，安顿下来，开始做没那么刺激的事情了，比如穿针引线，动手缝纫。他们积极好学，敏捷的思维令阿什拉夫叹服。当又一位顾客走进穆扎法尔裁缝铺时，他决定让伊什瓦来记尺寸。

那人带来了条纹布料，想做衬衫。阿什拉夫把订单册翻到新的一页，记下顾客的名字，然后一抖手展开皮尺，两个男孩对这个动作心向往之。他们已经开始私下练习这个动作，逗乐了阿什拉夫。

"领围，十四英寸半，"他说道，"胸围，三十二。"他瞥了伊什瓦一眼，他趴在订单册上写字，由于太聚精会神，舌头都伸出来了。阿什拉夫转向顾客，继续说："袖子要长袖还是短袖？"

"要长袖，"那男人说，"我要穿着去参加朋友的婚礼。"量完尺寸，顾客离开了，阿什拉夫向他保证下个星期婚礼之前肯定能做完。

"现在让我们来看看尺寸。"阿什拉夫说。

伊什瓦自豪地微笑着递过订单册。纸上画满了歪歪扭扭的黑色笔道。

"啊，对，我知道了，"阿什拉夫抑制住心中的诧异，拍了拍男孩的后背，"对，非常好。"他飞快地记下了自己尚能回忆起来的尺寸。

晚饭后，他开始教孩子们认字母和数字。蒙塔兹不乐意了："这下你又成了老师了。接下来还要干什么？等他们长大成人，你还要给他们娶媳妇吗？"

第二天，他做完了那位要参加婚礼的顾客的衬衫。那人周末来取时穿上试了试。除了衣长，阿什拉夫做得都没错：衣服垂得离膝盖有些近，那人照照镜子，犹豫不决地左右转了转身。

"太完美了，"阿什拉夫赞叹道，"最近特别流行这种来自北部的帕坦长衫款式。"那人走时仍有些拿不定主意，他离开后，师徒三人哄笑起来。

开始带徒弟的一个月后，阿什拉夫在某天夜里被一阵轻柔的呜咽声吵醒了。他起身细听，却没再听见声音。他躺下打算重返梦乡。

过了几分钟，那声音又扰了他的梦。"怎么了？"蒙塔兹问，"你怎么总是醒呢？"

"有声音。是宝宝哭了吗？"

"没有，不过你再这样折腾她就要哭了。"

这时又响起了轻柔的抽泣声。"是楼下。"他起身下床，点了灯。

"为什么要你去啊？你又不是他们的父亲。"

阿什拉夫在蒙塔兹的责备声中走下楼梯，来到店里。他走进房间，举起手里的灯。灯光照亮了纳拉扬泪光闪闪的小脸。阿什拉夫在他身边的地板上跪下来，轻轻地抚摸着他的后背。

"怎么了，纳拉扬？"他问道，其实他早就知道答案，因为他料到孩子们迟早会想家的，"我听见你在哭。是哪里不舒服吗？"

男孩摇摇头。阿什拉夫伸手搂住了他。"你们的爸爸不在这里，就由我来替代他。蒙塔兹婶婶就做你们的妈妈，好吗？你们有什么心里话都可以告诉我们。"

听见这话，纳拉扬出声地哭了起来。这时伊什瓦也醒了，揉揉眼睛，遮挡着灯光。

"你知道你弟弟为什么哭吗？"阿什拉夫问。

伊什瓦严肃地点点头："他每天晚上都想家。我也想家，但是我不哭。"

"你是个勇敢的孩子。"

"我也不想哭,"纳拉扬说,"可是天黑以后,所有人都睡着的时候,爸爸妈妈就会出现在我的脑子里,"他吸了一下鼻子,擦擦眼睛,"我能看见我们的小屋,这让我特别伤心,然后我就哭了。"

阿什拉夫把他抱到膝头,说想念爸爸妈妈是正常的。"但是别伤心,再过几个星期,爸爸就会带你们回家探亲的。等你们把裁缝手艺全学会之后,就可以开一家属于自己的裁缝铺,赚很多的钱。到那时候你们的父母该多自豪啊,是不是?"

他告诉两个孩子,无论什么时候,只要他们想家,就可以来给他讲一讲他们的村子,村里的河、田野还有他们的朋友。他向孩子们保证,大家一起说说这些事,就会变得快乐起来。他躺在他们身边,等到孩子们重新睡着,然后调暗灯光,蹑手蹑脚地回到楼上。

蒙塔兹还摸黑坐着等他。"他们俩没事吧?"她担心地问。

他点点头,见她这样关切,他也就放心了。"他们有点儿孤单。"

"也许从明天起我们应该让他们到楼上来睡。"

她的提议感动了他,他的眼中饱含爱意。"他们是勇敢的孩子。他们会习惯自己睡觉的,变得更坚强对他们有好处。"他说。

村里人不久便得知杜奇的儿子们没有学制革,而是去学了别的手艺。这种逾越种姓规定的行为放在过去是要被处死的。杜奇倒没有为此丧命,不过他的日子变得无比艰难。他不被允许再收动物尸体,而且要长途跋涉到很远的地方才能找到活干。别的恰马尔偶尔会偷偷给他一张皮,倘若被人发现,他们也会惹上麻烦。他若想卖掉用私下得来的皮制作的东西,必须拿到很远的地方、没人听说过他和他儿子的地方才行。

"你给我们惹了多大的祸啊,"鲁帕几乎每天都会这样说,"没有活干,没有吃的,没有儿子。我到底造了什么孽要受这样的惩罚?我这辈子再也别想光明正大地过日子了。"

第三章 河畔村庄

不过随着孩子们回家的日子越来越近,她渐渐高兴起来。她浮想联翩,为此做了很多计划,心中的不悦被渴望取而代之,她非常想给孩子们准备点儿好吃的。她决定,既然她买不起这些好吃的,那么就要趁着天黑用不花钱的办法弄到手。

自从孩子们出生后,杜奇头一次对她在夜里出行表示知情。就在她后半夜悄悄起身时,他说:"听我说,孩子他妈,我觉得你不该去。"

鲁帕吓了一跳:"哎哟,你吓死我了!我以为你睡着了呢!"

"冒这种风险太不值得了。"

"你以前可没说过这种话。"

"以前的情况不一样。现在就算没有黄油、桃子或者片糖,孩子们也饿不死。"

鲁帕还是去了,心里说这是最后一次。孩子们毕竟三个月没回家了,她得给孩子们准备些特别的东西。

期盼已久的那一天终于到了,天蒙蒙亮时杜奇便出发,把孩子们接回来住一个星期。两个孩子紧紧地依偎在父亲身边,一路上总忍不住摸摸他,一人一边靠着他,纳拉扬搂着父亲的膝盖,伊什瓦抓着他的胳膊。他们说个不停,傍晚回到家里,又把说的话向母亲重复了一遍。

"那个机器特别神奇,"伊什瓦说,"那个大轮子——"

"你把脚这样这样,"纳拉扬扑扇着双手模仿踏板的样子,"针就会上下跳,特别有意思——"

"我缝得特别快,不过阿什拉夫叔叔缝得特别特别快。"

"我还喜欢小针,用手指拿着,针在布里出来进去,特别顺滑,那针可尖了,有一次就戳着了我的大拇指。"

母亲连忙查看他的大拇指,确认没有落下永久性的损伤后才让他继续讲下去。到了吃晚饭的时候,孩子们已经精疲力尽,吃着吃着就睡着了。鲁帕给他们擦干净手和嘴,杜奇带他们回到了席子上。

他们守着熟睡的孩子们看了许久,才铺开自己睡觉的席子。"他们看上去都好，很结实，"她说，"瞧他们的脸蛋儿。"

"但愿那不是不健康的浮肿，"杜奇说，"就像饥荒时婴儿胀肚那样。"

"你在胡说些什么呀？凭我当妈的直觉，要是孩子过得不好，我立刻就能感觉出来。"但她明白丈夫的怀疑其实是由于不甘心，孩子在外人家居然比在自己家长得更健康。他们带着悲喜交加的复杂心情睡觉了。

第二天早上，一家人激动的心情还没有平复下来。孩子们从穆扎法尔裁缝铺带回了一卷皮尺、一张白纸和一支铅笔，要给父母量尺寸。阿什拉夫教给他们一套图标记号，用来指代常用的词汇，比如领围、腰围、胸围和袖长。

高处孩子们够不着，两名"顾客"只好弯下腰，或者坐在地上量尺：他们先给母亲量了尺寸，接着又量了父亲。他们给杜奇量尺寸做记录时，鲁帕从附近的小屋里叫来朋友们看热闹。伊什瓦渐渐难为情起来，腼腆地笑笑，纳拉扬则抖抖皮尺，动作愈发夸张，很享受人们对自己的关注。

他们量完尺寸之后，所有人都开心地鼓起掌来。入夜后，杜奇要来那张纸，拿去给河边树下的朋友们看。整个星期剩下的日子里，他都把那张纸带在身上。

不久就到了孩子们该回穆扎法尔裁缝铺的时候。一想到孩子们即将再次在自己的生活中、在小屋里缺席，父母就又担心起来。伊什瓦向父亲讨要那张记了尺寸的纸。

"这个留给我不行吗？"杜奇问。两个孩子考虑了一下父亲的请求，然后找来一小块废纸，把数字抄下来，把原来那张纸留给了父亲。

过了三个月，孩子们又回家探亲了。这一次他们给父母带回了礼物。伊什瓦和纳拉扬打算骗他们一下，说这是自己像有钱人那样，去镇上的大商店买的礼物。

"这都是什么呀？"鲁帕不放心地问，"你们哪里来的钱？"

"这不是买的，妈！是我们自己做的！"纳拉扬把小玩笑抛到了脑后。伊什瓦激动地解释说，这是阿什拉夫叔叔帮他们从顾客定做衣服剩下的布料中挑选、拼制成的。父亲那件汗衫做起来很容易，白色的府绸边角料有的是。母亲那件短袖小衫则需要好好筹划一番。衣服前身是红黄相间的花布，后身则是一块红布，袖子是用朱红色的布料样品做成的。

鲁帕穿上那件短袖小衫，再也抑制不住泪水。伊什瓦和纳拉扬惊恐地看了父亲一眼，父亲忙解释说母亲哭是因为她太开心了。

"没错，我太开心了！"她抽泣着对杜奇表示赞同。她跪下来分别拥抱了两个孩子，又将他们同时拥进怀里。她见杜奇在旁边看着，便把两个儿子领到他身边。"也抱一抱你们的父亲，"她说，"今天是个非常特别的日子。"

她离开小屋，找来了邻居。"帕德玛！莎维德丽！快来看！安巴、皮亚丽，你们也来啊！来看看我儿子给我带回什么来了！"

杜奇对两个孩子笑笑："今天没有晚饭吃了。那件新衣服叫妈妈把一切都抛到脑后了，只怕她今天要显摆一整天呢，"他拍拍胸口，又拍拍两肋，"这件汗衫比我那件旧的合身多了。布料也更好。"

"看啊，爸爸，还有口袋呢。"纳拉扬说。

鲁帕和杜奇整个星期都穿着新衣服。等孩子们回到镇上之后，鲁帕脱下小衫，又让杜奇把汗衫也脱下来。

"干吗？"他问。

"洗一洗。"

可是衣服晾干后她却不肯还给杜奇。"要是你把衣服刮坏了怎么办？"她把两件衣服叠好，包在粗麻布里，用绳子扎紧，把包袱挂在小屋的房梁上，使它免遭洪水和鼠害。

伊什瓦和纳拉扬做学徒的那些年总是以三个月为期回村休息一星期，以解思乡之苦。如今他们一个十八岁、一个十六岁，学徒期已近尾声,雨季过后他们就要离开穆扎法尔裁缝铺了。阿什拉夫的家里也添人进口——现在他有四个女儿:最小的三岁,最大的八岁。蒙塔兹对两名学徒将来的打算很上心。她心想,他们越早学成,自己的孩子们生活的空间就越宽敞,不过她已经渐渐喜欢上了这两个小伙子,话不多,却总是热心帮忙。

纳拉扬想回到村里开店,为自己的乡亲们做衣服。伊什瓦则倾向于留在镇上,或者去其他城镇,到别人的裁缝铺里当助手。"在村里赚不到钱的,"他说,"所有人都很穷。大城市才有钱赚。"

与此同时,随着国家分治渐渐成为现实,有关独立的言论四散,国内开始出现零星的暴乱。"也许眼下还是不要轻举妄动比较好,"阿什拉夫说,蒙塔兹瞪了他一眼,"魔鬼的恶行还没有传到我们镇上来。你们在这里住了很多年,跟所有邻居都相熟。即使你们的村子里很太平,现在也不是开店创业的好时机。"

伊什瓦和纳拉扬托人给父母捎了话,说他们要在阿什拉夫叔叔这里再住一段时间,等不太平的时期过去。鲁帕的情绪十分低落,骨肉分离了这么多年,现在儿子们回家又被延迟——神灵什么时候才会大发慈悲不再惩罚她啊?

杜奇也很失望,但他也同意这样做更稳妥。他们周遭已经发生了一些令人不安的事情。有群陌生人来过这一带,他们属于一个印度教组织,都穿着白衬衫、卡其裤,组织里的成员经受了训练,像士兵那样踢着正步到处走。他们到来后,给大家讲了些故事,说国内许多地方的穆斯林都在袭击印度教徒。"我们必须做好准备,保护自己,"他们说,"还要为自己人报仇。既然他们害得我们的印度教兄弟流了血,我们就要让穆斯林血流成河。"

杜奇居住的村子里穆斯林人数太少,不足以构成威胁,不过地主们从陌生人讲的故事里听出了机遇。他们极尽自己所能,煽动大家对抗假想中的敌人。"趁我们还没有被活活烧死在自家房子里,先把穆斯林赶走。

第三章　河畔村庄

几百年来他们一直在侵略我们，毁掉我们的寺庙，偷走我们的财富。"

穿白衬衫和卡其裤的那群人又待了几天，却没能劝动大部分村民。低种姓的人对他们那套长篇大论不感兴趣。他们跟穆斯林邻居一向和睦相处。再说，他们为了糊口活命已经精疲力尽了，根本没闲心管这些。

煽动村民迫害穆斯林的努力就这样泡了汤。印度教组织的那群人离开前留下了几句恶狠狠的威胁，说早晚要清算那些叛徒，尤其是领头的叛徒莫罕达斯·卡拉姆昌德·甘地[1]。这些人在人口多、商店多、贸易繁荣的地方才更有机会成功，城里鱼龙混杂，也便于隐匿身份，骗局与传闻在那里更容易找到生长的沃土。

夜里，杜奇和朋友们在河边讨论最近发生的事。远处的城镇和村庄里最近发生了一些事，他们听说之后都感到疑惑。

"地主们总是把我们当牲口一样对待。"

"还不如牲口呢。"

"可要是那些事是真的呢？要是成群的穆斯林到我们村里来，就像那些穿卡其裤子的人说的那样，那该怎么办呢？"

"他们以前从没找过我们的麻烦。现在为什么要这么做？难道我们听了外人的几句话就要去伤害他们吗？"

"是啊，而且奇怪得很，我们突然成了印度教兄弟了。"

"跟婆罗门和塔库尔那些杂种比起来，穆斯林才更像是我们的兄弟。"

但这样的故事越来越多：有人在镇上的巴扎集市被人捅死；一名苦行僧在公共汽车站被人砍死；印度教徒的聚居地被夷为平地。整片地区都被紧张的气氛笼罩。而这些传言也不无可信之处，因为这些事与人们过去几天在报纸上看见的报道如出一辙：大城镇里发生纵火和暴乱；骚乱与屠杀四起；新的边境线上出现了大规模的人口流动。

---

1. 即圣雄甘地。

屠杀最先发生在镇上比较穷的地方,逐渐扩散,第二天巴扎集市就空了。水果蔬菜都无处可买,卖牛奶的商贩也没动静,镇上唯一的面包房是穆斯林开的,早已被烧成了废墟。

"面包比黄金还要稀缺呢,"阿什拉夫说,"太疯狂了。这些人世世代代住在一起,同悲同喜,现在却要互相残杀。"那天他没有开张,而是整日盯着门外空旷的街道,仿佛在等待着某种可怕的事情发生。

"阿什拉夫叔叔,晚饭做好了。"纳拉扬在蒙塔兹的示意下说道。丈夫已经一整天没吃东西了,她想让他快点儿来跟大家一起吃饭。

"我有件事要跟你说,"他对蒙塔兹说,"还有你们俩。"他转向了伊什瓦和纳拉扬。

"来吧,饭都做好了,有什么话晚点儿再说,"她说,"今天只有辣豆泥和烤饼,不过你怎么也该吃点儿东西。"她把锅从炉子上端了下来。

"我不饿。你跟孩子们吃吧。"阿什拉夫说着示意四个女儿去吃饭。孩子们觉察出父母有心事,都不肯吃。"去,小伙子们,你们也去吃饭吧。"

"我费了那么多工夫做饭,当家的阔老爷却连碰都不肯碰一下。"蒙塔兹说。

阿什拉夫心中烦躁,妻子几句寻常的抱怨在他听来像是不怀好意的讥讽,他便朝她吼了起来——他平时很少这样。"我不饿,你还想要我怎么样?把盘子捆在我腰上吗?你偶尔也讲点儿道理好不好!"两个年纪最小的孩子哭了起来。一个孩子的胳膊肘打翻了玻璃水杯。

"这下你满意了吧,"蒙塔兹一边收拾洒出来的水一边轻蔑地说,"大呼小叫地吓唬我。告诉你吧,只有小孩子才会被你吓唬住。"

阿什拉夫把两个哭哭啼啼的孩子抱在怀里。"好了,好了,不哭了。瞧,咱们一起吃饭。"他盛起自己盘子里的食物喂给孩子们吃,每当孩子们指着他的嘴,他便也往自己嘴里送一小口。孩子们不久就把这当成了一个新游戏,开心起来。

晚饭很快吃完了,蒙塔兹收起锅和汤勺,打算端到屋外的水龙头下洗刷。阿什拉夫叫住了她。"吃饭前我原本有话要说,结果我嚷了起来。"

"现在我听着呢。"

"是关于这个……关于现在各地发生的事情。"

"什么?"

"你是要我当着孩子们的面讲这些事吗?"他压低声音恼火地说,"你怎么净犯傻呢?这些麻烦事早晚要蔓延到我们这里。无论发生什么事,这两种宗教信徒的关系都不会像从前那样了。"

他发觉伊什瓦和纳拉扬听见了自己说的话,满脸的惊愕,便匆忙补充道:"我不是说我们之间,孩子们。即使我们从此分离,我们仍然永远都是一家人。"

"可是阿什拉夫叔叔,我们不用分开啊,"纳拉扬说,"我和伊什瓦还没打算走呢。"

"是的,我知道。但是蒙塔兹、孩子们和我,我们必须得走。"

"我可怜的当家的——你彻底疯了,"蒙塔兹说,"想走?带着四个小孩?你想到哪儿去?"

"跟其他人一样,到边境线另一边去。你打算怎么办?在这里坐着,等那些对你恨之入骨的疯子挥舞着大刀和棍棒、带着汽油找上门来吗?我要说的是,明天一早我就去车站买火车票。"

蒙塔兹坚持认为他这种反应就像个蠢老头子。但他不许她贪图眼前的安稳而对危险视而不见。他说他宁可跟她争论一整夜,也不会假装一切如常。

"只要能救出我的家人,我会不择手段。你怎么能这样目光短浅呢?哪怕要我揪着你的头发把你拖到火车站去,我也不会动摇。"面对这样的威胁,孩子们又哭了起来。

她用披巾给孩子们擦干眼泪,不再反对他的安排。她并非目光短浅，看不见眼前的危险境地——危险的气息在几英里外就能嗅到，她丈夫说得没错。蒙眼布之所以这样难摘掉，只是因为摘下之后将要面对的情形过于可怕。

"既然我们走得匆忙，就不能带太多东西，"她说，"带些衣服、一只炉子，再带几口锅。我这就收拾行李。"

"对，做好准备，明天就走，"阿什拉夫说，"剩下的东西就锁在店里。真主在上，也许我们有一天还能回来，取回这些东西，"他招呼孩子们上床，"来，我们今晚必须早点睡觉。明天我们要赶很远的路呢。"

纳拉扬耳闻目睹了他们忧心忡忡地准备离开的情景，感到难以承受。他猜测即使自己出面劝阻也不会有什么成效。他假装要下楼到店里去，溜出后门来到邻居家，把逃难的计划告诉了邻居。

"他是认真的吗？"五金店老板说，"今早我们聊天的时候他还同意我说的话，说我们这一带的街坊没什么可担心的。"

"他改变主意了。"

"等着，我这就去找他。"

他叫上煤油店老板、杂货铺店主和磨坊主，敲响了阿什拉夫的家门。"请原谅我们这个时候来打扰你。我们可以进来吗？"

"当然了。你们要吃点什么吗？或者喝点饮料？"

"不用了，谢谢。我们到这里来是因为听说了一件很难过的事。"

"怎么，出什么事了？"阿什拉夫不安起来，心想莫非是某位街坊的家人在暴乱中受了伤，"我能帮上忙吗？"

"能，你能帮忙。你可以告诉我们这件事不是真的。"

"什么不是真的？"

"你要离开我们，离开你出生的地方、你的孩子们出生的地方。这太让我们难过了。"

"你们都是大好人，"阿什拉夫的眼睛湿润了，"但我真的别无选择。"

"坐下来，跟我们一起冷静地想想，"五金店老板说着伸手搂住阿什拉夫的肩膀,"现在形势很糟糕,没错,但你要离开这里,那才是疯了。"

其他人纷纷点头赞同。煤油店老板把手搭在阿什拉夫膝头:"每天都有火车开过新设的边境线,车上装的没别的东西,全是尸体。我的代理商昨天刚从北部过来,是他亲眼看见的。火车在车站被拦住,车上的人全被杀掉了。边境线两边都是这样。"

"那我该怎么办呢?"

他语气中的绝望令五金店老板再次把手搭在了他肩上。"留下来。这里都是你的朋友。我们不会让人伤害你们一家的。我们街坊什么时候出过事?我们住在这里向来平安无事。"

"可要是外面那些找麻烦的人来了呢?"

"街上只有你这一家穆斯林商铺。我们这么多人联合起来,难道连一家铺子都保护不了吗?"他们抱住他,告诉他不必害怕,"无论什么时候,白天还是黑夜,只要你不放心,随时可以带着妻儿到我们家里来。"

街坊们走后,纳拉扬想出了一个主意。"您知道外面那块招牌吧——穆扎法尔裁缝铺?我们应该把它换掉。"

"为什么?"阿什拉夫问。

纳拉扬吞吞吐吐地说:"换一块新的……"

这时阿什拉夫明白了他的用意:"没错,换个名字。印度教的名字。这个主意太好了。"

"我们这就动手,"伊什瓦说,"我可以从您叔叔的木料场取一块新木板来。我能骑车去吗?"

"当然。不过你要小心,千万不要经过穆斯林聚居的地方。"

一个小时后,伊什瓦空着手回来了,他根本没能骑到目的地。"许多商店和民宅都着火了。我一直往前骑——骑得很慢很慢。后来我看见有人拿着斧子。他们把一个男人给活劈了。我吓坏了,就转身回来了。"

阿什拉夫虚弱地跌坐下来。"你这样做很明智。现在我们该怎么办呢?"他害怕得无法思考。

"为什么非要用新木板呢?"纳拉扬说,"用旧木板的背面就可以。我们只需要一些颜料。"

纳拉扬又到隔壁去,五金店老板给了他一桶已经开封的蓝色颜料。"这是个好主意,"五金店老板说,"你们打算起什么名字呢?"

"也许叫黑天神[1]裁缝铺吧。"纳拉扬随口说。

"那蓝色正合适。"五金店老板指指地平线,烟雾和红色的火光弥漫在天空,"我听说木料场出事了。不过先别告诉阿什拉夫。"

等他们漆完招牌重新挂上时,夜已深。"旧木板刷了漆,显得格外新。"阿什拉夫说。

"我可以往上涂些灰,"伊什瓦说,"等明天早上油漆干了之后。"

"前提是我们在睡梦里没有被人烧成灰。"阿什拉夫轻声说。邻居们的担保为他编织出的脆弱的安全感这时又开始动摇了。

他躺在床上,黑暗中的每个动静都蕴藏着危险,向他的家庭逼近,直到他渐渐分辨出那些声音并不危险。他听出了熟悉的声响,自己这一生都伴着这些声响入眠。煤油店老板喜欢露天睡觉,竹床放在地上发出一声钝响(他每天晚上都会把竹床重重地放在地上,好震落床上的虫子)。杂货铺店主每晚吱吱呀呀地锁门,门变了形,时常卡住,要用力才能关上。不知谁的水桶发出吭当声——阿什拉夫始终没搞清楚那是谁家的桶,也不知这么晚了用水桶干什么。

午夜之后,他忽然惊醒,下楼来到铺子里,取下了裁剪桌背后那面墙上挂的三只画框,画框里是《古兰经》的经文。伊什瓦和纳拉扬被他在黑暗中摸索发出的声响吵醒,翻身点亮了灯。

"没事,睡觉吧,"他说,"我突然想起这几个画框来了。"原来挂画框的地方墙壁的颜色比别处深些。阿什拉夫想用湿抹布把墙壁的颜色擦

---

1. 印度教最重要的神之一,被许多教派视为至高无上的神,其皮肤颜色通常为黑色或蓝色,因此下文说蓝色正合适。

掉，却没有成功。

"我们这儿有些东西，您可以挂起来。"纳拉扬说。他从裁剪桌底下拽出他们的箱子，找出了三幅附在硬纸板上的挂画，纸板上打了孔穿了绳，可以挂起来。"罗摩与悉多，黑天神，还有吉祥天女[1]。"

"好，正合适，"阿什拉夫说，"明天我们还要把这些乌尔都语杂志和报纸都烧掉。"

早上八点半，阿什拉夫照常打开店门，取下外面折叠铁门上的挂锁，但他并没有把折叠门收起来。只是敞着折叠门里面的木头门。街上跟前一天一样，仍然空荡荡的。

大约十点时，煤油店老板的儿子在折叠门外面高声说："我爸让我问您，要是集市开着的话，需不需要给你们带点儿东西。他说你们最好不要去。"

"愿神保佑你，孩子，"蒙塔兹说，"要的，如果有牛奶的话，孩子们需要些。还需要各种蔬菜——土豆、洋葱，你能找到什么就要什么。"

十五分钟后，男孩空着手回来了，市场是空的。晚些时候，煤油店老板从自家奶牛那里挤了一罐牛奶送来。蒙塔兹靠着家里日益减少的面粉和小扁豆做了当天的饭食。离天黑还早的时候阿什拉夫就给折叠门上了挂锁，给木门插上了门闩。

晚饭时，年纪最小的几个孩子让阿什拉夫像昨天那样喂自己。"啊，你们喜欢上这个游戏了。"他笑着说。

吃完饭后，伊什瓦和纳拉扬起身回到楼下，好让阿什拉夫一家铺床就寝。"别走，"阿什拉夫说，"还早呢。没有顾客上门，魔鬼把时间拖得格外慢。"

"明天应该会好些，"伊什瓦说，"听说军队很快就要接管了。"

---

1. 都是印度教中的重要神灵。

"看天意了。"阿什拉夫望着小女儿摆弄自己给她做的布娃娃,说道。大女儿正在读学校的课本。另外两个女儿正在摆弄碎布片,假装自己是裁缝。他示意伊什瓦和纳拉扬观察她们夸张的举动。

"你们刚来这里的时候也是这样,"他说,"你们最喜欢玩皮尺,把它抖得啪啪响。"旧日回忆引得他们哈哈大笑,随后又陷入了沉默。

店门口传来的捶门声打破了沉默。阿什拉夫起身要去,伊什瓦拦住他说:"我去看看。"

他从楼上的窗户往外看,只见人行道上聚集着二三十个男人。他们一看见伊什瓦便大喊:"开门!我们有话要问你!"

"好嘞,马上就来!"伊什瓦高声应道。"听着,"他低声说,"你们全部到隔壁去,动作千万要轻,从楼上的过道走。我和纳拉扬下去。"

"安拉啊!"蒙塔兹小声惊叫起来,"我们之前就该抓住机会逃走的!你说得对,当家的,我还说你是个蠢老头子,我才蠢呢,不听——"

"闭嘴,跟我走,快!"阿什拉夫说。有个女儿抽泣起来。蒙塔兹把孩子抱在怀里,哄她安静下来。阿什拉夫带着她们离开,伊什瓦和纳拉扬下楼来到铺子里。敲门声透着狂怒,从木门发出的刮擦声判断,是用某种硬物敲的。

"别急嘛!"伊什瓦高声说,"我得先把门锁打开!"

兄弟俩的身影从折叠门的栅栏间露了出来,人群安静下来。他们当中大多数人都带着粗制滥造的武器——木棍、长矛,有的手里提着剑;其中有几个人穿着藏红色[1]的衬衫,手里拿着三叉戟[2]。

眼前这些人令伊什瓦不寒而栗。有短暂的一瞬间,他想把真相告诉这些人,然后退让到一旁。但他随即为自己产生这种想法感到羞耻,他

---

1. 在印度教中,藏红色(saffron)被视为最神圣的颜色,通常与牺牲、斋戒、追寻光明与救赎联系在一起。需要注意的是藏红色并非深红色,而是印度国旗上的那种橘黄色。
2. 印度教的重要象征物。

打开折叠门，推开了一道缝，用印地语向众人问好："你们好，兄弟们。"

"你是谁啊？"领头的那个人问。

"我父亲是黑天神裁缝铺的店主。这位是我弟弟。"

"你们的父亲呢？"

"回老家了——有个亲戚生病了。"

人群嘀咕一番，然后领头的人说："我们得到消息，说这家店是穆斯林开的。"

"什么？"伊什瓦和纳拉扬异口同声地说，"我们的父亲经营这家店已经有二十年了！"

人群后面传出抱怨声："别跟他废话！把店烧了！我们知道这就是穆斯林开的店！烧掉！谁敢撒谎打掩护——一起烧掉！"

"有没有穆斯林在这家店工作呢？"领头的人问。

"生意不多，不用雇人，"伊什瓦说，"我跟我弟弟都只是勉强有活干。"有人挤到他身边往店里张望。他们喘着粗气，伊什瓦能闻到他们身上的汗味。"请进，随便看，"他说着让到一边，"我们没什么好遮掩的。"

那些人快速扫视了一圈，瞥见了裁剪桌背后的墙上挂的印度教神像。其中一个穿藏红色衣服的人上前几步。"听着，自作聪明的小子。要是你敢撒谎，我会用三叉戟亲手把你像肉串一样给串了。"

"我为什么要撒谎？"伊什瓦说，"我跟你一样。难不成你以为我愿意为了救穆斯林而送命？"

那些人在门外又商量了一阵。"出来，站到人行道上，把裤子脱掉，"领头的人说，"你们两个都是。"

"什么？"

"出来，快点儿！不然你们往后就不用穿裤子了！"

人群不耐烦起来。他们用长矛敲打地面，叫嚷着要将这里一把火烧掉。伊什瓦和纳拉扬顺从地脱掉了睡裤。

"太暗了看不清，"领头的人大声说，"给我拿盏灯来。"人群后方递过来一盏灯。他弯下腰，把灯凑到兄弟俩裸露的下体旁边，这才满意。其他人也凑过来看。所有人都没有异议，包皮是完好的。

这时五金店老板打开楼上的窗子高声喊道："怎么回事？你们折腾印度教的孩子干什么啊？没有穆斯林供你们折腾了吗？"

"你算老几？"楼下的人大喊。

"我算老几？老子是你爹，是你爷爷！就算这个！我还是这家五金店的老板！只要我吆喝一声，整条街的人都会出来把你们剁成肉酱！你们没别的地方可去了吗？"

领头的人认为不值得冒这个险。他手下的人渐渐散去，口中不甘示弱地叫骂着。他们渐渐开始彼此争吵，说就这么浪费了一晚上，还说情报出错，搞得他们出了丑。

"你们演得太像了，"五金店老板说着，真诚地拍了拍伊什瓦和纳拉扬的后背，"我一直在楼上观察动静。你们知道吗，只要他们敢动你们一下，我就召集大家都来帮忙。但我认为还是不要起冲突比较好，由你们说服他们，让他们悄悄地走。"他环顾众人，确认了大家都相信自己。

蒙塔兹跪倒在两名学徒面前。她的披巾从脖颈垂落，盖在他们脚上。"求您了，婶婶，别这样。"伊什瓦说着连连后退。

"生生世世，我的命，我孩子的命，我丈夫的命，我全家——我的一切，都是欠你们的！"她抓住兄弟俩哭个不停，"我无以为报！"

"求您了，快起来。"伊什瓦一边哀求，一边抓住她的手腕，想扶她站起来。

"从今往后，这个家也是你们的家，只要你们肯赏光跟我们同住就好！"

伊什瓦终于把脚腕从她手里挣脱出来。"婶婶，您对我们就像母亲一样，我们在您家里同吃同住了七年。"

"真主在上，你们再跟我们同吃同住七十年都行。"她把披巾重新披

第三章 河畔村庄

在肩上,仍然抽泣着,抻起披巾的一角擦着眼泪。

伊什瓦和纳拉扬回到楼下。孩子们都睡着之后,阿什拉夫也下了楼。两个男孩还没有把睡觉的席子铺开。师徒三人沉默地对坐了几分钟。然后阿什拉夫说:"你们知道吗,他们开始砸门的那一刻,我以为我们必死无疑。"

"我也很害怕。"纳拉扬说。

他们又沉默了更长的一段时间。阿什拉夫清了清嗓子说:"我下来只是为了说一件事,"泪水顺着他的脸颊滚滚落下,他停下来擦掉眼泪,"我遇见你们父亲的那一天——我让杜奇把两个儿子送到我这里学裁缝的那一天,那是我这辈子最幸运的一天。"他拥抱了他们,在他们面颊上分别吻了三下,然后上了楼。

阿什拉夫不同意两兄弟回到村里去,蒙塔兹也支持他。"留下来做我的助手,我给你们工钱。"他虽然这样说,心里却很清楚自己并没有那么多钱。

鲁帕向杜奇抱怨连连,说两个儿子早该回到她身边了。"你说送他们去学手艺。现在他们学完了手艺,为什么还要跟外人住在一起?他们自己的爹娘死了还是怎么着?"

但是谁也无法预料两个恰马尔出身的裁缝在村子里会过得怎么样。诚然,这全新的时代充满了希望,变革的气息弥漫在空中,国家独立带来的乐观前景熠熠生辉。就连阿什拉夫也认为局势已经足够安全,可以把黑天神裁缝铺的招牌翻过来,挂出穆扎法尔裁缝铺那一面了。

即便如此,已经延续了几个世纪的传统能否轻易被推翻尚不得而知。于是他们商量让伊什瓦留在阿什拉夫店里当助手,纳拉扬则回到村里试试水。这样的安排皆大欢喜:穆扎法尔裁缝铺刚好勉强雇得起一名助手;镇上送来的工钱可以贴补杜奇;鲁帕则把小儿子迎回了家。

她取下在房梁上吊了七年的包裹。绳结缩紧,解不开了。她剪断绳子,拆开用来保护衣服的麻布,把汗衫和短袖小衫洗了一遍。是时候再次把它们穿在身上了,她告诉杜奇,这是为了庆祝孩子回家。

"衣服有点松了。"他说。

"我的也是,"鲁帕说,"肯定是布料松散了。"

他很喜欢她的解释——这样轻松些,不必回顾自己如何被多年的苦日子拖垮了身形。

村里的恰马尔种姓暗地里都为纳拉扬感到自豪。他们渐渐鼓起勇气,成了他的顾客,不过纳拉扬并没从中赚到什么钱,因为乡亲们很少有钱做新衣服。他们用来蔽体的通常是高种姓丢掉的衣物。大多数时候,他做的都是修改、缝补的活儿。他用的是阿什拉夫给他弄来的一台老式手摇缝纫机。这机器只能缝平线,不过应付他要做的活也够用了。

他的生意渐渐好转是在他的事迹传到邻近的村子之后,大家说有人做到了旁人想都不敢想的事:背弃制革手艺,转行做裁缝。他们赶来亲眼瞧瞧这个勇气过人的恰马尔裁缝,这个不合常规的人,顺便修补一下自己的衣服。许多人赶来之后都有些失望。小屋里并没有什么了不起的人物,只有一个年轻小伙子,脖子上挂着皮尺,耳后别着一支铅笔。

纳拉扬记录、处理生意用的还是阿什拉夫教他的那一套办法,记下顾客的名字、日期和欠下的钱数。鲁帕主动担起了照看生意的任务,神气地站在旁边看着纳拉扬为顾客量尺,把数字记在本子上,用小刀把儿子的铅笔削得溜尖。她不认得他写的字,头脑里却把账记得很清楚。每当有人上次的欠款还没结清就来做新衣服,她总会站在顾客背后把拇指和食指捻在一起提醒儿子。

纳拉扬回村大约六个月之后的一天早上,一个班吉鼓起勇气向小屋走去。鲁帕正在屋外烧水,开心地听着缝纫机发出沉闷的哐啷声,这时她看见那人小心翼翼地走过来。"你要去哪儿?"她高声喝住那人。

"我来找裁缝纳拉扬。"那人说着,羞怯地举起手里的破布。

第三章 河畔村庄

"什么？！"他的放肆令鲁帕大吃一惊，"少拿裁缝那套鬼话糊弄我！小心我用开水烫掉你这层脆嫩皮！我儿子才不会给你这样的货色做衣服呢！"

"妈！你干什么呢？"纳拉扬大声说着从小屋里走出来，这时那人正好拔腿就跑，"等一等，等一等！"他朝那人的背影叫道。那个班吉生怕他要来报复自己，跑得愈发快了。

"回来啊，大哥，没事儿的！"

"下次吧，"那人吓得魂不守舍，高声说，"可能明天吧。"

"说定了啊，我等着你，"纳拉扬说，"拜托一定要来啊。"他走回小屋，见母亲气呼呼地瞪着自己，他摇摇头没有理会。

"你少对我摇头晃脑的！"她忿忿地说，"你净胡扯些什么，还叫他明天再来？我们可不能跟这种低种姓的人打交道！你是怎么想的，竟然要帮给人家运粪的人量尺？"

纳拉扬没吭声。忙了几分钟之后，他走出小屋来到炉灶旁，鲁帕还在炉灶旁带着火气捣弄锅子。

"妈，我觉得你那样说不对，"他说话时声音非常轻，几乎被柴火的噼啪声盖住了，"我认为无论谁来找我，我都应该给人家做衣服，婆罗门也好，班吉也罢。"

"你是这么想的，是吗？等你爸回家，你看他怎么说！婆罗门可以，班吉没门儿！"

这天晚上鲁帕把儿子疯狂的想法告诉了杜奇，杜奇扭头对纳拉扬说："我觉得你妈说得对。"

纳拉扬放开手摇把，刹住了飞轮。"你当初为什么要送我去学裁缝？"

"这问题太蠢了。为了让你过上好日子——不然还能是为什么。"

"没错。因为高种姓作贱我们。但是你现在的做法跟他们没区别。要是你想过的就是这样的日子，那我就回镇上去。我不能这样生活下去。"

儿子的话让鲁帕呆住了，当她听到杜奇转身对自己说"我觉得儿说得对"时,她更震惊了。

"孩子他爸,你能不能不要变来变去!先是说我对,接着又说他对!你怎么摇来晃去,像口站不稳的破锅似的。这就是送他进城的后果!把我们村里的规矩全忘了!这样准要惹麻烦的!"她气得火冒三丈,走出小屋,叫来了安巴、皮亚丽、帕德玛和莎维德丽,让她们都来听听自己家的运气怎么这么背,摊上了这样疯狂的事。

"过分啊,过分!"莎维德丽说,"可怜的鲁帕,气得直哆嗦。"

"这些孩子啊——我的老天,"皮亚丽把两手一扬,"随随便便就把当妈的感受抛到脑后了。"

"怎么办呢?"安巴说,"他们小时候我们给他们喂奶,但现在,我们没法把道理喂给他们啊。"

"耐心点儿,"帕德玛说,"一切都会好起来的。"

在她们同情的关怀下,鲁帕平静了下来。再次失去儿子的可能性令她认真思考起来。她原谅了儿子疯狂的想法,同意对那些人睁一只眼闭一只眼,但她有个条件:她有权决定哪些人可以进入她的小屋,哪些顾客只能在室外交易。

两年后,纳拉扬攒的钱足够盖一幢属于自己的小屋了,就在父母的房子旁边。鲁帕哭哭啼啼,说他这是不要爹娘了。"他一次又一次地伤他母亲的心,"她抱怨道,"这样我还怎么照顾他,帮他照看生意?他为什么非要跟我们分开?"

"可是妈,我的房子离你只有三十英尺远,"纳拉扬说,"欢迎你随时来给我削铅笔。"

"削铅笔,这可是他说的!好像我对他的付出就只有削铅笔似的!"

不过,最后她还是接受了这个想法,并且颇以此为傲,跟朋友说起那间小屋时总说那是她儿子的工厂。纳拉扬买了一张大工作台、一个布料架还有一台脚踏式缝纫机,直针和曲折针迹都能缝。

买缝纫机的时候,他征求了阿什拉夫叔叔的意见。自他离开后,那座小镇渐渐扩大,穆扎法尔裁缝铺生意兴隆。伊什瓦在铺子附近租了个房间。阿什拉夫把他从助手提拔成了生意伙伴。兄弟俩一致认为父亲不必再劳作了,由他们两个供养父母。

"你们都是好孩子,"纳拉扬把这个决定告诉杜奇后,他说,"我们实实在在受到了神灵的保佑。"

鲁帕取来了孩子们多年前做的汗衫和短袖小衫,衣服早已褪色了。"还记得这个吗?"

"我都不知道你还留着这些呢。"

"你和伊什瓦把这两件衣服带回家送给我们的时候,年纪还那么小,你们两个都是,"她说着哭了起来,"可是那个时候我心里就知道,将来一切都会好起来的。"她出门把这个好消息告诉了朋友们,她们拥抱了她,打趣她眼看就要发财,以后不再跟她们来往了。

"不过有件事可以确定,"帕德玛说,"他们到了该成家的时候了。"

"你得留心找两个般配的儿媳妇了。"莎维德丽说。

"可不能再拖了。"皮亚丽说。

"有什么事我们都会帮你的,别担心。"安巴说。

这个好消息传遍了街坊四邻,也传到了外人那里。有些高种姓仍然对于恰马尔竟能有这样的成就感到愤愤不平。其中有个人怨气尤其大,这个人就是达拉姆西塔库尔——每逢选举,本地的计票工作总是由他包揽,然后他把选票记在与他勾结的政党名下——他隔三岔五就去奚落那名裁缝。

"这儿有头死牛等着你处理呢。"他借仆人之口告诉纳拉扬。纳拉扬只需把消息转告其他的恰马尔,自然有人乐意去收尸。还有一次,一头山羊在达拉姆西的地界上掉进了阴沟,他便派人去叫纳拉扬来通下水。纳拉扬客气地回了话,说他很感激塔库尔的慷慨施舍,但是自己已经不干这一行了。

在村里的恰马尔们眼中，纳拉扬已经成了他们这个种姓的代言人，是他们默认的领袖。杜奇对儿子的成就淡然处之，从不在人前炫耀，只有跟朋友们坐在河边的树下抽烟时才会偶尔显露出得意。渐渐地，他儿子的日子过得比村里的许多高种姓还要富足。纳拉扬出钱请人在村里贱民的聚居区新挖了一口井。他将两座小屋所在的那片地长租下来，拆掉两座小屋，盖起了像样的房子，这样的房子村里总共只有七幢。这栋房子足够大，不仅父母可以住进来，还能容下他做生意。而且，鲁帕喜滋滋地想，过不了多久还要再添一个媳妇、几个孩子。

她和杜奇都想让大儿子先成家。可是当他们提出要给他物色妻子的时候，伊什瓦明确表示不感兴趣。到这个时候鲁帕已经明白，强迫儿子去做他不愿意做的事情是不可能成功的。"学来了大城镇的那套做派，"她抱怨道，"把我们村里的老规矩全忘了。"于是她放弃了伊什瓦，把注意力转向了纳拉扬。

他们四处打听，有人推荐了一个来自其他村子的适婚女孩。双方商定了看媳妇的日子，男方的家人要去拜访女方一家。鲁帕把安巴、皮亚丽、帕德玛和莎维德丽都算在去相亲的人里——她们跟她亲如一家，她这样说道。伊什瓦不去，但他安排了一辆二十七座的利兰牌中巴车送相亲团去看媳妇。

当天早上九点，破旧的中巴车开进了村，停车时扬起一团尘雾。大家听说有机会坐车出门，纷纷自告奋勇要为这桩喜事出一份力，来的人数远远超出了这辆不起眼的小车的承载范围。

"纳拉扬就像我的儿子一样，"一个人说，"我有责任跟着去。这么重要的人生大事，我怎么能让他失望呢？"

"要是你不带上我，以后我在村里可要抬不起头了，"另一个被拒绝之后仍不肯放弃，央求道，"求你了，别把我扔下。"

"我们街坊每次去看媳妇我都参加了，"第三个人夸口道，"我的经验你保证用得上。"

更有许多人自作主张决定同去,连招呼都没跟杜奇和鲁帕打就直接上了车。一小时后相亲团准备出发的时候,车厢里已经挤了三十八个人,还有十二个盘腿坐在车顶上。司机见多了乡间道路两旁低垂的树枝造成的惨痛事故,坚决不肯开车。"从车顶下来!下来,所有人都下来!"他朝车顶那些安然打着莲花坐的人大声呼喊。于是车顶上的十二个人只好留下来,中巴车这才慢悠悠地上路了。

两个半小时后,他们到达了目的地。见到来的中巴车和相亲团的规模,不仅女孩的父母深受震撼,其他村民都不例外。三十八位访客下了车,有些不知所措。女孩家里放不下这么多人。经过好一番痛苦的抉择,杜奇挑选出一个七人小组,其中包括他最好的朋友乔图和达亚拉姆。帕德玛和莎维德丽也名列其中,但安巴和皮亚丽却不得不跟另外二十九个倒霉蛋在外面等候,从门口往里张望事情的进展。

在屋里,核心圈子的成员跟女方父母喝着茶,讲述了这一路的见闻。"我们这一路见到的风景太美了。"杜奇对女孩的父亲说。

"有一次,汽车突然发出好大的动静,停下了,"乔图说,"花了好一阵工夫才重新发动。我们还以为要迟到了。"

不久,双方父母互通了家族的系谱和历史,鲁帕谦虚地对女孩的母亲说起纳拉扬的成就。"他的顾客可不少。大家只肯穿纳拉扬做的衣服,好像全国再没有其他裁缝似的。我可怜的儿子从早到晚不停地缝啊、缝啊、缝啊。不过他那架贵重的新式机器特别了不起,什么好东西都能做出来。"

接着到了看媳妇的环节。"来,闺女,"女方母亲轻描淡写地说,"给客人端些甜点过来。"

女孩名叫拉达，十六岁，端着盛满莱杜糖球[1]的大浅托盘走进了房间。谈话戛然而止。女孩温顺地低着头、垂下目光走了一圈，每个人都仔细地盯着她。屋外的人窃窃私语，互相推挤着抢地方，想看那女孩一眼。

女孩来到纳拉扬面前时，他的目光紧盯着莱杜糖球。他紧张极了，不敢抬眼看——女孩全家都在盯着他的反应。这盘子几乎传遍了在座的人，要是他现在不看就再没机会了，她不会再回来了，这一点确定无疑，那样的话他就只能毫无参考地做决定。看啊，哎，快看啊！他劝自己——他终于看了一眼。女孩在母亲面前弯下腰时，他瞥见了她的侧影。

"不用了，闺女，"母亲说，"我不吃。"说完拉达便离开了。

之后就到了该回家的时候。回去的路上，那些留在门外、没能耳闻目睹相亲过程的人听到了详细的经过。现在每个人都掌握了情况，回村后可以加入最终的讨论了。大家按照长幼尊卑发表了意见。

"她体形匀称，肤色也不错。"

"那户人家看起来挺本分的，勤劳肯干。"

"也许应该先占卜下星座再做决定。"

"不用管星座！关星座什么事？那都是婆罗门搞出来的事情，我们不兴那一套。"

就这样讨论了一阵，纳拉扬沉默地听着。尽管他的意见并不是必须的，但他最后表示同意，确实巩固了人们的一致看法，令他的父母松了口气，也引得人群纷纷叫好。

现在开始推进这桩婚事的具体安排。在纳拉扬的坚持下，一些约定俗成的开销得以减免。他不希望拉达的家庭为此永远负债累累。他只收

---

1. 一种球形甜点，由面粉、黄油和糖制成，有时会加入坚果碎或葡萄干，通常在节庆场合或宗教活动上供应。

下了他们送来的六件铜器——三个圆底的,三个平底的。

鲁帕火冒三丈:"嫁妆这么复杂的事情,你懂什么?你结过婚吗?"

杜奇也十分不悦:"理应比六件铜器多的。这是我们的权利。"

"我们这样的人什么时候开始讲究嫁妆了?"纳拉扬平静地问。

"既然高种姓可以这么做,那我们也可以。"

但纳拉扬的态度十分坚决,而且有伊什瓦做后盾。"学来了大城镇的那套做派,"母亲碰了一鼻子灰,连声抱怨道,"把我们村里的老规矩全忘了。"

最后一刻又发生了一件麻烦事。婚礼前两天,在达拉姆西塔库尔的威逼之下,村里的乐手全都取消了约定,他们甚至吓得不敢跟他们家见面商谈这件事。于是伊什瓦从镇上找来了替补乐手。把乐手和乐器运来花了些钱,但纳拉扬并不在意。能灭一灭地主们的威风,他觉得这钱花得值。

新来的乐手并不熟悉当地的婚礼音乐。有些年长的客人不免担心起来——婚礼上演奏不熟悉的曲调和颂词也许会不吉利。"对生儿育女尤其不好,"一个老妇人说道,她过去身子骨硬朗时经常帮人接生,"要是没有按照正确的仪式操办,子宫可不会随随便便就怀上孩子。"

"确实,"另一个说道,"我亲眼见过这样的事。要是婚礼上歌曲唱得不对,夫妻之间只会充满不幸。"他们三五成群,忧心忡忡地辩论、探讨,想找出办法抵挡即将发生的不幸事件,不以为然地望着其他宾客伴着不熟悉的音乐声开心地翩翩起舞。

婚礼持续了三天,在此期间,村里的恰马尔人家吃到了这辈子吃过的最好的食物。阿什拉夫和他的家人作为贵宾住在纳拉扬家里,由纳拉扬的家人照料,这引起了一些人的不满。有人私下抱怨穆斯林在场不吉利,但反对的声音很少,而且十分微弱。到了第三天晚上,乐手们已经学会了不少当地的乐曲,这让老年人们松了口气。

拉达和纳拉扬生了个儿子，他们给孩子取名翁普拉卡什。人们纷纷赶来，载歌载舞，与他们共同庆祝这件喜事。自豪的祖父更是挨家挨户亲自给村民送去了糖果。

那个星期晚些时候，杜奇的朋友乔图带着妻子来看望刚刚出生的孩子。他把杜奇和纳拉扬拉到一旁低声说："高种姓的人家都把糖扔进垃圾堆了。"

他们毫不怀疑乔图说的话。他知道这些事再自然不过了，因为那些人家的垃圾大多由他去收拾。这个消息叫人很伤心，但纳拉扬还是一笑置之："捡到糖的人正好可以多吃点儿。"

访客络绎不绝，人们纷纷赞叹，一个恰马尔的孩子竟生得这样健康，而且总是笑呵呵的。"他即使在饿的时候也从不哭闹，"拉达得意地夸起口来，"只是发出轻轻的'咯咯'声，而且一旦我开始喂奶，他就会马上安静下来。"

在翁普拉卡什之后他们又生下了三个女儿，其中两个活了下来，分别取名丽拉和瑞卡。这次他们没有发糖。

纳拉扬开始教儿子识字、写字，一边缝纫一边上课。大人坐在缝纫机前，孩子捧着石板和粉笔坐在一旁。翁普拉卡什五岁时已经能够把纽扣缝得非常漂亮，学着父亲的架势舔舔线头，一下就能穿进针眼，或是模仿着他的神态把针戳进布料。

"他整天跟他爸爸黏在一起。"拉达望着骨肉情深的父子俩，开心地小声说道。

她婆婆看见这一幕更是满心欢喜。"养育女儿是母亲的责任，但儿子就该由父亲教导。"鲁帕说道，仿佛得到了什么全新的启示。拉达对此全盘接受，郑重地点了点头。

翁普拉卡什过完五岁生日后的那个星期，纳拉扬带他来到了鞣革作坊，恰马尔们正在那里忙碌。他回村之后仍会定期跟他们一起制革，无论进行到哪个步骤他都会出手帮忙，剥皮、腌制、鞣制、染色。现在，他自豪地向儿子展示皮革是怎么做的。

但翁普拉卡什不肯上前。这种表现令纳拉扬心中不悦。他坚持要孩子也上手。

"哎哟！好臭啊！"翁普拉卡什尖声说。

"我知道很臭。但你还是要做。"他抓住孩子的手按进鞣革用的大桶，孩子的手臂直到胳膊肘全浸在桶里。儿子当着其他恰马尔的面有这样的表现，让他感到很丢脸。

"我不想干这个！我想回家！求你了，爸爸，现在就带我回家吧！"

"随你怎么哭闹，这份手艺你必须得学。"纳拉扬严肃地说。

翁普拉卡什抽泣着、哭喊着大发脾气，浑身抽搐，想要挣脱双手。"你再这样闹，我就把你整个丢进桶里。"父亲一边威胁，一边将儿子的手臂反复浸在桶里。

旁人都劝纳拉扬别太较真儿——孩子歇斯底里的尖叫让他们十分担心，怕他昏倒或是癫痫发作。"这是第一天，"他们说，"下个星期他就会好起来的。"但纳拉扬仍然逼着孩子继续把手浸在桶里，一个小时之后才叫停。

父子俩回到家的时候翁普拉卡什还在哭个不停。拉达正在门廊上给婆婆用椰子油按摩头皮。她们急着哄孩子，结果打翻了油瓶。鲁帕想把孙子抱在怀里，但她灰白的头发还油滋滋地腻在额头上，孩子见到她这副模样便躲开了——他从没见过祖母这么可怕的样子。

"谁欺负他了？你把他怎么了，我可怜的小孙子平时总是笑眯眯的啊！"

纳拉扬解释了他们上午的经历，杜奇听了哈哈大笑。这件事把拉达气坏了。"你这样折腾孩子干什么？我的小翁才不用干那样的脏活儿呢！"

"脏活儿？你可是个恰马尔的女儿！竟然说这是脏活儿！"

拉达被他的怒气吓住了，这是纳拉扬头一次吼她。"可是他为什么要——"

"要是他不学祖辈的手艺，怎么会珍惜自己现在的生活？每个星期一次，他必须跟我去！不管他愿不愿意！"

拉达沉默地向公公投去求助的目光，然后开始清理椰子油。杜奇把头微微一倾，表示会意。后来，他和纳拉扬独处时，他说："儿子，我赞成你的想法。但无论我们怎么想，每个星期学一次制革说说就罢了。他的生活是不会跟我们一样的。而我们真的要为此谢天谢地。"

翁普拉卡什整天都闷闷不乐，在厨房里紧紧搂住母亲不放。拉达一边干活，一边不时摸摸他的头。"一刻都离不开我，"她喜滋滋地对婆婆念叨，"我还得切菠菜、做烤饼呢。天知道我什么时候才能做完。"

鲁帕皱起眉头："儿子只有在受了委屈的时候才会想起妈妈来。"

这天晚上，翁普拉卡什趁父亲在门廊上闭目养神，蹑手蹑脚地走出门，开始学着母亲的样子给他按摩双脚。纳拉扬吓了一跳，睁开了眼睛。他低头一看，见是儿子便笑了，朝儿子张开了双臂。

翁普拉卡什一下扑进他怀里，双手搂住父亲的脖子。父子俩拥抱在一起，谁也没说话。然后纳拉扬掰开儿子的手指闻了闻，又把自己的手递到他面前："你看，现在我们身上有同样的气味。这是诚实的味道。"

孩子点点头。"爸爸，要不要我再给你捏捏脚啊？"

"好啊。"他慈爱地望着儿子学着拉达很有章法的按摩方式，捏捏脚跟、搓搓脚心、揉揉脚掌、又把脚趾挨个按摩一遍。鲁帕和拉达躲在门口看着，望着对方笑。

每个星期一次的制革课持续了三年。翁普拉卡什学会了如何给皮抹上盐腌制。他采来榄仁树的果实制作鞣革用的染料。他学会了备制染料，以及给皮革染色。这是所有工序当中最脏的活，总害得他反胃。

这种折磨在他八岁时结束了。他被送到大伯伊什瓦那里，在穆扎法尔裁缝铺进一步学习裁缝手艺。除此以外，镇上的学校现在对所有生源都开放，无论种姓高低，而村里的学校仍然受到种姓的限制。

第三章　河畔村庄

拉达和纳拉扬不像鲁帕和杜奇当年送儿子去阿什拉夫店里做学徒时那样悲伤。新修的马路和公共汽车缩短了镇上和村里之间的距离。翁普拉卡什可以时常回家探亲，再说他们还有两个小女儿在家。

尽管如此，拉达仍然为儿子不在家而抱怨。有一首流行歌曲，唱的是一只与歌手相依为命的小鸟，不知什么原因小鸟忽然飞走了，这首歌成了拉达最喜欢的歌。每当他们新买的墨菲牌收音机中响起熟悉的前奏，她都会冲到收音机前调高音量，嘘着让所有人都别出声。每当儿子回家，这首歌对她就完全没了吸引力。

两个妹妹对翁普拉卡什回家愤愤不平。每当哥哥在家，就没人会对丽拉和瑞卡流露出一丝关注。从他进门那一刻起就是这样。

"瞧瞧我的孩子！看他都瘦成什么样了！"拉达抱怨道，"你大伯究竟给不给你饭吃啊？"

"他看着瘦是因为长高了。"纳拉扬解释道。

但她仍然以此为借口，用各种各样的好吃的招待儿子，奶油、果脯、甜馃子，喜不自胜地看着他吃。她不时把手伸到儿子的盘子里，捏起一口，温柔地送到儿子嘴边。总要她亲手把吃的送进他嘴里，这顿饭才算吃完。

鲁帕见到孙子大口吃饭的样子也喜笑颜开。她像裁判似的坐在桌边，不时伸手擦去他嘴角的碎屑，给他添饭，把水果酸奶送到他伸手就能拿到的地方。她布满皱纹的脸上满是笑容，回忆里不时闪现出多年前那漆黑的夜晚，自己偷偷溜进敌人的地盘去给伊什瓦和纳拉扬偷零食的情景。

吃饭的时候，翁普拉卡什的两个妹妹只是沉默的旁观者。丽拉和瑞卡满心羡慕地看着，心里很清楚自己压根儿不必向大人抗议或者央求。在极少数情况下，四下无人时，翁普拉卡什会跟她们分享美食。不过，更多的时候，两个女孩只能在夜里躺在被窝里悄悄地哭泣。

黄昏时分,纳拉扬坐在门廊上,把父亲那衰老的双脚捧在膝头,为他按摩龟裂而疲惫的脚底。翁普拉卡什已经十四岁了,明天就要回家探亲一个星期。

"啊!"杜奇惬意地叹了口气,接着问儿子有没有去查看刚出生的牛犊。

纳拉扬没有回答。他又问了一遍,用大脚趾戳戳纳拉扬的胸口。"儿子?你听见我说话了吗?"

"听见了,爸爸,我刚才在想事情。"他继续给父亲按脚,目光望向黄昏时分的天际。为了弥补自己的沉默,他手上按得愈发用力。

"怎么了,你有什么心事?"

"我只是在想……在想形势怎么丝毫没有变化。过了这么多年,却什么都没变。"

杜奇又叹了口气,却不是由于惬意。"你怎么能这么说呢?生活中的变化多大啊。你的生活、我的生活,你的职业不再是皮匠而是裁缝。再看看你的房子,你的——"

"这些东西确实变了。可是更重要的东西呢?政府颁布了新的法律,说再没有贱民了,可是一切都还是老样子。高种姓的王八蛋还是把我们当牲口对待。"

"要改变那些事情需要时间。"

"国家独立已经二十多年了,还要等多长时间呢?我想从村里的水井打水,到寺庙里祈祷,想在哪里走路就在哪里走路。"

杜奇把脚从儿子怀里抽出来。他还记得自己将两个年幼的儿子送去阿什拉夫那里时,对种姓制度也满怀不忿。纳拉扬这番话让他既自豪又害怕。"儿子,这样的想法很危险。你已经从一个恰马尔变成了裁缝,该知足了。"

纳拉扬摇摇头:"那是你的成就。"

他继续为父亲按脚,周遭的夜色越来越深。拉达在屋里,沉浸在为

第三章 河畔村庄

儿子明天回家做准备的喜悦之中。后来,她把一盏灯送到廊前,不出几秒钟灯前便聚集了成群的蠓虫。不久,一只棕色的飞蛾赶来奔赴与灯火的约会,杜奇望着它扑扇着脆弱的翅膀想要穿过玻璃灯罩。

这个星期要开展议会选举,附近的十里八村都不得清闲,政客、奔走呼号之人和阿谀奉承者轮番上阵。跟往常一样,形形色色的政党与拉票时的种种滑稽举动为村里人提供了丰富多彩的娱乐方式。

有些人抱怨酷热的空气灼人肺腑,没法尽兴地观赏这些活动——政府应该等到雨季来临再办这些活动。纳拉扬和杜奇跟朋友们一起参加集会,还带上了翁普拉卡什看热闹。鲁帕和拉达则抱怨孩子在家的时间本来就不多,又被这些事情占去了一部分。

演讲内容满是天花乱坠的承诺:新学校、洁净的生活用水、医疗保障;向没有土地的农民承诺重新分配土地,强化执行《土地持有最高限额法》;承诺颁布强有力的法律,严惩任何针对低种姓人群的歧视和骚扰行为;承诺废除债务奴役、童工、殉葬、嫁妆制度和童婚。

"我们国家肯定有很多重复的法律,"杜奇说,"每次选举他们都说要颁布二十年前就有的法律。应该有人提醒他们光颁布法律没有用,要执行法律才行。"

"对政客来说,通过的法律就像泼出去的水,"纳拉扬说,"到最后都流进了下水道。"

到了投票的日子,村里有投票权的村民在投票站外排起了队。投票过程跟往常一样,由达拉姆西塔库尔掌控。在其他地主的支持下,他这一套模式已经滴水不漏地运作了许多年。

负责监督投票的官员收了贿赂,由人带走好吃好喝地款待一天。投票站开门,选民鱼贯而入。"手指伸出来。"监督排队的引导员说道。

选民纷纷照做。桌边的书记员拧开小墨水瓶,在每个人伸出的手指上滴上一滴擦不掉的黑墨水,以防舞弊。

"现在用大拇指在这里按个手印。"文员说。

人们在登记簿上按了手印,证明自己已经投过票,然后离开了。

随后,空白的选票会由地主手下的人填写。负责监督投票的官员在投票临结束的时候回来,监督投票站把票箱送到计票处,并且证实投票的过程公平而民主。

有时候,投票的过程更激动人心些,那是因为同一地区内互相竞争的地主们没能统一意见,分别支持不同的候选人。每逢这种情况,他们的打手便会开战,一较高下。谁占领的投票站更多、塞满的选票箱更多,谁支持的候选人就会当选,这是自然。

不过这一年并没有发生打斗和枪战。总体来说这一天很乏味,翁普拉卡什跟父亲和祖父回到家时情绪很低落。明天他就要回穆扎法尔裁缝铺去。这个星期过得太快了。

父子俩坐在屋外的竹床上乘着夜色纳凉,翁普拉卡什给他们打水去了。树上的鸟儿高声叫个不停。"下次选举,我想亲自投票。"纳拉扬说。

"他们不会让你那么做的,"杜奇说,"何必呢?你以为这样做就能改变现状吗?你这种行为就像一只水桶掉进深不见底的水井里,溅起的水花根本没人看见、没人听见。"

"但这是我的权利。下次选举,我要行使自己的权利,我向你保证。"

"你最近总是在考虑权利之类的事。赶快放弃这种危险的习惯吧。"杜奇顿了顿,拂去一列正在朝竹床的床脚爬行的红蚂蚁。蚂蚁四散奔逃。"即使你真的亲自投了票,你以为他们就不能打开票箱,把他们看不顺眼的选票销毁吗?"

"他们不能。监督投票的官员必须把每张选票都统计在内。"

"别想这些事了。你这是在浪费时间——而时间就是你的生命。"

"没有尊严的生命根本毫无价值。"

红蚂蚁重新聚集起来,但夜幕昏暗,杜奇没看见。拉达来到被夜色

第三章 河畔村庄

吞没的门廊上,点起一盏灯,廊下立刻显出了阴影。木头燃烧散发的香味熏染了她的衣服。她沉默地停留了一阵,凝视着丈夫的面庞。

"政府真不讲道理,"人们对邦议会选举怨声载道,"根本不讲道理。这季节不合适——土地干旱,空气像着了火似的,谁有时间为投票操心啊?两年前他们也犯了同样的错误。"

纳拉扬没有忘记自己两年前对父亲许下的诺言。那天早上他独自来到投票站。来投票的人很少。学校临时布置成了投票站,一条稀稀落落的队伍排在门口。房间里散发出粉笔灰和陈旧的食物的味道,让他回想起自己儿时的那一天,他和伊什瓦因为摸了高种姓孩子的石板和课本而被老师毒打了一顿。

他咽下心中的恐惧,开口要一张选票。"不用,这样就行了,"坐在桌边的那个人说,"你只要在这里按个手印,其他的我们会做。"

"按手印?我可以签下我的全名,但你要先把选票给我。"

排在纳拉扬身后的那两个人受到了他的鼓舞。"对,把选票给我们,"他们说,"我们也想亲自投票。"

"我们不能这么做,我们没有接到上级指示。"

"你们不需要指示。这是我们作为选民的权利。"

引导员们彼此低声交谈一番,然后说:"好的,请等一下。"然后其中一个离开了投票站。

没过多久,他带着十几个人回来了。达拉姆西塔库尔也在其中,十六年前正是他勒令乐手不许在纳拉扬的婚礼上演奏。"怎么了,出什么事了?"他在投票站外高声问道。

那些人指了指站在门内的纳拉扬。

"原来如此,"达拉姆西塔库尔嘀咕道,"我早该想到的。另外两个又是谁?"

他的助理不知道那两个人的名字。

"不要紧。"达拉姆西塔库尔说。随从们跟着他进了屋,室内立刻变得非常拥挤。他擦了一把额头,把湿淋淋的手伸到纳拉扬面前。"这么热的天气,你逼着我从家里出来,搞得我满头大汗。你是不是有意要羞辱我?你难道没有衣服要缝,没有牛要杀、要剥皮吗?"

"我们投完票马上就走,"纳拉扬说,"这是我们的权利。"

达拉姆西塔库尔哈哈大笑,手下的人也迎合着他笑起来。他的笑声一停,他们也停下了。"别开玩笑了。去按个手印,赶紧走。"

"我们投完票就走。"

这一次达拉姆西塔库尔没有笑,而是举起一只手,仿佛在告别,然后便离开了投票站。剩下的人抓住纳拉扬和另外两个人,扭着他们把拇指按在印台上登了记。达拉姆西塔库尔低声吩咐助理把这三个人带到他的农场去。

那一整天,他们三个赤身裸体,被人捆住脚踝倒挂在菩提树下,每隔一阵便遭到一通鞭打。他们时而昏厥,时而醒来,尖叫声愈发微弱。达拉姆西塔库尔的小孙儿们都被关在家里。"做功课去,"他告诉孩子们,"去看书,玩玩具也行。去玩我新给你们买的漂亮的火车模型。"

"但是今天放假啊,"孩子们央求道,"我们想出去玩。"

"今天不行。外面有坏人。"他说着把他们从后窗边赶走了。

远处的田野里,他的手下正往那三张倒吊着的脸上撒尿。他们处在半昏迷状态,口干舌燥的三张嘴对这丝湿润感激不尽,虚弱而急切地舔去了脸上的细流。达拉姆西塔库尔警告手下暂时不要声张,尤其不能让消息传到下游的居民区去,那样会打乱投票的秩序,迫使选举委员会将投票结果作废,浪费他们几个星期以来的努力。

那天夜里,票箱被取走之后,烧红的煤块先是被摁在了那三个人的生殖器上,后来又被塞进他们嘴里。惨叫声响彻村庄,直到他们的唇舌都被烧化才停下来。沉默而静止的躯体从树上解了下来。等他们渐渐有

第三章 河畔村庄

了生气,脚踝上的绳子就转移到了脖子上,三个人被吊死了。尸体被挂在村里的广场上示众。

达拉姆西塔库尔的打手们此时不再有选举的工作任务缠身,便被派去折磨低种姓的村民。"我要好好教训那些贱民种姓,"达拉姆西塔库尔在给手下安排新任务之前向他们分发了酒水,并说,"我要恢复过去的局面,让我们的社会充满尊重、规矩和秩序。还要看住那个恰马尔裁缝的家,不能让任何人逃掉。"

打手们开始向贱民的聚居地进发。他们在街上抓到人就胡乱痛打,剥光了一些女人的衣服,又强奸了一些女人,烧毁了几座小屋。烧杀劫掠的消息很快传开。人们四处躲藏,等待着风暴平息。

"很好,"入夜后,打手们的捷报频传,达拉姆西塔库尔说道,"我想这足够让他们长记性一段时间了。"他命人把那两个无名氏的尸体放在河岸上,让他们的亲属去认领。"无论他们是谁,我都对他们的家人网开一面,"他说,"他们受的教训足够了。让他们悼念自己的儿子,然后把他们火化了吧。"

那些人的惩罚就这样结束了,但对于纳拉扬的家庭来说却并非如此。"他不配体面地火化掉,"达拉姆西塔库尔说,"他家老子比儿子更加可恶。他狂妄自大,把我们视为神圣的规则全推翻了。"岁月积累下来的规矩,杜奇竟敢打破,他竟敢把皮匠变成裁缝,打乱了这个社会亘古不变的平衡。逾越种姓界限就要遭受最严酷的惩罚,塔库尔如是说道。

"把他们全抓起来——父母、妻子、孩子,"他吩咐手下,"当心点儿,一个都不许跑掉。"

打手们冲进纳拉扬家的时候,安巴、皮亚丽、莎维德丽和帕德玛在门口呼喊着,叫他们放开自己的朋友。"你们骚扰他们做什么?他们什么错都没有!"

家里人担心这几个女人的安危,把她们拽回家里。邻居们吓得连看都不敢看,既屈辱又害怕,瑟缩在小屋里祈祷着这一夜快点过去,不要让暴力行径连累更多无辜的人。乔图和达亚拉姆想偷偷溜出去找当地的警察局求救，却被人追上乱刀捅刺。

杜奇、鲁帕、拉达和拉达的两个女儿被捆住手脚，拖到堂屋。"还少两个，"达拉姆西塔库尔说，"一个儿子、一个孙子。"有人去探问一番，回话说他们住在镇上，"那算了，这五个就够了。"

残损的尸体被抬进房间，摆在几名俘虏面前。房间里很黑，达拉姆西塔库尔命人取来一盏灯，好让全家人都看清。

灯光撕裂了仁慈的夜幕。那尸首赤身裸体，面部被烧得焦黑，血肉模糊。只有凭借胸口那块红色的胎记他们才能认出纳拉扬。

拉达爆发出一声长长的号叫，但悲痛的哀号很快与全家人死亡的痛苦交织在一起——房子被点燃了。第一缕火焰舔舐着被捆住的肉体。干燥的夜风猛烈地煽动火焰，流露出今夜唯一的一丝慈悲。大火迅速吞没了六个人。

等到镇上的伊什瓦和翁普拉卡什得到消息时，灰烬已经凉了，烧焦的尸体被敲碎扔进了河里。蒙塔兹婶婶紧紧地把翁普拉卡什搂在怀里，阿什拉夫叔叔则陪同伊什瓦去警察局报案，录取第一信息报告[1]。

那位副警督耳朵疼，不停地用小拇指在耳朵里掏来掏去，很难集中精力。"叫什么名字？再拼一遍。慢点儿。"

为了跟这位权贵人士套近乎，尽管气得冒火，恨不得抽那人一耳光叫他集中精力，阿什拉夫却还是耐着性子建议他试试偏方。"温橄榄油能缓解些，"他说，"我母亲过去给我用过。"

"真的吗？用多少？两三滴吗？"

后来，警察很不情愿地到现场去核实第一信息报告中的指控。他们反馈说没找到能够支持纵火和凶杀的证据。

---

1. 印度、新加坡等地接警时必填的书面文件，类似于中国报警时做的笔录。

第三章　河畔村庄

那名副警督对伊什瓦火气很大。"这是什么无赖行为？竟然录取第一信息报告的时候谎话连篇？你们这些贱民总想惹是生非！快滚出去，小心我告你们妨碍公务！"

伊什瓦惊愕得说不出话，望向了阿什拉夫，阿什拉夫刚想出面调停，副警督就粗鲁地打断了他："这件事跟你这种人无关。你们穆斯林跟毛拉[1]讨论内部事务的时候我们从不多管闲事，不是吗？"

接下来的两天，阿什拉夫没有开门营业，无助的感觉令他备感压抑。他和蒙塔兹都不敢去安慰翁普拉卡什和伊什瓦——什么样的字句才能安慰如此重大的损失、如此沉重的不公呢？他们能做的只有陪着他俩一同落泪。

第三天，伊什瓦叫小翁照常开门营业，于是他们又开始缝纫。

"我要召集一队恰马尔，给他们配发武器，然后冲到那些地主家去，"翁普拉卡什说道，缝纫机转得飞快，"要凑齐人手很容易。我们就学纳萨尔派的做法，"他俯身干着手里的活儿，向伊什瓦和阿什拉夫叔公讲述东北部农民起义采取的策略，"最后，我们再把他们的头砍下来，用杆子挑着挂在集市示众。以后那些人再也不敢欺负我们了。"

伊什瓦任由他沉浸在复仇的念头当中。他自己最初也有过同样的冲动，他怎么可能责怪侄子呢？缝纫活转移了他的注意力，而饱受折磨的心绪却很难从痛苦中解脱出来。"告诉我，小翁，关于这些事你怎么会知道这么多呢？"

"我在报纸上看见的。但这难道不是常识吗？每户低种姓人家都有人遭到过地主的虐待。他们肯定巴不得有机会报仇。我们把塔库尔跟他们那些打手全宰了。还有那帮恶棍警察。"

"然后呢，怎么办？"伊什瓦心平气和地问，他觉得是时候把侄子的

---

[1]. 伊斯兰教的教职称谓，亦用作尊称，中国大陆地区多使用"阿訇"这一称谓。

思路从死亡引开，转移到生活上来了，"他们会把你送上法庭，然后绞死你的。"

"我不在乎。假如我跟父母住在一起，我早就死了，才不会安然无恙地坐在这间铺子里呢。"

"小翁，我的孩子，"阿什拉夫说，"报仇不该由我们操心。那些杀人放火的人早晚要遭报应的。真主在上，即使现世没有遭报应，死后他们也不得安宁。说不定他们已经遭了报应，谁知道呢？"

"是啊，叔公，谁知道呢？"翁普拉卡什酸溜溜地说道，然后上床了。

那个可怕的夜晚过后六个月，在阿什拉夫的坚持下，伊什瓦搬出了他们原本寄宿的房子。他说女儿们已经出嫁，家里的地方足够他们住的。他给店铺楼上的房间打了隔断——他和蒙塔兹住一边，伊什瓦跟侄子住另一边。

他们听见翁普拉卡什在楼上走动，准备上床。蒙塔兹跪坐在里屋祷告。"复仇如果只是嘴上说说，那倒不要紧，"伊什瓦说，"可要是他回到村里去，干出蠢事来怎么办？"

他们为这孩子的前途忧心忡忡地苦恼了几个小时，然后也上楼休息了。阿什拉夫跟着伊什瓦来到隔断的另一侧、翁普拉卡什睡觉的地方，并肩而立站了一会儿，凝视着小翁。

"苦命的孩子，"阿什拉夫轻声说，"经历了那么多苦难。我们怎么才能帮他呢？"

最终，这个问题的答案来自穆扎法尔裁缝铺本身多舛的命运。

凶杀事件过去一年之后，镇上开了一家成衣店。没过多久，阿什拉夫的顾客数量就开始缩水了。

伊什瓦说顾客流失只是暂时的。"新开的大商店，里面摞着一叠叠的新衬衫——这肯定会吸引顾客的。这种体验让人们觉得自己举足轻重，

第三章 河畔村庄

可以试穿不同的款式。不过一旦新鲜劲儿过去，他们发现衣服并不合身，这些叛徒自然会回来的。"

阿什拉夫则没那么乐观。"他们低廉的价格会击败我们的。他们在城里有大工厂，衣服一做就是几百件。我们怎么可能跟他们竞争呢？"

不久，两名裁缝和他们的学徒就发现，裁缝铺每个星期能开张一天就算幸运了。"真奇怪，是不是？"阿什拉夫说，"这生意我做了四十年，却被一种我从没见过的东西挤垮了。"

"可是您见过那家成衣店啊。"

"不，我说的是城里的工厂。工厂有多大？谁是老板？他们怎么付工钱？我对这些一无所知，只知道他们快要把我变成乞丐了。说不定到头来我一把年纪还要去给他们打工。"

"那可不行，"伊什瓦说，"不过也许我应该去。"

"谁也不许去，"阿什拉夫一拳砸在工作台上，"我们要同甘共苦，我那样说只是在开玩笑。你以为我忍心把自己的孩子送到那里去吗？"

"别生气，叔叔，我们知道您不是认真的。"

然而没过多久，他们就认真考虑起这句玩笑话来了，因为顾客接二连三地跑去了成衣店。"继续这样下去，我们三个只能从早到晚坐在店里拍苍蝇了，"阿什拉夫说，"这对我来说倒不要紧。我已经这么大年纪了——生活中的酸甜苦辣我都尝过。但这对小翁不公平，"他压低了声音，"也许叫他去别的地方闯荡一下比较好。"

"无论他去哪里，我必须跟他一起去，"伊什瓦说，"他年纪还太小，满脑子净是不成熟的想法。"

"这不怪他，是魔鬼在怂恿他。你当然应该陪着他，现在你就是他的父亲。你们可以一起出去闯荡一段时间。不必一直在外面闯荡，一两年就够了。努力工作，攒些钱，然后再回来。"

"这倒是。听说在城里赚钱很容易，那里工作多，机会也多。"

"没错。攒下钱之后，你们可以回来开个小店。卖槟榔角、开水果摊、卖玩具，都可以。说不定还能开家成衣店，谁知道呢。"他们说笑道，不过他们一致认为让翁普拉卡什出去闯荡几年是好事。

"只有一个难题，"伊什瓦说，"我在城里没有熟人。该怎么起步呢？"

"车到山前必有路。我有个非常要好的朋友，他会帮你们找工作的。他叫纳瓦兹，也是个裁缝，在那里开了家店。"

他们坐到深夜，为未来做计划，想象着在海滨城市的生活。那座城市里满是高楼大厦，街道宽阔平整，有美丽的花园，上百万人在那里努力劳作，积累财富。

"你瞧我，跟着激动起来了，好像我要跟你们一起走似的，"阿什拉夫说，"要是我年轻几岁，肯定会跟你们走的。这里会变得很寂寞的。我的梦想就是你和小翁能陪着我，直到我生命的尽头。"

"我们当然会的，"伊什瓦说，"我和小翁很快就会回来的。这不正是我们的计划吗？"

阿什拉夫给朋友写了封信，请他在伊什瓦和翁普拉卡什到达后关照一下，帮他们在城里落脚。伊什瓦从邮局取出自己的积蓄，买了火车票。

他们出发前夕，阿什拉夫将自己心爱的那把锯齿布料剪送给了他们。伊什瓦不肯收，说这把剪刀太珍贵了。"三十多年来，我们全家受了您太多的照料。"

"再多的照料也不足以报答你和纳拉扬为我们全家所做的事，"阿什拉夫哽咽着说，"来，把剪刀装进行李，让我这个老头子高兴高兴吧，"他擦了擦眼泪，但眼睛很快又湿润起来，"记住，如果在外面过得不顺利，无论什么时候，这里都欢迎你们回来。"

伊什瓦紧紧握住他的手，按在自己胸前："说不定不等我们回来，您就可以来城里看看呢。"

"真主在上。我确实很想在有生之年去麦加朝觐一次呢。大船都是从城里的港口起航的。所以还真说不定呢！"

第二天早上，蒙塔兹早早起来为他们准备茶点，又打包了路上的吃食。阿什拉夫静静地坐着看他们吃东西，心绪难平。他只说了一句话，是问他们："你们把纳瓦兹的地址装好了吧？"

伯侄俩喝光了杯里的茶，翁普拉卡什收起杯子要去洗刷。"放着吧，"含着眼泪的蒙塔兹拦住了他，"一会儿我来刷。"

出发的时候到了。伯侄俩拥抱了阿什拉夫和蒙塔兹，在他们面颊上分别亲吻了三下。"唉，我这没用的老眼窝啊，"阿什拉夫说，"总是淌眼泪，这是病。"

"我们也被您传染了同样的毛病。"伊什瓦说，他和翁普拉卡什都在擦眼睛。他们拿起行李箱和铺盖卷向铁路走去，这时太阳尚未升起。

裁缝们来到城里时已经入夜。火车连声呻吟、哐啷作响，驶进了车站，扬声器发出刺耳的报站声，广播的内容叫人难以听清。乘客下了车，拥进接站的亲友构成的人海。周围满是尖声的呼唤与喜悦的泪水。人间悲喜在站台上交织翻腾。挑夫推搡着挤上前来，想揽些力气活儿。

伊什瓦和翁普拉卡什在热闹的人群边上怔怔地站了一会儿。闯荡世界的激动之情一路上好不容易才萌芽，此时却已经凋零。"老天啊，"伊什瓦说着，盼望着在人群中看见一张熟悉的面孔，"人真多啊。"

"走吧。"翁普拉卡什说着拿起行李箱，着急地推搡着穿过人群和行李堆构成的障碍，似乎坚信只要他们能挤到另一头，一切就都会好起来——这已是最后的障碍，许诺的城市就在障碍背后。

他们奋力穿过站台，来到火车站巨大的大厅里，天花板像天空一样高，高耸的立柱仿佛参天大树。他们稀里糊涂地在大厅里游逛，打听询问，寻求帮助。人们听了他们的问题，急匆匆地抛出一个答案，或者伸手一指。他们感激地点点头，却什么也没打听到。他们花了一个小时才搞清楚，得再坐一班当地的短途火车才能到达阿什拉夫的朋友家。车程二十分钟。

他们问路的人当中有一个指对了路。那套商住两用的房子离火车站十分钟脚程。人行道上睡满了人。路灯散发出微弱的黄色灯光,像染了色的细雨,落在缠裹着破布的躯体上。翁普拉卡什打了个寒战,低声说:"他们看上去就像尸体一样。"他使劲盯着那些人,在他们身上搜寻生命的迹象——起伏的胸膛,颤抖的手指,眨动的眼皮。但路灯的光线太昏暗,无法看清如此细微的动作。

他们离阿什拉夫的朋友家越来越近,如释重负的感觉渐渐取代了恐惧感。初来乍到的噩梦即将结束。敞开的下水道上方架着木板,他们得从上面走过才能到达店门口。翁普拉卡什的脚险些踩穿腐烂的木板。伊什瓦抓住了他的胳膊肘。他们敲响了店门。

"色俩目。"他们向纳瓦兹问好,脸上带着面对恩人的表情看着他。

纳瓦兹对他们的问候几乎无动于衷。他装出一副不知道他们要来的样子,反复抵赖,最后终于承认阿什拉夫来过一封信,极不情愿地答应让他们在厨房后面的雨棚底下睡几天,直到他们找到落脚的地方为止。"全是看在阿什拉夫的面子上我才肯这样做,"他强调说,"关键是我自己的家人住在这里还嫌地方不够呢。"

"谢谢您,纳瓦兹大哥,"伊什瓦说,"没错,我们只是暂住几天,谢谢您。"

他们闻到了食物的味道,但纳瓦兹并没有邀请他们一起吃饭。他们在房子外面找到一个水龙头,洗了手和脸,又用手捧着喝了些水。屋里的灯光从厨房的窗口倾泻而出。他们坐在窗户底下,吃光了蒙塔兹婶婶给他们带的烤饼,听着周围的房屋里发出的声音。

雨棚下的地面上满是树叶、土豆皮、看不清是什么的果核、鱼骨,还有两个眼窝空荡荡的鱼头。"这里怎么能睡觉呢?"翁普拉卡什说,"这太脏了。"

他环顾四周,看见纳瓦兹家的后门旁边有把扫帚斜倚着落水管。他

第三章 河畔村庄

借用扫帚把垃圾扫到一旁，伊什瓦则接了几大杯水泼在地上，打算用扫帚再清扫一遍。

这动静引来了纳瓦兹出来查看。"这里配不上你们吗？没人逼着你们住在这里。"

"不不，这里好极了，"伊什瓦说，"只是稍微打扫一下。"

"你们用的是我的东西。"他指指扫帚说。

"没错，我们——"

"关键是，你们拿别人的东西之前应该先问问主人。"他毫不客气地说完便回屋了。

伯侄俩等到雨棚下面的地面干了才铺开垫子和被褥。周围的房子里发出的噪音丝毫没有减少。收音机轰响。一个男人朝女人叫喊，殴打她，在她大声呼救时停了一会儿，接着又打了起来。一个醉鬼高声咒骂，引来一阵哄笑声。交通噪声隆隆不绝。一扇窗口发出跳动的光亮，引得翁普拉卡什好奇起来，他起身往房间里偷看，又招呼伊什瓦来一起看。"是全印电视台！"他激动地低声说。过了几分钟，屋里有人发现他们在偷看电视，把他们赶走了。

他们回到自己的铺盖旁，睡得很不舒服。有一次他们被尖叫声惊醒了，那动静听着像是在宰杀牲畜。

早上，屋里的人没邀请他们喝早茶，翁普拉卡什觉得这样很过分。"城里的习俗不一样。"伊什瓦说。

他们洗漱、喝水，等着纳瓦兹打开店门。他看见他们站在台阶上，伸长脖子向里面张望。"怎么了？你们要干什么？"

"不好意思打扰您了，但是您知道吗？我们也是裁缝，"伊什瓦说，"我们能不能给您做缝纫活呢？在您的店里？阿什拉夫叔叔告诉我们——"

"关键是活不够多啊，"纳瓦兹话音未落便回屋了，"你们去别处找找吧。"

伊什瓦和小翁站在门口的台阶上嘀咕起来——怎么着，纳瓦兹只能帮他们到这里了吗？不过片刻之后他又回来了，递给他们纸和铅笔，说了一些裁缝铺的名字和地址，让他们记下来。他们向他道了谢。

"对了，"伊什瓦说，"昨天晚上我们听见了可怕的尖叫声。您知不知道出什么事了？"

"是那些睡在人行道上的家伙。有个人抢了别人的铺位，他们就用砖头把他的脑袋给砸了。他们就是些畜生。"他说完便回去干活了，裁缝伯侄出发了。

他们在街角的一家小摊喝了茶，然后开始按图索骥，度过了徒劳而吓人的一天。路上有时没有路牌，有时则被政治活动的海报和广告遮住了。他们不得不经常停下来向店主和小贩问路。

他们试过遵照告示牌上反复出现的警告："行人请走人行道！"但这很难做到，因为小贩们把摊子摆在了水泥人行道上。于是他们只好跟其他人一样走在马路上，提心吊胆地躲避着汽车和公共汽车，对那些在车流中熟练穿行的人大为惊叹，每当情况不妙，那些人总能凭借本能灵巧地避开。

"只是需要多加练习。"小翁带着一副见多识广的神态说道。

"练习什么？把人撞死还是被人撞死？别耍小聪明，当心被车撞到。"

不过这天他们见到的唯一一场事故是一个人推的手推车。用来捆箱子的绳子松了，车上的货物撒得满地都是。他们帮那人重新装了车。

"里面是什么？"小翁对箱子发出的哗啦声十分好奇。

"骨头。"那人说。

"骨头？是奶牛和水牛的骨头吗？"

"是你我这样的人的骨头。出口用的。这生意做得大着呢。"

手推车给推走时，伯侄俩都松了口气。"早知道里面装的是什么，我是绝对不会停下来帮忙的。"伊什瓦说。

到了晚上,他们把名单上的地址都走了一遍,却既没找到工作也没燃起希望。他们开始寻找回到纳瓦兹的店铺的路。尽管他们早上已经走过这条路,但此时一切看上去都是那样陌生。抑或一切看上去都一样。无论究竟是哪种情况都让人晕头转向。越来越深的夜色使路愈发难找。他们本打算把电影院招牌当路标用,此时却被引得迷了路,因为路边的招牌似乎突然多了许多。在《痴情鸳鸯》的海报旁边应该右拐还是左拐来着?小巷口的海报究竟是哪一张?是阿米达普·巴强直面枪林弹雨,一脚踢在手拿机关枪的坏蛋脸上的那张,还是他对质朴的乡下姑娘露出英雄男儿的微笑的那张?

他们又饿又累,终于找到了纳瓦兹住的那条街,他们研究要不要买些吃的再回到雨棚底下。"还是不买比较好,"伊什瓦说,"万一纳瓦兹和他妻子等着我们今天跟他们一起吃晚饭,他们会没面子的。也许昨天晚上他们只是没来得及准备而已。"

他们从店里走过时,店主人正坐在缝纫机旁。他们向他挥了挥手,但他似乎并没察觉,于是他们回到了后院。"我一点儿力气也没有了。"翁普拉卡什说着铺开铺盖,扑通一下躺了下来。

他们仰面躺着,听见纳瓦兹的妻子在厨房里忙碌。水龙头在放水,玻璃杯叮当响,接着发出当啷声。不久他们便听见纳瓦兹的招呼声:"米丽娅姆!"她走出了厨房,她说话的声音很轻,他们听不见。接着前屋传来纳瓦兹响亮而粗鲁的说话声:"不用搞那一套,我跟你说过了。"

"可是只是一点儿茶而已。"米丽娅姆说。这时夫妇俩都来到了厨房里。

"你这杂种婆娘!不许跟我顶嘴!我说不行就是不行!"他们听见一记耳光的脆响,翁普拉卡什不由得一缩。米丽娅姆惊叫一声。"叫他们去饭店吃!关键是一旦你招待他们,他们就会永远赖在这里的!"

米丽娅姆的抽泣声使屋外的伯侄俩无法听清她说了些什么,只有断断续续的几个字:"可是为什么……"接着是"……阿什拉夫家……"

"我家可不行。"他说着啐了口唾沫。

裁缝伯侄从雨棚底下走出来,来到卖早茶的小摊前。翁普拉卡什吃完了一份配有豆酱的面包之后说:"我想不通的是,阿什拉夫叔公怎么能跟这种差劲的人交朋友呢。"

"人和人是不一样的。再说,纳瓦兹在城里住了这么多年,难免有变化。环境是会改变人的,你知道吧?有的变好,有的变差。"

"也许吧。不过阿什拉夫叔公要是知道他现在的样子,肯定会为他感到丢脸的。要是我们有别的地方可去就好了。"

"耐心点儿,小翁。这只是第一天。我们很快就会找到活做的。"

可他们找了四个星期,却只做了三天活,是在一家名叫"高端裁缝铺"的店里。店主是个叫吉万的人,他雇了伯侄俩赶工。要做的很简单:缠腰布和衬衫,每种一百件。

"谁会需要这么多衣服啊?"翁普拉卡什惊讶地问。

吉万伸出一根手指,拨了拨抿紧的嘴唇,仿佛在调试乐器。每当他要发表重要言论的时候,总会先这样做。"不要对任何人说起——这批衣服是用来行贿的。"他解释说,这批衣服是一个参加补选的人定做的。那名候选人要把这批衣服分发给一些重要的选民。

高端裁缝铺里只能容纳一名裁缝,不过吉万在后屋搭起了架子,把店铺变成了能够容纳三名裁缝的作坊。墙上离地四英尺高的地方有支架,他在上面横着架上木板,搭成一座临时的阁楼。木板底下用竹竿支撑着。然后他租来两台缝纫机,抬到阁楼上,又把伊什瓦和小翁送了上去。

伯侄俩提心吊胆地坐在凳子上。"不用害怕,"吉万弹拨着嘴唇说,"不会出事的,我已经这样做过好多次了。瞧,我就坐在你们下面干活——要是你们掉下来,我也会被压扁的。"

木架摇摇晃晃,一踩踏板就抖得厉害。街上经过的车辆震得伊什瓦和小翁上下颠簸。若是楼里有人用力关门,他们的剪刀也会跟着哒哒响。不过他们很快就适应了这种摇摇欲坠的状态。

连续三天每天工作二十个小时之后,他们回到了稳固的地面。没了颤悠悠的感觉,他们反而觉得很怪异。他们谢过吉万,帮他拆掉了阁楼,精疲力尽地回到了雨棚底下。

"现在该休息一下了,"翁普拉卡什说,"我要睡上一整天。"

他们躺着缓神的时候,纳瓦兹多次表达了自己的不满。他脸上带着鄙夷的神情装腔作势地站在后门口,或者低声对米丽娅姆说些有关游手好闲的懒汉的话。"关键是,工作只会落到那些真正想要工作的人头上,"他振振有词地说,"这两个家伙就是废物。"

伊什瓦和翁普拉卡什已经累得连跟他置气的力气都没有了,其他更耗费体力的事情就更不用提了。他们休息一天之后,生活又恢复了常态:早上开始问路,终日打听着找活干,直到晚上。

"天知道我们还要忍受这两个家伙多长时间,"厨房的窗口飘出了抱怨声,纳瓦兹连声音都懒得压低,"我早就告诉过你,别答应阿什拉夫。可是你听我的吗?"

"他们并不打扰我们,"她小声说,"他们只是——"

"小心点儿,那个疼,别划着我的脚指头!"

伊什瓦和翁普拉卡什交换了一个充满疑问的眼神,纳瓦兹又滔滔不绝地说起来:"关键是,假如我希望有人住在我家的雨棚下面,我大可以把那个地方租出去,赚上一笔。让他们在这里住这么长时间,你知道这样做多危险吗?只要他们提出申诉,说那片地是他们的,我们就要官司缠身了——哎哟!你这杂种婆娘,我说了叫你小心点儿!你大刀阔斧的是要把我砍成瘸子吗!"

两个裁缝吃惊地坐起身。"我要去看看到底是怎么回事。"翁普拉卡什低声说。

他起身踮着脚从厨房的窗口往里看。纳瓦兹坐在椅子上,一只脚放在小板凳上。米丽娅姆跪坐在他脚边，手拿一片安全刀片，正在给他削鸡眼和老茧上的死皮。

翁普拉卡什从窗口缩回身，把看见的情境向大伯描述一番。伯侄俩为此偷笑了好一阵子。"我想不通的是，这个孬种整天坐在缝纫机旁边，怎么会长鸡眼呢？"翁普拉卡什说。

"也许是他在梦里走了很远的路吧。"伊什瓦说。

裁缝们来到城里大约四个月之后的一天早上，他们向纳瓦兹征求意见时他训斥起他们来。"我忙着干活呢，你们天天来烦我。这座城市这么大，你们以为这城里的每个裁缝我都认识吗？自己找去。找不到裁缝活就去做别的活。到火车站去做挑夫。动动脑子，去供应社给顾客扛麦子、扛大米什么的。随便干点活儿，什么活儿都行。"

翁普拉卡什看出大伯挨了一通训斥，脸上有些挂不住，连忙还嘴："做这些事我们倒是完全不介意。不过阿什拉夫叔公教导了我们那么多年，把他自己的手艺传给我们，这么做太对不起他了。"

提起这个名字，纳瓦兹也难为情起来。"关键是，我现在非常忙，"他嘟哝道，"拜托你们快走吧。"

来到街上，伊什瓦拍拍侄子的后背。"干得漂亮，小翁。你回敬他的那番话真是一流。"

"关键是，"翁普拉卡什模仿着纳瓦兹的口吻说，"关键是，我是个一流的小伙子。"他们哈哈大笑，在街角举起剩下的半杯茶，庆祝这小小的胜利。然而这欢乐的气氛并没持续多久便被他们日渐消耗的积蓄扑灭了。在走投无路的情况下，伊什瓦在一家定做皮鞋和凉鞋的鞋铺里做了两个星期的工。他的工作是备制用来制作鞋底和鞋跟的皮料。为了保证这种皮革所需的硬度，鞋铺用的是植物鞣皮料。他在村里生活时便对这种制作工艺很熟悉了。

他们将这份工作保密，因为伊什瓦对此感到很没面子。他手上发出

第三章　河畔村庄

的恶臭很刺鼻，于是他始终跟纳瓦兹保持着距离。

又过了一个月，这已是他们在城里的第六个月。前途无比灰暗，就在这时，一天晚上纳瓦兹打开后门说："请进，请进。跟我一起喝杯茶吧。米丽娅姆！三杯茶！"

他们走上前，探头往门廊里张望，心想不会是自己听错了吧？

"别光站着啊——进来，坐吧，"他愉快地说，"我有个好消息。关键是，我有活要给你们做。"

"哦，谢谢您！"伊什瓦顿时满心感激，说道，"这个消息真是太好了！您绝不会失望的，我们保证会为您的客户缝制精美的——"

"不是我的店铺，"纳瓦兹粗鲁地打断了伊什瓦热情洋溢的话语，"是在别的地方，"他又尽量摆出愉快的表情来，笑了笑，继续说道，"你们保证会喜欢这份工作的，相信我。我跟你们说一说啊。米丽娅姆！我说要三杯茶！你跑到哪儿去了？"

她端着三只杯子走了进来。伊什瓦和翁普拉卡什连忙起身，双手合十："色俩目，太太。"他们时常能听见她柔和悦耳的声音，但这是他们第一次与她面对面。且算是面对面吧，因为她的面容被布尔卡长袍罩住了。长袍上有两处开口，上面蒙着蕾丝，她的眼睛在蕾丝后面闪闪发亮。

"啊，好啊，茶终于泡好了。"纳瓦兹说。他抬手一指，示意她把茶杯放在那里，然后一摆手，示意她下去。

他抿了几口茶，然后谈起了正经事。"今天下午你们不在的时候，一位富有的帕西族女士到店里来了。她的鞋子掉进了水沟，"他窃笑道，"关键是，她有一家很大的出口公司，要找两名手艺好的裁缝。她的名字叫迪娜·达拉尔。她给你们留了地址。"他说着从衬衫的口袋里拽出了那张纸。

"她说没说是哪种缝纫活呢？"

"高质量、新款式。不过做起来很简单——她说会给你们提供纸样,"他热切地望着他们,"你们会去的,是不是?"

"去,当然去。"伊什瓦说。

"好,好。关键是,她说她在很多商店都留了纸条。所以应征的裁缝会很多,"他在纸条背面写下了路线和应该下车的火车站名,"去的路上不要迷路。今天晚上早点睡觉,明天早点起床。收拾得干干净净的,保持头脑清醒,这样你们才能从那位女士那里赢得这份工作。"

纳瓦兹像母亲送孩子头一天上学似的,天刚亮就打开了后门,抓住伯侄俩的肩膀把他们摇晃醒,在他们惺忪的睡眼前露出灿烂的笑容。"你们可不能迟到。洗脸漱口之后请你们进来喝些茶。米丽娅姆!给我的朋友们准备两杯茶!"

他们喝茶时,纳瓦兹一直唠唠叨叨地向他们说着各种鼓励、建议和警告。"关键是,你们要打动那位女士。但是听起来又不能像是在说大话。回答她的问题要有礼貌,永远不要打断她说话。别挠头,哪里都不要挠——她那样有地位的女士最讨厌这种行为了。说话要自信,音量要适中。带上一把梳子,把自己收拾得干净整洁再去按她的门铃。头发乱糟糟的会给人留下糟糕的第一印象。"

他们认真地听着,翁普拉卡什心里记住要买一把新的便携梳子。上个星期他把原来那把梳子弄坏了。喝完茶之后,纳瓦兹催促着他们上了路。"再见,早点回来。祝你们马到成功。"

他们三点多才回来,怯生生地向焦急的纳瓦兹解释说,尽管他们按时赶到了那里,回来的路上找火车站却遇到了困难。

"可是那就是你们早上下车的车站啊。"

"我知道,"伊什瓦不好意思地笑笑,"我也不知道怎么了。那里太远了,我们从没去过那么远的地方,而且我们——"

"别在意,"纳瓦兹宽容地说,"新的目的地给人的感觉总比实际要远。"

"每条街看起来都一样。即使找人问路,得到的答案也叫人晕头转向。就连我们在火车上遇到的那位和气的职校学生也有同样的问题。"

"你们跟人说话可要当心。这里可不是你们的村子。和气的职校学生很可能偷走你们的钱,割断你们的喉咙,然后把你们丢进阴沟。"

"我们知道,可是他心肠很好,他甚至还把西瓜汁分给我们喝,而且——"

"关键是,你们得到这份工作没有?"

"哦,得到了,我们星期一就开始工作。"伊什瓦说。

"太好了。恭喜你们,祝贺你们。请进,跟我一起坐坐吧,你们肯定累坏了。米丽娅姆!三杯茶!"

"您实在太慷慨了,"翁普拉卡什说,"跟阿什拉夫叔公一样。"

纳瓦兹并没听出他话里的讥讽来。"哦,帮助阿什拉夫的朋友是我的责任。眼下你们找到了工作,我的下一个责任就是帮你们找个住处。"

"不着急,纳瓦兹大哥,"伊什瓦感到不妙,说道,"我们在这里非常满意,您的雨棚既漂亮又舒服。"

"这件事就交给我吧。关键是,在这座城市里几乎不可能找到房子。一旦有空房,必须马上抓住机会。走吧,把茶喝掉,我们走。"

"终点站!"售票员高声吆喝着,用手里的剪票器敲打着镀铬的金属栏杆,发出铛铛的响声。公共汽车沿着贫民窟幽暗的小路行驶,转弯时发出一阵呻吟声,停了下来。

"这里是新建的聚居区,"纳瓦兹指着一片即将被贫民窟吞噬的空地说,"我们去找这里的负责人吧。"

他们从两排棚屋中间穿过,纳瓦兹向人打听纳瓦尔卡尔在不在。那女人抬手一指。他们在一间被用作办公室的棚屋里找到了他。

"没错,"纳瓦尔卡尔说,"我们还有几间空房在出租,"他嘴唇上的胡子乱糟糟的，说话时胡须便在嘴上跟着夸张地晃动，"我带你们去看。"

他们穿过两排棚屋走回来。"转角这间房子，"纳瓦尔卡尔说，"你们想租房子的话，这间还空着。来吧，进来看看。"

他打开棚屋的门时，一条流浪狗从屋后的墙洞里跑了出去。泥地上七零八落地盖着几块木板。"要是你们愿意，可以再铺几块。"纳瓦尔卡尔建议道。棚屋的墙壁是拼凑起来的，有的地方是胶合板，有的地方是铁皮。房顶是老旧的波纹铁皮，腐蚀破损的地方盖上了塑料布，作防水处理。

"水龙头在外面，在小路中间。非常方便。你们不用走很远的路就可以打到水，跟那些低档的聚居区不一样。这是个好地方，"他一挥手，指指那片空地，"新发展起来的，还不算太拥挤。租金是每个月一百卢比。先付钱再入住。"

纳瓦兹用手指敲敲墙壁，像医生在做胸腔检查，然后用脚跺了跺地上的木板，木板颤悠了几下。他一副赞赏的表情。"盖得很结实。"他低声对两名裁缝说。

纳瓦尔卡尔摇头晃脑地说："我们还有更好的房子。你们想看看吗？"

"看看又没什么坏处。"纳瓦兹说。

他带着他们走过一排排盖着铁皮和塑料布的棚户区，来到八座砌着砖墙的小屋跟前。房顶仍然是生锈的波纹铁皮做成的。"这些房子每个月要两百五十卢比。不过付了这个价钱，你们就有真正的地板，还有电灯。"他指指架起电线送进小屋的那根杆子，电是从路灯的供电线上私接的。

走进屋里之后，纳瓦兹仔细查看光秃秃的砖墙，用大拇指指甲刮了刮其中一块砖。"质量非常好，"他说，"你们知道我是怎么想的吗？第一个月，先租间便宜的房子。然后如果工作收入好，你们付得起的话，再搬到这里来。"

纳瓦尔卡尔不停地摇头晃脑以示赞同。裁缝们的沉默让纳瓦兹有些不安。"怎么了，你们不喜欢吗？"

"不不，这里很好。但钱是个问题。"

"钱对每个人来说都是问题，"纳瓦尔卡尔说，"除非你们是政客或者黑市的商人。"

他们勉强地笑笑，之后伊什瓦说："预付房租很困难。"

"你们连一百卢比都没有吗？"纳瓦兹难以置信地问。

"这都要怪那位裁缝女士。她说我们必须自带缝纫机。我们的钱只够付缝纫机的首付。这几个月我们没有活干，一直在花钱，而且——"

"你们这些废物！"纳瓦兹见自己摆脱他们的计划面临泡汤，厉声说道，"把钱都浪费了！"

"要是我们能在您那里再住一段时间，"伊什瓦恳求道，"我们就能攒够钱——"

"你以为这间房子会一直等着你吗？"他恶狠狠地说，纳瓦尔卡尔也跟着连连摇头。

绝望的纳瓦兹转头对纳瓦尔卡尔说："能不能破个例呢，纳瓦尔卡尔先生？今天现付二十五卢比，我来付。至于剩下的，让这两名裁缝每个星期再付二十五卢比。"

纳瓦尔卡尔缩起嘴唇，用下门牙咬着嘴唇上的胡子。他用指节把湿漉漉的胡须拂到旁边。"完全是看在你的面子上我才这样做。因为我信任你。"

纳瓦兹趁他还没改变主意，连忙把钱数了出来。他们回到了先前那间棚屋，纳瓦尔卡尔往胶合板门上挂了把锁，把钥匙给了伊什瓦。"这是你的房子了。好好住。"

他们小心地走过干裂的空地，来到公共汽车站等车。两名裁缝面有愁容。"我要再次恭喜你们，祝贺你们，"纳瓦兹说，"在一天之内，你们不仅找到了工作，还找到了新房子。"

"这多亏了您的帮助啊，"伊什瓦说，"纳瓦尔卡尔是这里的房东吗？"

纳瓦兹哈哈大笑。"纳瓦尔卡尔是个在大骗子手下做活的小骗子。贫民窟的大房东叫托克雷，这一带的一切东西都受他掌控——私酿酒、浓缩大麻、大麻叶。而且每当发生暴乱，总是他决定谁要被烧死，谁可以活下来。"

他见伊什瓦满脸的忧虑，便补上一句："你们不用跟他打交道。只要按时付房租，你们就会没事的。"

"可是，那这片土地是谁的呢？"

"谁的也不是。土地归城市所有。这些家伙贿赂了市政、警察、水利部门、电力负责人，然后把房子出租给你们这样的人。没什么害处。反正地也是空着——让无家可归的人住在那里，能有什么问题呢？"

最后一晚，摆脱了负担的纳瓦兹格外慷慨。"请来跟我一起吃饭吧，"他邀请他们进屋，"你们走之前至少也该给我一次面子。米丽娅姆！三份晚饭！"

他询问他们在屋后的雨棚下住得是否满意。"要是你们愿意，也可以睡在屋里。关键是，你们刚来的时候，我本就打算安排你们睡在屋里。但我一琢磨，房子里挤挤挨挨的，还是睡在外面呼吸新鲜空气比较好。"

"是啊，是啊，外面好多了，"伊什瓦说，"我们要谢谢您过去六个月里的款待。"

"已经这么长时间了吗？时间过得真快啊。"

米丽娅姆把吃的放在桌上便离开了。虽然她的脸被罩袍蒙着，伊什瓦和翁普拉卡什依然能看出她的眼神由于丈夫的伪善而蒙上了尴尬的神情。

第四章

小麻烦

镜子、剃须刀、修面刷、塑料杯子、上厕所后用来清洁的水罐、黄铜储水罐——伊什瓦把这些东西摆在一只倒扣的纸板箱上，放在棚屋的墙角。剩余的地方基本被行李箱和铺盖占满了。他把衣服挂在胶合板墙上那几颗生锈的钉子上。"这样就一切都安顿好了。我们有工作，也有房子，很快就可以给你找个媳妇了。"

小翁并没有笑。"我讨厌这个地方。"他说。

"你想回去住在纳瓦兹的雨棚底下吗？"

"不。我想回到阿什拉夫叔公的裁缝铺去。"

"可怜的阿什拉夫叔叔——被他的顾客抛弃了。"伊什瓦说着拿起黄铜水罐向门口走去。

"我去打水吧。"小翁主动说道。

他来到水龙头所在的那条小巷，一个灰白头发的女人看着他笨手笨脚地摆弄手柄，想放出水来。没反应。他踢了水管一脚，又晃了晃水嘴，只晃出了几滴水。

"你不知道吗？"那女人高声说，"只有早上有水。"

小翁扭头去看是谁在说话。那女人站在黑洞洞的门口，看上去个子很矮。"只有早上供水。"她重复了一遍。

"没人告诉过我啊。"

"你是小孩吗，什么事情都要别人告诉你？"那女人一边责备他，一边从棚屋里走了出来。他这才看清她的个子并不矮，只是背驼得厉害。

"你就不能自己动动脑子吗?"

他正在琢磨如何才能更好地证明自己的脑力,是反唇相讥还是若无其事地走开。"过来。"她说着回到屋里。小翁往门口瞥了一眼,那女人在黑洞洞的小屋里说道:"你打算在水龙头旁边等到天亮吗?"

她掀开一只圆底陶罐的盖子,舀了两杯水倒进他的黄铜水罐里。"记住,要早早来打水。起床晚了你就只能渴着。水跟太阳和月亮一样,从来不等人。"

早上裁缝伯侄拿着牙刷和香皂出门准备洗漱时,水龙头旁边已经排起了长队。从隔壁的棚屋里走出一个笑眯眯的男人,拦住了他们俩。那人打着赤膊,头发及肩。"你们好,"他向伯侄俩打了个招呼,"你们可不能就这样去接水啊。"

"为什么不行?"

"要是你们站在水龙头边刷牙、打肥皂、洗洗涮涮,准要惹得别人大打出手。大家都想趁着还没断水赶快接水。"

"那我们该怎么办呢?"伊什瓦说,"我们没有水桶。"

"没有水桶?那只是小麻烦,"那位邻居回到屋里,提了一只镀锌的铁桶出来,"先用这个,等你们有桶了再还我。"

"那你呢?"

"我还有一个——一桶水就够我用了,"他把头发拢在一起扯了扯,又把头发散开,"好了。你们还需要什么呢?盛水的小罐子之类的,上厕所用?"

"我们有个上厕所用的水罐,"伊什瓦说,"但我们该去哪儿上厕所呢?"

"跟我来,不远。"他们打了水,把沉重的水桶放回棚屋,然后拿着水罐向空地另一侧的铁路线走去。他们从土堆、混凝土瓦砾堆和碎玻璃上爬过时,罐子里的水来回摇晃。一条恶臭的灰黄色细流裹挟着各种各样的排泄物在土堆间缓缓流过。

"到右边来,"那人说,"左边是女人专用的地方。"伯侄俩跟着他,庆幸自己有向导的指引,要是走错边那就尴尬了。女人的说话声和母亲哄孩子的声音伴着臭气从那个方向飘来。再往前走,男人们有的蹲在铁轨上,有的蹲在附近的沟渠边,紧挨着带刺的灌木丛和荨麻丛,屁股对着铁道。那条沟其实是路边的一条下水道,棚户区的垃圾都扔在里面。

他们三个从那些蹲着的男人身旁走过,找到一处合适的地点。"铁轨非常有用,"邻居说,"可以当平台用。把你垫离地面,不然拉出来的屎堆起来碰到屁股怪痒的。"

"你对这些技巧真是了如指掌啊。"他们解开裤子,在铁轨上摆开架势时小翁说道。

"用不了多长时间就能学会,"他指了指灌木丛旁边的那些人,"你看,蹲在那里就比较危险。有毒的蜈蚣在那里爬来爬去。我可不想把自己的要害部位暴露在它们面前。还有,要是你在那片树丛里脚下不稳,最后就会扎得满屁股都是刺。"

"你是凭借亲身经历才这样说的吗?"小翁问道,在铁轨上笑得前仰后合。

"没错——不过是别人的亲身经历。当心你的水罐,"他提醒道,"要是把水弄洒,你就只能撅着黏糊糊的屁股回去了。"

伊什瓦盼着这家伙能安静一会儿。他并不觉得他风趣的谈吐能够对眼前的任务起到促进作用,尤其是现在,他的肠道对开放式厕所的反响并不令人满意。他已经几十年没有上过室外厕所了。他记得上一次还是在自己小时候,跟父亲一起,在天蒙蒙亮的清晨如厕。鸟儿叫声洪亮,村里一片寂静。完事之后他们在河边清洗。但是跟阿什拉夫叔叔共同生活的岁月让他适应了城镇里的生活方式,淡忘了村里的生活方式。

"蹲在铁轨上只有一个缺点,"那位留长发的邻居说,"火车来的时候你得起来,不论你拉完没有。火车才不在乎我们的露天厕所呢。"

"你怎么现在才告诉我们！"伊什瓦伸长了脖子，沿着铁轨来回张望。

"别紧张，别紧张。至少十分钟之内是不会有火车来的。再说你听见轰隆声总是可以跳到旁边去嘛。"

"这个建议倒不错，前提是你耳朵不聋，"伊什瓦恼火地说，"对了，怎么称呼你呢？"

"拉加拉姆。"

"遇到你这位导师，我们真幸运啊。"小翁说。

"没错，我是你们的拉屎导师。"他咯咯笑着说。

伊什瓦并不觉得好笑，小翁却放声大笑。"了不起的拉屎导师先生，跟我说说，依你看，既然我们每天早上都要在铁轨上蹲坑，那我们用不用买张列车时刻表啊？"

"没必要，我忠实的弟子。不出几天，你的肚肠就会对发车时间了如指掌，比火车站站长还清楚呢。"

他们上完厕所、清洗、系上裤子纽扣之后才听见火车的动静。伊什瓦决定明天早上趁拉加拉姆还没醒来就悄悄出发。他可不想蹲在这个对于排便满腹哲思的家伙身边上厕所。

铁路沿线的男男女女都离开了铁轨，在沟渠旁边等待火车经过，树丛里的那些人则原地不动。拉加拉姆指了指一节从他们面前缓缓经过的车厢。

"瞧瞧这些混蛋，"他大声说，"盯着人家拉屎瞧个没完，好像他们自己没有肠子似的，好像屁眼里拉出屎来比杂耍还有意思似的。"他朝那些人比了个粗鲁的手势，有些人背过了脸。有一个看热闹的人则例外，从靠窗的座位朝他吐了口唾沫，不过一阵风把那口唾沫吹回了火车的方向。

"我真恨不得弯腰，瞄准，把屎像火箭一样射到他们脸上去，"拉加拉姆说道，"既然他们这么感兴趣，干脆叫他们吃下去，"走回棚屋的路

第四章 小麻烦

上他摇了摇头,"他们那种不要脸的行为太让我生气了。"

"我爷爷的一个朋友,达亚拉姆,"小翁说,"有一次他被逼着吃了一个地主的屎,因为他给地主耕田去晚了。"

拉加拉姆把罐子里的最后几滴水倒在手心里,把头发拢到脑后。"那个达亚拉姆后来获得什么魔力没有?"

"没有,怎么了?"

"我听说有一个巫师种姓,他们吃人屎,据说这能赐予他们黑魔法。"

"真的吗?"小翁说,"那我们可以做这种生意——把铁道上这一堆堆的大便都收起来,包好,卖给那个种姓的人。现成的午饭、茶点,还是热气腾腾的呢。"他和拉加拉姆哈哈大笑起来,伊什瓦却装作没有听见,大步往前走,觉得很恶心。

小翁回到水龙头边打算再接一桶水。此时排队的人明显多了许多。在他往前几个人的地方站着个女孩,带着一只黄铜大水罐,抵在胯骨上保持平衡。她抬起手臂把水罐送到头顶的时候,小翁的目光被她上衣隆起的地方吸引了。她经过时,可以看出水罐的重量在她胯部硌出了清晰的印记。装满的罐子里荡出水滴,落在她额头上,挂在她头发间、睫毛上,闪闪发亮。真像清晨的露珠啊,小翁心想。哦,她真漂亮啊。那天剩下的时光,他觉得自己快要被心中的向往和喜悦胀破了。

水龙头干涸时,棚户区早晨的洗漱活动也已经结束,地上净是混着肥皂泡的溪流。随着时间的推移,土地和阳光把水分全部吸收。铁路边的茅房的臭气保留的时间则更久。变化莫测的微风一连几个小时把恶臭吹向棚户区,然后才变换了方向。

那天晚上,裁缝们去棚户区附近探索一番之后刚回来,拉加拉姆正在门口用煤油炉做饭。伯侄俩听见平底锅里的油烧得哒哒作响。"你们吃过了吗?"他问。

"在火车站吃的。"

"那里很贵的。尽快去办张食品配给卡,然后好自己做饭。"

"我们连炉子都没有。"

"那只是小麻烦。你们可以借我的用,"他告诉他们棚户区住了个女人,在附近的住宅区叫卖果蔬,"要是一天下来她筐里还有剩余的东西——西红柿、豌豆、茄子什么的——她就会低价卖掉。你们可以像我一样,从她那里买菜。"

"好主意。"伊什瓦说。

"只有一样东西她不肯卖给你——就是香蕉。"

小翁偷笑起来,以为会听见一句别有深意的玩笑话,但是并没有。棚户区的耍猴人跟那个女人有长期约定,她那些变黑、受损的香蕉都要送给耍猴人的两名主要演员。"不过,那条可怜的狗得自己找吃的。"拉加拉姆说。

"什么狗?"

"耍猴人的狗。它也是演员之一——猴子要骑它。不过它总在垃圾堆里转悠,找吃的。耍猴人负担不起所有的动物,"煤油炉闪了两下,他调高火力,又搅了搅平底锅,"有些人说耍猴人会跟他的猴子干些肮脏、变态的勾当。我才不信呢。可即使他真的做了,那又有什么呢?我们都需要慰藉,不是吗?猴子、妓女、自己的手——有什么区别呢?不是人人都讨得起老婆的。"

他戳了戳咝咝作响的蔬菜,看看熟了没有,然后熄灭炉子,盛出一份饭菜放在塑料盘子上,递给裁缝们。

"不用,我们在车站吃过了,真的。"

"别不给我面子——至少尝一口吧。"

他们接过了盘子。有个脖子上挎着小风琴的男人从旁边经过,正好听见了。"真香啊,"他说,"给我也留一口吧。"

"好啊,没问题,来吧。"但那人弹出一个和弦,挥挥手走开了。

"你们认识他吗?他住在第二排,"拉加拉姆搅了搅锅,给自己盛了饭菜,"他晚上才开工。说是在人们吃饭或休息的时候唱歌,人们出手会比较大方。再来点儿吧?"

这一次他们拒绝得很坚决。拉加拉姆吃光了剩下的饭菜。"幸好是你们租下了这间房子。我家另一边,"他压低声音耳语道,"住的是个废物——整天喝得醉醺醺的。要是老婆和他们那五六个孩子乞讨来的钱不够多,他就对他们大打出手。"

他们瞥了那座棚屋一眼,此刻一切平静。孩子们没露面。"睡觉醒酒呢。明天好重新动手。他家女人肯定带着孩子到街上去了。"

当晚剩下的时间,裁缝们都跟邻居坐在一起,谈论自己的村庄,谈论穆扎法尔裁缝铺,还有他们星期一即将在迪娜·达拉尔手下开始的新工作。拉加拉姆频频点头,他对这个故事并不陌生。"没错,成千上万的人到城里来,都是因为老家的光景太差了。我也是因为同样的原因到这儿来的。"

"可我们并不打算在这里长住。"

"没人打算长住,"拉加拉姆说,"谁想过这样的日子啊?"他抬起手,疲惫地挥了半圈,指指肮脏的棚户区,饱受踩躏的土地,路对面是大片的贫民窟,上空烟雾缭绕,炊烟和工业废气混杂在一起发出难闻的气味,"但有时候人们别无选择。有时候这座城市会将你牢牢抓住,利爪扎进你的身体,不肯松开。"

"我们绝对不会这样的。我们到这里来只是为了赚些钱,然后尽快回去。"小翁说。

伊什瓦不想多谈他们的计划,担心自己心生疑虑,扰乱计划。"你是做什么的?"他转移了话题,问道。

"剃头匠。不过我前段时间不干了。顾客总抱怨个不停,真受不了。太短了,太长了,发卷不够大,鬓角不够宽,这个那个的。每个丑八怪都希望自己长得像电影明星。于是我说,够了。自那以后我做过很多工作。目前我是个收头发的。"

"不错嘛,"伊什瓦犹豫不决地说,"那你都要做些什么呢?"

"收头发啊。"

"这个有钱赚?"

"哦,这生意可火了。外国对头发的需求量很大。"

"他们要头发干什么?"小翁半信半疑地问。

"干的事情可多了。大部分是为了自己戴。有时他们会把头发染成各种颜色——红的、黄的、棕的、蓝的。外国女人很喜欢把别人的头发戴在头上。男人也一样,尤其是秃头的男人。在国外,他们最怕秃头了。外国人钱太多,所以才有闲心怕这个怕那个。"

"那你怎么收集头发呢?"小翁问,"在人家脑袋上偷剪吗?"他语气中带着一丝揶揄。

拉加拉姆和气地笑笑。"我去找路边的剃头匠。他们把头发给我,就可以换一包剃头刀片、香皂或者梳子。至于美发沙龙,只要我自己扫地,他们就可以免费把头发给我。来——到我屋里来,给你们看看我的存货。"

拉加拉姆点起灯笼,驱散了刚刚笼罩住小屋的暮色。火苗抖了几抖,然后稳定下来,绽放出橙黄色的光彩,照亮了屋里,黄麻布袋子和塑料袋靠着墙堆得老高。

"麻袋里装的是从路边的剃头匠那里收来的,"拉加拉姆说着,在伯侄俩好奇的目光中打开了一个袋子,"瞧,都是短发。"

袋子里的东西令人心生不适,伯侄俩没有上前,拉加拉姆把手伸进麻袋里,抓起一把油腻腻的头发。"最长也就两三英寸。卖给出口代理商,每公斤能换二十四卢比。他告诉我这种头发只能用来做化学品和药品。不过你们看看这个塑料袋。"

他解开绳子,拽出一把长发。"从女士理发师那里收来的。多漂亮,是不是?这才是值钱的东西。要是能找到这样的头发,那天我一定是走了大运。八到十二英寸长的头发每公斤能换两百卢比。超过十二英寸的，六百卢比。"他用手指理理自己的头发，像持小提琴那样把头发撩起来。

"原来你是因为这个才留长发的。"

"当然了。这是天赐的好收成，能供我填饱肚子。"

小翁拿起长发摸了摸，没像见到碎头发那样畏缩躲避。"摸着很舒服，又软又滑。"

"你知道吗？"拉加拉姆说，"我每次见到这样的头发，总想见见那个女人。我夜里睡不着，心里想着她。她长什么样？为什么要剪头发？为了时髦？为了受罚？还是她的丈夫死了？头发剪掉了，但它背后却联系着一个人的生活。"

"这肯定是个有钱女人的头发。"小翁说。

"你为什么这么想呢？"拉加拉姆带着师父审视徒弟的神情问道。

"因为上面有香气，闻起来像是很贵的护发油。穷人家的女人用的是没经过加工的椰子油。"

"完全正确，"他赞许地拍拍小翁的肩膀，"你通过头发就能了解一个人。健康还是生病，年轻还是年老，富有还是贫穷——头发都会揭示出来。"

"还有宗教和种姓。"小翁说。

"没错。你有收头发的天赋。要是你哪天不想做裁缝了就跟我说一声。"

"那我可不可以在头发还长在女人头上的时候摸一摸呢？所有的毛发？从上到下，直到两腿之间？"

"这个臭小子可真机灵，是不是？"拉加拉姆对伊什瓦说，伊什瓦则作势要把侄子打一顿，"不过我可是很有职业道德的。我承认，有时候看见留长发的女人，我很想把手伸进她的头发，让头发缠在我的手腕上。但我必须克制自己。在理发师把头发给我之前，我只能幻想一下。"

"你要是见到我们的新雇主，保证会对她浮想联翩的，"小翁说，"迪娜·达拉尔的头发很漂亮。估计她整天没别的事情做,只是洗头发、给头发上油、梳头、保持完美的发型,"他把长发放在自己头上,故作扭捏地问,"我漂亮吗?"

"我原本想给你娶个媳妇的,"大伯说道,"要是你愿意的话,我也可以给你找个丈夫。"拉加拉姆哈哈大笑,拿回头发,小心翼翼地装进了塑料袋。

"不过我在想,"伊什瓦说,"收头发的人如果去里希盖什或者赫尔德瓦尔那样的朝圣城镇,生意不是会更好吗?人们在那里不是会剃光头发,献给神灵吗?"

"你说得没错,"拉加拉姆说,"不过这中间有个大问题。我的一个朋友也是收头发的,他往南去了蒂鲁伯蒂,只是想看看那里的寺庙产发量怎么样。你知道他看见了什么吗?每天有大约两万人来贡献自己的头发。有六百个理发师,每八小时一班,轮班工作。"

"那头发肯定堆成山了。"

"何止是山?简直是头发堆成的喜马拉雅山。但是像我这样的中间商是没机会收走的。献祭完头发之后,头发会由最神圣的婆罗门祭司放进圣洁的仓库里。他们每三个月举办一次拍卖,出口公司直接去那里买。"

"你不用跟我们说婆罗门和祭司干的好事,"伊什瓦说,"高种姓的贪婪在我们村里尽人皆知。"

"这种事到处都一样,"拉加拉姆表示赞同,"我还没见过把我当作平等的人看待的高种姓呢。把我看成跟他们一样的人——我想要的就这么多,再没别的了。"

"以后你可以把我们的头发收走。"小翁慷慨地说。

"谢谢。要是你愿意的话,我可以免费给你剪头发,只要你不挑三拣四就好。"他把装头发的麻袋塞到一边,拿出了梳子和剪刀,打算当场给小翁剪头发。

"等等,"小翁说,"我应该先把头发留长,像你一样。这样你好多赚

第四章　小麻烦

些钱。"

"不行,"伊什瓦说,"不许留长发。迪娜·达拉尔肯定不会喜欢留长发的裁缝。"

"有件事可以确定,"拉加拉姆说,"那就是关于头发的供需永远都会存在,这一行永远是大生意,"他们回到屋外的夜色中时,他又说,"有时候,大生意也会变成大麻烦。"

"这话怎么说?"

"我说的是先知的头发和胡须,存放在克什米尔的哈兹拉特巴尔清真寺,前些年不见了[1]。你们还记得吗?"

"我记得,"伊什瓦说,"但当时小翁年纪还小,他不知道。"

"快告诉我,快告诉我。出什么事了?"

"就是这件事,"伊什瓦说,"有一天,先知的那绺头发不见了,闹出了好大的乱子。人人都说政府应该下台,说这件事肯定跟那群政客有关系。说他们是为了挑起事端,你知道的,因为当时克什米尔正在闹独立。"

"结果,"拉加拉姆接着说,"经过两个星期的骚乱和宵禁,政府调查员宣布他们把先知的头发找回来了。但是人们还是不满意——大家都在问,如果政府是在耍我们怎么办?如果他们是用普通的头发来冒充圣髑呢?于是政府召集了一群最有学问的毛拉,让他们全权负责检查头发。毛拉们说头发是真的,只有到那个时候,斯利那加的大街小巷才恢复了宁静。"

屋外,炊烟弥漫了整个夜空。黑暗中有个声音大声说:"尚蒂!快把柴火拿来!"有个女孩应了一声。小翁一看,原来是她——那个用大铜罐打水的女孩。尚蒂,他在心中默念着名字,对头发贩子的故事顿时没

---

1. 事发于 1963 年 12 月,该清真寺位于斯利那加市,目前巴基斯坦与印度对该地的归属仍有争议。

了兴趣。

拉加拉姆用一块石头抵住棚屋的房门,以免风把门吹开,然后他陪着裁缝伯侄在附近转了一圈。他把铁道旁栅栏破损的地方指给他们看,从那里可以抄近路去火车站。"顺着那条水沟一直走,直到看见阿牟尔黄油和现代牌面包的大广告牌为止。你们上班走这条路,至少能省下十分钟。"

他也提醒他们小心与他们毗邻的贫民窟。"贫民窟住的大多是正派人,不过有些小路非常危险。要是你从那里经过,杀人、抢劫都是有可能遇到的。"在贫民窟中较为安全的那一带,他介绍他们认识了一位跟他熟识的茶摊老板,他们在那里喝茶、吃点心可以赊账,月底统一付清。

这天夜里,他们坐在棚屋外面抽烟,听见了小风琴手的动静。他下班归来,此时拉琴只是为了解闷儿。在这凄惨黯淡的环境中,他那架小风琴发出的尖细乐声是那样动听,犹如金色的笛音。"Meri dosti mera pyar……[1]"他唱道,在关于爱情和友谊的歌声中,闷燃的火堆散发出的烟雾也显得不再那样刺鼻了。

配给处的官员并不在办公桌旁。一名听差说,老板正在休息做冥想。"你们星期一再来吧。"

"可我们星期一就要开始新工作了,"伊什瓦说,"他冥想要做多久呢?"

听差耸耸肩:"一个小时,两个小时,三个——这要看他头脑里装着多少事。先生说了,要是不休息,他工作一个星期下来,准会变成疯子的。"裁缝伯侄决定排队等一会儿。

看来这个星期相对比较轻松,因为那名配给站的官员三十分钟后就回来了,看上去还算容光焕发。他递给两名裁缝一张配给卡申请表,说

---

1. 印地语,意为"我的友谊、我的爱"。

第四章 小麻烦

外面的人行道上有专家，只要付少许服务费就可以帮他们把表填好。

"不要紧，我们会写字。"

"真的吗？"官员感觉有些丧气，说道。他对自己的本事一向很得意，只要扫一眼，他就能把每天拥到自己桌旁的那些申请人看得八九不离十——他们的老家、收入状况、教育水平、种姓等级。尽管刚做完冥想，他脸上肌肉却微微一抖变紧了。裁缝伯侄的识字能力冒犯了他无所不知的本领。"填完送回来。"他赌气地摆摆手，把他们打发了。

伯侄俩拿着表格来到走廊里，用窗台垫着开始填写。窗台凹凸不平，圆珠笔尖几次戳穿了纸面。他们用指甲刮蹭，试图抚平纸上生出的麻点，然后又回去排队，等着跟那官员说话。

配给处的官员扫了那张表格一眼便笑了。那是种高人一等的笑容：他们也许会写字，不过至于如何保持字迹整洁，他们显然一无所知。他看看他们的答案，洋洋自得地停在了地址那一栏。"这是什么乱七八糟的？"他用被烟熏黄的手指敲打着表格说。

"这是我们住的地方。"伊什瓦说。他填的是他们那排棚屋北面的路名。建筑物名称、公寓编号和街道号则全部留空了。

"那你们的房子究竟在哪儿？"

他们又补充了一些信息：离得最近的路口、贫民窟东西两侧的街道名、火车站、附近电影院的名字、大型医院、有名的甜食店、一座鱼市。

"打住，够了，"配给站官员捂着耳朵说，"我不想听这些废话，"他掏出一本城市名录翻了几页，然后仔细看了看上面的地图，"果然不出我所料。你们的房子在棚户区，是不是？"

"那里是我们暂时落脚的地方。"

"棚户区的房子不算是真正的地址。法律规定，配给卡只能发给有真正地址的人。"

"我们的房子是真的，"伊什瓦哀求道，"您可以来亲眼看看。"

"我看不看都一样。法律说了算。而在法律眼里,你们那座窝棚就是不算数,"他拿起一摞表格捋了捋,把边角对齐,又把它们丢回原来的角落。表格散落在桌上,扬起一团灰尘。"不过如果你们有兴趣的话,有另一个办法可以帮你们弄到配给卡。"

"好啊,拜托了——让我们做什么都行。"

"只要让我安排你做结扎,你们的申请马上就能通过。"

"结扎?"

"你知道的,为了计划生育。绝育手术。"

"哦,可是我已经做过了啊。"伊什瓦撒谎道。

"证明拿来给我看看。"

"证明?"

"计划生育证。"

"哦,但我没有,"伊什瓦随机应变,说道,"我们老家的房子着了火。所有东西都被烧掉了。"

"那不成问题。你去找我那位医生,他可以再给你做一次,就算额外帮你个忙,然后给你新开一份证明。"

"同一个手术做两次?不会有坏处吗?"

"好多人做两次呢。好处多着呢。可以领两台收音机。"

"我要两台收音机有什么用呢?"伊什瓦笑着说,"难道我要同时听两个电台,每只耳朵各听一个吗?"

"听我说,既然这个不痛不痒的小手术把你吓成这样,那就让这个小伙子去。我只需要一张绝育证明。"

"可他才十七岁!将来还要娶老婆、生孩子,怎么能现在就结扎呢!"

"这就看你了。"

伊什瓦气呼呼地走了,小翁紧跟在他身后安慰他,但他还是被这个令人震惊、甚至可谓亵渎神明的建议气得火冒三丈。不过并没有人注意

第四章　小麻烦

到他们，因为走廊里挤满了伊什瓦这样的人，迷茫困惑、结结巴巴，努力地想跟政府官员讲道理。他们痛苦的程度各有不同，都在无谓地等待，有的泪流满面，有的为官僚体制之荒谬而歇斯底里地大笑，还有少数几个面壁而立，嘴里在低声自言自语。

"说什么结扎！"伊什瓦气愤地说，"不要脸的混蛋！叫一个半大孩子去结扎！真该叫人趁那个丑八怪恶棍冥想的时候把他那根东西切下来！"他大步穿过走廊，走下楼梯，从大门走出了那栋楼。

人行道上有个文员打扮的小个子男人，他见伊什瓦情绪激动，便从木头板凳上起身跟他打招呼。他戴副眼镜，身穿白衬衫，面前的垫子上摊放着纸笔。"您遇到麻烦了吧。我能帮上忙吗？"

"你能帮什么忙？"伊什瓦轻蔑地说。

那人碰碰伊什瓦的臂肘，叫他停下听自己说。"我是个协调员。我的工作、我的专长就是帮助人们跟政府机关打交道。"他一直在流鼻涕，自我介绍的过程中吸溜了好几次鼻涕。

"你给政府工作？"伊什瓦怀疑地望着他，指指身后自己刚刚离开的那栋大楼。

"不是，怎么可能？我是为你我这样的老百姓工作的，为了帮你们弄到政府不想给你们的东西。所以我才有这个头衔：协调员。出生证明、死亡证明、结婚许可，什么样的许可和文书我都能弄来。你只要选好上面要写什么，我都能办出来。"他摘下眼镜，露出一个志得意满的笑容，却被接踵而来的六个大喷嚏给打断了。裁缝们连忙后退，以免被他喷到。

"我们只想要一张配给卡，协调员先生。那家伙却要我们拿男人的命根子交换！这算什么选择，在吃的和命根子之间二选一？"

"啊，他是想要计划生育证明。"

"没错，他是这么说的。"

"你看，自从宣布进入紧急状态以后，这个部门里就有了新规定

——每个官员都必须鼓励民众做绝育。要是名额没凑满,他就不能升职。怎么办呢,可怜的家伙,他也别无选择啊,不是吗?"

"可是这对我们不公平!"

"所以才需要我嘛,是不是?你要做的只是选好配给卡上要写的名字,最多六个人,地址随便你。费用是两百卢比。现在付一百,等你拿到卡之后再付一百。"

"可我们没这么多钱啊。"

协调员说他们有钱了可以再回来找他,他会一直在这里。"只要有政府在,我就有工作。"他擤了擤鼻涕,回到了人行道的摊位上。

裁缝们打算走拉加拉姆指的那条捷径。他们沿着站台一溜小跑,直奔布满脚印与煤渣的荒地而去。他们望着火车缓缓驶离车站,消失在夜色中。伊什瓦说:"离马厩越近,疲惫的马儿跑得就越快。"小翁听了点点头。

他们在迪娜·达拉尔手下第一天的工作已经结束,十个小时的缝纫活儿让他们精疲力尽。被回家的人群裹挟着往前走,他们与众人共享这神圣的一刻——这是疲惫转变成希望的时刻。眼看就要入夜,他们打算向拉加拉姆借来炉子做点东西吃。他们将把计划和梦想编织成自己喜欢的式样,直到明早再去赶火车的那一刻为止。

站台的尽头有个向下的斜坡,与铁轨周围的碎石堆相接。永无止境的铸铁栅栏上那处至关重要的缺口就在此处,其中一根尖头栏杆在自然之手的作用下已经被腐蚀,随后人类之手略施绵力,把它掰坏了。

缺口离检票员所在的出口处有段不短的距离,男男女女会集在栅栏前,鼓胀的人群从缺口处一点点地流逝。有些人没有车票,手脚不得不更加灵便些,沿着铁轨跑出一段路,或光脚,或穿着破烂不堪的鞋子在锋利的煤渣和碎石上奔跑。他们在铁轨之间奔跑,迈开大步从一根破败的枕木跳到另一根破败的枕木上,跑到离车站较远的安全地带之后就翻

第四章 小麻烦

过栅栏。

小翁有车票,但他也想跟那些人一道意气风发地向着自由飞奔。他想自己若是孤身一人,也能一跃翻过栅栏。这时他看了身旁的大伯一眼,在他心里,大伯不仅仅是大伯,他永远也不能抛下大伯不顾。栏杆的尖头挺立在暮色中,仿佛是影子部队举着生锈的武器。没有票的那些人犹如远古的战士,冲破敌军的防线,从带倒刺的铁网上空飞过,仿佛永远不会落地。

突然,一队疲惫的警察在暮色中现出身形,包围了聚在缺口周围的人群。几名警官敷衍地在几个翻越栅栏的人身后追了一段路,随即作罢。他们当中唯一精神饱满的是名巡官,他挥舞着警棍大声发号施令,鼓舞士气。

"全抓起来!行动,行动,行动!一个都别放走!回站台上去,你们这些骗子!说你呢!"他说着用警棍一指,"别磨蹭!竟敢逃票坐车,看我不教训你一顿!"

裁缝伯侄试图跟警察解释——任何一名警察都行——说自己其实有车票,但他们的话语被周遭混乱的噪音淹没了。"拜托了,警官大人,我们只是想抄近路。"他们向离得最近的那个穿制服的人哀求,却还是被驱赶着跟其他人一起往前走。检票员伸出一根手指,责备地摇了摇,指着排成纵队、趿拉着脚步从他身边经过的俘虏。

来到车站外面,囚犯们被装进了警用卡车。落在最后的那几个人其实是被后挡板掀上车的。"我们完蛋了,"有人说道,"我听说按照紧急状态法,无票乘车要被关一个星期。"

他们汗流浃背地在卡车上待了一个小时,等着那名巡官在售票室处理事务。然后卡车沿着火车站前的道路开走了,巡官的吉普车跟在后面。他们开了十分钟,转弯来到一片空地,卡车的后挡板被猛然打开。

"下车!所有人都下车!下车,下车,下车!"巡官用警棍敲打着卡车轮胎高声吆喝,他似乎很喜欢把同样的话说三遍,"男的站这边,女的站那边！"他叫两伙人站成六排。

"所有人注意了！抓住自己的耳朵！快点儿，抓住！抓住，抓住，抓住！还等什么呢？现在做五十个蹲起！各就各位，开始！一！二！三！"他在队伍中来回巡视，监督膝盖弯曲的程度，嘴里数着数，不时猛然转身，检查有没有人在偷懒。一旦发现有人偷懒，没有完全蹲下，或者手放开了耳朵，他就会叫那人尝尝警棍的滋味。

"……四十八，四十九，五十！好了！要是再被我抓到你们逃票坐车，我保证治得你们求爷爷告奶奶！回家吧！快走！还等什么？走，走，走！"

人群很快便散了，大家纷纷打趣这次惩罚和那名巡官。"拉加拉姆这个傻帽儿，"小翁说，"从今往后我再也不相信他说的话了。去办张配给卡吧，这是他说的，容易得很。抄近路吧，节约时间。"

"啊，没事的。"伊什瓦轻快地说。在火车站时他可给吓坏了。"瞧，警察帮我们省了一段路呢，我们马上就到了。"

他们穿过马路，继续向棚户区走去。他们熟悉的大幅广告牌越来越近，上面的海报却变了样。"怎么回事？"小翁说，"现代牌面包和阿牟尔黄油哪儿去了？"

广告牌不见了，取而代之的是总理的画像，上面写着："意志如钢！努力工作！只有这些东西才能支撑我们！"海报上的形象非常典型，画的正是遍布城里大街小巷的那张面孔。她的面颊被涂成了电影院广告牌上的那种艳粉色。肖像的其他部分则画得更加糟糕。看她的眼神，仿佛体内奇痒无比，亟待挠一挠解痒。画家踌躇满志想要描绘慈祥的笑容，结果画走了样——挂在嘴角的笑容既像冷笑，又像严苛的女教官那种带着挖苦的笑容。她额头上那缕标志性的白发在黑发的映衬下原本格外醒目，此时却摊在头皮上，仿佛一只巨大的鸟儿不偏不倚地在那里拉了一泡屎。

"你看，小翁。她的表情像是吃了酸柠檬，跟你生气时的表情一模

第四章 小麻烦

一样。"

小翁做了一下那个表情，然后哈哈大笑起来。裁缝伯侄迈着沉重的步伐向棚户区走去时，那张巨大的面孔仍在向隆隆驶过的火车展示着它凝固的训诫，海报的另一侧则是在尾气的尘雾中仓皇行驶的公共汽车和小汽车。

他们正要打开棚屋的门锁时，头发贩子从自己屋里出来了。"你们两个调皮鬼，回来得这么晚。"他嗔怪道。

"可是——"

"没关系，这只是小麻烦。吃的马上就热好。我把炉子关了，因为再加热蔬菜就老了，"他回到屋里不见了，出来时端着平底锅和三只盘子，"烩蔬菜配烤饼，还有我拿手的五香小扁豆丸子配芒果酸辣酱，庆祝你们第一天工作。"

"这太麻烦你了。"伊什瓦说。

"嘁，这没什么的。"

拉加拉姆把吃的热了热，然后把四样饭菜在盘子上整齐地码成一圈递给他们。锅里还剩下不少吃的。"你做得太多了。"伊什瓦说。

"今天我手里有点余钱，所以买菜多了些，是给他们的，"他用胳膊肘指指另一边的棚屋，"那个醉鬼的小孩总是饿肚子。"

吃饭时，裁缝们向拉加拉姆讲述了警察抓逃票乘车者的经过。吃人嘴短，小翁讲话的语气比他原本打算用的语气柔和了许多，他把这件事讲成了一桩旅途趣闻。

拉加拉姆夸张地用手一拍额头。"我真傻呀——我彻底忘了提醒你们这码事。你们知道吗？警察已经好几个月没有抓过逃票了，"他又拍了一下额头，"有些人坐了一辈子火车都没买过票，你们俩第一天就被抓住了，而且你们明明有票的。"他说着笑了。

伊什瓦和小翁也觉得这件事很讽刺，也大笑起来。"只是倒霉而已。也许这是紧急状态下的新政策？"

"可那全是在装样子。假如他们真的要严抓,那名巡官为什么要把所有人都放走呢?"

拉加拉姆一边咀嚼一边思考,然后端来几杯水递给大家。"也许他们是没办法。我听说监狱里塞满了总理的敌人——工会成员、报社记者、教师、学生。所以也许是监狱里没地方了。"

他们琢磨这件事的时候,水龙头旁边传来一阵欢呼声。里面传来了汩汩的水声!还是在这么晚的时候!人们屏气凝神地望着出水口。几滴水落了下来,接着变成了一道细流。人们为水流喝彩加油,仿佛在为冲刺的赛马鼓劲,水流渐渐加了劲,流出饱满而稳健的水柱。真是个奇迹!棚户区的居民们纷纷鼓掌,兴奋地呼喊起来。

"这样的事以前也发生过一次,"拉加拉姆说,"我猜是自来水厂的人搞错了,开错了阀门。"

"这样的错误他们经常犯才好呢。"伊什瓦说。

女人冲到水龙头前尽情享受难得的水流。她们怀里的婴儿身上原本黏糊糊的,被清凉的流水一冲,开心得连声尖叫。年纪大些的孩子高兴得蹦蹦跳跳,忍不住手舞足蹈起来,期盼着将身体尽情淋湿,而不必巴望着黎明时拮据的几杯清水。

"也许我们也该趁这个时候打点儿水,"小翁说,"给早上节约点时间。"

"算了,"拉加拉姆说,"让小孩子玩吧。谁知道他们什么时候才有机会再遇上这种事呢。"

庆祝活动持续了不到一个小时,水龙头忽然干涸了,跟出水时同样突然。满心期待地往身上打了肥皂的孩子们只好擦掉肥皂沫,失望地上床睡觉了。

接下来的两个星期里,贫民窟的大房东在空地上又建起了五十座东倒西歪的棚屋,纳瓦尔卡尔一天之内就把房子租了出去,这一带的人口

第四章　小麻烦

顿时翻了倍。这下，沟渠边的恶臭永远在棚屋间萦绕不散，比烟火味更加呛人。小小的棚户区与马路对面庞大的贫民窟彻底没了分界线，被纳入了那片人间地狱。早高峰时水龙头旁边骚乱不断。每天早上都有人因为插队而争论，有时会推搡，甚至爆发扭打，水罐打翻在地，母亲尖叫，孩童哭号。

雨季到了，下雨的第一夜，从屋顶漏下来的水打湿了被褥，把裁缝们弄醒了。他们瑟缩在房间里唯一干爽的角落。大雨在他们身边倾盆而下，均匀的水流渐渐勾起了他们的倦意。后来雨变小了，漏进来的水从水流变成了恼人的水滴。小翁开始默数雨滴。他数到一百、一千、一万，他数着、算着、记录着水滴数，仿佛只要数目足够大，就可以把雨水烘干。

他们最后没怎么睡。到了早上，拉加拉姆爬上房顶检查铁皮，帮他们在漏水的地方铺了一块塑料布，但是不够宽。

那个星期晚些时候，他们从迪娜·达拉尔那里拿到了酬金，颇受鼓舞，伊什瓦打算去采购一番，买一大块塑料布，再买些别的东西。"你看怎么样，小翁？这下我们可以把房子布置得舒服些了，是不是？"

他的建议换来的是一阵阴郁的沉默。他们在人行道上的小摊前停下脚步，摊位上卖的是塑料碗、盒子以及各式各样的餐具。"我说，我们买什么颜色的盘子和杯子好呢？"

"无所谓。"

"买条毛巾吧。那条黄色带花的，怎么样？"

"无所谓。"

"你想不想买双新凉鞋？"

"无所谓。"又是这句话，伊什瓦终于失去了耐心："你这几天是怎么了？在迪娜女士家你总是犯错，还顶嘴。做裁缝活你也不上心。我问什么你都说无所谓。用点儿心啊，小翁，用点儿心。"他匆匆结束了采购，伯侄俩提着两只红色的塑料桶、一个煤油炉、五升煤油和一包茉莉花味的熏香往家走去。

他们听见前面传来熟悉的"嘟嘟哒、嘟嘟哒"的声音，是耍猴人的拨浪鼓。他一转手腕，穿在绳子上的鼓珠就在鼓面上跳动起来。他并不是在招揽观众，只是在为回家的路途伴奏。一只棕色的小猴子坐在他肩上，另一只则无精打采地缓步跟着。那条皮包骨的狗远远跟在后面，不时停下来闻一闻，咀嚼曾经包过食物的报纸。耍猴人吹声口哨，唤声"蒂卡"，那条杂种狗便迈着小碎步跟了上去。

猴子们开始欺负蒂卡，揪它的耳朵，扭它的尾巴，掐它的阴茎。它带着不失尊严的泰然神情忍受着折磨。直到小翁摇摇晃晃提在手里的红色塑料桶吸引了猴子的注意力，那条狗才得到暂时的解脱。猴子们决定去一探究竟，便跳进了桶里。

"莱拉！马什努！别这样！"主人扯扯手里的绳子训斥道。猴子们从桶沿探出头来。

"不要紧，"小翁觉得它们调皮的举动很有趣，"让它们玩吧。它们肯定卖力工作一整天了。"

裁缝伯侄、耍猴人和他的动物们结伴前行，伴着拨浪鼓催眠般的"嘟嘟哒、嘟嘟哒"向棚户区走去。莱拉和马什努很快玩腻了那只水桶，开始往小翁身上爬，坐在他肩上、头上，从他胳膊上吊下来，抱住他的腿。他一路哈哈大笑着走回家，伊什瓦也露出开心的笑容。

与猴子们分别之后，小翁轻松愉快的心情消失殆尽，他重新陷入了闷闷不乐的情绪。拉加拉姆正在棚屋外分拣袋子里的头发，小翁向他的方向投去嫌恶的一瞥。黑乎乎的头发堆看上去像一堆乱蓬蓬的人头。

拉加拉姆见他们提着东西回来，便恭维道："你们总算踏上致富的道路了，我真为你们高兴。"

"要是你觉得这就是致富的道路，只怕你该配眼镜了。"小翁毫不客气地说完，回屋铺开了铺盖。

"他这是怎么了？"拉加拉姆委屈地问。

"我猜他只是累了。不过听我说,今天你一定要跟我们一起吃饭,庆祝我们买了新炉子。"

"这么够意思的朋友,我怎么能拒绝呢?"

他们一起做了饭,做好之后叫小翁来吃。吃到一半,拉加拉姆忽然问能不能借给他十卢比。这个请求完全出乎伊什瓦的预料。他一直以为头发贩子这一行的生意很兴隆,因为过去两个星期里拉加拉姆谈起生意总是很有热情。

他心中的犹豫定是在脸上有所流露,因为拉加拉姆又说道:"不出一个星期我就还给你,别担心。眼下生意周转得有点慢。不过最近流行起了新的女式发型。所有人都会剪短发的。那些长长的辫子保证会掉进我怀里来。"

"别再说头发了,"小翁说,"说得我直反胃。"吃完晚饭,他没有跟他们一起坐在屋外抽烟,而是说自己头疼,先上床了。

一个小时后,大伯走进小屋,站在原地盯着小翁的后脑勺看了一会儿。可怜的孩子,他背负着多么沉重的可怕回忆啊。他探身一看,发现小翁睁着眼睛。"小翁,头还疼吗?"

小翁呻吟了一声,说还是疼。

"忍一忍,小翁,头疼会好的,"为了哄侄子开心,他又说,"我们的幸运星最终一定会到达正确的位置。一切都会好起来的,不是吗?"

"你怎么能对这种假话信以为真,还总是重复?我们住的房子又脏又臭,工作又那么糟糕,那个迪娜女士像兀鹫一样监视着我们,骚扰我们,连我们什么时候吃饭、什么时候打嗝她都要管。"

伊什瓦叹了口气,侄子又陷入了难以缓和的糟糕心境。他从茉莉花熏香的包装袋里取出两支香点燃。"这样能让家里的味道好闻些。好好睡一觉,明天早上你的头痛就会好的。"

那天深夜,小风琴手的乐声归于沉寂、蒂卡停止吠叫之后,只剩下头发贩子棚屋里的响动仍搅扰得小翁无法入眠。棚屋里来了外人。一个女人咯咯直笑，接着拉加拉姆大笑起来。很快他便喘起了粗气，那声音穿过胶合板墙壁折磨着小翁。他想象着他们在一袋袋令人毛骨悚然的头发之间赤身裸体的情景，身体扭曲成电影院情色海报上的姿势。他想到了水龙头边的尚蒂，她熠熠生辉的美丽头发，她把黄铜水罐举到头顶时绷紧的上衣，想到了自己跟她到铁路旁的树丛里所能做的那些事。他看了熟睡的大伯一眼，起身下床，来到棚屋侧面自慰。隔壁的女人正好要走，他躲在阴暗处，直到她离开后才出来。

他后半夜才睡着，却又被刺耳的尖叫声惊醒。这次伊什瓦也醒了。"天哪！那是什么动静？"

他们来到屋外，碰到了拉加拉姆，他脸上带着满足的笑容。小翁怒视着他，心里半是嫉妒半是鄙夷。整排棚屋都有人从屋里出来。消息很快传开，说有个女人在生孩子，于是大家便回屋睡了。又过了一阵，尖叫声停了。

到了早上，他们听说凌晨时生了个女孩。"我们去向他们道喜吧。"伊什瓦说。

"你愿意去就自己去吧。"小翁阴郁地说。

"喂，别这么不开心，"大伯把他的头发揉得乱蓬蓬的，"我会给你找个媳妇的，我向你保证。"

"要找给你自己找，我才不需要呢。"他躲到大伯够不着的地方，抓起放在行李箱上的梳子，好把发型复原。

"我过两分钟就回来，"伊什瓦说，"然后我们就去上班。"

小翁坐在门口，手指摩挲着一块雪纺绸，这是他昨天从迪娜·达拉尔家地上的边角料当中捡起来放进口袋的。这料子多么舒服啊，像水那样从他指间滑过——生活为什么不能这样柔滑、顺利呢？他用布料轻拂自己的面颊，看着醉鬼家那几个孩子跑来跑去，在尘土里打滚，打发时间，等着母亲带他们出去乞讨。一个孩子找到了一块形状奇怪的石头，拿给兄弟姐妹们看。接着他们又去赶乌鸦，那乌鸦正在一堆腐烂的东西里翻找着什么。那只胆大的鸟不肯飞走，蹦蹦跳跳围着打转，不断地返回那堆恶臭的美味旁边，逗得孩子们更起劲了。他们怎么能这么开心呢？小翁想不通——满身污渍、衣不蔽体、饥肠辘辘，脸上生了疮，身上尽是皮疹。在这样恶劣的环境中，有什么事值得让人发笑呢？

他把雪纺绸放回口袋，信步来到耍猴人的棚屋。莱拉正在给马什努梳毛，他便蹲坐下来看着。不一会儿它们便跳到他肩上，开始用婴儿般细瘦的手指给他梳理头发。

耍猴人见小翁并不在意，便笑笑由它们去了。"它们也会对我这样做，"他说，"这表示它们喜欢你。这是保持头皮清洁的最好办法。"

莱拉在小翁头发里找到了什么东西，捏在手里查看。马什努从它爪子里把那东西夺走，放进了自己嘴里。

去迪娜·达拉尔的公寓的路上，小翁租了一辆黑色的大力神牌自行车。车的后座架上带弹簧，甚是神气，车头还有只亮闪闪的车铃。

"可是你要自行车干什么啊？"伊什瓦一遍遍地问。侄子只是狡黠地一笑，看着店主用扳手调整车座高度。

"我们给她做缝纫活已经有一个月了，"小翁说，"时间足够长了，我想出了一个计划，"他捏捏轮胎，检查是否打足了气，然后推着车来到马路上，"今天是她去出口公司的日子，对吧？我要骑着自行车跟踪她坐的出租车。"他抬起一条腿轻巧地跨上车座，骑车走了。

"当心点儿，"伊什瓦说，"路上车多，这里可不是我们村里的马路，"他在人行道上加快脚步跟了上去，"这个计划不错，小翁，但是你忘了一件事——她门上有挂锁。你怎么出得去呢？"

"你就等着瞧吧。"

小翁情绪高涨，跟大伯并肩前行，他不再蹬车，而是让车子依靠惯性往前溜。挡泥板哗啦作响，车闸也没力道，不过车铃倒是好使得很。"丁零零、丁零零"，他用拇指不停地拨动车铃，"丁零零"。他志得意满，骑着叮当作响的自行车冲进了车流,仿佛仅凭两个车轮就可以将他的生活驶上正轨。

他回到安全的路缘旁边,伊什瓦这才松了口气。侄子的谋划实在荒唐,但伊什瓦见侄子乐在其中,不由得也跟着高兴起来。他看着小翁将车把左摇右晃,不时倒踩脚蹬,以免骑得太快。车座上的小翁正在表演一场复杂的舞蹈——在缓慢前行的同时仍然保持平衡的舞蹈。伊什瓦盼着他不久之后就放弃这个疯狂的念头,将同样的才能投入努力为雇主缝纫的舞蹈当中。

在小翁的敦促下,伊什瓦坐到了后座架上。他侧身坐着,双腿向前伸。他的脚离地面只有几英寸高,凉鞋不时摩擦在路面上,他们就这样骑车前行。小翁的乐观情绪伴着连续不断的"丁零零"流露出来。有那么一会儿工夫,整个世界都尽善尽美。

很快,裁缝们来到了那个坐轮板的乞丐所在的街角附近。他们停下车,丢给他一枚硬币。硬币落在空荡荡的铁皮罐里,发出一声脆响。

他们把自行车藏在离迪娜·达拉尔家有段距离的安全地带,放在一个布满蜘蛛网、散发着尿味和私酿酒气味的楼道里。他们用链锁把自行车锁在一根废弃的输气管道上,走出楼道,拂去手上脸上那些看不见的蛛丝。似有若无的蛛丝继续纠缠了他们一阵。他们反复伸手去摸额头和脖颈,拂去早已不在那里的蛛丝。

迪娜的手指蝴蝶般上下翻飞,把送去再会出口公司的裙子叠好。她检查了纸样,确认所有纸样都在。那位经理反复强调它们的重要性。"就是豁出性命也要把纸样保留妥当,"古普塔太太总是这样说,"要是落到别有用心的人手里,我的整个公司就完蛋了。"

迪娜觉得这样说有些夸大其词。不过,每当她检查上衣、衣袖和衣领的棕色纸样时,总会觉得自己的躯干、手臂和脖颈也承受着某种莫名的风险。最近,她隐约觉得古普塔太太变得傲慢了起来,这位经理似乎意识到她们的社会地位并不平等，不再从桌边起身跟迪娜打招呼、送她离开，也不再为她提供茶水或是芬达。

迪娜紧张的手指又回到那摞叠好的衣服上，随便拿起一件，检查线缝和褶边。这批衣服能够通过古普塔太太的检验吗？会有几件被退回呢？裁缝们神仙般的手艺回到了凡间，他们现在的手工纰漏不断。

小翁从自己所在的角落打量着迪娜，她每个星期都要将这些焦躁的举动重复一番。他的思绪转向了另一件需要他鼓起勇气做准备的事，那个时刻越来越近了。

就是现在。

迪娜扣上了手提包的搭扣。

他用剪刀戳向自己左手的食指。

疼痛比预期的更加剧烈，让他暗中吃了一惊。他原本以为自己做好了心理准备便不会那么痛的，就好比意料之中的愉悦感在真正到来的时候会被削弱那样。鲜血喷涌而出，划出一道鲜红的弧线，落在黄色的巴厘纱上。

"噢，我的天哪！"迪娜说，"你是怎么搞的？"她从地上抓起一块碎布按在他伤口上，"把手举起来，举高，不然血会流得更多。"

"天哪！"伊什瓦说着把弄脏的衣料从缝纫机针脚底下撤了出来。就在他以为侄子有了长进的时候，小翁却干了这样的事。小翁一门心思想要找到那家出口公司，这可不是好事。

"快，把那件衣服放进桶里泡上。"迪娜说着从医药箱里找出安息香酊，为小翁涂上许多。伤口并没有她想象的那样严重，只是出了不少血。她松了口气，训斥起他来。

"粗心大意的孩子！你想干什么呀？你的脑子呢？像你这么瘦的人流这么多血可不是闹着玩的。你不管干什么，总是气呼呼、毛手毛脚的。"

小翁还没从剪刀干的好事中缓过神来，最多只能不温不火地瞪她一眼。她涂在他手指上的金棕色液体散发出浓烈的芳香，他很喜欢这种味道。血流渐渐变成血滴之后，迪娜用胶布把一团药棉紧紧地贴在他的伤口上。

"你的手指头害得我要迟到了。这下经理保证要生气了。"她并没说衣服染了血要损失多少钱。还是先看看那块巴厘纱还能不能补救，再商议赔偿事宜比较好。她把那捆衣服提到门口，拿起了挂锁。

"疼得厉害，"小翁说，"我得去看医生。"

伊什瓦这才明白：剪刀和手指相遇是侄子荒唐计划的一部分。

"这点小伤就要去看医生？别娇气，"迪娜说，"把手举起来歇一会儿就没事了。"

小翁装出疼痛难忍的样子，面孔都扭曲了。"要是我听了你的建议，手指烂掉了怎么办？我保证要算在你头上。"

迪娜怀疑他是装出来的，目的是下午偷懒不干活，但他的话在她头脑中埋下了不安的种子。"我才不管呢——你想去就去呗。"她简短地说。

跟这两个家伙打交道带来的压力、他们敷衍的手工、他们的拖延都让迪娜感到身心疲惫。古普塔太太迟早会取消订单的。唯一的问题是究竟哪一样会先离她而去，裁缝还是她的健康？她想象着两个漏水的水龙头：一个写着"金钱"，另一个是"理智"。两个水龙头都在滴水。

谢天谢地，马内克·科拉明天就来了。至少他房间的租金是一笔稳定的收入。

小翁远远地观察着她，把戳破的手指举高，等着迪娜坐上出租车。接着，在成功的气息的激励下，他冲向了藏自行车的地方。

等他打开车锁，把车从楼梯下面推出来的时候，出租车早就没影了。他急忙赶到边道上——出租车正在那里等红灯。

他追了上去，跟出租车之间隔着两辆车。他既要让她保持在自己的视线内，又要确保自己在她的视线以外。他加速，减速，躲在公共汽车背后，疯了似的变换车道。汽车纷纷鸣笛抗议。人们朝他大喊大叫，比出粗鲁的手势。他不得不对那些人视而不见,将全部的精力集中在出租车和自行车上。

他对于跟踪抵达目的地充满了信心,激动得颤抖起来。那种心悸的感觉十分奇特,其中既带有猎人的激动又带有猎物的惊悸。

小路汇入主干道,车流密集起来,车辆交错,人人气急败坏——他从没遇见过这样的阵势。不出几分钟,他就心灰意冷、直喘粗气了。出租车被他跟丢又追上,如此反复六次,离他越来越远。黄黑相间的菲亚特牌出租车在街上成群结队,全长得一模一样。笨重的计价器在车左侧支出来,更为他的任务增添了难度。

小翁昏了头,动作也慌乱起来。清早从火车站出发骑行的那一小段路并不足以让他做好准备面对正午时分混乱的交通状况。清早的交通状况就好比动物们无精打采地趴在动物园的笼子里,此刻却像是突然在丛林里撞见它们。他最后拼尽全力一试,打算从两辆轿车中间挤过去,结果被从自行车上撞了下来。人行道上的人尖叫起来。

"老天爷啊!这可怜的孩子完蛋了!"

"给撞死啦!"

"当心啊,他的骨头可能给撞断了!"

"抓住那个司机!别叫他跑了!揍那个混蛋一顿!"

平白让大家担心一番,小翁觉得过意不去,便拖着自行车站起身。他的胳膊肘擦破了,一只膝盖也磕出了淤青,不过除此以外没有受伤。

这下轮到司机发脾气了。他原本瑟缩在车里,这时壮起胆子下了车。"你没长眼睛啊?"他尖叫道,"你看不见路吗?把人家的财产都给撞坏了!"

一名警察赶来,低三下四地查看坐在车里的乘客。"您没事吧,大人?"小翁在旁边看着,既茫然又害怕。引起交通事故的人会被关进监狱吗?他的手指又开始流血了,跳痛得厉害。

车后排座上倚着个穿赭色猎装的男人,他掏出钱包给了警察一些钱,然后把司机叫到窗口。司机往小翁手里塞了些东西。"快走吧!以后小心点儿,不然你早晚要搞出人命的!你长着眼睛倒是看路啊!"

小翁低头一看,他颤抖的手里拿的是五十卢比。

"走吧,你这臭小子!"警察冲他喊道,"拿上你的自行车,把路让开!"他挥挥手让那辆车通过,送别贵宾似的向它敬了个最标准的军礼。

小翁推着自行车走到路边。车把变了形,挡泥板也比原来响得更厉害了。他拍掉裤子上的灰尘,查看袖口上的黑色油污。

"他给了你多少钱?"人行道上有人问他。

"五十卢比。"

"你起来得太快了,"那人不以为然地摇摇头,"不要那么快就起来。尽量趴在地上,再来点儿痛苦的呻吟声。大声叫医生,叫救护车,尖叫,大喊,怎么都行。像这样的车祸,你至少能搞到两百卢比。"听他说话像是专业人士,扭曲的臂肘垂在他身侧,仿佛是他的从业资格证。

小翁把钱装进口袋,用膝盖夹住前轮,猛扯车把将前轮扳正。他推着自行车走进一条小巷,把仍在分析他这场车祸的人群抛在身后。

回公寓去也没用,挂锁还挂在门上,又黑又重,像牛儿被阉掉的阴囊。他也不愿提前把自行车还回去——当天的租金已经预付了。他后悔自己早上没有听大伯的话。但他事先设想这一连串事情的时候,整个计划看上去是那样完美,散发着成功的光芒,犹如车把上闪烁的阳光。想象力这东西真是危险。

交通状况略有好转之后,他跨上自行车,骑上了一条通向海边的路。此时他既不是猎物也不是猎人,终于可以尽情享受骑车的感觉了。学校外面卖棉花糖的小贩发出的铃铛声传入他耳中。他停下车,眯缝着眼睛打量那人挂在胸前的玻璃容器,从最干净的那一面望进去,隐约看见了粉、黄、蓝色相间的棉花糖球。

"多少钱?"

"二十五派萨一个。也可以付五十派萨试试抽奖——奖品是一到十个糖球。"

小翁付了钱,把手伸进棕色的抽奖纸袋。抽出的纸条上写着个潦草的"2"。

"要什么颜色的?"

"一个粉的,一个黄的。"

那人啪嗒一声打开圆形的盖子,伸手去拿糖。"不要那个,要旁边那个。"小翁指挥道。

甜丝丝、软绵绵的糖球在他嘴里很快融化了。我果然挑了个大个儿的粉色糖球,他这样想着,心中十分得意,从那五张哗啦作响的纸币中抽出了一张十卢比。那人把手指在脖子的挂绳上擦了擦,接过了钱。小翁接过找的零钱,继续向海边骑去。

来到海滩上,他在一座高大的黑色石头雕像前停下,阅读凿刻在底座上的名字。铭牌上说那人是位民主卫士。小翁在历史课上学到过这个人,讲的是关于独立运动的故事。历史书上的照片比这座雕像更顺眼些,他心想。他将自行车停靠在底座旁,自己在雕像下面乘凉。底座四周贴满了海报,宣扬紧急状态的好处。总理的面孔是必须出现的,而且十分醒目。旁边用小字解释了为什么要暂时禁止人们行使基本权利。

他看着甘蔗摊上那两个男人在沙滩上榨甘蔗汁。一个人把甘蔗秆送到碾轮底下,另一个则摇动把手。后者没穿上衣,肌肉起伏抖动,皮肤上的汗水闪闪发亮,鼓足了劲在机器旁劳作。他的工作更辛苦些,小翁心想,但愿那两人是换班工作的,不然这种合作关系就不公平了。

泛着泡沫的金黄色果汁引得小翁直流口水。尽管口袋里有钱,他仍然有些犹豫。他最近听说了几桩传闻,说巴扎集市上有个甘蔗摊把一只蜥蜴跟甘蔗一起榨成了汁。人们说这只是无心之失——那个小东西很可能只是钻进机器想舔一舔甜甜的拉杆和齿轮,不过许多顾客都因此中了毒。

有关蜥蜴汁的念头时不时溜进小翁的脑海,与装满金澄澄的果汁的玻璃杯交替出现。最终蜥蜴占了上风，彻底压制住了喝果汁的欲望。不过他买了一根甘蔗秆，削了皮，切成许多小段。他开心地大口嚼着甘蔗，一段接一段地嚼出里面的果汁。他把粗糙的甘蔗渣都吐到一处，整齐地堆在雕像脚下。他的下颔很快就累了，不过那酸痛的感觉跟甜味一样让他感到满足。

嚼干了汁水的甘蔗渣引来了一只好奇的海鸥。他再吐甘蔗渣时便瞄准那只海鸥吐了出去。鸟儿躲开了他发射的导弹，在浸软的残渣中啄食翻找，把那堆整齐的甘蔗渣翻得散落满地之后才不以为然地转身离开。

最后一段甘蔗小翁没有嚼，直接朝那只鸟丢了过去。海鸥重新来了兴致。它仔细研究那块甘蔗，怎么也不肯相信自己的鸟喙没法吃下甘蔗。

一个流浪街头的小女孩赶走海鸥，夺走了它的战利品。她拿着甘蔗来到果汁摊前，放进摊主用来涮洗脏玻璃杯的水桶，洗掉了沾在上面的沙子。小翁看着她啃甘蔗，渐渐困倦起来。他真希望自己能跟那个头发黑油油的漂亮姑娘尚蒂到这里来。他会买两人份的咸辣爆米花和甘蔗跟她一起吃。他们会坐在沙滩上看着海浪。然后太阳落山，微风渐起，他们会依偎在一起。他们会并肩而坐，彼此相拥，然后，当然是……

他幻想着，渐渐睡着了。醒来时阳光依旧猛烈刺眼。租车时间还剩下一个半小时，不过他决定现在就把车还回去。

伊什瓦很确定侄子肯定达到了目的，小翁在缝纫机旁坐下时脸上那怡然自得的笑容就是个暗示。

迪娜几个小时前就回来了，这会儿数落起他来。"你根本就是在浪费时间。到城里闲逛去了是不是？你那位医生离得有多远啊——在斯里兰卡最南端吗？"

"没错,是哈奴曼神[1]驮着我在天上飞过去的。"他还嘴道,心里琢磨着她有没有看见自己骑自行车跟踪她。

"这家伙越来越牙尖嘴利了。"

"太牙尖嘴利,"伊什瓦说,"要是他不小心点儿,只怕还要受伤。"

"说是要烂掉的手指头怎么样了?"她问,"掉了没有啊?"

"好些了。给医生看过了。"

"那就好。那就干活吧。踏板踩起来,要做的衣服多着呢。"

"好的太太,这就来。"

"我的天哪。不顶嘴了?医生给你开了什么药,这么管用?你应该每天早晨都吃点儿。"

每天的最后一个小时本是最难熬的时光,今天却是在出乎他们意料的说笑声中度过的。为什么不能每天都这样度过呢,迪娜向往地想。裁缝们离开前,她趁着他们心情好,让他们帮自己把一部分家具从卧室挪到了缝纫室里。

"您要重新布置公寓吗?"伊什瓦问。

"只是布置这个房间。我要为房客做好准备。"

"对,那个职校学生。"小翁想起来了。他们卷起床上的床垫,把床架和床板抬进房间,重新铺上床垫。为了给床腾地方,缝纫机、板凳、工作台摆放得更挤了。"他什么时候来?"

"明天晚上。"

裁缝们离开后,迪娜独自坐在缝纫室里,借着电灯的光亮凝视着飘浮在空中的棉絮和纤维。从再会公司的纺织厂运来的布料上了很多浆,布料腻人的甜味与裁缝们的汗味和烟草味混杂交织。当他们忙碌的身影充斥着这个房间的时候,她很喜欢这种气味。但到了寂静无人的夜晚,这气味就变得令人压抑起来。布匹散发出刺鼻的气味,弥漫在凝重的空

---

1. 印度教神话中的形象,印度史诗《罗摩衍那》中的神猴。

气中，让人头脑里充斥着昏暗的工厂、病恹恹的工人和凄惨的生活。每到这个时候，她自身的空虚感也尤为明显。

"那么，那家公司叫什么名字？"伊什瓦问。

"不知道。"

"地址呢？"

"不知道。"

"那你高兴什么呢？你巧妙的计划什么成果也没有啊。"

"耐心点儿，耐心点儿，"他模仿大伯的语气说道，"我有成果的。"他神气地掏出钱来，讲述了自己这天下午的奇遇。

伊什瓦大笑起来。"也就只有你才能遇上这种事。"伯侄俩的神情看上去都不失望——可能是钱的缘故，也可能是跟踪失败的缘故：假如真的找到出口公司，他们将要面对一些艰难的抉择。

他们回到家时，一座计划生育流动诊所在棚户区外面停了下来。贫民窟的居民大多躲得远远的。工作人员在发放免费的避孕套，分发有关计划生育措施的宣传册，向人们解释奖金之类的鼓励办法。

"也许我应该去做手术，"小翁说，"换台宝树牌收音机。而且这样食品配给卡也有着落了。"

伊什瓦使劲打了他一下："不许拿这种事开玩笑！"

"怎么了？反正我也不结婚，还不如搞台收音机呢。"

"我叫你结婚你就乖乖结婚。不许顶嘴。一台破收音机有什么稀罕的？"

"现在人人都有收音机。"他脑海中浮现出沙滩上的尚蒂，暮色渐暗，收音机为他们奏响了小夜曲。

"人人都往井里跳，你也跟着跳吗？学来了大城市的那套做派——把我们小镇里那些善良淳朴的老规矩全忘了。"

"既然你不想让我去，那就换你去做手术吧。"

"真不害臊。拿我的命根子去换台破收音机？"

"不是啊，老兄，他们不是要你的命根子。医生只是把身体里的一根小管切断。你甚至都没感觉。"

"谁也别想对我的卵袋动刀子。你想要收音机？那就努力给迪娜女士干活赚钱去吧。"

拉加拉姆朝他们走来，把他刚从诊所领来的避孕套拿给他们看。他们只给每个人发四个，他想问问，如果裁缝们不用的话，能不能替他领几个。"谁知道宣传车什么时候才会再到这里来呢。"他说。

"你房事频繁还是怎么着？"小翁嘴上调笑，心里却颇为嫉妒，"今晚不会又吵得我们睡不着觉吧？"

"真不害臊！"伊什瓦说着作势要打他，他一闪身溜去看猴子了。

迪娜把科拉太太随第一个月房租支票一同寄来的信又读了一遍，支票上的日期预填了马内克入住的日期。一条条注意事项列满了三张信纸，解释了如何才能把阿班·科拉的儿子伺候得舒舒服服。里面关于早饭的提示是：煎蛋要多放黄油，让鸡蛋漂起来，因为他不喜欢鸡蛋外圈粘在锅底煎老了的口感；炒蛋要做得轻盈蓬松，出锅前还要加些牛奶。"他呼吸着山区健康的新鲜空气长大，"信上继续说道，"他的饭量很大。不过给他的鸡蛋请不要超过两个，即使他要也不给。他必须学会平衡膳食。"

至于学业，阿班·科拉写道："马内克是个勤奋的好孩子，但他有时候容易开小差，麻烦你每天提醒他做功课。"此外，他对衣服也很讲究，怎样浆洗、怎样熨烫都有要求；要想让他生活舒适，必须有个合格的洗衣工才行。另外迪娜可以叫他马克，因为家里人都是这样叫他的。

迪娜哼了一声，把信放到一边。鸡蛋泡在黄油里煎，不得了啊！合格的洗衣工，还想要什么！那孩子上个月来看房时看上去并不像他母亲在信中描述的那样。但事情总是这样——人们很少能看见自家孩子的真实面目。

为了为马内克的到来做准备,迪娜收拾了房间,把自己的衣服、鞋子、零碎摆设全拿出来,在缝纫设备之间腾出空来放这些东西。她把自制卫生巾和小块的碎布放在茶桌上的大箱子里。大块的剩余布料被放进橱柜底层,她打算最近设计一条拼花被。宝塔形的阳伞还放在原来的地方,就挂在房客房间的橱柜顶上,放在那里应该不会影响他。

她曾经的卧室已经腾空,只待马内克·科拉入住。她的新卧室则——糟糕透顶。她心想,我很可能躺着睡不着,喘不上气,被一摞摞的布料团团围住。但她不可能安排租户住在缝纫机室,那样他准会逃回学校宿舍去的。

她从床下的包裹里挑出几块布,坐下来开始做拼花被。她专注于手头的活计,心中对于明天的焦虑渐渐退去了。真荒唐,她心想,自己怎么可能跟阿班·科拉以及她在北部的奢华豪宅相比。把卧室让给马内克已经是她能做出的最大牺牲了。

第五章

群　山

马内克·科拉把行李从学校的宿舍全部搬到迪娜的公寓后，已是大汗淋漓。她望着他悄无声息地搬动行李箱和纸箱，又轻手轻脚地把东西放下，心想，他的手臂多么结实强壮啊。

"净是汗，"他说着擦了一把额头，"我得洗个澡，达拉尔太太。"

"这么晚了洗澡？你在开玩笑吧。已经停水了，你只能等到明早了。还有你怎么又叫我达拉尔太太啊？"

"不好意思——迪娜阿姨。"

真是个标致的小伙子，她心想，笑起来还有酒窝。不过依她看，他应该把上唇那几根胡须刮掉，它们铆足了劲也没能长成像样的胡子。"我可以叫你马克吗？"

"我讨厌那个名字。"

他打开行李，换了衣服，然后他们一起吃了晚饭。吃饭时，有一次他抬起头，与她目光相接，又忧伤地笑笑。他吃得很少，迪娜便问他食物合不合胃口。

"哦，是的，非常好吃。谢谢你，阿姨。"

"要是我哥哥努斯万见到你的盘子准会说，就是他养的小麻雀吃得这么少也会饿肚子的。"

"天气太热，实在吃不下了。"他带着歉意说。

"是啊，我猜跟山区那清新的气候比起来，这里肯定热得像开了锅，"她觉得他还是有些拘谨，"学校里面怎么样？"

"很好,谢谢。"

"但是你不喜欢宿舍?"

"不喜欢,那里乱哄哄的,没法学习。"

他们又沉默地吃了几口饭,然后马内克开口了:"我上个月遇见的那两名裁缝——他们还给你工作吗?"

"没错,"她说,"他们明天一早就来。"

"哦,太好了,能再次见到他们真不错。"

"是吗?"

马内克没听出她的话外音,只是和善地点点头。迪娜开始收拾桌子。"我帮你。"他说着推开椅子。

"不用了,没事的。"

迪娜把餐具送进厨房先泡着,等第二天来水的时候再洗。马内克看着她,这间公寓让他心情很沉重,上次来看房间时他也有这种感觉。他心想,谢天谢地,自己只住不到一年就走。可是对迪娜阿姨来说,这就是她的家。她与肮脏抗争,用整洁有序掩饰破败与贫困,这样的痕迹在房子里随处可见。在窗户上破掉的铁丝网上,在厨房被熏黑的墙壁和天花板上,在剥落的灰泥墙皮上,在她领口和衣袖的缝补处,他都能看到这种痕迹。

"你要是累了就上床吧,别等我了。"她说。

他听出这是个委婉的逐客令,便回到了自己的房间——这其实是她的房间,他愧疚地想——他坐着聆听后屋的响动,猜测她究竟在干什么。

迪娜上床之前把厨房的水龙头打开了,这样明天只要来水她就能马上被水声唤醒。她醒着躺了好长时间,琢磨着她这位寄宿房客。第一印象不错。他看上去并不挑三拣四,有礼貌,举止得体,而且话很少。不过他今天可能只是累了,也许明天他就会健谈起来。

马内克睡得一点儿也不好。有扇窗户不断被风吹得咣咣响,他不确定自己是否应该起来查看，担心在黑暗中把东西碰倒，或者惊扰了达拉尔太太。他辗转反侧，学校宿舍的可怕回忆在头脑中挥之不去。终于逃出来了，他心想，不过还是直接回家更好……

他起得很早，拧开的水龙头也成了他的闹钟。他刷完牙，回到房间里做俯卧撑，身上只穿着内裤。他并不知道迪娜已经在厨房忙完了，正透过半掩的门缝观察他。

迪娜赞许地望着他马蹄形的肱三头肌随着身体的起落时而鼓胀、时而放松，心想，我昨晚没看错，他的手臂确实很结实强壮，身材又这样健美。她羞红了脸——阿班可是我的同学……他这么年轻，都能当我的儿子了。她转身离开了门口。

"早上好，阿姨。"

她小心地回过身，见马内克已经穿好了衣服，不禁松了口气。"早上好，马内克。你睡得好吗？"

"很好，谢谢。"

她带他来到浴室，告诉他怎样用电热棒烧水，然后离开了。他关上门开始脱衣服，在狭小而陌生的空间里动作格外小心。热水冒出蒸汽，在水桶里翻涌。他用指尖试了试，然后把整个手掌连同手腕都伸了进去，这种温暖令他心情愉悦。他发现蒸汽之所以那样多、那样浓重，是由于雨季气候潮湿的缘故，跟这个时节弥漫在家乡的梦境般的云雾比起来，那蒸汽并不比雾气热多少。

他闭上眼睛，那景象便浮现在眼前：这个时候，雾气会梦幻地打着转，环绕着白雪皑皑的山峰。天光初现时是观察这种曼舞的最佳时刻，阳光不够强烈，尚未拂去梦幻的面纱。而他站在窗前，望着粉橙色的朝阳升起，想象着迷雾撩拨山峦的耳朵，或躲在它下颌底下，或为它编织一顶帽子。

不久，他就会听见楼下传来熟悉的声响，那是父亲打开店门、清扫门廊的声音。父亲会首先跟那几条在门廊过夜的流浪狗打个招呼。流浪狗从来不给他惹麻烦，爸爸跟它们有约在先：只要它们早上按时离开，就可以睡在这里捡些剩饭菜吃。因此只要天一亮，它们尽管有些不情愿，还是会在他脚踝处拱蹭几下，然后乖乖离开。厨房里，妈妈正在用油亮的煤球烧水，她泡茶、切面包，同时留意着炉子。

这时，平底锅冒着泡呲呲作响，煎蛋的香气渐渐飘到楼上的门廊。这令人胃口大开的秘密信使向马内克和父亲传递着无声的讯息。于是马内克抛下变幻莫测的云雾山水图，匆匆下楼吃早饭。他分别跟父母拥抱，向他们低声道一句"早上好"，然后在自己的位置上坐下。父亲有自己专用的大茶杯，总是端着那只茶杯站着，大口地喝茶。第一杯茶父亲总要站着喝，在厨房里走来走去，望着清晨窗外的山景。在马内克感冒或是学校考试的日子，他便可以用父亲的大茶杯喝茶，杯子是那样大，马内克总觉得自己永远也喝不完，喝不到底；但他还是不得不继续喝，只有这样他才能获得最终的胜利，看见杯底的星星图案，透过最后的茶水看见变了色的星星。他摇晃杯子时，星星便在杯底时隐时现……

马内克甩掉湿漉漉的小臂上的水，想关掉滴水的水龙头——垫圈老化了——然后出神地望着热水桶周围氤氲的水汽。思乡之情使他眼前又浮现出雾霭拂过山峦的景象，日晕掠过，一切重归虚无。他叹了口气，起身站在淋浴区周围砌的高台阶上，把衣服挂在毛巾旁边空着的钉子上。第三根钉子已经挂了一件胸罩，后面还挂着什么东西，是用粗糙的纱线织成的，像一只没有拇指的手套。他心生好奇，把那东西拿来查看。是块搓澡巾，他心想，然后从台阶上下来，拿起水舀，把桶里的水泼在自己身上。

就在这时他发现了虫子。是环节虫，他还记得生物课上学到的名字。它们数量惊人，成群结队地从下水道里爬出来，细长深红，在灰色的石头地面上闪着光，用催眠般的动作向前爬行。马内克望着它们，先是愣了一下，接着跳回了安全的防水沿上。

第五章 群　山

几个星期前，迪娜头一次听说泽诺比娅找到的寄宿房客是她们同学的儿子时，她的记忆一时无法跳转到多年以前，回忆起那张脸来。

"她下巴上有颗美人痣，"泽诺比娅提示道，"而且她的鼻子稍微有点儿歪。不过我觉得她那个样子很可爱。"

迪娜摇摇头，还是想不起来。

"班级合影你还有吗？我想想是哪一年，"泽诺比娅说完扳着手指数起来，"一九四六、四七、四八、四九——对，四九年。"

"努斯万不肯出钱让我买合影。你忘了爸爸死后我哥是怎么对待我的吗？"

"是啊，我知道。真可恶。逼着你穿长得不像话的校服，还有又笨重又难看的鞋子。你这小可怜。过了这么多年，我一想起来还是生气。"

"也是因为他，害得我跟所有人都断了联系。只有你除外。"

"对，我知道。他不让你参加课后合唱团、戏剧社、芭蕾舞团，什么都不让你参加。"

那天晚上她们沉浸在畅快的回忆中，因为过去干的蠢事、惹的麻烦而放声大笑。她们的笑声中时常夹杂着一丝苦涩，因为那是她们少年时的回忆。她们想起了自己最喜欢的那些老师，还有校长兰姆小姐，大家都叫她"拦不住"小姐，因为她总是在走廊里来回巡视。她们算了算自己六年级时多大年纪，那时她们刚开始上法语课，法语老师的绰号叫"斗牛犬小姐"，一周三次地折磨她们。所有人都以为这个绰号反映的是女学生们有多么刻薄，可实际上，她之所以获得这个绰号不仅仅是因为她长着肥厚的双下巴，更是因为她对待不规则动词和变位的态度就像斗牛犬那样争强好胜。

泽诺比娅离开后，迪娜舀出半碗大米，挑出了混在米粒里的沙子。最后一丝天光已尽，厨房里点亮了电灯。透过敞开的窗户，她听见一位母亲呼唤正在玩耍的孩子回家。接着炒洋葱的香味扑面而来。家家户户都开始做饭了。

煮米饭的时候她心想，回忆学生时代多么令人开心啊——比她最近沉思、出神时想的东西强多了，她想的往往是努斯万和露比、她父亲的房子，还有两个侄子薛西斯和扎里尔，现在他们都已经长大成人，一个二十一岁，一个十九岁，一年到头很难跟她见上一面。

吃完晚饭，她坐在窗边，望着马路对面卖气球的小贩逗引路过的孩子们。不知什么地方的收音机大声放起了《人民的选择》的主题曲。维贾伊·科雷亚的声音开始介绍第一首歌曲时，迪娜心想，八点了。她花了大约一小时做拼花被。上床之前她给衣服打了肥皂，放在水桶里，留着早上洗。

第二天晚上，泽诺比娅从维纳斯美发沙龙下班回家的路上又来到她家，从包里拿出一只大信封。"来，打开看看。"她说。

"呀，是班级合影！"迪娜惊喜地大声说。

"看看那时候的我们，"泽诺比娅伤感地说，"也就十五岁上下吧。"她指了指第二排的一个女孩。

"没错，现在我想起她来了。阿班·苏打瓦拉。不过在这张照片上看不见她那颗美人痣。"

"当时别的女生都笑话她那颗痣。还有一首难听的打油诗，不知是谁编的，你还记得吗？阿班·苏打瓦拉不优雅，该拿汽水[1]把脸擦。"

"下巴有个大黑点，用针挑掉才不碍眼，"迪娜接着说道，"我们那时候真傻啊，净说这些无聊的话。"

"是啊。可是到了十六岁，我们却开始一股脑地模仿她那颗美人痣了。我们多傻啊，还往脸上画美人痣。"

迪娜仔细端详着那张照片。"我对她印象最深的是四年级。八九岁的时候。当时我们三个总在一起玩。她跳绳特别厉害，是不是？"

"对，没错，"见她终于有了具体的回忆，泽诺比娅十分高兴，"'大

---

1. "苏打瓦拉（Sodawalla）"这个姓氏的字面意思是卖汽水的小贩。

写的麻烦'，老师们总这么叫我们，你还记得吗？"

她们接着昨天的思绪继续怀旧起来：回忆短课间休和长课间休时玩的游戏，互相编辫子的乐趣，欣赏彼此的发带，交换发卡。回忆胸部开始发育之后她们如何缩肩驼背，想把那令人难堪的凸起藏起来，或是穿上毛衣来掩饰，哪怕天气酷热难耐也不肯脱掉。她们讨论月经初潮，尚未习惯卫生巾时走路的姿势很不自然。她们拿想象中的男朋友和亲吻彼此打趣，幻想着在浪漫的花园里月下漫步。

但迪娜和泽诺比娅最大的感受还是惊异，在她们天真烂漫得无可救药的年代，几个女孩对彼此生活中的所有事情几乎一清二楚。"后来你父亲去世了，"泽诺比娅说，"你哥不许你交朋友。但是你知道吗，其实你也没错过什么——最后一个学年结束后，我们当中的大多数人都断了联系。"

中学毕业之后，她们的同学中有一些由于家境贫困而不得不去工作，有些去上了大学，有些则不许去，因为上大学只会妨碍这些女孩在不久的将来成为妻子和母亲——她们留在家里，在厨房里打下手。如果没有妹妹继续穿她们的衬衫背带裙校服，校服就会被裁成厨房的抹布，擦洗炉子、端热锅时当隔热垫用。当这些曾经的女学生偶然再次相遇时，她们会变得语焉不详，甚至吞吞吐吐。说起自己现在如何度日时，她们总带着一丝尴尬，仿佛她们集体背叛了自己的少女和童年时代。她们当中的大多数几乎对彼此的生活一无所知。

"你是唯一跟我保持联系的同学——你和阿班·苏打瓦拉，这是自然。"泽诺比娅说。

她继续讲述那名同学的故事：毕业考试之后不久，阿班在家族友人的介绍下认识了一个名叫法鲁赫·科拉的人，他在北部一座遥远的山区度假小镇上经营生意，来这座城市做客。苏打瓦拉家立刻相中了他。苏打瓦拉先生说那位帕西小伙子身材高大，站姿挺拔，风度不凡，肯定是由于山区那健康的生活习惯的缘故。苏打瓦拉太太则对那位小伙子白皙的肤色印象颇佳。不是欧洲人那种鬼似的惨白,她对朋友们如是说道,而是白皙中泛着金色。

苏打瓦拉一家觉得这桩婚事有眉目,便高明地选择在第二年去那座山区小镇度假。这个计划最终达到了他们想要的效果。阿班不仅爱上了法鲁赫·科拉,也爱上了当地的自然风光。后来她便结了婚,在那里定居下来。

"她还是会每年给我写一封信,从不间断,"泽诺比娅说,"我就是这样才知道她在给她儿子找房的。"

"我可真走运,"迪娜说,"谢谢你的帮助。"

"别客气。不过阿班在山里的小镇住了这么多年,天知道她是怎么熬过来的。尤其是她在我们这么漂亮的大城市出生、长大。说实话,换作是我,肯定会发疯的。"

"既然他们自家有生意,那肯定是有钱人。"迪娜说。

泽诺比娅则心存疑虑。"如今这世道,在山里开家小店,再有钱又能有钱到哪里去?"

不过,马内克的家族确实曾经富甲一方。拥有大片的庄稼地、苹果园、桃园不说,还曾跟军队签下了大有赚头的合同,为前线的兵营提供补给——这些都是法鲁赫·科拉继承来的遗产,而他经营有方,财产不断增加、翻倍,以备将来娶妻生子之用。

然而在他期盼已久的孩子降生之前,还有一场更加血腥残酷的分娩——一个国家一分为二,娩出了两个国家。一个外国人在地图上画下一条神奇的分界线,称之为新国境线,那条线落在土地上,化作一条血河。所有的果园、农田、工厂、企业都落在了错误的那一侧,面色惨白的魔法师轻挥魔杖,一切都消失得无影无踪。

十年之后,马内克出生时,法鲁赫·科拉受历史遗留问题所限,仍然要定期赶往首都的法院,与政府那错综复杂的赔偿方案纠缠不清,文件几经转手，外交官在两个国家之间来往穿梭。在奔波之余，他便帮妻子经营他们在镇上开的那家老式杂货铺。他曾经万贯家财，如今剩下的仅有这片小店，在变更地图的浩劫中，小店因为位于那条神奇界线正确的一侧而得以幸免于难。

此前多年，小店只是在惨淡经营，与其说他们是在做生意，不如说是在搞业余爱好或者经营社交中心。过去真正的收入都来自其他方面，而那些收入来源已经尽数消失。现在他们必须全力经营这家小店。

没想到阿班·科拉竟然是个颇有天赋的杂货铺掌柜。"这些事我轻松就能料理好，"她对丈夫说，"你有更要紧的事情要忙。"

她在柜台后面架起摇篮，确保自己不会跟孩子分开。她进货、记账、摆货架、招呼顾客，闲时则醉心于小店背后山谷的壮丽景致，对山居生活感到心满意足。

法鲁赫·科拉起初有些担心妻子会怀念热闹的城市和她的亲人。他担心异地生活的新鲜感终有一天会消耗殆尽，妻子会开始抱怨这里的生活。不过他的担心是多余的，随着时间流逝，她对这里的喜爱与日俱增。

摇篮很快就太小了，马内克绕着柜台爬来爬去，后来又在货架间蹒跚学步。科拉太太万般小心仍觉得不够。她担心孩子会碰掉东西，砸在他头上。不过，每当她不得不转身照顾生意时，顾客总会接过她的班，帮她照看孩子，哄孩子，陪他玩，用硬币、钥匙链或者自制的彩色围巾和披肩逗他开心。"看这里，宝宝！叮叮！宝宝，躲猫猫喽！"

到五岁时，马内克已经能自豪地帮父母打理店铺了。他站在柜台后面倾听顾客的要求，乌黑的头发刚好从柜台上边露出来。"我知道在哪儿！我去拿！"他说着，在科拉太太和顾客们慈爱的目光中跑去取东西。

第二年，他开始上学，晚上依然在店里帮忙。他自有一套接待常客的办法，把他们每天要买的东西——三个鸡蛋、一个面包、一小包黄油、饼干——提前准备好放在柜台上，只等顾客在惯常的时间来取。

"看看我儿子，"科拉先生自豪地说，"刚满六岁就这么有干劲儿，这么会安排。"他细细品味着心中的喜悦，望着马内克招呼顾客，与他们攀谈，讲述自己早上在学校班车上看见的那群好斗的叶猴，或是加入大人们一起讨论干涸的瀑布。马内克生于斯长于斯，自然也养成了小镇居民那种随和的个性，父亲见到他跟众人打成一片，不由得满心欢喜。

有时，黄昏时分店里人来人往，在妻子、儿子以及更像是邻居、朋友的顾客们的陪伴下，科拉先生几乎能够忘却自己失去的东西。没错，这时他会想，没错，生活还是很美好的。

科拉家的杂货铺出售报纸、几种茶叶、糖、面包和黄油；也卖蜡烛和腌菜、手电筒和电灯泡、饼干和毯子、扫把和巧克力、围巾和雨伞；还有玩具、拐杖、肥皂、绳子和别的东西。他们进货并不会细致地筛选——不过是日常果蔬、生活用品，偶尔有几件贵重商品。

小店随和的经营态度使它不仅深受当地人的喜爱，也获得了附近聚居区居民的青睐。若是有人买不起整包的商品，比方说饼干，科拉太太从不介意撕开包装只卖一半，她相信肯定有其他人会来买下另一半。若是顾客要的某样东西卖光了，科拉太太也很乐意订货，只要顾客不挑剔到货日期就好。若是顾客对到货日期锱铢必较，那他们就无能为力了，因为送货取决于路况，路况取决于天气，而人人都知道天气取决于老天爷。早报通常会在当天傍晚送到，小店的常客这时通常会聚在门廊抽烟、喝茶，一边看报一边讨论报上的新闻，高声把头条新闻念给不慌不忙地在店里做事的科拉先生听。

在诸多商品当中，小店真正的命脉是科拉家族传承了四代人的秘制软饮料配方。地下室里有个小作坊，饮料就在那里配制、打气、灌装。一名助手负责清洗空瓶，把成箱的饮料装车运出去。为了保证配方秘不外传，饮料由科拉先生亲自调制生产，他的眼罩便是见证，被眼罩遮住的空洞是劣质汽水瓶在充二氧化碳时爆炸造成的。

科拉先生用手帕遮住脸上血肉模糊的伤口，上楼去找妻子。他们

第五章 群　山

　　结婚刚满一年，这是他们遇到的第一桩紧急事件。妻子是会哀号痛哭、昏倒还是保持镇定呢？科拉先生半是担心自己的眼睛，半是好奇她的反应。

　　已有七个月身孕的阿班·科拉将事态掌控得十分妥当。"法鲁赫，你要不要先喝点儿白兰地？"他说好。她自己也抿了一小口，然后开车带他下山，来到位于山谷的医院。医生说他能活下来实属万幸——他的眼镜片抵挡了碎玻璃的冲击力，没有让碎玻璃飞进脑部。但他那只眼睛肯定保不住了。

　　科拉先生说没关系。"我期待看见的东西只要用一只眼睛看就够了。"他伸手摸摸妻子那鼓胀的肚皮，微笑着说。而且，他补充道，现在他只能看到世间一半的丑恶。

　　眼眶的伤口愈合之后，他拒绝装上玻璃义眼。眼罩成了他每天必不可少的行头。他在店里工作和参加社交活动时都戴着眼罩。不过，夜里他在山腰的森林里漫步时，眼罩总是放在他的衣兜里，而他已经数不清多少次沉浸在美景当中，吃着胡萝卜。

　　失去一只眼睛使他有了借口放任自己对胡萝卜的喜爱。过去科拉太太总是管着他，说胡萝卜虽然是好东西，但什么东西吃得太多都不好。不过现在她不得不任他由着性子吃喝：胡萝卜汁、胡萝卜沙拉、胡萝卜炖肉，散步时兜里还要揣着几根胡萝卜当零食。

　　"我需要胡萝卜，"科拉先生振振有词，"我剩下的一只眼睛必须格外健康才行，它可要承担双份的职责。"

　　他们年幼的儿子茁壮成长，很快便知道了父亲的喜好。每当他调皮捣蛋遭到父亲的训斥之后，他总会冒着再被母亲训一顿的风险从厨房偷拿一根胡萝卜送给父亲，以示求和。

　　那次事故之后，科拉先生在地下室总是格外谨慎。他不许任何人进入地下室，独自操纵叮当作响、哧哧地喷着气的老旧机器，将冒着泡的科拉可乐灌进瓶子，也把迫切需要的收入放进了钱箱。

朋友们担心他的安全，便半开玩笑地向他表达自己的忧虑。"当心啊，法鲁赫。到地下去可危险着呢。可乐矿的危险程度跟煤矿不相上下。"他总是跟朋友们一道开怀大笑，却对他们的暗示置之不理。

大家索性抛开委婉的说辞，建议他认真考虑换掉老旧的设备，考虑一下现代化的设备，扩大经营。"听我说，法鲁赫，你要理智看待这件事，"他们哄劝道，"科拉汽水这么好喝，应该叫全国人民都知道，而不是只有我们这个山沟里的人知道。"

不过，对于一个连广告都不肯做的人来说，现代化和扩大经营是完全陌生的概念，令人难以理解。科拉可乐（当地人大多叫它"开喜"）在山腰方圆几英里的居民区当中有口皆碑。科拉先生说既然口耳相传的经营模式足以支持祖先的生意，那么它一定也足以支持自己的生意。

竞争品牌会时不时大张旗鼓地出现，兜售其他品牌的汽水，却无法与科拉家族的产品相较，不久便都倒闭了。任何品牌都比不上开喜，忠实的顾客们如是说——它美味的口味跟山区的清新空气一样，独一无二。饮料和杂货铺的生意都蒸蒸日上。

于是，到了马内克开始上学的时候，生意发展已经十分稳健。科拉先生谨慎地守护着维持了全家生计的饮料配方，等待着把它传给马内克的那一天，就像他的父亲把配方传给他那样。他的生活中洋溢着满足感，那是一种历经磨难之后得以幸存的恬淡自豪感。每当街坊四邻在夜晚聚会，谈话的主题渐渐转向过去的日子、过去的生活，这种情感便会涌现。每到科拉先生发言的时候，他总会讲述自己家族昔日的辉煌，他讲这些不是出于自怨自艾，不是为了炫耀显赫，更不是为了吹嘘自己现在的成就，而是把它当作生活在边境线上的经验教训——新画的地图能摧毁他的人生，却无法动摇他为家庭铺设的梦想。

当然了，那些故事人们早就听过了，而且听过许多遍，不过总是可以再讲一遍。而科拉先生也不是唯一反复讲述同样故事的人。

他和科拉太太的朋友们大多是军人和他们的家眷，这些人在英式的兵营里生活了大半辈子，早已习惯了这样的生活方式，无法适应尘土漫天的平原地带和臭气熏天的城市，于是决定退伍后在山区定居。他们也有很多讲过无数遍的故事，讲述过去的日子，那时候纪律就是纪律，可不是现在这种松垮懈怠、名不副实的东西。过去的领导者能够担起领导之责，人人都知道自己在大格局中的位置，生活有条不紊地进行，不必每日面临动荡的威胁。

这些退伍的准将、少校和上校每次来科拉家喝茶，用他们自己的话来说，总是"全副武装"，身着正装，脚蹬皮靴，口袋里揣着怀表，颈间系着领带。这些花里胡哨的装饰在民族主义思想的人看来也许滑稽可笑，但在这些服饰的主人看来，其意义有如护身符。混乱无序的生活已经兵临城下，而这些东西是他们唯一的屏障。科拉先生本人偏爱领结。科拉太太用安兹丽骨瓷茶具给客人敬茶，餐具则来自谢菲尔德。若是赶上纳吾肉孜节或琐罗亚斯德诞辰之类的特殊晚餐，她则会换上韦奇伍德那一套[1]。

"多漂亮的图案啊，"格雷瓦尔太太说，"国内什么时候才能做出这么精美的东西来呢？"

格雷瓦尔准将和太太是跟科拉家住得最近的邻居，时常上门做客。格雷瓦尔太太同时也是军嫂中地位无可动摇的领头人。经她这样一说，席间有人轻轻地敲了下水晶玻璃杯，测验音色的纯净度，另一个则把盘子翻过来，满心喜爱地盯着制造商的印记。对菜肴的褒奖和对盘碗的夸赞平分秋色。混乱的来临再次成功地延迟了一天。

之后，谈话的主题跟从前无数次一样再次转向了那个长久困扰他们直到生命尽头的噩梦——他们反复剖析印巴分治，按照年代顺序复述一件件大事，哀叹毫无意义的屠杀。格雷瓦尔准将好奇分裂的国家能否有

---

1. 安兹丽（Aynsley）、谢菲尔德（Sheffield）和韦奇伍德（Wedgwood）都是英国著名的瓷器品牌。

朝一日破镜重圆。科拉先生用手指抚摸着眼罩，说一切皆有可能。人们一如既往地指责殖民者，批评他们没勇气把局面好好做个了结便匆匆逃离，通过含混不清的指责寻得一丝安慰，而他们事后的反思却总是掺杂着对旧日时光的一丝怀恋。

这样的夜晚过后，科拉先生总有些纳闷，自己怡然自得的心境为什么起了波澜——不至于破坏殆尽，但仿佛有某些人和事试图在暗中篡改。他十分享受这样的聚餐和茶话会，绝不允许自己缺席，但这种聚会总让他有种不自然的感觉，仿佛空中飘着某种本不该有的腐坏的味道。

他的心态总要过一两天才会恢复平衡。在那之后他便又觉得没错，自己没有抛弃山里的家业是正确的抉择，这个地方对他的家庭仍然益处颇多。"空气和水是那样纯净，群山是那样秀美，生意也很兴隆，"面对亲戚们隔三岔五要他们离开山区的劝说，他和科拉太太在信中说道，"再没有别的地方能给马内克更好的前途了。"

若要问马内克的意见，他也会全心全意地赞同父母。他从不去考虑未来，对他无忧无虑的童年世界来说，眼下的生活已是足够的理由。他的每一天都过得丰富而充实——上午和下午上学，放学之后便去杂货铺帮忙，打烊后在夜里陪父亲散步，他会像个小男子汉似的大步跟上父亲的脚步，否则爸爸就会拿他逗趣，说他这辆慢车被落在后面了。

不过最快活的要数星期天。每逢星期天，名叫巴努的加迪族园丁会来收拾屋后的园子。马内克整个星期都盼着跟巴努一道出门，在自家的园地里巡视，按照他的吩咐做些杂活。五十码外的田地最有趣了，那里的地势是片向下的缓坡，长满了野生的灌木、林木和茂密的树丛。在那里，巴努教他认识陌生的花朵和草药，马内克家那种满玫瑰、百合和万寿菊的前院里是不会出现那些植物的。巴努把能够置人于死地的曼陀罗和它唯一的解药指给他看，教他辨识草叶，有些能够缓解某种蛇毒，还有的能治疗轻微的胃病，有些植物的茎干捣烂后则能治愈皮外伤。他给马内克示范怎样捏住金鱼草的花朵让它"张嘴"。到了年底天气渐冷，他们便在傍晚时收集干枯的树枝和树杈,生起一小堆篝火。

有时巴努会带女儿苏拉亚一起来,她跟马内克同岁。每到这时,马内克的时间便一分为二,除了干杂活,他还会跟她玩耍。中午时分,科拉太太招呼孩子们进屋吃饭。起初苏拉亚上桌吃饭有些害羞,因为她家里没有椅子。来过几次之后,她才敢跟着马内克跑进屋,神态自若地坐在自己的位置上。巴努则继续在外面吃饭。

一天下午,苏拉亚蹲在远处斜坡上的树丛里。马内克在看不见的地方等了一会儿,然后好奇地跟了过去。苏拉亚见他走近,笑了笑。马内克听见一阵轻柔的嘶嘶声,弯腰去看。细小的水流已经积成了一摊带泡沫的小水洼。

他解开裤子的纽扣,在她身边站定,射出一道流动的弧线。"我能站着尿尿。"他说。

她小便完,笑着提起裤子。"我弟弟也能,他跟你一样,也有个小鸡鸡。"

这件事很快就成了他们之间的惯例,苏拉亚每次跟父亲一起来做工,他们俩都会到树丛里去。渐渐地,他们在好奇心的驱使下对人体生理结构进行了更加深入的观察。

"这是怎么了?"他们进屋吃茶点时科拉太太说,"你们俩怎么总是咯咯笑个不停?"

接下来的几个星期天,她开始从厨房的窗口留意两个孩子的举动,发现他们总是走下缓坡,到她看不见的地方去。她试过偷偷去查看,却以失败告终。还没等她走近,孩子们已经听见了她的脚步声,大笑着跑了出来。

过了一段时间,她把自己的疑虑告诉了科拉先生。"法鲁赫,我觉得你应该留意马内克的行为。特别是苏拉亚来的时候。"

"怎么了,他干什么了?"

"这个,他们到树丛里去,然后——"她的脸红了,"我并没真的看见什么事，不过……"

"这个臭小子。"科拉先生笑着说。接下来的星期天，他留在花园里查看巴努做的活计，同时在缓坡上巡视。这一年剩下的时间里，这成为他例行公事的一部分。孩子们不得不费尽心机以避开大人的监视。

马内克四年级毕业后，科拉先生开始研究是否应该送他去读寄宿学校。当地走读学校所能提供的教学质量实在差得令人发指，格雷瓦尔准将和其他街坊们纷纷赞同。"良好的教育是重中之重。"人们如是说。

他们选中的那所寄宿学校要坐八个小时的大巴才能到，马内克对父母的这一决定充满了憎恶。一想到要离开山间小镇，离开他生活的整片天地，他就会陷入恐慌。"我喜欢这里的学校，"他央求道，"再说，你要是把我送走，我每天晚上还怎么在店里帮忙呢？"

"店里的事不用你操心，你才十一岁，"科拉先生笑着说，"现在你尽情享受少年时代就好。跟同龄人一起生活保证非常有趣。你肯定会喜欢学校的生活。至于商店，你放假回家的时候，商店保证还会在这里的。"

马内克学着忍耐住校生活，但他并不喜欢这种生活。他心中有种遭到背叛的痛苦。他没有一天不想念自己的家、父母、小店和群山。他发现同班的同学们跟他过去认识的那些男孩子很是不同。他们举手投足仿佛处处高他一等。年龄大些的男孩则会谈论女生，还会摸年纪小的男孩。有人把一沓扑克牌拿给他看，纸牌上画着裸体女人。她们两腿之间黑乎乎的那一团把他吓坏了。不可能，这些图片绝对是假的，他回忆起苏拉亚那光洁可爱、仿佛在对他窃窃私语的小洞，心中想道。

"那是毛——就应该是这样的，"年纪大点的男孩说，"这些都是真的照片。来，我叫你看看。"他解开裤子露出阴毛，放出鼓胀的阴茎。

"但你是个男孩，不能证明女孩也是这样的。"马内克说。他想再仔细看看那些扑克牌。那家伙说马内克必须先帮个忙才能让他看。他把马内克搂得很紧，在他身上磨蹭，发出呻吟声。这声音真奇怪，马内克心想，好像他要大便似的。那男孩射出一股液体之后才把卡片交给他。

排灯节假期，马内克回家了，过了两天，他又试图说服父母不要送自己回学校去。他反复说个不停，搞得科拉先生厌烦了。"这件事到此为止，不要再提了。"他说。

马内克气得没有跟父母道晚安便上了床。这句缺失的"晚安"折磨了他很久，心中那空虚的感觉无法通过睡眠弥补。午夜之后他考虑去父母的房间，为自己这种愚蠢而逆反的行为道歉。但他半是放不下自尊心，半是害怕再次惹怒爸爸，便留在了自己的床上。

他黎明便起了床，在炉灶旁拥抱了妈妈，低声说了句"早上好"，然后避开站在厨房窗边的父亲，溜回自己的座位上。"小少爷还在生闷气呢。"科拉先生笑着说。

马内克低头望着自己的杯子，皱起眉头盯着它，生怕嘴角失控，露出微笑来。

这天是星期天，巴努照常来侍弄花园。苏拉亚没跟他一起来。马内克在他身后跟了一段时间，然后才问起苏拉亚。

"她跟她妈在一起，"巴努说，"从今往后她都跟她在一起。"

马内克觉得自己的世界又坍塌了一部分。吃完午饭，他没有再回到花园。科拉太太把他拉到一边，说爸爸这么爱他，他不应该这样对待爸爸。"他这样做，送你去读好学校，都是为了你好。你不该把这看成一种惩罚。"

到了晚上，科拉先生把儿子叫到身边，坐在沙发上。"寄宿学校不是永远没头儿，"他说，"记住，妈妈和我对你的思念比你对我们的思念更多。但是还有什么选择呢？你不想做个没文化的人，不识字也不会写字，像贫苦的加迪族人那样饥寒交迫地过一辈子，只能靠几头羊勉强糊口吧？你要记住，慢车是会被落在后面的。等六年之后你中学毕业，谁也不会再赶你走了。你要回来接管家里的生意。"

马内克微微一笑，听着父亲继续说道："实际上，你回来得越早，对我反而越有利。我可以轻轻松松地整天去山里散步。"

第二天吃早饭时,科拉先生把自己专用的那只大杯子让给马内克喝茶,又让他坐在钱箱旁边给顾客找零。那个学年剩下的日子里,马内克始终珍藏着那天的回忆。每当背井离乡的痛楚涌上心头,他便会回想那些快乐的回忆,以抵抗心中的绝望以及有关背弃与孤独的阴暗想法。

尽管他起初担心六年的时间无穷无尽,但时间还是不疾不徐地消磨掉了三年的日子。马内克十四岁了,五月份回到家里过暑假。

今年父母头一次要离开他两天,去参加婚礼。科拉先生决定不关门歇业,也不把孩子送去邻居家,而是让他独自打理生意,作为对他的特殊款待。

"只要按照我在家时的方法来就好,"他说,"一切都会很顺利的。别忘了清点司机取走的饮料箱,还要打电话订明天的牛奶——这是重中之重。如果遇到问题,就给格雷瓦尔叔叔打电话。我嘱咐过他了,叫他晚些时候来看你。"科拉夫妇陪着马内克又把店里的一切过了一遍,提点了几件重要事项,然后便出发了。

这天过得一如往常。有时客流如织,过后又是平淡清净的时段,人少时他便给玻璃货柜擦灰,给货架除尘,清理柜台。常客们问起父母怎么不在家,纷纷称赞他的办事能力。"瞧瞧这孩子,把家里打理得井井有条。真该给你发个奖牌。"

"法鲁赫和阿班要是想退休,明天就可以退休了,"格雷瓦尔准将说,"什么都不用担心,杂货铺有马内克大元帅镇守呢。"在场的人听了纷纷开怀大笑。

入夜之后,日光渐渐黯淡,寂静笼罩了附近的街坊,马内克打开门廊的灯,对自己一天的工作成果感到十分自豪。快到关门时间了,他要做的只剩下清空钱箱、清点钱数,然后把金额记在账本上。他在门廊往店里看去,忽然停住了。放在店铺中央的大玻璃柜里摆满了香皂和爽身粉——要是往前摆一摆，肯定更加好看。门口那张放着旧报纸的桌子摇摇晃晃，斑驳不堪——把它推到一边难道不是更好吗？

在这个念头的驱使下，马内克一边热饭一边开动脑筋。他越想越觉得重新安排货物的摆放方式是明智之举。他一个人就能轻松办到，今晚就动手。等妈妈爸爸回来不知会多么惊喜呢。

吃完晚饭之后，他回到幽暗的店里，点起灯，把旧桌子拖到一旁不碍事的地方。玻璃货柜则难办些，它更沉、更笨重。他清空了里面的商品，把柜子推到更显眼的新位置，然后把罐子和纸盒一一摆了回去，但不是像原来那样沉闷地码成一摞——他把这些东西摆成了新奇有趣的金字塔形、螺旋形。完美，他心里这样想着，退后几步欣赏效果，然后便上床休息了。

第二天晚上，科拉先生走进店门，察觉了店里的变化。他没有停下来跟马内克打招呼，也没有询问一切是否顺利，而是叫马内克关上店门，挂出打烊的牌子。

"可是还有一个小时才关门呢。"马内克渴望得到父亲的表扬，说道。

"我知道。不管那些，关上。"接着父亲命令他把一切恢复原样，空洞的语气不带一丝情绪。

马内克宁愿父亲训斥、责打自己，或者用任何方式惩罚自己。然而父亲表现出的只有轻蔑，甚至拒绝谈论这件事，这实在可怕。热切的神情从马内克脸上退去，留下的只有困惑和痛苦，他觉得泪水就要夺眶而出。

母亲出面调停："可是法鲁赫，你不觉得马内克这样摆很好看吗？"

"这与好不好看无关。我们把商店交给他照看两天，当时是怎么吩咐他的？他就是这样回报我们对他的信任。这件事关乎纪律，以及按照命令行动，而不是好不好看的问题。"

马内克把东西恢复成原来的样子，但剩下的假期里他拒绝再进小店一步。"爸爸不需要我——我不想去，"他忿忿地对母亲说，"他只是希望店里有个仆人。"

夜里上床之后，科拉太太告诉丈夫马内克感到很受伤。"这我知道，"他背对妻子，侧躺在枕头上说，"但他应该先学会走路再开始跑步。小男孩的心智还没成熟起来就觉得自己什么都懂，这对他没有好处。"

但科拉太太仍然坚持不懈，终于在假期将尽时取得了成效。一天早上，科拉先生开始重新摆放玻璃货柜，并且把马内克叫到店里征求他的意见，父子之间这才化干戈为玉帛。随着开学的日子越来越近，他们开始一同在地下室的饮料作坊里劳作，马内克把干净的汽水瓶搬下去，再把刚刚灌装的开喜成箱地搬上来。

返校前的最后一晚，科拉先生关闭机器，说道："明天你走之后，我会想你的。"发动机的震颤声渐渐止息，父亲的话语徒劳地飘荡在地下室阴湿的空气中。父子二人一起向楼上走去，父亲抱住了马内克。

去读寄宿学校是马内克第二次不情愿地离开山区。第一次离家发生在他六岁的时候，他坐了两天火车，跟母亲去城里探望她的娘家人。城里有高耸入云的建筑物和金碧辉煌的电影院，还有川流不息的轿车、公共汽车和卡车，夜幕降临后路灯把街道映得通亮，这一切都让他惊奇万分。但最初几天的新鲜劲儿过去之后，他便无可救药地思念起父亲来。那次假期结束回到家时，他激动万分。

"我再也不离开大山了，"他说，"永远，永远不离开。"

科拉先生在站台上等着接他们，科拉太太附在他耳边小声说了些什么，他微微一笑，把马内克拥进怀里，说他也永远不会离开大山。

然而没过多久，大山却渐渐弃他们而去了。起初是马路。头戴木髓盔的工程师带着暗藏凶险的仪器来到山里，绘制出成捆的设计图。他们承诺要在这里修建非常现代的道路，新式的交通工具行驶在路上，发出柔和的嗡鸣声。宽阔耐用的马路将取代秀美的山间小径，那些小路太狭窄，容不下国家建设者和世界银行官员广阔的视野。

一天早上,工地上锣鼓喧天,一位官员到场,身上披挂着花环。奏乐的是巴南行进乐队:三支铜管乐、一对小军鼓、一架低音鼓。乐手们穿着白色的制服,背后的金色绣花写着"BNMB"[1],低音鼓上的字母则漆成了红色。乐队擅长的是为婚礼队列奏乐,以及婚礼上的常规曲目,主题包括新娘母亲的赞歌、婆婆的哀歌、歌颂新郎可观的成就、对媒人的赞颂以及求子的圣歌。不过,巴南行进乐队把常规曲目巧妙地做了变通,以符合当前的场合。军鼓精神抖擞地奏响鼓点,为队列开道,长号则抛却婚礼上常见的哀怨的滑奏,改成了朝气蓬勃的断奏。

观众由失业的村民构成,一接到提示就会大声欢呼,迫不及待地想拿到自己那份出场费。临时搭起的主席台上几番演讲过后,那位官员操起一把金色的镐头,手起镐落,却没有敲中该敲的地方。他朝观众咧嘴一笑,再次挥动了镐头。

要人们离开后,工人们上场了。起初,工程的进展很慢,慢到科拉先生和山区的其他居民都抱有一种不理智的幻想:这项工程永远不会结束,他们小小的避风港将会毫发无损。与此同时,格雷瓦尔准将开始跟他一同组织镇上的居民集会,谴责开发政策存在缺陷,负责人目光短浅、贪得无厌,牺牲国家的自然风光来滋养名为"进步"的魔鬼。他们签了请愿书,把自己的抗议提交给当局,然后开始等待。

但马路仍在一寸寸地向上蔓延,挡在它前进道路上的一切事物都被它吞噬殆尽。美丽的山坡被划破,伤痕累累。从山坡的高处向下俯瞰,向上攀升的道路犹如一条违背了重力规律的泥泞河流,大自然仿佛失去了理智。远处爆破的轰鸣声与挖掘机的怒吼声从清早就开始往山上飘,黎明时分的晨雾从梦幻仙境变成了一场噩梦。

科拉先生眼看着道路开始铺沥青,把棕色的河水染成黑色,却无能为力。他挚爱的出生地曾是父辈生活的人间天堂,如今却面目全非。

---

[1] 巴南行进乐队(Bhagatbhai Naankhatai Marching Band)的首字母缩写。

他束手无策，只能眼睁睁地看着纸上的几条线再次摧毁科拉家族的生活。只不过这一次是当地勘测员绘制的图表，而不是外国人手中的帝国地图。

工程竣工之后，官员回来剪彩。开工典礼过去已有几年，那位官员愈加发福，笨拙程度不减当年。他挪腾着步子走到绸带跟前，却把金剪刀弄掉了。七个马屁精立刻巴巴儿地冲上去救场。经过一番争夺，那把剪刀被七个人当中最有力气的那个夺在手里，还给了官员。官员对那群人怒目而视，本不过是手滑的小失误，却被他们闹出这么大动静，引人注意。官员随后对人群微微一笑，神气地剪断了绸带。人群欢呼鼓掌，巴南行进乐队奏起乐曲，在铜号走音的喧闹声中，谁也没察觉官员正在暗中努力，想把胖鼓鼓的手指从剪刀的洞里挣脱出来。

随后，事先许诺的回报开始顺着马路向山区进发。房子一般大的卡车运来了城里的商品，排出的尾气则污染了空气。道路沿途如雨后春笋般涌现出服务站和餐厅，为汽车和开车的人提供补给。开发商则开始修建豪华酒店。

这一年，马内克假期回家时发现父亲长期处在烦恼的情绪当中，他起初有些困惑，随后变得担忧起来。父子俩没有一天不吵架，即使有顾客在场时也会爆发争吵。

"他究竟是怎么回事？"马内克问母亲，"我在家的时候他要么不理我，要么变着法儿跟我吵架。我在学校的时候他又给我写信，说自己有多么想我。"

"你要理解，"科拉太太说，"时代变了，人也会变。但这并不代表他不爱你。"

对科拉太太来说，这个不愉快的假期当中最令她难以释怀的是马内克抛弃了多年来的习惯，不再拥抱父母，低声道一句"早上好"。他第一次下楼沉默地在自己的位子上坐下，母亲背对着餐桌静静等待着，直到被拒绝的痛楚渐渐消却，她才平复心情，伸手端起了滚烫的煎锅。父亲则丝毫没有察觉。

科拉先生心中翻江倒海,心思全沉浸在山区的发展当中。朋友们跟他抱有同样的看法,认为这种发展速度有害无益。尽管杂货铺的生意有可能因此得到促进,但他并未感到宽慰。他的一切感官都饱受这种入侵的骚扰。他对科拉太太说卡车排出难闻的尾气灼痛了他的鼻孔,隆隆作响的引擎则快要把他的鼓膜震碎了。

无论他把目光投向何处,总会看见日益增多的小房子和棚屋。这景象让他想起他最喜欢的那条狗染上兽疥癣、病情迅速恶化的情景。贫瘠的营地刮秃了山岭,人们听信了有关建设、财富、工作机会的传言,从四面八方向山里拥来。但是失业人数远远多于工作岗位的数量,山坡上永远驻扎着一支饥饿的大军。林木被砍伐殆尽当柴烧,山坡上显现出一块块秃斑。

接着,季节变换也变得反常起来。通常能够滋养万物生长、成熟的雨水落在赤裸的山坡上,汇成激流向下流,引发了泥石流和山体滑坡。白雪过去常常为山顶盖上厚重的被子,如今却变得稀薄。即使在严冬时节,山上的积雪也捉襟见肘、分布不均。

科拉先生见到大自然的反抗行为,不禁产生了一种执拗的满足感。这在某种程度上证明,面对这种丑恶的暴行,深感惊骇的不是只有他自己。然而随着季节反常的状态年复一年地持续下去,他再也无法从中获得安慰了。山上的积雪越稀薄,他的心情就越沉重。

马内克什么都没说,不过他暗地里觉得父亲的反应有些过激,尤其是他"出门散步就像巡视战场"的说法。

科拉太太一向不喜欢到山中散步。"我更喜欢从自家厨房欣赏风景,"每当丈夫邀她同往时她总会这样说,"这样没那么累。"

但是对科拉先生来说,独自在山中长时间地漫步乃是生命中的至高享受,尤其是冬季过后,每次出门都蕴藏着无法预期的美好希冀——转过下一个弯,会见到怎样的风光呢?也许会有新汇成的一条小溪?也许有他昨天未曾留意的野花？在他诸多美好的回忆当中，尤为难忘的是一块巨岩的石缝中长出了一簇灌木，岩石于是迸裂开来。有时他还会猝不及防地遭到美景的"伏击"：从一个前所未见的角度俯瞰整座山谷。

如今，散步仿佛变成了临终看护，看看哪些景物依旧挺立，又有哪些已经被击垮。每当走到自己喜爱的树木跟前，他总会在树枝下停下脚步，逗留片刻，再继续前行。他会用手抚摸粗糙的树皮，为这位老朋友得以多存活一天感到开心。他过去常常坐在岩架上望着夕阳落下，如今岩架大多已被炸药夷为平地。每找到一处岩架，他都会坐下休息几分钟，心里想着不知这岩架能不能等到他下次再来的时候。

没过多久，镇上的人便开始议论他了。"科拉先生的脑筋糊涂了，"人们说，"他对着树木和岩石说话，还会抚摸它们，好像那些东西是他养的小狗似的。"

马内克每次听见这些闲言碎语都会羞愧难当，盼望着父亲尽快停止这种令人难堪的行为。而同时，怒气也在他心中翻涌，恨不得抽那些无知而冷漠的人一巴掌，叫他们明白些事理。

新路建成五周年时，以新兴的生意人和企业家为主要成员的当地乡镇委员会组织了一场小型庆典，邀请镇上所有人参加。科拉先生一听说这件事就心生反感，那晚早早地关了店，摘下眼罩出门散步。镇中心广场的树杈上架着租来的大喇叭，刺耳的音乐声和空洞的演讲一路追着他走到了很远的地方。

他走了足有三英里，天色才渐渐显出日落的意思。粉色与橙色的霞光在天空中交织成稍纵即逝的晚霞。他停下脚步凝视着西方，热切地品味着这一刻。每到这种时刻，他就格外希望自己的两只眼睛都还在，好将更广博的景色纳入视野。

接着他的视线被引向了低处，望向没有树木的山坡。上百座棚屋腾起难闻的灰色炊烟。薄纱般的烟雾模糊了他的视线。他迎风而立，能闻到刺鼻的烟火味,以及隐藏在它背后的排泄物的恶臭,炊烟再刺鼻也无法掩盖那种恶臭。他迟疑地挪腾了一下脚步。一根小树枝在他脚下断裂。他静静站在原地,扪心自问自己在等待什么。他听见母亲大声呼唤孩子,听见孩子的尖叫,听见流浪狗的吠叫。他想象着锅架在火上,越烧越黑,锅里的食物少得可怜,几张饥饿的嘴围在锅边等待着。

他突然意识到夜色已经降临:夕阳已在烟尘背后落下。这整个景象在余晖的映衬下是那样破败、肮脏,彻底超出了他所能接受、理解的范围。他觉得茫然若失,心中充满恐惧。愤怒、同情、厌恶、悲伤、失败、背叛、爱——种种情绪在他心中如海浪般翻涌激荡,使他饱受冲击,陷入困惑。为什么?为了谁?为什么会这样?倘若他能够……

但他已经无法辨别自己的情绪。他感到心头一紧,喉咙也随之缩紧,仿佛即将窒息。他抽泣起来,无助而沉默。

夜色越来越深。他取出手帕擦了擦眼睛。他擦了半天并不存在的眼泪,然后才意识到只有完好的那只眼睛才是湿润的。真奇怪,他敢发誓自己失去的那只眼睛也在哭泣。

他穿过暮色回到家中,认定从今往后山间散步再也没有意义了。即使有意义,那意义也过于陌生、过于可怕,令他不敢探寻。

无路可逃。至少对他来说已是无路可逃。他的梦想与过往的岁月反复碰撞,终于无可避免地被压垮了。他抗争过,成功过,失败过。他将继续抗争——除此以外他还有什么别的选择呢?

不过,至于他的儿子,他第一次开始为马内克考虑别的出路了。

马内克最后一个学期开学前有两个星期的假期,他回家过假期,父子之间的关系却并没有改善。他们争吵最频繁的原因是小店的经营。马内克满脑子都是推销商品、开拓市场之类的新想法,却总会被父亲断然拒绝。

"至少让我把话说完吧,"马内克说,"你为什么这么固执呢?为什么不试一试呢？"

"这可不是业余爱好，可以让我们试验着玩儿，"科拉先生面带愁容，说道，"这是我们全家的生计。"

"你们两个是不是又吵架了？"科拉太太说，"听得我都快疯了。"

"你算是管不了你儿子了，"科拉先生越发愁苦地说，"他说个不停，你能不能管一管？我说什么他都反驳我。他以为自己找到了成功秘诀——他以为这是在搞科学实验呢。"

他不许马内克订购其他品牌的香皂和饼干，即使那些品牌在别处销路很好也不行。马内克建议把店里昏暗的灯光调亮，粉刷墙壁，重整货架和玻璃柜，好让商品显得更有吸引力，所有这些建议都被父亲当成了大不敬的举动。

马内克觉得很难把眼前这个保守得出奇的男人跟头脑中的父亲形象联系起来，在母亲和父亲的朋友们讲述的故事中，那是个迥然不同的父亲：那个人曾经顺着一根绳子深入洪水暴涨的山谷，只为了救出一只小狗；那个人的眼睛被飞溅的碎玻璃扎瞎却波澜不惊，仿佛不过是被蚊子叮了一下；那个人曾独自击退三名窃贼，他们见柜台后面只坐着一个女人便溜进了商店，以为可以轻易得手，殊不知那女人的丈夫正在地下室灌装汽水——朋友们说科拉先生把那几个毛贼像麻袋似的扔了出去。

而如今，他父亲却因为一条破公路而精神崩溃。马内克最近也亲眼目睹了周遭种种翻天覆地的变化，但他年轻的血管里流淌着乐观的情绪，他确信事情一定有解决之道。他才十五岁，他的人生无穷无尽，山峦亘古长存。至于杂货铺？它已经陪伴了几代人，也将继续陪伴往后的一代又一代人，他对此毫不怀疑。

科拉先生暗地里也希望是这样——他盼望着神迹降临，让一切重归旧日的模样。但他看到种种预兆，那兆头传递出的信息并不乐观。那些可恶的卡车运到山里的货物当中夹带着一个致命的敌人：供给新开店铺和宾馆的饮料。

起初这些饮料只是零星地少量流入镇上——寥寥几箱,远远比不上经久畅销的开喜。出于好奇,人们偶尔会尝尝新来的饮料,然后耸耸肩,弃之不顾,科拉可乐仍然排名第一。

但是大型公司瞄准了山区,他们盯住开喜不放,利用傲慢的董事会、铺天盖地的广告和残酷的营销竞争手段逐渐渗入科拉先生的领地。公司派来的代表带着企划书找到他:"把你的机器全收起来,把科拉可乐的权益全签给我们,做我们品牌的代理商吧。跟我们共同成长,走向繁荣。"

科拉先生当然拒绝了那些人的建议。对他来说,这不仅仅是生意上的决策,更关乎家族名誉和荣耀。再说,他十分确信他那些正派的邻居和棚户区的居民不会变节,他们将继续忠于科拉可乐。他做好了准备,要跟对手堂堂正正地竞争。

然而,堂堂正正的竞争跟领结和怀表一样,在科拉先生没留神的时候便已经遭人摒弃了。大公司分发免费样品,打价格战,竖起巨大的广告牌,牌子上是兴高采烈的孩童与笑容可掬的父母;或是汽水瓶里伸出两根吸管,一男一女温柔地将额头相抵,两个有情人共饮一瓶汽水。新汽水的涓涓细流汇成了洪流。已经在大城市畅销多年的品牌来到小镇,开始进行营销轰炸。

"我们必须反击,"马内克说,"我们也应该做广告——像他们那样派发免费样品。既然他们搞硬推销,我们也照做。"

"硬推销?"科拉先生嫌恶地说,"这是哪里来的说法?听着就丢人透了。像乞丐似的。既然城里来的大公司想像野蛮人一样不择手段,那就由他们去吧。我们这里都是体面人。"他说完,忧伤地看了马内克一眼,似乎儿子提出这样的建议令他失望透顶。

"你看看他,"马内克向母亲诉苦,"他又拉长了脸。无论我说什么他都用那样的脸色对我。我提出的想法他连考虑都不会考虑一下。"

就这样,科拉可乐根本毫无胜算。杂货铺的支柱产品倒了,代代相传的汽水秘方也走到了终点。

科拉先生继续为儿子另作打算,他很快就能拿到中学文凭了。科拉先生开始四处打听,向不同的大学索要介绍材料。

"你确定有必要这样做吗,法鲁赫?"科拉太太问。

"慢车会被落在后面的,"他答道,"而我不希望同样的事情发生在马内克身上。"

"唉,法鲁赫,你怎么能这样说呢?看看你的成就——印巴分治时你失去了所有家产,但你还是让我们过上了这么好的日子。你怎么能说自己是慢车呢?"

"也许不是我慢——而是世界走得太快了,但结果总归是相同的。"

他坚定了目标不肯动摇,并且跟挚友讨论孩子的择业问题。大家一致认为留条后路是个绝佳的主意。

"这倒不是说你的生意会衰落,"格雷瓦尔准将说,"不过做好全面准备总是有益无害。多备上一杆枪才安心啊。"

"我正是这么想的。"科拉先生说。

"要是他能当个医生或者律师,那该多好啊。"科拉太太一下子盯住了最风光的行业。

"或者当个工程师。"

"注册会计师也很有前途。"格雷瓦尔太太说。

要把讨论引回切实可行的领域,还是要靠军人出身的几位先生。"我们得面对现实。我们的选择受到马内克成绩的限制。"

"这倒不是说他没有天分。"

"可不是嘛。脑筋比谁都灵光,跟他爸爸一个样儿。"

"他的手也巧。"科拉先生对大家的称赞淡然处之,说道。

马内克应该学技术,所有人都对这一点表示赞同。最好是某个能随着国家繁荣一同发展的行业。作为一个绝大部分人口都生活在热带与亚热带气候中的国家，这答案再明显、再清楚不过了：空调制冷。后来他们发现这个领域最好的学校就在科拉太太的老家——她为了嫁给科拉先生而离开的那座海滨城市。

最后一个学期结束后，马内克回到家，发现大人已经替自己做了决定，立刻发出强烈抗议。父母第二次的背叛与第一次不同，不再令他隐隐地心痛。这一次，他的内心爆发了。

"你答应过，只要我拿到中学文凭就可以回来跟你一起工作！你说过要让我接管家里的生意！"

"冷静点儿——会让你接管的，我会的，"科拉先生努力让自己的语气比心中的信念听上去更加坚定，说道，"这样做只是为了以防万一。你知道的，在过去，要为将来做打算是很容易的事。如今事情都变得复杂了，有太多的不确定因素。"

"这就是在浪费时间。"马内克说。他坚信父亲这样做只是为了摆脱自己，不让自己在杂货铺里指手画脚，好像自己是他的竞争对手似的。"要是你想让我学手艺，我大可以去马丹拉尔修车行学机械。就在山谷里。为什么要让我去那么远的地方？"

科拉先生又摆出愁苦的面容。格雷瓦尔准将宽和地笑了："小伙子，既然要建立第二道防线，就要确保那是条固若金汤的防线，否则还不如不做。"

科拉家的朋友们都说马内克真是个走运的小伙子，他能有这样的机会，应该心怀感激才是。"我们像你这么大的时候，要是能去全国最现代、最热闹的城市住上一年，别提多激动了。"

马内克就这样注册入学，并开始为离家做准备。家里给他买了新的行李箱，将衣服重新分类，各段行程的票也买好了。

"别担心，"母亲说，"等你一年后回来，一切都会好起来的。你爸也是为你的前途着想。所有这些变动对他来说发生得太快了。过一年他就会冷静下来的。"

她开始整理马内克要带走的东西，把行李都归拢在箱子里。她生怕遗落了什么，隔三岔五便会对照学校手册上建议的行李清单。她把行李箱打开又合上，把东西取出来又放进去，清点数目，重新摆放。这个女人曾经独力操持杂货铺繁杂的货物而毫不吃力，如今却在给儿子装行李的过程中渐渐地垮掉了。

她一次次地征求丈夫的建议："法鲁赫，我应该给他带几条毛巾？你说马内克用不用得上那条高档裤子啊，就是那条灰色华达呢裤子？带多少香皂和牙膏好啊，法鲁赫？还有我应该装哪些药品呢？"

他的答案总是相同的："别用这些琐事来烦我。你决定吧。"他甚至不肯靠近那堆越积越多的衣服和行李，仿佛在否认那些东西的存在。行李箱敞着口放在楼上走廊里的桌子上，每当他不得不从旁边经过，都会刻意避开目光。

丈夫这种行为背后的含义，科拉太太心里再清楚不过了。她觉得邀丈夫也加入其中，共同打包行李对他也许会有好处，让他的日子过得轻松些，因为离别的日子已经给每个人都带来了太多痛苦。

在他简短而唐突地回答过她几次之后，她便不再去打扰他了。尽管夫妇俩都没有跟马内克这样长时间分离过，但面对这种状况时，她总是两个人当中比较坚强的那一个。距离这东西很危险，她心里清楚，距离是会改变人的。她自己就是个例子——现在的她绝不可能回到城市里跟娘家人一起住。而马内克仅仅是去读了寄宿学校，就已经不肯再跟父母拥抱道早安——过去他没有一天不这样做，即使在他生病的日子也不例外。他走下楼，脸上洋溢着爱意，伸手拥抱过母亲再回到床上去。这次的分别过后，他又会怎样呢？他跟父母已经疏远了许多，面容沉郁，令他们难以与他沟通、分享心事。他还会有怎样的改变呢？那座城市会让她的儿子经历什么？她是不是马上就要永远失去他了？

她心事重重、放心不下，招呼顾客时竟然心不在焉地从店里溜达到了马内克的行李箱旁。科拉先生觉察出楼上不太对劲，便中途关掉汽水机器，三步并作两步从地下室跑上来，向被晾在一旁的顾客道歉。

那天早上，他克制住了恼火的情绪。但是后来这种事再次发生的时候，他忍不住爆发了："阿班！我倒想问问，你到底有什么紧急情况非去卧室不可啊？"

他向来不擅长讽刺，也很少这样说话，话一出口，他自己也吃了一惊，妻子则感到很受伤。但她不愿与他争吵，只是淡淡地说："我想起了一件很重要的事，必须马上核对一下。"

"你这样鬼迷心窍，会把大家都逼疯的。拜托你记住一件事——如果你忘了给他带东西，我们总是可以寄个包裹过去。"

但她放心不下的东西是无法用包裹邮寄的，她试图向他解释，说出的话却词不达意，愈发令人沮丧。"你一点儿都不关心为马内克打包行李，你就是不想承担这份责任，还好意思说我鬼迷心窍，说我发疯？你一点儿都不替他担心吗？你是铁石心肠还是怎么着？"

尽管科拉先生既困惑又恼火，但他明白妻子为什么会这样。这次争论过去一个星期之后，他在深夜被妻子起身离开房间的动静吵醒了。几分钟前，钟刚刚敲过十二下。他躺着不动，假装睡着了。他听见她的脚沙沙地滑过地面，寻找拖鞋。她在身后关上了门，他立刻蹑手蹑脚地起身跟了上去。

他光着脚踩在地板上，感到凉丝丝的。他悄悄地走过幽暗的走廊，转了个弯，看见她正站在行李箱前。他后退了一步。她一动不动地站着，低着头，双手插进马内克的衣服堆里。月亮从云彩后面露出来时，银色的月光映亮了她的面庞。一只猫头鹰咕咕地叫了几声，他庆幸自己没有出声，而是这样悄悄地跟着她，看见她如此美丽、如此专注地站在那里，仿佛是他们共同走过的岁月的象征，三个人的生命在她身上融为一体，鲜活地展现在她的面庞上、眉目间。

猫头鹰又叫了一声。月光摇曳，带着几分迟疑任凭云朵飘过。她的手在马内克的行李箱里翻了翻。廊前的狗吠叫了几声——不知来者是何方鬼魅？

法鲁赫·科拉听见钟表的滴答声，接着听见了零点一刻的那声钟鸣。他感激夜晚为自己提供了这个机会，让他借着月色看见这样的情景。他回到床上，几分钟后她钻回被子里时，他没有打扰她。

到了做临行前最后叮嘱的时刻。自从马内克确定要离家求学以后，父母给他的忠告大多是翻来覆去说着的同样的话。他们提醒他在学校里不要跟赌博、喝酒、抽烟的人厮混，叫他保管好钱财，防人之心不可无，因为人心隔肚皮。"你从小在这里长大，我们向来鼓励你宽厚待人。无论你的朋友是有钱人，是穷人，是什么种姓，信什么宗教——这些差异通通不重要。但是现在你面临着至关重要的区别，你要离开这里，到城里去。你千万要小心再小心。"

科拉先生原本打算陪儿子坐公共汽车到山谷里，再从那里坐三轮车去火车站，但是答应了那天早晨提前来帮忙的兼职店员却没来，于是马内克孤身踏上了通往城里的旅途，开始了为期一天半的漫长旅程。

"到车站一定要雇个挑夫，"父亲嘱咐道，"不要全都自己扛。先跟他讲好价钱再让他拿你的行李。三个卢比应该够了。"

"你不打算拥抱他一下吗？"父子二人握手时，科拉太太气恼地说。

"哦，那好吧。"马内克说着伸手搂住了父亲。

三轮摩托车突突地驶到火车站门口时，边区邮报列车正停靠在站台边。马内克付了车钱，跟着挑夫走过天桥，来到南下列车的站台上。他在桥上驻足片刻，细长的火车在他脚下延伸，人群在车边来往匆匆。像蚂蚁军团在搬运死掉的蠕虫，他心想。

挑夫继续往前走，马内克紧跑几步赶上去。候车室旁边有个小贩在卖烤玉米，炉子里的煤被他扇得噼啪作响。马内克打算找到座位后回来买一些。

第五章 群　山

"从今往后都要五十卢比，"他听见站长说，他正在向小贩收取每周一次的玉米和贿赂，"你的摊位是最好的。有的是人出钱要这个位置呢。"

"煤烟整天熏着我，眼睛快瞎了，肺也喘不上气，"小贩说，"您瞧瞧我的手指头——都给烤黑了。行行好吧，大人。"他熟练地翻动玉米，以免烤焦，"我怎么出得起五十卢比呢？警察也要一笔好处费啊。"

"少装蒜，"站长说着把钱塞进自己浆洗得雪白的制服口袋，"我知道你能赚多少钱。"

每隔一会儿便会有玉米粒发出清脆的爆响，那声音和香气勾起了马内克第一次乘火车的记忆：母亲带着他去看望亲戚。

爸爸来车站送他们。"你越来越重了。"他故意唉声叹气地逗马内克，把他抱到高处好好看一看火车头。火车头那样庞大，车厢仿佛连成排的房子，延伸到远处，排成长长的一条。爸爸抱着他走到站台尽头，凑近那头钢铁怪兽，怪兽嘶嘶地喷着气、吭当直响，马内克则忙着啃玉米。他一口咬下去，乳白色的玉米浆溅到了爸爸的眼镜片上。

爸爸抬手做了个拉拽的动作，火车司机顿时会意，他轻轻地碰碰遮阳帽的帽檐，为马内克拉响了汽笛。富有穿透力的尖锐笛声离马内克那样近，仿佛是从他内心迸发出来的，把他吓了一跳，手里的玉米也掉了。"没关系，"爸爸说，"让妈妈再给你买一个。"

最后一遍催促上车的广播响起时，爸爸把马内克抱起来，从窗口递到座位上，坐在妈妈身边。列车动了，车站飘浮着向后掠过。爸爸挥着手，微笑着向他们飞吻。他跟着车厢往前走，又跑了一段，却还是很快就被列车抛下，跟那根掉落的玉米一样留在了站台上。窗外熟悉的景物转瞬飞逝……

马内克来到自己的车厢，把行李放好之后付了挑夫的工钱。童年记忆中带轮子的房屋缩水了。时间将魔法世界变成了庸俗日常。汽笛拉响。没时间买玉米了。他重重地坐在同行旅客身边的座位上。

马内克想与邻座攀谈，但那人并不怎么搭腔，答话也只是时而点头，时而哼哼，或者不清不楚地用手一比画。他衣着整洁，头发向左偏分，衬衫的口袋里装着一个带搭扣的特制塑料笔盒，里面插满了钢笔和马克笔。他们对面的座位上坐的是个年轻姑娘和她的父亲。那姑娘正忙着打毛线。马内克望着她织针底下垂下来的部分，想猜出她织的是什么——是围巾，是毛衣，还是袜子。

父亲起身去上厕所。"等一下，爸爸，我扶你去。"女儿说道。父亲拄着拐杖一瘸一拐地来到过道上。正好，马内克心想，看来那姑娘得睡上铺。他自己也是上铺，这样看得更清楚。

晚上，马内克拿出饼干分给那位衣着整洁的邻座。那人用耳语般的声音向他道了谢。"不客气。"马内克以为那人喜欢小声说话，便用耳语般的声音答道。那人投桃报李，送给他一只香蕉。由于天气热，香蕉皮已经发黑，但马内克还是吃了。

乘务员开始巡视，分发毯子和床单，安排卧铺。马内克离开之后，那个衣着整洁的人从装香蕉的包里拿出铁链和挂锁，把行李箱锁在了座位底下。他探身凑到马内克耳边悄悄解释道："这是为了防贼——乘客睡着之后，他们会摸进包厢里偷东西。"

"噢。"马内克不安起来。没人提醒过他会有这样的事。不过也有可能是那个人天生神经紧张而已。"你知道吗，多年以前我母亲带我乘过这班火车，当时什么也没丢。"

"悲哀之处就在于现在世道变了。"那人脱下衬衫，整理好之后挂在窗边的挂钩上。接着他取出口袋里的塑料笔盒，别在自己的背心上，小心翼翼地避开他那茂密卷曲的胸毛。他见马内克在看，便笑着小声说："我非常喜欢我的笔，哪怕是睡觉也不想跟它们分开。"

马内克也笑笑，小声说："是啊，我也有一支最心爱的笔。从不借给别人用——生怕别人把笔尖用坏。"

那对父女见他们窃窃私语，聊天时不带上他们，很气不过。"我们又有什么办法呢，爸爸，有些人就是天生没礼貌。"她说着把拐杖递给父亲，目光冷冷地瞥了对面的座位一眼，上厕所去了。

马内克并未觉察，因为他正在担心自己的行李箱。钢笔爱好者轻声说的那几句有关小偷的话把他这一夜给毁了，他把上铺那个姑娘完全抛到了脑后。等他想起来的时候，她已经把被子盖得严严实实，父亲帮她把被子披到了下巴。

爬上自己的铺位之前，马内克把箱子的位置挪了挪，确保自己从上铺能够看见箱子的一角。他躺在铺上无法入眠，不时瞥一眼箱子。那年轻姑娘的父亲有几次撞见他的目光，便疑神疑鬼地打量他。天快亮时，倦意渐渐战胜了马内克的警惕。他睡着之前看见的最后一幕是那位父亲拄着一根拐杖保持平衡，用床单遮住女儿，以免她从上铺下来时露出小腿或是脚踝。

直到乘务员来收铺盖时他才醒来。那年轻姑娘已经又在忙着打毛线了，看不出是什么的毛线织物在她手指底下翩翩起舞。早茶送来了。那位穿着整洁的钢笔爱好者今天变得健谈多了。那把钢笔重新放在他衬衫口袋里。马内克得知他昨天之所以沉默寡言是由于嗓子不舒服。

"谢天谢地，今天早上好些了。"那人说着又咳嗽起来，然后大声清了清嗓子。

马内克回想起自己昨天听见那人沙哑的低语声，便也神秘兮兮地低声作答，不由得有些尴尬。他不确定自己是否应该道个歉或者解释一下，但那名钢笔爱好者似乎并没把那件事放在心上。

"我的病情很严重，"他解释道，"我这次出门就是为了去找专家看病，"他又清了清嗓子，"很久很久以前，我刚刚开始工作的时候，无论如何也想不到工作竟然会让我变成这样。但是又有谁能跟命运抗衡呢？"

马内克同情地摇摇头："你是在工厂里工作吗？吸入了有毒的废气？"

听见他的猜测，那人轻蔑地笑笑："我是法学士，是个完全具备执业资格的律师。"

"哦,我明白了。看来是在满是尘埃的法庭上长时间地演讲让你的声带劳损,这才把嗓子毁了。"

"不是的——恰恰相反,"那人稍有迟疑,"这说来话长。"

"我们有的是时间,"马内克哄劝道,"旅途长着呢。"

对面的父女对他们压低声音说话忍无可忍。那位父亲见他们小声窃笑,便确信他们是色鬼,对他纯洁无瑕的女儿有非分之想。他对他们怒目而视,然后拿起拐杖,抓住女儿的手,拄着拐杖单腿着地,顺着过道咚咚地走远了。"有什么办法呢,爸爸,"她说,"有些人就是天生没教养。"

"不知道那两个人是怎么回事。"钢笔爱好者望着拐杖那机械而精准的动作说道。他打开一只绿色的小瓶子喝了一口,然后放下瓶子。他深情地摸摸自己的钢笔,刚喝过药的喉咙试探着说起话来,讲的正是关于他喉咙的故事。

"律师是我的第一份工作,也是我最喜欢的工作。这份工作开始得很早,就在我们取得独立的那一年。"

马内克飞快地算了笔账。"从一九四七年到一九七五年——二十八年。你在律师行业的经验可真不少。"

"不是的。没到两年我就换了工作,因为我受不了每天在法庭上当着大家的面讲话。对我这种天性害羞的人来说压力太大了。我夜里躺在床上直冒冷汗,浑身打冷战,为第二天的到来感到恐惧。我需要的是一份可以独处的工作。能够让我 in camera 地工作。"

"摄影师吗[1]?"

"不是,这是拉丁语,是私密的意思,"那人有些懊悔地挠挠钢笔,像是在给钢笔挠痒痒,"这是我的一个坏习惯,是学法律造成的——放着好好的英文单词不用,偏要用这种拗口的字眼。总之,为了寻求独处,

---

1. 原文为拉丁语,但 camera 在英语里有"照相机""摄影机"的意思。

我成了《印度时报》的校对员。"

　　做校对怎么会把嗓子弄坏呢？马内克十分不解。但他已经两次打断对方的话，并且出了洋相，还是安安静静地听讲比较好。

　　"我是那里最出色的校对员，绝对出类拔萃。最难校对、最重要的稿件都要留给我来审读。社论版、法庭审理程序、法律文本、股市数据都有。还有政治人物的演讲——那些稿子无聊透顶，让人读了想睡觉。但困意是校对员最大的敌人。我亲眼见过一些很有前途的校对员因为犯困而毁掉了口碑。

　　"然而对我来说，什么样的稿子都不在话下。字母一行接一行地从我眼前掠过，整齐地落在新闻纸的海洋里，组成一支舰队。有时我觉得自己就像海军大臣[1]，对印刷字母组成的海军拥有至高无上的指挥权。不出几个月，我就升职成了首席校对员。

　　"我夜里不再出冷汗了，睡眠质量很好。在那个职位上我做了二十四年。我坐在自己的小格子间里很开心——那是我的王国，有我的桌子、我的椅子、我的阅读灯。夫复何求呢？"

　　"确实。"马内克说。

　　"没错。但是没有哪个王国能够永世长存——即使只是格子间里毫不起眼的小王国也做不到，有一天，毫无预兆地出事了。"

　　"什么事？"

　　"灾难。我正在校对一篇关于某个联邦议会议员的社论稿，那个人在抗旱项目里中饱私囊。这时我的眼睛突然开始发痒，流眼泪。我没多想，就揉了揉，把眼睛擦干继续工作。不出几秒钟，我又流眼泪了。我又把眼睛擦干，但眼睛还是继续流泪，流啊流。没过多久，流出来的就不再是不碍事的一两滴眼泪，而是流个不停，连成了串。

---

1. 英国皇家海军的名义首长，通常由廷臣或王室成员任职，而非海军军官，英国现任海军大臣是伊丽莎白二世的王夫菲利普亲王。

"同事们都很关心我,很快围拢过来。他们把我的格子间挤得水泄不通,以为我是由于愤慨才会流眼泪,便七嘴八舌地安慰我。他们以为我整天阅读国内那些不尽如人意的事情——贪污腐败、自然灾害、经济危机——终于被这些事情击垮了,既悲伤又绝望,于是情绪崩溃。

"当然,他们想错了。我是不会让个人情绪影响自己的专业职责的。你要明白,我说这话的意思不是校对员应该冷血无情。我从不否认自己面对手中的稿子时常有落泪的冲动——悲惨的新闻事件、对低种姓的暴力行为、政府不作为、官员狂妄自大、警察暴力执法。我相信大多数人对这些事都有同感,情绪崩溃也是正常现象。但'牺牲若是旷日持久,心灵便会化为石头'[1],这是我最喜欢的诗人写的。"

"是谁呢?"

"W. B. 叶芝[2]。因此我认为应该适当地克制正常反应,这样才能继续向前。"

"我不确定,"马内克说,"对事物诚实地作出回应,难道不是比隐藏情绪更好吗?假如全国的人都愤慨起来,就能促成改变,迫使政客规范自己的行为。"

那人听闻这话眼睛一亮,显然对这个辩论的机会很有兴趣。"从理论上来说,没错,我同意你的看法。但在实际生活中,这样会引发更多大规模的灾难。试想六亿人全都满腔怒火、哀号不断、哭哭啼啼会是什么样子?全国每一个人——包括飞行员、火车司机、公交和铁路调度员——全都情绪崩溃,那会是怎样的灾难啊。飞机坠落,火车脱轨,船只沉没,公共汽车、卡车和小轿车发生连环车祸。混乱。彻底的混乱。"

那人停下来,留给马内克一点时间,让他用想象力为自己刚刚描述

---

1. 出自叶芝的诗歌《1916 年复活节》。
2. 威廉·巴特勒·叶芝(William Butler Yeats, 1865-1939),爱尔兰诗人、剧作家,曾于 1923 年获得诺贝尔文学奖。

的混乱的局面补充细节。"而且请你记住：科学家尚未做过相关研究，人群大规模陷入歇斯底里、大规模自杀会对环境产生怎样的影响。起码在我们这片次大陆上没做过研究。假如一只蝴蝶的翅膀就能扰乱地球另一头的大气流动，那么谁知道在我们这种情况下会发生什么呢？暴雨？龙卷风？海啸？大陆块又会怎样，会由于同情而产生地震吗？会山崩地裂吗？河流呢，十二亿只眼睛流下的泪水会不会引发洪水？"

他拿起小绿瓶又抿了一口。"不行，那样太危险了。还是按原样继续下去比较好，"他盖上瓶塞，擦了擦嘴，"继续说当时的情况吧。我面前摆着当天要校的稿子，眼睛止不住地流泪，一个字也看不清。那些文字原本整整齐齐地排成行、分成栏，突然间叛变了，字母歪歪扭扭、颠三倒四，稿纸的海洋掀起了风暴，字句全部破碎解体了。"

他伸出一只手盖住双眼，那灾难性的一天仍然历历在目，然后他又摸了摸钢笔，像是在安慰它们，仿佛它们也会为这段回忆而痛苦。马内克趁机夸奖了他几句，好鼓励他继续讲下去。"你知道吗，你是我认识的第一个校对员。我一直以为校对员都是些乏味的人，可是你讲话非常……很……这么与众不同，几乎像个诗人。"

"像诗人又有什么不合理呢？二十四年来，我与祖国的兴衰成败同呼吸、共命运，我的脉搏伴着国家的命运或欢乐高歌，或悲伤地颤抖。我做了二十四年的校对员，无数的字句透过心灵之窗进入我的头脑。有些就留下来，在那里扎了根。丰富的语言任我使用，又有新的词汇不断为之增添活力，我的谈吐为什么不该像个诗人呢？"他重重地叹了口气，"当然了，直到被泪水浸湿的那一天，一切都结束了。所有窗扉都猛然关闭。眼科医生判定我无法继续工作，做校对员的日子一去不复返了。"

"他不能给你配一副新眼镜，或者想别的办法吗？"

"那也救不了我。问题在于我的眼睛对印刷油墨严重过敏，"他无可奈何地摊开手，说道，"滋养我多年的琼浆玉露变成了毒药。"

"那后来你怎么办了？"

"碰上这种事,还能怎么办呢?只能接受现实,继续过日子。请你牢牢记住,活下去的秘诀就是敞开双臂拥抱改变,并随之自我调整。有句话说得好,'一切倒塌又重建,那重建的人们满心喜悦'[1]。"

"叶芝?"马内克猜道。

校对员点点头:"你看,人不能给自己画地为牢,然后说什么也不肯从中突破。有时候,人就是要把失败的经历当作成功的垫脚石。要在希望与绝望之间保持微妙的平衡。"他顿了顿,反思了一下自己刚刚说的话。"没错,"他重复道,"归根结底就是保持平衡的问题。"

马内克点点头:"话虽这么说,你一定很怀念原来的工作吧。"

"这个嘛,其实还好,"他对马内克的同情不以为然,"我想念的不是工作本身。报纸上的文章绝大多数是彻头彻尾的垃圾。其中有许多文章从我心灵的窗口进来,转眼就从暗门出去了。"

在马内克看来,这句话跟那人早先的说法似乎有些矛盾。也许是校对员内心仍然保有律师的那一面,能从正反两面论证同一个问题。

"我保留了少数优质的内容,并且记得很牢,"校对员先是嗒嗒地敲敲额头,又敲敲塑料笔盒,"我的脑子里没有废物,笔盒里也没有不出水的笔。"

过道上传来单边拐杖发出的咚咚声,说明父女俩回来了。马内克和校对员面带微笑,和气地跟他们打了声招呼。然而要平息他们的怒气可没那么容易。那位老父亲往自己座位上走时,把拐杖尖往校对员脚上猛地一戳。若不是校对员料到了这一击,只怕是要被他戳中呢。

"不好意思,"老父亲失望地嘟哝了一句,"有什么办法呢,全世界的人都有两条腿,而我只有一条好腿,当然会笨手笨脚地犯错误。"

"请您不要担心,"校对员说,"什么事也没有。"

女儿又打起了毛线,父亲则满脸怒容地望着窗外,偶有田间劳作的

---

1. 出自叶芝的诗歌《天青石雕》。

农民撞见他愤怒的目光，不禁被他吓了一跳。马内克希望校对员继续讲下去。"所以你现在是退休了吗？"

他摇摇头。"要想糊口就不能退休。没有，我很走运，我的编辑心肠很好，帮我找了一份新工作。"

"那你的嗓子呢？"马内克觉得这整个故事的核心内容被遗忘了。

"那是我新的工作岗位上发生的事。由于职务之便，那位主编跟很多政客交好，帮我牵线成了自由职业者，搞宣传，"他见马内克面露困惑，便解释道，"你知道的，就是编写政治口号、雇围观群众、为各个政党组织选举集会和游行。他向我介绍这份工作的时候看起来挺容易的。"

"实际上呢？"

"在创作方面完全没问题。撰写演讲稿、设计横幅，这些都好办。我有多年的校对经验，对职业政客常说的那套假大空一清二楚。我的modus operandi[1]很简单。我列了三个清单：候选人的成就（有真有假），对对手的指责（其中包括传言、未经核实的指控、含沙射影以及谎言），还有空头支票（噱头越花哨越好）。接下来要做的只是从这三个清单当中选出素材排列组合，添上些吹牛的大话，再根据当地特点加上几句话——一篇全新的演讲稿就出来了。我非常受客户的欢迎。"他回想起自己的成就，脸上泛起一丝微笑。

"我的困难在最后的阶段，上街的时候。你知道的，我一辈子都在办公室里工作，沉默寡言，我的嗓子没经受过锻炼。现在突然要我大声发出指令，高喊口号，鼓动人群跟我一起喊口号。以我的背景，这对我而言是terra incognita[2]。这工作量太大。对我缺乏历练的嗓子来说太辛苦了。我的声带严重受损，医生说我永远都不会完全康复了。"

"太糟糕了，"马内克说，"你应该叫其他人去喊口号。毕竟雇围观群

---

1. 拉丁语，意为"工作方法"。
2. 拉丁语，意为"未知的领域"。

众就是为了干这个,不是吗?"

"没错。但过去的工作让我养成了一个习惯——事事都要亲力亲为,哪怕最细微的小事也不例外——这个习惯很难改。让租来的观众自己喊口号,我不放心。毕竟游行举办得成功与否,是靠分贝数的大小来衡量的。仅有朗朗上口的口号和抢眼的横幅远远不够。因此,我认为自己必须以身作则,满怀激情地发声,炸雷轰天,感天动地,诅咒邪恶,尖叫着赞扬出资人——吼叫、疾呼、呐喊、欢呼,直到我将胜利收入囊中!"

回忆到这里,校对员激动起来,忘了自己嗓子不好,声音也抬高了。他从口袋里抽出一支笔,像指挥棒似的比画起来。接着,一阵剧烈的干咳、哽咽与喘息打断了他描绘出的交响乐般的场景。

父女俩连忙嫌恶地躲开,往后缩回自己的座位上,生怕自己被这恶心的咳嗽传染到。"有什么办法呢,爸爸,"女儿用纱丽捂住口鼻,抽了抽鼻子,"有些人就是完全不替别人考虑。到处传播病菌,真不要脸。"

校对员缓了口气说:"看见没有?看见我受了多少苦没有?这就是搞政治宣传的下场。又一个器官不能用了,"他抬手扼住自己的喉咙,"可以说我是自己割断了自己的喉咙。"

马内克赞同地笑笑,但校对员的本意并不是在开玩笑。"我通过亲身经历吸取了教训,"他严肃地说,"现在我身边总带着个大嗓门的助手,我小声把口令告诉他。我教给他措辞、语气、哪个音节需要重读,哪个音节不用重读。然后由他替我带领人群去喊口号。"

"那他的嗓子没事吗?"

"对,几乎毫发无损。他退伍之前曾经是军士长。不过,我还是要为他提供许多薄荷护喉糖。实际上,他会在车站跟我碰头。城市里对政治宣传人员的需求量总是很大。不同的政治团体永远处在躁动不安的状态——要求更多的食物、降低税费、涨工资、降物价,所以我在治疗的同时也能顺便接点儿活。"

故事快讲完了,他的声音又变回了昨晚那种很费力才能发出的微弱的低语声，马内克忙劝他别再勉强自己的嗓子了。

"你说得很对，"校对员说，"我早就应该住口了。对了，我叫瓦森特劳·瓦尔米克。"他说着伸出手来。

"马内克·科拉。"马内克答道，并跟他握了手。父女俩把视线转向一边，并不想向这两个没教养的家伙做自我介绍。

离家三十六个小时之后，马内克终于到了城里。他风尘仆仆，眼睛干疼，鼻子刺痛，嗓子发干。他心中好奇，不知这趟旅行会给那名可怜的校对员饱受折磨的声带带来什么样的额外损害。

"再见，瓦尔米克先生——祝你一切顺利。"他说着，拎起大大小小的行李箱开始往外挤。

瓦森特劳·瓦尔米克愁眉苦脸地站在站台上四处张望，寻找他那名退伍军士长。他几乎发不出声音来回答马内克，只好举起手作别，手放下时摸了摸衣兜里的钢笔。

马内克乘坐的出租车在从火车站开往学校宿舍时绕了一小段路，是为了避开一起交通事故。公共汽车撞了一个老头儿。售票员挥手拦下路过的其他公共汽车，把自己的乘客转移到其他车上，自己留下等待警察和救护车。

"要想过马路，必须年轻力壮、手脚灵便才行。"出租车司机若有所思地说。

"确实。"马内克说。

"那些混蛋公共汽车司机，驾照都是靠贿赂买来的，根本没通过考试，"司机的语气愈发气愤，开到逆向车道上超车，"都该抓去坐牢。"

"你说得对。"马内克心不在焉地应和道。他精疲力尽，车窗外掠过的城市街景仿佛是电影胶片。几个孩童在人行道上朝两条狗掷石头，那一公一母正在交媾。有人往那两个畜生身上倒了桶水，它们这才分开。公狗猛然窜入车流，险些被出租车撞上。

下个红绿灯跟前,警察逮捕了一个男人,那人刚刚被六七个年轻人痛打了一顿。附近的居民全拥到街上看热闹。"出什么事了?"司机把头探出车窗,向看热闹的人打听。

"往他老婆脸上泼硫酸了。"

还没等他们问清原委,红绿灯就变灯了。司机猜测准是因为那女人跟别的男人鬼混,要么就是把丈夫的晚饭烧煳了。"有些人真是疯了,什么事都干得出来。"

"也有可能是嫁妆引起的纠纷。"马内克说。

"有可能。不过那种情况他们泼的通常是煤油,厨房里的。"

马内克抵达宿舍时已是晚上。他到宿管办公室领了房间号牌、钥匙和宿舍规章制度列表,列表上面写着:请锁好房门;请勿用尖锐物品在墙壁上刻划;请勿带异性进入宿舍;请勿从窗口丢垃圾;夜间请保持安静……

他把那张复印的列表揉成一团,扔到小写字台上,他累得既不想吃饭也不想洗漱,铺开白床单便睡了。

不知什么东西顺着他的小腿往上爬,把他弄醒了。他用胳膊肘撑起身,朝膝盖下面猛地一拍。外面漆黑一片,他打了个冷战,心怦怦狂跳,一时慌了手脚,记不起自己身在何处。他卧室的窗户怎么变小了呢?窗外的山谷哪儿去了?黑夜中闪烁的星星点点的光亮和隐没在远方黑暗中的高山呢?为什么一切都消失了?

等他看清地板上行李的轮廓才松了口气,放松的感觉像一张毛毯,覆盖了他全身。他出门远行,坐的是火车。远行使熟悉的事物全都消失不见。他睡了几个小时,还是几分钟?他瞥了一眼手表,想解开谜底,望着发光的数字出神。

他忽然一惊,想起自己是被腿上爬过的东西弄醒的。他从床上一跃而起,踢开行李箱,摔倒在椅子上,慌乱地在墙上摸索起来。摸到开关,咔嗒一声,他的手指点亮了天花板上孤零零的那只灯泡。床单白得发光,像刚刚落满雪的雪地,白得炫目。只有他睡的那一边例外,他脸上身上的灰尘蹭脏了床单。

这时他看见了白床单边上的东西。在灯光的映照下,那东西匆匆地向床和墙壁的缝隙爬去。他抓起一只鞋,慌张地向那东西所在的方向乱打一气。

他打得不准,蟑螂不见了。他满心气恼,强撑着倦意,打定主意要攻克这个难题。他把床从墙边挪开一道缝,宽度能够让自己挤进去,动作非常轻缓,以免惊动逃犯。

露出来的地板上趴着一群蟑螂。他悄悄地蹲下,抬起手臂劈头盖脸地打下去。他的鞋子打中了三只蟑螂,其他的却消失在床下。他趴下来,决意不让它们逃脱,以免它们再来烦扰自己。与此同时他的脚踝开始发痒,他伸手去挠,手指碰到了一片红肿。他在手臂上也发现了类似的发痒的肿块。

外面响起敲门声。他有些迟疑,不愿就这样抛下猎物——要是它们想办法藏了起来,今晚他就只能任它们摆布了。

一个声音大声说:"嗨!你还好吗?"

马内克从床底下爬出来,打开了房门。"嗨,"来人说道,"我叫阿维纳什,住隔壁。"他说着向马内克伸出右手,左手拿着一罐杀虫喷雾。

"我叫马内克。"马内克放下手里的鞋,跟他握了手,然后快速回头看了一眼,以防敌人逃窜。

"我听见你在屋里敲敲打打,"阿维纳什说,"有蟑螂,是不是?"

马内克点点头,又拿起了鞋子。

"别担心,我给你弄来了先进技术。"他笑着举起那罐喷雾。

"谢谢,不过不用了,"马内克说着使劲地挠了挠手臂上红肿的地方,"我打死了三只,还有——"

"你不了解这个地方。你打死三只,就会有三十六只蟑螂排着队来找你报仇。简直像希区柯克的电影,"他笑笑,凑上前来摸摸马内克胳膊上的红肿块,"臭虫咬的。"

他建议往房间里喷杀虫剂,然后到外面等四十五分钟。"只有这样你今晚才能睡着觉,相信我。这已经是我在宿舍住的第三年了。"

他们撤掉床单,抬起床垫,给床架和床板全喷了杀虫剂。房间里的其他地方也喷了——窗框、墙角、橱柜里面。行李箱和储物箱都挪到了阿维纳什的房间里,以免臭虫和蟑螂爬进去躲在里面。

"用了你这么多杀虫剂,我实在过意不去。"马内克说。

"别担心,你自己也得买一罐,到时候你来给我的房间喷药就是了。这些房间每星期至少要喷一次杀虫剂。"

他们坐下等着虫子熏死,马内克坐在房间里唯一的椅子上,阿维纳什坐在床上。"好了。"他说着往后一靠,用胳膊肘撑住身体。

"多谢你帮忙。"

"别客气,没什么的。"说到这里,阿维纳什顿了顿,看看话题接下来会转向什么方向。马内克没说话。"你想不想下盘象棋或者跳棋,打发时间?"

"好啊,下跳棋吧。"马内克很喜欢他的眼睛,喜欢他与自己对视的眼神。

棋局开始之后谈话就顺畅多了,两个人都低头盯着棋盘。"所以说,你是哪里人?"阿维纳什问,他已经有一枚棋子成王[1]了。

山区小镇、棚户区、群山、叶猴和积雪让阿维纳什听得入神。他赢了这一局,重新摆棋盘时他坦言自己从没出门旅行过。

"那幢房子是我曾祖父盖的,在山上,"马内克说,"因为山坡很陡,所以我们得用钢缆把房子拴住。"

"等等——你以为我是三岁小孩吗,那么容易上当?"

"不,是真的。过去发生过地震,地基向山下滑了一点儿。所以才要

---

1. 文中提到的是国际象棋与国际跳棋。在国际跳棋中,棋子到达对方底线即升变成"王"

用钢缆拴住。"他解释了房子的修复过程,描述了具体的修复技术。

他的真诚说服了阿维纳什。用钢缆拴在山岩上的房子,这想法令阿维纳什感到很有趣。"这房子听起来好像有自杀倾向。"

他们哈哈大笑起来。阿维纳什挪了一枚棋子,说:"加冕[1],"几步棋过后,他又赢了,"那你父亲是做什么的?"

"我们开了家店。"

"啊,是商人啊。收入肯定很不错,才能把你送到这么远的地方来上学。"

他略带讽刺的语气让马内克有些不服气。"只是一家小店,而且我父母的工作很辛苦。他们送我来这里学习,是因为生意开始走下坡路了,而且——"

他们同时抬起头,为他说的这个词哈哈大笑。马内克觉得自己回答的问题已经够多了。"那你呢?你也在这里上学,你父亲肯定也不缺钱,所以才供得起你。"

"不好意思,让你失望了。我有奖学金。"

"恭喜恭喜,"马内克思考着下一步棋,"那你父亲是做什么的?"

"他在纺织厂上班。"

"他是经理?"

阿维纳什摇摇头。

"会计?"

"他是操作机器的。三十年来一直在操作那个破机器,行了吧?"他的声音由于愤怒而微微颤抖,接着恢复了平静。

"对不起,"马内克说,"我不是有意……"

"这有什么可道歉的?我并不觉得说实话丢人。应该说对不起的是

---

1. 棋子升变成"王"之后,要在上面叠放一枚同色的棋子以示区别,称为加冕。有些玩法则把棋子反过来作区分。

我,我没有比这更精彩的故事可讲。没有山区,没有积雪,没有会动的房子——只有一个在工厂工作了一辈子的父亲,到头来,他得到的报答就是肺结核。"

他们都低下头对着棋盘,阿维纳什继续讲述起来。他说得到奖学金之后他一直盼望着能在宿舍里有个自己的房间。他这辈子一直跟父母和三个妹妹住在一间带厨房的一室户里,是工厂租给他们的。他父亲患结核病已经好几年了,却还是不得不在尘土与布料纤维之间劳作,养家糊口。此外,倘若他辞职,他们就要把工厂的房间腾出来,而他们没有别的住处。

阿维纳什刚来宿舍时失望透顶,这里肮脏不堪,老鼠和蟑螂满地跑。"我们家的确只有一间卧室和一间厨房,但至少我们打扫得很干净。"再后来,还有当选学联主席和宿舍委员会主席后随之而来的失落感,"我真后悔自己当选了。学校宣传册里可没有相关内容能让你为宿舍生活做好准备。"

"这话是什么意思?"

"你刚来第一天,我不想跟你说这些扫兴的事。你刚才见识到的只不过是毛毛雨。不过要是学生行动起来,要求改善住宿环境,浴室和厕所其实很容易就能修好,只是用来修缮的钱全进了少数人的腰包。跟食堂一样。承包商签下的合同很有赚头,给学生吃的却净是垃圾。不过你可以自选垃圾——吃素还是吃荤。"

"我对吃的并不挑剔。"马内克无知者无畏。

阿维纳什笑了。"到时候你就知道了。其实也没什么好选的。我觉得素菜跟荤菜其实是一样的,只是里面少了筋和骨头。"

马内克把精力全放在棋盘上,他觉得自己的一枚棋子就要突破防线了。

"问题是,"阿维纳什吃掉了他那枚很有希望的棋子,"住宿舍的大都是家境贫寒的学生。他们不敢抱怨,只想尽快毕业找份工作,好照顾父母和弟妹。"

马内克的计划再次泡汤,给阿维纳什的棋子加了冕,又过了两着棋,他又输了。接连输棋,他并不气馁,因为他的对手也没有扬扬自得。

"你看起来有点儿困了,"阿维纳什说,"怪不得你下棋精力不集中。"

"没事,我们再玩一局。不过你知道吗,你跟别的学生不同。"

阿维纳什笑了:"你怎么知道?你才刚来。"

马内克用一根手指抚摸着棋子表面的同心圆凹纹,想了想。"因为……因为你刚刚讲的那些事。因为你参加了主席竞选,想要改变现状。"

阿维纳什耸耸肩。"我不这么想,我正打算辞职呢。我应该把时间和精力花在学习上。我是我们家头一个读完高中的人,所有人都指望着我呢。我那三个妹妹也是。我必须为她们攒嫁妆,不然她们就没法嫁人了。"他顿了顿,笑了,"她们小时候我常常帮母亲给她们喂饭,她们总是咬我的手指头。"他笑着回忆道,"我父亲常说,只要我拿到文凭,找份好工作,他吐的那些血就不算枉费。"

他们俩都从棋盘上抬起头来,阿维纳什沉默了。两个人的眼睛都盯着棋子时,谈话更容易些。方格棋盘的逻辑同时推动着棋局与谈话的走向。现在那条线被打断了,尴尬和别扭同时涌现。

"我该去拆行李了。"

"你的房间应该可以进了。我们看看去。"

他们把行李箱和储物箱搬回房间,清扫了死蟑螂,铺好床。"不要把床推到墙边,"阿维纳什说,"至少留一英尺的空隙才安全,"他还建议马内克把床腿放在盛水的铁皮罐里,以免虫子爬上床,"这个我们明天再做也不迟。今晚你应该没事。"

马内克去宿管办公室投诉,说他拉了厕所的冲水链子,却什么反应也没有。

"那是因为水箱没供水,"工作人员说着抬起头,那人正在用透明胶带粘补撕坏的文件,"宿舍楼的承建商为了省钱,没接通管道。学校把他告上了法院。不过别担心,厕所清洁工会解决问题的。"

"怎么解决?"

"用水桶冲水。"

"清洁工几点来?"

"宿舍的人起床之前——早上四点,有时候是五点。"

马内克当即下定决心:他必须每天早上第一个去上厕所,无论要多早起床,他都必须占得这个特权。

第二天,阿维纳什听见他天没亮就起床,便过来查看。"怎么了?你生病了吗?"

"没有,我很好——怎么了?"

"你知道现在几点吗?才五点一刻。"

"我知道。但我讨厌上厕所的时候有别人的屎盯着我。"

阿维纳什得知马内克早早爬起来竟是为了这种无关紧要的事,先是有些恼火,接着笑了起来。"你们这些有钱人家的儿子。你什么时候才能适应现实生活呢?"

"我跟你说过,我不是有钱人。我们家的厕所很普通,跟这里没两样。但是水箱里有水冲,也没这么臭。"

"你的问题就在于你看得太多、闻得太多。大城市的生活就是这样——没有美丽的雪山。你必须学会遮住你那娇滴滴的眼睛和鼻子。还有一件事你最好做好准备,那就是欺负新生。"

"哦,不,"马内克说着回想起在寄宿学校的日子,"这帮人还没成熟起来吗?他们干什么?往床上泼水?往茶里倒盐?"

"差不多吧。"

那个周末的家书马内克写得很艰难,因为他要慎重选择写下的事情,以免被误认为是在叫苦。他不希望格雷瓦尔准将和他太太以及其他所有跟着读信的人认为他是个软骨头,没法独立生活。

不过,头两个星期过去后,阿维纳什跟他成了好朋友,他几乎相信了自己离家前听见的许诺:他在学校里会过得很开心。

一天晚上,下跳棋的时候,马内克坦言自己对国际象棋一窍不通。阿维纳什说自己三天就能把他教会。"前提是你真的有兴趣学下棋。"

由于他们两个都不是素食主义者,在食堂里坐在同一区,象棋课就在晚饭时开始,用纸和笔上课。马内克说,有这个转移注意力,食堂的泔水变得容易下咽多了。

"你终于学会了,"阿维纳什说,"秘诀就在这儿——转移你的感官。我给你讲过我关于感官的理论没有?我认为,我们视觉、嗅觉、味觉、触觉、听觉的标准全是为了享受完美的世界。既然这个世界不完美,我们就必须屏蔽这些感官。"

"宿舍世界可不仅仅是不完美那么简单。这是个严重畸形的世界。"

吃完饭以后,他们的上课地点转移到了公共休息室,眼下这里还算安静。几个学生围在弹棋桌[1]周围。每当攻击棋撞上棋台的边沿反弹回来,围观者便会纷纷低语,或称赞,或叹惋。一伙人走进休息室,高声说笑吵闹着玩起了扔笔帽的游戏:拿着笔帽往缓缓旋转的吊扇上扔,看谁先把笔帽扔到三片扇叶中的某一片上。尝试了几次之后,发明这个游戏的人站在椅子上抓住了风扇,把笔帽放在扇叶上。他们调高转速,笔帽飞落下来,人群发出刺耳的欢呼声。接着,那伙人抓住了他们当中的一个,把他扛在肩上往风扇送,威胁说要把他塞进扇叶当中。他连声尖叫哀号——半是真心恐惧,半是由于他知道人们想看见他做出这样的

---

1. 印度弹棋(Carrom)是南亚流行的弹球式桌面游戏,游戏双方各有一枚攻击棋(striker),最先用攻击棋将对方的九枚棋子与"王后"棋子撞进棋桌四角的洞里的一方获胜。

反应。

马内克和阿维纳什看着他们闹了一会儿，然后上楼继续他们的象棋课。阿维纳什的棋子装在红棕色的亮面胶合板盒子里，盒子放在写字台上。他取下盒子的滑盖，把棋子倒在棋盘上。

掉出来的塑料棋子做得很粗糙，底下衬有绿色的毛毡。马内克发现盒底有一张倒扣的纸，便翻了过来。

"嘿，那是私人物品。"阿维纳什说。

"厉害，"马内克说着，钦佩地看着纸上的文字：1972年度国际象棋跨年级锦标赛一等奖奖品，"我都不知道，原来我的老师是冠军。"

"我不想让你紧张，"阿维纳什说，"好了，认真听讲。"

到了第三天，马内克已经掌握了国际象棋的基础。他们在食堂里研究阿维纳什设的棋局，走白棋，要求三步制胜。这时素食区突然喧闹起来。学生从座位上一跃而起，掀翻了桌子，砸烂了杯盘，把椅子扔到了厨房的门上。没过多久，这场骚动的原因就传遍了食堂：一个吃素的学生在本该是素食的小扁豆汤里发现了一片肉。

消息迅速传开，人们说那个混账厨子戏弄他们的宗教情感，践踏他们的信仰，玷污他们的身心，而这一切都是为了卑鄙地中饱私囊。不出几分钟，宿舍里的素食学生全都来到了食堂，为这种欺骗行径怒火中烧。其中有些人情绪几近崩溃，语无伦次地尖叫着，浑身抽搐，把手指伸进喉咙里，想把那禁忌的食物吐出来。有几个人成功地把晚饭吐了出来。

但是从学期伊始吃下去的食物早已消化，再长的手指也抠不出来。那邪恶的东西早已被消化吸收，成了他们的一部分，成了他们痛苦的来源。他们干呕、吐唾沫、连声哀叹，他们原地打转，双手抱头，为这无妄之灾哭号，他们不愿相信胃已经吐空，再没东西可吐了。

工人被人从厨房里拽出来之后，歇斯底里的人群这才找到了更令人满意的发泄对象。那六个人浑身散发着变质的油味、汗味和热炉灶的气味，面对讨伐他们的人群瑟瑟发抖。他们白色的工作服沾满了今晚做饭时留下的污垢——棕色的是溅出的小扁豆汤，深绿色的是菠菜。

素食学生见到复仇有望，翻江倒海的胃顿时像服下了灵丹妙药。恶心的感觉消失了，口中吐出的胆汁、呕吐物和黄绿色的液体被一连串的污言秽语取代。

"打死这几个狗娘养的杂种！"

"把他们的脸打烂！"

"让他们吃肉！"

这些威胁并没有立刻化为拳脚，因为那六个人很识相地跪倒在地，大声哀号。他们一把鼻涕一把泪地求饶，那歇斯底里、声嘶力竭的情景跟素食学生刚才拼命催吐的场景如出一辙。

阿维纳什看着这场闹剧持续了一阵子，然后推开椅子。"我有个主意。你能不能帮我保管一下棋盘？"

"你会受伤的，"马内克说，"你管这些闲事干什么？"

"别担心，我没事的。"

马内克把棋子放回盒子里，坐在角落看着他。厨房的工人和学生仍然僵持不下：犯下罪行的一方畏畏缩缩，匍匐在铁面无私的惩罚者脚下祈求仁慈。若不是那几名工人面临被揍成烂泥的风险，这场面真可谓滑稽可笑。不过，目前双方之间还绷着一条无形的界线，遏制着那种局面的出现。说来也怪，一条无形的线力量竟然如此强大，马内克心想——简直像砖墙一样结实。

"停！等一等！"阿维纳什高声说着，站到了战战兢兢的厨子与学生之间。

"怎么了？"学生们认出他是宿舍委员会和学联的主席，不耐烦地问道。

"稍等一下。痛打这几个人一顿有什么用呢？真正要怪的是那个鬼鬼祟祟的承包商。"

"等我们把他手下的人打成肉酱,他自然会明白的。保证他再也不敢在这里露面。"

"你恰恰说错了。他会带着警察来寻求保护。"

这头一着棋下得太妙了,马内克心想——那条无形的防线得到了巩固。

阿维纳什呼吁素食学生以及所有对食物不满意的人跟他联手,向学校的管理者正式投诉。"让我们采取民主的方式处理这件事,不要像街上的流氓那样。那些政客这样做已经够糟糕了。"

将军!马内克心想。阿维纳什巧妙地掌控了局面。

有些人表示同意,也有些人反对他的建议。素食学生又发出一连串的威胁,厨房的工人见状纷纷趴在地上哭哭啼啼。但是跟矛盾爆发时比起来,双方之间那种剑拔弩张的态势已经有所缓解。越来越多的人发声支持阿维纳什的提议。咄咄逼人的素食学生渐渐安静下来。厨房工人的哭喊声也停了,不过他们仍然跪在地上,一旦形势不妙,随时准备重新开始。

他们制订了计划,决定第二天一早在校长办公室外面组织一场大型抗议活动。学生们对于选定的行动方式普遍满意。就连最严格的素食者也停止了呕吐,平复了情绪,去洗净遭受不洁食物污染的身体,并答应第二天与其他人碰头。

将军!马内克心想。那条无形的防线已经不可动摇。

"我猜你就是传说中那种天生的领导者。"那天晚上,马内克半是调侃、半是钦佩地对阿维纳什说。

"算不上。天生的傻瓜还差不多。我应该坚持自己的决定不动摇的——放弃这些事,把精力放在学习上。走,我们上楼。"

食堂抗议大获成功,令阿维纳什和他的追随者都很惊讶。校长写了书面通知,解雇了食堂承包商。宿舍委员会获得授权,由他们选择新的承包商接手食堂。

学生们欢欣鼓舞，举办了一场庆功会，野心更大了。学联主席承诺，他们要逐个铲除校园中的邪恶行径：学校员工任人唯亲，招生时收受贿赂，出售试卷，向政治人物的家属开放特权，政府插手教学大纲，恐吓教职工。这样的恶行比比皆是，因为学校已经烂到了根里。

学生们欢天喜地，坚定地相信他们的行动能够激发全国的其他学校，展开彻底的变革，落实贾亚·普拉卡什·纳拉扬发起的草根行动，呼吁全国人民重拾圣雄甘地的原则。这种改变将使整个社会精神焕发，让它从腐败、缺乏活力的状态转变成健康的状态，依靠其丰富的古老文明，用《吠陀经》与《奥义书》的智慧唤醒世界，带领人们走向光明。

食堂抗议活动成功后的那些天里，抱有这样美好的梦想再容易不过了。学生们当中涌动着决心与信念，很快组建起数不清的小组委员会，设定工作日程，做会议记录，表决通过决议。食堂的伙食有所改善。宿舍里洋溢着乐观的情绪。

然而马内克却受够了。他希望自己和阿维纳什的生活都能恢复到原来的轨道上。这种长期焦躁不安的状态令人疲惫。他试过让阿维纳什戒断这种新产生的激情，采取的是他自认为很巧妙的方式：他搬出了朋友的家人。"我认为你说得对。你以前说的那些话，你知道的，就是把精力全放在学习上，为了你的父母，也为了你妹妹的嫁妆。你真的应该这样做。"

这个提醒让阿维纳什心烦意乱，皱起了眉头。"每当我想到这些事，常常会感到内疚。一旦我把剩下的几个问题处理完，我就辞掉主席职位。"

"什么问题？"马内克失去了耐心，"你开了那么多会，却一次都没提到过脏兮兮的厕所和浴室。蟑螂和臭虫也应该被提上日程。圣雄甘地是不会喜欢你这种方式的，他信仰洁净——身体的洁净才能促进精神洁净，才能达到心灵洁净。"

他的反驳让阿维纳什来了兴致，他笑着伸手揽住马内克的肩膀，两人一同走过内院。"我不知道你竟然是甘地哲学理念的专家。跟我说说，你想不想当蟑螂小组委员会的领头人啊？我会附议的。"

马内克参加过几次集会和抗议，只是为了对朋友表示支持。过了一段时间，就连这个理由都不足以让他参加活动了。那些活动程序枯燥乏味、千篇一律，他不再去了。

阿维纳什晚上再也没有时间下棋了。他们仍会一起吃饭，却很少有机会二人独处——马内克很讨厌这样。总有一群人围着他的朋友讨论、争辩，那些话题他不明白，也没兴趣弄明白。他们的谈话充斥着民主化、宪法、异化、退化、权力下放、集体化、决定论、无产阶级性、国家主义、资本主义、物质主义、封建主义、帝国主义、共产主义、社会主义、法西斯主义、相对主义——主义、主义、主义、主义，这个词就像苍蝇一样围着他打转。

这帮人怎么就不能好好说话呢？马内克心里纳闷。为了解闷，他开始数他们说了多少个不同的"主义"，数到二十个才停下。有时候，他们的辩论中也会提到狗——帝国主义的走狗、资本主义的走狗。有时候狗会变成猪，资本主义蠢猪。放高利贷的鬣狗和豺狼般的地主偶尔也会现身。最近，除了种种"主义"，他们常常谈起这个所谓的"紧急状态"，言谈举止仿佛天塌了似的。

马内克觉得自己受到了冷落，于是一吃完饭就回到自己的房间。他还留着那套塑料象棋，时常摆开棋局跟自己对弈。他先走一步，然后把棋盘转过来再走一步。过了一段时间，这游戏变得无聊起来，于是他读了阿维纳什借给他的一本书，里面是各种各样的国际象棋残局，难度依次递增。

尽管日子很难熬，但马内克仍然对朋友避而不见。接着，就在他过了几天孤独的日子之后，决心开始动摇、打算再给朋友一次机会的时候，阿维纳什恰好敲响了他的房门。

"嗨，最近有什么新鲜事啊？"他热情地拍拍马内克的后背。

"下棋。"

"一个人下棋？"

"不，跟我自己下棋。"马内克说着将了自己的军。

"最近没怎么看见你。你对最近发生的事一点儿都不好奇吗？"

"你是说学校里的事？"

"对啊——还有校外的各个地方，自从颁布紧急状态法案之后发生的事。"

"哦，那些事啊，"马内克做了个满不在乎的表情，"我对那些事不太了解。"

"你不读报纸的吗？"

"只看报纸上的漫画。那些政治新闻全都无聊透顶。"

"好吧，那我就给你简短地总结一下，免得你睡着。"

"好。我给你掐时间，"马内克看着手表说，"各就各位，开始。"

阿维纳什深吸一口气。"三个星期前，最高法院判定总理在上次选举中舞弊。这就意味着她必须下台。但她迟迟不肯行动。于是反对党、学生团体、工会开始在全国范围内发起大型示威活动。所有人都要求她下台。结果，她为了握住权力不放，声称国家安全受到内乱的威胁，宣布全国进入紧急状态。"

"二十九秒了。"马内克说。

"等等，还有一部分。有了紧急状态做借口，基本权利就被暂时搁置了，绝大多数反对派都被逮捕，各组织的领导者被关进监狱，甚至有些学生领导也被抓了。"

"那你最好当心点儿。"

"噢，别担心，咱们学校没那么招风。不过最糟糕的是媒体遭到了审查——"

"那就更没必要读报纸了，不是吗？"

"她还篡改了选举法，把她的罪行变成了无罪。"

"而你没时间下棋就是因为这件事。"

"我一直在下棋。我做的每件事都是在博弈。来，我看看你学得怎么样了。"他摆好棋局，然后把一白一黑两个卒藏在了背后。马内克已经料到他会这样做，便采取了王前兵开局。半小时后，马内克赢了，连他自己也吃了一惊。

"是我自作自受，把你教得这么厉害，"阿维纳什说，"不过我们要尽快来场复赛才行。"

这下生活可以恢复到从前了，马内克心想。阿维纳什将再次归他一人所有。他暗中盼望着校长像其他学校那样，因为紧急状态而禁掉该死的学联，这样就再没别的东西能让他的朋友分心了。

但事实让马内克失望了，他们的棋局再也没组起来。他晚上数次去敲阿维纳什的房门，却没有回应。他两次从门缝塞进了纸条："嗨，你躲到哪儿去了？不敢跟我在棋盘上交手了还是怎么着？回头见。——马内克。"

留下第二张纸条以后，他在食堂里见到阿维纳什时，阿维纳什只来得及向他简短地挥挥手。"收到你的留言了，"他说，"明天有空吗？"

"当然了。"

第二天，马内克在房间里等了一晚上，朋友却没有如约出现。他既气愤又伤心地上了床，心中发誓这是最后一次。要是阿维纳什想见他，大可以主动来找他。

他很想念阿维纳什。真奇怪，他心想，友情可以来得这么突然，在蟑螂和臭虫的促进下一夜之间就产生了。而友情去得同样突然，原因也同样荒谬。也许他根本不该把这当作一段友情，是自己太傻了。

马内克此前已经学会了忍耐宿舍里那些恶心的事物，但这些东西现在又回来了,而且变本加厉地恶心他。为了对抗这种局面,他养成了早上起床的新习惯:每当他睁开眼睛,他会把眼睛再闭上,枕着枕头想象群山连绵,云雾缭绕,鸟儿高歌,狗在门廊行走时爪子发出啪嗒啪嗒的声响,清晨凉爽的空气拂过他的皮肤,叶猴兴奋地欢叫,厨房里在做早饭,吐司和煎蛋就在他舌尖。当他的感官全部沉浸在对故乡的想象中之后,他才会再次睁开眼睛起床。

在校园里,现在占上风的学生团体是紧急状态法案颁布后诞生的"民主学联"。它的姐妹团"反法西斯学联"负责维持这两个团体的稳定,一旦有人抨击它们或者批评紧急状态,就会立刻被"反法西斯学联"压制。口头威胁和人身攻击渐渐成了常事,几乎成了学校课程的一部分。警察常驻校园,协助维持新颁布的法律与规定。

两名教授谴责这些混迹在校园中的打手,随后被便衣警察以反政府活动为由带走,依据则是《国内安全维持法》。学校没有替他们出面干预,因为《维持法》允许在不经审判的情况下拘禁嫌疑人,谁胆敢质疑《维持法》,迟早会被《维持法》找上门,这一点人尽皆知。还是不要被卷进这个烂摊子比较安全。

马内克很担心阿维纳什。作为最初设立的学联主席,阿维纳什肯定面临着新兴团体的威胁。每到晚上,他都会仔细听着隔壁房间的动静。轻柔的关门声、金属橱柜的叮当声、杀虫喷雾的嘶嘶声、床铺发出的闷响都说明他的朋友一切安好——他没有遭到袭击,或者被人带走,遭到秘密拘禁。

马内克匆匆来往于宿舍和教室之间,霸凌、巴结、屈服之类的闹剧每天都在上演,他从不停下来看热闹。校报办公室遭到了袭击,撰稿人和编辑被殴打一顿,然后被当场解雇。校报过去喜欢发表些无伤大雅的讽刺类文章,偶尔拿政府和学校的管理开开玩笑,不过讽刺类文章最近越来越难写了,因为政府自己也会采用这种方式报道那些遭到审查的媒体,而且写得比校报巧妙多了。

民主学联接管校报后，在随后发行的那期报纸上发表了声明，说今后这份出版物的新声音应该更好地代表学生们的意见。除了声明，报纸上剩下的内容全是学生和教师的行为准则。

一天早上，课程临时取消，四方形的内院里举办了一场升旗仪式。由反法西斯学联监督，任何人不得缺席。麦克风被民主学联的主席拿在手里。他叫学校的管理者全部来到队伍前列，证明自己对祖国的爱，以实际行动为学生做出爱国表率。

讲师、副教授、正教授、系主任得到信号，接二连三地来到主席台前，一个不落，流露出事先安排的痕迹。活动的组织者极力想让他们放慢速度，好显得他们是发自肺腑地想这样做。但是为时已晚，现改已经来不及了。全体教职工已经在主席台前列队站好，像在配给站排队买东西的顾客。他们顺从地在声明上签了名，说自己支持总理，支持总理宣布的紧急状态，支持她达成自己的目标，与从内部威胁国家的反民主势力做斗争。

马内克对这整个地方的感受除了恐惧就是厌恶。但对于老师们，他心中有的只是怜悯。他们灰溜溜地离开了升旗仪式，脸上的神情又羞又愧。

那天夜里，马内克隔壁的房间寂静无声。那熟悉的声响没有出现，不再向他揭示阿维纳什平安无事。马内克躺在床上久久不能入眠，忧心忡忡直到凌晨。他该不该向宿管汇报自己的朋友失踪了呢？可要是阿维纳什是去做完全正当的事，比如看望家人呢？最好还是等一两天再看看。

吃晚饭时他环顾食堂，搜寻阿维纳什的身影，却徒劳无功。他故作轻松地向同桌的人打听："学联管理委员会的人最近都在忙什么呢？"

"那帮人全跑了，老兄。躲起来了。他们继续在这里活动太危险了。"

听到这个回答，马内克放心了。他相信阿维纳什只是去什么地方躲起来了，也许藏在他父母从工厂租的公寓里。他很快就会回来的——说到底，紧急状态和打人、抓人的状态能持续多久呢？再说，他不会轻易被抓住的。看他下棋的着数就知道他不会。

原来的食堂承包商返回了岗位，开始向学生们的胃复仇。马内克回想起引发了这一切的那次素食事件，觉得自己当时说得很对——他告诫过阿维纳什不要多管闲事，不会有好下场的。

如今，每当饭菜实在难以下咽时，他就去校外的路边小吃摊买个三明治或者咖喱角。跟大多数学生相比，他过得还算幸福，因为家里会给他零花钱。他看着小贩把西红柿切片，给面包涂上黄油，听见炉火熊熊燃烧，油锅呲呲作响，心中感到一丝安慰。

一天晚上，他在路边吃完小吃回到宿舍，听见走廊里回荡着"收拾他！收拾他！收拾他！"的呼喊声，像捕猎时的呼叫声。他看见两个学汽修的一年级男生被十几个人堵在游戏室里团团围住。他们脱掉其中一个人的裤子，把他弯腰按在乒乓球台上，然后递给另一个人一只空饮料瓶。他们要他展示自己在内燃机课上学到的活塞与汽缸的工作原理。那个男生不愿照做，那些人便威胁说要是他不乖乖听话，就让他来做汽缸。

马内克满心恐惧，悄悄溜走了。从那以后，他吃完晚饭就直接回房间，把自己锁在房间里。他会提前准备好自己需要的一切物品——报纸、图书馆借的书、杯子和水——这样当那些欺负新生的人寻找猎物时，他就不必离开自己的避难所了。

一天晚上，他已经换上了睡衣，肚子突然轰隆作响，声音不妙。他猜测准是路边摊上配咖喱角吃的酸辣酱有问题。早知道就不吃了，那东西的味道确实有点怪。

尽管这个时候厕所已经肮脏不堪，但他不得不去。他谨慎地打开房门。走廊里空无一人。他快步走过，不时回头张望。走到一半时，那些人突然从一个储物间里冲出来抓住了他。他奋力抵抗。"求你们了！我要去厕所！真的很急！"

"等会儿再说。"那些人说着，把他的胳膊扭到身后，不让他挣扎。

"啊啊啊！"他痛得尖叫。

"听着，只是跟你玩个游戏，"那些人劝道，"你跟我们对着干干什么？这样只会让你受伤。"

他于是不再挣扎，那些人便把他的胳膊放松些。"真乖。现在告诉我们，你是学什么的？"

"空调制冷。"

"好啊，那我们就给你搞个小测验，看看你有没有好好学习。"

"可以。但是能不能让我先去趟厕所？"

"等会儿再说。"他们把他带到了工作室，里面有个很大的冰柜模型机。他们叫他把衣服脱掉，他没有动。他们便围上来脱掉了他的衣服。

"求你们了！"马内克一边哀求一边踢蹬着挣扎，"求求你们别这样！不要，求你们了！"他暗中祈求阿维纳什会奇迹般地出现，拯救自己，就像他从素食学生手里救下那些厨子那样。

捉弄新生的那群人动作很麻利，不到一分钟就把马内克牢牢按住，脱光了他的衣服。"现在听好了，"那些人说，"测验的第一部分很简单。我们要把你冻上十分钟。别紧张。"他们把他塞进了冰柜，里面空间有限，于是他们把他蜷起来塞进去，使劲关上了门。黑暗像一口棺材，罩住了他。

他们在外面等着拿他的反应寻开心。起初一段时间，什么动静也没有。接着响起了砸门声，持续了两分钟，接着是一阵短暂的沉寂。他又开始砸门——这次听起来虚弱些，断断续续、时有时无，声音时大时小。

敲击声渐渐微弱，令人不安，最后彻底消失了。外面的人看看表，说好的十分钟，这才刚过七分钟。他们决定开门。

"啊！哎哟！"恶臭扑面而来，大家纷纷后退，"这小子在冰柜里拉屎了！"

马内克浑身冻僵，根本出不来。那些人把他拽出来，使劲关上冰柜的门，封住里面的臭味，马内克仍然保持着蜷缩的站姿，茫然地环顾四周，仍然无法直起腰来。

那些人嘲讽地鼓起掌来。"非常好。第一项测验满分。那泡屎还能额外加分。干得漂亮。现在轮到第二项测验了。"

马内克想说话，泛蓝的嘴唇却止不住地颤抖。他僵硬地伸手去拿睡衣。有人一把拿走了睡衣。"现在还不行。还有第二项测验，你得向大家证明你的恒温器运作正常。"

他已经冻僵了，张着嘴看着那些人，什么也没听懂。

"你说你学的是空调制冷。怎么搞的，你连什么是恒温器都不知道吗？"

马内克摇摇头，惨兮兮地缓缓伸出手去抓睡衣。

"这就是你的恒温器啊，你这白痴，"那群人当中的一个说着在他被冻僵的阴茎上抽了一下，"现在让我们看看它好不好使。"

马内克低头望着下身，仿佛是第一次看见。那群人又开始起哄："非常好！恒温器识别准确！那么它好不好使呢？"

马内克点点头。

"证明给我们看，"马内克不确定这些人要他干什么，"快点儿，叫它动起来。撸一撸！"

马内克这才明白，他发现自己的嘴唇已经暖和过来，可以说话了："求你们了，我做不到。求你们了，现在可以让我走了吧？"

"第二项测验必须完成才行，否则我们就得重复第一项测验，这次把你跟屎冻在一起。检查恒温器是必需的操作。"

马内克虚弱无力地握住阴茎，手来回动了几下就松开了。

"不好使啊！使点劲儿！撸一撸！撸一撸！"

他吸了吸鼻涕，伴着那群人的口号声来回撸动包皮。他迫不及待地想要结束这场羞辱，因此弄得很卖力。他手腕酸痛，阴茎却什么感觉也没有，他不由得有些担心，会不会是冰柜把它冻坏了。他费了好大的劲，甚至没有完全勃起便射了精。

围观的人爆发出欢呼声、口哨声和呼喊声。不知哪个人把睡衣还给了他，人群散了。为了避免跟那些人一起走回宿舍，他在工作室里又待了一会儿，直到外面安静下来才离开。

他洗净了弄脏的双腿，回到了自己的房间。他上了床，仰面躺在黑暗中，盯着天花板浑身发抖。他不知道老师下次打开冰柜时会发生什么事。

一个小时过去了，他的四肢仍然在颤抖，他从柜子里取出毯子。他知道自己要做什么——一旦他暖和起来，他就要起身装行李。明天一早他就搭出租车去火车站，登上边区邮报列车回家去。

不过，父母会说什么呢？他猜得到父亲的反应——说他像懦夫一样逃跑。妈妈起初会站在他这边，可后来她听了爸爸的话，便会改变主意，她总是这样。改变，不断地改变。火车上那个校对员就是这么说的——不能逃避改变，必须自我调整，适应改变。但这说的肯定不是适应越变越差的状况。

前半宿，马内克在努力地思考，慢慢地收拾行李。后半宿，他在拆行李，并且给父母写了封信。他在信中说自己此前没有跟他们说实话，他很抱歉，但他那样做是因为不想让他们担心："宿舍糟透了，我绝不能再住在这里。这里不仅又脏又臭——这些我可以忍，关键是这里的人都令人作呕。其中有许多人根本不是学生，我不知道这些恶棍为什么可以住在学生宿舍里。他们吸大麻、酗酒、打架，赌博更是公开的行为，他们还向学生出售毒品，"他想了想，又加上一句，"有个人甚至想把毒品卖给我，"这样准能引起他们的重视，"这里实在糟透了，我想尽快回家。我会乖乖在店里工作，再也不指手画脚了，你们叫我做什么我就做什么，我向你们保证。"

这么写肯定够吓人了,他心想,父母肯定会采取行动的。他不必把真正令他耻辱的事情告诉他们。

得知马内克要回家,科拉夫妇都心中窃喜。他们非常思念儿子,却从不敢提起,即使对彼此也从来不提。他们宁愿违心地说自己为儿子而自豪、开心,说他离开家是为了接受良好的教育,尤其是在外人面前。

马内克那封十万火急的家书也没能改变这个状况。他们谨慎地克制着自己的反应,保持一贯的表现。"他这么快就回来了,真可惜啊。"科拉先生说。

"是啊,"科拉太太说,"这是他找份好工作的唯一机会,就这么丢了。你说呢,法鲁赫?我们该怎么办呢?"

科拉先生内心觉得既然儿子不开心,那就应该立刻回家。不过再怎么说也该试着找个别的解决办法,哪怕只是装装样子也好——每个人都会觉得这样做理所应当,也包括他们的朋友。要是不这么做,人们会说他这个做父亲的太软弱。

"依我看,学校宿舍确实有问题。"他斟酌着说。

"当然有问题!我儿子可不会撒谎!他绝不能继续住在那个邪恶的地方,仅仅为了一份职校文凭就要受那些恶习的熏陶,跟恶棍和流氓住在一起!那我们算什么合格的家长?"

"没错,没错,冷静点儿,让我想想。"他揉着额头说,"既然宿舍不合适,也许可以帮他找个别的住处。私家住宅,在别人家里寄宿。这样就能解决问题了。"

"这个主意不错。"科拉太太附和道。她可不想一辈子被打上"母亲占有欲太强,毁掉了儿子的前途"的标签。"要不然我问问我娘家的亲戚?"

"不用问,他们住的地方离学校太远了,你不记得了吗?"再说,谁知道那些亲戚会往马内克的头脑里灌进什么矫揉造作的想法。已经过了二十年，他们还是没习惯阿班住在离他们很远的地方。

"要是我们能给他找到一个既舒服又安全的房间就好了，"她说，"找个我们支付得起的住处。"这几乎是不可能的，她开心地想，那座城市里有上百万人住棚屋、露宿人行道。而且不仅仅是乞丐——就连有工作、付得起房租的人也是如此。唯一的问题就是那里没有房子可租。不，马内克不可能找到住处，他很快就会回家的。想到这里，她开心地露出了微笑。

"我们面前摆着这么大的问题，你傻笑什么呢？"科拉先生问。

"我笑了吗？没有，没事儿，我只是在想马内克。"

"嗯……"他哼了一声，心中的喜悦难以抑制，"你可以试试给你那个朋友写封信，说不定她知道哪里有住处。"

"对，好主意。今天吃完晚饭我就给泽诺比娅写信。"科拉太太表示同意，一想到这只不过是浪费一张邮票，她不由得喜从中来。

他们继续忙着家里的杂务。终于不必摆出失望的面孔来掩饰心中的喜悦了。现在他们要做的就是等待自己心不在焉的尝试宣告失败，然后儿子就能回家了。

然而，几天之后，他们不得不再次掩饰情绪，这一次恰恰相反，因为马内克的住宿问题竟顺利地安排好了，这令他们十分吃惊，苦不堪言。现在他们不得不强迫自己装出满意的样子，为儿子能够继续求学而开心，彻底扫除心中残存的短暂的希冀。

科拉太太满不情愿地按照泽诺比娅寄来的地址，给达拉尔太太写了一封感谢信。"不知道迪娜是不是还像高中时那样漂亮。"她说着从本子上撕下信纸。她听着撕纸的声音，那声音跟她此时的心情很相称。

"你可以问马内克。过不了多久，他就可以在她的公寓里给你做详细的汇报了，"科拉先生说，"如果你想要的话，他甚至可以给你寄一张近照。"他望着她坐在桌边的身影，不禁觉得妻子过去认识的那些多管闲事的家伙正在插手他们家的私事，合谋要把儿子从他身边夺走。

刚这么一想，他立刻反应过来自己这是在犯傻。他取出支票簿，为第一个月的房租开了张支票。科拉太太把支票连同信一起寄给了达拉尔太太。

迪娜关注着寂静的浴室里的动静。他在干什么，里面怎么一点儿水声也没有呢？"马内克！没事吧？水够热吗？"

"够热，谢谢。"

"你看见水舀没有？应该就放在水桶旁边。你想坐下的话，可以坐在小木凳上。"

"好的，阿姨。"马内克觉得有些尴尬，不好意思提起那些虫子，它们这时正成群结队地从下水道里往外爬。他希望它们能主动回到地下的老家去。也许我也应该坐上火车，主动回到自己的老家去，他忿忿地想，我写那封信真是蠢透了，居然以为爸爸会同意让我回家。

迪娜继续等着，听见水舀发出磕碰声和泼水声。浴室里的寂静耗尽了她的耐心。"怎么了，马内克？拜托你快点儿洗好吗？我也得洗澡，裁缝们马上就要来了。"

她盼着今天能腾出时间去把房租支票兑现。不过，她要先送马内克去学校，把事情安顿好。等他适应她的生活习惯、学会使用电热棒之类的现代设备以后就不会这么麻烦了。这可怜的孩子不知道那是干什么用的。她问起他们在家怎么烧热水，马内克给她描述了家里的炉子，每天早上都要用煤烧水。多原始啊。不过他自己铺了床，铺盖叠得整整齐齐——这倒是令人刮目相看。

她来到浴室门口又问道："你没事吧？"

"没事，阿姨。只是有些虫子在从下水道往外爬。"

"哦，虫子啊！泼点水它们就会走的。"

里面响起泼水声,然后又沉默下来。

"怎么样?"

"还在往外爬。"

"好了,让我看看。"

他开始穿衣服,她敲了敲门。"行了,把毛巾裹上,快开门吧。我可没时间整个早上在这儿站着。"

他把衣服全穿好之后才开门让她进来。

"这孩子真腼腆。我跟你母亲年纪一般大,有什么我没见过的?好了,让我看看虫子在哪儿,把你吓成这样。"

"我没被吓着。只是它们的样子太恶心了。而且虫子很多。"

"这很正常。现在正是生虫子的季节。雨季的虫子格外多。我以为你住在山里已经习惯了这种东西,山里的野生动物那么多。"

"但浴室里肯定没有野生动物,阿姨。"

"在我的浴室里,你就得习惯这些动物。你能做的就是往虫子身上泼水,把它们赶回去。要泼冷水——别把热水都用光,"她做了个示范,越过马内克够到水桶,舀起水把虫子冲向下水道,"看见了吗?它们这就走了,回下水道去了。"

马内克对她的水攻法不以为然,倒是她伸出的上臂那柔和的曲线令他安心了许多。她弯腰越过隔水的矮墙,后背把睡裙绷紧,裹住臀部,显露出内裤的边缘。他的目光在上面稍作停留,在她直起身后移开了视线。

"好了吧?现在你可以洗澡了吗?还是要我陪着你,保护你不受虫子打扰?"他脸红了。而她担心裁缝们要来,便说:"听我说,因为这是你住在这里的第一个早上,所以我可以给你一次特别优待。"

她从卫生间外面的架子上取来一瓶苯酚,打开瓶塞,将白色的液体滴在虫子上。药效立竿见影,红色的虫子扭曲成一团,接着毫无生气地一个个蜷曲起来。

"好了。不过你要记住,苯酚很贵,我不能每天这样浪费。你必须学会跟虫子一起洗澡。"

他关上门,又脱掉了衣服。她在他身边弯着腰、伸出手臂的情景令他股间阵阵鼓动。然而苯酚杀虫剂的味道在空气中萦绕不散,又向另一个方向拉扯着他的思绪。

第六章

马戏团度日，贫民窟过夜

清早，贫民窟外面聚集着许多红色的双层大巴，最先发现它们的是醉鬼家的一个孩子。那个小女孩跑回来把这件事告诉了母亲。她见伊什瓦和小翁睡醒后来到屋外，便也告诉了他们。女孩的父亲仍然醉醺醺地睡着。

大巴司机停车时纷纷按响喇叭，彼此打招呼，二十二辆大巴停成整齐的两排。裁缝伯侄打完水向火车道走去。昨夜下过雨，地面被水泡软，泥巴吸住他们的脚掌，像某种长着许多张嘴的生物。

"我们今天早点去迪娜女士家。"小翁说。

"怎么了？"

"马内克应该已经到了。"

他们找到一处伊什瓦满意的地方，蹲了下来。那位喋喋不休的头发贩子不在跟前，伊什瓦很高兴。他不喜欢一边上厕所一边交谈，即使对方说话在理也不行。

伊什瓦的好运气没持续多久。拉加拉姆的身影出现在了铁轨转弯的地方，他看见了他们俩在远处的水沟边。他来到他们身边蹲下，开始猜测那些大巴的来历。

"也许他们要在这里建新车站了。"小翁说。

"那我们可就方便了。"

"但是他们难道不会先建车站办公室之类的东西吗？"

他们便后清洗完毕，走到溅满泥巴的大巴旁仔细查看。身穿卡其布制服的司机或靠在车门口,或蹲在路沿上,有的看报纸,有的抽烟,有的在嚼槟榔角。

"你们好,"拉加拉姆大声向那些人打了个招呼,"你们今天开着这些红色战车是要去哪儿啊?"

其中一个人耸耸肩。"谁知道呢。管事的叫我们把大巴开过来,等着做特殊安排。"

又下起了雨。雨点敲在空荡荡的大巴车顶,发出当当的响声。司机退回车里,关上了脏兮兮的车窗。

不久,第二十三辆大巴开了过来,雨刷器摆来摆去,又松又慢,像个湿乎乎的钟摆,刮雨效果并不好。这辆车坐得满满的,上层坐满了穿制服的警察。停车之后他们没动,倒是从下层拥出许多拿着公文包和宣传册的人。

这些人伸伸腿,把坐下时勒在裆部的裤子往下松了松,然后向贫民窟走去。为了避免雨天里的泥地弄脏他们的皮凉鞋,有些人走路时踮着脚,脚跟不落地,撑起雨伞保持平衡。还有的用脚跟走路,好保护脚掌,他们在地上细细地寻找青草、石块或是碎砖——什么东西都行,只要踩下去不那么肮脏就好。

他们在泥地里走钢丝似的表演很快便引来了围观的人群。一阵风吹动雨伞,伞下的人晃了几晃。一阵更有力的风吹来,撑伞的人失去了平衡。围观的人哈哈大笑,孩子们开始模仿他们走路时滑稽的动作。来人索性穿着凉鞋踩进泥里,竭力摆出庄重的气度,向排队打水的人们走去。

脚上的鞋子最高级的那个人说他们是某党派的工作人员,是替总理给大家捎口信来的。"她向大家问好,同时想告诉大家,她今天要举办一场重大集会,每个人都受邀参加。"

一个女人把空水桶放在水龙头下面。鼓点似的水声盖住了那人的声音,于是他抬高了声调。"总理特别想跟你们这些踏实肯干的人谈一谈。

这些大巴会带你们去参加集会,车费全免。"

接水的队伍向前挪了挪,人们对他漠不关心。有几个人彼此小声嘀咕了几句,接着哄笑起来。工作人员又开口了:"总理说,她是你们的公仆,她想帮助你们。她想听你们亲口说话。"

"你去给她回话吧!"有人喊道,"你看见了,我们的生活环境多好啊!"

"对!告诉她我们过得多幸福!为什么非要我们亲自去?"

"既然她是我们的公仆,你叫她到这里来啊!"

"叫你那些拿着相机的人给我们漂亮的房子、健壮的孩子拍点照片!把照片拿给总理看啊!"

人群中响起轻蔑的笑声,人们低声嘟哝着该怎样收拾那些在打水的时候来打扰穷人的工作人员。来人退回去,稍微商量了一阵。

不久,领头的人又发话了:"到场的人都能领到五卢比的酬金。除此以外还有免费的茶和点心。请于七点半在外面排队。大巴八点出发。"

"还是把那五卢比塞进你的屁眼里吧!"

"然后点火把钱烧了!"

但这些辱骂很快就停了,因为新开的价码引起了人们的兴趣。工作人员分散开,进入贫民窟去散布消息。

一个收破烂的人问他的妻子和六个孩子能不能跟着来。"可以,"组织者说,"但他们不能每人领到五卢比。只有你一个人有钱拿。"那位充满希望的父亲沮丧地刚转身要走,忽然又有了希望,因为他听说全家都可以领到茶水和点心。

"听着挺有趣的,"小翁说,"我们去吧。"

"你疯了吗?放着一天的缝纫活不做,去参加这个?"

"不划算,"拉加拉姆也同意伊什瓦的意见,"那些人是在编假话糊弄我们呢。"

"你怎么知道?你参加过这样的集会吗?"

"参加过，永远千篇一律。假如你没有工作，那我支持你去，去赚那五卢比。政府的表演第一次看时还是很有意思的。不过放弃一天的缝纫活和头发去看那些东西？不划算。"

到了七点半，大巴旁边排队的人只能勉强装满一辆大巴。排队的是没有活可干的日工、带孩子的妇女还有几个受过伤的船厂搬运工。工作人员见状，商量一番后决定启动备用方案。

很快，在场警察的负责人凯萨尔警长命令手下下车。十二个人守住贫民窟的各个出口，其余的人跟他进去。他尽量放慢脚步，走得四平八稳，但是他扁阔的脚板走在泥地上，倒更像脚下打滑、步履踉跄。他手里拿着扩音器，吹喇叭似的用双手举到嘴边。

"注意了！注意了！每户派两个人上车！五分钟之内上车——不许磨蹭，否则你们全都要被抓起来，治个擅自占用市政地产罪！"

人们纷纷抗议：房租一分不少，怎么就占用地产了？棚户区的居民连忙去找收房租的纳瓦尔卡尔，可他的小屋里空空如也。

"不知总理知不知道是这些人逼我们去的。"伊什瓦说。

"她只知道要紧的事情，"拉加拉姆说，"她只知道她的伙伴们想让她知道的那些事。"

警察开始把人往车上赶。双层大巴慢慢地装满了，雨水冲掉了灰尘和泥巴，车看上去更红了。有些棚屋里爆发出争论，但只要警察举起手里的警棍，强调服从的重要性，争论总是能迅速平息。

耍猴人倒是很乐意去，不过他想把猴子也带上。"它们坐车一定会非常开心的，我们出门工作要坐火车，它们总是很开心，"他对一名工作人员解释道，"我也不要多余的茶和点心，我可以把我自己那份跟它们分着吃。"

"你听不懂人话吗？不许带猴子。这又不是马戏团。"

拉加拉姆在那人背后对朋友们说："这其实就是个马戏团。"

"求您了，大人，"耍猴人哀求道，"狗可以自己在家待着，但是莱拉和马什努不行,它们离了我准会哭闹一整天的。"

他们叫来凯萨尔警长调停。"你的猴子训练得怎么样啊?"他问。

"警察老爷,我的莱拉和马什努训练得顶呱呱!它们特别听我的话,就像自家孩子一样!瞧,我叫它们给您敬个礼!"他比了个暗号,猴子们齐刷刷地把爪子举到了额前。

凯萨尔警长被逗得很开心,大笑着向它们还了个礼。耍猴人把绳子向地上一抽,两只猴子立刻扑在地上跪拜。凯萨尔警长更是乐不可支。

"说实在的,我看让这两只猴子跟去没什么坏处。"他对那名工作人员说。

"警长,借一步说话,"那名工作人员说着将他拉到一旁,"问题是,猴子容易被看作政治隐喻,我党的敌人可能会抓住这个话柄来羞辱我们。"

"确实有这种可能,"凯萨尔警长摇摇手里的扩音器说,"不过这也可以看作是总理神通广大的证据,证明她不仅能与人沟通,也能与百兽沟通。"

工作人员翻了个白眼:"那你愿意立下字据,为这个决定负责吗?签署一式三份的说明?"

"说实在的,我没有这个权限。"

凯萨尔警长垂头丧气地回到耍猴人身边,把这个坏消息告诉了他。"不好意思,总理非常看重这次集会。猴子不许参加。"

"等着瞧吧,"拉加拉姆低声对一同排队的人说,"台上有的是猴子。"

耍猴人谢过凯萨尔警长为自己争取。他把莱拉和马什努跟蒂卡一起锁在棚屋里,苦着脸回来了。这时大巴已经基本坐满,车队做好了出发的准备,只等着几个顽固分子在棍棒和巴掌的敦促下上车。

"我从来没见过这么不公平的事,"伊什瓦说,"不知道迪娜女士会怎么想。"

"我们也没办法,"小翁说,"还是享受免费坐车的机会吧。"

"对,"拉加拉姆说,"既然我们不得不去,还不如索性过得快活些。你们知道吗,去年他们是开着卡车把我们送去的。挤挤挨挨的,像是在运羊。这辆大巴可要舒服多了。"

"每辆车至少一百人,"伊什瓦说,"总共有两千多人。该是多大的集会啊。"

"这只是我们一个棚户区,"拉加拉姆说,"他们肯定往各个棚户区都派了车。这场集会总共得有一万五到两万人参加,等着瞧吧。"

开了一个小时之后,大巴来到了市郊。小翁说他饿了。"但愿我们一到,他们就会发茶和点心。还有那五卢比。"

"你总是喊饿,"伊什瓦用假声说道,"你生虫子了吧?"伯侄俩哄笑起来,向拉加拉姆解释了这个关于迪娜·达拉尔的笑话。

他们很快驶上了乡间公路。雨已经停了。他们驶过一座座村庄,村里的居民都站在路边盯着大巴开过。"我想不通,"伊什瓦说,"为什么要大老远把我们拉到这里来?为什么不带这些村民去参加集会呢?"

"我猜这样做太麻烦了,"拉加拉姆说,"他们要去很多村子,因为人们住得很分散——这里两百、那里两百。去城里的棚户区批发观众就方便多了。"他忽然打住话头,兴奋地指着外面,"看!看那个女人——水井旁边那个!多漂亮的长头发啊!"他叹了口气,"要是我能带上剪刀在乡下走上一圈,收获我想要的东西,那我很快就能发财了。"

周围的车越来越多,不时有其他车辆经过,车上也载满了为总理量身打造的观众,他们知道自己离目的地越来越近了。这些大巴偶尔要为一些轿车让路,轿车上插着小旗子、载着贵宾迅速驶过,车喇叭一路响个不停。

他们在一片开阔地附近停下来,所有乘客都下了车。一名活动组织者告诉他们记住车号,以便坐车回城。他引导大家来到观众席,向每一批观众重复鼓掌的注意事项。"请注意观察台上的要人。只要他们一鼓掌,你们必须也跟着鼓掌。"

"说好的钱呢?"

"集会结束你们就能拿到了。我们知道你们的小算盘。要是我们先付钱,你们这些骗子就会在演讲中途溜走。"

"往前走!往前走!"一名引导员高喊着轻拍新来的人的后背,催促他们。

"别推啊!"小翁气呼呼地说着,打落了背上那只手。

"好了,小翁,冷静点儿。"伊什瓦说。

观众席用竹栏杆分成几个区,最重要的一个区在离他们最远的地方,里面有一座带顶棚的主席台,离地三十英尺。正对主席台的位置是给贵宾坐的。这个区域也是唯一有座位的区域,人们为了分配椅子争论不休。椅子分三种:带扶手和软垫的,给贵贵贵宾;有软垫但没有扶手的,给贵贵宾;至于可折叠的金属椅,则是给没有头衔的普通贵宾。来宾跟引座员争论、撕扯,逼着他们给自己的头衔加上一个"贵"字。

"尽量坐在观众席靠边的地方,靠近帐篷的地方,"拉加拉姆说,"他们肯定把茶和点心放在那里。"但是佩戴圆形三色布徽章的志愿者把新来的人赶去了旁边的一个区。

"快看啊,老兄!"小翁指着主席台右侧一座八十英尺高的总理肖像惊叹道。人像用硬纸板和胶合板做成,展开双臂,仿佛期待已久,想要拥抱观众。人像脑后悬挂着国家的轮廓图,像一圈变了形的光环。

"看那道鲜花拱门!"伊什瓦说,"像一道彩虹划过主席台。真漂亮啊,是不是?从这里就能闻到花香。"

"你看,我就说你们会喜欢的吧,"拉加拉姆说,"第一次来,总会觉得很有意思。"

他们找个舒服的地方席地坐下,打量着周围的面孔。人们微笑着彼此点头致意。音响师在主席台上调试麦克风,扬声器发出一声锐响。观众席瞬间安静下来,笼罩着期待的气氛,但这种气氛转瞬即逝。大巴继续把成千上万的乘客运到场地。日头正毒，不过伊什瓦说至少比下雨强。

两个小时后，观众席终于满了，地上的人坐得挤挤挨挨，最早被太阳晒晕的人被抬走了，送到附近的树荫下等着醒来。人们纷纷质疑，在一天当中最热的时候开会，这样做究竟明智不明智。另一名组织者解释说没别的选择，是总理的占星师查看天体运行表之后选择了这个时辰。

十八位要人开始在主席台落座。十二点，空中响起一阵怒吼，两万五千颗脑袋全都抬头张望。一架直升机在场地上空盘旋三圈，然后开始下降，落在了主席台背后。

几分钟后，身穿白色纱丽的总理在一个穿白色无领长衫、头戴甘地帽的男人的护送下登上了主席台。十八名身份显赫的人物轮番上前，为领导人披上花环，鞠躬致意，触摸她的脚趾。其中一个更是做出令其他人望尘莫及的举动：他彻底趴在总理面前，说自己将永远伏在她脚下，直到她原谅自己才会起来。

总理大感不解，不过没人能看见她困惑的表情，因为那十八只花环挡住了她的脸。一名助理提醒她，那个人对她有过不算严重的不忠行为。"夫人，他非常自责，他说他非常真诚地向您道歉。"

多亏了麦克风，被太阳炙烤着的观众才得以欣赏台上的这出闹剧。"这样啊，好吧，"她不耐烦地说，"快起来吧，别出洋相了。"那人面有愧色，像体操运动员翻筋斗似的一跃而起。

"瞧？"拉加拉姆说，"我说过今天会在马戏团度日吧——小丑、猴子、杂技演员，应有尽有。"

谄媚奉承的风暴过后，总理摘下花环，一个接一个抛向观众席。贵宾座席和台上的要人们见到这样无私的姿态，都爆发出热烈的欢呼。

"过去她父亲当总理的时候也这么做。"伊什瓦说。

"没错，"拉加拉姆说，"我见过一次。不过他这么做的时候看上去很谦恭。"

"看她那副架势，像是在朝我们丢垃圾。"小翁说。

拉加拉姆笑了。"那不正是政客的专长吗？"

当地的国会成员开始做欢迎致辞，感谢总理对这个贫瘠之地的关注，说这样的地方实在配不上她。"这里的观众规模不大，"他说着伸手朝台下那两万五千名被抓来的观众一比画，"但这些观众都充满热情，心怀感恩，总理不辞辛劳地为我们改善生活，我们对总理怀有深切的敬爱之情。我们虽然都是来自普通村庄里的普通百姓，但我们明白真理，我们今天到这里来就是要聆听我们的领袖的讲话……"

伊什瓦挽起袖子，解开两颗纽扣朝衬衫里吹着气。"不知道还要多长时间。"

"两个、三个、四个小时都有可能——取决于有多少个人要演讲。"拉加拉姆说。

"……要注意，你们这些明天要给报纸写报道的记者，尤其是外国记者。有些人不负责任地乱写，造成了不好的影响。外面散布着许多有关紧急状态的谎言，但颁布紧急状态法案完全是为了人民的福祉。眼前就是例子：无论总理走到哪里，都有成千上万的人从方圆几英里远的地方聚集过来，只为了看一看她，听她讲话。这足以清清楚楚地证明她是一位真正伟大的领袖。"

拉加拉姆掏出一枚硬币，跟小翁玩起了猜反正的游戏。在他们四周，人们也渐渐熟络起来，开始闲聊，谈论今年的雨季。孩子们发明出新游戏，在土地上画起画来。有些人睡着了。一位母亲用双腿撑开纱丽，把孩子放在两腿之间，轻声唱着歌为孩子活动手脚，伸伸胳膊，双臂在胸前交叉，把孩子的小脚尽可能地抬高。

安保人员和志愿者在场地周围巡视，观察场内的状态。只要人们自娱自乐时不引人注意，他们就不加制止。唯一严格禁止的行为是站起身或者离开会场。再说，现在这只不过是暖场的讲话而已。

"……然而有些人说她必须下台，说她的统治不合法！究竟是什么人在散布这样的谎言？兄弟姐妹们，散布谎言的是那些骄奢无度的少数人，在大城市里享受着你我无法想象的奢靡生活。他们不喜欢总理推行的改变，因为这样他们的特权就会被夺走。然而在乡村，在我国百分之七十五的人民生活的地方，人们都全心全意地支持我们爱戴的总理，这一点是再明白不过的。"

演讲接近尾声的时候，他朝拿着对讲机守在主席台侧面的人做了个手势。几秒钟后，隐藏在台前的鲜花拱门中的电灯点亮，发出夺目的光彩，足以与正午的阳光争辉。观众大为惊叹。献给这位国会成员的掌声原本稀稀落落，此刻在灯光特效的鼓舞下，强制发出的掌声变成了真正发自肺腑的鼓掌。

令人眩目的灯光尚未熄灭，直升机的声响再次响彻天空，它"呼呼呼"地轰响着从主席台背后驶来。摇摇晃晃的机舱里投下了什么东西。包裹散开——是玫瑰花瓣！

人群爆发出欢呼，但是飞行员算错了时间。花瓣没有撒在总理和台上的要人们身上，而是落在了舞台后面的草地上。一个正在放羊的人见到这个奇观，不由得感激上天，连忙回家去把今天的奇遇告诉家人。

第二个包裹是计划投向贵宾座席的，虽然命中了目标，包裹却没有在空中散开。有人被担架抬走了。等到第三个包裹投向观众席上空时，飞行员已经掌握了这个技术，包裹投放得很完美。恰好一阵微风拂过，花瓣在空中尽情飞舞。孩子们在人群中追逐着花瓣，玩得不亦乐乎。

主席台上又是一通点头哈腰，接着总理向那簇麦克风走去。她一手扶着脖颈处的纱丽，开了口。她每说一句话，主席台和贵宾席都爆发出雷鸣般的掌声，于是观众席上那些较为勤勉的观众也随之鼓掌。她的演讲随时有被过度热情的掌声打断的危险。最后，她离开演讲台，低声对助理说了些什么，助理随即向台上的要人做了指示。效果立竿见影。从那以后，掌声变得合理了许多。

她重新调整了一下从头上滑落的白纱丽，继续说道："虽然现在颁布了紧急状态法案,但是大家完全不必担心。为了与邪恶势力做斗争,我们必须这样做。只有这样,普通人的生活才能得到改善。只有骗子、走私犯、黑市贩子才需要为此担心,因为我们很快就会将他们绳之以法。自从我开始推行对普罗大众的福祉有利的项目以来,敌人便在酝酿各种阴谋诡计,然而无论他们的诡计多么卑鄙,我们最终都会取得成功。外方势力也插手其中,与我们作对——那是不愿见到我们繁荣昌盛的敌人之手。"

拉加拉姆拿出一副纸牌,开始洗牌,小翁见了十分开心。"我就知道你总是有备而来。"他说。

"那当然。听这意思,这场演讲短不了。你玩不玩?"他问伊什瓦,给他也发了牌。坐在近旁的人也来了精神,十分感激这件事来转移注意力。人们挪了挪位置,围成一圈看他们打牌。

"……不过不要紧,因为我们信念坚定,必将战胜反动势力。政府将不断反击,直到我们的国家再不存在对民主的威胁为止。"

小翁不肯再鼓掌了,他说他拍得手都疼了。他继续打牌,身边的一个人脱口而出:"错了,错了。"小翁意识到自己出错了牌,便拿回来重新出了一张,与此同时,台上正在勾勒新推出的"二十点计划"。

"我们想要为人民提供住房;提供足够的食物,不让任何人挨饿;控制布料价格。我们想为孩子创办学校,开设医院照顾病患,计划生育将面向全民开放。同时,不计后果的人口增长耗尽了本该由所有人共享的资源,政府对此将不再一味容忍。我们承诺将扫除城市、城镇和乡村中的贫困。"

打牌渐渐变得吵闹起来。轮到小翁出牌时,他很有气势地将牌一甩,口中配着伴奏:"哒——哒——哒啦啦!"

"就这么点儿本事?"拉加拉姆说,"你这么闹腾,就为了这个?小意思!你要是有本事,就打败这个!"

"喂喂——等着瞧我的厉害吧。"伊什瓦说着亮出了王牌,两个牌友连声哀叹，围观的人纷纷为他这种明智的打法喝彩。

不久，一名观众席督察员就过来了。"这是闹什么呢？对总理放尊重些。"他威胁说要是他们再不好好表现认真听讲，就没收他们的出场费和点心，并且勒令他们将牌收起来。

"……我们新成立的机动队将把黄金走私犯一网打尽，揭发贪腐行为和黑钱，惩治逃税者，正是他们害得我们的国家陷入贫困。你们大可相信政府会完成这些任务。而你们要做的很简单，就是支持政府，支持紧急状态法案。现在需要的是纪律——生活中方方面面的纪律，只有这样我们才能为国家注入新的活力。抛却迷信观念，不要相信占星术和术士，只相信你自己，相信勤恳劳动。要是你爱自己的国家，就不要相信谣言和绯闻。履行自己的职责，这比任何事情都重要！兄弟姐妹们，这就是我对你们的恳求！印度胜利！"

台上那十八个人齐刷刷地站起来，恭贺总理完成了一次极其鼓舞人心的演讲。又是一轮简短的逢迎巴结。拍完马屁之后，负责正式向总理致谢的那名工作人员满脸堆笑地来到麦克风前。

"哦，不！"小翁说，"还要讲话？我们什么时候才能拿到点心啊？"

老一套致谢辞与歌功颂德之词尽数说完之后，讲话的人戏剧性地往场地尽头的空中一指。"看啊！云雾里是什么！哎呀，我们真是得神庇佑了！"

观众扭头往天上看，想知道是什么东西引得他突然如此狂喜。这次天空中没有螺旋桨直打转的直升机。不过在地平线上，一只巨大的热气球正向演讲场地飘来。橙、白、绿相间的气球飘过湛蓝无云的蓝天，这一场景如同寂静的梦境。靠近人群后，气球的高度降低了些，眼尖的人能看见那个高悬在空中、戴太阳镜的人的面孔。那人抬起一只穿白衣的手臂挥了挥。

"噢，我们今天参加这场集会，真是得到了双倍的恩典！"那人唱歌似的对着麦克风说，"总理在台上与我们同在，她的儿子则在我们头顶的空中！夫复何求啊！"

与此同时，总理那个飘在空中的儿子开始往下抛撒传单。他颇有戏剧天赋，最初只扔下了一张传单，吊足观众的胃口。所有人的眼睛都紧紧地盯住那张纸，看着它慢悠悠地飘落、打转。他紧接着又扔下来两张，等了一会儿，才一把把地抓起传单向下抛撒。

"没错，兄弟姐妹们，印度之母与我们坐在台上，印度之子则在空中将光辉洒向我们！此时此地是光辉的现在，而头顶的高处则是金色的未来，即将降落，投入我们的生活！我们的国度是何等幸运啊！"

最初几张传单落在了地上，上面印着总理的照片和"二十点计划"。孩子们再次追逐着传单来回跑，看谁收集的传单最多，热气球离开了集会上空，为直升机的最后一飞腾出空间。

这一次直升机飞得比上次低很多。这样做虽然冒险，却精准多了：最后一批玫瑰花瓣铺天盖地地落在主席台上。然而主席那座八十英尺高的肖像却在螺旋桨扇动的气流中摇晃起来。人群纷纷惊叫起来。展开双臂的肖像发出呻吟声，用来固定肖像的绳子也绷得紧紧的。安保人员慌乱地朝直升机飞行员挥手，同时使劲拉住绳子和支架。但是旋风太强，肖像实在承受不住，渐渐地倾斜，面朝下跌落下来。处在纸板和木板构成的巨人波及范围内的人连忙四散逃命。

"谁都不想落进总理的怀抱。"拉加拉姆说。

"可她偏要硬压在人家身上。"小翁说。

"你这孩子，没羞没臊的。"大伯说他。

他们匆匆赶去领饮料，没有尽头的长队由安保人员维持秩序。由于缺乏杯子，队伍的移动速度很慢。点心是每人一块炸蔬菜，早早就分完了。随着茶水越来越少，分发茶水的人出手也渐渐吝啬起来。他们开始只发半杯茶。"茶没有少，"人们抗议他们吝啬时，他们如此解释，"而是更浓了。"

队伍一点点往前蠕动，救护车警笛呼啸，从场地边缘匆匆驶过，来接那些被八十英尺高的总理跌倒砸伤的人。等了一个小时,伊什瓦、小翁和拉加拉姆仍然排在队尾,茶却已经发完了。与此同时,有人发出通知:大巴将在十分钟后出发。人们慌了,生怕自己被落下,所有人都放弃了与倒茶人的争论,冲向发车区。上车时,他们每人领到了四卢比。

"怎么是四卢比?"伊什瓦问,"来的时候他们告诉我们会付五卢比。"

"一卢比是车费、茶水和点心钱。"

"我们压根儿没领到茶水和点心!"小翁气愤地挤到其他人前面,"他们还说大巴是免费的!"

"怎么?你想免费坐车?你老子是天神还是怎么着?"

小翁面色一紧:"我警告你,别拿我父亲说事。"

伊什瓦和拉加拉姆哄着他上了车。那人取笑他长得像只小虫子,说话却像老虎一样不饶人。

回城的路上,他们全都无精打采地坐着,又渴又累。"浪费了一整天,"伊什瓦说,"我们本可以做六条裙子的。白白丢掉了三十卢比。"

"我到现在不知能收多少头发呢。"

"也许等我们回去后,我应该到迪娜女士家去一趟,"伊什瓦说,"只是跟她解释一下。向她保证我们明天一定会来。"

两个小时之后,大巴在一个陌生的地方停下了。司机叫所有人下车。他说他接到了上级指示要这样做。作为预防措施,他关上车窗,把自己锁在了车厢里。

棚户区的居民们摇晃车门,往车上吐口水,在车身上踢了几脚。"你们这些下流的家伙!"司机大喊,"你们这是在损坏公共财产!"

人们又将车踢打了几下才渐渐离去。伊什瓦和小翁全然不知道自己身在何处,好在拉加拉姆认得路。空中雷声翻滚,再次下起了雨。他们走了一个小时,回到棚户区时已经入夜。

"我们快点儿吃些东西,"伊什瓦说,"然后我就去给迪娜女士赔不是。"

他打开煤油炉，划着了火柴，这时一声令人胆寒的厉叫突然划破了黑暗。那声音听起来既不像人也不像动物。裁缝伯侄连忙提起防风灯，跟拉加拉姆一起跑向那声音的来源——耍猴人的家。

他们发现耍猴人正在棚屋背后，想掐死他的狗。蒂卡侧身躺着，双眼鼓胀，耍猴人的膝盖压在它身上。狗的爪子在空中抓挠，想找个借得上力的抓手，以逃脱颈间这没来由的痛苦。

耍猴人的手指捏得越来越紧。他疯狂的尖叫声与蒂卡恐惧的哀号混杂在一起。人和动物的叫声可怕却又和谐地交织在一起，撕扯着夜色。

伊什瓦和拉加拉姆终于扳开了耍猴人的手指。蒂卡挣扎着站了起来。它没有逃走，而是忠实地站在附近等待，它连连干呕，用爪子挠着自己的脸。耍猴人想再次抓住它，却被围过来的人拦住了。

"冷静点儿，"拉加拉姆说，"告诉我们，出什么事了。"

"莱拉和马什努！"他往棚屋里一指，泣不成声，无法解释。他试图把狗引诱到自己身边，咂着嘴唇呼唤："蒂卡，蒂卡，过来蒂卡！"

那狗一心寻求主人的原谅，信任地向他走去。耍猴人又往它肋间踢了一脚，立刻被旁人拉开了。人们举起灯，朝棚屋里张望。

灯笼发出嘶嘶声，灯光映在墙壁上，接着又照在地上。只见两只猴子的尸体躺在墙角。莱拉和马什努活着的时候，棕色的长尾巴充满生机，此时看上去却很怪异，仿佛缩了水。尾巴拖在土地上，像破旧的麻绳。其中一只猴子被吃掉了一部分，内脏流了出来，深棕色的一团。

"天哪，"伊什瓦捂住嘴说，"这也太惨了。"

"让我看看。"有人推搡着穿过了人群。

来人是小翁第一天去打水、发现水龙头不出水时把自己的水分给他的那个老妇人。小风琴手说应该立刻让她上前去，她擅长通过观察内脏占卜未来[1]，就像斯瓦米[2]能读懂《薄伽梵歌》那样。

人群分开，老妇人走进了房间。她叫人把灯凑近些，又用脚碰了碰猴子的尸体，让内脏暴露得更清晰些。她弯下腰，用一根小树枝搅动内脏。

"失去两只猴子不是他将要承受的最痛苦的损失，"老妇人开口了，"杀死一条狗也不是他将要犯下的最严重的谋杀。"

"可是那狗，"拉加拉姆说，"我们把它救下来了，它——"

"杀死一条狗不是他将要犯下的最严重的谋杀。"老妇人严肃而坚定地重复了一遍，然后便离开了。围观的人耸耸肩，猜测这位老妇人虽然言语犀利，其实还是被这件事吓糊涂了。

"我要杀了它！"耍猴人再次哀号起来，"我的心肝宝贝都死了！我要杀了那条不要脸的狗！"

有人把蒂卡带去了安全的地方，其他人则劝耍猴人讲点儿道理。"那狗就是个蠢笨的畜生。畜生饿了自然要吃东西。你杀了它又有什么用呢？这件事错在你，你不该把它们一起锁在房子里。"

"它跟它们俩一起玩耍，像亲兄妹一样，"耍猴人抽泣着说，"它们三个都是我的孩子。现在却成了这样。我非杀了它不可。"

伊什瓦和拉加拉姆带着耍猴人离开了他的棚屋，安慰他说那两具血淋淋的小尸体不在眼前，他会好受些。他们走进拉加拉姆的棚屋，又立刻出来了。那里铺天盖地的头发犹如毛茸茸的小尸体，叫人心里发毛，以耍猴人目前的状态，他实在受不了这种景象。于是他们来到了裁缝们的棚屋，伊什瓦递给他一杯水。他捧着水杯坐着，呜咽、颤抖、喃喃自语。

---

1. 也叫"脏卜"，通过观察牺牲的动物来预测未来，在古巴比伦、古罗马等古代文明中都出现过。
2. 印度对出家人的称呼，如苦行僧、瑜伽修行者、印度教圣人等。

现在太晚了，伊什瓦决定不再去拜访迪娜女士了。"今天真是不平静啊，"他低声对小翁说，"我们明天再向她解释。"

他们陪要猴人坐到了后半夜，让他尽情释放心中的悲痛。他们计划为莱拉和马什努举办一场葬礼，并且说服要猴人原谅那条狗。拉加拉姆提出了有关生计的问题："训练新的猴子需要多长时间？"

"它们是我的朋友——我的孩子！我不想听见任何人说要代替它们！"

他沉默了一阵，却又反常地主动提起了这个话题。"我还有别的本事，你知道的，走钢丝、抛接杂耍、平衡等杂技。没有猴子我也可以重新开始表演。我晚些时候再考虑表演的事，现在首先要做的是哀悼。"

马内克从学校回家晚了，迪娜把不满的情绪写在了脸上。这才刚刚第一天呢，她心想。谁也不把守时当回事了。也许古普塔太太说得对，如果紧急状态能督促人们抓紧时间，也许不见得是多坏的事情。

"你的茶点一个小时前就准备好了，"她说着为他倒了杯茶，开始往吐司面包上涂黄油，"什么事把你耽搁了？"

"对不起，阿姨。等公共汽车的时间太长了。我早上去上课也迟到了。人人都在抱怨公共汽车像是从路上消失了。"

"人们总是抱怨这抱怨那。"

"那两个裁缝——他们今天已经下班了吗？"

"他们压根儿没来。"

"出什么事了？"

"我要是知道，还会这样担心吗？迟到是他们的惯例，不过今天是他们头一次旷工一整天。"

马内克匆匆喝了茶回到房间。他脱下鞋，闻了闻袜子——稍微有点味——然后换上了拖鞋。他的行李还剩下几个箱子没有拆开收拾，不如现在就收拾吧。衣服、毛巾、牙膏、箱子放进橱柜。架子上飘来一股香气。他深吸一口气，这气味让他联想到迪娜阿姨，她真漂亮——头发柔美，面孔和善。

拆完行李之后，他无事可做。挂在橱柜上的阳伞吸引了他的目光。他把伞撑开，欣赏宝塔形的伞面，想象着迪娜阿姨撑着它走在街上的情景。肯定跟《窈窕淑女》中去赛马场的那些女士很像。她看上去比妈妈年轻多了，不过妈妈在信中说她们同岁，今年都是四十二岁。妈妈还说她这辈子过得很苦，有很多不幸的遭遇，年纪轻轻丈夫就去世了，因此即使她不好相处，马内克也要对她以礼相待。

这样就能解释迪娜阿姨为什么会那样说话了，他心想，是生活磨难的缘故。她说话的语气以及略显苍老的声音是由于她经历了生活的风风雨雨。她的言辞总是那样犀利——那是一个疲惫、愤世嫉俗的人才会用的字句。他希望自己能让她高兴起来，偶尔逗她笑一笑。

这个小房间让他浑身不自在。这太无聊了，而且这个学年剩下的时间都要这样慢慢熬。他拿起一本书翻了翻，又扔回桌上。他想到了象棋。他摆好棋盘，机械地下了几步棋。对他来说，下棋的乐趣已经从那些塑料棋子中渗漏殆尽。他把棋子倒回棕色的盒子里，盖上了滑盖——它们从棋盘方格转移到了棺材似的盒子里继续遭受禁锢。

不过马内克总算逃脱了那个禁锢他的地方，他心想，再也不用去那个恶心的宿舍了。他唯一的遗憾是没能跟阿维纳什道别，他的房间一直锁着，寂静无声。也许他还躲在父母家里——学校仍在紧急状态的掌控下，人们仍在接连失踪，在这个时候回来确实太鲁莽了。

马内克回忆起他们刚刚相识的日子，那时他们的友谊还是崭新的。"我做的每件事都是在博弈。"阿维纳什曾经这样说。现在他被人将住了军,形势十分严峻。他有没有及时王车易位[1],受到三卒一车的庇护呢?还有迪娜阿姨,她与那两名裁缝博弈,在前屋和后屋之间排兵布阵。还有爸爸,试图与汽水公司对抗,而对手根本不按规则下棋,拿着象棋子下跳棋。

房间里的夜色越来越深,但马内克懒得开灯。在黑暗之中,他那些有关象棋的离奇想法突然蒙上了一层压抑的阴影。一切都面临着威胁。这场棋局冷酷无情。生活的棋盘上刀光剑影,留下遍地的伤员。阿维纳什的父亲有肺结核,他的三个妹妹苦等嫁妆,迪娜阿姨在苦海中挣扎求生,爸爸万念俱灰,妈妈却仍然假装他会变回从前那个强壮、乐观的人,他们的儿子读完一年的职校之后便会回到家乡,在地下室里灌装科拉可乐,他们的生活将再次充满希望和欢乐,跟他去寄宿学校读书之前一样。但假装只在孩子们的世界里才有效,一切再也不会回到从前了。生活是如此绝望,每个人的生活中有的只是不幸……

他猛地合上折叠棋盘,一股气流拂过他的脸,脸上带着泪水的地方被风一吹,凉凉的。他擦干眼泪,又把棋盘两边合了起来,棋盘风箱似的一开一合,他用棋盘给自己扇着风。

迪娜阿姨"吃晚饭了"的呼唤声终于响起,他仿佛从监狱获释一般立刻来到桌边,站在桌旁,直到她为他指定了座位才坐下来。

"你感冒了吗?"她问,"你的眼睛泪汪汪的。"

"没有,我休息了一会儿。"看来很少有事情能够逃过她的眼睛,他心想。

"我昨天忘了问你——你喜欢用刀叉还是用手吃饭?"

"用什么都行,不要紧。"

---

[1]. 国际象棋的一种特别着法,王车易位之后王棋可以受到三个卒和一个车的保护,但实际操作中也可能出现不同情况。值得注意的是,根据国际象棋的规则,王棋在面临将军的情况下是不允许王车易位的,这里有可能是作者疏忽了。

"你在家里用什么?"

"我们用餐具。"

她取来刀叉和勺子摆在他餐盘旁边,自己的盘子没有摆餐具,然后把饭菜端上桌。

"我用手吃也没问题,"马内克抗议道,"不用给我搞特殊待遇。"

"别自作多情了,不锈钢便宜得很,没什么特殊的,"迪娜给他盛满饭菜,在对面的座位坐了下来,"我小的时候,我们家总是把餐具摆得整整齐齐。纯银的餐具。我父亲对这种事格外讲究。他去世后我们的习惯就变了。尤其是我哥哥努斯万娶了露比之后,她把餐具全处理掉了。她说神赐给我们这么灵巧的手指,我们不必学外国人那一套。她说这话也有道理,不过我觉得她只是懒得清洗餐具而已。"

吃到一半,迪娜起身去洗了手,给自己也取来了刀叉。"你带动了我,"她微笑着说,"我已经有二十五年没用过这东西了。"

他移开了目光,以免她的手指过于紧张。"那两个裁缝明天会来吗?"

"但愿吧。"她说着,将这个话题一带而过。

接着,焦虑的心情又将她引回了这个话题。"除非他们找到了更好的工作,跑路了。不过跟这种人打交道,又有什么办法呢?自从我开始经营这桩缝纫生意,他们就把我的生活搞得苦不堪言。我天天担心衣服能不能按时做完,都快被他们逼疯了。"

"也许他们生病了。"

"两个人同时生病?我看是酒瓶子里生出来的病吧——我昨天刚付了他们工钱。一点儿纪律也没有,一点儿责任感都没有。唉,我不该拿我自己的问题来烦你的。"

"没事的。"马内克帮她把脏盘子端到厨房。流浪猫在屋外喵喵叫。他昨晚入睡时听见了它们的叫声,梦里便出现了聚集在杂货铺门廊上的流浪狗,还有爸爸给它们喂食的场景,爸爸常常开玩笑说他很快就得开家分店,专门服务犬类顾客。

"别从窗户往外扔啊,马内克——倒进垃圾桶里。"马内克往窗外丢剩菜时迪娜说道。

"可是我想喂猫,阿姨。"

"不行,别让它们得寸进尺。"

"它们很饿——你瞧,它们都等着呢。"

"净胡说。它们都是聚在我窗外的讨厌鬼,仅此而已。有时它们还会闯进来,把厨房搞得一团糟。它们浑身上下只有一样好东西,就是肠子。可以做成小提琴弦,我丈夫总这么说。"

马内克坚信只要自己每天都跟她说流浪猫的事,把它们当成人类一样看待,她就会接受自己的想法,爸爸过去就是这样做的。他趁她转身时把剩下的食物扔了出去。他已经选出了自己最喜欢的那只:棕白相间的虎斑猫,一只耳朵变了形。它仿佛正对他说:快扔啊,我可没有一整天的闲工夫在这儿等着。

洗刷完毕,迪娜邀他跟自己一道去前屋坐着,读书、学习,他想做什么都行。"你不用总把自己锁在房间里。你就把这儿当成自己的家。要是你有任何需求,别害羞,只管开口。"

"谢谢阿姨。"他正好不愿在上床前回到那间牢房似的小屋,便在她对面的扶手椅上坐下来,翻起了杂志。

"你去看望过你妈妈的娘家人没有?"

他摇摇头。"我跟他们几乎不认识。我们跟他们处得不太好。爸爸常说他们都很没劲,说他们快把自己给无聊死了。"

"啧啧啧。"她皱起眉头说道,同时却又笑了。她手上在分拣边角布料,把六块边角料摊放在沙发上,正在往一起拼。

马内克凑了过来。"这些是什么呀?"

"我收集的碎布。"

"真的吗?干什么用的?"

"需要有原因吗?人们总是收集各种各样的东西。邮票、硬币、明信片。我收集的是碎布，我没有影集，不过倒是有个碎布剪贴簿。"

"好吧。"他半信半疑地点点头。

她任由他又看了一阵，然后说："别担心，我没发疯。这些碎布是用来做被子的。给我的床上添一条漂亮的拼花布被。"

"噢，现在我看出来了。"他开始翻看那堆碎布，提建议，挑出他觉得搭配得当的布块。有些碎布拿在手上的感觉美妙极了，比如小块的雪纺绸和柞蚕丝。"颜色和设计都不同，样式太杂了。"马内克说。

"你这是要当批评家吗？"

"不，我的意思是这些碎布搭配起来会很难。"

"没错，是很难，不过这才是考验品位和技术的时候。选哪个、不选哪个——哪一块该放在哪一块旁边。"

她剪掉参差不齐的布边，把六块碎布用粗线暂时缝在一起，以便把样式看得更清楚。"你觉得怎么样？"她问。

"目前看上去还不错。"

真是个和善好相处的孩子，她心想。她对他娇纵跋扈的担心真是大错特错了。有个人说说话真不赖。裁缝们倒也跟她说话，不过那两个裁缝总是对她疑神疑鬼——反过来她也对他们心存提防。

第二天下午，马内克从学校回来时，迪娜在门廊拦住了他，小声告诉他裁缝们来了。"不过，你千万不要告诉他们我昨天有多么担心。"

"好的。"这是后翼弃兵的开局法，马内克这样想着把书本丢到床上。他来到前屋，裁缝们正好从后屋出来喝茶、休息。

"啊，你来了，你来了！"伊什瓦说，"过了一个月，我们终于又见面了，是不是？"

他伸出手，问候马内克最近怎么样，小翁笑眯眯地站在一旁。马内克说自己很好，伊什瓦说他们两个也好得很，多亏了迪娜女士提供的稳定工作，她是个好雇主。他对迪娜笑笑，把她也囊括进这场对话。

那天下午，迪娜一直颇不赞同地望着他们三个——瞧他们的样子，还以为他们是多年未见的老朋友呢。要知道，他们之前只见过一次面，就是在火车上，去找她的公寓的路上。

到了晚上，裁缝们开始收拾裙子、准备离开的时候，迪娜给了他们一句临别忠告："下次总理再叫你们去开会，你们最好告诉她，你们的工作要保不住了。还有两个裁缝央求着要向我讨差事呢。"

"不不，"伊什瓦说，"我们很想为您工作。我们非常愿意为您工作。"

裁缝离开后，迪娜独自坐在后屋，整个房间仿佛仍在跟着缝纫机震动。夜色很快就会显现，浸染飘浮着线头的空气，落在她的床上，让她陷入阴郁的心情，直到黎明。

不过，当夜色降临，路灯亮起的时候，她的心情依然很好。真神奇，她心想，公寓里多了一个人竟会有这样大的区别。她返回前屋，打算把自己盘算好的那番话说给马内克听。

后对王翼马，马内克心想。

"你知道我为什么要对他们这样严格吗？"迪娜说，"要是他们知道我别无选择，就会对我蹬鼻子上脸的。"

"是，我明白。对了阿姨，你会下国际象棋吗？"

"不会。那么我现在就要告诉你——我不喜欢你跟他们聊个没完。他们是我的雇员，而你是阿班·科拉的儿子。你们之间必须保持距离。跟他们打成一片对你没有好处。"

第二天下午，情况更糟了。迪娜简直不敢相信自己的耳朵——那个粗鲁无礼的翁普拉卡什居然问马内克："你想不想跟我们一起去喝茶？"更糟糕的是，看马内克的神情，他分明想去。迪娜决定是时候出面管一管了。

"他在这里喝茶。跟我一起喝。"迪娜的声音冷冰冰的。

"没错，可是也许……也许今天我可以出去喝一次，阿姨？"

她说既然他要浪费父母付的食宿费，那她也无所谓。

维什兰素食餐厅的空气中洋溢着浓浓的饭菜香味。马内克觉得自己只要伸出舌头就能尝出店里的菜单。他已经饥肠辘辘。

他们坐在唯一的桌子边，点了三杯茶。桌上数不清洒过多少辛辣的饭菜，木头桌面已经磨得发亮，散发出强烈的饭味。伊什瓦从口袋里拿出一包比迪烟，递给了马内克。

"不用，谢谢。我不抽烟。"

裁缝们点上烟。"她不许我们在缝纫机旁边抽烟，"小翁说，"现在她把床也搬进了那个房间，里面挤得要命，像个狭小的仓库。"

"那又怎么了？"伊什瓦说，"你要那么大地方干什么，跑来跑去抓山羊吗？"

厨子站在餐厅的角落，面前摆着一圈锅碗瓢盆。他们能看见自己点的茶在敞着盖的茶壶里烧煮。三口熊熊燃烧的炉灶把一股股油腻的烟雾送上天花板。火焰舔舐着烧黑的锅底，巨大的锅里热油翻滚，冒着危险的油泡，只待炸物下锅。厨子亮闪闪的额头上淌下一滴汗，落在油锅里，油星激烈地迸溅而出。

"你喜欢你的房间吗？"伊什瓦问。

"嗯，喜欢。比宿舍好多了。"

"我们也找到了住处，"小翁说，"一开始我很讨厌那里，不过现在好多了。住在附近的邻居都很友好。"

"你有空一定要来我们家坐坐。"伊什瓦说。

"没问题。离这里远吗？"

"不太远。坐火车大约四十五分钟。"茶送来了，溅出了许多茶水，杯子放在茶碟上，底下是一汪棕色的小水洼。伊什瓦吸溜着洒在碟子里的茶。小翁则把碟子里的茶水倒回杯里，喝了一小口。马内克也学着他的样子做。

"学校生活怎么样？"

马内克做了个痛苦的鬼脸。"糟透了。不过我必须得读完,这样我家长才会满意。然后我就回家,坐最早的一班火车回去。"

"等我们攒够了钱,我们也要回去,"伊什瓦说完咳嗽起来,他清清嗓子,"回去给小翁物色个媳妇。对不对,侄子?"

"我不想结婚,"小翁不乐意地说,"还要我跟你说多少遍啊。"

"瞧你那张酸柠檬似的脸。好了,把茶喝掉,时间到了。"伊什瓦起身准备回去。两个男孩喝掉了最后一口茶,跟着他跌跌撞撞地离开狭小的茶摊。他们急匆匆地向迪娜的公寓走去,路上从那个坐轮板的乞丐身边经过。

"你还记得他吗?"小翁对马内克说,"我们第一天来的时候见过他,现在他成了我们的朋友了。我们每天都从他身边经过,他会跟我们招手。"

"噢,先生!"乞丐拖着长声说道,"哎呀,先生!赏点儿钱吧先生!"他朝三人笑笑,摇晃着乞讨用的金属罐。马内克丁零一声把维什兰素食餐厅找给自己的零钱丢了进去。

"你身上是什么味道?"迪娜气呼呼地凑到马内克身边,闻了闻他的衬衫,"你跟那两个人一起抽烟了?"

"没有。"马内克低声说,他觉得很不好意思,生怕裁缝们在后屋听见这番对话。

"你跟我说实话。我要替你父母管好你。"

"真的没有,阿姨!是他们俩在抽烟,我只是坐在他们旁边,就是这样。"

"要是被我抓住你抽烟,我会立刻写信告诉你妈妈,别怪我没警告你。现在跟我说说,关于前天的事他们说什么别的没有?他们没来工作的真实原因是什么?"

"没说。"

"那你们都聊什么了?"

他不喜欢这通盘问。"没说什么。闲聊而已。"

迪娜见他不愿多说,也觉得丧气,便没有再追问。"还有一件事我要提醒你。翁普拉卡什身上有虱子。"

"真的吗?"他感兴趣地问,"你见过?"

"我要把手伸进火里才知道会烫手吗?他整天抓挠个不停。而且不只是头发,上下两头都有问题——一头是蛔虫,一头是虱子。所以你听我一句劝,要是你还知道好歹,就离他远一点儿。他大伯没事,伊什瓦的头发快掉光了,不过你的头发这么浓密,虱子最喜欢了。"

迪娜的建议被当成了耳旁风。两个星期一天天过去,下午去维什兰素食餐厅茶歇成了他们三个的惯例。有一次马内克从学校回来晚了,小翁低声对伊什瓦说应该等他回来一起去。

"啧啧,"迪娜偶然听见,说道,"居然拖着不去喝茶。你没事吧?你一直不喝茶,不会渴死吧?"

伊什瓦暗中反思为什么他们三人一同外出会让迪娜女士这样反感。马内克回来后,小翁从缝纫机旁一跃而起,伊什瓦却决定留下来。"孩子们,你们去吧,我想把这条裙子做完。"

迪娜对他大为赞赏。"瞧瞧你大伯,学学他这个榜样。"两个男孩出门时她对小翁说道。她把马内克的那份茶倒进裁缝们专用的粉色玫瑰花边茶杯,端给了伊什瓦。"你也喝点儿吧。"

伊什瓦谢过迪娜,接过杯子喝了一小口,又说马内克和小翁相处得真融洽,正好给彼此做伴。"他们两个同龄。小翁整天跟我这个老掉牙的大伯在一起,肯定腻烦坏了。我们从早到晚都待在一起。"

"别胡说了,"迪娜说依她看,要不是一直有他这个大伯在,只怕小翁会变成个不务正业的人呢,"但愿他不要给马内克带来不良影响。"

"不会的不会的,别担心。小翁不是坏孩子。有时候他不听话、脾气躁，这只是因为他对生活感到失望，不开心。他这辈子过得很不幸。"

"我的生活也不容易，但我们还是得尽力把生活过好啊。"

"确实没有别的办法。"伊什瓦表示赞同。

从那天起，他茶歇时便经常留下来，迪娜名义上仍说自己是在给马内克煮茶，最后却总是倒进伊什瓦的茶杯里。他们一起闲聊，跟裁缝活有关的、无关的都聊。她总期待着看见他感激的半边笑容，每当他朝茶碟边沿的粉色玫瑰花边露出微笑，因为伤疤而僵住的那半边面庞也努力地想要露出同样的笑容。

"小翁的缝纫技术有进步，是不是，迪娜女士？"

"他犯的错误少了。"

"对，对。马内克来了之后，他开心多了。"

"不过，我倒是为马内克担心。但愿他是在认真学习——他父母还指望着他呢。他们家开了一间小店，但是生意不太景气。"

"人人的日子都不好过。别担心，我会跟他说的，叫他努力工作。这些年轻人需要的就是这个，努力工作。"

伊什瓦发现茶歇不再让迪娜心烦意乱了。这证实了他的猜测：她非常渴望有人陪伴。

两个男孩独处时，话题不可避免地发生了变化。小翁对马内克搬离的宿舍充满了好奇。"女生也住在那里吗？"

"要是有女生，你觉得我还会搬走吗？女生有单独的宿舍，男生不许进。"

他们从维什兰素食餐厅能够看见马路对面屋顶上的电影院广告牌，上面的电影名叫《左轮女王》。牌子上画的是双连画。第一幅图上画着四个男人撕开一个女人的上衣，露出一对穿着胸衣的巨乳，男人嘴角挂着色眯眯的笑容，露出尖利的牙齿和鲜红的舌头。第二幅图画的是同一个女人，衣服被撕得破破烂烂，正端着自动步枪朝低处的四个男人扫射。

"为什么要叫《左轮女王》啊？"小翁说，"她手里拿的明明是机关枪。"

"他们也可以给这片子起名叫《机关枪王后》。但是听着不够上口。"

"去看电影肯定很有趣。"

"我们下个星期去看吧。"

"我没钱。伊什瓦说我们必须省着花。"

"没事，我请你。"

小翁望着马内克的面孔，吸了一口比迪烟，想搞清楚他是不是真心的。"不行，我不能让你这样。"

"没事的，我不介意。"

"那我问问我大伯，"比迪烟灭了，小翁伸手去摸火柴，"你知道吗，我们住的房子附近有个女孩，她的胸跟画上一模一样。"

"不可能。"

小翁听见他斩钉截铁的反驳，又看了看那张海报。"也许你说得对，"他改口道，"确实没那么大。他们总把胸画得大得出奇。不过那个女孩的胸很挺，形状也漂亮，就像画上那样。有时她还会让我摸她的胸。"

"去你的，少唬我。"

"我发誓是真的。她叫尚蒂。只要我想，她随时愿意解开衬衫，让我揉捏她的胸。"他凭着想象力信口开河。见马内克笑得直拍大腿，他又故作天真地问："你是说你从来没跟女孩做过那事？"

"当然做过，"马内克连忙答道，"可是你说你跟你大伯一起住在一间小屋里。你怎么可能有机会呢？"

"这个容易。棚户区侧面有条沟，后面长着很多灌木丛。天黑之后我们就到那里去。不过每次只有几分钟。要是她待的时间太长，就会有人来找她。"他神气地吸了口烟，继续编造自己对尚蒂的头发与肢体的探索，以及如何把手探进她复杂的裙子和衬衫底下。

"还好你是个裁缝，"马内克说，"对衣服了如指掌。"

第六章 马戏团度日，贫民窟过夜

小翁毫不气馁，继续往下讲，只是在讲到最后一次深入探索时稍有停顿。"有一次，我已经压在她身上，差点就做成了。结果这时树丛里发出一阵动静，把她吓坏了，"他喝光茶碟里的茶，又从杯子里倒了些茶出来，"你呢？你做过那事吗？"

"只差一点儿就做了。是在火车上。"

这次轮到小翁哈哈大笑了。"你还真是编瞎话不打草稿啊，谁信啊，在火车上！"

"不，是真的。就在几个月前，我从家里去上学的时候，"在小翁的幻想的激励下，马内克的想象力也开始驰骋，"车上有个女人，睡在我对面的上铺，长得非常漂亮。"

"比迪娜女士还漂亮吗？"

这个问题让他打住了话头。他得想一想。"没她漂亮，"他诚实地说，"不过自从我一上车，她就盯着我看，没人看见的时候她还会对着我笑。但问题是她父亲跟她一道坐车。好不容易终于天黑了，人们陆续睡了。只有我和她还醒着。等所有人——包括她父亲都睡着之后，她就把被单撩开，把一只乳房从短衫底下露出来。"

"然后呢？"小翁问，他也乐得品尝这想象力结出的果实。

"她开始揉捏自己的胸，示意我到她铺上去。我不敢从我这边爬下去，因为有可能把人吵醒，你知道的。但她把手放在两腿之间，开始揉蹭。于是我认定我必须得过去。"

"那当然。谁不去谁是傻子。"小翁重重地呼了口气。

"我蹑手蹑脚地爬下去，生怕吵醒别人，转眼的工夫我就摸到了她的胸。她抓住我的手，央求我到她铺上去。我琢磨着怎么上去才最好。她父亲就睡在下铺，我可不想把他吵醒。就在这时，突然有了动静。她父亲翻了个身，嘟哝了几声。她吓得要命，赶紧把我推开，假装大声地打起呼噜来。我只好假装自己是要上厕所。"

"要是那个混蛋再多睡一会儿就好了。"

"谁说不是呢。太可惜了。我再也不会遇见那个女人了。"马内克突然感到一阵悲伤,仿佛自己真的错过了这一切,"你真走运,尚蒂就住在你家附近。"

"将来你也能见到她,"小翁慷慨地说,"等你来看我和伊什瓦的时候。不过你不能跟她说话,只能从远处看看她。她非常害羞。我说过,她只肯私下跟我见面。"

他们大口喝光了茶,一路小跑着往回赶,因为休息的时间已经过了。

炸马铃薯球、咸辣爆米花、炸蔬菜、果汁——在维什兰点的所有小吃和饮料都是马内克付的钱,因为伊什瓦给小翁的钱只够买一杯茶的。马内克不需要额外买吃的弥补食堂饭菜的不足,如此一来,父母给的零花钱便足够用来买零食了。第二个星期,他信守诺言,等小翁做完当天的缝纫活之后请小翁去看了《左轮女王》。他也请伊什瓦一起去看,但伊什瓦拒绝了,说自己宁愿用这段时间多做一条裙子。

"你呢,阿姨?你要一起来吗?"

"你就是给我钱我都不会去看那种垃圾,"迪娜说,"要是你口袋里钱太多,就跟我说一声。我告诉你妈妈少寄些钱过来。"

"说得太对了,"伊什瓦说,"你们这些年轻人就是不知道珍惜钱。"

两个男孩不为这些责备所动,出发去电影院了。迪娜提醒马内克看完电影直接回家,她会做好晚饭等着他。他答应了,自言自语地嘟哝着迪娜阿姨自封为他的监护人,也太拿这个头衔当回事了。

"那个老太婆的预言实现了,"往火车站走的路上小翁说道,"至少实现了一半——耍猴人最终还是报仇了。"

"他干什么了?"

"可怕极了。就发生在昨天夜里。"蒂卡回家跟耍猴人同住,邻居们都以为他们已经和好了。但是棚户区的居民都睡下之后,耍猴人在他的棚屋外面放了一只木箱，用鲜花和油灯做了装饰。箱子中间摆着一张照片，是莱拉和马什努骑在蒂卡背上。那张拍立得照片是个美国游客在很久以前拍的，他看动物表演看得入了迷，就拍了那张照片。祭坛就这样准备好了。耍猴人把蒂卡带到祭坛前，叫狗趴下，然后割断了它的喉咙。接着他在附近走了一圈，叫大家知道他已经完成了自己的使命。

"太可怕了，"小翁说，"我们赶到的时候，只见可怜的蒂卡躺在自己的血泊里，还在微微地抽搐。我差点儿吐出来。"

"要是我父亲在场，他一定会杀了耍猴人的。"马内克说。

"你这是在吹牛还是在抱怨啊？"

"我猜两者都有，"他把人行道上的一颗石子踢到马路上，"我父亲对流浪狗比对亲生儿子还关心。"

"别胡说。"

"这怎么是胡说呢？你看，他每天都给门廊上的流浪狗喂食，却把我送到遥远的地方。我在家的日子里，他总是跟我作对，不想让我留在他身边。"

"别胡说八道，你父亲把你送到这里是来学习的，因为他关心你的前途。"

"你是父亲研究专家还是怎么的？"

"当然了。"

"凭什么？"

"就凭我父亲死了。这种事情很快就会让你成为父亲专家。你最好相信我说的话——别再乱说你父亲了。"

"好好好，我父亲是个圣人总行了吧。不过耍猴人后来怎么样了？"

棚户区的居民很生气，有人说应该报警，因为自从猴子死了以后，一直有两个小孩跟耍猴人同住，三四岁的样子。那是他姐姐的一儿一女，来受他训练表演新节目。不过其他人说把坏蛋叫来管束一个疯子，这样做没意义。再说耍猴人很喜爱那两个孩子，一向把他们照顾得很好。

他们下了火车，推搡着穿过抢着上车的人群。站台外面有个女人坐在阳光下，身边摆着一小筐蔬菜。她正在晾晒刚刚洗过的纱丽，一半一半地晾。纱丽一头湿漉漉地裹在她腰上，盖住干瘪的乳房，尽量拉得更往上些。正在晾晒的那一半则铺在铁路边的栅栏上，从她的身体延展出去，像夕阳中的祈祷者。他们走过时，她向小翁挥了挥手。

"她也住在我们那个棚户区，"小翁说着穿过车流，向马路对面的电影院走去，"她是卖蔬菜的。她只有一条纱丽。"

《左轮女王》结束的时间比他们预计的要晚。演职人员表出来了，他们便开始沿着过道往外走，他们不想错过片尾曲，因此走得很慢。接着屏幕上出现了飘动的国旗。《人民的意志》响了起来，人们这才纷纷向出口拥去。

不过离场的观众遇到了障碍。一队湿婆军[1]志愿者守在门口，堵住了他们的去路。后面的人不清楚遇到瓶颈的原因，纷纷呼喊起来："拜托让一让！喂，老兄，麻烦让一让！往前走啊，先生！电影结束了！"

然而前面的人没法往前走，湿婆军挥舞着棍棒，手持形形色色的标语：尊重国歌！紧急状态下，祖国需要你！爱国是受惊[2]的职责！只要国旗没从屏幕上退去，灯光没亮，人们就不许离开。

"爱国怎么就成了'受惊'的职责？"小翁笑着说，"难道要他们吓唬大家才会爱国吗？"

"这些傻瓜连'神圣'都不会写，还来对我们指手画脚。"马内克说。

小翁看见示威者大约有五十人，观众却有八百多人。"我们轻而易举就能战胜他们。砰砰！砰砰！就像电影里的那个人。"他说着把双手握拳，举到胸前。

---

1. 印度民族主义政党，成立于1966年。
2. 标语错把"神圣"（sacred）写成了"受惊"（scared）。

他们情绪高涨,开始重复《左轮女王》里激动人心的那些对白。"血债血偿!"马内克吼道,做了个挥剑的动作。

"脚踏圣土,苍天为鉴,我发誓,绝不让你看见明天的日出!"小翁呼喊道。

"那是因为我每天都很晚起床,老兄。"马内克说。他突然脱离剧情的回答逗得小翁哈哈大笑,打斗的姿势也忘了摆。

火车站外的女人仍坐在蔬菜篮旁边。晾干的那一半纱丽现在裹在她身上,湿的那一半则晾在栅栏上。此时菜篮基本已经空了。"安玛,该回家了。"小翁说。她闻言笑了笑。

在车站的站台上,他们决定去那台写着"二十五派萨,称体重测运势"的机器碰碰运气。马内克先上去。红白相间的轮盘转动起来,灯泡闪亮,伴着一阵钟鸣声,从弧形的出票口掉出一张长方形的小卡片来。

"六十一公斤,"马内克说完,读出了卡片背面的文字,"'幸福的重逢就在不远的将来等待着你。'听起来挺对的——我这个学年结束就要回家了。"

"说的也有可能是你和火车上的那个女人。你可以帮她把胸部按摩做完。来吧,轮到我了。"小翁登上机器,马内克在口袋里翻找二十五派萨的硬币。

"四十六公斤,"小翁说着把卡片翻过来,"'你很快就能到许多新奇动人的地方去长见识。'这说不通啊。我要回我们村去——那里又不是什么新鲜的地方。"

"我猜它说的是尚蒂的衬衫和裙子底下。"

小翁把腰杆一挺,又背诵起电影对白来。"不用这双手掐住你的脖子,挤出你最后一口气,我决不罢休!"

"就凭你那四十六公斤,恐怕没戏,"马内克说,"你还是先用鸡脖子练练手吧。"

火车来了,他们从售票窗口跑去乘车。"这些火车票跟体重卡片长得一模一样。"小翁说。

"我本可以省下这笔车费的。"马内克说。

"不行,那样太冒险了。紧急状态下他们查票查得很严。"他讲述了他跟伊什瓦被困在突击检查逃票乘车人员中的经历。

晚高峰已经过去,车厢里空落落的。他们把脚搭在空出来的座位上。马内克解开鞋带,脱下鞋,活动着脚趾说:"我们今天走的路可不短。"

"你不该穿那么紧的鞋,老兄。我的凉鞋就舒服多了。"

"要是我穿凉鞋出门,我父母会很不高兴的。"他揉揉脚趾和脚掌,然后套上袜子,重新穿上了鞋。

"我过去常给我父亲按脚,"小翁说,"而他会给我祖父按脚。"

"你每天都必须这样做吗?"

"我不是必须这样做,但这是我们家的习惯。夜里我们坐在室外的竹床上。清凉的微风吹过,鸟儿在树上唱歌。我很喜欢给我父亲按脚。他也很开心,"火车在行驶中微微晃动,他们也在座位上跟着摇晃,"他右脚的大脚趾底下有块老茧——是踩缝纫机踩出来的。我小时候,他一扭脚指头,那块老茧就逗得我哈哈直笑,那块老茧长得像一张脸。"

剩余的回程路上,小翁陷入了沉默,若有所思地望着窗外。马内克开始模仿《左轮女王》里的角色,想转移小翁的注意力,但换来的只有无力的一笑,于是他也陷入了沉默。

"你真该跟我们一起去,"马内克说,"有趣极了。武打戏特别激动人心。"

"不用了,谢谢你,我这辈子看见的打斗场面够多了,"伊什瓦说,"倒是你,什么时候来我们家做客啊?"马内克时常为小翁付钱,这让伊什瓦很过意不去,觉得是时候表达一点微薄的谢意了,"你一定要来跟我们吃晚饭啊。"

"好啊，有空保证去。"马内克嘴上答应着，却不愿意许诺。这会惹迪娜阿姨不高兴的——看电影已经让她心中不悦了。

所幸伊什瓦没有追着他当场敲定日期。伊什瓦给自己那台胜家缝纫机蒙上罩子，跟小翁一起走了。

"好嘛，我看你玩得挺开心啊，"迪娜说，"不听我的话，我都告诉过你了，你还是跟他越走越近。"

"只是去看场电影而已，阿姨。这是小翁第一次去大影院看电影。他特别激动。"

"但愿他明天能好好缝衣服，你也该集中精力学习了。这些电影里净是打打杀杀的事情，对头脑有害无益。过去的电影院多美好啊。唱唱歌、跳跳舞，有时放喜剧，有时放浪漫影片。现在全是舞刀弄枪的电影。"

第二天，迪娜一语成谶，小翁把一条七码连衣裙的上身跟十一码的裙摆缝在了一起，多出来的布料在腰间挤成一团。这个错误重复了三条裙子，直到下午才被发现。

"把其他活全放下，先把这个修补好。"迪娜说，但小翁并没理会她。

"没事的，迪娜女士，"伊什瓦说，"我可以把线拆开重新缝上。"

"不行，是他犯的错误，应该让他自己纠正。"

"你来做，"小翁阴沉着脸、挠挠头皮说，"我头疼。是你给了我尺码不对的衣服，所以这是你的错。"

"你听听他！这样厚着脸皮撒谎！把手从头发上拿下来，不然你会把发油蹭到布料上的！整天挠啊挠啊挠！"

马内克从学校回来的时候他们仍在争吵。裁缝们没有喝茶休息。马内克回到房间关上了门，盼着他们别再吵了。整个下午，争吵声不断地从他门缝底下溜进来，点点滴滴，在他周围汇集成一汪痛苦的湖泊。

六点时，迪娜敲门叫他出来。"那两个人走了。我得有个头脑清醒的人做伴才行。"

"你为什么要跟他们吵架啊,阿姨?"

"我吵架?你竟然这么说?你知道前因后果吗,就说是我吵架?"

"对不起,阿姨。我是说,这次争吵是为了什么事啊?"

"跟往常一样的原因,工作犯错、偷奸耍滑。不过谢天谢地有伊什瓦在。要是没有他,我真不知道该怎么办了。这伯侄俩一个是天使一个是魔鬼。麻烦的是天使总跟魔鬼混在一起,所以两个都不可靠。"

"也许小翁这样做是因为有些事让他心烦——也许是因为你出门的时候总会把他们锁在家里。"

"啊!看来他跟你说了,是不是?那他有没有告诉你我为什么要这么做呢?"

"说是因为房东。但他觉得那只是借口。他说你让他们觉得自己像是犯人。"

"是他心里有鬼才会有这种感觉。房东的事是真的,这你也知道。你可千万不要被那个收租人的笑容骗了,把实情全都告诉他。要始终假装你是我外甥,"她说完开始收拾房间,拾起边角料,把碎布塞到架子底层,"那个易卜拉欣的眼珠子转来转去,一圈圈的,能把整座公寓从门口看到最里面。比巴斯特·基顿[1]的眼睛还快呢。不过你年纪太小了,不知道巴斯特·基顿。"

"我听妈妈提起过这个名字。她说他比劳莱与哈台[2]更滑稽。"

"先不管这些了——我把他们锁起来还有另一个原因。要是我不把他们锁起来,那两个裁缝就会抢走我的生意。你知不知道,小翁曾经跟踪我去过出口公司?这事他跟你说过吗?当然没说过。我那一点微薄的抽成让他们心里很不舒服。可即使这样,我也只能勉强维持生计。"

---

1. 巴斯特·基顿(Buster Keaton,1895—1966),美国喜剧演员、电影导演,以其无声电影而闻名于世,其在 20 世纪 20 年代拍摄的众多电影都享誉于世。

2. 由英国演员斯坦·劳莱与美国演员奥利弗·哈台组成的喜剧双人组合,在 20 世纪 20—40 年代极为走红。

"要不要我让妈妈多寄些钱过来,付我的食宿费?"

"绝对不行!我收的价格合理,她也按时付钱。你以为我跟你说这些是为了求人施舍吗?"

"没有,我只是想——"

"我的问题可不像是乞丐身上的伤!只有乞丐才会脱掉衣服叫你看他受过哪些伤。不,马内克·科拉先生,我告诉你这些是为了让你对你心爱的翁普拉卡什·达尔吉有个更清晰的认识。"

迪娜再次前往再会出口公司的时候,她决定更加信任马内克。"听着,我今天不锁门了。既然你在家,我就把这里交给你负责。"这份责任准能将他拉拢到自己这一边,她对此确信无疑;再说,想来小翁也不敢将自行车行动故伎重施。

迪娜离开后,伊什瓦继续缝纫,不愿意当着马内克的面像往常那样在她的沙发上休息。不过小翁却立刻停下手里的活,来到了前屋。"两个小时的自由时间!"他高声说着伸了个懒腰,坐在马内克身边的沙发上。

他一边抽烟一边跟马内克一起翻看迪娜的旧毛衣花样册。内页里的模特身穿各式各样的毛衣。卷边的光面书页上印着性感的红唇、细腻的皮肤、花哨的发型,令他们眼花缭乱。"看这两个,"小翁指着一个金发模特和一个红发模特说,"你说,她们两腿之间的毛也是这个颜色吗?"

"你怎么不给杂志社写封信问问呢?'尊敬的先生,我们想就模特的阴毛颜色一事向您咨询——确切地说,是阴毛的颜色是否与其头发颜色相符。我们有疑问的模特出现在四十七页,刊号是——'"他翻到封面,"'一九六一年七月。'算了,老兄,十四年前的事了。无论当时是什么颜色,现在肯定都变成灰白色了。"

"我应该问问收头发的拉加拉姆,"小翁说,"他是毛发专家。"

两个男孩把毛衣图册放回墙角,来到了马内克的房间。把玩了一阵宝塔形的阳伞,又去查看厨房,招呼窗外的猫。晚饭时间还没到,那些猫不肯到窗口来。小翁想往它们身上泼水,让它们叫唤,但马内克制止了他。

回到后屋,他们仔细查看碎布块,还有刚开始制作的拼花被。"你们俩不要乱动迪娜女士的东西。"伊什瓦从缝纫机旁抬眼看了一眼,提醒道。

"你看看,这么多布,"小翁说,"她在我们这儿占便宜,不肯付给我们足够的工钱不说,还从公司偷东西。"

"你这就是在胡说八道了,翁普拉卡什,"大伯说,"那些都是零碎的废料,她是在变废为宝。好了,回你的缝纫机旁边去,别再浪费时间了。"

小翁把做被子用的东西放下,指了指墙角那只三脚桌上的箱子。马内克见到这个胆大的建议,扬起了一边眉毛。他们打开箱子,发现了迪娜自制的卫生巾。

"你知道这些是干什么用的吗?"小翁低声问。

"是小枕头,"马内克拿起一片鼓鼓囊囊的垫片笑着说,"是给小家伙用的小枕头。"

"我的小家伙可以把头枕在上面。"小翁拿起一个吊在两腿之间。

"别乱翻箱子里的东西。"伊什瓦说。

"好吧,好吧。"他们抓了一把卫生巾,来到前屋继续摆弄。

"这是什么?"马内克把两个卫生巾放在头顶,问道。

"犄角?"

"不是,"他的手晃了晃,"是驴子的耳朵。"

小翁拿了一个放在身后。"是兔子的尾巴。"

他们把卫生巾放在胯间,假装是阳具,在屋里昂首阔步,做出夸张的动作模仿手淫。马内克那条卫生巾的绳结松了,里面的填充物掉落出来,只剩下空空的外皮拿在手里。

"看啊!"小翁哈哈大笑,"你的老二已经睡着了,老兄!"

马内克拿起一条填得很饱满的新卫生巾去打小翁。决斗随即拉开阵势，武器却不经用，房间里七零八落地撒满了碎布头。他们又拿起两个，向对方冲过去，仿佛是马背上的角斗士，卫生巾做成的长矛从裤子的前裆支棱出来。

"哒哒啦，哒哒啦，哒哒啦！"他们为自己奏响冲锋号，发起进攻；又分别退回墙角，重新调整胯间的卫生巾。小翁腾跳起来，发出嘶鸣声，仿佛战马咬着嚼子。

就在他们手持长矛准备再次策马冲锋时，迪娜打开前门，从门廊走了进来。欢腾的喧闹声戛然而止。她走到沙发旁边，忽然愣住了。眼前的景象让她目瞪口呆：她精心制作的卫生巾里的碎布撒了一地，两个男孩面带愧色站在原地，手里还抓着那令人难堪的玩具。

他们放下手，想把卫生巾藏在身后，紧接着便意识到这种行为既徒劳又愚蠢，于是低下了头。

"你们这些不害臊的臭小子！"迪娜颇为吃力地说出这样一句，"不害臊的臭小子！"

她跑到后屋，伊什瓦仍在缝纫机前埋头劳作，乐在其中，对前屋发生的事情一无所知。"先放下！"迪娜声音颤抖，说，"过来瞧瞧这两个小子干的好事！"

小翁和马内克已经把手里的卫生巾放下了，但是迪娜往他们每人手里塞了一个。"继续啊！"她说，"给他表演一下，让他看看你们干了什么不要脸的事情！"

伊什瓦不用看也能明白一二。他见迪娜格外气愤，便猜到准是发生了什么令人难堪的事。他走到小翁面前，抽了他一记耳光，然后对马内克说："我不能打你，但是应该有人来揍你一顿。这是为你好。"

他把小翁拽回后屋，把他搡到凳子上。"我一个字也不想听你说，现在不许说，往后也不许说。你就在这里安安静静地干活，直到下班。"

整个晚餐沉默无声，只有刀叉在对话。迪娜利落地清理完餐具，便回到缝纫室插上了门闩。

瞧她的举动，好像我是个性变态一样，马内克难过地想。他在前屋等了一阵，盼望着她从房间里出来，给他一个道歉的机会。他听见抽屉打开又关上。她的床吱呀作响。啪嗒一声轻响，可能是她的梳子。裁缝坐的板凳被推到一边。他听见箱盖关上的声音，羞愧得面颊滚烫。迪娜门缝下的那道亮光暗了下去，痛苦吞没了他。

她会不会给他父母写信告状呢？即使她告状，那也是他罪有应得。近两个月以来，她在自己家里对他照顾有加，而他却做出这样令人不齿的事来。离家之后，这是他第一次感到内心平和、安全，而这多亏了迪娜阿姨。是她把他从那间令他浑身难受的宿舍救了出来，让他不再心中郁结，不再每天早上都感到恶心。

而现在，由于他的所作所为，一切都恢复了原样。他关掉沙发旁边的灯，拖着沉重的步伐回到了自己的房间。

晨光也无法减轻马内克从昨晚延续至今的羞耻感。为了帮他把羞愧的火焰愈燃愈烈，早饭时迪娜把装着两个煎蛋的盘子重重地放在了他面前。出门上学时他高声说"阿姨再见"，迪娜也没有出来向他挥手送别。他失落地关上了门，空荡荡的门廊仿佛也在谴责他。

晚饭过后，一丝谅解的气氛在空中微微颤抖。迪娜跟前夜一样退回了后屋，没有把被子拿到沙发上来，不过她房间的门微微开着。

马内克坐在前屋满心期待地等着，听着邻居家的动静打发时间。有人在恶狠狠地尖声训斥某个人——他推测是那人的女儿。"臭婊子！"一个男人的声音传来，"像个荡妇似的，在外面待到这么晚！你以为十八岁了、年纪大了就不会挨抽了？我倒要叫你看看！我说十点前回来，你就得十点前回来！"

马内克看了一眼手表：十点二十。迪娜阿姨仍然没出来。不过房间里的灯还没熄。他们平时上床的时间是十点半,他决定过去看一眼,说声晚安。

她穿着睡衣,背对房门。马内克临时改了主意,想打退堂鼓,但迪娜透过门缝看见了他。天哪,他手足不安起来——这下她准会以为他是在偷看。

"有事吗?"她干脆地说。

"打扰了,阿姨,我只是想来说声晚安。"

"好。晚安。"她的语气仍然很生硬。

马内克把这句话重复了一遍,开始往回挪腾脚步,忽然又停下了。他清了清嗓子。"还有……"

"还有什么?"

"还有,我想跟你说声对不起……因为昨天的事……"

"别在外面支支吾吾的。有话进来直说。"

他害羞地走进房间。迪娜的手臂露在睡衣外面,看上去那样可爱,透过轻薄的棉布看得出体形……但马内克不敢让目光停留在她身上。她是妈妈的朋友,这个念头萦绕在他心头,他战战兢兢地道了歉。

"我希望你能明白,"她说,"我为你做出这种丢人的事情而生气,不是因为这件事伤害了我,而是我看见你举手投足像个游手好闲的二流子,像路边的流氓,我为你感到丢脸。我对翁普拉卡什没抱什么期望,但是你,你来自帕西族的正派人家。而且我让你监督他们,我是那样信任你。"

"真对不起。"他低下了头。迪娜抬手去抚头发,重新调整松开的发卡。马内克觉得她腋窝下露出的绒毛性感极了。

"上床去吧,"她说,"下次好好动动脑子。"

半梦半醒间,他想着身穿睡衣的迪娜阿姨,她和火车上铺那个女人的形象渐渐合二为一。

第七章

流离失所

卫生巾事件过后,迪娜确信,无论伊什瓦还是小翁都不敢再邀请马内克去他们家吃晚饭了。即便他们邀请,马内克也会拒绝,因为他不想惹她不高兴。

然而过了几天,晚饭的邀请又来了,而且马内克眼看就要答应了。"我真不敢相信,"她压低声音气愤地对马内克说,"你那天做了那样的事情还不够吗?你惹我生气难道还不够吗?"

"可是我已经道歉了,阿姨。而且小翁也非常抱歉。这两件事之间有什么关系呢?"

"你以为道个歉就万事大吉了?你不明白问题的关键。我对他们没意见,可他们是裁缝——是我的雇员。你要跟他们保持距离。你是法鲁赫和阿班·科拉的儿子。你跟他们身份不同,不能假装你们是一样的人——他们的出身,他们的背景都跟你不同。"

"可是妈妈爸爸不会介意的。"马内克说。他向迪娜解释自己从小没有被灌输过这样的思想,他的家长鼓励他跟各种各样的人都打成一片。

"那你是说我心胸狭隘,你的父母心胸宽广、思想新潮?"

马内克已经厌倦了争吵。在他看来,有时候迪娜看上去就快要明白道理了,却又会突然抛出一句荒唐话来:"既然你这么喜欢他们,怎么不收拾行李搬去跟他们一起住呢?我可以给你妈妈写封信,不费事的,告诉她把下个月的房租寄到那里去。"

"我只是想去做一次客。我总是拒绝他们,这样很没礼貌。他们会觉得我自视清高，不肯去他们家。"

"那你想过去做一次客的后果没有？讲礼貌固然重要，但是健康和卫生呢？他们是怎么做饭的？他们买得起像样的油吗？还是像大多数穷人那样，买掺假的便宜人造黄油？"

"我也不知道。但他们目前还没生病死掉。"

"那是因为他们的肠胃已经习惯了吃那些东西，你这傻孩子，你的肠胃可不习惯那些。"

马内克想起自己的肠胃曾经消化过的东西，食堂里难以下咽的饭菜，还有一连几个星期吃的路边小吃摊。他不确定把这些事情告诉她能否让她改变对饭菜的看法。

"还有水，"她继续说道，"他们住的地方有干净的水源吗，还是都被污染了？"

"我会小心的，我一口水也不喝。"马内克已经拿定了主意，一定要去。她把他管得太严了。就连妈妈也没像迪娜阿姨这样掌控过他的生活。

"那好，随你的便吧，不过要是你染上了病，可别指望我会伺候你。我会把你送上头一班特快列车，送回你父母身边去。"

"我没意见。"

伊什瓦和小翁再次问起时，马内克答应了。迪娜气得面颊通红，咬牙切齿。马内克故作天真地对她笑了笑。

"那就明天，好吗？"伊什瓦高兴地说，"六点钟我们一起走，"他问马内克爱吃什么，"吃米饭还是烤饼？你最喜欢吃什么蔬菜呢？"

"什么都行。"面对他们的所有问题，马内克的答案都是这一句。那天下午余下的时间里，裁缝伯侄一直在商量菜单，为他们这场简朴的盛宴做计划。

是伊什瓦最先注意到这天棚户区的上空没有被炊烟笼罩。他迈着轻快的步伐走在破败的人行道上,眼睛在地平线上搜寻扫视。这个时间正该是炊烟最浓的时候。"大家都在禁食斋戒还是怎么着?"

"别管大家了——我饿得要命。"

"你总是饿得要命。你生虫子了吗?"

小翁没有笑,这个笑话已经不新鲜了。棚户区没有炊烟,这令伊什瓦心中不安。取而代之的是远处传来的低沉的轰响,似乎是某种沉重的机械。难道是夜里修路?伊什瓦心想。他们走得越近,声音就越响。他心里想着马内克的晚餐,说道:"明天我们早上去买菜,把一切都准备好。我们不能浪费下班之后的时间。要是你已经成家就好了,你妻子会把饭菜做好,等着我们的客人来。"

"那你怎么不成家?"

"我年纪太大了。"不过,他心想,抛开玩笑话不谈,小翁确实到了该成家的年纪——这种事情拖太久是不明智的。

"可是我连老婆都替你选好了。"小翁说。

"谁啊?"

"迪娜女士。我知道你喜欢她,你总帮着她说话。你应该跟她干一炮。"

"没羞没臊的臭小子!"伊什瓦轻轻捶了他一下,伯侄俩转弯走上了通往棚户区的小路。

低沉的轰鸣声不断地向他们滚滚而来,在暮色中显得缓慢而平静,越来越响、越来越响。突然,空气中充满了痛苦、恐惧、愤怒的声音。

"天哪!出什么事了?"他们跑着走完最后一段路,来到一场混战之中。

棚户区的居民聚集在街上,正在奋力抗争,想要回到自己的棚屋,叫喊声与堵在路上的救护车的警笛声混杂在一起。警察一时无法控制住场面。居民们向前猛冲,占了上风,警察随即联合起来将他们打了回去。人们摔倒,遭到踩踏。救护车光鸣笛还不够,又增添了响亮的喇叭声。小孩尖叫哭喊，害怕跟父母走散。

棚户区的居民抵挡不住一波波攻击，陆续退了回来，他们精疲力尽，只能无奈地叫骂着发泄怒气。"没良心的畜生！对穷人从来没有公平可言！我们本来就一穷二白，现在更是什么都没了！我们犯了什么罪？你叫我们到哪里去？"

气氛暂时平静下来，伊什瓦和小翁找到了拉加拉姆。"出事的时候我在场，"他喘着粗气说，"他们冲进来，然后——就这么给毁了。全部砸烂——一样不剩。这些恶棍，这些骗子——"

"是谁干的？"他们想让他慢点儿讲。

"就是那些人，那些自称是安全检查员的人。他们骗了我们。他们说是政府派他们来的，来检查棚户区。起初大家都很高兴，以为政府终于肯费心管我们的事了，说不定情况会有所改善——用水、茅房、电灯，就像他们在投票时许诺的那样。于是我们按照他们的吩咐离开了棚屋。可是棚户区刚一清空，那些大型机械就上场了。"

大部分推土机是用旧吉普车和卡车改造的，前保险杠加装了钢板和短木杆。它们一来就开始拆胶合板、波纹铁皮和塑料搭建的房子。"我们一见这架势，连忙冲上去阻止他们。可那些司机不管不顾。有人被车碾到。到处都是血。警察反而保护那些凶手。不然那些混蛋早就被弄死了。"

"可他们怎么能就这样把我们的家毁掉呢？"

"他们说这是紧急状态下的新法律。如果棚屋属于非法建筑，他们就有权拆除。新法律规定必须美化市容。"

"那纳瓦尔卡尔呢？还有他的老板托克雷呢？他们两天前刚刚收了这个月的房租。"

"他们都在这儿。"

"那他们不跟警察说理吗？"

"说理？这件事就是托克雷负责操办的。他戴了个徽章：贫民窟主管。纳瓦尔卡尔是副主管。他们跟谁都不搭腔。要是我们敢走近,他们的打手就威胁说要打我们。"

"那我们留在屋里的东西呢?"

"看样子是没了。我们哀求过他们,让我们把东西取出来,可他们不让。"

伊什瓦突然觉得非常疲惫。他离开人群,走到小路对面,重重地蹲下。拉加拉姆提了提裤子,在他身边坐下来。"为那些破棚子流眼泪不值得,我们还能找到别的地方。这只是个小麻烦,对不对,小翁?我们可以一起找个新房子。"

小翁点点头。"我要过去凑近些看。"

"别过去,危险,"伊什瓦说,"留在这里,跟我在一起。"

"我就在这儿,老兄。"小翁说着,溜达着走开去看拆除棚户区了。

天就要全黑了。一队配备了警棍的警察奋力驱赶,终于清空了聚居区前部的区域。地上散落着人们逃跑时落下的拖鞋和凉鞋,像缺手短脚的人潮退去后留在沙滩上的杂物。警察拉起的警戒线把居民们的愤怒牢牢挡住,怒火只能在远处闷燃。

推土机铲平了一排排不结实的棚屋,又去对付那些租金高的房子,掉转车头,将砖墙撞倒。小翁心中波澜不惊——那棚屋对他来说没有任何特殊含义,他心想。也许现在大伯会同意回到阿什拉夫叔公家去了。他想到了明天要来做客的马内克,苦笑了一声,想象着自己告诉他晚餐取消的情形——取消的原因是房子意外消失了。

凯萨尔警长的扬声器在暮色中发出刺耳的声音:"拆除工作暂停三十分钟。说实在的,这是为了给你们一个机会,取回你们的私人物品。时间到了之后机器会重新开始作业。"

人群中有些人对这个消息嗤之以鼻——警察虚情假意地这样做,只是为了避免产生更多的麻烦。不过大多数人都很庆幸有这个机会取回自己为数不多的财物。废墟之上,人们开始绝望地翻找。这让小翁想起了垃圾堆上的那些孩子。他每天早上坐火车时都能看见他们。他回到大伯身边，一同在废墟间匆匆搜寻起来。

这片他们熟悉的地方原本经过认真的社区规划，此时已经被推土机铲得面目全非。人们翻找自己的东西，场面十分混乱。哪片土地上建的原本是谁家的房子呢？哪堆木料、哪堆金属该归哪个人翻找？有些人趁火打劫，发现什么就夺走，人们为了断裂的胶合板、撕坏的人造革、塑料布大打出手。小风琴手忙着在废墟间挖掘、翻找衣服的时候，有人想抢走他那件坏掉的乐器。他手持铁棍击退了那个毛贼。这场打斗给小风琴又添了几处新伤，扯破了风箱。

"我的邻居变成了强盗，"他眼泪汪汪地说，"过去我为他们唱歌，而他们会为我鼓掌。"

伊什瓦敷衍地安慰了他几句，急着去找自己的东西。"至少我们的缝纫机还在迪娜女士家里，平安无事，"他对小翁说，"算我们运气好。"

他们把原来用作房顶的波纹铁皮拖到一旁，找出了埋在下面的箱子。箱盖被砸出几个深坑，打开时发出一声抗议似的吱嘎声。小翁瞄准最大的那个坑踢了一脚，箱盖这才活动得不再那么费劲。他们又清理了一些棚屋的残骸，找到了他们刮脸用的那面小镜子。镜子完好无损：铝制的平底锅正好倒扣在上面，像个头盔。

"我们运气不赖。"小翁说着把两样东西都放进箱子。煤油炉被压坏，已经无法修复，他把炉子扔回了废墟。伊什瓦找到了一支铅笔、一支蜡烛、两只搪瓷盘子、一个塑料杯。小翁找到了他们的剃须刀，却没找到那包刀片。他们又挪开几块胶合板，翻出了铜水罐。另一个人同时发现了那只水罐，抓起来就跑。

"抓贼！"小翁大喝一声。没人理会他。他要去追，大伯拦住了他。

他们从废墟里拽出柳条席子、床单、毯子还有两条当枕头用的毛巾。抖落掉灰尘之后，伊什瓦把这些东西卷成一个整齐的包袱，用粗麻布裹了起来。

第七章　流离失所

拉加拉姆的心思全在他收集的头发上。他的存货被破坏殆尽，塑料袋扯破了，装在里面的东西掉了出来。"辛辛苦苦收集了一个月，"他悲痛欲绝，"全掉在泥地里了。"原定的三十分钟快到了。伊什瓦和小翁尽可能帮他收集了些东西，尽量挑最长的头发捡。

"没希望了，"拉加拉姆愤恨地说，"那些混蛋毁了我的生计。鬈发和辫子都散了，不可能再接回去了，就像化在茶水里的糖，再也拿不出来了。"

他们三个越过警戒线，贫民窟主管正在那里向工人发布指示。"夷为平地——这就是我对这片地的打算。空空荡荡、干干净净，恢复成这些非法建筑物建成之前的样子。"建筑的残骸则被倒进铁路边的沟壑里。

无家可归的人们在外围游荡，木然地望着这一切。工人们把第一轮拆除中幸存下来的墙壁和死角都夷平，然后停下了，说天色太暗，开动机械去扔碎片有可能会翻进阴沟。贫民窟主管可不能冒这个风险，他的机械将来还有好多活要做、好多非法建筑物要铲除呢。他答应把清理的最后一步推迟到明天早晨，工人们于是离开了。

"我今晚在这里过夜，"拉加拉姆说，"说不定能在这里找到些宝贝呢。你们打算怎么办？"

"我们估计去找纳瓦兹，"伊什瓦说，"说不定他会收留我们在他家的雨棚底下再睡几天。"

"可是他对我们多刻薄啊。"小翁说。

"确实——不过也许他能帮我们再找到一间房子，就像上次那样。"

"没错，值得一试，"拉加拉姆说，"我会留意这里的动静。谁知道呢，说不定别的帮派头目打算在这里建新的棚屋呢。"

他们答应第二天晚上碰头，交流彼此打听到的消息。"你们能不能帮我一个忙？"拉加拉姆问道，"帮我保管这几条辫子？它们很轻。我实在没地方存放它们。"

伊什瓦答应了，把辫子放进了箱子。

纳瓦兹家里住着几个陌生人。应门的男人说自己压根儿不认识纳瓦兹。

"我们必须找到纳瓦兹,十万火急,"伊什瓦说,"也许您的房东有他的信息。您能不能把房东的名字和地址告诉我?"

"不关你的事,"有人在屋里高声喊道,"别再这么晚来烦我们了!"

"不好意思,打扰了。"伊什瓦说着重新拎起铺盖卷,走下了台阶。

"现在怎么办啊?"小翁气喘吁吁地说,从他的神情看得出箱子的重量。

"你这就泄气了?"

他点点头。"像漏了气的气球。"

"那好吧,我们去喝杯茶。"他们来到街角的茶摊。他们住在纳瓦兹后院的那几个月时常光顾这里,摊主还记得他们是纳瓦兹的朋友。

"有段日子没见到你们了,"他说,"纳瓦兹被警察抓走之后有消息吗?"

"警察?为什么抓他?"

"从波斯湾走私黄金。"

"真的吗?他真的走私黄金?"

"当然没有。他只不过是个裁缝,跟你们一样。"不过纳瓦兹跟一个要嫁女儿的人起了争执。那个人很有门路,给了他一笔大订单——是全家人的婚礼礼服。但婚礼过后那人却不肯付钱,说衣服做得不合身。纳瓦兹反复找他要钱也没有结果。后来他打听到了那人的办公室在哪里,他就到那儿去了,当着同事的面把那个人搞得很没面子。"他这样做大错特错。那个混蛋向他寻仇。当天夜里警察就来抓纳瓦兹了。"

"就这样?他们怎么能把无辜的人关进监狱呢?另外那个人才是骗子啊。"

"紧急状态下,一切都是非颠倒了。黑的成了白的,白天成了黑夜。

只要人脉到位，再加上点儿现金，把人送进监狱容易得很。现在甚至有个新法案，叫《维持法》，就是简化这整个步骤的。"

"什么是《维持法》？"

"维持什么……还有什么安全……之类的，我也不确定。"

裁缝们喝完茶，带着行李离开了。"可怜的纳瓦兹，"伊什瓦说，"不知道他是不是真的干了坏事。"

"肯定干了，"小翁说，"他们不会无缘无故把人关进监狱的。我一直都不喜欢他。不过我们现在该怎么办呢？"

"也许我们可以在火车站过夜。"

站台上挤满了在这里住宿过夜的乞丐和流浪汉。裁缝们选了个角落清理干净，用一张报纸扫去了尘土。

"哎哟，当心点儿！都弄到我脸上来了！"有人尖叫一声。

"不好意思，大哥。"伊什瓦说着停下了打扫。伯侄俩都很想讨论明天一早就要无家可归的生活，商量下一步的打算，可两个人都盼着对方先提起这个话题。"饿不饿？"伊什瓦问。

"不饿。"

尽管侄子这样说，伊什瓦还是去了火车站的小吃店。他买了一包辣味炸什锦，有洋葱、土豆、豌豆、辣椒和香菜，塞在两个小圆面包里。他拿着吃的回到小翁身边，在一双双饥饿的眼睛的注视下走过人群，心中涌起一阵内疚。"面包配什锦。你一个我一个。"

用来裹面包的光面杂志内页软塌塌、湿乎乎的。小块的油渍渐渐浸透了纸页。小翁狼吞虎咽，先吃完了，伊什瓦则放慢速度，把自己那份分给了他一部分。"我吃饱了，你吃吧。"

他们轮流去饮水处喝水，因为必须有人留下来看着铺盖。喝完水之后，再没别的事情可以转移注意力了。"也许明天晚上拉加拉姆会有好消息。"小翁试探着说。

"是啊,谁知道呢。这次的事情平息之后,说不定我们甚至可以自己动手盖房子,就用胶合板、木棍和塑料布。拉加拉姆是个聪明人,他知道该怎么办。我们三个可以共同住在一座大木屋里。"

他们到火车站后面的荒地去小便,又喝了些水,然后才展开铺盖卷。夜色越来越深,火车经过的频率也越来越低。他们躺下来,把脚搭在行李箱上防盗。

午夜过后,一名铁路警察踢踢行李箱,把他们叫醒了,说禁止在站台上睡觉。

"我们是在等火车。"伊什瓦说。

"这里不是那种车站。没有候车室。你们早上再回来吧。"

"可是其他人都在这里睡觉啊。"

"他们有特殊许可。"警察说着,把口袋里的硬币晃得哗啦响。

"那好,我们不在站台上睡觉,我们只坐着。"

警察耸耸肩离开了。他们坐起身,卷起了铺盖。

"喂,"躺在他们身边的一个女人招呼他们,"喂。你们得给他钱才行。"她稍微一动,身下的塑料布就发出响亮的哗啦声。她的双脚缠着绷带,渗出斑斑点点的暗黄色液体。

"凭什么给他钱?这站台又不是他老子开的。"

她咧嘴一笑,脸上的泥垢裂了缝。"看戏,看戏!"她兴奋地指着贴满站台墙壁的电影海报说,"每个乞丐一卢比。小孩五十派萨。天天晚上有戏看。"

伊什瓦悄悄抬起手放在前额,比了个"脑子有问题"的手势,小翁则继续向那女人解释:"我们不是乞丐,我们是裁缝。不付钱他能把我们怎么样?他又不能因为这个把我们送进监狱。"

那女人侧过身子,聚精会神地盯着他们,她不说话,却会突然咻咻地发笑。半个小时过去了,依然没有警察的影子。

"我看安全了。"小翁说。他展开铺盖卷重新躺下。那女人仍然饶有

第七章　流离失所

兴致地看着他们。她缠着绷带的脚上飘来一股淡淡的腐败的臭气。

"你打算盯着我们看一宿吗?"小翁说。她摇摇头,却还是盯着他们看。伊什瓦叫侄子别出声,他们闭上了眼睛。

他们刚刚睡着几分钟,警察提着一桶凉水回来了,把水全倒在了睡着的裁缝伯侄身上。他们惊声大叫,从铺上一跃而起。警察得意地晃晃手里的空水桶,一言不发地走开了。躺在塑料布上的女人笑得浑身颤抖。

"哪里来的畜生!"小翁恶狠狠地说,伊什瓦连忙嘘他。其实他大可不必费这个事,那女人歇斯底里的笑声盖住了小翁的说话声。她开心地用手拍打着塑料布,啪啦作响。

"看戏了!看戏了!约翰尼·沃克[1]的喜剧片!"她笑得上气不接下气地说。

"她早就知道!那个疯婆子早就知道,却不告诉我们,老兄!"

他们被浇成了落汤鸡,收拾好东西,挪到了唯一剩下的空位,在站台尽头,尿味刺鼻。箱子里的干衣服成了宝贝。他们轮流换上衣服,把浇湿的东西晾在敞开的箱盖上,床单和毯子则挂在站台墙上支出来的破指示牌上。

柳条垫子很快就干了,但他们不敢再睡下。他们瑟瑟发抖地坐着,守着自己的行李,困得摇摇晃晃,止不住地点头。由于浑身湿透,他们去荒地上了好几次厕所。车站里的人们睡着之后,他们就不必再沿着铁轨往远处走了,干脆直接在站台边上放空膀胱。

早上四点,火车站的点心店吱吱呀呀地拉开了铁栅门。杯碟叮当作响,锅碗瓢盆发出咣当的撞击声。伊什瓦和小翁在饮水处漱了口,然后买了两杯茶和一块硬皮面包。热腾腾的茶水让他们昏昏沉沉的头脑清醒

---

[1] 美国演员、制片人,从默片时期到 20 世纪 30 年代末都活跃在银幕上。

了些。他们逐渐勾勒出当天的计划：等时间差不多到了，他们就乘火车去工作，照常缝纫到六点钟，然后回去跟拉加拉姆会合。

"我们可以把箱子放在迪娜女士家，就一晚，"伊什瓦说，"但是不能告诉她我们的房子被拆了。人人都害怕跟无家可归的人打交道。"

"我跟你打赌，她绝对不会让我们把箱子留下的。"

他们又在站台上待了两个小时，抽着烟望着清早通勤的人们，那些人大多是小贩，等车时把成筐的南瓜、洋葱、鲳鱼、盐、鸡蛋、鲜花顶在头上。一个修伞匠正准备开工，仔细查看破损的雨伞，将完好的伞骨和伞柄回收加以利用。一名建筑包工头领着一伙粉刷匠和泥瓦匠，那些人带着梯子、水桶、刷子、瓦刀和砖斗，走过时散发出刚刚粉刷过的房子的气味。

裁缝们六点半上火车，七点就到了迪娜家。她在睡衣外面披上一件长风衣，打开了门。

"这么早？"指望他们替你着想，做梦去吧，她心想。太阳才刚刚升起，她还没洗漱，马内克的早饭还没做，他们却已经来给她添乱了。

"火车终于准点了。都是因为紧急状态。"小翁说道，觉得自己很机灵。

迪娜觉得他这种厚颜无耻的借口根本就是为了故意气她。这时，伊什瓦息事宁人地说："工作时间长了，做的裙子也更多，是不是，迪娜女士？"

这倒是真的。"这些笨重的行李又是怎么回事？"

"我们今晚要把这些东西送去一个朋友家。哦，马内克。我差点儿忘了，先跟你说一声。你一定要原谅我们，今天没办法请你吃饭了。我们遇到了一些非常紧急的事。"

"没事的，"马内克说，"下次吧。"

迪娜让他们把箱子和铺盖卷放在门口。谁知道呢，里面说不定净是虫子。而且他们的举动也十分可疑。既然事出紧急，他们大可以现在就去那个朋友家。尤其是他们来得这么早。不过,马内克的晚餐取消了,让她松了口气。

伊什瓦这天一反常态,完全不是平日里做事沉稳的样子,有一次差点把裙摆和上身前后缝反了。"快停下!"针头刚刚轧出第一排针脚,迪娜立刻叫喊起来,"是你吗,伊什瓦?要是翁普拉卡什犯这种错误我倒不吃惊。可竟然是你?"伊什瓦羞怯地笑笑,用安全刀片划开了缝错的针脚。

他们四点钟就想走,比平常早了两个小时。迪娜心想,还说什么多缝几条裙子,我就知道没戏。不过她还是很高兴,因为裁缝们一走,把空中凝重的气氛也带走了。

还没等她反应过来,裁缝们已经关上房门匆匆向火车站走去,留下了行李箱。

白天下了大雨,昨晚留下的残垣断壁大都泡在水洼里。胶合板与金属碎片从水面支出来,像沉船的残骸。海鸥尖叫着从面目全非的贫民窟上空飞过。过去住在这里的一些人在四处游荡,眼睛紧盯着地面,拉加拉姆却无迹可寻。

"也许他打听到这里不许再建房子了。"伊什瓦说。

胖乎乎的凯萨尔警长此时没有露面。他新成立的执法小分队的六名警察守着这片地。他们来到裁缝伯侄和其他逗留的人身边,警告他们:"要是你们敢建新的棚屋,那我们只好把你们直接关进监狱。"

"为什么?"

"这是我们的任务——预防贫民窟出现,美化市容。"警察说完,回到了他们位于角落里的岗哨。

"我觉得我们应该回去,把实情告诉迪娜女士。"伊什瓦说。

"为什么?"

"说不定她会帮我们。"

"做梦去吧你。"小翁说。

一队工人正在架设两块新的大型广告牌,道路两侧一边一块。他们把总理的面孔贴在牌子上,然后开始讨论应该配什么标语。可选的标语不少。他们把横幅铺开放在人行道上考虑,用石头压住横幅的边角。

工人们一致赞同第一条标语:"城市属于你!美化市容要出力!"第二条就有些困难。工头想选"人人有饭吃!家家有房住!",下属们提醒他还是换一个比较合适,他们建议他选"国家在行动!"。

裁缝们在旁边看热闹,直到广告牌布置完成。巨大的牌子竖起来时,围观的人群鼓起掌来。广告牌插进地里,用斜架的扶臂加固,夯实了土壤。有人问小翁认不认得那两块牌子上写的是什么,小翁为那人解释一番。那人琢磨了一会儿,然后摇摇头走开了,嘴里嘟哝着这次政府是彻底疯了。

"我就知道你们会回来,"迪娜说,"你们忘了拿箱子。"他们摇摇头。她这才发现他们神情恐惧、精疲力尽。"出什么事了?"

"我们遇上了一桩可怕的倒霉事。"伊什瓦说。

"进来说吧。你们要喝点儿水吗?"

"好的太太,谢谢了。"马内克用专用的杯子端来了水。他们喝完擦了擦嘴。

"迪娜女士,我们非常不走运。我们需要您的帮助。"

"如今这样的世道,我也不知道自己能帮上别人多少忙。不过你先跟我说说吧。"

"我们的家……没了。"伊什瓦怯生生地说。

"你是说房东把你们撵出来了?"她深表同情,"房东都是恶棍。"

他摇摇头。"我是说……彻底没了,"他把手在空中一挥,"被特大号机械给拆除了。那片地上的房子全给拆了。"

"他们说住在那里不合法。"小翁补充道。

第七章 流离失所

"你们是认真的吗?"马内克说,"他们怎么能那样做呢?"

"他们是政府的人,"伊什瓦说,"他们想怎么样就怎么样。警察说这是新的法律。"

迪娜点点头,她想起就在上个星期,古普塔太太对新颁布的贫民窟清除项目赞不绝口。不过裁缝们就遭殃了。真是可怜。不过她倒是说对了一件事——他们确实住在不卫生的环境里。谢天谢地,马内克不必去他们家吃饭了。"真糟糕,"她说,"政府制定法律根本不过脑子。"

"现在你知道我们为什么要取消晚餐了,"小翁对马内克说,"我们早上没好意思告诉你。"

"你们不该这样的,"马内克说,"这样我们就有更多的时间来想办法帮你们——"他打住了话头,因为迪娜眉头紧锁,目光锐利地瞪了他一眼。

"这个月的房租已经交了,"伊什瓦说,"眼下我们既没有住处也没有钱。我们能不能在您的门廊……睡几个晚上?"

马内克扭头望着迪娜,无声地向她求情,而她斟酌着自己的回答。"我本人倒是不反对,"她说,"可要是被收租人看见,肯定会有麻烦的。他会以此为借口说我在房子里非法开设旅馆。那样的话,你们、马内克和我,还有你们的缝纫机——都会被丢到街上去,无家可归。"

"我理解。"伊什瓦说。出于自尊,他不愿在遭到拒绝时强求对方。"我们去别的地方试试。"

"别忘了把行李箱带上。"迪娜说。

"我们今晚能不能把它留在这里?"

"放哪儿啊?这间公寓连转身的地方都没有了。"

她的回答令小翁心生厌恶,他把铺盖卷递给大伯,自己提起行李箱。他们点点头,离开了公寓。

迪娜跟着他们来到门口,锁上了房门,然后返回房间面对马内克谴责的目光。"别那样看着我,"她说,"我也没别的办法。"

"你至少可以让他们今晚先住在这里。他们可以睡在我的房间里。"

"那就是大写的麻烦。住一晚就足够让房东把我告上法院了。"

"那行李箱呢?你为什么不能替他们保管一晚?"

"怎么着,这是警察审讯吗?你一辈子受到家长的庇护,根本不知道这城里什么样的骗子都有。一个行李箱、一个背包,甚至只是一个装着两条睡裤和一件衬衫的挎包都能成为混进一座公寓的敲门砖。把个人财物存放在某个地方——要宣示某座房产归自己所有,这是最常见的办法。司法系统要花好几年才能定案,而在这些年里,那些骗子就可以住在这间公寓里。好了,我倒不是说伊什瓦和小翁今晚就是带着这样的计划来的,但是我怎么冒得起这个风险呢?要是他们将来从某些无赖那里学到了这个办法,那该怎么办?只要房东找麻烦,我就得向努斯万求助。我哥哥那个人实在让人忍无可忍。他会一直把这件事挂在嘴边的。"

马内克望着窗外,想弄清楚迪娜阿姨究竟对人怀疑到何种程度。他想象着成堆的脏衣服侵入公寓,令她满心恐惧,那是她凭空幻想出的鸠占鹊巢。

"不必太为那两个裁缝担心,"她说,"他们肯定能找到别的地方过夜。他们那样的人,亲戚遍地都是。"

"他们不是那种人。他们几个月前刚刚从离这里很远的村子里过来。"见她的脸上漫上一丝担忧,马内克不由得有些欣慰。

接着她又恼火起来。"你居然对他们这么了解,真是让人吃惊,不是吗?"

那天晚上剩下的时间里他们谁也不理睬谁,不过吃完晚饭做被子的时候,迪娜把方形的碎布块铺开,试图跟他搭话。"怎么样,马内克?现在看起来怎么样?"

"难看极了。"裁缝伯侄今夜无处落脚,他还没准备好原谅她。

牌子上写着"海洋哲思——海景宾馆"。而唯一的海景就是饱经风霜的广告牌上的蓝色油漆色块和小帆船。

走进宾馆,一个年轻人穿着磨损的白色制服坐在伞架旁边的地上,盯着《电影观众》杂志上的图片。裁缝们走进来时他眼皮都没抬一下。柜台后面有个头发花白的男人正在急匆匆地吃饭,他从大面包上掰下一小块,然后在四只不锈钢碟子里快速地蘸过一遍。"三十卢比一晚。"他嘴里塞得满满的,说话时露出一颗金牙。嚼过的晚饭残渣飞过他湿润的嘴唇,落在柜台上。他把残渣拂到地上,又用胳膊肘的衣袖擦净了残留的污渍。

"你看,我就说我们住不起宾馆的。"他们往外走时伊什瓦说。

"我们换一家试试。"

他们问了一家又一家:天堂小屋二十卢比一晚,楼下是家面包店,天花板隔热又不好,于是在楼上就能感受到烤炉的火焰散发出炙人的热气;罗摩旅馆的广告牌上写着欢迎各个种姓入住,然而由于隔壁有座化工厂,因此房间里散发着恶臭;在亚兰宾馆询价时,他们的行李差点被人偷走,他们顺着走廊往回追,未能得手的小偷拔腿就跑。

"问够了吗?"伊什瓦说。小翁点了点头。

他们提起行李,向火车站走去,沿途停下来查看每一处有可能提供栖身之所的门口、雨棚和门面。但凡是能落脚的地方都被人占了。为了驱赶睡在人行道上的人,有间商店在门口摆了个满是尖刺的铁架子,架子上装有合页,早晨开锁后可以折叠存放。睡在这张钉床上的是个很有创新精神的人——首先把一块长方形的胶合板放在钉床上,然后才是铺盖。

"这样的办法我们也得学着点儿。"伊什瓦钦佩地望着那人说。

他们从坐轮板的乞丐身边走过,乞丐照常摇晃着铁皮罐向他们打招呼。他们专心找住处,并没理会他。乞丐失落地望着他们的背影。一家家具店还开着门,门外有几个空位。"我们可以去那里试试。"小翁说。

"你疯了吗?你想因为占别人的铺位送命吗?纳瓦兹家附近的人行道

上发生的事你都忘了吗?"

他们经过一家从不打烊的店铺,是家二十四小时营业的药店。销售员离开后,店里主要区域的灯都关了。只有配药的那一侧还亮着灯,里面有个值班的药剂师。

"我们在这里等等,"伊什瓦说,"观察一下动静。"

有人往门外放了一只木板凳,就在药店和隔壁的古董店共用的门口处。两家店铺放下了钢铁卷帘橱窗,犹如两只眼睛合上了眼皮。一边是香皂、爽身粉、止咳糖浆,另一边是纳塔罗阇的青铜塑像、莫卧儿微缩画、嵌着珠宝的盒子,全部从视线里消失了。两名经理锁上门,把钥匙交给了守夜人。

裁缝们等到守夜人解开皮带,脱下鞋子,舒舒服服地在板凳上坐下来,然后才拿着比迪烟盒走上前去。"有火吗?"伊什瓦用手比画着划火柴的动作问道。

守夜人正在揉捏小腿,闻言便停下手上的动作去摸口袋。裁缝伯侄用同一根火柴点了烟。他们把比迪烟递给守夜人。那人摇摇头,掏出了一包巴拿马牌香烟。三个人沉默地抽了会儿烟。

"我说,"伊什瓦说,"你整夜都坐在这儿吗?"

"这就是我的工作。"那人说着拿起倚在门口的守夜用的棍子,轻敲了两下。裁缝们笑笑,点了点头。

"有人在门口睡觉吗?"

"没有。"

"你有时候肯定也很想休息一下吧。"

守夜人摇了摇头。"不允许。我得照看两家店呢,"他凑到他们身边,指指店里的夜班药剂师,故作神秘地说,"不过他就不一样了。他可以休息。每天晚上他都把席子铺在地上,在店里睡上一大觉。就这样那个混蛋还有钱拿,而且比我多得多。"

"我们没地方睡觉,"伊什瓦说,"我们住的棚户区昨天被政府拆除了。

用机器拆的。"

"最近经常发生这样的事情。"守夜人说,他继续抱怨那名药剂师,"那家伙夜里根本没什么活儿。有时候顾客来买药,每到这时我就打开门,把那个无赖叫醒,让他配药。可要是他睡着了,头脑就不清醒,看不清标签,"他再次凑到裁缝们身边,"有一次,他配药时放错了东西。顾客死了,警察来调查。经理跟警察谈了谈。经理掏钱,警察收钱,结果皆大欢喜。"

"骗子,都是骗子,"伊什瓦说,他们点点头表示赞同,"你能不能让我们在这里睡一觉?"

"不允许这样。"

"我们可以付钱给你。"

"即使你们付钱,哪有地方睡啊?"

"地方足够了。我们可以把床铺在紧挨门口的地方,只要你把板凳挪两英尺就好。"

"那别的东西呢?这里没地方存放东西。"

"什么东西啊——只不过是个行李箱。我们早上会把它带走的。"

他们挪开板凳,展开铺盖卷。地方刚好合适。"你们付多少钱呢?"守夜人问。

"每晚两卢比。"

"四卢比。"

"我们只是穷裁缝。就三卢比吧,我们再免费帮你做些裁缝活。我们可以帮你把制服补好。"伊什瓦指指那人磨破的膝盖和散开的袖口说。

"好吧。不过我提醒你们,有时候这里晚上非常吵,要是顾客来买药,你们必须得让开。到时候可别怪我打扰你们睡觉。即使打扰了你们睡觉,也不退款。"此外万一药剂师问起,他们要说自己付了两卢比,因为那个无赖也要从中抽成。

"没问题。"裁缝们答应了他提出的所有条件。他们又抽了一根比迪烟，然后从行李箱里取出针线干起活来。守夜人只穿内裤坐在板凳上，等着他们缝补制服。

"真是一流的手艺啊。"他穿上裤子，说道。

这句夸奖让伊什瓦很高兴，他说他们愿意帮守夜人和他的家人缝补别的东西。"我们什么都会做。宽松的便服、新娘礼服、婴儿服都能做。"

守夜人伤心地摇摇头。"你们的好意我心领了。不过我的老婆孩子都在老家生活。我是一个人来的，到这里来找工作。"

后来，裁缝们睡着后，守夜人坐在木板凳上望着他们。小翁在睡梦中抽动的样子让他想起了自己的孩子：他想起和家人共度的那些不寻常的夜晚，孩子们做梦时，他就在他们身边。

街道醒得很早，天没亮就把裁缝们吵醒了。实际上，街道从不会真正入睡，守夜人解释道，只是在凌晨两点到五点之间打个盹儿——在失眠的赌徒和酒鬼离开后，报纸、面包和牛奶送来之前。"不过你们睡得很香。"他笑着说，仿佛尽到了地主之谊。

"两个晚上的觉放在一宿睡了。"伊什瓦说。

"瞧，里面那个无赖还在打呼噜呢。"他们趴在窗户上向里面张望时，药剂师忽然睁开了眼睛。他见窗户上贴着三张面孔，瞪了他们一眼，翻过身又睡着了。

他们在门口抽烟，望着清洁工清扫街道，清理走前一晚留下的香烟和比迪烟头。清洁工的扫把在土地上画出整齐的图案。又过了一阵，他们卷起铺盖，付了三卢比，带着行李出发了，跟守夜人约定他们晚上再回来。

由于一直提着箱子，小翁的左肩膀和手臂很痛，但他坚决不让大伯提箱子。"你换右手啊，"伊什瓦说，"两只手都锻炼锻炼，这样手臂才能长得健壮。"

"那样两条胳膊就都废了，我还怎么缝衣服？"

第七章 流离失所

他们在火车站停下脚步,简单洗漱了一下,然后去维什兰素食餐厅喝茶、吃面包。"你们昨天没来。"收银员兼服务生说道。

"我们太忙了——忙着找房子。"

"那可够你们找一辈子的。"角落里的厨子接过话头,透过蓝色火苗呼啸的炉灶高声说道。

小翁注意到窗户上贴着一张总理的大幅肖像,旁边贴着"二十点计划"的海报,以前窗户上并没有这些东西。"有新顾客还是怎么着?"

"那不是顾客,"收银员说,"那是保护神。要做生意就少不了她的庇佑。不得不拜。"

"什么意思?"

"有她在,我的窗户就不会被砸碎,店铺不会被烧毁。你明白吗?"

裁缝们点点头。他们向收银员和厨子讲了自己被硬拉去参加总理集会的事,讲了直升机、玫瑰花瓣、热气球和那块巨型木纸板肖像的故事,逗得他们哈哈大笑。

刚睡了一夜的好觉,守夜人关于夜间打扰的预言就成真了。他每次把两个裁缝摇醒时都会连声道歉。在他看来,没什么事情比剥夺别人的食物和睡眠更加过分。他帮裁缝们挪开铺盖,打开门锁,在他们摸黑跌跌撞撞地让到一旁的时候安慰他们,小翁的头昏昏沉沉地枕在他一侧的肩膀上,伊什瓦则沉沉地靠在他另一侧肩膀上。

顾客等着取药的时候,裁缝们嘴里不停地嘟哝。"这些人为什么偏要在夜里生病啊?"伊什瓦含混不清地说,"他们来骚扰我们做什么?"

"我的头好痛啊。"小翁呻吟道。

守夜人轻轻地揉了揉小翁的额头。"快完事了。再等两分钟,好吗?然后你就可以甜甜地睡上一觉。我向你保证,我不会再让顾客来打扰你的。"然而他不得不一次又一次违背自己的诺言。

后来他们得知附近爆发了痢疾——有人把变质的牛奶卖给了附近的

居民。倘若裁缝们白天也在，他们就会发现，疾病这个坏蛋其实很公平，无论白天还是黑夜，它全都一视同仁。守夜人从药剂师那里听来了官方数据，告诉他们死了五十五个成年人和八十三个小孩。药剂师解释说，不幸中的万幸是这种痢疾是细菌性痢疾，而不是更为凶险的阿米巴痢疾。

裁缝们拖着行李箱和铺盖卷来到工作地点，他们眼睛布满红血丝，带着重重的黑眼圈，一副随时可能体力崩溃的样子。工作进度拖得越来越慢。伊什瓦过去无可挑剔的针脚如今时常走歪，小翁僵硬的手臂更是什么事也做不好。胜家缝纫机的韵律变了调，针脚的节奏不再悠长优雅，而是时断时续、时快时慢，像一口黏痰卡在肺里。

迪娜看见他们憔悴的面容，知道他们的状况越来越差了。他们的健康和日渐逼近的交货日期都令她忧心忡忡——这两者像连体婴儿一样密不可分。行李箱沉沉地压在她心上。

这天晚上，小翁铆足了劲拎起行李箱的情景几乎让她松了口。她差点叫他把行李箱留下。马内克站在门口望着她，期盼着听见她说出那句话。然而另一种可能令她心怀恐惧，她最终还是没有说出那句话。

"等等，我跟你们一起去。"马内克说着匆匆来到门廊。小翁无力地推辞了几句，随后便投降，把箱子交给了他。

迪娜松了口气——同时既气愤又委屈。马内克去帮忙固然是好事，她心想。可是他帮忙的样子令她心里难受。他一句话都没说就出门了，相比之下她显得冷酷无情。

"就是这里，我们新的落脚地，"小翁说着，向他介绍了守夜人，"这是我们的新房东。"

守夜人哈哈大笑，招呼他们到门口来。他们聚在台阶上抽烟，望着马路。"唉，我算什么房东啊，我甚至没法保证让房客睡个囫囵觉。"

"那不怪你，"小翁说，"都是这场病闹的。除了这个，我还经常做

第七章　流离失所

噩梦。"

"我也是，"伊什瓦说，"夜里吵闹不断，人影鬼影来回晃。真吓人。"

"我拿着棍子坐在这里，"守夜人说，"你们怕什么？"

"我也说不上来。"伊什瓦说着咳嗽起来，掐灭了比迪烟。

"我们应该回村里去，"小翁说，"这样的生活我受够了，刚从一堆麻烦事里爬出来，又要爬进下一堆麻烦事里。"

"难不成你想跑着冲进去？"伊什瓦捏住比迪烟的烟头，确认烟已经彻底熄灭，然后把它放回包装盒里，"耐心点儿，侄子。等时候到了我们肯定会回去的。"

"假如时间是一匹布，"小翁说，"我就把所有不好的部分都裁掉。裁掉吓人的黑夜，然后把幸福的部分缝起来，这样日子更好挨一些。然后我就把它像大衣一样穿在身上，永远开开心心的。"

"这样的大衣我也想要一件，"马内克说，"可是你要裁掉哪部分呢？"

"政府拆除我们房子的那部分，这是自然，"小翁说，"还有给迪娜女士干活的部分。"

"喂喂，"伊什瓦提醒道，"没了她，我们的钱从哪里来？"

"好吧，那就把发工钱的日子留下，其他的裁掉。"

"还有呢？"马内克问。

"这要看你想回到多久以前了。"

"回到最开始。回到你刚出生的时候。"

"那也太长了，老兄。要裁掉的部分太多，剪刀都要磨钝了。而且那样布料就所剩无几了。"

"你们两个孩子净胡说八道些什么啊，"伊什瓦说，"是吸大麻了还是怎么着？"

夜色渐暗，路灯亮了起来。一只划破了的黑色风筝从屋顶飞落下来，像只发动进攻的乌鸦，把他们吓了一跳。小翁捡起风筝，发现它破损得很厉害，便又放下了。

"有些事情太复杂,没法一刀两断,"马内克说,"善恶交织在一起,就像这样。"他说着把十指紧紧交叉起来。

"举个例子?"

"我家的群山。它们非常美丽,却会引起雪崩。"

"这倒是真的。像我们在维什兰喝茶,这件事本身不错。可是总理总坐在窗前看着,害得我胃疼。"

"住在聚居区也不错,"伊什瓦跟着说,"隔壁的拉加拉姆很幽默。"

"没错,"小翁说,"不过拉屎拉到一半就要跳起来给快速列车让路——那可太糟糕了。"

他们哈哈大笑,伊什瓦也笑了,不过他坚持说这样的事只发生过一次。"那班火车是新开设的,就连拉加拉姆也不知道,"他清清喉咙,吐了口痰,"不知道拉加拉姆怎么样了?"

露宿街头的人们陆续出现在越来越浓的暮色中。纸板、塑料、报纸、毯子出现在人行道上。不出几分钟,人们的躯体就占满了水泥地面。行人对这样的地形已经见怪不怪,小心翼翼地在满地的胳膊、腿、面孔间走过。

"我父亲在老家常常抱怨那里越来越挤、越来越脏,"马内克说,"他真应该到这里看一看。"

"他会习惯的,"守夜人说,"我就是这样的。你日复一日看着这样的情景,渐渐就不再注意了,特别是在你别无选择的情况下。"

"我父亲可不会,他会继续抱怨的。"

伊什瓦又咳嗽起来,守夜人建议他去问问药剂师,开点儿药。

"我买不起。"

"你只管去问。他对穷人另有一套办法。"守夜人说着打开门锁让他进了屋。

对于买不起整瓶药的人,药剂师会把药按勺、按粒卖给他们。穷人对这种特殊的分配方式满心感激,药剂师赚的钱则能达到原来的六倍,

第七章　流离失所

中间的差价则由他收入囊中。"张嘴。"他吩咐伊什瓦，然后熟练地把一勺止咳糖浆送进他嘴里。

"味道不错。"伊什瓦舔舔嘴唇说。

"明天晚上再来，再服一勺。"

守夜人问伊什瓦这勺药付了多少钱。"五十派萨。"伊什瓦说。守夜人记在心里，以便去要自己的那份抽成。

接下来的三天里，从守夜人那里步行去迪娜·达拉尔家的路上，行李箱都由小翁提着。路不远，但沉重的箱子把路程拉长了许多。他从肩膀到手腕都酸痛难忍，手根本无法将布料送进缝纫机的压脚底下。为了将布料精准地送到忙碌的缝衣针下面，两只手必须同时操作：右手放在压脚前，左手放在后面。

"我被那个行李箱搞瘫痪了。"小翁放弃了，说道。

迪娜望着他，虽然默不作声，心中却很同情他。那只精神饱满的小麻雀今天是真的不舒服了，受伤的翅膀耷拉着，她心想。它不再蹦蹦跳跳地叫个不停，也不再骄傲自大，跟我争论不休了。

这天上午的时光充满了纠缠不清的线头和七扭八歪的针脚，这时门铃响了。迪娜去门廊看了看，回来时满脸的不耐烦。"有人找你。大白天打扰人家工作。"

伊什瓦既吃惊又抱歉，连忙来到门口。"是你啊！"他说，"出什么事？我们那天晚上去了聚居区。你跑到哪儿去了？"

"你好，"拉加拉姆双手合十说道，"真对不起，我也是没办法。我找到了一份新工作，他们要我立刻开工，我不得不去。不过你知道吗，我的雇主还在招人呢，你也应该去申请。"

伊什瓦感觉到迪娜在背后偷听。"我们晚点儿再碰面。"说完，他把药店的地址给了拉加拉姆。

"好的，我今晚过来。对了，你能不能借我十卢比？我收到工钱就还你？"

"我只有五卢比。"伊什瓦把钱递给他，心想拉加拉姆借钱的习惯越来越讨厌了。上次借的钱还没还清。真不该叫他知道我们在哪里工作，他心想。他回到缝纫机旁，把访客的事告诉了小翁。

"谁有闲心关心拉加拉姆啊，我都快死了。"小翁舒展开酸痛的左臂，那胳膊仿佛瓷器般脆弱。

这个动作终于打动了迪娜。她取来一瓶止痛药膏。"来，涂上这个会好点儿。"她说。

小翁摇摇头。

"迪娜女士说得对，"伊什瓦说，"我来给你涂。"

"你继续干活，我来涂，"迪娜说，"不然你手上的药膏味会沾染到衣服上的。"再说，迪娜心想，要是连伊什瓦也开始浪费时间，只怕我要出去乞讨下个月的房租了。

"我自己涂。"小翁说。

她取下瓶盖。"过来，把衬衫脱掉。你有什么可害羞的？我都可以做你母亲了。"

小翁不情愿地解开扣子，露出一件满是窟窿的背心。活像一块瑞士奶酪，迪娜心想。他身上带有一股又咸又酸的气味。她从药瓶里挖出一块深绿色的药膏，从肩膀处揉了起来。她用一根手指把清凉的药膏朝胳膊肘的方向往下涂开，小翁身子一颤，清凉的药膏令他的汗毛竖立起来。然后迪娜正式开始按摩，药膏散发出热量，使他的胳膊和她的手都感到温热的刺激。鸡皮疙瘩在皮肤上稍作停留，随后便消失了。

"怎么样？"她揉捏着肌肉问他。

"起初冷，后来就热了。"

"这正是这种药膏的妙处。麻酥酥的很舒服。等着瞧吧，很快就不疼了。"

小翁身上的异味消失了，被药膏刺鼻的气味所掩盖。他的皮肤多么

第七章 流离失所

光滑啊,迪娜心想,像小孩的皮肤。而且几乎没有毛发,甚至连肩膀上也没有。

"现在感觉怎么样?"

"不错。"小翁很享受这种按摩。

"还有哪儿疼?"

他从胳膊肘比画到手腕:"这里全都疼。"

迪娜又挖出一坨药膏,为他按摩前臂。"你今晚带些回去,睡觉前涂上,明天胳膊保证像换了新的一样。"

洗手前,她先去了厨房,来到窗前布满灰尘的架子旁,踮起脚尖在看不见的地方摸索。她盲目的手碰到一只装满杂物的盒子,里面的东西接二连三地滑落下来:面板、擀面杖、带圆形锯齿刀片的椰子刨丝器、研钵和杵。

她闪身避开掉落的东西,任由各种厨具砸在地上。两个裁缝闻声跑过来。"迪娜女士!您没事吧?"她点点头,虽然吓了一跳,但她瞥见小翁脸上掠过一丝关切的神情,尽管那神情稍纵即逝,还是令她很欣慰。

"也许我们可以把架子重新装低些,"伊什瓦帮她捡回掉落的东西,说道,"这样您就能够着了。"

"不用,就这样放着吧。这些东西我有十五年没用过了。"她终于找到了原本要摸索的东西:她以前用来给鲁斯图姆带午饭的一卷油纸。她吹掉灰尘,撕下手帕大小的一块,把一坨绿色的止痛药膏放在纸上。

"拿着,"她说着把油纸折成三角形的小纸包,"别忘了带上——你的草药咖喱角。"

"谢谢。"伊什瓦笑着说道,催促小翁也向她道谢。小翁虽不情愿,但在心中那一丝感激之情的敦促下,脸上还是漫上了一抹淡淡的笑意。

那天晚上裁缝们离开时,迪娜提到了行李箱。"你们为什么不把箱子留在睡觉的地方呢?"

"那里没地方。"

"那你们就放在这儿吧。没必要每天早晚拎来拎去的。"

听了她的提议,伊什瓦感激得不知该如何是好。"您心肠太好了,迪娜女士!我们太感激您了!"从后屋走到门廊的工夫他就向她道了五六次谢,双手合十,笑容满面地频频点头。小翁跟上次一样,道起谢来比较谨慎,直到关门时他才轻声嘟哝了一句"谢谢"。

"瞧见没有?她没有你想象中那么坏。"

"她之所以这样做,是因为她想通过我的血汗赚钱。"

"别忘了她还给你涂了药膏。"

"让她多付我们点薪水,我们自己也买得起药膏。"

"关键不在于买,翁普拉卡什——我想让你记住的是涂药的行为。"

拉加拉姆骑着自行车来到药店,这令小翁吃惊不小。"这其实不是我的,"头发贩子说道,"是雇主为了工作提供的。"

"是什么工作啊?"

"我能有这份工作,真要谢谢老天爷。那天夜里,棚户区被拆毁以后,我遇到了一个同村的老乡。他在贫民窟主管手下做工,驾驶机械去拆房子。他把这个新工作告诉了我,第二天一早就带我去了政府办公室。他们立刻雇用了我。"

"那你的工作也是拆房子吗?"

"不是,怎么可能?我的头衔叫作宣传员,搞计划生育工作。办公室把传单给我,我出去分发。"

"就这些活?薪水很高吗?"

"这要看情况。他们管我一顿饭,包住宿,还配了自行车。作为宣传员,我要四处向人们解释计划生育政策。每劝说一个人去做手术,无论男女,我都能拿到一笔佣金。"

拉加拉姆说他对这样的安排十分满意。只要每天能劝成两台输精管结扎手术或者一台输卵管结扎手术,这份工作的收入就能赶上他倒卖头

第七章　流离失所

发的收入。只要劝说对象在表格上签了字，送到了诊所，他的任务就完成了。对此没有任何限制，只要符合手术要求，无论青年还是老人、已婚还是未婚，医生们都不挑剔。

"到头来皆大欢喜，"拉加拉姆说，"病人得到奖品，我有钱拿，医生完成指标。除此以外，这也是为国家服务——家庭越小越幸福，控制人口至关重要。"

"你目前劝成了多少台手术呢？"伊什瓦问。

"目前为止，一台也没有。不过这才刚刚四天。我游说的技术还有待提高，要更有鼓动性和说服力。我对此并不担心，我敢肯定我会成功的。"

"你知道吗，"小翁说，"有了这份新工作，你还可以同时做原来的工作。"

"怎么做？我没时间收头发了啊。"

"你带病人去诊所的时候，医生会不会把他们两腿之间的毛刮下来呢？"

"这我不知道。"

"肯定得刮，"小翁说，"手术之前都要剃毛。这样你就可以收集那些毛，拿去卖掉。"

"可是没人想买那么短的卷毛。"

小翁听了他的回答哧哧直笑，拉加拉姆这才反应过来。"你这混蛋，拿我寻开心，"他笑了，"不过我听说，办公室还在雇用更多的宣传员。你们也应该立刻去申请。"

"我们缝衣服已经很满足了。"伊什瓦说。

"可是你们跟我说那女人很难缠，还占你们的便宜。"

"确实，不过这是我们跟阿什拉夫叔叔学的手艺。宣传员——我们对这个行当一窍不通。"

"这只不过是小麻烦。计划生育中心的人会教你怎么做的。不要害怕改变,这是个绝佳的机会。有上百万的潜在客户。计划生育这一行很有发展前景,我跟你们直说吧。"

然而拉加拉姆劝说裁缝伯侄与守夜人的努力并不成功。他扶起自行车准备离开。"你们谁有兴趣做结扎手术?我可以动用关系给你们特别优待,双份奖品。"

他们拒绝了他的提议。

"对了,你放在我们箱子里的头发怎么办?"伊什瓦说。

"你能不能再替我保管一段时间?等我过了宣传员的试用期就可以把那几条辫子卖掉。"

他挥挥手,骑着车沿街走远了,一路按响车铃与他们告别。小翁说从某些方面来说,他这份工作确实挺有趣。"有辆自行车肯定也很棒。"

在伊什瓦看来,只有拉加拉姆那样拥有三寸不烂之舌的人才能成为成功的宣传员。"说我们害怕改变,他知道什么?要是我们害怕改变,怎么会离开老家,大老远跑到这里来呢?"

守夜人也表示赞同。"无论如何,在这方面谁都没有别的选择。一切都在变化,无论我们愿不愿意。"

那天夜里,迪娜反复过去查看裁缝们那坑坑洼洼的行李箱。马内克看着她只觉得有趣,心想不知她会坚持多久。"这下你满意了吧?"吃完晚饭后迪娜说道,"现在你要做的就是祈祷我的善心不会反咬我一口。"

"别瞎担心了,阿姨。这怎么么会害到你呢?"

"还要我全部重新解释一遍吗?我之所以这样做,只是因为那个干瘦的小裁缝怪可怜的,看上去快跟他的破行李箱变成一个模样了。你觉得我对他们不好,我对他们的困难没有同情心。我跟你说这些话,你也许会觉得奇怪,但他们晚上离开后我其实会想念他们——想念他们有说有笑地缝衣服的场景。"

马内克丝毫不觉得奇怪。"但愿小翁的胳膊明天会好起来。"他说。

第七章　流离失所

"有一件事倒是真的,那就是他没装病。我给他涂药时,一摸他的肌肉就知道他真的很疼。我对按摩很有经验。我丈夫长期背痛。"

当年她用的是斯隆缓释膏,她讲道,比止痛药膏效果更好,能让纠结的肌肉在她手指的揉捏下松弛下来。"鲁斯图姆常说我的手好像有魔法,比医生开的镇痉肌肉注射剂更加有效。"

迪娜把手放在自己面前,伤感地细细查看。"这些手指的记性好着呢,它们还记得鲁斯图姆的肌肉渐渐松弛下来的感觉。"她放下手,"尽管他总是背痛,却还是很喜欢骑自行车。一有机会他就跳上车骑着走远了。"

直到他们上床睡觉,迪娜一直在不停地讲述鲁斯图姆的往事:他们如何相遇,她那个混蛋哥哥有何反应,然后讲起了婚礼。她的眼睛炯炯有神,马内克也被她的故事触动了。但他不明白,迪娜满心欢喜地沉浸在回忆中,自己倾听着她的叙述,为什么却再次被熟悉的绝望感重重压住。

第八章

美 化

过了大约一个星期,时间施展魔力,将药店门外那条街上夜间的噪音转变成令裁缝们昏昏欲睡的背景音。现在,他们的睡眠已不再受到噩梦的困扰。阴影与喧嚣——登记赌注的人在午夜大声喊出摇号的声音、赢家惊喜的欢呼声、狗的嚎叫声、醉鬼与内心的恶魔展开殊死搏斗的声音、放牛奶瓶的支架撞击发出的哗啦声、面包店送货车的关门声——种种声音对于伊什瓦和小翁来说,不过是座忠实的钟表在报时。

"我早就告诉过你们,街上没什么可怕的。"守夜人说。

"确实,"伊什瓦说,"声音跟人一样,一旦你了解它们,它们就变得友善多了。"

他们的黑眼圈渐渐消退,做的活也有长进,睡得越来越香。伊什瓦梦见村里举办的婚礼,小翁的新娘是个美人。小翁则梦见了空无一人的棚户区。他和尚蒂手拉着手在水龙头前打水,然后嬉闹着穿过荒地,荒地此时变成了一座鲜花盛开、蝴蝶翻飞的花园。他们绕着树木唱歌、跳舞,乘着云彩织成的飞毯做爱,用机关枪扫射凯萨尔警长和他手下的坏警察,以及那个贫民窟主管,然后让棚户区的居民们回到原本属于他们的住所。

药店成了裁缝们新生活的中心。他们每天下班离开迪娜的公寓时会从行李箱里取出换洗衣服。每天随身携带香皂和牙刷。在维什兰素食餐厅吃过晚饭后,他们在火车站的卫生间里洗衣服,然后晾在药店门口。松弛的电线像晾衣绳那样垂下来,正好用来挂衣服。他们睡觉时,裤子和衬衫悬在半空,仿佛是被拦腰斩断的卫兵。起风的夜晚,衣服在电线上翩翩起舞,仿佛一个友善的幽灵正在走钢丝。

随后的一天夜里,街上传来了陌生的声音。警察的吉普车和卡车沿街呼啸而过,停在药店对面。凯萨尔警长厉声向手下吼了几句简短精练的指示,警察手中的棍棒砸在露宿者用来遮风避雨的纸板箱上,发出空洞的声音。警靴踏在步道上,脚步十分沉重。

那噪音犹如一群不速之客,横冲直撞地闯进裁缝们的梦乡。伊什瓦和小翁醒来时浑身颤抖,仿佛刚做了噩梦,恐惧地蜷缩在守夜人身后,问他:"出什么事了?你看见什么了?"

守夜人从门口探头张望。"看样子他们要把乞丐全部叫醒。他们开始打人了,把人们赶到了一辆卡车上。"

裁缝伯侄驱散睡意,自己探头看了看。"真的是凯萨尔警长,"小翁揉着眼睛说,"我还以为自己又梦见我们那座棚屋了呢。"

"另一个人,就是凯萨尔警长身边的那个——他看起来也很眼熟。"伊什瓦说。

那个文员模样的小个子男人像兔子似的蹿来跳去,吸溜着鼻涕。他感冒很重,每隔片刻就把鼻涕吸回去吞进肚里。小翁往前凑了凑。"他不正是那个想要两百卢比卖给我们一张食品配给卡的家伙吗——那个协调员。"

"没错。而且他还跟原来一样,不停地咳嗽、打喷嚏。回来,我们还是躲起来安全些。"

协调员拿着写字板做记录,统计装上卡车的人数。"警长,等一等,"他表示反对,"瞧那家伙——跛脚那么严重。叫她下来,这个人不行。"

"你管好自己那摊事,"凯萨尔警长说,"我管好我这摊事。要是你实在闲着没事干,就去修修眼镜。"

"谢谢。"协调员说着立刻伸手去扶往下滑的眼镜。手放下的时候,

第八章 美　化

他抹掉了从鼻子垂下来的那滴鼻涕，整套动作极其流畅。"不过请你听我一句，真的不行，"他吸了吸鼻子，"以这个乞丐的状态，她根本是个废人。"

"说实在的，这不关我的事。我只是奉命办事。"凯萨尔警长已经下定决心，今晚绝不为这些废话所累，他的工作一天比一天难做了。为政治集会召集观众还不算糟。抓捕违反《维持法》的嫌疑人也说得过去。不过拆除棚户区、售货摊和简易房的任务严重破坏了他平和的思绪。在上级尚未制定这套解决乞丐问题的全新改革方案时，他曾不得不将睡在人行道上的那些人扔到郊外的荒地去。每次执行完这样的任务回来，他心中都很苦闷，喝得醉醺醺，不是骂老婆就是打孩子。眼下他的良心稍得慰藉，他才不会任由这个流鼻涕的傻帽儿来给自己添乱呢。

"可是我要她有什么用呢？"协调员抗议道，"这样一个跛子能干什么活？"

"你老是抱怨同样的事情，"凯萨尔警长说着把大拇指别进黑色的腰带里，腰带在他肚皮周围围成一条饱足的曲线。他很喜欢看牛仔影片以及克林特·伊斯特伍德[1]的电影。"你别忘了，这些人做任何工作都是免费的。"

"谈不上免费啦，凯萨尔警长。你按人头收的钱已经不少了。"

"你不要这些人，自然有别人要。说实在的，我每天晚上听你唠叨抱怨真是受够了。我不可能只挑健全的劳力给你——这又不是牲口市场。我接到的指令是清理街道。这些人你到底要还是不要？"

"好好好，我要。不过你至少也跟手下说一声，别让他们流血，不然我很难给他们找去处。"

"你说这话我赞成，"凯萨尔警长说，"不过你不用担心，我手下的警

---

1. 美国著名演员、导演、制片人，从 20 世纪 50 年代起活跃在银幕上，塑造出许多深入人心的硬汉形象。

察都训练有素。他们很清楚出手不留伤痕的重要性。"

警察们继续清理街道，或捅，或戳，或踢，完成任务的效率很高。任何障碍都无法减慢他们的速度，尖叫不能，哭号不能，醉鬼和疯子那可笑的威胁也不能。

警察们超然物外的行事风格令伊什瓦想起了早上五点来收垃圾的清洁工。"哦，不，"那队警察走到街角时，他打了个冷战，"他们在追那个坐轮板的可怜人。"

那名没有腿的乞丐慌忙逃命，用手掌撑着地面推着轮板往前滑。警察觉得有趣，便给他加油鼓劲，想看看他的轮板究竟能滑多快。逃亡者来到药店门口时已是精疲力尽。两名警察抬着他，连同轮板一起送上了卡车。

"瞧瞧这家伙！"协调员急得喊了起来，"没有手指头，没有脚，没有腿——他倒真是个有用的工人呢！"

"你爱把他怎么样就怎么样。"一个警察说。

"要是你用不上他，就把他拉到城外再放下来。"另一个说。话毕轻轻一推，轮板向前滑去，直到卡车车斗的最前端才停下。

"你们瞎说什么啊，我怎么能那样做呢？这些人的责任都要算在我头上的。"协调员说道。他忽然想起凯萨尔警长给自己下的最后通牒，连忙小心翼翼地回头看了一眼，嘴里咬着圆珠笔的笔帽——警长听见那句话了吗？作为弥补，他破天荒地改口表示赞同，"那几个盲眼的不要紧。看不见没关系，他们的手可以做活。孩子也一样，有很多小活给他们做。"

几名警察没理他，继续追捕猎物。最初的惊惶平息之后，乞丐们都顺从地上了车。他们当中大多数人都在店铺或住宅区外面经历过这样的追捕，业主往往会付给警察一点儿好处费，请他们清除掉这些碍眼的家伙。有时警察自己也会派乞丐到街上去，然后急切地等待着人们请自己去清除乞丐，好从中捞上一笔。

露宿者们在卡车旁边排起长队，等着清点人数、询问姓名。那名协

第八章 美 化

调员又在写字板上记下性别、年龄和身体状况。一个老头默不作声，姓名锁在脑海深处，钥匙却不知丢到哪里去了。警察扇了他一巴掌，又问了一遍。头发花白的脑袋随着一记记耳光来回摆动。

他的朋友们纷纷帮忙，大声报出他们给他起的各种绰号。"奶糕！醉鬼！四二〇！"协调员选了"奶糕"，将他列入了名单。至于年龄那一栏，他根据那人的外貌大致估算了一下。

喝醉的人和精神不正常的人则更难对付一些。这些人不肯挪地方，高声叫骂，说出的话大都连不成句，引得警察发笑。接着，一个醉鬼猛烈地挥舞着拳头嚷道："疯狗！有病的婊子养的！"几个警察止住笑，拿起棍棒向他招呼过去，醉鬼倒在地上之后，他们改用脚踢。

"住手，拜托你们住手！"协调员哀求道，"要是你们把他的骨头打断了，他还怎么干活啊？"

"别担心，这些人命硬着呢。哪怕我们把棍子打断，他的骨头都不会断的。"不省人事的醉鬼被扔上卡车。人行道上对此议论纷纷的人们不得不暂时停止讨论，有些人是由于腰上挨了警棍，还有一些极端的例子则是由于头盖骨被打裂了。

"这可不叫出手不留伤痕！"协调员向凯萨尔警长抗议道，"瞧瞧这些血！"

"有时候有必要这样做。"凯萨尔警长说道，但他确实提醒手下的人克制自己的工作热情，倘若把医生、绷带和伤情报告牵扯进来，只怕今晚又要加班了。

裁缝伯侄躲在药房门口，不知外面的形势如何。"他们走了吗？完事了吗？"

"看样子完事了，"守夜人说，发动机的声响随即印证了这一点，"很好，你们可以重新睡觉了。"

凯萨尔警长和协调员检查了名单。"九十四个，"协调员说，"还差两个人才算满额。"

"说实在的，我当时说八打人不过是随口估计的。就是一卡车。这你还不明白吗？我怎么可能事先准确预测能抓到多少人呢？"

"可是我跟承包商说的就是八打，他会觉得我是在骗他。不行，你就不能再找两个人吗？"

"好吧，"凯萨尔警长疲惫地说，"我们再去找两个。"他以后再也不想跟这家伙打交道了。抱怨连天、哭哭啼啼，像条挨了打的狗。要不是为了给女儿付西塔琴的学费，他想都不用想就会拒绝掉这些需要加班的工作。做这些工作不仅要跟协调员这样的人渣为伍，还会因为工作到深夜而没法像往常那样在黎明前起床，练上一个小时的瑜伽。怪不得我最近脾气这么暴躁，他心想，胃里还时常反酸。可是有什么办法呢？为孩子的婚姻大事增添筹码是他身为人父的责任。

裁缝伯侄和守夜人听见了提着棍子走近的脚步声。两个看不清面孔的身影朝门口看了看。"谁在那儿？"

"没事儿，别担心，我是这里的守夜人，还有——"

"闭嘴，出来！全都出来！"凯萨尔警长的耐心已经被协调员消耗殆尽。

守夜人从凳子上站起身，决定还是把防身用的棍子留下比较好，然后走到了人行道上。"别担心，"他招呼两个裁缝上前，"我会跟他们解释的。"

"我们什么事也没做错。"伊什瓦边扣扣子边说。

"说实在的，在街上睡觉是违法的。把你们的东西收拾一下，上卡车。"

"可是警察老爷，我们之所以在这里睡觉，全是因为您的手下开着机器把我们住的棚屋给拆了。"

"什么？你们以前住在棚屋里？真是错上加错。你们要受双倍的惩罚。"

"可是警察老爷，"守夜人连忙打断他，"您不能逮捕他们，他们并没有露宿街头，而是睡在这里——"

"'闭嘴'是什么意思你听不懂吗？"凯萨尔警长警告守夜人，"还是你想搞清楚'坐牢'是什么意思？在任何不允许过夜的地方睡觉都是违法的。这里是门口，不是睡觉的地方。还有，谁说我要逮捕他们？政府可不是疯子，不会把乞丐关进监狱。"他猛然停住了，心里纳闷儿自己为什么要跟这家伙废话，手下的警棍明明见效更快。

"可我们不是乞丐！"小翁说，"我们是裁缝，你看，这么长的指甲，就是用来把衣缝折整齐的，我们工作的地方在——"

"你要真是裁缝，就把你的嘴缝上吧！少废话，上车！"

"他认识我们，"伊什瓦指着协调员说，"他说他能两百卢比卖给我们一张食品配给卡，可以分期付款，还可以——"

"配给卡是怎么回事？"凯萨尔警长扭头问道。

协调员摇摇头。"看样子，他们是把我跟某个坑蒙拐骗的票贩子搞混了。"

"就是你！"小翁说，"你当时不停地打喷嚏、咳嗽，鼻涕淌得老长，跟现在一个样！"

凯萨尔警长向一名警察使了个眼色，警棍正抽在小翁的腿肚子上。小翁惊叫了一声。

"别打，求您了，别打人，"守夜人哀求道，"好了好了，他们会听您的话的，"他拍拍两个裁缝的肩膀，"别担心，这肯定是个误会，只要跟管事的人说清楚，他们就会放你们走的。"

警察又提起了棍子，不过伊什瓦和小翁已经开始卷铺盖了。他们被带走前守夜人拥抱了他们。"早点儿回来，这个地方我给你们留着。"

伊什瓦最后又做了一次尝试。"我们真的有工作，我们不是乞——"

"闭嘴。"凯萨尔警长正在计算自己在今晚这场行动中的进账，而算数不是他的强项，思绪被打断，他不得不从头开始计算。

裁缝伯侄爬进卡车的车斗，后挡板猛然关闭，紧接着上了闩。奉命押送卡车的人坐进警察的吉普车。协调员与凯萨尔警长谈妥了最后的价钱，然后上车坐在卡车司机旁边的座位上。

这辆卡车最近刚用来拉过建筑材料，车斗内侧沾满了黏土。散落在脚下的碎石子硌痛了"货物"们的血肉之躯。当司机突然挂挡倒车、沿着来时的路离开时，站在车上的人有些跌作一团。警察的吉普车紧跟在卡车后面。

他们开了一整夜，路面上不是坑洼就是鼓包，害得人们不断地你撞我、我撞你。最惨的要数那个坐轮板的乞丐，他每次滑出去撞上别人，都会被对方使劲推开。他朝裁缝伯侄局促地笑笑。"我在路上经常见到你们。你们给过我不少零钱。"

伊什瓦摆摆手，表示区区小事不足挂齿。"你为什么不从轮板上下来呢？"他建议道，于是在小翁的帮助下，乞丐把轮板从身下移开了。他身边的人纷纷松了口气。他像个装满混凝土的麻袋，戳在原地一动不动，没有手指的双手把木板抱在胸前，接着又把它放在残缺不全的大腿上抱着，在温和的夜色里微微打战。

"他们要把我们带到哪儿去？"他高声说道，声音盖过了引擎的轰响，"我好害怕！不知接下来会发生什么事？"

"别担心，我们很快就会弄清楚的，"伊什瓦说，"你这个漂亮的轮板是从哪儿搞来的？"

"我的乞丐头儿给我的。是份礼物。他真是个好人，"由于恐惧，他刺耳的声音变得越发尖利，"我怎么才能重新找到乞丐头儿呢？他明天来收钱时肯定会以为我逃跑了。"

"只要他一打听，人们肯定会告诉他警察来过了。"

"这正是我想不通的地方。警察抓我干什么呢？乞丐头儿每个星期都给他们好处费——他手下的乞丐都可以不受干扰地工作。"

"这是另一伙警察，"伊什瓦说，"负责美化市容的警察——最近颁布了新法律,要美化城市。也许他们不认识你那位乞丐头儿。"

乞丐摇摇头,觉得这种说法太荒唐了。"哎哟老兄,人人都认识乞丐头儿,"他开始摆弄木板上那几只小脚轮,从旋转的轮子中获得一丝慰藉,"这个轮板是新的,是他最近送给我的。旧的那个坏了。"

"怎么坏的?"小翁问。

"不小心弄坏的。路上有个斜坡,我从人行道摔了下去,差点砸坏了人家的摩托车,"他回想起当时的情景,咯咯笑起来,"这个新的好多了。"他请小翁查看上面的轮子。

"很顺滑,"小翁用拇指试了试轮子,说道,"你的腿和手是怎么弄的?"

"我也不太清楚,从小就这样。不过我并不抱怨这些,我能填饱肚子,在人行道上有固定的地方。乞丐头儿把一切都安排好了。"乞丐看了看手上缠的绷带,开始用嘴解开绷带,这让他安静了几分钟。整个过程缓慢而辛苦,脖子和下巴反复绕来绕去。

手掌露了出来,他把手掌放在裁缝们的铺盖上蹭了蹭。粗糙的麻布十分解痒。接着他又开始重新缠绷带,脖子和下巴费力地反向旋转。小翁同情地望着他,不由得也跟着扭头——向上、向下、转圈、小心点儿、好了、再转回来——他忽然意识到自己这种行为很傻,这才及时停下来。

"缠这些绷带是为了保护我的皮肤。我用手撑着轮板往前滑,要是没有绷带,手跟地面摩擦会流血的。"

他随口一说,却令小翁有点儿不舒服。但那乞丐依旧说个不停,以此来缓解心中的恐惧和焦虑。"我以前没有轮板。我小时候年龄太小,没法自己出去乞讨,他们就抱着我出门。当时的乞丐头儿会每天把我租出去。他是现在照顾我的乞丐头儿的父亲。我可抢手了。乞丐头儿常说,数我给他赚钱多。"

往日的快乐回忆驱散了他声音中的惶恐。他回忆租用他的人怎样照顾他、给他喂饭。因为要是他们对他不好,乞丐头儿就会抽他们一顿,永远不再跟他们做生意。幸运的是,由于身材瘦小,他直到十二岁时看起来都还像个孩子。"小孩、吃奶的小跛子能从人们那里赚到许多钱。那些年里我吃过奶的乳房太多了。"

他狡黠地笑笑。"真希望我现在还能被女人抱在怀里,嘴里含着她们甜美的奶头,那可比整天坐在轮板上磕磕碰碰好玩儿多了。现在我的卵蛋整天挨撞,屁股蛋都要磨坏了。"

伊什瓦和小翁先是吃了一惊,接着释然地笑了。在人行道上从他身边经过,向他挥挥手,给他施舍硬币是一码事;而坐在他身边听他谈论自己的残疾却是另一码事——这种事让人心里很痛苦。他们见他还能笑出声来,感到很高兴。

"我的娃娃脸和娃娃身材最终还是离我而去了。我太重了,不能再被人抱在怀里。从那以后乞丐头儿就开始派我单独出去。我不得不拖着身子独立行动,在地上爬。"

他想做个示范,但卡车车斗里挤满了人,根本没地方。于是他向他们描述乞丐头儿是怎样训练他的:跟他手下的其他乞丐一样,每个人自有一套技巧,他教给每个人的办法都不同——因材施教,才能获得最佳效果。"乞丐头儿常说,要是我们有墙壁可以挂东西的话,他会给我们颁发学位证书的。"

裁缝们又笑了,乞丐神采奕奕,十分高兴。他发现了自己的一项新本领。"于是我就学会了用头和胳膊肘推动身体,仰躺着往前爬。这样走得很慢。首先,我把乞讨用的罐子往前推,然后扭动身体跟上去。这样十分见效。人们看见我,既同情又好奇。有时候小孩子以为我在做游戏,还会过来模仿我。有两个赌徒每天打赌,看我要花多长时间才能爬到人行道尽头。我假装不知道他们打赌的事。赢家总会往我的罐子里放些钱。

"不过,我要花很长时间才能赶到乞丐头儿为我预留的各个乞讨地点。早中晚——上班高峰、午餐高峰、购物高峰。于是他决定给我弄个底座。他真是个好心人,我对他的好话说也说不完。我过生日的时候,他会给我送蜜饯来。有时候他还会带我招妓。他手下有许许多多的乞丐,但他最喜欢的就是我。他的工作也不轻松,要做的事很多。他要给警察好处费,物色最好的乞讨地点,确保没人跟他抢地盘。要是有个得势的乞丐头儿罩着你,就没人敢偷你的钱。这才是最大的问题,偷钱。"

卡车上有个人嘟哝了一声,推了乞丐一把。"扯着脖子喊个不停,像着了火的猫似的。没人对你那些谎话感兴趣。"

乞丐安静了一段时间,整理绷带、摆弄小脚轮。裁缝们昏昏欲睡,频频点头,这可把乞丐吓坏了。要是朋友们睡着了,他就要孤身一人度过这可怕的黑夜。于是他又开始讲故事,好驱散他们的睡意。

"还有,乞丐头儿必须富有想象力。如果所有乞丐受的伤都相同,人们就会习以为常,不再同情他们。人们愿意看到各种各样的乞丐。有些伤口太常见,已经不起作用了。举个例子,把婴儿的眼睛戳瞎并不会财源滚滚来,因为瞎眼的乞丐到处都是。不过要是没有眼球的瞎子,两个眼窝空荡荡的,再把鼻子也切掉——任谁都会掏钱的。生病也很有用。脖子或者脸上长个大肿块,冒出黄色的脓水,那样也有用。

"有时候,健全的人找不到工作,或者生了病,他们也会去做乞丐。不过那些人根本没希望的,他们跟专业的乞丐没法比。你想想——假如你只有一枚硬币,必须在我和一个身体健全的乞丐之间选一个,你会给谁?"

先前推他的那个人又开口了:"我警告你闭嘴,你这猴子!当心我把你扔到另一头去!这种时候我们不想听你胡说八道!你怎么就不能像我们一样踏踏实实地找份工作呢?"

"你是做什么工作的?"伊什瓦客气地问,想平息那人的怒气。

"收废铁的。收来之后按重量卖掉。我那可怜的老婆有病在身,就连她都有工作。她收破烂。"

"真不错,"伊什瓦说,"我们有个朋友是收购头发的,不过他最近转行做了计划生育宣传员。"

"是啊大哥,这些工作都很好,"乞丐说,"可是收废铁的,你跟我说说,我没有腿也没有手指,我能做什么呢?"

"别找借口。这么大的城市,就连死尸都能找到事情做。只不过要真心想做,认真去找才行。你们这些乞丐扰乱了街头的秩序,然后警察就来找所有人麻烦。连我们这些努力工作的人也要跟着遭殃。"

"唉,大哥,要是没有乞丐,人们该怎么洗净自己的罪恶呢?"

"谁在乎那个?我们操心的是怎么找水来洗净身子!"

争论的声音越来越大,乞丐尖声高喊,收废铁的人也呼喊着回应他。其他乘客也各自站队。醉鬼醒了,高声咒骂在场的人:"操羊的白痴!疯驴的崽子!哪里来的不要脸的太监!"

最终,吵嚷声惹得卡车司机在路边停了车。"车上这么乱,我没法开车,"他抱怨道,"这样下去要出事故的。"

车头灯映亮了路边的石头和草丛。卡车陷入了寂静。两侧夜色浓重,什么也看不见——狭窄的路肩后面,隐藏在夜色中的可能是群山、旷野、密林,也可能是魔鬼。

一名警察穿过灯光来警告他们:"要是再发出一点儿动静,我就把你们狠抽一顿,直接扔在这片丛林里,你们就别想去漂亮的新家了。"

沉默的卡车重新上路。那名乞丐抽泣起来:"哦,老兄,我害怕得要命。"再后来,他精疲力尽,昏昏沉沉地睡着了。

现在裁缝们倒是睡意全无。伊什瓦琢磨着他们早上不去上班,不知会发生什么事。"这批衣服又要晚交了。这是两个月来的第二次。迪娜女士会怎么办呢?"

"找新裁缝,把我们抛到脑后,"小翁说,"不然还能怎么办?"

黎明将夜色变成灰色,然后变粉,卡车和吉普车离开公路,驶上一条小村外的土路，停了下来。后挡板猛然打开，乘客们得到指令去解手。对于有些人来说，这次停车来得太迟了。

乞丐翘起半边屁股，小翁把轮板塞到了他身下。他滑到卡车边沿，举起缠着绷带的手朝两名警察挥了挥。警察背过身去，点了支烟。裁缝伯侄跳下车，把乞丐放到了地上，他的体重之轻令他们十分吃惊。

男人在路一侧，女人则蹲在路的另一侧，孩子遍地都是。饥肠辘辘的婴儿不停地哭闹。父母从包里取出烂了一半的香蕉、橙子和前一晚收集的剩饭菜喂给孩子们。

协调员赶在前面去准备早茶。村里的茶摊在卡车附近架起临时厨房，生起火来，烧煮坩埚里的水、牛奶、糖和茶叶。所有人都渴求地望着摊主。清晨的阳光在树木间闪烁，照亮了锅里的液体。煮了几分钟，茶水准备就绪，盛进了泥做的小碗里。

与此同时，生人进村的消息在小村里迅速传开，村里人纷纷聚过来看热闹。见到赶路的人满足地呷着茶，他们感到十分自豪。村里掌事的人跟协调员打了招呼，友好地问了些村里人常问的问题——他们是谁、从哪里来、要做什么，并说乐意向他们提供帮助和建议。

协调员叫他别多管闲事，把他自己的人带回家去，否则当心警察把他们赶走。这粗鲁的举动让村里人很受伤，他们纷纷离开了。

大家喝完茶，把小泥碗还给了茶摊主人。摊主按照惯例将小碗砸碎[1]，露宿者们本能地冲上前去抢救小碗。"等等，等等！你不要的话我们留着！"

可是协调员不许他们这样做。"你们要去的地方，要用的东西都给你们准备好了。"他命令大家回到车上。停车的这段时间里，太阳已经爬上了树梢。早晨的热气渐渐占了上风。发动机的咆哮声惊扰了鸟儿，它们

---

1. 这种小碗叫作 kulhar，是印度次大陆传统的一次性餐具，通常用黏土做成。近年来已渐渐被塑料和纸质一次性餐具取代。

纷纷从树上腾空而起，仿佛一团云雾。

时近傍晚，卡车抵达一处灌溉工程的工地，在那里，协调员将九十六个人从车上卸了下来。工程的负责人清点人数，签了收货单。工地有自备的安保人员，警察的吉普车离开了。

安保队长命令九十六个人清空口袋，打开包裹，把所有东西都放在地上。他的两个手下一排排地巡视，伸手隔着衣服摸索搜身，检查成堆的随身物品。这个过程其实花不了多长时间，因为这些人当中有一半都是衣不蔽体的乞丐，随身物品少得可怜。但其中有女人，因此守卫搜了半天的身才宣告结束。

他们没收了一些螺丝刀、烹饪勺、一根十二英寸长的钢棍、刀具、一卷铜丝、几把钳子和一把梳齿太大、太尖利的骨梳。一名守卫试探着掰了掰小翁的塑料梳子，梳子断成了两截。他获准留下那两截梳子。"我们不应该在这里，我大伯和我。"他说。

守卫将他推回队列里。"有意见跟工头说去。"

过于衣不蔽体的人领到了短裤和背心，或者衬裙和衬衫。坐轮板的乞丐只领到了一件背心，他截过肢的下半身缠着布，实在没有合适的衣物穿。伊什瓦和小翁没有领到新衣服，收破烂和收废铁的人也没领到。收废铁的人被没收了不少锋利的物件，正在气头上，他认为这很不公平。裁缝们倒觉得那些新衣服的做工很差，宁愿穿自己的衣服。

人们被带到一排铁皮屋跟前，说十二个人住一间。那排房子长得一模一样，但所有人都疯了似的冲向第一间，争着往里挤。守卫将他们赶回去，随机安排了住处。房子里有堆卷起来的稻草席，有的人铺开席子躺了下来，却又不得不起身——他们接到命令，把个人物品放好之后就出来集合见工头。

工头是个一脸厌烦的人，在不停地出汗。他欢迎大家来到新家园，并且花了几分钟时间讲述政府为了改善穷人和流浪人员的生活质量而采

第八章 美化

取的慷慨政策。"因此，希望你们能好好利用这个计划。今天的工作时间还剩下两小时，不过你们今天可以先休息。明天一早你们就要开始新工作了。"

有些人问薪水怎么算，付日薪还是周薪。

工头擦了一把脸上的汗，叹了口气，又开口了："我说的话你们没听懂吗？你们可以得到食物、住处和衣服。这就是你们的薪水。"

裁缝伯侄往前凑，焦急地想要解释自己来到这个灌溉工程的工地纯属意外。但两名官员抢先赶到了工头身边，护送他开会去了。伊什瓦决定先不去追他。"还是等到明早比较好，"他低声对小翁说，"他现在很忙，说不定会惹他生气的。不过警察把我们抓来显然是搞错了。这个地方是为没有工作的人准备的。等他们知道了我们有裁缝工作，肯定会放我们走的。"

有些胆子大的人回到小屋里躺下。其他人则选择把席子铺在室外。铁皮墙在太阳底下烤了一整天，屋里面热气逼人。还是波纹铁皮投下的阴影凉快些。

黄昏时分一声哨响，工人们下工回来了。三十分钟后又是一声哨响，他们向工地的用餐区走去。新来的人接到指令跟他们一起去。人们在厨房外面排队领晚饭：小扁豆汤和烤饼，旁边配一根青辣椒。

"这小扁豆汤简直是水。"小翁说。

盛饭的人听见他说话，觉得这话是针对自己的。"你以为这是什么地方，你老子的王宫吗？"

"少拿我父亲说事。"小翁说。

"行了，我们走，"伊什瓦说着将他拉到一旁，"明天我们去找上面的人，把警察犯的错误说清楚。"

他们静静地吃完了饭，跟其他人一样，聚精会神地提防着隐藏在饭食里的危险品。烤饼用的面粉里带沙子，人们吃饭时常被打断，吐出小石子和其他一些怪东西。更小的异物还来不及发现就跟着食物一起被嚼碎了。

"他们一个小时前就应该到这里了。"迪娜做好早饭后对马内克说。

她又揪住那两个可怜的家伙不放了,马内克一边整理当天上课要用的书一边想。"既然是计件付酬,他们几点来有那么重要吗?"

"做生意的事情你懂什么?妈妈爸爸给你交学费、给你寄零花钱。等你自己开始赚钱糊口你就知道了。"

他下午回来时迪娜正在门口来回踱步。他刚刚将微微变形的钥匙轻轻地插进锁孔,她就扭动把手打开了门。"一整天没见他们的影子,"迪娜向他抱怨道,"我倒想知道他们这次有什么借口。又跟总理开会去了?"

下午渐渐过去,夜晚将至,迪娜讽刺的语气逐渐被焦躁取代。"电费该交了,还有水费。食品配给还得买。而且易卜拉欣下个星期就要来收租。你不知道他有多烦人。"

她焦躁的情绪继续酝酿,那感觉犹如吃过晚饭之后消化不良。如果明天那两个裁缝还不来,那该怎么办?她怎么才能尽快找到两名新裁缝呢?而且这不仅仅是这批衣服延迟交货的问题——第二次延迟交货,再会出口公司那位高高在上的女王肯定会大为不满。这一次,那位经理会给她的名字贴上"不可靠"的黑标签。迪娜觉得也许自己应该到维纳斯美发沙龙去一趟,跟泽诺比娅谈谈,求她在古普塔太太那里说几句好话。

"伊什瓦和小翁不会无缘无故旷工的,"马内克说,"肯定是出了什么急事。"

"胡说。到底是什么样的急事,他们都不过来说一声,连这几分钟的时间都没有?"

"也许他们是去办租房子之类的事了。别担心,阿姨,他们明天可能就会来的。"

"可能?'可能'可不够。我可能交货、可能交房租,这样可不行。

第八章 美化

你无事一身轻，可能不明白这些事。"

马内克觉得她这话说得不公平。"要是他们明天还不来，我就去问问到底出什么事了。"

"好啊，"迪娜的脸色豁然开朗，"幸亏你知道他们住在什么地方。"她焦躁的情绪似乎得到了缓解，接着又说，"我们现在就去吧。为什么要花一整晚的时间白白担心呢？"

"可你总是说，不想让他们认为你离不开他们。要是你大晚上跑过去，他们准会看出你离了他们就不行。"

"我不是离了他们就不行，"迪娜坚定地说，"只不过生活里又添了一个难处，仅此而已。"但她决定先等到第二天，同意马内克的建议，在他上学之前去看他们一眼。她心烦意乱，根本无心做被子，边角料在沙发上堆成一堆，遮住了原来设计的花样。

马内克是从药店慌慌张张地一路跑回来的。跑到维什兰素食餐厅附近时，他放慢脚步向店里匆匆瞥了一眼，盼着伊什瓦和小翁也许会在那里喝早茶。空的。他来到公寓，气喘吁吁地把守夜人的讲述告诉了迪娜。

"糟了！他们被当成乞丐——被拖上了警察的卡车——天知道他们现在在什么地方！"

"嗯，我知道了，"迪娜掂量着这个故事的真实性与事实依据，说道，"那他们要蹲多长时间的监狱呢？一个星期还是两个星期？"要是那两个无赖去别的地方找工作了，想要拖延时间，这正是个好办法。

"我也不知道，"马内克心烦意乱，并没听出她话里有话，"不只是他们俩——街上的所有人，所有乞丐和人行道上露宿的人都被警察带走了。"

"别开玩笑了，这样做根本无法可依。"

"这是一条新政策——叫美化市容计划还是什么，是紧急状态下的新政策。"

"什么'紧急状态'？这个蠢词听得我烦死了，"迪娜仍然心存疑虑，深吸一口气，决定有话直说，"马内克，你看着我，看着我的眼睛，"她把脸凑近他的脸，"马内克，你不会对我撒谎的，是不是？不会因为伊什瓦和小翁是你的朋友，所以他们让你这样说你就照做？"

"我以我父母的名誉发誓，阿姨！"马内克从她身边抽身出来，深感震惊。紧接着，她这种揣测令他气愤起来。"你爱信不信，随便你怎么想。下次别再让我替你跑腿干活。"说完他离开了房间。

迪娜忙跟上去。"马内克，"他没理睬她，"马内克，对不起。你知道我对这份缝纫工作有多担心——我说这话没过脑子。"

他只沉默了一小会儿就原谅了她。"没关系。"

真是个好孩子，迪娜心想，一点儿也不记仇。"他们在那里住了多长时间——是什么地方来着，药店？"

"从他们的房子被拆毁的那天开始。你不记得了吗，阿姨？就是你不许他们睡在门廊上的那天？"

迪娜听见他的语气不禁火了。"你明知道我为什么不得不拒绝他们。可是你既然知道，怎么不告诉我？偏要等到发生这种事呢？"

"即使我告诉你又有什么区别呢？你会让他们住在这里吗？"

迪娜对这个问题避而不答。"我还是觉得这个故事很难让人信服。也许是那个守夜人在撒谎——替他们打掩护。眼下我只能去求我哥哥替我付房租了。"

马内克能够体会她试图平衡、掩饰、控制的情绪：有关切，有内疚，也有恐惧。"我们可以去问问警察。"他建议道。

"那有什么用？即使那两个裁缝真的在他们手上，你觉得只要我发话，警察就会把他们从牢里放出来吗？"

"那样我们至少能确定他们现在在哪儿。"

"现在我更担心的是这批衣服。"

第八章 美 化

"我就知道!你真自私,除了你自己,你谁都不关心!你就是不——"

"你怎么能这么说话!你怎么敢这样跟我说话!"

"他们说不定已经死了,你却漠不关心!"马内克回到自己的房间,摔上了门。

"要是你把我的门弄坏,我可要给你父母写信了!你可是要赔偿的,你给我记住!"

马内克蹬掉鞋子,扑通一声倒在床上。已经九点半,上学要迟到了。让学校见鬼去吧——让她也见鬼去吧。他总是尽量宽以待人,现在他受够了。他从床上跳下来,脱下衬衫,从柜子里取出旧家居服换上。柜门啪嗒一声从底下的合页上脱落了。他摇晃几下,把它装回托架,然后猛地关上了柜门。

他再次扑倒在床垫上,手指愤怒地摩挲着柚木床头板上的花卉纹样。这张床跟缝纫室里那张床一模一样。这是迪娜阿姨和她丈夫的床——他们曾经并排躺在这两张床上。那是在许久以前,她的生活中充满了幸福,公寓里满是爱意与欢笑。那时,公寓尚未变得沉默而昏暗。

他听见迪娜在隔壁踱步,感受到她脚步声流露出的苦恼。不到一个星期以前,她给了小翁止痛药膏之后,缝纫活进行得是那样顺利。为小翁按摩手臂令她心情愉悦,她开始回忆丈夫的后背,以及他们曾经共度的生活。

她曾向马内克讲述的那些事此刻都涌进了他的房间:令人陶醉的音乐会之夜,她与鲁斯图姆并肩走出演奏厅,走进芬芳的夜色,街道宁静怡人——没错,她说当时这座城市还很美,干净的人行道还没有被露宿者占领;没错,当时的夜空还能看见星星,星空之下,鲁斯图姆与她时而在海边漫步,倾听无尽的海浪,时而在空中花园散步,走过窃窃私语的树木,为他们的婚礼以及未来的生活做计划。他们沉浸在计划与展望之中,浑然不知命运早已为他们做了安排。

迪娜阿姨是多么珍惜那段回忆啊。妈妈和爸爸也一样，他们回顾往昔，带着苦涩而幸福的微笑检视过去的每一个场景，用珍爱的目光将它们细细打量，直到它们再次消散在迷雾之中。然而谁也不曾将过去遗忘，尽管有时他们迫于情势不得不假装忘记，却不曾将它真正遗忘。回忆永存不逝。随着时间的流逝，忧伤的回忆依旧令人忧伤，而快乐的回忆却无法重现——快乐再不同于当年，追忆往昔又孕生了新的忧伤。这实在不公平：无论悲喜，时间将它们全部化作了痛苦的源泉。

既然如此，回忆还有什么意义呢？这样根本于事无补。到头来皆是绝望。看看妈妈爸爸和杂货铺，看看迪娜阿姨的生活，看看宿舍和阿维纳什，现在又轮到了可怜的伊什瓦和小翁。不管如何追忆开心的过往，如何渴望、怀念，都无法改变眼前的苦难与折磨——爱、关切、照料、分享，皆是虚无，虚无。

马内克抽泣起来，竭力控制着自己不哭出声，胸膛因此而剧烈地起伏。一切的结局都很糟糕，而回忆只能雪上加霜，折磨人、讥讽人。除非，除非你丧失了理智，或者自杀。写字板擦得一干二净。再没有回忆，再没有痛苦。

可怜的迪娜阿姨，她身上背负着多少过往啊，可她却自欺欺人，认为自己沉浸其中的尽是美好的回忆。现在又增添了新的问题，缝纫、房租、配给……

他为自己之前对她发脾气而感到羞愧。他从床上起身，披好衬衣，擦干眼睛，来到后屋，迪娜仍然在牢笼里为那尚未完工的服装来回踱步。

"你什么时候要交货？"他粗声粗气地问。

"哦，你回来了？后天。十二点前，"迪娜暗自笑笑，本以为他要生一个小时的闷气，结果三十分钟后他就从屋里出来了，"你的眼睛泪汪汪的，是不是感冒了？"

他摇摇头。"只是累了而已。后天——那还有两天整。时间多着呢。"

第八章 美 化

"对两个专业裁缝来说确实是这样。但对我一个人来说不够。"

"我帮你。"

"别逗我了。你,缝衣服?再加上我的眼睛。以我的视力,把手指头穿进结婚戒指都费劲,更别提穿针引线了。"

"我是认真的,阿姨。"

"可是这儿有六十条裙子,六——十——条。确实,只剩下裙摆和扣子要缝,但工作量仍然很大,"她拿起一件衣服,"看见这个腰没有,都是皱起来的,这个叫'打褶'。这条裙子的腰围,"她说着扯开皮尺,"只有二十六英寸。但是因为有皱褶,这条裙子的底边就有,我看看,六十五英寸,全部手工缝制。这要花很长——"

"要是你用机器做,他们怎么能看出来呢?"

"那可是天差地别。还有每条裙子上有八颗纽扣。前面六颗,每个衣袖上各一颗。对我这样的人来说,每条裙子要花一小时。总共六十个小时。"

"我们离交货时间只有四十八小时了。"

"如果我们不吃不睡不上厕所的话,确实是这样。"

"我们至少可以试试。你可以把我们做完的先送去,然后找个借口,就说裁缝生病了什么的。"

"如果你是真心想帮忙……"

"我是真心的。"

迪娜开始着手准备东西。"你是个好孩子,你知道吗?你父母有你这样的儿子真的很幸运,"接着她突然转过身来,"等一等——学校怎么办?"

"今天没课。"

"嗯……"迪娜一边挑选缝衣线,一边半信半疑地说道。他们把裙子拿到前屋,那里的光线更好些。"我来教你缝扣子,这比缝裙摆容易一些。"

"什么都行。我学得很快。"

"好,那我们就试试看。首先你要量好距离,用粉笔标出位置,要标成一条直线。这是最重要的一步,否则前身看起来就是歪的。谢天谢地,这些只是普通的府绸裙子,而不是上个月那些滑溜溜的雪纺绸。"她将步骤教给他,并强调四眼纽扣的针脚应该是平行的,而不是十字形。

接下来的纽扣由马内克自己试着缝。"唉,有双年轻人的眼睛多好啊!"马内克把线在唇间抿一抿、穿过针眼时迪娜叹息道。他用针戳了一阵,才从背面找准了纽扣孔。不过花的时间还不算太长,缝完之后他自豪地剪断了线。

两个小时过后,他们合作缝完了十六颗纽扣和三条裙摆。"现在你知道要花多少时间了吧?"迪娜说,"现在我必须停一停,去做午饭了。"

"我不饿。"

"今天既不饿也不上课。真奇怪啊。"

"可我说的是真的,阿姨。别管什么午饭了,我真的不饿。"

"那我呢?昨天担心了一整天,我一口饭也没吃。今天我总该享受一下吧?"

"先工作,再享受。"马内克低头对着纽扣笑着说道,又抬起眼角瞥了一眼。

"你是打算当我的老板了,是不是?"迪娜装作严厉的样子说道,"要是没饭吃,我就既不能工作也不能享受,只能昏倒在针线旁边了。"

"那好,午饭我来负责。你继续缝裙摆。"

"你真是要变成合格的家庭主妇了。吃什么?面包配黄油?喝茶吃吐司?"

"是个惊喜。我马上回来。"

离开公寓前,他给六根针穿好了线,免得她的眼睛再跟那些银亮亮的小东西较劲。

第八章 美 化

"你怎么这样浪费钱,"迪娜责备道,"你父母已经把你的饭钱付给我了。"

马内克把从 A-1 饭店买回来的辣味鸡杂[1]倒进碗里,端上餐桌。"这是我的零花钱。我想怎么花就怎么花。"

大块的鸡肝和鸡胗漂在浓厚辛辣的酱汁里,令人食欲大振。迪娜俯身凑到菜碗旁闻了闻。"嗯,香气扑鼻,这是鲁斯图姆最喜欢的菜之一。只有 A-1 饭店才会用这么浓厚的酱汁来做——其他饭店做的都太干了,"她用勺子蘸了些酱汁送到嘴边尝尝,点了点头,"真好吃。我们可以少加些水,不会冲淡味道。这样午饭和晚饭都够吃。"

"好的。还有这个是专门给你的。"马内克递给她一个袋子。

她把手探进去,取出来一捆胡萝卜。"你想让我把这个做了,我们俩吃?"

"不是我们俩,阿姨——是专门给你的,生吃。这对你的眼睛有好处。尤其是现在,眼睛会很累的。"

"谢谢你,但我还是不吃了。"

"不吃胡萝卜就不许吃鸡杂。你午饭至少得吃一根才行。"

"要是你以为我会生吃胡萝卜,那你准是疯了。就连我亲妈也别想逼我吃这个。"她摆桌子的时候,马内克拿起一根中等大小的胡萝卜擦干净,切掉两端,放在她盘子边上。

"但愿那是你自己的盘子。"她说。

"不吃胡萝卜就不许吃鸡杂,"马内克不肯把菜碗递给她,"这是我定下的规定。这是为你好。"

迪娜哈哈大笑,可马内克吃饭馋得她直流口水。她捏住细的一头把胡萝卜拎起来,作势要用它敲他的头,接着复仇似的咬了一口。他咧嘴一笑,把碗递给了她。"我父亲说他虽然只有一只眼睛,却比很多人两只

---

1. Alayti-palayti 是用鸡肝、鸡胗等材料做成的一种辣味菜肴,是帕西族的特色食品。

眼睛加起来还好使，都是因为他常吃胡萝卜。'每天一根胡萝卜，失明必定把你躲'，这是他说的。"

吃饭时，迪娜每咬一口胡萝卜都要做个鬼脸。"谢天谢地有美味的鸡杂在。要不是有酱汁，这些生的粗纤维非卡在我喉咙里不可。"

"现在跟我说说，阿姨，"吃完饭后马内克说道，"你的眼睛好些了吗？"

"好得很，把你这个小鬼看得清清楚楚。"

午饭过后，缝纫加快了速度，不过临近傍晚时，迪娜的眼皮越来越沉了。"我得停下来喝杯茶。可以吗，老板？"

"只能休息十五分钟，记住。还有，麻烦你给我也煮一杯。"

她笑着摇摇头，走进了厨房。

七点钟时，迪娜的思绪飘向了晚饭。"那碗鸡杂放在厨房里，害得我比平时饿得更早了。你呢？是现在吃，还是等到八点钟再吃？"

"你想什么时候吃都行。"马内克含混不清地说，他双唇抿着一根没穿线的针，双手正从线轴上取下一截线。

"你瞧瞧！第一次做针线活，已经学来了疯裁缝那一套！快把它从嘴里拿出来！马上拿出来！当心把它吞下去！"

马内克取下针，有些难为情。迪娜说得没错——他正是在模仿小翁志得意满的样子，把东西叼在嘴里：别针、缝衣针、刀片、剪刀，铤而走险，把锋利而危险的东西放在毫无防备的柔嫩皮肉旁边。

"要是你回家时喉咙里卡了根针，我该怎么向你母亲交代？"

"小翁也这样做，你从不对他大呼小叫。"

"那不一样。他接受过训练，他从小跟裁缝一起长大。"

"不，他没有。他们家以前是皮匠。"

"都是一码事——他们知道怎么用工具，怎么裁剪、缝纫。再说，我其实也该制止他的。他的嘴跟你的嘴一样，也会流血的。"迪娜走进厨

第八章 美　化

房，马内克则继续在桌边劳作，直到吃饭。

吃到一半时，她忽然记起他说过的关于裁缝们的那句话。"他们家是皮匠？他们为什么要转行呢？"

"他们叫我不要对任何人说。这跟他们的种姓有关，他们担心自己会遭人欺负。"

"你可以告诉我。我才不相信那些愚蠢的老一套呢。"

于是马内克把伊什瓦和小翁的故事简练地讲述了一遍，那是他们几个星期以来在维什兰素食餐厅喝茶时零零散散地陆续告诉他的，讲了他们的村子，讲了恰马尔终生遭到地主的虐待，讲了鞭子和毒打，讲了贱民种姓被迫要遵守的种种规定。

迪娜摆弄着叉子，不再吃饭了。她把一只胳膊肘抵在桌上，用拳头撑住下巴。马内克继续往下讲，叉子从她手指间滑落，当啷一声掉在盘子外面。讲到父母、孩子和祖父母被灭门之后，他迅速地收了尾。

迪娜重新拿起叉子。"我从不知道……我从没想到……报纸上都在讲高种姓和低种姓之间那些疯狂的事情，它们竟然突然离我这么近。就在我自己的公寓里。这是我第一次亲自认识这样的人。天哪——这种苦难太可怕、太可怕了。"她说着摇摇头，仿佛感到难以置信。

她想继续吃饭，却停下了。"跟他们比起来，我的生活只能用舒适安乐来形容。现在他们遇上了麻烦，我希望他们能平安回来。人们常说神是伟大的、公平的，但我真的不确定。"

"上帝已死，"马内克说，"这是一位德国哲学家写的。"

迪娜深感震惊。"德国人什么话都敢说，"她皱起眉头又说，"那你相信这句话吗？"

"过去我相信，但现在我更愿意相信上帝在做一床巨大的拼花被，拥有无穷无尽的布料和样式。被子做得太大、太复杂，样式已经无法辨认，正方形、菱形、三角形无法再拼接在一起，一切都失去了意义。于是他就放弃了这床被子。"

"你有时候净说胡话,马内克。"

她收拾餐桌时,马内克打开厨房的窗户,听到喵喵叫,把小块的面包和鸡杂扔到窗外。他心中暗自期望这些东西的口味对猫来说不会太重,然后他回到缝纫室,又拿起了一条裙子,并提醒迪娜阿姨抓紧时间。

"这孩子疯了。我吃完晚饭想休息五分钟都不行。我是个老太婆,可不是你那样的初生牛犊。"

"你一点儿也不老,阿姨。实际上,你还年轻着呢。而且很漂亮。"他壮着胆子加上一句。

"至于你,马内克先生,越来越油嘴滑舌了。"她嘴上这样说,却难以掩饰得意的心情。

"我只有一件事情搞不懂。"

"什么事?"

"为什么有的人看上去这样年轻,说起话来却那样显老,总是气呼呼的。"

"你这小混蛋。先夸我一句,紧接着就说我坏话。"迪娜笑着把裙摆折好,用别针固定住,又把裙子提起来查看边缘是否整齐。她一边调整裙边一边说:"现在我倒羡慕起裁缝们留的长指甲了。你真的跟他们成了朋友,是不是?他们把自己在村里的生活都告诉了你。"

他短暂地抬眼一瞥,耸了耸肩。

"他们日复一日地坐在这里工作,却什么都不跟我说。这是为什么呢?"

他又耸了耸肩。

"别再用肩膀说话了。你那个缝被子的上帝往你嘴里缝了条舌头,可不是白缝的。他们为什么会把这些事告诉你,却不告诉我呢?"

"也许是因为他们怕你。"

"怕我?净瞎说。要怕也是我怕他们。怕他们找到那家出口公司,把

第八章　美　化

我踢开。或是怕他们找到更好的工作。有时候他们犯了错误，我甚至都不敢指出来——我会等他们晚上离开之后自己把错误改正过来。他们为什么要怕我呢？"

"他们怕你找到更好的裁缝，然后把他们赶走。"

她静静地思索了一会儿。"要是你早点告诉我就好了。我可以叫他们放心的。"

他又耸耸肩。"那也不会有任何改变的，阿姨。你原本只要给他们提供个住处就可以救他们的。"

她扔下手里的缝纫活。"你总是说这个！你接着说啊，别考虑我的感受！你只管反复说，说到我内疚得眼睛瞎掉就好了！"

针尖从扣眼里穿出来，戳中了马内克。"哎哟。"他吮着大拇指。

"接着说啊，你这冷血的孩子！说这事都怪我，说我害得他们露宿街头，因为我铁石心肠！"

马内克非常想抚平自己说的话给迪娜带来的伤害。她一边摆弄裙边一边咳嗽，似乎有什么东西卡在喉咙里了。听声音，他觉得她咳嗽只是为了吸引他的注意力，于是给她端来一杯水。

喝完水之后，她说："关于胡萝卜的事情，你说得对。现在我看得清楚多了。"

"真是奇迹啊！"马内克夸张地举起双手，她脸上浮现出一丝微笑，"这下我化身为马哈希[1]胡萝卜上师，所有的配镜师都没生意可做了！"

"哎，别犯傻了，"迪娜说着喝光了杯里的水，"我来跟你说说我究竟把什么看清楚了。我十二岁的时候，我父亲决定去流行病的疫区行医。我母亲为此担心得要命。她希望我劝我父亲回心转意——你知道的，我是他最喜欢的孩子。后来我父亲工作时死在了那边。我母亲就说，假如我听从她的建议，也许我就能救父亲一命。"

---

1. Maharishi，意为"导师""智者"，印度教等宗教将其作为头衔加在人名前。

"这么说不公平。"

"说公平也公平,说不公平也不公平,就像你说的。"

他明白了。

迪娜站起身,拿起那只蹲伏在工作台上的玻璃母鸡,把顶针、剪刀和缝衣针收好放进了鸡肚子。

"阿姨,你要去哪儿?"

"你说我去哪儿——去参加婚礼吗?十点了,我要上床了。"

"可我们只做完了十六条裙子。今天的计划是二十二条。"

"听听这位高级经理的训话。"

"我的计划是今天做完二十二条,明天三十条,后天八条,这样到后天中午时,所有衣服都能准时交货。"

"慢着,这位先生。学校呢,明天还有后天——你的学业怎么办?我猜学校不会因为你会缝扣子就给你颁发制冷专业的文凭吧。"

"接下来两天的课程都取消了。"

"对。然后第三天我就会中彩票。"

"别管这些了,阿姨。你总是怀疑我,"马内克继续缝衣服,他假装既受伤又痛苦地叹了口气,穿针引线的动作仿佛是在拖拽铁索,"没事,我继续做,你上床去吧。"

"我要是上床,岂不是看不见你这奥斯卡级别的表演了?"

马内克弄掉了一颗纽扣,叹了口气,弯腰去捡,像老头儿似的用手在地上摸索。"去吧,阿姨,去休息吧,不用管我。"他举起一只颤抖的手挥了挥。

"知道你会表演,但我真没想到你演得这么好。好了,我们再做一条裙子。"

马内克立刻坐起身,顺势开始讨价还价:"我们还要做六条裙子才能完成今天的计划。"

第八章 美　化

"别管你的计划了。我说一条就一条。"

"那至少也要做三条。"

"我的底线是两条。不许再讨价还价了。不过我得先去厨房取点东西。"

她不久便回来了，两手各端着一只热气腾腾的杯子，她把一只杯子放在他身边。"好立克[1]。帮咱们提提精神。"为了印证这句话，她喝了一口，在椅子上挺直腰杆，展开肩膀，笑容满面。

"你说话像广告词似的，"他说，"而且这个广告根本不需要请专业模特来做，你就够漂亮了。"

"别以为奉承我几句，我就会每天给你来一杯。我可买不起。"

他们吹着气喝着热饮，边开玩笑边又做了两条裙子。临近午夜时分，整栋楼里只有迪娜家里还亮着灯。深更半夜，窗外陷入寂静，公寓被裹挟在黑暗之中，这一切都让他们原本清白的行为蒙上了一层不可告人的阴影。

"十八条了，"午夜过后收工时迪娜说道，"我这双手一个针脚也缝不出来了。现在可以睡觉了吗，老板？"

"只要把裙子叠好就可以。"

"是，马克·科拉先生。"

"拜托——我最讨厌这个名字了。"

他们向各自的房间走去时，迪娜拥抱了他，轻声说："晚安，谢谢你的帮助。"

"晚安，阿姨。"他说完迈着轻快的步伐开心地走向自己的床铺。

日出前一个小时的时候，哨声宣告夜晚结束，将劳工们从夜晚幽暗而安详的怀抱里揪了出来。他们拥出铁皮屋，三三两两向就餐区走去。

---

1. 一种用麦芽制成的冲制热饮，源于英国，类似于我国消费者熟悉的美禄和阿华田。

两条流浪狗嗅嗅他们满是尘土的脚，扫兴地贴着厨房的墙根走开了。早饭是茶水和昨天剩下的烤饼。接着又是一阵哨响，开工了。

新来的人单独集合，由工头分配任务。每个人都有活要做，只有那个坐轮板的乞丐例外。"你在这儿待着，"工头说，"我等会儿再给你安排。"

小翁跟另外六个人一起开挖新沟渠，伊什瓦的任务则是把碎石运到搅拌混凝土的地方。工头念完了名单，瘦骨嶙峋的工程队解散了，人们按照监工的指示分别去往各自的工地。裁缝伯侄等到所有人都走了才开始行动。

"您搞错了，先生。"伊什瓦说着，双手合十凑到工头身边。

"姓名？"

"伊什瓦·达尔吉和翁普拉卡什·达尔吉。"

工头把他们的工作任务又念了一遍。"没错。"

"错在我们压根儿不应该在这里，我们——"

"你们这些懒骨头个个都觉得自己不应该在这里。政府不会再纵容你们了。你们得工作。作为回报，你们会得到食物和睡觉的地方。"

"我们有工作，我们是裁缝，是警察叫我们跟您说——"

"我的职责就是给你们安排工作，提供住所。你不肯，我就叫安保员把你带走。"

"可我们为什么要受罚呢？我们犯了什么罪？"

"你用的词不恰当。不是犯罪和受罚——而是问题和解决办法，"他招呼两个身穿卡其制服、提着棍子巡视的男人过来，"我们这里没有麻烦事，所有人都很乐意工作，现在你自己拿主意吧。"

"好吧，"伊什瓦说，"那我们想跟上面的领导谈谈。"

"工程经理晚点儿才来。他忙着做晨祷呢。"

工头亲自将裁缝伯侄送到工地，把他们分别交给监工，叮嘱监工对他们严加看守，千万不要让他们偷懒。乞丐坐着轮板跟在他们身边。步道尽头的地面太粗糙，他的轮板无法在上面滑行。他便向裁缝们挥挥

第八章　美　化

手，保证晚上在小屋旁等他们，然后转身回去了。

　　山坡上满是蹲伏在地上的小小身影，好不热闹。乍一看去，孩子们仿佛被阳光晒得僵住了。紧接着，锤子发出的敲击声揭示了他们手上的动作。他们将石块敲碎，做成碎石。饱受阳光炙烤的山坡上零星长着一团团早已枯死的干草。雨水的润物之手尚未拂过这片土地。大块的岩石偶尔滚落，砸在山下的某个地方。在远处，推土机、起重机与混凝土搅拌机的轰鸣声犹如一堵围墙，锤子敲击石头发出的脆响在这围墙上雕刻出图案。热浪的大锤无休止地从空中重重落下。

　　一个女人将伊什瓦的碎石筐装满，帮他提起来顶在头上。碎石太重，她的双手开始颤抖，手臂上布满皱纹的皮肤也跟着抖动。伊什瓦被这重量压得步履踉跄。那女人松手之后，他感到碎石筐开始失去平衡。他绝望地在筐边上抓挠，把头偏向另一侧，但失去平衡的筐还是掉了，掉落时猛地扯了一下他的脖子。

　　"我没做过这样的活儿。"他们的双脚被雨点般落下的碎石砸得生疼，伊什瓦有些难为情地说。

　　那女人一言不发，将筐斜靠在小腿上，弯腰把筐重新装满。她花白的头发扎成稀疏的辫子，从肩头向前滑落。这对收头发的拉加拉姆来说没什么用处，伊什瓦心不在焉地想。她每挥动一下锄头，手上的塑料手镯就发出沉闷的撞击声，如同孩子们敲击石头的回声。他望着她前臂上的汗水闪闪发光，手臂有力地前后移动。这时他才发觉自己身后已经堵了其他运送碎石的人。他急于弥补自己的笨拙造成的不便，便跪下来帮她，用手捧起碎石装进筐里。

　　"我负责装筐，你负责扛。"她说。

　　"没事，我不介意。"

　　"你不介意，但是监工会介意。"

　　伊什瓦停下来，问她是否做这份工作很长时间了。

"从我还是个孩子的时候就做了。"

"薪水高吗?"

"能保证我不饿死。"她教他如何用头和肩膀顶起重物,他们合力将筐抬起。伊什瓦仍然步履踉跄,不过筐算是稳住了。

"瞧,一旦你学会保持平衡就很容易了。"她鼓励道,并给他指明搅拌混凝土的人所在的方向。他脚下不稳,几次踉跄,终于走到目的地,把碎石倒了出来。接着就要拿着空筐回到那女人身边去让她装满。再一次、再一次、再一次。

几趟下来,汗水顺着面颊成股地往下淌,伊什瓦感到天旋地转,便问能否去喝口水。监工拒绝了。"到了该喝水的时候,送水工自然会过来的。"

有监工看着,那女人壮起胆子用尽可能慢的速度往筐里装碎石。伊什瓦很感激她为自己腾出的这几秒休息时间。他闭上眼睛深吸了一口气。

"装满!"监工大吼一声,"给你付工钱可不是为了让你装半筐的!"她又向筐里装了四锄头的碎石。把筐抬起来的时候,她将筐微微倾斜,撒出一些碎石来减轻重量。

伊什瓦跌跌撞撞,竭力遏制着头晕目眩的感觉,慢慢挨过上午。他头脑中空空如也。工地另一头响起爆破声,腾起的烟尘席卷了碎石区,女人纷纷扯起纱丽掩住口鼻。若不是有沉重的锤声指引方向,他只觉得自己要迷失在这尘雾之中。即使尘埃散去之后,他仍觉得什么也看不见。他就这样顺着声音的线索在碎石场和混凝土搅拌机之间来来回回。

过了许久,送水工终于来了。开凿石块的锤声安静下来。伊什瓦首先听见的是饥渴的舌头喝水的声音,然后才看见了那个人。鼓胀的皮质水囊仿佛是头深棕色的牲畜,挂在送水工的肩上,皮带深深勒进他的肩膀。在胀鼓鼓的水囊的重压之下,那个盲眼的男人一步三摇地从劳工中间穿过。谁口渴了便伸手拦住他。他柔声唱着一首自己编的歌谣:

第八章 美 化

你呼唤我,
我便为你解渴。
但茫茫人世间,
谁能浸润我干涸的双眼?

伊什瓦双膝跪地扑到送水工面前,把嘴对准皮水嘴喝了起来。接着他移开嘴,感激地让清凉的水冲在自己脸上。监工大喝一声:"小心点儿,不许浪费!这是专门用来喝的水!"伊什瓦连忙起身,匆匆回到碎石筐旁。

等送水工来到小翁工作的地方时,水囊已变轻了许多,送水工的脚步也轻快多了。六个挖沟工先喝,然后是负责运土的女人们。她们的婴儿在附近的沟里玩耍。那些女人用手掬了水让孩子喝。

小翁蘸湿手指,把头发拢到脑后。他掏出半截梳子梳了梳头。"喂,大明星!"监工叫道,"快回去干活!"

小翁收起梳子,继续三心二意地挖土。他最喜欢看那些女人弯腰收集碎石的情景,看她们短衫之下的胸部向前垂。把重物顶在头上之后,她们调整一下纱丽便走开了,脊背挺立,姿态优雅,行动时四肢如水般柔软。像水龙头边的尚蒂,他心想,铜罐抵在腰间,走起路来腰胯随之摇摆。

随着时间一分一秒地过去,女人已经不足以将他的注意力从折磨人的工作上引开了。他在沟渠里弯着腰,奋力刨动坚硬的土壤,拿惯了剪刀和针线的双手拿起鹤嘴锄,显得那样笨拙。当着女人的面显出孱弱无力的样子未免太令人无地自容,他只好强撑着干下去。开工后没几分钟他手上便磨出了水泡,此时水泡已经全破了。他几乎直不起腰,肩膀也火辣辣地疼。

沟渠边有个婴儿哭了起来。母亲放下筐去哄孩子。"懒骨头的混蛋女人，"监工说，"回去干你的活。"

"可是孩子在哭呢。"她抱起孩子。孩子被尘土覆盖的脸蛋被泪水冲开一道亮晶晶的小路。

"小孩哭是正常的，哭一会儿就不哭了。少给我找借口。"他说着朝那女人走去，作势要把孩子从她怀里夺走。母亲将孩子轻轻放回碎石堆上，让孩子自己玩。

吃午饭的哨声响起时，小翁和伊什瓦都觉得自己累得吃不下那清汤寡水的蔬菜什锦。但他们知道，若是自己还想撑到今天下工，那就非吃不可。他们囫囵吞下食物，溜进铁皮屋的阴影里稍作休息。

一阵哨声宣告午休结束。回到工地后不出几分钟，他们便开始干呕，紧接着呕吐起来。清空胃肠花费的时间远比吃进去花的时间少得多。他们强忍头晕，蹲坐在地上一动也不敢动。靠近地面，他们觉得安全些。

监工在他们头上敲打几下，揪住他们的衣领，又抓住他们的肩膀摇晃。裁缝们呻吟着求情。监工派人找来了工头。

"这是怎么回事？你是打定主意要惹事还是怎么着？"工头问。

"我们生病了。"伊什瓦说。作为佐证，他指了指地上那两摊呕吐物，一只乌鸦正在旁边认真端详那堆东西。"我们做不惯这种活儿。"

"慢慢就习惯了。"

"我们要见经理。"

"他不在。"工头把一只手伸到伊什瓦腋下架起他。他起身后摇摇晃晃，嘴角还残留着呕吐物，身子向工头歪斜过去。工头连忙把他往后一推，生怕呕吐物蹭到自己身上。"好了，你走吧。去睡一觉。我过会儿再见你。"

这天剩下的时间他们都待在铁皮屋里，没人来打扰他们。黄昏时分，他们听见人们向就餐区走去。伊什瓦问小翁想不想吃饭。"想，我饿了。"小翁说，于是他们坐起身。接着又是一阵头晕目眩，他们只好又躺下。倦意卷土重来，他们也未做抵抗。

又过了一段时间，那名乞丐滑着轮板带着食物进来了。他把晚饭放在残肢上保持平衡，滑得很慢，生怕食物洒出来。"我看见你们生病了。吃吧，吃了饭才有力气。不过要仔细地嚼，别着急。"

裁缝伯侄感谢他送来吃的。他满足地看着他们吃下第一口饭，自己却不肯跟他们一起吃。"我已经吃过了。"

伊什瓦喝光了杯里的水，乞丐滑动轮板要去打水。"等等，我去吧，"小翁说，"我现在没事了。"

乞丐说什么也不肯让他去，很快便打回了满满一杯水。他问他们还要不要烤饼。"我跟厨房里的人交上了朋友，想要多少饼就有多少饼。"

"不用不用，够了，我们吃饱了，谢谢你。"伊什瓦说完，问他叫什么名字。

"大家都叫我'虫子'。"

"为什么？"

"我告诉过你，老兄。在乞丐头儿送我轮板之前，我一直是爬着走的。"

"可是你现在有轮板了。你的真名叫什么？"

"尚卡尔。"

他又陪他们聊了半小时，向他们讲述自己白天四处闲逛时看到的灌溉工程概况。然后他劝裁缝们早点睡觉，这样明天睡醒才有力气干活。不出几分钟，他们打起了浅浅的呼噜，而他滑着轮板离开了，脸上带着满意的微笑。

第九章

何法可依

一个女人在门廊处招呼迪娜，把篮子偷偷摸摸地拿给她看。"要西红柿吗，太太？"那女人压低声音说，"又大又新鲜的西红柿。"

迪娜摇摇头。跟往常一样，她要找的是裁缝，而不是西红柿。再往前走，有人端着一盒皮夹子躲在墙壁的凹处，一个男人怀里抱着香蕉半隐半现。所有人都在留意警察，随时做好逃跑的准备。遭到破坏的货摊残骸散落满地。

她走过几条荒凉的街道，人行道上的世间万象被紧急状态清理一空。她自我安慰，说不定现在她反而更容易找到人来替代伊什瓦和小翁。过去那些在路边摊穿针引线的裁缝现在说不定正好需要新的工作。

她把最后一批衣物送到再会出口公司时，故作轻松地告诉古普塔太太她的雇员要休两个星期的假。然而两个星期渐渐过去，裁缝们依然没有回来，她意识到自己过于乐观了。她必须告知经理还要再过一阵才能复工。

迪娜从恭维古普塔太太的头发入手。"这个发型真漂亮。您是刚从维纳斯美发沙龙回来吗？"

"不，"古普塔太太面有愠色，"我去了一个从没去过的美发店。泽诺比娅太让我失望了。"

"发生什么事了？"

"我有急事约她，她却告诉我她的时间都约满了。是我——她最忠实的客户啊。"

哦，不，迪娜心想，真是哪壶不开提哪壶。"对了，我的裁缝们又耽搁了。"

"真误事。要耽搁多长时间？"

"我也不确定，也许还要两个星期。他们在村里生病了。"

"他们个个都这么说，多少用来生产的日子都是被这样的借口浪费掉的。我看他们是在村里喝酒跳舞呢。论发展我们是第三世界，不过论缺勤和罢工我们倒是世界一流。"

这个蠢女人，迪娜心想。她哪里知道可怜的伊什瓦和小翁工作多么卖力，她哪里知道他们承受了多少苦难。

"别担心，"古普塔太太说，"紧急状态是这个国家的一剂良药。它很快就能治好每个人身上的毛病。"

迪娜心想，但愿紧急状态能把这位经理长期以来的无脑症也治好，嘴上却应和道："没错，那样对国家一定大有帮助。"

"那就再过两个星期——不许再拖了，达拉尔太太。拖延是混乱衍生出的副产品。记住，只有纪律严明、严格监管才能走向成功。纪律不严就会孕育骚乱，只有严明的纪律才能结出香甜的果实。"

迪娜听着只觉得难以置信，她向经理道了别。她好奇古普塔太太是不是在业余时间为紧急状态撰写口号，以此为兼职或消遣；又或者她看了太多政府的条幅和海报，已经不会正常说话了。

吉普塔太太说的话仿佛一张最后通牒悬在迪娜头顶，为期两个星期的延期就这样开始了，收租人也如期而至。他把右手伸向红棕色的菲兹毡帽，像是要脱帽致意。然而由于肩膀僵硬，他这个招呼打得并不完整。那只手落回他身上那件黑色立领长外套的领口，扯扯衣领，算是代替了脱帽致意。

"哦，是收租人啊。"迪娜吸了吸鼻子，"稍等，我去取钱。"

"多谢你，妹子。"易卜拉欣惹人怜地一笑，房门在他面前关上了。

第九章 何法可依

他松开衣领，揉了揉残留着鼻烟渍的鼻孔。棕色的鼻烟粉轻轻飘落在他刮得干干净净的上唇上，他的手指没擦到鼻烟粉，粉末落在雪白的络腮胡上格外显眼。

他在外套下面摸索一番，捏住手帕的一角把它抽了出来。他擦擦额头，又把手帕塞进裤子的口袋，反复往里塞了几次，最后手帕只露出一个角在外面晃荡。

他叹了口气，倚向墙壁。现在是中午，他已经精疲力尽。可即便他提前结束巡视也没别的地方可去——他把自己的房间从早九点到晚九点租给了一个上夜班的工人。易卜拉欣只好在街上闲逛，坐在公园的长凳上，坐在公交站里，在街角的茶摊小口地抿着茶，直到时间到了才能回家，伴着那名工人残留的气息入睡。这就是生活？抑或这只是个残酷的玩笑？他已不再相信命运的天平终会摆正。只要他的秤盘不是彻底空空如也，只要他有点东西延挨度日就够了。此时的他对造物主已不再抱有任何期望。

他决定趁等待的工夫找找迪娜的收据。他小心翼翼地向上提起橡皮筋，将它安然无恙地挪到文件夹的边缘，就在这时，橡皮筋断了，抽中了他的鼻子，手里的文件夹也掉了。

文件夹里的东西撒得满地都是。他跪在地上捡回那些宝贵的纸片。他的手毫无头绪地在纸片之间摸索，捡起两张又掉落一张。一阵微风吹动了纸片，这不祥的预兆令他慌乱起来。他顾不得纸片会不会折皱，忙张开手掌把纸片往一起归拢。

迪娜拿着房租打开房门。起初她以为这老头摔倒了，便弯下腰去帮忙。接着她意识到发生了什么，便连忙起身，跟房东的密探拉开了距离，对敌人慌张的动作冷眼旁观。

"不好意思，"易卜拉欣抬头笑笑，"年纪大了笨手笨脚的，没办法。"他终于把所有纸片都塞回了塑料文件夹。长长的橡皮筋套在手腕上。他站起身，脚下一时不稳，迪娜的手立刻伸上前去扶他。

"呵呵，别担心。依我看，这双腿还好使着呢。"

"请你数一数。"迪娜面无表情地把钱递给他。

易卜拉欣双手捧着散开的文件夹，没有接钱。他侧耳倾听缝纫机的哒哒声。一丝动静也没有。"拜托了，妹子，我能不能坐下来给你找收据？不然所有文件又会掉到地上。我手抖得太厉害了。"

他确实需要一把椅子，迪娜心里清楚，而他打算好好利用这个机会，这一点毫无疑问。"好啊，进来吧。"她说着敞开房门。今天她没什么可损失的。

易卜拉欣激动起来，疲惫引起的颤抖也愈发严重。经过几个月的努力，他终于踏进了她的家。"所有文件都混在一起了，"他带着歉意说，"但我一定会给你找到收据的，别担心，妹子。"他再次倾听后屋的动静。啊，他们当然要像老鼠一样安静了。

"没错，在这儿呢，妹子。"名字和地址已经填好了。他又填上收款金额和日期，在底部的印花税票上挤下一个签名，然后收了钱。

"请你数一数。"

"不用，妹子。你可是二十年的老租户了——要是我连你都不信任，还能信任谁呢？"说完他还是把钱数了一遍，"我这样做都是为了让你满意啊。"他从长外套的里怀口袋掏出厚厚一沓钞票，把迪娜贡献的那部分放进去，为它又增添了厚度。那沓钞票跟塑料文件夹一样，也是用橡皮圈固定的。

"好了，"他说，"我既然来了，能不能帮你做点儿什么呢？水龙头漏水吗？有没有打破的东西？后屋的墙皮还好吗？"

"不确定。"亏他还好意思说，迪娜忿忿地想。租户投诉到精疲力尽也没人来修理，这个骗子却来满脸假笑地装好人。"你自己去看看吧。"

"就按你说的办，妹子。"

易卜拉欣来到后屋，用指节敲敲墙壁，说："墙皮没问题。"见到寂静无声的缝纫机，他难以掩饰自己失望的神情。接着他假装第一次看见

第九章　何法可依

那两台缝纫机，又说："你这个房间有两台缝纫机。"

"有两台缝纫机不犯法吧？"

"不犯法不犯法，我只是随口问问。不过现在的世道，紧急状态这样疯狂，谁也不知道会颁布什么样的法令。政府每天都能让我们大吃一惊。"他干笑几声，迪娜不由得琢磨这些话语里是否暗藏威胁之意。

"一台用的轻针，另一台是重针，"她随口编道，"踏板和张力都不同。我要做各种各样的缝纫活——窗帘、床单、衣服都有，这些都需要特殊的机器。"

"我看它们俩没什么区别，可是对缝纫这种事我又懂些什么呢？"他走进马内克的房间，易卜拉欣决定将含蓄抛之脑后，"看来这就是那个小伙子住的地方了。"

"什么？"

"那个小伙子，妹子。你的房客。"

"你好大的胆子！竟敢说我让年轻男人住在自己家里！你以为我是什么样的女人？就因为我——"

"拜托，不是，我不是——"

"你羞辱我也就罢了，还敢打断我说话！就因为我是个孤苦无依的寡妇，旁人就觉得对我说几句下流话也没什么大不了的！你可真勇敢、真无畏啊，这样欺负一个柔弱无助的女人！"

"可是妹子，我——"

"如今的男人究竟是怎么了？不保护女人的名节，反而给她们抹黑，玷污无辜女子的名誉！尤其是你，胡子都白了，还好意思说这种不害臊的话！你难道没有母亲、没有女儿吗？你真该为自己的行为脸红！"

"请原谅我，我不是有意的，我只是——"

"不是有意的？这话说着倒是容易，但你已经伤害到别人了！"

"没有啊，妹子，什么伤害？我不过就是个蠢老头子，听见几句闲话跟着瞎说而已，求求你原谅我吧。"

易卜拉欣抓起塑料文件夹匆匆逃命。他想摘下毡帽道别，却跟先前打招呼一样半途而废。他又扯了扯外套的衣领作为代替。"谢谢你，妹子，谢谢你。若你允许的话，我下个月再来。我是你谦卑的仆人。"

迪娜琢磨着是不是应该揪住他虚情假意地叫自己"妹子"这个把柄不放。就这样放他走，她觉得实在是便宜他了。不过话说回来，易卜拉欣毕竟上了年纪。若房东派来的人年轻些，倒更适合她发难。

到了下午，她为马内克重演了这个场景，在他的敦促下，有些部分演了两遍。马内克最喜欢的是她扮演"遭人诽谤的妇女"的那部分。"我给没给你看过我演遭到骚扰又没人帮忙的妇女的样子？"她交叉双臂，把手放在肩膀护住胸部，"我就这样站着，好像他要攻击我似的。那可怜的家伙害臊得根本不敢看我。我真是太坏了，不过是他活该。"

他们笑了一阵，笑声中渐渐透出硬着头皮面对绝望形势的意味，就好比把一个面包切成许多非常薄的薄片，借此假装面包很充足。接着房间忽然陷入沉寂。收租人到访带来的最后一丝欢乐也被榨干了。

"戏演完了，钱也没了。"她说。

"至少房租付清了，水电费也付了。"

"电又不能当饭吃。"

"你可以用我的零花钱，我这个月不需要。"马内克说着伸手去拿钱包。

迪娜探身向前，抚摸了一下他的面颊。

又是两个星期匆匆过去，在迪娜看来，时间的流逝好比胜家缝纫机在那尚有一丝欢乐的日子里轧出一排排轻快的针脚。她甚至没发觉，与伊什瓦和小翁共度的几个月虽然充满苦恼、怠工、争吵和歪歪扭扭的针脚，但在她的记忆里，那段日子已经变成了珍贵的回忆，每每想起来，都令她充满渴望。

临近月底，收取分期付款的人来询问缝纫机的事情。这个月的付款已经逾期了。迪娜带那个人去看了那两台缝纫机，证明它们安然无恙，又说服了他再宽限一段时间。"别担心，大哥，那两个裁缝付三倍的钱都绰绰有余。只是他们家里有急事，在老家耽搁了。"

她日复一日地搜寻新的裁缝，却毫无收获。有时马内克会陪她一起去，而迪娜对他的陪伴充满感激。有他在，在街头枯燥地闲逛变得不再那样乏味。马内克也乐得逃课，若不是迪娜威胁说要写信告诉他父母，只怕他会去得更加频繁。"不要额外给我惹事，"她说，"以目前的状态，要是到下个星期我还找不到两名裁缝，就只能去找努斯万借钱交房租了，"想到这里她不禁打了个寒战，"我又要听他再说一遍废话——我早就告诉过你了，改嫁吧，顽固不化是没有好日子过的。"

"要是你愿意的话，我陪你去。"

"那太好了。"

晚上，他们忙着做被子。没有了新材料，剩余的布料迅速减少，迪娜不得不动用了过去尽量避免的布料，比如不结实的雪纺绸，这跟她的设计其实并不匹配。他们把雪纺绸缝成长方形的小口袋，往里面塞进更结实的布料。等他们把雪纺绸也用完之后，被子便停工了。

"欢迎。"协调员把新的一车露宿者送到工地时，工头向他打招呼。

协调员点头哈腰地为工头送上一大盒玻璃纸包装的干果。他在凯萨尔警长的好处费和工头支付的价钱之间赚差价，利润十分可观，因此这桩生意的滑轮必须时不时上点儿油才行。

透过盒盖上的天窗，里面的腰果、开心果、杏仁、葡萄干、杏脯清晰可见。"这是给您的太太和孩子的，"协调员说着又补上一句，"拜托，拜托您千万要收下，不收不行，"工头则假意拒绝，"一点儿小意思，只是表示一下谢意而已。"

工程经理见到新来的露宿者也很高兴。这个体系使他在支付工钱的时候拥有很大的运作空间。免费劳力虽然工作效率低下，但人数众多。

灌溉工程日益扩张，却不必再出钱雇用工人了。

实际上，已经有几名雇佣工被解雇了，剩余的雇佣工渐渐觉察到了威胁。在他们眼中，拥入工地的这群饥肠辘辘、瑟瑟发抖、瘦骨嶙峋的家伙成了一支敌军。起初，他们看着这些乞丐为了一点儿零活劳碌，对他们或怜悯、或嘲笑，而现在，乞丐和露宿者变成了入侵者，即将夺走他们的饭碗。拿工钱的工人便开始把不满的情绪发泄在乞丐们身上。

新来的人不断遭到骚扰。辱骂、推搡已是司空见惯。沟渠里会伸出铁锹把，将人绊倒。脚手架和高台上落下鸟屎似的口水，却比鸟屎瞄得更准。吃饭时，许多工人的胳膊肘突然变得笨拙起来，将乞丐们的餐盘打翻在地。由于规定不许添饭，乞丐和露宿者们只能从地上捡着吃。他们当中多数人已经习惯了在垃圾堆里翻找吃的，可是水似的小扁豆汤很快就会渗进干燥的土壤。只有烤饼和小块蔬菜之类的固体才能捡起来继续吃。

他们祈求工头出面制止，却没人理会他们。在高层看来，下面的工程运转流畅、经济实惠，并不需要管理层过多干涉。

等到第一个星期结束，伊什瓦和小翁都觉得自己已经在这人间炼狱里挨了好长时间。黎明的哨声响起时，他们几乎爬不起来。等到他们终于从床上起身，只觉得头晕目眩，周围的一切都摇摇晃晃。一杯煮得太久的浓茶下肚之后，早晨才略显平稳。他们步履踉跄地度过一天，听着监工和雇佣工没来由的威胁和辱骂。他们晚上很早就睡觉，被疲惫感抱在它干瘦的膝头。

一天夜里，他们的拖鞋在睡觉时被偷走了。他们怀疑是住在同一间铁皮屋的某个人偷的。他们光着脚去找工头投诉，盼着他给自己发双新鞋。

"你们应该更加当心才是，"工头说着弯腰把自己凉鞋的搭扣扣好，"我怎么可能替每个人看着拖鞋呢？再说，这也不是什么大问题。修行者和苦行僧都光脚走路。M.F. 侯赛因也是。"

"M.F. 侯赛因是谁？"伊什瓦谦恭地问，"是政府的某个官员吗？"

"他是我国的著名艺术家。他从来不穿鞋，因为他不想与大地母亲失去联系。所以你们干吗要穿拖鞋呢？"

工地的补给品里没有鞋子。裁缝们又在小屋里找了一遍，以免有人不小心拿错了拖鞋。接着便小心翼翼地走向工地，一路躲避着尖锐的石子。

"我的脚很快就会变回小时候的样子了，"伊什瓦说，"你知道的，你爷爷杜奇从没穿过鞋，我和你爸爸直到在阿什拉夫叔叔那里做学徒结束才买得起第一双鞋。到那个时候，我们的脚底已经像皮革一样——就像被恰马尔鞣制过，跟牛皮一样结实。"

到了晚上，伊什瓦说他的脚底已经开始变硬了。他满意地查看结了尘土块的皮肤，粗糙的手感令他很开心。可是这对小翁来说就太痛苦了，他从没光着脚走过路。

第二个星期伊始，喝完早茶之后，伊什瓦头晕目眩的感觉仍没有散去，反而在高温下变得越来越严重。太阳仿佛一只巨拳，对准他的脑袋猛击。中午时分，他头顶碎石筐，跌跌撞撞地栽进了沟里。

"把他送到医生那儿去。"监工向两个人发号施令。伊什瓦把胳膊搭在他们身上，单腿跳着来到工地的诊所。

还没等伊什瓦告诉医生出了什么事，那个穿白大褂的人已经转身去摆弄一排瓶瓶罐罐了。那些瓶子大多是空的，不过架势看上去挺气派的。他挑了一种药膏，与此同时伊什瓦单腿站着保持平衡，把受伤的脚踝抬高，想让他看一看。"医生先生，是这里疼。"

医生叫他把脚放下。"骨头没摔坏，放心吧。这个药膏能止痛。"

穿白大褂的人批准他今天剩下的时间可以休息。尚卡尔陪伊什瓦在小屋里待了很久，不时滑着轮板出门去取食物和茶水。"不用，老兄，你别起来，需要什么只管跟我说。"

"可我得去解手。"

尚卡尔从轮板上滑下来,示意他坐上去。"你的脚受伤了,不该受重压。"他说。

伊什瓦很感动——尚卡尔自己没有脚,对别人的脚却如此关心。他小心地坐上轮板,盘起双腿,像尚卡尔那样双手撑地开始往前滑。他发现这并不像看起来那么容易。去了一趟茅房再回来,他的胳膊累坏了。

"我的轮板坐着怎么样?"尚卡尔问。

"舒服极了。"

第二天,尽管脚踝仍然肿痛难耐,伊什瓦不得不从铺位上爬起来,一瘸一拐地到碎石场去。监工让他跟那个女人一起装筐,不必运碎石了。"这个活儿坐着也能干。"监工说。

其他事故时有发生,有些人的伤势比伊什瓦严重得多。一个盲眼女人被派去砸石头,平安无事地工作了几天之后,锤子砸烂了她的手指。一个孩子从脚手架上掉下来,摔断了双腿。一个没有胳膊的男人把轭套在肩上,用箩挑沙子,结果失去了平衡,箩滑下来时弄伤了他的脖子。

等到周末,已经有数十个新来的工人被工头判定为废人。医生用他最得心应手的药膏给这些人治疗。在更具新意的时候,他甚至还动用了夹板和绷带。尚卡尔被安排给病人送饭。他很喜欢这个任务,总盼着饭点,他好滑着轮板从热气腾腾的厨房赶往唉声叹气的铁皮屋,心中满是新获得的成就感。每到一处,他都能从废人那里获得由衷的感谢与祝福。

然而他真正想做的是为他们照料伤情,减轻痛苦,因为看样子医生先生是办不到这一点的。"我觉得他不是个聪明的医生,"尚卡尔私下告诉伊什瓦和小翁,"他给所有人治病用的都是同样的药。"

漫长炎热的白天里,病人大声呼救,尚卡尔就去陪他们说话,用水为他们擦额头,向他们保证一定会好起来的。到了晚上,工人们下工回来又饿又累,无休止的呻吟声不断地烦扰他们。呻吟声持续到深夜,害得他们无法入睡。这样过了几夜之后,终于有人去投诉了。

工头被吵醒，心烦得很，把伤者责备了一通。"医生把你们照顾得这么好，你们还想要什么？就算把你们送到医院去，你们以为那里就更好吗？医院里全是人，运转状况那么糟糕，护士把你丢在脏兮兮的走廊里等着你烂掉。在这儿你们起码有个干净的地方可以休息。"

接下来的几天里，工头缺人手，不得不把之前解雇的工人重新雇了回来。工人们很快意识到这才是问题的解决办法：叫免费劳力失去劳动能力，工作自然会回来的。

针对乞丐和露宿者的敌意达到了危险的程度。雇佣工开始把他们从壁架和脚手架上往下推，抡起鹤嘴锄乱挥，假装不小心将巨石滚下山坡。受伤人数骤然增加。尚卡尔很乐意接受新添的任务，全心全意地担起这份职责。

现在，工程经理开始另眼看待受害者的投诉了。工地上增添了守卫，奉命不间断地巡视工地，而不是只在夜间巡视。雇佣工受到了警告，若是玩忽职守就要被解雇。攻击事件确实有所减少，只是这下灌溉工程看上去不像工地，倒像个戒备森严的军营了。

协调员再次把新抓来的一车露宿者送到工地时，工头抱怨自己投资免费劳动力失败。他假装受伤者在送来之前就受了伤。"我得给好多干不了活的废人提供饭食和住房，都是你害的。"

协调员拿出相应日期的送货单，将抓到的人的身体状况一一指给他看。"我承认，确实有几个糟糕的。但这不是我的错。警察把所有人都推到我的卡车上，活的、半死的一概不管。"

"既然是这样，那我不再接收新人了。"

协调员竭力安抚工头，想挽救这桩生意。"再给我几天时间，不，我一定能解决。我保证不会让你赔本的。"

与此同时，新送来的"货物"还在卡车上等着卸货，其中有各式各样的街头卖艺人，抛球的、卖唱的、杂耍的、变魔术的都有。工头决定让他们自己选——要么跟其他露宿者一样干苦力活，要么在营地里卖艺换取食宿。

正如工头所料，卖艺人纷纷选择了后者。他们被安排住在跟其他人分开的地方，并被告知做好准备，当晚表演。工程经理也赞成工头的提议。这种调剂有利于鼓舞工人的干劲，而且有助于缓解一直以来威胁工地的敌对与嫌隙。

演出在晚饭后开始，借着就餐区的灯光进行。安保队长答应担任演出的主持人。开场表演分别是空翻表演、抛接木棒和走钢丝。然后穿插了几首爱国歌曲，引得工程经理起立鼓掌叫好。接下来，一对夫妻档的柔术表演大受欢迎，然后是纸牌魔术和其他抛接杂耍的表演。

尚卡尔跟伊什瓦和小翁坐在一起看表演，开心极了，他激动得在轮板上直蹦跶，热情地鼓掌，不过他的手掌缠着绷带，只能发出沉闷的掌声。"要是其他人也能欣赏演出就好了。"他心里惦记着铁皮屋里的病人，每隔一会儿就要念叨一遍。观众安静下来的间隙中，他能听见病人的呻吟声，观众则屏气凝神地看着表演者用刀剑和钢丝进行惊人的表演。

工程经理不断赞许地朝工头点头，这个决定真是个好主意。最后一名表演者在厨房的暗处等待上场。上一位表演者的道具已经清理走了。安保队长宣布压轴的节目是场精彩的平衡杂技。接着表演者来到了灯光下。

"是耍猴人！"小翁说。

"还有他姐姐家的两个孩子，"伊什瓦说，"这肯定就是他说他在排练的新节目。"

演出开头的部分并不涉及那两个孩子，耍猴人简短地演了一段大家已经看过的抛接杂耍，反响并不热烈。这时他引出了一男一女两个小孩，将他们举到空中，每只手掌上各立着一个孩子。两个孩子都感冒了，打了个喷嚏。接下来，他将两个孩子绑在一根十五英尺长的竿子两头，自己俯下身来，翻身平躺，赤脚顶起竿子，让它与地面平行。稳住之后，他开始用脚尖转动竿子。孩子们仿佛坐在简易的旋转木马上，起初转得很慢，耍猴人逐渐试探着平衡与节奏，越转越快。孩子们软绵绵地挂在竿子两头，一丝声响也没有，身体变成了模糊的影子。

喝彩声稀稀落落，观众心中焦急不安。接着掌声变得急促起来，人们仿佛觉得只要把这个人应得的掌声给他，这种危险的举动就会停下，或者这掌声至少能以某种方式帮助竿子保持平衡，保护那两个孩子的安全。

竿子转得越来越慢，最后停下了。耍猴人解开两个孩子，给他们擦了擦嘴——离心力把鼻涕从孩子的鼻子里甩了出来。接下来，他让两个孩子面对面躺在地上。这一次，两个孩子被绑在竿子同一头，脚踩在一根短横杆上。耍猴人试了试绳子的结实程度，然后把竿子立了起来。

孩子们高高挂在离地很远的空中，厨房的灯光照不到那里，他们的面孔消失在夜色之中。观众倒吸了一口气。耍猴人把竿子举高，轻轻一抛，用手掌顶住竿子的末端。他的肌肉在细瘦的胳膊上颤抖。他来回移动竿子，顶端像微风中的树梢，随之摇摆。接着他又轻轻一抛，用拇指顶住竿子保持平衡。

观众席不断发出抗议声，怀疑与指责在黑暗中绕着耍猴人打转，而他的精力完全集中在表演上，什么声音也没听见。他开始在灯光下来回走动，接着跑了起来，边跑边把竿子从一只手抛到另一只手，再用大拇指抵住。

"这太危险了，"伊什瓦说，"这表演看得人心里不舒服。"尚卡尔也摇摇头，坐在轮板上聚精会神地看着，身体随着竿子的摇摆而晃动。

"要是他继续用猴子表演，演出效果会更好些。"小翁的眼睛紧盯着空中那两个小小的身影，说道。

这时耍猴人把头一仰，用额头顶起竿子保持平衡。人们气愤地站了起来。"住手！"有人高声喊道，"再不住手，你会害死他们的！"

其他人也跟着嚷起来："无耻的混蛋！这样折磨无辜的小孩！"

"没种的混蛋！留着给没良心的有钱人看去吧！我们可不想看

这个！"

叫喊声分散了耍猴人的注意力。他又能听见声音了。他连忙放下竿子，把两个孩子解开。"怎么了？我没有虐待他们。你们尽可以问他们，他们这样很开心。人人都要想办法糊口啊。"

然而义愤填膺的人群并没给他辩解的机会。人们对工头的忿怨甚至超过了耍猴人，怪他安排了这样残忍的节目，对他高声叫嚷发泄不满。"哪儿来的野兽！连魔鬼都不如！"

安保队迅速遣散了观众，让他们回屋过夜，工程经理的态度也从先前的赞许变成了责备。他伸出一根手指对工头晃了晃："是你判断失误了。你好心对待这些人，他们却既不需要好心，也不领情。你对他们好一点儿，他们就会骑到你头上来。艰苦劳动才是对付这些人的唯一办法。"

此后就再没有演出了。第二天，街头艺人被安排到了各个施工队。耍猴人成了整个工地最不受待见的人，不出一个星期脑袋就受了重伤，加入了伤员的队伍。伊什瓦和小翁十分同情他，因为他们知道，他其实心地非常善良。

"还记得那个老太婆的预言吗？"小翁说，"就在他的猴子死掉的那天夜里？"

"记得，"伊什瓦说，"她说耍猴人会杀死他的狗，并且犯下更严重的谋杀。看目前的状况，倒像是这可怜的家伙自己遭到了谋杀。"

两个星期后，协调员又回到灌溉工程的工地，并且带来了一个人，向工头介绍说"这个人可以解决残废工人的问题"。

工头和协调员为这句玩笑话哈哈大笑。新来的那人却牢牢板着面孔，隐约流露出一丝不悦。

他们来到伤员所在的铁皮屋，受伤的共有四十二人。尚卡尔滑着轮板在他们当中忙前忙后，一会儿摸摸这个人的额头，一会儿拍拍那个人的后背，低声安慰他们。溃烂的伤口和没洗澡的身体散发出的气味从门口一股股地飘出来，工头闻了直犯恶心。

"你们有事的话就到办公室找我。"来访者先告辞了。

来访者说他要先看看伤员，评估一下他们的潜力。"只有这样，我才能给出合理的报价。"

他们走进小屋，从刺眼的阳光下走进半黑的室内，他们一时间什么也看不见。尚卡尔滑动轮板，转身看来人是谁。他伸长脖子，认出了那个人，发出一声尖叫。

"是谁？"来访者说，"虫子？"他的眼睛尚未适应室内的光线，但他听得出熟悉的滑轮声，"原来你到这儿来了。这几个星期我一直在纳闷儿你出了什么事。"

尚卡尔滑着轮板冲到那人脚边，手掌激动地拍打着地面。"头儿！警察把我抓走了！我其实不想走的！"他抓住那人的小腿抽泣起来，声音中夹杂着宽慰和焦虑，"头儿，求你救救我，我想回家！"

屋里的动静引得伤员纷纷呻吟、咳嗽起来，巴望着引人注意，盼着这个陌生人是来解救他们的，无论他是什么人都行。协调员往门口挪了挪，想呼吸些新鲜空气。

"别担心，虫子，我肯定会带你回家的，"乞丐头儿说，"我怎么能失去我最优秀的乞丐呢？"他快速查看了一遍伤员，转身要走。尚卡尔现在就想跟他一起走，却被告知留下等着。"我要先做些安排。"

出了门，乞丐头儿问协调员："虫子也包括在这些人当中吗？"

"当然了。"

"本就属于我的人，我是不会向你付钱的。他是我从我父亲那里继承来的。从他还是个小孩的时候他就在我父亲手下了。"

"可是从我的角度来看，这样不行，"协调员跟他讨价还价，"我为了他向警察付了钱的。"

"别考虑那些事了，我愿意出两千卢比包下这些人。虫子也包括在内。"

这个价格比协调员预计的更高,即使减掉他答应返还工头的退款,他还能赚上一笔。"我们来日方长,"他强掩欣喜,说道,"我也不想讨价还价。两千就两千,你可以把虫子也带走,"他咯咯笑了,"相中哪只甲虫、千足虫,你都可以一并带走。"

乞丐头儿脸色一沉,脸上蒙上了不悦的神情。这一次他毫不留情地指责协调员:"我不喜欢别人取笑我的乞丐。"

"我没有恶意。"

"还有一件事:你必须派卡车把他们运回城里——这个包括在价格之内。"

协调员答应了。他引着乞丐头儿来到厨房,给乞丐头儿倒了杯茶赔不是。然后他便去找工头商议分成。

尚卡尔滑着轮板一路飞奔,急着想把这个好消息告诉他的两位朋友,却被监工拦住,不许他打乱工作节奏。监工频频跺脚,把尚卡尔哄到一旁,还作势要捡起石头砸他。尚卡尔只好退了回去。

尚卡尔等到吹哨吃午饭的时候才在就餐区找到了伊什瓦和小翁。"乞丐头儿找到我了!我要回家了!"

小翁弯腰拍拍他的肩膀,伊什瓦宽慰道:"确实是这样,没关系,尚卡尔,别担心。总有一天我们都会回家的,等把活干完以后。"

"不是,我明天就要回家了,真的!我的乞丐头儿来了!"裁缝伯侄仍然不相信,于是他详细地解释了一遍。

"可你为什么这么想离开呢?"伊什瓦问,"你跟我们这些奴隶不同,你不用受苦,还有免费的饭食,滑着轮板取点东西就行了。你为什么宁愿去乞讨呢?"

"有一段时间,我在这里确实很开心,尤其是照顾你们和其他伤员的时候。可是我现在很想念城市。"

第九章 何法可依

"你真走运,"小翁说,"这份工作早晚会把我们累死。真希望我们能跟你一起走啊。"

"我可以求乞丐头儿把你们也带上。我们去跟他谈谈吧。"

"好,可我们……好吧,去问问他。"

他们找到乞丐头儿时,他正坐在厨房附近的长凳上呷着茶。尚卡尔滑到他跟前,扯扯他的裤脚。"什么事,虫子?我不是叫你在屋里等着吗?"但他还是放下茶,在尚卡尔身边跪下来,听他说完,点点头,大笑着揉揉他的头发,然后起身向裁缝伯侄走来。

"虫子说你们是他的朋友,他想让我帮你们。"

"先生,求您了,我们会非常感激您的。"

他狐疑地打量着他们。"你们有经验吗?"

"哦,有啊。我们有很多年的工作经验。"伊什瓦说。

乞丐头儿仍然有些怀疑。"依我看,你们不太可能成功。"

小翁很不服气。"告诉你吧,我们非常成功,"他说着伸出双手小拇指,仿佛是祈愿用的蜡烛,"我们做粗活把长指甲折断了,但它们还会长回来的。我们接受过完整的训练,甚至可以直接为顾客量体裁衣。"

乞丐头儿哈哈大笑。"量体裁衣?"

"当然了。我们是老练的裁缝,可不是三脚猫——"

"算了。我还以为你们是要给我当乞丐呢。我不需要裁缝。"

伯侄俩的希望破灭了。"我们在这里过得很不好,总是生病,"他们央求道,"您能不能把我们带走呢?我们可以向您付钱作为补偿。"尚卡尔也跟着求情,说自从他在那个可怕的夜晚被警察抛上卡车之后,裁缝们一直对他关照有加,已经快两个月了。

乞丐头儿跟协调员低声商量了一阵。协调员想收每个裁缝二百卢比,他说,这是因为他要开出具有吸引力的价钱才能说服工头放走两个身体健全的人——伊什瓦扭伤的脚踝是不作数的。

乞丐头儿端着茶杯回到两个裁缝身边。"如果工头答应,你们就可以跟着一起走。不过你们得付钱。"

"多少钱？"

"通常情况下，由我照管的乞丐每人每个星期要交给我一百卢比。这笔钱包括乞讨地点、食物、衣服和保护费。还有特殊用品，比如绷带和腋杖。"

"没错，尚卡尔——虫子——跟我们说过。他对您赞赏有加，说您是个非常善良的乞丐头儿。您能到这里来，他真是太幸运了。"

乞丐头儿听见这些话心里很舒服，但他并未过分谦虚，而是跟他们把话说清楚。"这跟运气没多大关系。我是这座城市里最有名的乞丐头儿。协调员来找我是再自然不过的事情。总之你们的情况不同，你们不需要乞丐那样的照顾。再说，你们对虫子很好。只要每人每星期交给我五十卢比，交一年就够了。"

伯侄俩大吃一惊。"那每人要付将近两千五百卢比！"

"没错，这是我开出的最低价。"

两个裁缝合计了一下价钱。"每个星期三天的缝纫收入都要交给他，"伊什瓦小声说，"这太多了，我们付不起的。"

"还有什么办法呢？"小翁说，"难道你想在这个地狱里给没良心的魔鬼干活干到死吗？就答应他吧。"

"等等，我试着跟他讲讲价，"伊什瓦摆出一副精于世故的表情，来到乞丐头儿面前，"听我说，五十太多了——我们可以每星期给您二十五卢比。"

"有件事你要搞清楚，"乞丐头儿冷冷地说，"我可不是集市上卖洋葱土豆的小贩。我做的生意是照顾活生生的人。少跟我讨价还价。"他鄙夷地转身回到了厨房的长凳上。

"瞧你干的好事！"小翁慌了手脚，说道，"我们唯一的机会也没了！"

伊什瓦等了一会儿，然后挪腾着步子回到乞丐头儿身边。"我们又商

第九章 何法可依

量了一下。这价格很高,但我们决定接受。"

"你确定你们付得起钱吗?"

"哦,没问题,我们有份好工作,很稳定。"

乞丐头儿啃了啃拇指指甲,然后吐了口唾沫。"有时候,一些客户享受过我的热情招待之后不付钱,而是玩失踪。但我总能找到他们。到那个时候他们就有大麻烦了。请你记住这一点。"他喝完茶,跟协调员一起去找工头,重新谈生意。

午餐结束后,裁缝们不愿返回碎石搬运队和挖沟施工队。得救的机会近在咫尺,他们对苦力活逆来顺受的态度也消散一空,疲惫席卷而来。

"唉,老兄,耐心点儿,"尚卡尔说,"只剩下一天了,别惹事。不要惹得他们把你们打一顿。别担心了,工头会答应的。我的乞丐头儿说话很有分量的。"

在尚卡尔的鼓舞下,伯侄俩鼓足劲儿回到了监工身边。傍晚时分,他们焦急地盼着送水工的歌声。他的到来预示着只剩下两个小时的工作了。他们从瞎子的水囊里喝了水,挨过了这天剩下的工时。

黄昏时分,他们跌跌撞撞地回到小屋,尚卡尔已经在那里等他们了,他坐在轮板上,激动得身子扭来扭去。"都说定了,明天一早他就带我们走。你们把铺盖收拾好等着,别误了卡车。我也该为出发做准备了。"

他去找负责管理重型机械的工人要了些油,给轮板上油。工地的沙子和尘土减慢了轮板滑行的速度。尚卡尔希望自己回到人行道时轮板能够保持最佳状态。他把油罐抱在怀里带回来。小翁帮他给不再顺滑的轮子上了油。

第二天早上,一名守卫叫尚卡尔、裁缝伯侄和其他伤员带着行李到大门口集合。有些人无法行走,工头便派了一队人来抬他们。那些人很不情愿干这种活,对这些即将重获自由的废人满心嫉妒。不过,承受怨妒的眼神最多的人还是两名裁缝。

"瞧我们多幸运啊，小翁，"伊什瓦望着卡车上伤痕累累的躯体越来越多，说道，"我们若不是有幸运星保佑，很有可能也断了骨头躺在这里。"

耍猴人头部受伤，仍然昏迷不醒，乞丐头儿不肯带他走。不过那两个孩子他想要，说他们非常有潜力。男孩和女孩都不肯走，哭哭啼啼地抓着一动不动的舅舅不肯松手。卡车即将开车时他们才被人拽走。

协调员和工头商定了下次送货的返款额，借此清了账。接着又短暂地耽搁了一段时间，因为工头坚持要在离开前收回这些人刚来时分发的衣服——他负责的每件东西都要向上级汇报。

"要什么只管拿去，"乞丐头儿说，"不过拜托你快点儿，我还要赶回寺庙参加庆典呢。"

被抬上卡车的那些人没法自己脱衣服，即将返回原工作岗位的那些工人又奉命帮他们脱衣服。他们把衣服使劲从伤员的身上扯下来，借此发泄心中的怨气。乞丐头儿并未留意这些事。不过轮到尚卡尔的时候，乞丐头儿特地叫那些人小心对待他那件背心。

现在露宿者有的全裸，有的半裸，恢复了刚进劳工营的样子。大门打开，卡车得以驶离。

盛装打扮前往努斯万的办公室是马内克出的主意。"我们到那里去，应该打扮得光鲜亮丽才对。这样他才会尊重你。有些人就是会以貌取人。"

以迪娜目前的状态，任何听起来还算合理的建议她都愿意接受。她帮马内克把华达呢裤子熨平。至于自己，她选择了最漂亮的裙子，正是她结婚两周年纪念日穿的那条蓝裙子，走起路来裙摆摇曳生姿。裙子还合身吗？她心想。她关上门换上裙子，发现只是拉锁有点紧，感到很满意，回到了前屋。

第九章 何法可依

"化个妆怎么样，阿姨？"

她转动口红管，多年未用的口红不情愿地探出头来。起初她画得不好，模糊了唇线，不过很快就重拾了涂口红的技巧，抿嘴、嘟唇、绷紧嘴唇，这猴子似的动作在镜子里看起来很滑稽。

腮红已经结块变硬了，不过褪色的表层底下剩余的腮红已足够她渲染双颊。圆形的天鹅绒粉扑脱水变干，质地像结了痂那样粗糙。有一次鲁斯图姆在她化妆时打趣她，她为了反击，用粉扑给他的鼻子拍上了腮红。像玫瑰花瓣一样柔软，当时他如是说道。

努斯万今天若是再提起改嫁的事，她真不知自己会作何反应——也许会掀翻他的桌子吧。她对着镜子检视自己的形象。镜中的映像对她赞许地点了点头。她希望马内克将外表与尊重联系起来的理论是正确的。

"你准备好了吗？"她朝他的房间喊。

"哇！你看起来漂亮极了。"

"别跟我油嘴滑舌。"她责备了一句，从头到脚打量着他。除了鞋子，他的装扮达标了。她让马内克擦亮了鞋子，两个人这才出了门。

办公室的杂工叫他们在走廊稍等，自己则去通报老板。"等着瞧吧，努斯万保证在忙。"迪娜预测道。

杂工饱含歉意地说："先生正在忙呢，"这名杂工已经在这里工作了许多年，然而每当他不得不配合雇主装模作样时，他还是会很难为情，"请坐下稍等几分钟。"说完他低着头退了下去。

"天知道努斯万为什么坚持要用这么愚蠢的方式在我面前装模作样，"迪娜说，"他忙十五分钟就会准时忙完的。"

然而她的第二个预言并不准确，因为杂工向努斯万提及他妹妹今天打扮得光彩照人，而且是有人陪着来的。

"是谁？"努斯万说，"我们以前见过这女的吗？"

"不是女的，先生。是个男的。"

真奇怪啊，努斯万摸着早上刚刚刮破的下巴心想。"年轻的？上岁数的？"

"年轻，"杂工说，"非常年轻。"

这就更奇怪了，努斯万心想，他满怀渴望地展开了想象力。也许是她的男朋友？作为一个四十二岁的女人，迪娜很有魅力。她几乎还像二十年前嫁给那个可怜的倒霉蛋鲁斯图姆时那样漂亮。鲁斯图姆从头到尾都够倒霉了，论相貌没相貌，论财力没财力，又那样短命……

努斯万打住思绪，望着天花板，用右手指尖在两边面颊交替着轻轻打了几下，以确保自己没有冒犯妹夫的在天之灵。他并不想说逝者的坏话，鲁斯图姆的死令人无比悲伤。不过这也是神赐给迪娜的第二次机会，让她的生活重回正轨，找个更般配的丈夫——只要她能抓住这个机会就好。

她的自尊心和她对自力更生的奇怪看法真要命。像奴隶似的卖命工作，却只能赚得一点儿微薄的收入，让整个家族的人跟着丢脸。最近又跟出口公司搞了这一出。努斯万渐渐学会了让脸皮越变越厚。然而尴尬容易摆脱，要抛开责任感则难得多。迪娜依然是他的妹妹，他必须为她做最好的打算。

真浪费啊，他心想，生命就这样浪费了。仿佛在看一场悲剧。只是这场悲剧持续的时间不是三小时，而是将近三十年——家人日渐疏远，薛西斯和扎里尔的成长中少了迪娜姑姑的宠爱和关怀，她也几乎不认识这两个侄子。真令人悲哀啊。

不过，事情也许还有可能以欢乐收场。若一家人能够幸福团聚，那真是再好不过了。再过不久他就要抱孙子了。迪娜虽然没有做成姑姑，总归还是可以做姑婆的。

至于今天陪她来的这个年轻人，她的男朋友。若他们是认真交往打算结婚，那该多好啊。即便那小子只有三十岁，他跟迪娜相处也该觉得自己很幸运——她那样美丽动人，就连年纪只有她一半的女人也要比她

第九章 何法可依

逊色几分。

没错,就是这样——她想把这个人介绍给哥哥认识,获得他的首肯。不然她为什么要带他来呢?至于他们的年龄差距,努斯万不情愿地决定不予以反对。在当今社会,做人就是要心胸开阔。没错,他会祝福他们,甚至还会为第二场婚礼付钱,前提是花费在合理的范围内——一百名宾客、适当的鲜花装饰、一支小型乐队……

自从杂工通报迪娜来了之后,努斯万便开始回顾人生经历,沉思、懊悔、审视自我,以为时间已经过了许久。他看了一眼手表——还不到五分钟。他把表盘贴在耳旁:手表没坏。他大为惊讶,时间与思绪联手变的戏法可真神奇。

他叫杂工立刻把访客带进来。他想在现实中延续想象中的庆祝。

"什么?"迪娜对杂工说,"这么快?"她小声对马内克说:"瞧,你已经给我们带来好运了——他过去从没这么快就叫我进屋过。"

努斯万起身迎接客人,扯了扯袖口,准备热情地与这个即将成为自己妹夫的男人打招呼。当他见到年轻的马内克走进办公室,他不禁膝盖一软。他这个疯狂的妹妹又干了什么好事!他紧紧抓住桌边,想到熟人圈子里传的丑闻和随之而来的羞愧,不禁面色苍白。

"你变成欧洲人了吗,努斯万?还是生病了?"迪娜问。

"我没事,谢谢。"他语气生硬地说。

"露比跟孩子们怎么样?"

"他们很好。"

"那就好。你这么忙我还来打扰你,真抱歉。"

"没关系。"走进办公室不出两秒钟,迪娜就对他展开了攻势。他居然还对她抱有希望,真是太蠢了。但凡涉及迪娜的事情,比较明智的做法是打消一切希望。这场婚礼他一个派萨都不会掏。若说娃娃婚是古代陋习,那么娃娃跟大人通婚则是当代的荒唐事。他绝不会牵涉其中。医生告诉他要当心血压,尽量减少参与股市——可他的亲妹妹却在这儿不遗余力地想要害他短命。

"唉，我太没礼貌了，"迪娜说，"光顾着说话，忘了介绍你们认识。马内克，这是我哥哥努斯万。"

"你好。"马内克说。

"很……很高兴认识你。"努斯万握完手，跌坐在椅子上。打字机在隔壁的房间咔嗒作响。天花板的吊扇发出细微的噪音。一沓被镇纸压住的纸哗啦啦地抖动，像陷入险境的鸟儿。

"马内克从我这里听说了不少关于你的事，"迪娜说，"所以我想让你们俩认识一下。他是几个月前搬来跟我一起住的。"

"跟你一起住？"迪娜准是疯了！她以为自己生活在什么地方啊，好莱坞吗？

"对啊，跟我一起住。不然叫寄宿的房客住哪儿呢？"

"哦，对啊！当然了！不然还能住哪儿呢？"如释重负的感觉过于强烈，令他难以承受，他恨不得双膝跪地。噢，感谢神灵！有救了！感谢万能的神！

接着，在冲破地平线的阳光与彩虹背后，努斯万发现摆在自己面前的原来是一个烂摊子：压根儿就没有婚礼。他觉得自己被骗了。这正是迪娜的行事风格：冷酷、无情，给他带来虚妄的希望。自己几分钟前还在为她由衷地感到开心，她却再一次戏弄了他。

"物价一直在涨，"迪娜说，"我实在负担不起，只能接收一名寄宿房客。能找到马内克这样的好孩子我真是太幸运了。"

"是啊，那是自然。认识你我非常高兴，马内克。你在什么地方工作？"

"工作？"迪娜不服气地说，"他才十七岁，还在上学呢。"

"那你学什么专业呢？"

"空调制冷。"

"这个选择非常明智，"努斯万说，"如今要想有所成就，只有学技术

第九章 何法可依

才行。未来全要仰仗技术和现代化呢。"他用话语填补沉默，以此来应对妹妹在自己心中掀起的五味杂陈的情感，用空洞的字句冲散受到愚弄的感觉。

"没错，长久以来，我们的国家一直受到陈旧的意识形态的禁锢。不过我们的好时候来了，了不起的变革就在眼前。而这都要归功于我们的总理，她是个真正具备复兴精神的人。"

迪娜并不介意他说这些废话，他没有重提改嫁的旧事，这令她松了口气。"我找到了一名房客，却丢了两名裁缝。"她说。

"真可惜，"努斯万被她打断，稍微有些摸不着头脑，"重点是，现在我们制定了务实的政策，而不是不着边际的空谈。举个例子，政府正在积极解决贫困问题。难看的贫民窟和棚屋全拆除了。年轻人，你年纪太小，不记得这座城市过去有多漂亮。不过多亏了我们富有远见的领导人与美化市容计划，这座城市就要恢复往日的光彩了。到那时你就能明白、能体会到这座城市的美了。"

"我能做完最后这批衣服，多亏了马内克帮忙，"迪娜插话道，"他工作非常努力，跟我并肩干活。"

"那太好了，"努斯万说，"真是太好了，"他越说越健谈，"我们需要的正是像马内克这样踏实肯干又接受过良好教育的人，而不是那几百万懒惰而无知的家伙。此外我们还要严格执行计划生育。那些谣言净帮倒忙，说人们被强制结扎。你们肯定也听说过那些胡话。"

迪娜和马内克不约而同地摇了摇头。

"说不定是美国中央情报局散布的谣言——说在偏远的村子里，有人被从家里拖出去强行结扎。净撒谎。不过我要说的重点是，眼下人口问题这么严峻，即使谣言是真的，又有什么不对呢？"

"在违背本人意志的情况下损伤别人的身体，这样不会不民主吗？"马内克问，他的语气丝毫不带挑衅的意味，反而流露出完全赞成的语气。

"损伤？哈哈哈，"努斯万假装马内克只是说了句自作聪明的玩笑话，慈祥地说，"这要看你怎么看待了。即使在最好的情况下，民主也不过是个跷跷板，一头是彻头彻尾的混乱，另一头是尚可忍耐的困惑。你看，要想制作民主的煎蛋卷，就不得不打破几颗民主的鸡蛋。为了跟威胁我国的法西斯等邪恶势力抗争，即使采取强硬手段也无不可，尤其是在境外势力总想插手我国事务、动摇我国根基的情况下。你知道吗？美国中央情报局一直在试图破坏计划生育政策。"

马内克和迪娜再次不约而同、神情严肃地摇摇头。这场景隐约带些嘲讽的意味。

努斯万打量着他们，然后继续说道："目前的状况是，美国中央情报局的特工一直在干涉我国推广计划生育的手段，在宗教团体之间无事生非。面对这样的危险，你们难道不认为颁布紧急状态法案采取措施很有必要吗？"

"也许吧，"迪娜说，"但我认为政府应该允许无家可归的人继续睡在人行道上。这样我的裁缝们就不会人间蒸发，而我也不会到这里来打扰你了。"

努斯万竖起食指晃了晃，仿佛是个亢奋的挡风玻璃雨刷。"人们在人行道上露宿，败坏了工业的名声。我朋友上个星期还说呢——你要知道，他可是跨国公司的主管，不是做小本生意的——他说我国人口超员至少两亿人，这些人都应该被淘汰。"

"淘汰？"

"对啊。你知道的——处理掉。年复一年地把这些人算在失业人口统计里，对我们什么益处也没有，只会让数据显得难看。再说，他们过的那叫什么生活啊？坐在阴沟里，看上去如同行尸走肉。死亡对他们来说反而是种解脱。"

"那要怎么淘汰他们呢？"马内克用最讨喜、最恭敬的语气问道。

"这个简单。其中一个办法是免费发给他们含有砒霜或者氰化物的

第九章　何法可依

饭食，哪种省钱就用哪种。可以派卡车到寺庙或者他们扎堆乞讨的地方去发。"

"做生意的人大都是这个想法吗？"迪娜好奇地问。

"我们当中有很多人都是这么想的，但过去我们没胆量说出口。如今有了紧急状态，人们就可以畅所欲言了。这是紧急状态的另一个好处。"

"可是报纸都受到了审查监管啊。"马内克说。

"啊，对，对，"努斯万终于流露出不耐烦的情绪，"这有什么不好的呢？这只是因为政府不想刊登容易引起公众恐慌的事情。这只是暂时的——这样才能压制谎言，让人们重拾信心。为了巩固民主体制，实施这样的步骤很有必要。要想把屋子打扫干净，全新的扫帚就必须沾上灰尘。"

"我明白了。"马内克说。这些格言警句令他心中恼火，可是他连反驳努斯万所需的最基本的知识都没有。要是阿维纳什在就好了，他准能给这个白痴上一课。他不禁后悔自己当初没有认真听阿维纳什谈论政治。

马内克头脑中仍然在使劲琢磨先前那句"用民主的鸡蛋制作民主的煎蛋卷"的格言，他试图编出一句类似的话来，民主、暴政、煎锅、火、母鸡、煮鸡蛋、油之类的字眼在他头脑中盘旋。他想出了一句话：暴政的母鸡下的蛋，即使贴上民主的标签也无法做出民主的煎蛋卷来。不行，太拗口了。再说，说这话的时机也过去了。

"重点是，"努斯万说，"我们要看到紧急状态取得的实实在在的成就。铁路系统恢复准点运行。正如我那位主管朋友说的那样，劳资关系也有了显著的改善。现在他随时可以叫警察来把闹事的工会成员带走。在警察局历练一番，保证他们变得像黄油一样软。我朋友说，生产效率得到了大幅度提高。谁能从这些事当中获利呢？是工人，是普通百姓。就连世界银行和国际货币基金组织也对这种改变表示赞同，现在他们提供的贷款更多了。"

迪娜尽量保持严肃的神情说道："努斯万，我能拜托你一件事吗？"

"可以，当然可以。"他心里琢磨着，不知她这次要多少钱——二百还是三百卢比呢？

"是关于淘汰两亿人的那个计划。能不能拜托你转告那位做大生意的主管朋友，不要把裁缝毒死？因为裁缝现在已经够难找了。"

尽管马内克使劲憋住笑，但努斯万还是看出了他的表情，他鄙夷地对迪娜说："跟你谈这种严肃的事情根本就是对牛弹琴。真不知道我为什么还要跟你说这些。"

"我很爱听。"马内克一本正经地说。

努斯万觉得自己遭到了背叛——先是迪娜，现在又是他。他不禁揣测，这两个人独处时不知会如何取笑、嘲讽自己呢。

"我也爱听，"迪娜说，"来办公室找你是我唯一负担得起的娱乐方式，这你是知道的。"

努斯万瞪了她一眼，开始挪腾桌上的文件。"赶快告诉我你要什么，然后就别再烦我了。我还有好多事呢。"

"小心啊，努斯万，你的眉毛在做怪相呢，"迪娜决定不再逗他，说正经事，"出口服装的工作我还没有放弃。找到新裁缝只是时间问题。可是在找到裁缝之前我不能再接订单了。"

开口要钱的时刻到了，这是她最痛恨的一刻，即使已经实事求是地做过简练的解释、半开玩笑地引出了话题，这句话依旧很难说出口。"两百五十卢比应该够我度过这个月了。"

努斯万叫来杂工，填了一张现金凭单。迪娜和马内克看着他激烈的书法表演，圆珠笔尖猛烈地滑过表格。他重重地添上最后几笔，仿佛在跟隔壁那架饱受摧残的打字机比赛书写速度。

杂工拿着凭单到走廊对面去找出纳。破旧的吊扇努力地打着转，仿佛是座噪音不断的小型工厂。他有这么多钱，迪娜心想，却还是不肯给办公室装空调。她垂下目光，盯着一把檀香木的拆信刀，那把刀插在一个半开的信封里。杂工送上现金，退了下去。

第九章　何法可依

努斯万开口了:"其实你不必经历这些的,只要你——"他瞥了迪娜一眼,却看不见她低垂的双眼。他又看看马内克,咽下了原本想说的话。"给。"他把钱递给她。

"谢谢。"迪娜收了钱,眼睛依然不愿看他。

"不客气。"

"我会尽快还给你的。"

他点点头,拿起那把拆信刀,继续拆那只拆了一半的信封。

"至少今天他没有拿他最喜欢的那套长篇大论来对我说教,这都要感谢紧急状态,"下车时迪娜说,"对于这一点我还是心存感激的。'改嫁又有什么不好的?'"她模仿着努斯万伪善的语调说,"'你还这么漂亮,我保证能给你找个好丈夫。'你绝对不会相信他对我说过多少遍这种话。"

"可是我相信,阿姨,"马内克说,"在这件事上我同意你哥哥的看法。你确实很漂亮。"

她在他肩上拍了一巴掌。"你到底是跟谁一伙的啊?"

"我跟事实与美是一伙的,"马内克故意慷慨激昂地说,"不过努斯万跟他那些做生意的朋友聚在一起说这些胡话的时候,场景肯定很好笑。"

"你知道我在他办公室里的时候想起了什么事吗?我想起他小时候常说将来要去捕猎猛兽,杀死猎豹和狮子,还要像人猿泰山那样跟鳄鱼摔跤。有一天,我们的房间里溜进来一只小老鼠,家里的女佣对他说:小少爷快看,那边有只凶猛的老虎,你当猎人的机会来了。努斯万立刻尖叫着跑去找妈妈了。"

她将钥匙插进锁孔转动几下。"现在他又想淘汰两亿人口,他这人说大话就没停过。"

他们走进公寓,与沉默无声的缝纫机面面相觑。欢声笑语此刻变得那样不合时宜,笑声迅速消退,没了声音。

第十章

同一面旗帜下扬帆

午夜过后,卡车沿着机场的公路低吼着向城市驶去。高速公路两侧是沉睡中的棚屋构成的村镇,它们几乎要扩散到铺着沥青的交通动脉上。能遏制路缘背后那些贫苦生命蔓延的只有隆隆驶过的重型卡车。车头灯照亮了夜班工人,这些疲惫的幽灵在车流与敞开的下水道之间小心翼翼地往前走。

"警察已经得到指令,要拆除所有棚屋,"伊什瓦说,"这些为什么还没拆?"

乞丐头儿解释说事情没那么简单,一切都取决于每个贫民窟大房东与警察之间的长期协议。

"这不公平。"小翁说,他试图望穿恶臭的夜幕。斑驳的苍白月光映照出拼凑搭建的棚屋,一望无际,塑料、硬纸板、纸张和麻袋拼接在一起,像伤痕和水泡,爬满了这座城市腐烂的躯体,爬进噩梦之中。月亮被云朵遮住时,贫民窟也随之从视线中隐没。只有恶臭继续宣告着它的存在。

又开了几公里,卡车驶进了市区。路灯与霓虹灯将人行道笼罩在泛黄的惨淡灯光下,身材枯瘦、目光空洞的人们昏昏沉沉地瑟缩在路边过夜,形形色色的露宿者等待着黎明时分被生活的喧嚣吵醒,开始或拖、或扛、或提、或造,为这座亟待美化的城市伸展筋骨。

"瞧,"小翁说,"大家睡得多安详啊——没有警察来打扰他们。也许紧急状态的法令已经取消了。"

"不，没取消，"乞丐头儿说，"不过这跟其他法令一样，已经变成了一场游戏。只要清楚游戏规则，参与其中就不难。"

裁缝们想在药店附近下车。"也许守夜人还会让我们住在门口。"

然而乞丐头儿坚持要先去他们工作的地方看一看。卡车又开了几分钟，在迪娜的公寓楼外面停了下来，他们指了指她那间公寓。

"好，"乞丐头儿说着跳下车，"我去跟你们的雇主核实一下你们的工作。"他叫司机等一会儿，然后大步向门口走去。

"现在太晚了，还是不要把迪娜女士叫醒的好，"伊什瓦央求着快步追上去，受伤的脚踝痛得他龇牙咧嘴，"她脾气不好。我们明天就带您过来，我向您保证——我以我过世的母亲的名义发誓。"

卡车上的乞丐和受伤的苦力浑身颤抖，卡车行驶时仿佛摇篮环绕着他们，给他们带来安慰，他们渴望重新找回这种感觉。引擎空转发出的轰鸣声为夜色增添了几分不祥。车上的人纷纷哭喊起来。

乞丐头儿在门口停下脚步，仔细查看门牌，又把名字抄在记事本上。接着他伸出食指按响了门铃。

"老天啊！"伊什瓦担心地抱住脑袋，"这么晚了把她从床上叫起来，她不知会多生气呢！"

"这么晚了我不是也没睡吗？"乞丐头儿说，"我错过了庙里的祭拜活动，可是我也没抱怨啊，不是吗？"房间里无人回应，他便一下又一下地按响门铃。卡车司机直按喇叭，催促他快点。

"别按了，求您了！"小翁哀求道，"这样下去我们的饭碗肯定保不住了！"乞丐头儿面带微笑，耐心地继续在本子上誊写。摸黑写字对他来说毫不困难。

在门后，门铃给迪娜带来的烦扰并不比裁缝们少。她冲进马内克的房间。"醒醒，快点儿！"她摇晃了好几下他才渐渐醒过来，"脸蛋儿像个天使，打起呼噜来却像头水牛！醒醒，快点儿！你听见没有啊？门外有人！"

"是谁?"

"我从猫眼往外看了,但我的视力你是知道的。我只能看清是三个人。我想让你去看看。"

迪娜没有开灯,盼着这些不请自来的访客会主动离开。她一边嘱咐马内克走路时放轻脚步,一边带他来到门口,握住了门闩。马内克往外看了一眼,立刻兴奋起来。

"快开门,阿姨!是伊什瓦和小翁,还带来了一个人!"

裁缝们在门外听见他的声音,高声说:"没错,是我们啊,迪娜女士,真抱歉这么晚来打扰您。请您一定要原谅我们,花不了多长时间的……"他们的声音越来越弱,最后由战战兢兢的语气作结。

迪娜拨亮门廊的电灯,却仍然保持小心谨慎,只把门打开了一条缝——接着她敞开了门。"真的是你们啊!你们跑到哪儿去了?出什么事了?"

她完全没有掩饰自己如释重负的感觉,这令她自己也吃了一惊。她喜欢这种表里如一的感觉,心中有什么感受尽可以脱口而出,而不必说些言不由衷的话来伪装。

"快进来,进来!"她说,"我的天哪,这几个星期我们一直在为你们担心!"

乞丐头儿往后退一步,伊什瓦一瘸一拐地跨进了门槛,脸上挤出一丝尴尬的笑容。他的脚踝上还缠着医生先生给他的脏兮兮的破布条。小翁紧跟着走进屋,一时着急,踩住了他的绷带。他们穿过幽暗的门口,满脸羞愧地来到门廊的灯光下。

"天哪!瞧瞧你们这副样子!"迪娜惊呼道,裁缝们憔悴的面容、肮脏的衣服和虬结的头发令她愣住了。有一会儿工夫,她和马内克都没说话,只是怔怔地望着他们。接着,连珠炮似的问题脱口而出,一个接着一个,得到的答案也同样慌乱而不连贯。

仍然在门口等待的乞丐头儿打断了伊什瓦和小翁复杂的解释:"我只

是想确认一下——这两名裁缝是为你工作吗?"

"是。怎么了?"

"那就好。很高兴看见大家再次欢聚一堂。"卡车又按响了喇叭,乞丐头儿转身要走。

"等等,"伊什瓦说,"我们每星期怎么付钱呢?"

"我会来收的。"接着乞丐头儿又说,如果他们想联系他,可以告诉虫子,虫子行乞的新地点就在维什兰素食餐厅门口。

"付什么钱?什么虫子?"门刚关上迪娜便开始发问,"那个人又是谁?"

裁缝们只好跳过自己的主要经历,先从其他部分开始解释,从乞丐头儿到工地来说起,接着往回说到了尚卡尔,又继续快进往下讲,把听众越讲越糊涂。在人间炼狱的苦难时光已经结束,恐惧腾出的空当被疲惫感迅速占据。伊什瓦笨拙地摆弄着绷带,想把它好好缠在脚踝上,他的手直发抖,最后还是小翁帮他把松开的绷带头掖好的。

"这都是工头的错,他……"

"可那是在协调员来之前……"

"总之,我的脚踝受伤以后,就不能……"

杂乱的事件使得他们的讲述缺乏条理,伊什瓦这里说一句,小翁那里说一句。接着他们忽然全都无话可说。伊什瓦的声音越来越轻,他双手抱住头,竭力想挤出几个词句来。小翁说话结结巴巴,接着哭了起来。

"他们那样对待我们,真是太可怕了,"他揪住自己的头发抽泣着说,"我以为我和大伯都会死在那里……"

马内克拍拍他的后背,说他们现在安全了,迪娜则坚持说现在对他们最有好处的就是好好休息一下,明天早上再谈。"你们的铺盖卷还在。就铺在门廊这里睡吧。"

这下轮到伊什瓦精神崩溃了。他跪倒在迪娜面前,摸着她的脚说:

"噢，迪娜女士，真是太谢谢您了！您太善良了！我们在外面胆战心惊……紧急状态、警察……"

他的反应令迪娜十分尴尬，她想把脚从他手里抽出来。可他抓得太紧，迪娜左脚的拖鞋还留在他手里。他伸手上前，轻轻地把拖鞋穿回她脚上。

"拜托你起来——快起来，"迪娜带着困惑严厉地说，"听我说，这话我只说一遍。永远不要向任何人下跪。"

"好的，"伊什瓦顺从地站起身，"请原谅，我是最应该心里有数、知道不该这样做的。可是我还能怎么办呢，迪娜女士？我实在想不出该怎么感谢您。"

迪娜仍然有些尴尬，只说今晚接受的感谢已经够了。小翁用衣袖擦干眼睛，展开铺盖。他问能不能先洗掉手上和脸上的灰尘再睡觉。

"水不多了，只剩下桶里的那些，省着点儿用。要是你渴了就从厨房的水罐里倒水喝。"她锁上门廊的门，跟马内克回到了里屋。

"我真为你感到自豪，阿姨。"他小声说。

"是吗？那我可要谢谢你啊，老大爷。"

各种问题在迪娜头脑中纠结了一整夜，早晨的阳光并没有给她带来答案。她不想再冒失去裁缝的风险了。可她的态度应该多坚定，又该做出什么样的让步呢？同情与蠢行、善良与软弱之间的界线究竟在哪里？而这是从她的角度看待这件事。从裁缝们的角度来看，这也许是慈悲与残酷、推己及人与铁石心肠之间的界线。她将界线画在这一侧，而在他们看来，界线也许是画在另一侧的。

裁缝们七点就醒了，收拾了铺盖。"我们睡得非常香，"伊什瓦说，"您的门廊就像极乐世界一样宁静。"

他们从行李箱里取出换洗衣物，打算去火车站的卫生间洗漱更衣。"我们去维什兰喝杯茶，然后就立刻回来——如果您没有意见的话。"

"你是说,开始缝纫?"

"对,当然了。"小翁说着疲惫地笑笑。

她转向伊什瓦:"你的脚踝怎么样了?"

"还是很疼,不过我用一只脚也可以踩踏板。别再耽搁了。"

迪娜注意到他们的脚已经皲裂,带着淤青。"你们的鞋呢?"

"被偷了。"

"街上时常有碎玻璃。喝醉的人经常砸酒瓶子。你们只剩下三只脚了,不能冒这个险。"她找来一双小翁能穿的旧拖鞋,马内克把自己的网球鞋给了伊什瓦。

"真舒服啊,"伊什瓦说,"谢谢。"接着他怯生生地问能不能借给他们五卢比买茶和吃食。

"上一笔订单你们赚到的钱可比五卢比多多了。"她说。

"天哪,真的吗?"他们喜出望外,说他们原以为自己没完工就走了,整笔订单的薪水肯定都被罚掉了。

"有些雇主也许会这样做,但我认为,干了多少活就应该赚多少钱,"迪娜半开玩笑地说,"也许你们可以跟马内克分享薪水,他也出了力。"

"没有,我只不过帮忙缝了几颗扣子而已。都是迪娜阿姨做的。"

"别念什么职校了,老兄,"小翁说,"来跟我们合伙干活吧。"

"没错。我们可以自己开店。"马内克说。

"少出馊主意,"迪娜责备小翁,"人人都应该接受教育。等你有了孩子,但愿你会送他们去上学。"

"哦,会的,他一定会的,"伊什瓦说,"不过我们得先给他讨个老婆才行。"

马内克恋恋不舍地去上学之后,迪娜去再会出口公司取布料,裁缝们便在维什兰素食餐厅打发时间。收银员兼服务生见到老主顾回来,开心地招呼他们。他料理完柜台旁边的顾客——一杯牛奶、六块油炸蔬菜面团、一勺酥酪——很快便凑过来，跟他们一起坐在店里唯一的桌子旁边。

"你们俩瘦了，"服务生打量着他们说，"离开了这么长时间，你们去哪儿了？"

"享用政府的特殊伙食去了。"伊什瓦说完，把他们的遭遇告诉了他。

"你们太了不起了，"浑身是汗的厨子在炉灶旁边吼道，"倒霉事全被你们给碰上了。你们每次到这里来，总有新鲜刺激的故事讲给我们听。"

"问题不在我们，而在城市，"小翁说，"这座城市就是个故事工厂，是个不停旋转的磨盘。"

"你爱把它叫什么就叫什么，要是我们的顾客都像你们一样，我们就能编出一部现代版的《摩诃婆罗多》[1]了——维什兰版本。"

"拜托，先生，我们可不再需要刺激的经历了，"伊什瓦说，"一旦我们自己成了那些受苦受难的故事中的主人公，故事就一点儿意思也没有了。"

收银员兼服务生给他们端来了茶和黄油面包，又去照应柜台旁边的顾客。茶里的牛奶结出一层细腻的奶皮，小翁用勺子把奶皮送进嘴里，舔了舔嘴唇。伊什瓦把自己那杯递给他，他把那杯茶上的奶皮也吃掉了。伯侄俩每人拿起一半面包，检查是否两面都涂了黄油。确实如此，而且涂得很足。

他们刚到饭店的时候尚卡尔就已经在外面行乞了，这会儿他趁着街上的行人不多，滑着轮板来到门口跟他们打招呼。伊什瓦向他挥挥手。"怎么样，尚卡尔。回到城里努力工作，你是不是很开心啊？"

"哎呀，老兄，有什么办法呢？乞丐头儿说这是我回来的第一天，叫

---

1. 印度两大著名梵文史诗之一，成书于公元前3世纪至公元5世纪之间，讲述了印度王国的创立者婆罗多王后裔的故事。

我休息、睡大觉。于是我就在这儿睡着了。接着人们就开始往我的罐子里丢硬币。那声音当啷当啷的,可吓人了——就在我耳边。我刚把眼睛闭上,马上就会被吓一跳,重新睁开眼。大家就是不肯让我休息。"

他早上要做的事情很简单,摇晃着罐子里的硬币,时而呻吟几声,时而声音嘶哑地咳嗽几声,直到咳出的眼泪顺着脸颊流下来为止。考虑到视觉效果,他有时会滑着轮板挪动几尺,一会儿往左,一会儿往右。"你们知道吗,我是特地求了乞丐头儿,让他把我从火车站调到这里来的,"他故作神秘地说,"这样我们就能经常见面了。"

"那正好,"小翁说着向他挥手道别,"回头见。"

公寓的门上挂着锁,于是裁缝们在门口等候。"但愿那个疯疯癫癫的收租人不要在这栋楼四周打探。"小翁说。他们焦急地等了十分钟,出租车才驶到门口。他们帮迪娜卸下布匹,抬到了后屋。

"别拿太重的东西,当心你的脚踝,"她提醒伊什瓦,"对了,纺织厂里在罢工。直到罢工结束前都不会有新的布料了。"

"老天啊,麻烦事永远没头,"伊什瓦忽然想起自己前一晚的行为,为自己匍匐在迪娜脚边的事再次向她道了歉,"我是最应该知道不该这样做的。"

"你昨天晚上也是这么说的。可是为什么呢?"迪娜问。

"因为曾经有人对我这样做过,让我觉得心里很过意不去。"

"是谁啊?"

"说来话长,"伊什瓦说,他不愿把他们的生活经历一股脑倒出来,却很想跟她分享一二,"我弟弟——也就是小翁的父亲——和我在裁缝师父手下当学徒的时候曾经帮过那位裁缝。"

"是怎么帮的?"

"这个嘛,"他有些犹豫,"阿什拉夫叔叔是个穆斯林,当时正是印度教徒和穆斯林之间发生骚乱的时候。在分治时期,您知道的。城里出了些麻烦事，而我们——我们能帮他。"

"于是他就摸了你们的脚，这位阿什拉夫？"

"没有，"虽然已经过去了二十八年，这段回忆仍然令伊什瓦很难为情，"他没有，是他的妻子，蒙塔兹婶婶。这让我非常过意不去，好像自己利用她的不幸占了她的便宜。"

"我昨天晚上正是这种感觉。这件事我们以后别再提了。"迪娜还有十几个问题想问，却又觉得应该尊重伊什瓦的意愿。若他们想说，等他们将来准备好了，自然会再讲给她听的。

眼下，她把这些零碎的信息跟马内克讲述的裁缝们在村里的生活拼接在一起。裁缝们的经历跟她的拼花被一样，渐渐显露出了雏形。

返工的第一天，迪娜整天都在斟酌字句，酝酿那个至关重要的问题。等时机到了她该怎样遣词造句呢？这样说如何：在你们找到住处之前，就先睡在门廊吧。不行，这样听起来好像她巴不得他们住下似的。以提问开场：你们今晚有住处吗？可这话听着太虚伪了，他们显然没有住处。换个问题：你们今晚打算住在哪儿？对，这个不错。她又体会了一遍。不行，这样问显得太关切、太直白了。昨晚说的话是那样轻松，那些字句自然而然地脱口而出，简单而真诚。

她望着裁缝们整个下午都在干活，脚仿佛焊在了踏板上，马内克回家后提醒他们不要忘了茶歇。他们却说，不，今天不行，而迪娜也表示赞同。"别再让他们浪费钱了。过去的几个星期里他们已经损失了不少钱。"

"可是我打算请客啊。"

"你的钱也不该浪费。我的茶难道不好喝吗？"迪娜烧了足够所有人喝的水，摆好茶杯，将带有粉色玫瑰花镶边的茶杯单独放在一边。等水烧滚的工夫，她仍在思考文字游戏。这样说怎么样：门廊睡得舒服吗？不行，这话一听就虚伪得厉害。

到了下班时间，裁缝伯侄忧伤地给缝纫机蒙上罩子，沉重地起身叹了口气，向门口走去。

在那一瞬间，迪娜觉得自己像个魔法师。她有本领把一切都变得亮闪闪、金灿灿的，全凭她一句话——只要她说出口就行了。

"你们什么时候回来？"

"你希望我们什么时候来，我们就什么时候来，"小翁说，"越早越好。"伊什瓦跟着沉默地点点头。

迪娜起了头，接下来便水到渠成了。"这样啊，不用急。你们先吃晚饭，然后再回来。到那时候我和马内克应该也吃完饭了。"

"你是说我们可以……"

"在门廊？"

"只是在你们还没找到住处的这段时间。"迪娜说。她为自己这句话的中立态度感到很满意——界线画得刚刚好。

裁缝们的感激之情令她心里暖融融的，但她坚决拒绝了付钱的提议。"不行。绝对不能收租金。我什么也没出租，我只是不想让你们再落进那些讨厌的警察手里。"

此外，她明确要求裁缝们尽量减少出入的次数，不然太容易被房东发现了。比如每天早上去火车站洗漱这一趟就可以免除。"你们可以在这里洗漱、喝茶。只要你们早点儿起床，趁还没断水的时候洗完就可以。要记住，我只有一个卫生间。"这句话令小翁心里犯嘀咕，什么样的傻瓜才会有好几个卫生间呢？但他没有问出口。

"还要记住，我不希望这里搞得又脏又乱。"

裁缝们答应了她提出的所有条件，并且发誓绝不会给她添麻烦。"但我们住在这里却不付钱，真的很过意不去。"伊什瓦说。

"你再提一次钱，你们就得找别的地方住了。"

他们再次向她道了谢，出门去吃晚饭，并承诺八点前回来，睡觉前再缝一个小时的衣服。

"可是阿姨,你为什么不收他们的租金呢?你收些钱,他们心里反而会好受些。而且这样也能帮你贴补开支。"

"你连这都不明白吗?如果我收钱,就代表我把门廊租出去了。"

迪娜弯着腰,用固龄玉牌牙膏在水池边刷牙。伊什瓦望着泡沫从她嘴里滴落下来,说:"我总在想,这样对牙齿究竟有没有好处。"

她吐出泡沫漱了漱口,然后才回答:"我猜跟其他牙膏没什么区别。你用哪种牙膏?"

"我们用炭粉。有时候用苦楝树枝。"

马内克说伊什瓦和小翁的牙齿比他的还结实。"我看看。"迪娜说,于是他露出牙齿来。"你们呢?"她又问两个裁缝。

三个人在镜子前排成一排,收起上唇,露出门牙。迪娜跟自己的牙齿比了比。"马内克说得没错,你们的牙确实更白。"

伊什瓦给她一些炭粉请她试试,她则往伊什瓦的手指上挤了些固龄玉牙膏。伊什瓦跟小翁分着用了。"味道真不错。"他们一致赞同。

"确实,"迪娜说,"不过既然不是买吃的,那么为了味道付钱就是浪费。我想以后我也应该用炭粉,这样省钱。"马内克也决定照做。

增加了新成员的大家庭在早晨的运转顺利无碍。迪娜第一个起床,马内克最后一个起床。迪娜在卫生间洗漱完毕后轮到裁缝们轮番洗漱。他们进出卫生间的速度太快,以至于迪娜怀疑他们的个人卫生搞得是否彻底,直到后来她看见他们搓洗得干干净净的面庞和湿漉漉的头发才放心。在他们身边深吸一口气便可以断定那是刚刚洗过的皮肤散发出的清新气息。

尽管对他们来说卫生间是难以想象的奢侈享受,但裁缝们并未久留。他们已经习惯了快速洗漱。过去的几个月里,他们在各种公共场所磨炼出了这种技巧,在那里洗漱,控制时长至关重要。纳瓦兹家雨棚附近小巷里的水龙头、棚户区里唯一的水龙头、火车站挤挤挨挨的卫生间里破旧的设施、灌溉工程工地上滴水的水嘴：这些都帮他们把技术磨炼得越发精湛，每人只要三分钟就能洗漱完毕。他们从不用迪娜的电热烧水棒，而是更愿意用冷水，他们平时整洁惯了，所以用完的卫生间依然干净整洁。

尽管如此，迪娜一想到他们置身于自己的卫生间里，心里还是有些不舒服。她格外留心，打算一旦发现自己的肥皂或毛巾有使用过的痕迹就立刻抓个现行。他们既然要在这里借住几天，就要按她的规矩行事，缰绳绝对不能放松。

她最不喜欢的一件事是伊什瓦每天早晨都要把手指伸进喉咙里催吐，整个过程伴随着难听的干呕声。有时候迪娜能听见其他公寓里发出这种声音，但她从未这样近距离地听见过。这声音听得她浑身不自在。

"天哪，你吓了我一跳。"一连串的呕吐声结束后她说道。

伊什瓦微微一笑。"这样对胃很有好处。可以去除陈旧的多余胆汁。"

"当心点儿，老兄，"小翁应和着迪娜说的话，"听这声音，你快把胆跟胆汁一起吐出来了。"他对大伯这种做法一向不赞同。伊什瓦曾试图向他灌输这种做法的养生效果，但侄子不肯配合，大伯最终只好放弃。

"你需要的是一名管道工，"马内克说，"在你肚子上装个小水龙头，这样你只要把水龙头拧开就可以排出多余的胆汁了。"伊什瓦再次催吐时，马内克和小翁也跟着假装干呕，给他伴奏。

被他们联合起来取笑了几天之后，伊什瓦开始克制这个习惯。呕吐声缓和多了，他的手指也不再像从前那样伸得那么深了。

小翁凑近马内克的皮肤闻了闻。"你身上的味道比我的好闻。肯定是你用的香皂不一样。"

"我还用了爽身粉。"

"我看看。"

马内克回屋取来了罐子。

"你都涂在哪儿？全身都涂吗？"

"往手心里倒点儿，涂在腋窝和胸口。"

下次发薪水时，小翁买了一块辛多尔香体皂和一罐拉克美爽身粉。

第一个星期结束时，迪娜心想，每天都像一条剪裁得体的裙子，他们四个组合在一起，不必将布料又拉又扯，针脚也能保持整齐。

然而伊什瓦仍然心事重重，觉得自己和侄子是在利用迪娜的善心，占她的便宜。"您不肯收我们的租金，"他说，"您让我们睡在门廊、用卫生间，还亲自给我们煮茶。这太让我们过意不去了。"

他说的这番话反而让迪娜有些内疚。她知道自己做的一切都是为了自保——既能让裁缝们不被警察抓走，又能让他们避开多管闲事的邻居和收租人。而现在伊什瓦和小翁却为她披上了善良而慷慨的外衣。她心想，倒不如说这外衣是用欺骗、伪善和心机做成的。

"那你打算怎么办呢？"她直率地说，"付五十派萨的茶钱来羞辱我吗？你想把我当成路边卖茶的小贩一样对待吗？"

"不不，绝对不会。但我们能不能为您做些什么作为回报呢？"

她说等她想好了会告诉他们的。

第二个星期结束了，伊什瓦还在等待她的回答。再后来，他决定主动找活干。迪娜洗澡的时候，他从厨房取来扫帚和簸箕，清扫了门廊、前屋、马内克的房间和缝纫的房间。每清扫完一个房间，小翁就拿着水桶和抹布开始拖地。

迪娜从卫生间出来时他们还没打扫完。"这是怎么回事？"

"抱歉，不过我决定了，"伊什瓦坚定地说，"从现在起，我们也要分担每天的打扫任务。"

"这样可不好。"迪娜说。

"我看没什么不好的。"小翁轻快地说着拧干了拖把里的水。

迪娜深受感动，在他们即将打扫完毕时倒了茶。他们来到厨房，把打扫用的工具放回原位，这时迪娜递给小翁两只茶杯。

他看见杯子边缘是红色的玫瑰花边，便指出了她犯的错误。"粉色的才是给我们用的。"话刚出口他便停下了。迪娜的表情分明在说，她其实是知道的。

"怎么了？"迪娜一边问，一边自己端起了粉色的茶杯，"有什么不对吗？"

"没什么。"小翁的声音哽咽了。他转过身，心中希望她没有看见自己眼里的泪光。

"门口有人找你，"迪娜说，"还是那个长头发的家伙，以前来过一次。"

伊什瓦和小翁交换了一下眼神——他又要干什么？他们连连道歉，说打扰她了，然后来到了门廊。

"你们好，"拉加拉姆双手合十说道，"很抱歉又来打扰你们工作，可那个守夜人说你们不住在那里了。"

"没错，我们换地方了。"

"在哪儿？"

"就在附近。"

"但愿是个好地方。听我说，我晚点儿能不能跟你们见一面，说几句话？今天什么时候都行，在哪里都行，随你们的便。"他听起来已经走投无路了。

"好吧，"伊什瓦说，"一点钟到维什兰来。你知道在哪儿吧？"

"知道，我会去的。对了，能不能拜托你们把我存在行李箱里的头发带来？"

拉加拉姆离开后，迪娜问裁缝们出了什么事。"但愿他跟另外那个人不是一伙的——就是那个每星期来跟你们要钱的人。"

"不是不是,他不在乞丐头儿手下工作,"伊什瓦说,"他跟我们是朋友,估计只是想借钱而已。"

"好吧,你们当心点儿,"迪娜说,"如今的世道,是敌是友很难分清。"

维什兰门口挤挤挨挨的,他们赶到时,拉加拉姆正在人行道上焦急地等待。"你的头发,"伊什瓦把包裹交给他,"好了。你想吃点儿什么?"

"什么也不吃,我的肚子饱着呢。"拉加拉姆嘴上这样说,饥饿感却出卖了他。闻到维什兰飘出的香味,他不自觉地咀嚼起并不存在的食物来。

"吃点儿吧,"伊什瓦很同情他,"尝尝这里的饭菜,我们请客。"

"好吧,你们吃什么我就跟着吃一口,"他勉强笑笑,"虽然我肚子很撑,但那只是小麻烦而已。"

"三份咖喱蔬菜面包套餐,再来三根香蕉。"伊什瓦对收银员兼服务生说。

他们端着吃的沿路走到一座坍塌的建筑物旁,看中了一个窗台,窗台旁边有堵塌了一半的墙壁遮阴,他们把门板放倒当桌子。房子是几个星期前坍塌的,门上的合页和把手已经被收破烂的人拆掉了。四个孩子拿着黄麻布袋子在瓦砾间攀爬,细细搜寻。

"你那份计划生育宣传员的工作怎么样了?"

拉加拉姆摇摇头,吃了一大口饭。"情况不妙,"看他吃东西的样子,似乎已经几天没吃饭了,"两个星期前他们叫我走人了。"

"出什么事了?"

"他们说我没有业绩。"

"你干了两个月他们才突然这么说?"

"对,"拉加拉姆犹豫了一下,"我是说,不是,从一开始就有问题。

培训课程结束之后，我按照他们教给我的程序工作，每天去不同的社区走访，认真地重复他们教给我的说辞，说话时用恰当的语气，让人觉得我心地善良，又富有知识，这样人们就不会害怕。大家通常会耐心地听我说完，然后收下宣传册；有时候他们会哄笑，年轻人还会开些下流的玩笑。可就是没人报名做手术。"

"又过了几个星期，上司把我叫到了办公室。他说我劝说的对象不对。他说向赤身裸体的苦行僧推销结婚礼服根本就是在浪费时间。于是我问他这话究竟是什么意思。"

拉加拉姆把上司的回答向裁缝们复述了一遍——城市里的人疑心太重，遇见什么事都心存疑虑，很难劝动他们。城郊的贫民窟才是值得攻克的地方。毕竟住在那里的人都无知愚昧，最需要政府的帮助。这个项目既有礼品又有优惠条件，正是为他们量身定制的。

"于是我听从他的建议出了城。你们信不信？我第一天出城，自行车胎就被扎破了。"

"开头就不顺利。"伊什瓦摇摇头说道。

"车胎扎破只是小麻烦，真正的麻烦事在后面。"拉加拉姆说。在自行车修理铺等着修车的时候，他跟一个在公共汽车站等车的老头儿攀谈起来。车站不远处有个消防栓，那个老头儿想洗澡，正盼着街边的顽童跑过来把消防栓拧开。

拉加拉姆半是为了练手，半是为了测试自己能吸引别人多长时间的注意，于是他告诉老头自己是一名宣传员，为计划生育中心宣传善举。他描述了节育设备，列举了绝育手术的名称，以及每种手术的现金奖励。输卵管结扎手术送的免费礼品比输精管结扎手术更多，他解释道，因为政府更喜欢彻底的、不可逆的绝育方式。

我想做的就是那个，老头儿打断了他的话，给钱多的那个，输卵什么的。拉加拉姆险些从自己坐的车站护栏上掉下来，忙说不不，老爷子，我不是劝你去做手术，只是顺口说说而已。我非去不可，老头儿说，这是我的权利。可是输卵管结扎只能给女人做，拉加拉姆解释道，男人只能做输精管结扎，而且到了你这个岁数，这个手术也没必要做了。我不在乎岁数，我要做手术，能做哪种手术我就做哪种，老头儿的态度很坚决。

"也许他真的非常想要一台半导体收音机。"小翁说。

"我也是这么想的，"拉加拉姆说，"我心想，既然这位老爷子这么想做手术，我为什么要拦着他呢？要是听音乐能让他开心些，我凭什么不让他去呢？"

于是他取出正式的表格，让老头儿按了手印，向修车工付了钱，带领病人来到了诊所。那天晚上他收到了这台手术的佣金，那是他拿到的第一笔佣金。

他觉得车胎被扎是个好兆头：命运尖锐的指尖戳破了厄运的轮胎。别在衬衫上的宣传员徽章也愈发名副其实。他自信地返回城郊，深信自己一定能说服大批的人去做输卵管和输精管结扎手术。

过了一个星期，他四处游说，来到了第一位客户的住地附近。他骑着车在小屋间穿过，希望可以动员大量民众。他满脑子盘算着不同的表述方式，如何遣词造句才能让人接受、甚至渴望绝育，这时老头儿的家人认出了他，开始高声呼救："骑车员[1]来啦！哎呀，那个混蛋骑车员又来啦！"

拉加拉姆很快就被愤怒的人群团团围住，他们威胁要打断他浑身上下的骨头。他苦苦求饶，吓得魂飞魄散，哭喊着问：为什么？为什么？这时他才知道手术失败了。老头儿的下身积满了脓液，溃烂开始扩散之后，诊所也无力回天，老头儿就这样死了。

伊什瓦一边剥香蕉一边同情地点点头。他一直觉得这名头发贩子的新工作充满了危险。"他们把你打得严重吗？"

---

1. 老头儿的家人把"宣传员（motivator）"误说成了"骑车员（motorwaiter）"。

拉加拉姆解开衬衫纽扣，给他们看背上的瘀伤。他胸前有一道深长的伤口，是某种锐利的工具留下的，刚刚开始愈合。他又低下头，给裁缝看打他的人扯掉他头发时扯破的头皮。"我能捡回一条命已经很幸运了。他们说我早该知道不应该带他去做手术的，他们的爷爷之所以想做手术，只是为了拿到现金补助和礼品。那老头儿是想帮孙女攒些嫁妆。"

"我回到上司那里抱怨。我说要是医生把病人弄死了，我的工作还怎么见成效？可上司说那人是年纪大了才会死，他的家人只是想把这件事怪在计划生育中心头上。"

"这个操羊的杂种。"小翁说。

"没错。可你猜上司还跟我说了什么？他说从今往后我的工作变得容易多了，因为政策有了变化。"上司向拉加拉姆解释了新政策——以后不用再劝说他们报名手术了，而是为人们提供免费体检。这不算撒谎，而是一种帮助人们改善生活的手段。一旦人们进了诊所，不再受到家人和朋友的干扰，他们很快就会认清绝育手术的好处的。

拉加拉姆挑出咖喱蔬菜包里的残渣，然后把包装丢进了瓦砾堆。"尽管我并不喜欢这个新模式，我还是同意试一试。到这个时候，人人都知道宣传员会花言巧语地骗人。无论我去哪里，城市还是农村，他们都会辱骂我，说我有损他们的男子气概，害得人们阳痿，说我是个阉割匠，是个太监制造者。而我只是为政府做事，想糊口而已。这样的日子一天接一天，谁受得了？不行，我说，这活我干不了。"

他告诉雇主他宁愿按原来的方式工作，分发传单，解释手术步骤，但不再骗人了。雇主却说过去的方式行不通了——原定指标严重落后，每个宣传员若想保住餐食、住处和自行车，就必须拿出切实的工作成果来。

"于是上个星期他们把我赶了出来，我三样东西都没保住。现在我已经走投无路，没有别的选择，只能去做我的老本行。"

"收购头发？"

第十章　同一面旗帜下扬帆

"没错，而且我打算马上把这三条辫子卖掉，"他指指裁缝们从行李箱里拿出来的包裹，"我还要做回我最初的行当——理发。因为没有存货地点，我能收的头发也有限，因此我必须两份工作同时做。但我需要八十五卢比，用来买梳子、剪刀、推子和剃刀。你们能借我吗？"

"让我想一想，"伊什瓦说，"我们明天再跟你碰头。"

"我们真的很想为他做些什么，迪娜女士，"伊什瓦说，"他在棚户区和我们是邻居，对我们非常好。"

"我的钱也不够给你们预付工钱的。"不过迪娜想出了另一个办法。她从橱柜的最里面掏出了多年前泽诺比娅为她置办的那套理发工具。

"哇塞，"小翁惊异地说，"你也是理发师？"

"过去是——儿童美发师。"

马内克拿起推子，作势要去推小翁的鬈发。"这一蓬头发倒是很适合练手。"

"你不修空调，改行理发了？"迪娜说着，把工具放在伊什瓦面前，"有点旧了，不过还能用。你朋友需要的话就让他留着用吧。"

"您确定吗？要是以后您还需要怎么办？"

"不太可能了。我的理发生涯已经结束了。"迪娜说以她现在的视力和生疏的手艺，只怕孩子们的耳朵要遭殃了。

"还有一个问题。"第二天见面后，拉加拉姆千恩万谢地收下理发工具之后说道。

"又怎么了？"

"我的头发收购商每个月只到这座城市来一次。我露宿街头，收了头发也没地方放。能不能放在你们的行李箱里？帮帮我吧，我可是你们的好朋友啊！"

"行李箱里也放不下一个月的头发啊。"伊什瓦表示反对，他不想再收集这些令人倒胃口的包裹了。

"放得下的。我现在专门收集长发——运气好的话,一个月最多也就十条辫子。放在你们的行李箱里只占一个角。到了月底我就把它们交给收购商。"

"你到公寓来得太频繁了——我们的雇主会不高兴的,"找借口拒绝拉加拉姆让伊什瓦感到很尴尬,他希望拉加拉姆能主动放弃,"这不是我们的家,你知道的,我们不能总接见客人。"

"那只是个小麻烦。我可以在外面跟你们碰头。你们愿意的话我们就在这儿见面,在维什兰。"

"我们很少到这里来,"伊什瓦说着,还是投降了,"好了,这样吧,你把包裹留给尚卡尔,就是外面那个坐轮板的乞丐。他认识我们。我们会介绍你跟他认识一下。"

"那个乞丐是你们的朋友?你们交的朋友可真奇怪。"

"是啊,特别奇怪。"伊什瓦说,不过头发贩子正在专注地梳理自己的生活,并没听出其中的讽刺意味。

若说伊什瓦深入喉咙的手指让迪娜感到不自在,那么换到小翁身上,就成了他瘙痒的头皮。过去她还能容忍他抓痒,因为她知道六点钟会准时结束。现在,除了要一直忍受这令人心烦的景象和刺耳的抓挠声,她还担心这瘙痒会转移到自己头上来。

她私下对伊什瓦说,虱子的可怕程度不比其他疾病弱,若能彻底去除虱子,他侄子的健康状况肯定会有所好转。

"但问题是没钱,"伊什瓦说,"我付不起钱带他去看医生。"

"治虱子不需要医生。有种家庭偏方就很管用。"迪娜向他解释了步骤,伊什瓦记起他的母亲也曾用过这个偏方。

迪娜给炉子添煤油的时候,给一个空发油瓶也装满了煤油。"喝完茶之后把这个涂上,"她说,"认真按摩,在头皮上敷二十四小时。明天就

第十章 同一面旗帜下扬帆

可以洗掉了。"

"只要二十四小时？我以为要敷四十八小时呢。我母亲过去就敷这么长时间。"

"那你母亲真是个勇敢的女性。四十八小时之内什么事都有可能发生。我可不希望你侄子变成一束人形火炬。"

"你们在说什么呢？"小翁困惑不解。他拿过瓶子拧开瓶盖。"天哪！是煤油！"

"你以为是玫瑰水吗？你想养虱子还是杀虱子啊？"

"说得对，"伊什瓦说，"别大惊小怪，我和你爸爸小的时候你奶奶也给我们这样做过。"

小翁连声抱怨、躲躲闪闪，总算在水盆前弯下了腰。他抱怨有些人连做饭都用不起煤油，他们却在这里浪费，把煤油涂在头发上。伊什瓦每次往手心里倒几滴煤油，在他头上按摩。在灯光的映照下，浸满煤油的黑头发显出斑斓的颜色。"像孔雀一样漂亮。"伊什瓦说。

"把手指插进头发里，"迪娜指挥道，"把它分散开。"伊什瓦有力的双手听从指挥，把连声抗议的小翁按得前后摇晃。

"快停下，老兄！要是煤油混进血里我会中毒的！"

涂完煤油之后，迪娜给了小翁一把破勺子用来挠痒痒。"别用手挠，不然会弄到衣服上的。"

小翁闷闷不乐地坐在缝纫机旁，皱着鼻子用力呼气，想驱散煤油的气味。用勺子搔痒远不如指甲来得痛快。他不时像浑身湿透的狗那样甩头，其他人则纷纷打趣他。

"想不想来根比迪烟啊？免得你总想着这件事。"伊什瓦问，"我敢肯定迪娜女士今天愿意破一次例。"

"当然了。要我亲自把火柴拿来吗？"

"笑吧，你们接着笑，"小翁阴沉着脸说，"我快被这气味呛死了。"

午饭时他告诉大伯他不去维什兰了，味道这么刺鼻，他不可能吃得下饭。于是伊什瓦也留在了家里。

下午马内克回到家,开始四处闻气味。"闻着像厨房的味道,"他像猎犬那样压低鼻子搜寻气味,终于追到了小翁身上,"你这是要转行当煤油炉了吗?"

"没错,他转行了,"迪娜说,"今晚我们就在他头上做饭。正好他是个头脑容易发热的人。"

正是迪娜自己开的这句玩笑让她产生了留裁缝们在公寓里吃饭的念头——其他因素则巩固了这种想法——这样就能彻底摆脱那个讨厌的易卜拉欣。裁缝们不出去吃午饭,晚饭也不必出门了。再说,小翁顶着满头的煤油耐心地坐了一整天,也该得到一些奖励。

于是她又切了一颗洋葱,多煮了三个土豆,把裁缝们的份也带上。卖面包的小贩来时,平时只买两个面包的她今天买了四个。"马内克,过来一下。"她把他叫到厨房,把自己的想法告诉了他。

"真的吗?那太好了,阿姨!他们跟我们一起吃饭,肯定会非常激动的!"

"谁说要他们跟我们一起吃了?我打算把他们的盘子放在门廊上。"

"你是想对人家好还是想羞辱人?"

"这有什么羞辱的?门廊好好的,很干净啊。"

"那好吧。既然如此,我也去门廊吃饭。我可不能参与其中,这样侮辱人。我父亲只有喂流浪狗的时候才会把吃的放在门廊。"

迪娜做了个鬼脸,马内克知道自己赢了。

迪娜还记得饭桌旁上一次坐满人的情景:那是她结婚三周年的纪念日,鲁斯图姆去世的那一晚,已经是十八年前的事了。她摆出四只盘子,叫来裁缝们。他们的表情清清楚楚地表达了这在他们看来是何等荣幸。

"你今天治虱子很乖，"迪娜对小翁说，"现在可以吃晚饭了。"她把锅端到桌上，又给自己加上一根削了皮的胡萝卜。她咬了一口胡萝卜，裁缝们好奇地看着她。"你不是唯一用偏方治病的人。这是我治眼睛的药。是不是啊，马内克医生？"

"没错，这是用来改善视力的处方药。"

"你知道吗，我渐渐喜欢上生吃胡萝卜了。不过我希望小翁别喜欢上他的药，不然我们每天都要忍受煤油的臭味了。"

"可这样做的原理是什么？煤油能把我头发里的虱子毒死吗？"

"我来告诉你吧。"马内克说。

"你是胡编乱造大王。"小翁说。

"不是，听我说。首先，每只小虱子身上都浸满了煤油。然后，等到深夜你睡着以后，迪娜阿姨会发给每只虱子一根非常小的火柴。它们数到三就集体自杀，点燃小小的火焰，却不会伤害你。到时候你的脑袋周围会有一个漂亮的光圈。"

"这可不是闹着玩的事。"迪娜说。

"自杀本来就不是闹着玩的事，阿姨。"

"我不想在饭桌上讨论这种事，即使只是闹着玩也不行。这个词你根本就不该提。"

她开始吃饭，马内克也拿起叉子，朝小翁挤了挤眼。裁缝们一动不动地坐着，看着面前的食物。迪娜抬头看时，他们拘谨地笑笑，互换了一下眼神，迟疑地摸摸餐具，犹豫不决地拿在手里。

迪娜明白了。

我真傻啊，她心想，怎么今晚把餐具摆出来了。她放下自己的刀叉，用手拿起一块土豆送进嘴里。马内克心领神会，裁缝们这才开始吃饭。

"真好吃啊，"伊什瓦说，小翁嘴里塞满了吃的，也跟着点头，"你们每天都吃面包吗？"

"对,"迪娜说,"你不爱吃吗?"

"哦,不,面包非常好吃,"伊什瓦说,"我只是在想,每天都买现成的面包肯定很贵。您的配给卡难道不能买小麦吗?"

"能买。可是把小麦送去磨坊磨成面粉、和面、做烤饼——事情太多,我忙不过来。我丈夫在世的时候我会这样做。后来我就没这份心思了。一个人做饭吃太没劲了,"她从自己的面包上掰下一块,蘸了些酱汁,"你们在维什兰吃饭肯定也很贵吧?"

伊什瓦说是的,他们生活很困难,尤其是现在每个星期都要向乞丐头儿付钱。"我们在棚户区住的时候有个煤油炉,那时候尽管我们没有配给卡,花的钱却少得多。我们每天都会做烤饼。"

"你们愿意的话,可以用我的配给卡买小麦。我只需要大米和糖。"

"问题是在哪儿做呢?"

这问题他不过是随口一说,马内克却有了答案。他让沉默在餐桌上停留了一阵儿,然后轻快地说:"我有个好主意。伊什瓦和小翁经常做烤饼,对不对?而迪娜阿姨的配给卡上有好多小麦,对不对?你们可以分担一部分饮食开支,我们一起吃。这样双方都能省钱。"

省下的不仅仅是金钱,还有房东那里的麻烦,迪娜心想,这样她就能挫败易卜拉欣了。即使他在公寓门口二十四小时蹲守也别想看见人。多管闲事的邻居也一样,如果他们想跟易卜拉欣搞好关系,借此解决自己的难题,就有可能向他告密。再说,新鲜出炉的烤饼绝对是人间美味。

可是这些足以成为她与裁缝们进一步亲密接触的理由吗?迪娜此前煞费苦心画下了界线,现在又要篡改,这样做明智吗?"我不确定,"她说,"伊什瓦和小翁也许不愿意每天都吃我做的饭。"

"不愿意?这太好吃了!"小翁说。

她慢慢地咀嚼,好腾出时间来思考。"这个嘛,我们可以试一个星期。"

"那太好了。"伊什瓦说。

"我来做烤饼,"小翁说,"我是烤饼冠军。"

政府的卡车来给配给站送货了。迪娜和裁缝们排着队等待两名苦力扛着五十公斤的黄麻袋卸货。阳光照在他们用来勾麻袋的钢钩上,闪闪发光。他们汗流浃背,汗水偶尔滴在土黄色的麻袋上,留下深棕色的斑点。一袋袋粮食运进店里,整齐地码放成排,仿佛太平间里的尸体。旁边是称粮食的秤,用沉重的铁链拴着从天花板垂吊下来。

"这两个家伙的速度太慢了,"伊什瓦说,"一次只能扛一袋。去,小翁,叫他们看看怎么一次扛两袋。"

"别拿这可怜的孩子开玩笑了,"迪娜见小翁作势撸起袖子,便说,"他到底为什么这么瘦呢?你确定他没生虫子吗?"

"没有没有,迪娜女士,没有虫子,相信我。再说,我很快就要帮他成家了,等有了媳妇给他做饭,他就能长肉了。"

"他现在成家,年纪还有点小。"

"快十八了——不小了。"

"迪娜女士说得对,你快别异想天开了。"小翁阴沉着脸说。

"瞧你这酸柠檬似的脸。"

队伍越排越长。后面有人高声叫嚷,叫他们快点。店主气呼呼地走出来,准备跟起哄的人对质。"你说话动动脑子!卡车上的货不卸下来,叫我拿什么卖给你?石头、沙子吗?"

"你平时卖给我们的就是这些玩意儿!"起哄者高声还击,排队的人哄笑起来,"你自己吃过自己卖的货没有?"那人身材瘦小,甲状腺肿得老大,引得排队的人纷纷盯着他看。

"你这混蛋,不买就走!没人逼着你买东西!"

站在起哄者身边的人连忙劝架,以免事态升级。人们劝他说跟配给站吵架不明智,自己的粮食全在那些人的掌控之下,他是不会吵赢的。

还有的人说他情绪太激动,脖子上的肿块搞不好会爆开。

"这个肿块也是这些混蛋店主干的好事!"那人火冒三丈地说,"他们卖劣质盐——不含碘的盐!这些粮油店主脑满肠肥、贪得无厌,他们应该为我们遭受的所有痛苦负责任!黑市贩子,倒卖粮食,投毒害人!"

运粮的卡车开走了。先前停车的地方有些零星的麦粒从麻袋的缝隙里掉了出来,散落在地上。一个光脚穿背心短裤的男人飞快地拾起散落的麦粒,装进一只空铁皮罐,然后追着卡车向下一个目的地奔去。今晚他能吃顿饱饭了。

售货员把秤架好,商店便开始出售粮食了。迪娜的配给卡做了相应的登记。除了平常买的糖和大米,她还在裁缝们的建议下买了全部配额的红皮小麦和白皮小麦,以及全部的高粱和御谷,裁缝们说这些东西既好吃又有营养,最棒的是价格也不贵。

每样东西称重时他们都盯着秤,抬头盯着秤杆平衡时的刻度。售货员把秤盘里的东西倒进迪娜的布袋,腾起一团灰尘。谷粒的声音像一道轻柔的瀑布。随后裁缝们便把袋子送去磨坊。

到了晚上,小翁对于自己做烤饼的手艺有些焦虑。他和了面,揉面也比平常更加卖力,擀饼时全神贯注,尽量把饼擀成正圆形。一旦擀出不规则的弧度,他就会把面揉成一团重新擀。

吃晚饭时,大家都夸他做得很成功。口说无凭,他做的八张烤饼很快便吃光了。小翁对此很满意,决定以后要做十二张。

窗户刚打开,野猫就喵喵叫着聚了过来。马内克给其中一些猫取了名字,将它们一一告诉了伊什瓦和小翁:约翰·韦恩走起路来大摇大摆,仿佛整条小巷都由它说了算;马内克最喜欢的是棕白相间的虎斑猫维贾雅蒂玛拉,它步伐轻盈,仿佛在电影里伴着音乐起舞;拉克尔·韦尔奇懒洋洋地坐着,不时伸个懒腰,从来不屑于跑过去抢吃的;沙特鲁汉·辛哈是个坏蛋，仗势欺人，给它的食物必须扔得远远的，其他猫才有机会吃饭。

"约翰·韦恩是谁？"小翁问。

"美国演员，经常演男主角——有点像阿米塔布·巴沙坎[1]。他走起路来像生了痔疮，又像胳膊底下夹着洋葱，最后总是能获胜。"

"那拉克尔·韦尔奇呢？"

"美国女演员，"他凑近些小声说，"胸很大。"窗外的野猫还在喵喵叫。小翁咧嘴一笑。"幸亏我今天多做了些烤饼。看样子它很爱吃。"

"你们干什么呢？"迪娜说，"这下好了，你把自己的坏习惯也教给我的裁缝了。拜托你把窗户关上。"她不禁琢磨他们一起做饭一起吃，事态会不会从此发展到不可收拾的地步。这样太亲密了。她希望自己将来不会后悔。

两个男孩仍在继续喂猫，伊什瓦退了回来。"迪娜女士，人们说给没有灵性的动物喂食是善举。"

"要是引得它们进屋找吃的，那就谈不上什么善举了。它们从下水道里带来的肮脏细菌会把我们都害死的。"

过去，卫生间里裁缝们的尿味如同一面飘荡在空中的旗帜，现在迪娜的鼻子却渐渐闻不到了。真奇怪啊，她心想，人的适应能力真厉害。

接着她才恍然大悟：现在气味之所以不明显，是因为每个人的气味都是相同的。大家吃的是同样的食物，喝的是同样的水。在同一面旗帜下扬帆远航。

"我们今天做五香小扁豆丸子吃吧，"伊什瓦提议，"拉加拉姆的

---

1. 阿米塔布·巴沙坎是印度著名电影演员，在 20 世纪 70 年代尤为知名。他是宝莱坞最成功的男演员之一，也是首位进入杜莎夫人蜡像馆的印度影星。

菜谱。"

"我不会做这东西啊。"

"不要紧,我会做,迪娜女士,今天您休息一天。"伊什瓦统筹安排,派小翁和马内克去买半颗鲜椰子、绿尖椒、薄荷叶和一小把香菜。余下的配料有干辣椒、孜然和酸角,调料柜里都有。"你们两个快去快回,"他说,"还有别的活等着你们呢。"

"要我做些什么吗?"迪娜问。

"我们需要一杯小扁豆。"

迪娜取了豆子用水泡上,然后把锅端到炉灶上。"要是我们提前浸泡一夜就不用水煮了,"伊什瓦说,"不过这样也可以。"

两个男孩回来后,他吩咐小翁刮椰肉,让马内克切两颗洋葱,自己则把四个绿尖椒和六个红尖椒切碎,又切了香菜和薄荷叶。

"这些洋葱真够辣的,老兄。"马内克直吸鼻子,用袖子擦着眼泪。

"这对你正好是个锻炼,"伊什瓦说,"人这辈子迟早是要哭一场的。"他瞥了桌子对面一眼,看见宽厚的洋葱圈从刀上掉下来,"喂喂,切薄点儿。"

小扁豆煮好了。他沥干水,把锅里的东西倒进研钵,加入半勺孜然和碎尖椒,然后开始把食材碾磨在一起。捣杵发出的咚咚声引得马内克用刀敲着锅开始伴奏。

"我说,乐队指挥,你的洋葱切好了没有啊?"伊什瓦说。研钵里的食材混在一起变成了一种粗糙的糨糊,黄色的豆泥里混有绿、红、棕色的颗粒。他把剩余的食材也混入其中,拿起一撮放在鼻子底下闻闻香气。"完美。现在轮到煎锅上场了。我炸丸子的时候小翁可以做酸辣酱。来,把剩下的椰丝和香菜磨碎。"

伊什瓦轻轻地把乒乓球大小的丸子接连放进闪闪发亮的热油,油锅里发出嘶嘶、咝咝的声响。他用勺子挪动丸子,确保它们都漂浮在油里,这样炸出来的丸子才色泽均匀。与此同时,小翁在石板上来回滚动

第十章　同一面旗帜下扬帆

圆形的石杵。过了一会儿，马内克接过了石杵。在他们不懈的努力下，宝贵的酸辣酱终于一滴滴地碾了出来。

丸子漂浮在翻滚的热油里，渐渐变成了令人垂涎的棕色，迪娜站在一旁品味着它的香气。她望着他们有说有笑地开始收拾厨房，伊什瓦警告两个男孩，要是石板没刷得一尘不染，就要罚他们像猫那样把石板舔干净。变化真大呀，她心想——厨房原本是公寓里最悲哀、最昏暗的房间，现在却变成了一个明亮的地方，充满欢乐与活力。

三十分钟后，美味做好了。"大家趁热吃吧，"伊什瓦说，"来，小翁，给我们打点儿水。"

大家每人拿起一个小扁豆丸子，涂上酸辣酱。伊什瓦笑容满面，自豪地等待着大家的评价。

"超级好吃！"马内克说。

迪娜装作不高兴的样子，说马内克吃她做的饭时可从没给过这么高的赞赏。马内克努力为自己打圆场。"阿姨，你做的饭也超级好吃，只是跟我母亲做的帕西族饭菜太像了。我的味蕾没有为之疯狂，完全是由于这个原因。"

伊什瓦和小翁对自己的劳动成果很谦虚。"没什么。很好做的。"

"真好吃，"迪娜赞同道，"马内克想出这个一起吃饭的主意真不错。早知道你们做饭这么好吃，我就雇你们做厨子，而不是裁缝了。"

"不好意思，"听见她的赞扬，伊什瓦笑着说，"我们做饭不是为了钱——我们只给自己和朋友们做饭。"

他的话在迪娜心中掀起一种熟悉的内疚感。他们之间仍然横亘着一道鸿沟，她对他们的看法与他们对她的看法并不相同。

接下来的几个星期，裁缝们不仅做了烤饼、普里油饼和小扁豆丸子，还做了其他素食饭菜，比如五香奶酪、辣味炸蔬菜、五香炖土豆。每到夜晚，厨房里总有四个或者至少两个人在忙碌。迪娜心想，我每天最灰暗的时刻现在变成了最快乐的时刻。

每到她做米饭的日子,裁缝们就不必做烤饼了,不过,只要没出去找房子,他们就会到厨房里帮忙。"我小时候住在村子里,"伊什瓦一边淘米、挑出米里的石子一边说道,"也经常帮我母亲这样做。只不过是反过来挑的。收完粮食之后,我们常到田里去捡打谷、扬场落下的谷粒。"

迪娜意识到他们对她的信任又多了一分,向她讲了一点儿过去的经历,这实在太宝贵了。有关裁缝们的生平经历又多了几个片段。

"那时候,"伊什瓦继续说道,"我以为生活中全部的期待就只有这些。一条艰苦的道路,上面撒满尖利的石子,运气好的话,偶尔能发现一些谷粒。"

"后来呢?"

"后来我发现道路多种多样,每条路都有自己的走法。"

她很喜欢他的这种说法。"你形容得真好。"

他呵呵笑了。"肯定是由于我接受过裁缝培训。裁缝最擅长研究图案、勾画轮廓了。"

"那你呢,小翁?你也帮你母亲拾谷子吗?"

"不。"

"他不用干这个,"伊什瓦插话道,"到他出生的时候,他父亲——也就是我弟弟——裁缝生意已经做得很不错了。"

"可他还是让我去学臭烘烘的制革手艺。"小翁说。

"这你可没告诉过我。"马内克说。

"我没告诉你的事情多着呢。你把这辈子的所有事都告诉我了吗?"

"学制革是为了塑造他的性格,"伊什瓦解释道,"也是为了让小翁了解自己的祖辈,提醒他不要忘记自己的出身。"

"可是为什么要提醒他这些呢?"

"说来话长。"

"告诉我们吧。"迪娜和马内克不约而同地说,把伯侄俩逗笑了。

"过去我们在村子里是皮匠。"伊什瓦开口了。

"他想说的是，"小翁打断了他，"我们家属于恰马尔种姓，是鞣皮匠、制革工。"

"没错，"伊什瓦接过话头，"很久很久以前，小翁还没出生，他父亲纳拉扬和我都还是小孩子，一个十岁，一个十二岁，我父亲杜奇送我们去做裁缝学徒……"

"教我怎么用这个。"小翁说。

"用什么？"

"刀叉。"

"好啊，"马内克说，"第一课，先把胳膊肘从桌子上拿下来。"

伊什瓦赞许地点点头。他说等他们回村去给小翁相亲的时候，这一定能让大家刮目相看，也能抬高小翁的身价。"用讲究的餐具吃饭——这可是个了不起的本领，就像演奏乐器一样。"

迪娜的被子又见长了。裁缝们孜孜不倦地缝完了一个又一个来自再会出口公司的订单，边角料与日俱增，仿佛一条鲜活的河流留下的冲积物。晚饭后她守着碎布，挑选最近得到的边角料，拼凑出最漂亮的花样。

"这两块的风格跟以前的完全不搭，"马内克说，"你觉得放在一起会好看吗？"

"床单批评家又来了。"迪娜叹息道。

"有方块，有三角，还有多边形，"小翁说，"确实有点儿乱。"

"成品会很漂亮的，"伊什瓦很有把握地说，"只要保持耐心，不断地拼接，迪娜女士，这才是秘诀所在。没错，乍一看不过是些乱糟糟的碎布，等您把它们拼起来就不一样了。"

"正是这样，"她说，"这些孩子不懂。对了，要是你也想做些东西的话，柜子里还有很多布。"

伊什瓦想到了尚卡尔——给他做件新马甲肯定不错。他向迪娜讲述了其中的困难：他下身截了肢，什么也穿不住，兜裆布、内裤、长裤一概不行，因为他经常在轮板上扭来扭去。而且一旦衣服从腰间滑落，他就束手无策，只能等着乞丐头儿下次过来巡视。

"我想我有个办法。"迪娜说。她找出上学时穿的连体式旧泳装，解释了泳装的设计。照葫芦画瓢很简单，再做几处微调，比如加上袖子和衣领，前襟加上扣子。

"您的主意真是棒极了。"伊什瓦说。

他挑出几块浅棕色的府绸料子，第二天下午带着皮尺去了维什兰。他和小翁吹着碟子里的热茶，透过窗户向外看。尚卡尔正在人行道上尝试新的讨钱方式。

富有创意的乞丐头儿给轮板又加了一截，将它延长。尚卡尔平躺在上面，将大腿的残肢伸向空中挥动。动着动着，睾丸就会从包裹下身的布团里露出来。他不断地往回塞，但是必须使劲伸长手臂才能够到，过了一阵，他便索性让阴囊留在外面了。

"哦，先生，赏几个小钱吧。"尚卡尔拖着长声说道，每隔一拍，他就伴着节奏晃动讨钱用的铁罐。铁罐放在他额头上，用没有手指的双手夹着。累了他就把铁罐放在头旁边，双手跟腿一样举在空中摇晃。

裁缝们喝完茶时，他正要坐起来。这种仰躺着的姿势对他来说是全新的经历，他每次只能躺一小会儿，担惊受怕地度过几分钟，生怕有人踩到自己。早晚高峰时人群席卷人行道，那段时间真是令人胆寒。

他见伊什瓦和小翁出来，便滑着轮板来到路缘跟前，跟他们聊天。

"轮板改良了，是不是，尚卡尔？"

"有什么办法呢？总得让大伙看得满意啊。乞丐头儿认为是时候想些新花样了。自从我们从那个可怕的地方回来以后，他对我非常好。甚至比以前还要好。而且他也不再叫我'虫子'了，而是叫我的真名，跟你们一样。"

第十章　同一面旗帜下扬帆

得知裁缝们打算给他特制一件马甲，他非常激动。三个人来到维什兰背后清静的小巷里，伊什瓦为他量了尺寸。

"你现在过得一定很舒服吧，"小翁说，"可以躺着上班。"

"你绝对想不到，这工作简直就像在天堂，"尚卡尔狡黠地说，"刚过了三天，我已经见过许多好东西。尤其是当短裙从我头顶飘过的时候。"

"真的吗？"小翁很羡慕，"你都看见什么了？"

"看见了盛宴，用字句是无法描述那种成熟、多汁的感觉的。"

"看来我侄子想借你的轮板用上一两天呢。"伊什瓦不动声色地打趣道。

"我们首先得把他的腿处理一下，"尚卡尔接着他的黑色幽默往下说，"我知道了——只要你不再给乞丐头儿付钱就可以了。这样就能自动变出折断的胳膊和腿来。"

第二天，礼物做好了，裁缝们晚上出去继续找房子时在尚卡尔行乞的人行道旁停了下来。他们想带他去小巷里把马甲换上，看看是否合身，但他有些犹豫。"乞丐头儿不会喜欢的。"他说。

"为什么？"

"因为新的布料看起来太高档了。"他决定先不穿，征得乞丐头儿的同意之后再穿。

裁缝们失望地走了，同时取走了一包放在尚卡尔轮板底下的头发。有好长一段时间，他们没从头发贩子那里收到任何东西，不过最近几天他送货的次数变得有规律起来。他们的行李箱渐渐装满了。

"既然长头发很少见，拉加拉姆怎么能突然收到这么多呢？"小翁十分疑惑。

"我才不会为了那家伙的头发伤脑筋呢。"

过了一个星期，裁缝们终于看见乞丐穿上了他们送的礼物。他们起初根本没认出那件衣服来，因为乞丐头儿将棕色的府绸做了改造。衣服整个涂脏,胸口扯了个大洞,现在这件衣服跟尚卡尔很相称了。

"那个混蛋乞丐头儿,"小翁说,"把我们的作品给毁了。"

"别用你的标准来评判他,"伊什瓦说,"你也不会打着领结、头上缠着结婚戴的大头巾去迪娜女士那里工作,不是吗?"

第十一章

未来晴转多云

门廊安全而舒适,将裁缝们寻找新住处的迫切感渐渐消磨殆尽,于是他们晚上出去找房也半心半意起来。眼看第三个月了,伊什瓦对此有些内疚,觉得他们利用迪娜的好客占了她的便宜。为了缓解良心受到的谴责,他养成了一个习惯,就是极其详尽地向迪娜描述他们为什么会租房失败:他们去了什么地方,看过哪些宿舍、楼房和棚屋,又如何与房子失之交臂。

"真叫人丧气,"他不止一个晚上这样说,"就在我们赶到的十分钟前,有人刚刚租下了那个房间。那个房间真棒啊。"

然而随着时间的推移,迪娜对于房东的担忧渐渐平息。她对于裁缝们睡在门廊心满意足。谁也别想让她改变想法,就连泽诺比娅也不行。一天晚上泽诺比娅偶然来访,发现了裁缝们的行李和铺盖,大惊失色。

"这太危险了,"她警告迪娜,"你这是在玩火。"

"嗐,没事的。"迪娜自信地说。她已经还清了欠努斯万的钱,收租人也没再来骚扰她,缝纫进度空前地快。

再会出口公司一直为之提心吊胆的罢工也化险为夷,古普塔太太为此欢欣鼓舞,认为这是正义战胜了邪恶。"现在公司有了自己的打手,"她向迪娜解释道,"这就是我们的打手跟他们的打手对战的过程。这些人先下手为强,不让工会的骗子惹事或者把可怜的工人引上歧途。你要知道,就连警察都支持我们。所有人都被工会搞得烦不胜烦。"

迪娜把这个好消息带回家时,裁缝们也喜出望外。"我们的幸运星处在正确的位置了。"伊什瓦说。

"没错,"迪娜说,"不过更重要的是你们的针脚也要在正确的位置。"

伊什瓦和小翁通常吃完晚饭后出门找房,有时他们不负责做饭,就在晚饭前去。迪娜每次都祝他们好运,却总会真心地加上一句"等会儿见"。马内克常常跟他们同去。迪娜独自在家等着他们回来,目光不时投向家里的钟。

当他们向她汇报当晚的找房经历时,她给出的建议总是:"别急着定下来。"她说要是花大价钱租下了房子,却因为是违法建筑而再次被拆除,那就太愚蠢了。"还是攒钱租个像样的、不会被人赶出去的房子比较好。慢慢来。"

"可是您不肯收我们的租金。我们哪能长期这样给您增添负担呢?"

"我并不觉得这是负担。马内克也不觉得。你有负担吗,马内克?"

"有啊,我的负担可重了。我就要考试了。"

"还有一个问题,"伊什瓦继续说道,"我们一天没有自己的住处,我的宝贝侄子就一天没法娶亲。"

"这个我也帮不上你们。"迪娜说。

"谁说我想娶亲了?"小翁瞪了他一眼,迪娜和伊什瓦交换了一个慈爱的笑容。

小道消息说北部的城郊好像有个插间要出租,裁缝们循着消息来到了刚进城时找工作的那片城区。等他们找到时,那个房间已经租出去了。他们正好从高端裁缝铺门口经过,便决定进去跟吉万打个招呼。

"啊,我的老朋友们回来了,"吉万跟他们打招呼,"还带了一位新朋友。他也是裁缝吗?"

马内克笑着摇摇头。

"啊,不要紧,我们很快就能把你教成裁缝的,"接着吉万滔滔不绝地开始追忆旧事,说起他们三个通宵干活,为了给参加补选的政客赶制衣服的事,"你们还记得吗,我们做了一百件衬衫和一百条缠腰布,为了让那家伙送去行贿?"

"感觉倒像做了一千件。"小翁说。

"我后来才知道,他把活分包给二十多个裁缝,总共送出了五千件衬衫和缠腰布。"

"这些混蛋政客哪里来的这么多钱?"

"都是黑心钱,还能是什么?都是有求于他们的商人送的。整个执照、许可、份额体系都靠这个运作。"

然而事与愿违,尽管那名参选人向有影响力的选民分发了许多衣服,他最终还是失败了,因为竞选对手的演讲内容很有心机:只要能在投票时保持明智的头脑,平白接受礼物又不是什么罪过。

"他落选后想把这事怪到我头上,说选民之所以不选他是因为衣服做得不好。我说,你带着衣服来找我。后来我就再没见过他,"吉万收拾了柜台上的活计,拂掉前襟上的绒毛,"过来坐,跟我一起喝杯茶吧。"

他请大家坐下不过是种客套的说辞,小店里挤挤挨挨,很难真正坐下。自裁缝们上次离开之后,店里经过了翻修,屋子尽头分出一个带拉帘的隔间,给顾客试衣服用。伊什瓦接过柜台后面递过来的一碟茶,吉万则用杯子小口喝着茶,两个男孩端着茶来到屋外分着喝。

这天晚上高端裁缝铺的生意很兴隆。"是你们给我带来了好运气。"吉万说。一家人来到店里,要给三个小女儿做衣服,母亲自豪地把布料夹在胳膊底下,父亲则严厉地皱着眉头。他们想给每个孩子做一件衬衫和一条半身长裙,赶在过排灯节时穿。

吉万用一根手指拨弄着嘴唇,装模作样地仔细查看订单册。"只有一个月就到日子了,"他抱怨道,"人人都急着要。"他吞吞吐吐、欲言又止,舌头和牙齿打着响,接着又说能做完,但是时间很紧。

几个小女孩松了口气,激动得踮着脚蹦蹦跳跳。严厉的父亲厉声训斥叫她们站好,不然小心他敲破她们的脑袋。老婆孩子面对这种吓人的威胁不以为然，她们早就习惯了他这样说话。

吉万量了布料，化纤布料上印着孔雀图案。他愁眉紧锁，又量了一遍，然后拨弄着嘴唇说布料不够做三条长裙。三个孩子听见这话快要哭出来了。

"那个跛脚的混蛋在撒谎，"小翁低声对马内克说，"你往下看吧。"

他又量了第三遍，然后带着慈善家似的神情说还有另一个办法。"这很难办，不过我可以做及膝的短裙。"

绝望的父母立刻答应了这个建议，让吉万这就动手做。他抖抖皮尺，叫孩子们过来量尺寸。三个孩子木偶娃娃似的直挺挺地站着，不时动作僵硬地转身、抬头、抬胳膊。

"这个骗子至少能从中骗到三码布，搞不好有四码。"小翁喃喃地说着，闪身给离开的那家人让路。三个小女孩小声抱怨她们真的非常想要长裙。父亲慈爱地拥抱了她们，又威胁说要是她们不乖乖听话就把她们的牙齿打掉。说完，相亲相爱的一家人沿着小路走远了。

吉万叠好布料，把记有孩子们衣服尺寸的那张纸夹在里面。"我们裁缝也要讨口饭吃啊，不是吗？"他就自己的行为征求他们的赞同。

伊什瓦不置可否。

"这些顾客啊——总对我们提出过高的要求。"吉万又搬出毫无说服力的老生常谈，试着解释道。

另一位顾客的到来为他解了围。那女人按照约定的时间来试穿衣服，吉万把初具雏形的丝绸短衫递给了她。那女人走进试衣间，拉上布帘不见了。

马内克戳戳小翁，二人扭头看去。晃动的布帘离地面有几英寸的距离，能看见那女人的纱丽散落在她穿着凉鞋的脚边。吉万竖起一根手指对他们摇摇，然后自己也望着试衣间色眯眯地笑了。

"要是布帘再薄点儿，我的生活就更有滋味了。"小翁说。他们听得见她的手镯发出轻柔的叮当声。

"嘘!"吉万警告他,接着又窃笑起来,"当心害我失去一位常客。"

那女人出来时,他们心里有愧,结结巴巴地陷入了沉默。他们偷偷打量着她,低下头斜着眼睛瞄她。她把纱丽从肩头褪下来,好让吉万查看那件还没做完的上衣。"请把手臂抬一抬。"吉万说着把皮尺伸到她胳膊底下。这时他的声音透着公事公办的意味,好像医生要看病人的舌头。

在短衫和腰线之间,她的腰身都裸露在外。她穿的是最近流行的低腰纱丽,肚脐露在外面。马内克和小翁盯着吉万向那女人建议背部加两个褶,把领口开得略深些。之后她便退回了布帘后面。

小翁低声对马内克说,他最怀念的就是这部分工作,因为给迪娜女士做衣服是照着纸样做。"我压根儿没机会给女人量尺。"

"说得好像你量尺时敢有小动作似的。"

"老兄,你不知道有多少事可做,"他解释说做上衣,尤其是这种贴身的短衫,简直是人间天堂,因为皮尺要从乳房上经过。皮尺绕她身子一周,再用另一只手绕回胸前,在这个过程中你必须站得离她非常近。这已经够让人激动了。此外,你的手指还要把皮尺捏住,就在她乳房之间的空当——这样你才不会碰到她——不过总是有机会从她身上轻轻拂过。你要小心行动,知道什么时候进、什么时候退。要是她一碰到皮尺就畏缩,那么再做任何尝试都是很危险的。不过有些女人不在乎,你从她们的眼神和乳头就能判断出自己是否可以挪动手指。

"你这样做过吗?"

"好多次呢。就在阿什拉夫叔公的穆扎法尔裁缝铺。"

"也许我应该退学当个裁缝。"

"你就该这样做。比上学有意思多了。"

马内克笑笑。"其实,我在考虑这个学年结束后继续读大学。"

"为什么?我还以为你讨厌大学呢。"

马内克沉默了一会儿,轻敲着手指关节。"我父母给我寄了封信,说他们多么盼望学年结束，说我不在他们是多么孤独——都是老一套的废话。我在家的时候，他们就会说去去去一边去。所以我打算写信告诉他们我还要再读三年，拿真正的大学文凭，而不是那种一年的培训证明。"

"老兄，你真傻。换作我是你，我会用最快的速度回到父母身边。"

"回去干什么？继续跟我父亲吵架？再说，我在这里过得很开心。"

小翁盯着自己的指甲看了看，伸手整理了一下鬈发。"既然你打算留下，那你真的应该把专业改成裁缝。因为研究冰箱可没法给女人量尺。"他笑着说，"你打算怎么说？难道说'女士，请问您的架子有多深？'"

马内克也笑了。"我可以问'女士，请问我能不能检查一下您的压缩机？'或者'女士，您的温度调节器槽里需要新的温度调节器。'"

"女士，您的温控器旋钮需要调一调。"

"女士，您储肉抽屉的打开方式不正常。"

他们说得正热闹的时候，顾客走了，伊什瓦说："走吧你们俩，该回去了。我说，你们说什么呢，笑得这么开心？"

"好像我们不知道似的，"吉万咧嘴一笑，祝他们好运，向他们道了别，"祝你们早日找到房子。"

马内克考试前的复习周里，一天下午，收租人没提前打招呼就直接上门了。裁缝们听见门铃的声音连忙停下了缝纫机。

"你好，妹子。"易卜拉欣说着抬手去扶毡帽。

"又怎么了？"迪娜说着挡住他，"这个月的房租已经付过了。"

"不是房租的问题，妹子。"他边说边畏缩，最后才一口气说出办公室派他来送最后通牒，限迪娜三十日内腾出房屋，因为他们有证据表明迪娜无视几个月前的警告，依然将公寓用于商业用途。

"胡说八道！他们有什么证据？"

"你别跟我发火啊，妹子，"收租人哀求着，手指敲敲口袋里的记事本，"都在这儿呢——日期、出入次数、出入人员、出租车、衣服。还有更多的证据，就坐在后屋。"

"后屋？你倒是指给我看看！"迪娜让到一边，挥手让他进屋。

这明目张胆的挑衅让收租人吃了一惊。他别无选择，只好接受。他低着头进了门，向缝纫室走去。裁缝们僵坐在缝纫机旁紧张地等待着，马内克在自己的房间静观事态发展。

"问题就在这儿，妹子。你不能雇用裁缝在这里工作，"他又痛苦地抬手指指另一间卧室，"除了裁缝，还有个租客。这太疯狂了，妹子。办公室肯定会把你轰出去的。"

"你真是胡说八道！"迪娜展开了反击，"这个人，"她指着伊什瓦说，"是我丈夫，这两个孩子是我们的儿子。这些衣服都是我的。是我一九七五年添置的一部分新衣服。去，跟你的房东回话去吧，他没有证据。"

对于她编造出的这番话，很难说究竟谁更震惊：满脸通红摆弄着剪刀的伊什瓦，还是扭绞着双手不住地叹气的易卜拉欣。

迪娜乘胜追击，又追问道："你还有别的话要说吗？"

易卜拉欣耸肩驼背，摆出一副可怜相。"结婚证，行吗？出生证明？我看看行吗，拜托了？"

"看我不拿拖鞋抽你几个嘴巴子！你竟敢这样羞辱我！告诉你那个房东，他再敢对我的家人纠缠不休，我就把他告上法院！"

收租人连连后退，小声嘟哝着说一定要向办公室做详细的报告，他只是在做本职工作而已，为什么要对他这么凶，他跟租户一样，也不愿意干这种事。

"你不愿意干就别干。到了你这个岁数，本来也不该工作了。叫孩子养活你。"

"我不得不干啊，我是个孤家寡人。"他正说着，门关上了。

胜利的甜蜜感渐渐退去。迪娜静静等待，听着收租人在门外的喘息声，把气喘匀之后他才离开。他说出那只言片语的瞬间，迪娜自己生活中孤独而艰难的岁月涌上心头，让她意识到最近几个月体验到的幸福是多么短暂而不牢靠。

坐在后屋的伊什瓦已经从自己惊人的"婚姻状况"中缓过神来了。两个男孩哈哈大笑，取笑他的表情。"你总说要给我讨个老婆，"小翁说，"结果自己先添了个老婆。"

"这个主意太妙了，阿姨。是你事先计划好的吗？"

"这些事不用你管，好好准备你的考试吧。"

为期三个星期的排灯节假期里学校不上课，迪娜劝马内克出去逛逛。"这么长时间以来，你都是从家到学校两点一线。其实这座城市有很多景点可以逛。博物馆、水族馆和象岛石窟保证会让你流连忘返。维多利亚花园和空中花园也值得一看，相信我没错的。"

"可是我以前看过了。"

"什么时候？好多年前跟你妈妈去看的？你那时候还是个小孩子，肯定记不住的，应该再去看一次。还有，你一定要去拜访苏打瓦拉家的亲戚——他们可是你妈妈的娘家人。"

"好的。"马内克嘴上心不在焉地应和着，却没有离开过公寓。

那个星期，排灯节最早的烟花爆竹声响了。"老天啊，"伊什瓦说，"好一通狂轰滥炸。"

"这还不算什么，"迪娜说，"等临近节日当天你就见识到了。"

噪音使得每晚的上床时间推迟了大约两小时，令马内克本就空虚的假期变得更加漫长而空虚。作为弥补，他试过晚些起床，可是清晨充满了送奶工发出的叮当声和乌鸦的吵嚷声，喧嚣总能战胜他的睡意。

迪娜为他写下了公交车和路线。"这些旅游景点非常好找，你不可能迷路的。"她说道，心想也许是这些事吓得马内克不敢出门。但马内克仍然动也不动。

见他整天闷闷不乐地待在家里，她也觉得厌烦，便开始责备他："整天闷在家里，像个郁闷的老头子。年轻小伙子可不该这样。再说你整天来回踱步，都快把我们逼疯了。"

他在一旁闲待着，渐渐分散了小翁的注意力。小翁又开始跟马内克去维什兰长时间地茶歇，或者在门廊打牌，对工作毫无热情。伊什瓦责备过侄子，迪娜也训斥过他，都无济于事。

到了周末，他们换了一种方式，决定给小翁也放个假。有朋友在旁边等着，指望他在缝纫机边埋头苦干，这不现实。话说回来，他正是应该跟马内克一样上学读书的年纪，却要为生计而操劳，这对他来说已经够残酷了。

于是他们告诉小翁，他可以缩短工作时间，只要上午八点到十一点缝衣服就行。"过去这几个月你工作非常努力，"迪娜说，"应该给你放个假。"

这下谁也别想把他们拴在家里了。小翁的短班一做完，两个男孩立刻消失得无影无踪，直到吃晚饭时才回来。接着就是饭桌上喋喋不休的谈话，讲述当天的见闻，直到上床睡觉才停下。

"海面上波涛汹涌，汽艇像野马那样上蹿下跳，"小翁说，"真吓人啊，老兄。"

"我跟你说，阿姨，你的租客和制衣厂的一半员工险些淹死在码头。"

"别说这种不吉利的话。"伊什瓦说。

"坐完汽艇之后，我看到水族馆都觉得头晕——周围全是水。"

"不过那些鱼特别漂亮，老兄。而且游泳的姿势很优雅。有的像在出门散步，有的像在赶集买菜、挑选西红柿，还有的像警察在抓小偷。"

"有些鱼五颜六色的，活像再会公司的布料，"马内克说，"还有锯鳐，它的鼻子长得跟锯条一模一样，我发誓。"

"明天我想去海滩上按摩，"小翁说，"我们今天看见别人按摩来着，有按摩油、润肤露和毛巾。"

"你们千万要小心，"迪娜警告他们，"那些按摩的家伙都是骗子。他们先给你们认真按摩一会儿，让你们舒服得睡着，然后就会偷走你们口袋里的东西。"

不过，接下来的三天他们是在博物馆度过的。小翁回到家，说博物馆的拱顶肯定是工匠按照他大伯的肚子修建的。"要是我真的这么荣幸就好了。"伊什瓦说。一连三个晚上，他和迪娜听着他们讲述中国展馆、尼泊尔展馆、俄式大茶壶、陶瓷茶壶、象牙雕刻、翡翠鼻烟壶和壁毯。

最令人心醉神迷的是兵器展——锁子甲、镶玉柄的匕首、短柄弯刀、锯齿剑（"跟厨房架子上的椰子刮刀很像。"小翁如是说）、镶满珠宝的仪仗剑、弓箭、短棍、长矛、长枪和狼牙棒。

"那些东西看起来就像那部老电影《莫卧儿大帝》里的武器。"马内克说。小翁则补充说，可以把那些武器分发给村里的恰马尔，武装起来血洗地主和高种姓，保证很见成效。伊什瓦听了这话颇不赞成地皱起了眉头，直到两个男孩哈哈大笑起来，他才放下心。

假期就这样被年轻人的好胃口吞噬了。城市里的种种景致从他们舌尖吐露，他们讲给伊什瓦听，让他得以间接参与他们的观光之旅。至于迪娜，在他们热情的感召下，她也回忆起了自己学生时代的点点滴滴。

假期过半，一场迟来的季风令天空陷入了黑暗。大雨把两个男孩困在家里。马内克既无聊又躁动，想起了那套国际象棋。小翁从没见过国际象棋，塑料棋子激发了他的想象力。他说想学下棋。

马内克把棋子的名字一一告诉小翁："国王、王后、主教、骑士、城堡、兵卒。"这些利落的字眼在马内克耳畔响起，如同一阵熟悉的爱抚。时隔许久，马内克重新把棋子拿在指尖，从棕色的胶合板棺材里取出棋子，让它们重回人间，返回熟悉的方格棋盘，为厮杀做好准备——这一切让他满心愉悦。

这时，马内克的声音突然变成了另一个声音的遥远回响——那个声音曾经在学校的宿舍里为他一一报出棋子的名字。他停下来,无法继续讲解游戏规则。那个声音挖掘出他并不遥远的过去的骸骨,那是他试图遗忘、已经半数遗忘并且永远不愿重温的过去。回忆在此刻突然涌现,鲜活的情景令人措手不及。

他盯着棋盘,方格里的每枚棋子都蕴藏着一个幽灵。三十二个幽灵开始活动,组成一支舞动、碰撞、讥讽着他的回忆大军,准备与他渴望遗忘的决心展开搏斗。接着,舞动的棋子交换舞伴,六十四个方格中每个都有阿维纳什向他微笑的面孔。

马内克努力定了定神,放下棋盘走到窗边。大雨拍打着街面。不知什么人的摩托车盖着油布,雨点砸在上面砰砰作响。摩托车周围的水洼里净是污泥,令人不愿靠近。没有孩子玩耍、戏水,街道上一派死气沉沉,这场雨等得太久,下得太急。他真希望自己没有打开棋盒。

"怎么了?"小翁问。

"没什么。"

"那就来吧。别磨蹭了,来教我下棋。"

"这游戏很没劲。算了。"

"既然这么没劲,你为什么还留着它?"

"这是别人借给我的。我很快就要还回去。"他望着下水道口的漩涡吞噬了空烟盒和饮料瓶盖。科拉可乐自然不在其中。爸爸肯定还在坚持老一套。那生意本该多么成功啊。而他本不必到这该死的学校来。他心想,准是过去的生活走错了某一步,才会陷入眼下的僵局。

"你根本就是不想教我。"小翁说着把棋子一拢,倒回盒子里。棋子发出哒哒的声响,仿佛在谴责马内克。马内克看着他,张了张嘴想解释。小翁没看见,滑上了盒盖。

马内克在窗边又站了一会儿才回到棋盘边。"我可不想给你添麻烦,"小翁用讽刺的语气说,"你确定想教我吗?"

马内克没说话,摆好棋盘开始解释规则。雨点把摩托车的油布敲得愈发响亮。

接下来的两天里,小翁学会了棋子应该怎么走、怎么吃,却怎么也不能理解"将军"这个概念。如果马内克在棋盘上摆出棋局演示,他倒是能完全理解,并且对国王受困束手无策的痛苦感同身受。可要他自己在下棋时达到这样的状态,他却做不到,并且会渐渐失去耐心。

马内克觉得责任在于自己——他不是阿维纳什那样的好老师。僵局与和局同样令小翁难以理解。"有时候双方剩下的棋子不够多,国王面临将军时就可以永无止境地脱逃。"他一遍又一遍地解释。

跟上次一样,在棋盘上示范时小翁明白了,然而关于国王和军队的隐喻却无法令他满意,他也拒绝继续下棋。"这说不通,"他争辩道,"你看,你的军队跟我的军队打仗,我们的人全都死了,只剩下我们俩。我们当中有一个人要胜出,强者就要杀死弱者,不对吗?"

"也许吧。不过象棋有另一套规则。"

"规则应该确保总有一个人会赢。"小翁坚持道。这个逻辑漏洞令他十分困扰。

"有时候谁也赢不了。"马内克说。

"你之前说得对,这游戏确实很没劲。"小翁说。

连下了五天的雨,天仍没有放晴的意思,他们俩在公寓里烦透了。他们看伊什瓦和迪娜干活解闷儿。"瞧,"马内克说,"他发动缝纫机时总是用舌头抵住腮帮子。"后来他们又发现迪娜有个滑稽的习惯,就是在量尺时用牙齿把两片嘴唇都咬住。

"你也太慢了,老兄,"小翁看着大伯停下手里的活给机器上线轴,"我只要三十秒就能装好。"

"你还年轻,我已经老了。"伊什瓦好脾气地说。他把新装的线轴装在梭子上,合上了金属滑盖。

"我总是提前备好六个线轴,"小翁说,"这样我就可以飞快地换好线

第十一章　未来晴转多云

轴，免得衣服做到一半还要停下来。"

"阿姨，你也应该给小拇指留长指甲，就像伊什瓦那样。肯定很好看。"

迪娜没了耐心。"你们两个简直是大写的麻烦。就算放了假，也不许你们整天坐在这里胡说八道来烦我们。要么出去玩，要么就动手干活。"

"可是外面在下雨呢，阿姨。你不想让我们淋雨，不是吗？"

"你以为下了点儿雨，全城都要盖上毯子吗？带把伞就行了，在你房间的柜子上挂着呢。"

"那可是把女式伞。"

"那你们就淋雨吧。只要别来烦我们就行。"

"好吧，"小翁说，"我们下午出去。"

他们退到了门廊，马内克提议再去一次水族馆。小翁则有个更好的主意：吉万的裁缝铺。

"太无聊了，老兄——那里根本没事可做。"

小翁这才道出了他的计划：说服吉万让他们给女顾客量尺。

"好，我们走。"马内克咧嘴一笑。

"这个游戏我来教你，"小翁说，"量胸围可比下象棋简单多了。而且肯定有趣得多。"

他们到店时，店里静悄悄的，吉万正躺在柜台后面的地上打盹。他脑袋旁边有张小板凳，上面摆着半导体收音机，正在播放轻柔的萨朗吉琴乐曲。小翁调高音量，吉万一个激灵醒了过来。

他喘了半天粗气，眼睛胀鼓鼓的。"你这是干什么？好玩还是怎么着？这下我整个下午都要头疼了。"

对于小翁免费帮忙的提议，他压根儿不予以考虑。"给我的顾客量尺？想都别想。我知道你打的什么算盘。你两腿间一鼓，我的裁缝铺的好名声就全给毁了。"

小翁向他保证一定公事公办，绝不动手动脚。他说自己一直按照纸样裁衣服，手艺有点儿生疏了。"我只是想接触真正的裁缝活儿。"

"我看你想接触的是奶子吧。你骗不了我的。离我的女顾客们远点儿，我警告你。"

马内克溜达着走进挂帘后面的试衣间。"要是能躲在这里等她们进来换衣服，那该多好啊。"

小翁也去查看试衣间的内部构造。只见里面有三个挂衣钩和一面镜子，却没有藏身的地方。"不可能的。"他得出了结论。

"你觉得不可能，是不是？"吉万说，"让你们这些小鬼头开开眼界吧。"他带他们来到柜台后面，走到试衣间后面的隔板处。"凑上去看看。"他指指角落里的一道裂缝说。

小翁倒吸了一口气。"在这儿全都能看见！"

"让我看看，"马内克说着把他推到一边，"这个地方太完美了，老兄！"

吉万拨弄着嘴唇得意地笑了。"没错，不过你们少打歪主意。除非我疯了，否则绝不会让你们到这儿来。"

"哎呀，求你了！"小翁说，"这就是一场完美的免费全身秀啊！"

"完美，没错。免费，没门儿。任何东西都有代价。你去电影院要买票，乘火车要付车费。"

"多少钱？"小翁问。

"多少钱也不行，我不能拿我裁缝铺的名声开玩笑。"

"求你了，老兄，好吉万，求你了！"

他心软了。"你们保证老老实实的？不会一看见女人的皮肉就发疯？"

"我们全照你说的做。"

"那好。每人两卢比。"

小翁望着马内克查看口袋里的钱。"没问题，我们的钱够。"

"但每次只能有一个人在后面。而且不许出声，就连喘气声都不许出，听明白没有？"他们点点头。吉万查看订单册。这天晚上会有两名女顾客到店，一个做上衣，一个做裤子。"你们怎么分？"

马内克建议抛硬币决定。"正面。"小翁猜道，猜对了。他闭上眼睛，笑眯眯地拿主意，最后选了裤子。吉万说他们至少还要等一个小时，顾客五点以后才来。雨渐渐小了，两个男孩决定出去散散步。

他们心情紧张，沉默地散着步，周围的气氛充满了期待。他们只开口说过一次话，就是异口同声地说他们应该回去了，以免那两个女人提前来。这时才刚刚过去十五分钟。

他们在裁缝铺里焦急地等待着，这令吉万很是厌烦。这期间先后有过四次假警报——都是来取缝补或修改的衣服的顾客。等到差一刻六点时，他们的耐心得到了回报。

"是的，夫人，您的衬衫已经可以试穿了。"吉万说着，隐蔽地向两个男孩使了个眼色。他在一堆衣服中间细细翻找，好腾出时间让马内克溜到柜台后面幽暗的空当去。接着，他取出衬衫，往挂帘处一指。"里面请，夫人，非常感谢。"

马内克觉得自己狂跳的心几乎要把隔板撞倒了。高跟鞋走在石板地面上发出清脆的叩击声，那女人走进试衣间，把新衬衫挂在衣钩上，拉上了挂帘。她把掖得整整齐齐的上衣从裙子里抽出来，解开了衣扣。她背对着马内克，他便看着她在镜子中的影像。

她脱下上衣的那一刻，他屏住了呼吸。那女人穿一件白色的胸罩。她把拇指伸到肩带底下调整了一下位置。肩膀上的皮肤留下两道红印，显示出肩带原来的位置。接着她把手伸到身后，解开了胸罩的挂钩。

马内克一时被冲昏了头脑，以为她要脱下胸罩，把拳头攥得紧紧的。但那挂钩只是在已经磨损的松紧带上挪动了一下，勾住了下一个钩子。那女人活动几下肩膀，调整了罩杯，把罩杯托得更高些，直到感觉舒适合身，然后才穿上新衬衫。

汗珠顺着马内克的额头滚下来，蜇痛了他的眼睛。那女人走出试衣间,马内克这才趁机深吸了一口气。透过裂缝和拉开的挂帘,他看见吉万正在检查衣服是否合身。小翁突然转身朝裂缝挤挤眼,把手放在自己胸前捏了捏。

顾客对衣服很满意。她回到试衣间换衣服,不到一分钟便出来了。马内克在后面等着,听见吉万感谢她的光临,并报出了最终的交货日期。接着高跟鞋哒哒地走下门口的台阶,他这才从藏身的地方出来。

他用袖子擦了擦额头,抖抖腋下的衬衫。"隔间后面太热了。"

"别怪隔间。你的热气是从下半身来的。"吉万笑着说。他做了个收钱的手势,马内克连忙付了钱。

"怎么样?"小翁问,"你看见什么了?"

"太棒了。不过她穿着胸罩。"

"你以为会怎样?"吉万说,"我的顾客可不是下等的村妇。人家都是坐办公室的文员——秘书、接待员、打字员。涂着口红和胭脂,穿的都是高档内衣。"

小翁又等了半个小时,他那名顾客才到店。他装作漫不经心地走到柜台后面,没等吉万找出衣服,把顾客引向试衣间,他已经消失在柜台尽头了。

那女人从试衣间出来时,马内克真希望自己能跟小翁交换。新裤子包着她的大腿、裹住她下身的情景令他喉头一紧。吉万跪在她面前查看裤子的内缝,马内克使劲咽了一下口水。

顾客回到挂帘后面。不出几秒钟,里面传来一声闷响和一声尖叫。

吉万吓了一跳。"夫人!没事儿吧?"

"我听见有动静!后面传出来的!"

"请放心,夫人,不要紧,我向您保证,"他谦恭的语气中透露出娴熟的冷静与机智,"只是耗子而已。请不要担心。"

她慌慌张张地走出试衣间,把裤子往柜台上一摔。吉万庄重地把裤子重新挂好。"真对不起,把您吓着了,夫人。只要在城里生活,耗子这

第十一章 未来晴转多云

个问题就没法摆脱。"

"你应该想办法解决，"她气愤地说，"你的顾客可不乐意忍受这种事。"

"说得没错，夫人。有时候耗子藏在隔间后面的箱子里，弄出动静来。我应该再多放些耗子药。"他再次向她道歉，然后送她出了门。

小翁羞怯地笑着从后面出来，做好了被人打趣他是只老鼠的心理准备。吉万狠狠地在他头上抽了一下。"你这蠢货！知不知道你差点给我惹出多大的麻烦！你怎么搞出动静来了？"

"不好意思，我脚下滑了一下。"

"滑了一下！你在后面干了什么下流事给滑倒了？滚出去，你们俩都给我滚！我再也不想看见你们出现在我的店里！"

马内克试图平息吉万的怒火，想把小翁偷看的那两卢比付给他，这举动反而给吉万火上浇油。他一把推开马内克的手，眼看就要动手打他了。"留着你的钱吧！赶快把这个麻烦精带走！"他推搡着他们走出店门，下了台阶。

他们情绪低落地顺着小路来到主路上。一只乌鸦在窗台上厉声大叫。吉万的怒火令他们清醒过来，夜色中残余的些许天光更加重了这种效果。路灯忽闪着亮了起来——黄色的微光预示着路灯即将完全点亮。不知什么东西从他们面前匆匆跑过，溜进了小巷。

"你看，"马内克说，"是吓到那个女人的耗子。"透过那耗子病恹恹的毛发，他们瞥见了被疥虫啃噬得斑驳不堪的粉色皮肤。

"它在找高端裁缝铺呢，"小翁说，"想定做一套新西装。"他们哈哈大笑。耗子消失在小巷的暗处，排水沟在里面汩汩作响。巷子里传来尖利的叫声和水花的声音。他们向公共汽车站走去。

"跟我说说，"马内克用胳膊肘戳戳他，"你在那里面干什么来着？"

小翁坏笑着把手捏成拳头上下移动。马内克短促地勉强笑了一声，倒更像是在咳嗽。

在他们前方，楼上的窗户里不知泼出了什么东西，落在挤挤挨挨的人行道上。被泼中的行人朝楼上高声叫骂。他们冲向楼门，快步跑上楼，却没法确认肇事者究竟躲在哪扇窗户后面。

"你看见什么了？"马内克问。

"全看见了。她的新裤子太紧，脱下来的时候把内裤也带掉了。"

马内克把一块石子踢进排水沟。"你看见毛了吗？"

小翁点点头。"真的很浓密，"他双手一比画，扭动着手指强调毛发浓密，"你见过吗？"

"只见过一次，是很久以前的事了。我小时候，我们家有个住家女佣。有一次，她洗澡的时候我爬到凳子上，从门上的排风扇往里看。把我吓坏了。看上去真吓人，像会吃人似的。"

小翁哈哈大笑。"现在你肯定不会再害怕了。保你一下子扑上去。"

"只要给我个机会就好。"

他们等着信号灯变灯，好过马路。两名警察在人行道边上拉起一根绳子，绷得紧紧的，防止人群拥进车流当中。行人冲击着这条界绳，仿佛海浪冲击着海岸。警察站稳脚跟，扯紧绳子，大呼小叫地喝住急于往家里赶的人群。

"你知道吗，幸亏隔间里没有老鼠，"马内克说，"不然它一转眼就会把你的小鸡鸡咬掉的。"

"你说谁小？"小翁说，"它立起来可是这样的。"他使劲挥了挥前臂。

交通灯上那只禁止通行的红手消失了，圆形的玻璃罩后面亮起了绿色的身影。警察敏捷地收起绳子闪到一旁，人群一拥而上穿过了马路。

排灯节前夕，烟火达到了鼎盛状态，时间早已过了午夜，人们仍然很难入睡。每次爆炸过后，尤其是名叫"原子弹"的红色方形爆竹爆炸后，伊什瓦总要叹息一声"老天啊"，然后双手捂住耳朵。

"已经响完了，你捂耳朵有什么用？"小翁说。

第十一章 未来晴转多云

"不然我还能怎么办呢？真是疯了，原本是张灯结彩的节庆时间，却变得这样痛苦，叫人耳朵疼。人们就是这样欢迎罗摩在森林流放归来、返回阿约提亚的吗？"

"问题在于城里的闲钱太多了，"迪娜说，"要是人们非得把钱烧成灰不可，我宁愿他们烧得漂亮些，"又一枚"原子弹"炸响，她不由得一激灵，"要是由我说了算，就只允许人们放烟花棒、喷花和陀螺烟花。"

"没错，迪娜女士，但是那些了不起的宗教学家会说这样做不足以把恶灵吓跑。"伊什瓦讽刺地说。

"这些'原子弹'只怕要把天神也吓跑了，"迪娜从门廊退回屋里，说道，"假如我是罗摩，我宁愿径直跑回森林，也不愿面对这些疯子搞出来的大爆炸。"

她往两只耳朵里分别塞进一团棉花，继续缝被子。过了几分钟，伊什瓦也回来了，双手捂着耳朵，迪娜便也分给他两团棉花。爆竹再次炸响时，他朝她笑笑，说这样果然有用。

马内克和小翁不肯离开门廊，不过他们一看见狂欢的人群中有人准备点燃红方块上的导火索就连忙用手指堵住耳朵。"有我们在，真可惜，"小翁说，"不然他们肯定早就上床了。"

"谁啊？"

"迪娜女士和我大伯呗，还能有谁？"

"你思想可真肮脏。"

"没错，我的思想就这么肮脏，"小翁说，"听我说，给你出个谜语：要想让这东西变硬、立起来，就得把它揉搓几下；要想让它顺滑、容易放进去，就得把它舔一舔。这是在干什么？"还没等说完谜面，他已经哈哈大笑起来，马内克忙伸出一个指头压在嘴唇上叫他安静。

"来啊，回答啊。这是在干什么？"

"干炮呗，还能干什么？"

"错。猜不出来了？是在穿针。"小翁得意扬扬地说，马内克拍了自己额头一巴掌,"现在是谁的思想比较肮脏啊?"

还有六天才开学,小翁想出了一个找乐子的办法。他知道卫生间的门和门框年久受潮,关门之后会留下一道大缝。他建议轮流偷看迪娜洗澡。另一个人负责望风,以免被伊什瓦发现。

"是你那个住家女佣的故事给了我灵感。你觉得怎么样?"

"你疯了吧,"马内克说,"我不看。"

"老兄,你怕什么?她又不会知道。"

"我就是不想。"

"好吧,那我看。"他说着起身。

"不行,你也不许看。"马内克抓住了他的胳膊。

"喂,放开!你算老几,凭什么管我?"小翁挣脱胳膊,马内克又抓住了他的肩膀,把他推回椅子上。他们不再说笑,真的扭打起来。小翁伸脚乱踢,但马内克绕到椅子背后,把他牢牢按住。小翁动弹不得,只好放弃。

"你这自私的混蛋,"小翁低声说,"我太了解你了。你跟她单独住了好几个月,肯定每天早上都往卫生间里偷看。现在你却不肯让我也享受一下。"

"你胡说,"马内克在椅子背后坚决地说,"我从没看过。"

"你撒谎。做了至少有种承认吧。来,既然你不肯让我看,那就跟我说说,她的奶子怎么样?奶头是不是尖尖的很好看?还有——"

"住嘴。"

"——还有奶头周围棕色的圆圈,有多大?"

"闭嘴,我警告你。"

"还有她的屄呢?是不是又大又肥,还有很多——"

马内克转到椅子正面抽了他一记耳光。小翁愣住了,捂着脸静静地坐了几秒钟。接着,他眼睛里充满了痛苦。"你这卑鄙的操蛋货!"他这才回过神来，疯狂地挥着拳头向马内克扑了过去。

椅子倒了，马内克头上挨了一拳，剩下的几拳头都打在了胳膊上，不痛不痒。为了既制止小翁又不让他受伤，马内克抓住了他的衬衫，把他紧紧地抱住，这下小翁的拳头就没有用武之地了。伴着一阵撕扯声，衣兜被他攥在了手里，衬衫从肩膀下面被扯成了两半。

"你这杂种！"小翁尖叫起来，打得越发使劲了，"你把我的衬衫扯坏了！"

打斗的动静越来越响，盖过了缝纫机的声音，伊什瓦听见动静，来到门廊上。"喂喂！打打杀杀的这是要干什么？"

他一来，他们俩瞬间没了斗志。他没费什么劲便把他们两个拉开了。现在两个人剑拔弩张的态度全写在脸上。他们彼此怒目而视，过了一阵才各自扭过脸去。

"他扯坏了我的衬衫！"小翁低头看着支离破碎的衣兜大声说。

"打架自然会有这样的结果。可你们到底为什么要这样啊？"

"他扯坏了我的衬衫！"小翁气恼地又说了一遍。

这时迪娜听见吵闹声，便提前从浴室里出来了。"我真不敢相信，"伊什瓦把事情告诉她之后她说道，"我还以为是街上的混混打架。竟然是你们俩？这是为什么？"

"你问他。"两个人都嘟哝道。

"他扯坏了我的衬衫，看！"小翁说着，把扯掉的衣兜拿到她面前抖了抖。

"衬衫、衬衫、衬衫！你只会说这一个词吗？"伊什瓦责备道，"衬衫坏了可以补。可你们究竟为什么打架啊？"

"我可没他那么有钱，我总共只有两件衬衫，这下被他扯坏了一件。"

马内克冲进自己的房间，随手抓起一件衬衫，返回门廊丢到小翁怀里。小翁接住衬衫又朝他丢回去。马内克任由衣服落在地上。

"你们俩简直像小孩子,"迪娜说,"走吧,伊什瓦大哥,咱们干活去。"她心想若是让他们俩自行解决,不用考虑要面子这个负担,也许他们和好的速度反而会更快。

马内克整天都待在自己的房间里,小翁则坐在门廊上。伊什瓦几次打趣他,说他的脸像个酸柠檬,说他是英雄好汉一条虫,都没有成效。迪娜觉得很遗憾,假期即将结束,却要画上一个苦涩的句号。

"瞧他们俩,"她说,"像两只闷闷不乐的小猫头鹰蹲在我的房子里。"她朝两个男孩做了个模仿猫头鹰的鬼脸。只有伊什瓦一个人笑了。

第二天早上,小翁摆出烈士般的架势说他想重新开始全天工作。"我嫌这个假期太长了。"马内克装作没听见。

缝纫工作从一开始就很糟糕,接着发展成了真正的灾难。迪娜不得不警告小翁:"出口公司可不会容忍你这样干活。你不能把坏脾气带到针脚里来。"

为了彰显自己的志气,小翁仍然穿着那件扯坏的衬衫,衣兜松松垮垮地耷拉着,其实把衬衫补好不过是十分钟的事。吃饭时,尽管他已经学会了使用刀叉,却总是煞有介事地故意不用刀叉而用手吃。他们不说话,只用噪音彼此对抗。马内克的餐具磕得盘子当当响,使劲锯着盘子里的土豆,仿佛那不是土豆,而是棵雪杉树。小翁则吸溜着手指头作为反击,伸出舌头又是吸又是舔,像一块奋力挥动的擦地抹布。马内克恶狠狠地戳着肉,仿佛扑向狮子的角斗士。小翁也不甘示弱,把吃的放在手掌上,把食物嚼得呼噜直响。

若不是餐桌上的气氛沉重,他们这番夸张的表演其实很有趣。迪娜已经习惯了家庭般和睦的气氛,此时她觉得那种气氛被人夺走了,取而代之的是讨厌的低落情绪,在她的餐桌上不请自来,在她家中滞留不去。

排灯节过后的两个星期里,仍然有零星的爆竹穿破夜空,最后才彻底销声匿迹。"总算安生了。"伊什瓦说着丢掉了他一直妥善保管在铺盖卷旁边的棉花耳塞。

马内克第一学期的考试成绩出来了,不太理想。迪娜说这是因为他的心思没放在学习上。"从现在起,我要每天看着你至少看两个小时的书。每天晚上吃完晚饭都要看。"

"就连我妈都没这么严格。"他嘟哝道。

"要是她看见你的成绩,也会这么严格的。"

督促马内克执行新的学习计划比迪娜预想的容易得多。他的反抗不过是装装样子,因为现在没别的事情能让他分心了。跟小翁打架之后,他俩彼此很少说话,只有伊什瓦从不气馁地尝试着让他们重燃友谊的火焰。伊什瓦也支持迪娜让马内克努力学习的做法。

"想想你父母该多高兴啊。"伊什瓦说。

"先别管你父母了——学习是为你自己好,你这傻小子,"迪娜说,"你也听着,小翁。将来你有了孩子,一定要送他们去读书、上大学。看我现在整天累死累活,就是因为他们不让我上学。这世上没有比学习更重要的事。"

"说得完全正确,"伊什瓦说,"可他们为什么不让您上学呢,迪娜女士?"

"说来话长。"

"告诉我们吧。"伊什瓦、马内克和小翁异口同声地说。这把她逗笑了,尤其是她看见两个男孩皱着眉头,对这个巧合一副不满的样子。

于是她开了口:"我从不带着悔恨和苦涩回忆过去。"

伊什瓦点点头。

"但有时候,关于过去的念头会不由自主地飘进我的脑海。每到这时我就会扪心自问,事情怎么会变成如今的样子,我光明的未来怎么会蒙上阴云?上学时人人都说我的未来必定一片光明,那时候我的名字还是迪娜·史洛夫……"

门廊的动静宣告裁缝们已开始准备就寝。展开铺盖卷,抖开被褥铺好。不久,小翁开始为大伯按脚。马内克从轻柔的叹息声就听得出很舒服。接着伊什瓦说:"对,就是这儿,使点劲儿,脚跟疼得厉害。"在屋里,马内克伏在书本上,对他们这种亲近十分羡慕。

他打个哈欠,看了眼手表——每个人都待在各自的角落。他很怀念有他们陪伴的时光,他们一同散步,晚饭后跟迪娜聚在前屋做被子,裁缝们则会旁观、闲聊,或为第二天的工作做计划,或商量明天的晚餐:这些普通的日常琐事给他们每个人的生活都营造出一种安全而富有意义的氛围。

缝纫室里的灯还亮着。迪娜仍在看着马内克看书,确保他不会在学习时间将要结束的时候偷懒。

门铃响了。

裁缝们猛然从地铺上坐起,伸手去拿衬衫。迪娜来到门廊,隔着房门问道:"谁啊?"

"真抱歉来打扰你,妹子。"

她听出是收租人的声音。真荒唐,她心想,这个时候上门。"这么晚了,什么事?"

"实在不好意思又来打扰你,妹子,是办公室派我来的。"

"现在?不能等到明天早晨吗?"

"他们说事情紧急,妹子。我也是奉命办事。"

她对两个裁缝耸耸肩,打开了房门,手仍然抓住门把手。一转眼,易卜拉欣背后窜出两个男人猛地推开门,连同迪娜一起推到了旁边,他们气势汹汹地冲进屋里,仿佛以为会遭到强烈反抗似的。

那两个人,一个头上几乎寸草不生,另一个长着茂密的黑头发,两个人的胡子都乱蓬蓬的,眼神冷酷,身材五大三粗,姿态却无精打采,活像一对不怀好意的双胞胎。马内克心想,他们这副样子像是跟电影里的反派角色学来的。

"不好意思,妹子,"易卜拉欣不由自主地露出惯有的微笑,"办公室派我来做最后一次通知——口头通知。请你一定要认真听。你必须在四十八小时内把房屋腾空。因为你违反了出租条款和规定。"

迪娜脸上掠过一丝惧色,仿佛一根羽毛,她随即将它吹到一旁。"要是你不带上这些打手立刻离开,我现在就报警!房东对我有意见?叫他上法院去,我在那儿等着他!"

秃头男人开口了,声音轻缓而柔和:"你怎么能这样侮辱人,说我们是打手呢?我们是房东的雇员,跟这两名裁缝是你的雇员一样。"

另一个说:"这件事由我们替法院和律师解决。他们只会浪费时间、浪费钱。如今我们解决问题的效率更高。"他满口都是槟榔角,说起话来很费劲,唇角流出暗红色的槟榔汁。

"伊什瓦大哥,快往街角跑!"迪娜说,"去叫警察!"

秃头男人堵住了房门。伊什瓦想从他身边挤出去,却被那人推得跟跟跄跄地跌到了门廊另一头。

"拜托,拜托!不要动手。"易卜拉欣的白胡子跟话音一齐发抖。

"你们再不走我可要喊人了。"迪娜说。

"你要是喊,我们自有办法让你闭嘴。"那个秃头坚定地说。他继续守着前门,嚼槟榔角的那个人则悠闲地走进了后屋。易卜拉欣、迪娜和裁缝伯侄无助地跟在后面。马内克在自己的房间里向外观望。

那人站定不动,环顾四周,仿佛在欣赏房间内的摆设。接着他突然爆发,抄起一张板凳开始猛砸缝纫机。板凳的木头凳腿砸掉了,他又抄起另一张板凳继续砸,直到第二张板凳也砸得稀烂才停手。

他丢开板凳,踢翻缝纫机,开始撕扯桌上那叠做好的连衣裙,沿着线缝把衣服撕烂。现在他有些吃力了——崭新的布匹和新鲜的针脚没么容易撕开。"撕啊,操你妈的,撕啊!"他一边撕一边对裙子低声咒骂。

此前呆若木鸡的伊什瓦和小翁这才回过神来，冲上去保护自己的劳动成果。结果两个人都被推翻在地，仿佛是两匹布。

"叫他住手！"迪娜对易卜拉欣说道，她抓住易卜拉欣的胳膊，又拉又推地把他扯进混战当中，"是你把这些打手带来的！你倒是想想办法啊！"

易卜拉欣紧张地绞着双手，决定把撕烂的连衣裙收起来。嚼槟榔角的男人前脚把裙子扔在地上，他后脚便立刻拾起来，把扯坏的碎片叠好，小心翼翼地放回桌上。

"要我帮忙吗？"门口那个人高声问道。

"不用，没事。"撕完了裙子，那个人又朝成匹的布料下手了，然而成匹的布料太厚，他撕不动。

"点把火算了。"秃头男人掏出自己的打火机建议道。

"不行！"易卜拉欣慌了，"整栋楼都有可能起火！房东会不高兴的！"

嚼槟榔角的男人也意识到了这一点。他把布料展开摊在地上，把嘴里的槟榔汁喷在上面。"好了，"他对易卜拉欣咧嘴一笑，"我鲜红的琼浆玉露跟火焰差不多。"

他停下来环顾房间，发现了阿什拉夫送给裁缝伯侄的锯齿剪，仔细查看一番。"不错嘛。"他赞许地说着，抬手就要把剪刀扔到窗外。

"不！"小翁尖叫一声。

打手大笑一声，将裁缝们的心爱之物扔了出去。剪刀啪嗒一声落在人行道上，小翁朝那人猛扑过去。他孱弱无力的进攻逗得那人先笑了一阵，然后才决定制止他，那人抽了小翁两记耳光，接着一拳打在他肚子上。

"你这混蛋！"马内克说着抄起挂在柜子上的宝塔形阳伞，向攻击小翁的人冲了过去。

"求你们了！别动手！"易卜拉欣苦苦哀求，"没必要动手的。"

第十一章　未来晴转多云

那人肩膀上挨了一记重击，发现伞尖非常尖利，连忙躲到倒在地上的缝纫机后面。马内克乘胜追击，那人连忙往后躲。他再次发起攻击，在那人头上猛打了两下。

秃头男人悄然走进房间，站在众人背后，掏出一把弹簧刀打开，直指天花板。真像个电影演员，马内克心里这样想着，却不由自主地颤抖起来。

"好了，小子，"秃头男人用轻柔的声音说，"你的小游戏结束了。"

其他人回头看去。迪娜看见刀子，尖叫了一声，这下易卜拉欣也火了。"把这东西收起来！出去，你们两个都出去！你们的活儿干完了，现在我说了算！"

"闭嘴，"秃头男人说，"我们知道自己有什么活儿。"他的同伙夺下伞，挥拳打中了马内克的脸。马内克跌倒靠在墙上，血顺着嘴角流了出来，这痛苦的景象令人想到打手口中流出的槟榔汁。

"住手！你们接到命令时我也在场！根本没提到打人、动刀子！"收租人跺着脚、挥舞着拳头说。

他不痛不痒的怒气把秃头男人逗乐了。"你这是在踩蟑螂吗？"他哈哈大笑，用手指摸摸刀刃，收起了刀子。接着又猛然打开刀子，划破了迪娜的枕头和床垫。他拿起这些东西在屋里乱扔，看着填料满天飞。前屋的沙发垫也遭到了类似的对待。

"好了，"他说，"剩下的全掌握在你手里了，夫人。想必你不希望我们再回来通知你一次吧？"

他的同伙离开时朝马内克的小腿踢了一脚。他最后嚼了几下槟榔角，吐在床上和床铺周围，尽可能把嘴里的东西吐得满屋都是。"你走不走？"他问易卜拉欣。

"我等会儿再来，"易卜拉欣对他们怒目而视，说道，"我的事情还没办完。"

前门关上了。迪娜憎恶地看了收租人一眼，向马内克走去。伊什瓦搂着马内克，扶着他的头，问他感觉怎么样。易卜拉欣紧跟在迪娜身后，反复地小声说着"原谅我吧，妹子"，仿佛在喃喃地祈祷。

马内克鼻子流血，上唇也划破了。他伸出舌头试探——牙齿没掉。他们用缝纫机旁散落的碎布为他擦了血。他含混不清地说了些话，昏昏沉沉地撑起身体。

"别说话，"小翁终于缓过气来，说道，"血会流得更厉害的。"

"谢天谢地，没动刀子。"迪娜说。

前屋传来玻璃被砸碎的声音。易卜拉欣跑到门廊。"住手，你们这些傻瓜！"他高声喊道，"你们干什么？这样只会害得房东掏钱！"又飞来几块石头，砸碎了余下的窗玻璃，接着恢复了宁静。

他们扶着马内克到水池边洗了脸。"我自己能走。"他喃喃地说。简单擦洗一番后，他们带他到沙发上坐下，用布压住了他的鼻子。

"他的嘴唇需要冰敷。"迪娜说。

"我去维什兰买点儿回来。"小翁自告奋勇。

"不用了。"马内克说，但他拗不过其他人。他们决定，买十派萨的冰就够了。易卜拉欣连忙从长外套里掏出一枚硬币递给小翁。

"别碰他的钱！"迪娜喝道，去拿自己的钱包。收租人恳求他们收下钱，却没人肯收，最后只好放回了口袋。

等小翁回来的工夫，他们查看了损失。沙发垫被划破，里面的毛絮飘在空中，缓缓落在地上。迪娜拾起破烂的外皮。她觉得自己受了玷污，仿佛那两名打手蹂躏的不是物品，而是她自己。撕烂的裙子和染上槟榔汁的布料沉甸甸地压在她心头。她该如何向再会出口公司解释呢？她该跟古普塔太太说些什么呢？

"我完了。"她强忍着泪水说。

"也许裙子还能修好，迪娜女士，"伊什瓦竭力安慰她，"而且我们可以把红色的东西洗掉。"

可他说的话即使在他自己听来也显得那样无助，于是他转向了易卜拉欣。"你还有没有廉耻？你为什么要这样摧残一位可怜的女士？你简直禽兽不如！"

易卜拉欣懊悔地呆立着，已经做好了听见这些话的心理准备。他巴不得他们骂自己，盼着他们再多骂几句，好减轻自己心中的愧疚感。

"你胡子雪白，心却脏透了。"伊什瓦说。

"你这狠毒、邪恶的家伙！"迪娜说，"真是为老不尊！"

"求你了，妹子！我真的不知道他们——"

"都是你干的好事！是你把那两个打手带来的！"迪娜既气愤又后怕，浑身直发抖。

易卜拉欣再也无法自持。他双手捂着脸，发出一种怪声。过了一会儿他们才明白他是想抑制自己的哭声。"没用的，"他的声音支离破碎，"这份工作我做不来，我恨它！唉，我的生活究竟是怎么了啊！"他在长外套里摸索一阵，掏出三角围巾擤了擤鼻子。

"原谅我吧，妹子，"他抽泣着说，"我带他们来的时候并不知道会把你家糟蹋成这样。这么多年来，我唯房东之命是从。我就像个不知所措的孩子。他叫我威胁我就威胁，他叫我哀求我就哀求。他暴跳如雷要把房客赶出去，我就得学着他的样子在房客家门口暴跳如雷。我就是他的走狗。人人都觉得我是个坏人，但我其实不是，我也想伸张正义，为我自己、为你、为所有人。可是这个世界被坏人牢牢掌控着，我们根本没机会反抗，我们有的只是麻烦和悲伤……"

他的情绪彻底崩溃。伊什瓦心软了，拉着他的胳膊把他搀到椅子上。"好了，坐下，别哭了。这样不体面。"

"除了哭我还能做什么呢？我能给你的就只有这些眼泪了。原谅我吧，妹子。是我伤害了你。那些打手四十八小时之后就会回来。他们会把你的家具和财物全扔到街上去的。可怜的妹子，你还能去哪儿呢？"

"我不会给他们开门的，就这么简单。"

她孩子般的坚定态度触动了易卜拉欣，他又哭了起来。"那也挡不住他们。他们会带上警察，破锁进屋的。"

"警察才不会帮他们呢。"

"现在的紧急状态很可怕，妹子。只要有钱就能买到你需要的警方命令。谁出价最高，谁就能买到正义。"

"可是我跟裁缝在这里缝几件衣服，与房东何干？"迪娜不由自主地抬高了声音，"我做点零活碍着别人什么事了？"

"房东只是在找借口，妹子。这些公寓值钱得很，有租房法案在，房东只能按过去的租金收房租，赚不到什么钱，于是他就——"

易卜拉欣打住话头，擦了擦眼睛。"不过你也知道，妹子。这不仅仅是你一个人的事，他对其他所有软弱无助、没有靠山的房客都是这么做的。"

小翁拿着冰回来了，冰块太大，不好放在嘴上。他把冰块包在布里，在地上砸了几下。"你冲过来救我，像个真正的英雄，"他笑着给面色苍白的马内克打气，"你跳出来的样子真像阿米塔布·巴沙坎。"

他拿出裹在布里的碎冰块，转而问其他人。"你们看见没有？那一瞬间，那个狗娘养的被马内克手里的伞吓坏了。"

"说话注意点儿。"迪娜说。

马内克微微一笑，扯痛了受伤的嘴唇。他连忙止住笑，拿了一块冰。

"对了——这就是你的新名字，"小翁说，"雨伞巴沙坎。"

"你还等什么呢？"迪娜又气呼呼地转向收租人，"去告诉你那位房东，我不会走的，我绝不会放弃这间公寓。"

"我真心觉得这样没用，妹子，"易卜拉欣悲伤地说，"但我还是祝你好运。"说完，他走了。

马内克说他不想留在这里给迪娜阿姨添麻烦。"别为我担心，"他说话时尽量保持嘴唇不动，"我总是可以回家的。"

"不许说这种话，"她说，"已经过了好几个月，你拿到培训证明的日子已经过半了，你怎么能让父母失望呢？"

"不不，他说得对，"伊什瓦说，"这不公平。您遭受这些痛苦都是因为我们。我们回守夜人那里去。"

"你们都别胡说八道了，"迪娜厉声说，"让我想想，"她说他们全都抓错了重点，"易卜拉欣说的话你们也听见了——房东只是想找个借口。即使你们离开，我还是保不住这间公寓。"

依她看，她唯一的指望便是哥哥，让他动用能力去摆平纠纷——或花钱，或说好话，或用他在生意场上擅长的其他手段。"看来我只能再次放下自尊心找他帮忙了。只有这个办法。"

第十二章

命运的痕迹

早上，他们机械地照常洗漱、打扫房间、泡茶。小翁肚子上挨了一拳的地方仍觉得酸痛，但他没有告诉大伯。他们蹑手蹑脚地来到马内克的房间查看他的伤势。他还睡着。枕头上有几处血污，夜里他的嘴唇和鼻子又流血了。他们叫来迪娜查看伤口。

她正在脑海里彩排自己与努斯万的会面，想象着他得意的嘴脸，脸上的表情像是在宣告迪娜离了他就没法生活。她弯腰查看马内克——他的睡相那样天真无邪，她心想，忍不住想轻抚他的额头。他嘴唇上血迹凝固的地方成了黑色。最后几滴鼻血也凝固了。他们轻手轻脚地退出房间。"他没事，"迪娜小声说，"伤口是干的，让他睡吧。"

就在她准备出门去哥哥的办公室时，乞丐头儿上门了，左手腕上铐着他的公文包。这天是约定好交钱的日子。伊什瓦提前从上个星期的薪水里备好了要交的钱，妥善地存在迪娜的柜子里。

迪娜劝伊什瓦对乞丐头儿实话实说，知会他下次付款可能会有困难。"最好现在就告诉他，别等他拎着棍子来找你。"

乞丐头儿半信半疑地听着。以他自己的经验判断，打手在夜里骚扰人的行为太夸张了，不像是真的。他怀疑他的客户是在编故事，实则打算违约。

接着他们带他进屋，给他看打碎的窗玻璃、砸坏的缝纫机、撕烂的裙子和弄脏的布料，他这才相信。"这很糟糕，"他说，"非常糟糕。他们这么干，肯定是些不入流的业余打手。"

"我完了,"迪娜说,"而且裁缝们下个星期交不出钱,不是他们的错。"

"相信我,他们会交钱的。"他严肃地说。

"怎么交?"伊什瓦哀求道,"要是我们被赶出去,没法工作了,还怎么交钱?您可怜可怜我们吧!"

乞丐头儿没理会他,在房间里走了一圈,查看房子,用指节敲敲桌子,在小记事本上写写画画。"告诉我,把损坏的东西全部修好要花多少钱?"

"修好了又有什么用?"迪娜哭喊道,"要是我们不搬出去,那些打手明天还会回来的!你想浪费时间算账?我脑子里还有其他更要紧的事,我得给自己找个落脚的地方啊!"

乞丐头儿从本子上抬起头来,有些吃惊。"你已经有落脚的地方了啊。就在这儿。这是你的公寓,不是吗?"

她听见这个愚蠢的问题,不耐烦地点点头。

"那些打手犯了个大错误,"乞丐头儿继续说道,"而我要帮他们纠正过来。"

"那要是他们回来怎么办?"

"他们不会回来的。你的裁缝总是按时交钱,因此你们不必担心——现在有我罩着你们。一切都会安排妥当的。不过要是我不清楚损失的具体金额,那我怎么帮你们索要赔偿呢?你们还想不想重新干缝纫活了?"

这回轮到迪娜半信半疑了。"你是干什么的,保险公司吗?"

他谦逊地笑笑没说话。

迪娜决定死马当活马医,开始统计再会公司被损毁的布料长度,乘以每码的均价。总价是九百五十卢比,外加税费。伊什瓦估算了修理缝纫机的价格,大约要六百卢比。除了彻底检修的费用,传动带和针头都坏了,飞轮和踏板也需要重新安装。

第十二章　命运的痕迹

乞丐头儿记下金额,又加上了划破的床垫、枕头、木头板凳、沙发、坐垫和窗玻璃。"还有别的吗?"

"那把伞,"马内克被他们的声音吵醒了,"他们打断了几根伞骨。"

乞丐头儿把伞也列入清单,然后记下了房东办公室的地址以及对那两名打手外貌的描述。"好,"他说,"我需要的就这些。要是房东以前不知道你们是我的客户,那他很快会知道的。我去见见他,他自然会赔偿损失的。别担心,等着我,我晚上会回来的。"

"我需要报警吗?"迪娜问。

乞丐头儿懒懒地看了她一眼。"你愿意报警就报吧。不过,你还不如说给窗口那只乌鸦听呢。"那只鸟哇地叫了一声飞走了,乞丐头儿觉得自己说的话得到了印证。

乞丐头儿的担保并没能完全打消迪娜的疑虑。她还是去了努斯万的办公室,想通知他一声。以防将来需要他的帮助,她心想,否则他肯定会说:房子都起火了,你还在挖井。

办公室的杂工遗憾地告诉她努斯万先生出城开会去了,他一直很同情先生的妹妹。"他明天晚上才回来。"

迪娜走出办公室,想去维纳斯美发沙龙找泽诺比娅谈谈。可是谈什么呢?空洞的安慰之词解决不了任何问题,再说,与安慰结伴而来的肯定还有泽诺比娅气呼呼的那句"我早就警告过你,可你就是不听"。

她回到公寓,心中祈祷乞丐头儿能够成功。刚进屋她就闻到一股恶臭,她迷惑不解。"你闻到没有?"她问伊什瓦。

他们把房间挨个找了一遍,把厨房和厕所也检查了。那难闻的味道一直追随着他们,却始终不肯现身。"也许是外面飘进来的,排水沟的味道。"小翁说。可是当他们把头伸到窗外,那味道却似乎变弱了。

"肯定是那两个臭打手留下的气味。"迪娜说,伊什瓦也表示赞同。这时,跪在地上收拾剩下的碎玻璃碴的小翁发现那气味是从迪娜的鞋子传来的。她在人行道上不知踩到了什么东西。她来到屋外,刮掉鞋底棕色的脏东西,然后把鞋刷干净。

这天的大部分时间马内克都躺在床上,头痛得像打雷。迪娜和两个裁缝则努力让一团糟的公寓尽量恢复常态。他们清理了棉絮,把它重新塞回垫子里,又缝上划破的口子,可靠垫看上去还是软塌塌的,再怎么拍打也无法改变它们了无生气的状态。接下来他们又开始清理槟榔的污迹,屋子里到处都是。

"天知道我们为什么要白费力气,"她说,"要是你们那个乞丐头儿只有嘴上功夫,明天晚上我们就要被扫地出门了。"

"我觉得没事,"伊什瓦说,"尚卡尔常说乞丐头儿很有势力。"

他那天反复说着这句话,说到第四遍的时候迪娜火了。"现在一个可怜的没腿乞丐倒成了你智慧和建议的源泉了,是不是?"

"不是,"伊什瓦吃了一惊,说道,"可是他认识乞丐头儿已经很长时间了。我是说……在劳工营就是他救了我们。"

"那他现在为什么还不来?晚上都快过去了。"

"乞丐头儿出卖了我们。"小翁说。大伯没有反驳他。

他们获救的希望伴着天光逐渐黯淡。夜色越来越深,四个人沉默地坐着,试图看清明天的眉目。就是这样了,迪娜心想,她苦苦奋斗多年想要维持的独立生活即将结束。她对努斯万也不必抱任何希望。如果房东的打手把她的家具扔到人行道上,就连努斯万的律师也无能为力。律师们是怎么说的来着——现实占有,胜之八九。再说,归根结底,独立生活不过是种假象,每个人都要依靠他人生活。即使不依靠努斯万,她也要继续依靠裁缝、依靠再会出口公司——到头来都是一码事……努斯万可以安排卡车帮她把东西运到她父母的房子——努斯万会说那是他的房子。他总说照顾妹妹自己责无旁贷。这下他可以好好照顾了,想照顾到什么时候就照顾到什么时候。

一只猫在厨房的窗外厉声尖叫,他们吓了一跳,直起腰板。其他猫也跟着叫起来。"不知是什么东西把它们吓成这样。"伊什瓦不安地说。

"有时候它们就是爱叫。"马内克嘴上这样说,却还是前去查看,其他人也跟他同去。巷子里并没有什么不寻常的东西。

"你们说,今晚打手还会回来吗?"小翁说。

"易卜拉欣给了我们四十八小时,"迪娜说,"所以也有可能是明天晚上。听我说,即使我准备去求我哥哥帮忙,我们的前景仍然不乐观。时间太仓促了。谁知道会发生什么事呢?我不希望再在这里动手打架。明天一早你们就收拾行李离开这里。明天过后,如果平安无事,你们可以再回来。"

"我也是这么想的,"伊什瓦说,"我们去找守夜人。马内克可以去宿舍碰碰运气。"

"不过我们必须保持联系,"小翁说,"说不定我们可以在你哥哥家里缝衣服。即使这家公司跟你取消合作,也许会有其他公司跟你做生意的。"

"对,我们一起想办法,"她不忍心告诉他们努斯万会严格禁止这种事,便说,"不过你们也不能全指望我,也该去别的地方找找工作。"

他们尽力挽救自己支离破碎的生计时,马内克始终沉默不语。任他们的针线活再精巧,也无法补好现在的局面,他想。生活为什么如此肆意破坏每一个人?将好的部分扯烂,却让坏的部分疯狂繁衍,如同没放进冰箱的食物生出的霉菌?用校对员瓦森特劳·瓦尔米克的话来说,这都是生活的一部分,要存活下去,秘诀就是在希望与绝望之间保持平衡,拥抱改变。可要他拥抱痛苦和毁灭?不行。若他有台足够大的冰箱,他愿意把这间公寓里的幸福时光全部保存在里面,不让它们变质;还有阿维纳什和国际象棋,那些回忆变质的速度太快,他要把它们也保存起来;还有山顶的积雪和杂货铺,趁一切尚未变得令人悲伤,趁爸爸尚未变得面目全非,趁妈妈尚未变成他的应声虫。

可这个世界无法放进冰箱,到头来一切都变了质。现在他又能怎办呢？宿舍比以前更加令他作呕。若他回家，又会与爸爸再次开始争论。没别的出路，他被将了军。

"你们听，猫不叫了，"伊什瓦说，"现在真安静啊。"他们竖起耳朵听着。这寂静与厉叫同样令人不安。

清晨，裁缝们趁着水龙头还能出水，快速地洗漱。他们不知道自己何时才能再次享用卫生间。眼下他们能预见的只有小巷和街上的水管。

马内克不急不忙。今天他的嘴唇已经见好，消了肿，头也不疼了。他无精打采地坐在屋里，有时从一个房间挪到另一个房间，仿佛在寻找什么东西。

"行了，马内克，"迪娜说，"时间不早了。你也该行动起来装箱子了。或者先去趟宿舍，看看他们能不能给你腾个房间。"

他回到自己的房间，从床下拽出行李箱打开。几分钟后迪娜过来看时，发现他摆好了棋盘，正盯着棋子发呆。

"你疯了吗？"迪娜朝他大叫，"眼看就没时间了，你还有好多事情要做呢！"

"我想做的时候自然会做的。即使你已经认输，但我还是个独立的人。"他故意用了她曾经用来形容自己的字眼。

这话很伤人，但迪娜没有理会。"说大话很容易。等那些打手回来把你的脑壳敲开，我们就知道你究竟有多独立了。看样子你只挨一顿打还不够。"

"你又不在乎。你已经收拾东西打算走人了，连一丝不甘心都没有。"

"不甘心这种东西太奢侈了，我负担不起。再说你为什么要把脸拉得这么长呢？拿到培训证明之后你早晚要走的。即使现在不走，过六个月也会走的。"说完，她气呼呼地离开了房间。

伊什瓦正在门廊装箱子，听见动静便放下手里的活走了过来。他坐在床边,伸手搂住马内克。"你知道吗,马内克,人的脸上的空间是有限的。我母亲常说,如果你的脸上满是笑容,就腾不出地方流泪了。"

"说得真好。"马内克忿忿地说。

"现在,迪娜女士的脸,还有小翁和我的脸都被占满了。我们为工作和薪水担心,为今晚睡在哪里担心。但这不代表我们不伤心。也许我们脸上没有显露出这些情绪,但它们都留在这里,"他把手放在心口,"在这里,有着无穷无尽的空间——快乐、善良、悲伤、愤怒、友谊——一切都能放进来。"

"我知道,我知道,"马内克说着开始收拾棋子,"你们这就去找守夜人吗?"

"对,我们跟他商量好之后再回来。帮迪娜女士收拾她的东西。"

"离开前别忘了把你的宿舍地址给我们,"小翁说,"我们会去看你的。"

马内克把柜子里的东西全拿出来,把衣服叠好放进行李箱。迪娜往房间里看了一眼,夸他行动迅速。"你能帮我个忙吗,马内克?"

他点点头。

"你知道门口那块门牌吧?你能不能到厨房的架子上拿把螺丝刀,把它拆下来?我想把它带走。"

他又点点头。

伊什瓦和小翁带回了坏消息。守夜人换了一个,新来的人并不想跟裁缝们过去的约定有任何瓜葛。实际上,他觉得裁缝们是趁着他经验不足,故意来占便宜的。

"现在我也不知道该怎么办了,"伊什瓦疲惫地说,"我们只能一条街一条街地找了。"

"而我得提着箱子。"小翁说。

"不,你别提,"迪娜说,"不然胳膊又会疼的。"她提出把箱子带去努斯万家，假装是她的行李。裁缝们需要换洗衣服就到后门来找她。那幢房子很大，她说，努斯万不会发现的，他从不去厨房，除非是为了检查厨房或者要求节约开支。

"听我说，我知道你们俩可以住在哪儿了。"马内克说。

"哪儿？"

"住在我的寝室里。你们可以夜里溜进来，然后清早溜出去。你们可以把行李箱也放在那儿。"

就在他们考虑这个主意的可行性时，门铃响了。是乞丐头儿。

"谢天谢地，你总算来了！"伊什瓦和迪娜连忙迎上去，仿佛见到了救命恩人。

这情景让小翁想起了尚卡尔，乞丐头儿来到灌溉工程的工地时，尚卡尔也坐在轮板上哭哭啼啼，对乞丐头儿百般示好。这回忆让他心里不大舒服。当时他和伊什瓦曾那样自豪地告诉乞丐头儿：我们是裁缝，不是乞丐。

"出什么事了？"迪娜问，"你说你昨天晚上就来的。"

"不好意思，我遇到紧急情况耽搁了。"他答道。他们的关注令他感到很受用。他对乞丐们的追捧已经习以为常，不过来自普通人的重视更让人心里舒服。

"这该死的紧急状态——给每个人都添了好多麻烦。"

"不，不是那个紧急情况，"乞丐头儿说，"我的意思是生意上的问题。你们知道吗，昨天我从你们家离开之后接到消息，说我手下的两名乞丐——一对夫妻搭档被人杀了。所以我只好马上赶过去。"

"杀了！"迪娜说，"多么没人性的人才会杀可怜的乞丐啊？"

"哦，这不稀奇。他们被杀，通常是因为讨来的钱。不过这个案子很不寻常——钱财分文未取。准是某个疯子干的。被拿走的只有他们的头发。"

伊什瓦和小翁大为震惊，咽了一下口水。

第十二章 命运的痕迹

"头发?"迪娜说,"你是说从头上剃下来?"

"没错,"乞丐头儿说,"直接剪掉的。那夫妇俩都长着漂亮的长头发。这很少见。我是说头发漂亮——大多数乞丐都留着长头发,因为他们没钱理发,不过他们的头发总是很脏。这两个人则不同。他们经常花几个小时帮彼此清理头发、捉虱子、梳头,每逢下雨或者人行道上的水管爆开,他们都会洗头。"

"真恩爱啊。"听了乞丐头儿对这对恩爱夫妻温柔的描述,迪娜点点头表示同情。

"若你知道乞丐跟普通人有多像,保准会吃惊的。他们尽心打理头发的结果自然就是满头漂亮的头发。这对生意半点儿好处也没有。我总是叫他们把头发弄乱,看上去可怜些。但他们总说,他们活在世上,除了这一头秀发再没别的值得自豪的东西了,我怎么忍心把这个也从他们手中夺走呢?"

他顿了顿,重新思考这个问题。"我还能怎么办呢?我这人心软,只好依着他们。结果现在漂亮的长发夺走了他们的性命,也夺走了我两名出色的乞丐。"

他转身看着裁缝伯侄。"怎么了?你们俩看着很不安。"

"没有——没有不安,"伊什瓦结结巴巴地说,"只是非常惊讶而已。"

"是啊,"乞丐头儿说,"警察也是——惊讶。他们已经接到多起报警,说长长的麻花辫和马尾辫神秘消失。女人去逛集市,买了东西回家,一照镜子才发现头发没了。不过以前从没出现过这次的情况,从来没人为此送命或受伤。因此侦探们对我的乞丐的案子很感兴趣。他们就喜欢不寻常的案件。他们把这叫作'头发大盗杀人案'。"

他打开铐在手腕上的公文包,取出厚厚一沓卢比来。他数钱时,铁链当啷响个不停。"言归正传——这是赔偿你们损失的钱。你们可以重新开工了。"

伊什瓦把收钱的任务让给了迪娜——他的手抖得厉害。

她手里攥着两千卢比，仍然不敢相信乞丐头儿真的战胜了房东。"你是说我们可以留下来？真的安全了？"

"你们当然可以留下来。我告诉过你们，不会有事的。那些人犯了个错误。"

裁缝们频频点头，向迪娜表示自己相信。"只剩下一个问题，"伊什瓦说，"要是房东派其他打手来怎么办呢？"

"只要你们按时付钱给我，房东就找不到任何敢上门的人。这我已经安排好了。"

"那等我们把钱付清之后呢？"

"那就随你们的便了。我们的合同随时可以续签。我可以给你们打折，你们是尚卡尔的朋友。还有——哦，对了，尚卡尔让我给你们带个好，他说最近没怎么见到你们。"

"我们为房东的事操心，好几天没去维什兰了，"伊什瓦说，"我们明天就去找他。对了，我还想打听一下，耍猴人和他那两个孩子怎么样了？"

"很好，很好——我是说那两个孩子。他们学得很快。耍猴人我再没见过。我没再去过那个劳工营。不过他被打得那么惨，说不定已经死了。"

"这么说，那个老太婆的预言差一点儿就成真了。"小翁说。

"什么预言？"乞丐头儿问。

裁缝伯侄向他讲述了棚户区的那个夜晚，耍猴人如何发现他的小猴子被狗咬死，老太婆如何说出了那番神秘的预言。"她说的话我记得清清楚楚，"小翁说，"'失去两只猴子不是他将要承受的最痛苦的损失，杀死一条狗也不是他将要犯下的最严重的谋杀。'没过多久，他真的杀死了蒂卡，为莱拉和马什努报仇。"

"这故事真可怕。"迪娜说。

"纯属巧合，"乞丐头儿说，"我不相信预言和迷信。"

第十二章　命运的痕迹

伊什瓦点点头。"那两个孩子离开了耍猴人，过得幸福吗？"

乞丐头儿挥挥没铐在公文包上的那只手，做了个"谁知道呢"的手势。"他们会习惯的。谁也没法保证生活一定是幸福的。"他又抬起那只手向他们告别，正要出门，忽然停下了脚步。

"有件事你们可以帮我。我需要两名新乞丐。要是你们见到合适的人，能告诉我一声吗？"

"当然可以，"伊什瓦说，"我们会留意的。"

"不过候选人必须有特别之处才行。我让你看看。"他从公文包里拿出一个大画册，里面是他做的笔记和图表，都是关于行乞的戏剧效果的。本子的封皮已经严重磨损，四角都卷了边。

他把本子翻到有铅笔画的一页，那幅画看上去很陈旧，上面的标题是《合作精神》。"我一直想造出这样一个组合来。"

他们凑上前去看那张速写：两个人，一个骑在另一个肩上。"为了打造这个组合，我需要一个瘸子和一个瞎子。瞎子要把瘸子扛在肩上，鲜活地再现关于友谊与合作的古代故事。保证财源滚滚来，对于这一点我非常有把握，因为人们给钱不仅仅出于怜悯和虔诚，更是出于钦佩之情。"难点在于找到身体足够强壮的瞎子和体重够轻的瘸子。

"尚卡尔不是正合适吗？"马内克问。

"他没有小腿，大腿也只剩下四分之一，坐在别人肩上没法保持平衡——他会直接顺着后背掉下去的。我要的瘸子不能截肢，但双腿要毫无生气、严重残疾，这样才能把腿垂在背他的那个人胸前。再说，尚卡尔跟轮板的组合已经非常成功了。我们还是不要破坏现状的好。"

他们答应会帮乞丐头儿留意符合要求的人。乞丐头儿则说任何建议他都会领情。"对了，你们还记得收租人带来的那两名打手吗？"

"怎么了？"

"他们向你们道歉，说他们没法亲自过来收拾自己留下的烂摊子。"

"真的吗？"

"没错。他们倒霉得很,出了事故——所有手指头都折断了。谁知道呢,要是他们再出几次事故,说不定就有资格加入我的乞丐团队了。"乞丐头儿对自己这句玩笑话很满意,他们则对他报以淡淡的一笑。

"现在我真的该走了,"他说,"我得去处理那两个被杀死的乞丐了。"

"您今天就把他们火化掉吗?"

"不,那太贵了,等太平间把尸体还回来,我就卖给跟我合作的中间商。"见到他们大惊失色,乞丐头儿觉得有必要为自己的行为辩解一下,"现在物价上涨,通货膨胀,我也没别的办法。再说,这样总比像过去那样让他们暴尸街头,等着市政工作人员收走好些。"

"没错,确实如此,"迪娜说道,仿佛她每天都要买卖尸体似的,"那你的中间商会怎么处理这些——尸体呢?"

"有些他会卖给大学,给医学生搞教学用。你想想,我的乞丐们说不定有机会参与探寻知识的过程,"他面露憧憬,望着窗外的远方,"有些尸体会卖给修习黑魔法的术士。至于骨头,很多都出口了。我猜是用作肥料。要是你有兴趣,我可以仔细打听一下。"

迪娜摇摇头,谢绝了他的提议。

乞丐头儿离开了,屋里留下一阵寒意。"我们跟那个人打交道千万要小心,"迪娜说,"真是个怪人。还有他铐在手上的公文包——他就是金钱的奴隶。瞧他的样子,等我们死了,说不定他会把我们的骨头也卖掉。"

"他只不过是个彻头彻尾的当代生意人,眼睛紧盯着盈亏底线,"马内克说,"我见过许多做可乐生意的人都跟他差不多,他们来见我爸爸,劝他把科拉可乐卖掉。"

伊什瓦悲伤地摇摇头。"生意人怎么这样冷酷无情呢?他们有那么多钱,看上去却还是闷闷不乐。"

"这是病,没药救,"迪娜说,"就像癌症。而他们甚至不知道自己得了这种病。"

第十二章　命运的痕迹

"话说回来,"马内克又有了精神,"唯一需要提防乞丐头儿的人是小翁。搞不好他把小翁错当成一副会动的骨架子。"

"你最好也小心点儿,"小翁反唇相讥,"你的骨头那样健康,在山区用纯净的喜马拉雅积雪融水滋润着长大,若是论斤卖,肯定比我的值钱。"

"别说这么瘆人的话。"迪娜说。

然而马内克说起胡话来刹不住车,房子得以保全,他彻底松了一口气。"你想啊,阿姨。现在我们用炭粉刷牙,牙齿都亮晶晶的,肯定非常值钱。我们可以单颗出售,也可以成批出售。说不定可以做成项链出售。"

"我说,够了。别嘻嘻哈哈的,跟那家伙打交道千万要小心,记住。"

"只要按时给他付钱,就没什么可担心的。"伊什瓦说。

"但愿如此。从今往后,给他的钱我出一半,因为他也为我提供保护。"

"绝对不行,"伊什瓦不服气地说,"我说这话不是这个意思。您不肯收房租,这就算是我们的那份房租了。"对于这件事,他说什么也不肯让步。

他们回到缝纫室统计应该赔偿再会出口公司多少钱。伊什瓦小声说,马内克和小翁又有说有笑了,真好。

"是啊,过去这两天我们每个人都过得很痛苦。"迪娜赞同道,接着又叫两个男孩把门牌重新装回门口。

"我们再也不会见到拉加拉姆了,肯定的,"这天夜里裁缝们铺床时,小翁说道,"假如他是凶手的话。"

"他当然是凶手。"大伯说。他透过门廊的窗户望着路灯,想着他们那位旧相识。"真难以置信。一个看上去那么和善的人,居然会杀死两名乞丐。住在棚户区的第一天早上，我们本该更谨慎些的——他在火车道上说的那番关于厕所的话就怪恶心的。再说，正常人怎么会以收头发为生呢？"

"那不是重点，老兄。收什么、卖什么的人都有。破布、废纸、塑料、玻璃，甚至骨头都有。"

"当时我不让你留长头发，你现在庆幸了吧？你睡在那个杀人凶手隔壁，搞不好他会为了头发把你杀掉的。"

小翁耸耸肩。"我更替迪娜女士担心。要是警察找到了她送给拉加拉姆的理发工具怎么办？她和我们的指纹都在上面。我们全都会被逮捕、绞死的。"

"你跟马内克打打杀杀的电影看得太多了。那种事情只会发生在电影里。真正让我担心的是，如果他再来找我们帮忙，到那时我们怎么办？报警吗？"

伊什瓦躺了很长时间，依然睡不着，拉加拉姆在他脑海里挥之不去。他们在棚户区跟这名凶手共同生活，吃过他做的饭，也把自己的食物与他分享过。这念头令伊什瓦不寒而栗。

小翁知道大伯睡不着。他用胳膊肘撑起身体，在黑暗中咯咯笑了："你还记不记得维什兰的厨子和服务员多爱听我们的故事？要是他们听见这个故事，不知会多喜欢呢。"

"不许拿这种事开玩笑，"伊什瓦警告他，"不然我们都会被警察缠住不放的。"

早晨的人行道上人头攒动，用人、上学的孩子、赶着上班的人、推销员全都步履匆匆。裁缝们等着人流间歇，好让尚卡尔滑到维什兰背后的小巷来。他不断向他们招手，这让伊什瓦十分忐忑——考虑到他轮板上藏着的可怕货物，他们这次碰面越不引人注意越好。

过了几分钟，尚卡尔不耐烦了，他鼓起勇气横穿人行道，操纵轮板穿过成群的行人。"哦，先生！当心点儿！"他高声说道，无穷无尽的腿脚匆匆经过，他躲避着它们，它们也躲避着他。

轮板撞到了一个人的小腿。那人朝着尚卡尔劈头就是一通骂，他怯生生地抬头望着对方，那人则威胁说要把他的脑袋踢下来。"这叫花子以为人行道是他家开的！给我老老实实待着！"

尚卡尔向他求饶，加快速度滑走了。他一着急，包裹从轮板上掉了下来。裁缝伯侄焦急地看着，却不敢上前帮他。尚卡尔又是抓又是滑又是打转，总算取回了包裹，送到他们面前。

"好样的。"伊什瓦说。人流涌动的十字路口有名交警，他怀疑那交警正满腹狐疑地盯着他们——要是他过来，要求查看包裹里的东西怎么办？"我说，"伊什瓦尽量稳住声音，问道，"我们那个长头发的朋友是什么时候把这个包裹送来的？"

"两天前，"尚卡尔答道，伊什瓦险些把包裹扔出去，"不对，我记错了，"尚卡尔改了口，用缠着绷带的手掌揉揉额头，"不是两天。是我上次见到你们之后的那天——是四天前。"

伊什瓦松了口气，对小翁点点头。看来包裹里装的不是"那些头发"。"从今往后我们的朋友不会再来找你了。"

"不来了？"尚卡尔很失望，"我还挺喜欢摆弄这些包裹的。这些头发真漂亮啊。"

"你是说你看过里面的东西？"

"我不应该看吗？"尚卡尔着急地问，"哎呀老兄，我什么也没弄坏，只是把它放在脸上蹭一蹭，因为我觉得这样很舒服。这头发又软又滑。"

"那当然了，"小翁说，"我们的朋友只收集质量最好的头发。"

尚卡尔没听出小翁语气中的嘲讽。"要是我也有一束头发就好了，"他叹了口气，"我可以把它放在轮板上，晚上睡觉时放在脸旁边。被人呵斥了一整天，这样入睡叫人心里多舒服啊。即使是那些给我零钱的人，他们看我的眼神也像是把我当成了拦路抢劫的强盗。这头发该是多么好的安慰啊。"

"为什么不这么做呢?"小翁脱口而出,"给,这包你留着吧——我们的朋友不需要了。"

伊什瓦本想反对,转念一想还是算了。小翁说得对,事到如今又有什么关系呢?

尚卡尔的感激之情融化了拉加拉姆的所作所为带来的寒意,裁缝们往公寓走去。"天知道他是从哪里弄来的,杀了多少人。"

这天夜里,迪娜和马内克睡着以后,伊什瓦从箱子里取出辫子放进一只小纸箱里,打算全部处理掉。做完这些他觉得舒坦多了,因为他们的衣服不用再受这个疯子的收藏品的污染了。

厨房里的动静早早吵醒了迪娜,这时还没来水,天色跟夜晚一样暗。自从乞丐头儿大显神通之后,他们已经平静地过了两个月,公寓里的生活已经恢复如常。但半梦半醒之间,她坚信锅碗瓢盆发出的声响只代表着一件事:房东的打手回来了。她的心怦怦直跳,刚从睡梦中醒来的双手沉重无力,手指抓了好几次才把身上的被单掀开。

她转念想到,也许这只是场噩梦,等等就过去了——只要她躺着不动……闭上眼睛……

响声渐渐停了。很好,她的办法起作用了,并没有什么打手,这不过是场梦,没错,这间公寓有乞丐头儿保护。没什么可担心的,她这样想着,在梦乡的门槛内外来回游移。

最终,持续不断的猫叫声彻底吵醒了她,她猛地坐起身。这猫太烦人了!她从被单里脱身出来,下了床,撞上了木板凳。一张板凳倒在地上,发出一声闷响,隔壁的马内克没有被锅碗瓢盆的声音吵醒,却被这声音吵醒了。

"你没事吧,阿姨?"

"没事,厨房里有只讨厌的猫。我去把它的脑壳敲碎。你接着

第十二章　命运的痕迹

睡吧。"

马内克找到拖鞋,跟着迪娜去了厨房,半是出于好奇,半是为了确保她不会真的伤害猫。她点起灯,瞥见猫从窗口猛地蹿了出去:是马内克最喜欢的那只猫,棕白相间的虎斑猫维贾雅蒂玛拉。

"这讨厌的畜生,"迪娜怒气冲冲地说,"天知道它那张脏嘴舔过什么东西。"

马内克到窗口仔细查看,砸碎的窗玻璃外面的铁丝网也破了。"它肯定是走投无路才会这样做。但愿它没有受伤。"

"你不担心它给我造成的麻烦,倒担心起那脏兮兮的畜生来了。"迪娜说着拾起散落的厨具,这些东西都得彻底擦洗才行。

"等等,"她停下手里的动作,"什么声音?"

他们听了听,没动静,便继续收拾厨房。片刻之后迪娜又停下了动作,这一次,一阵微弱的呜咽声打破了寂静。绝对没听错,这声音就在厨房里。

厨房的墙角有个空灶台,是过去烧煤做饭用的,里面卧着三只棕白相间的小猫。迪娜和马内克弯腰去看,小猫齐声发出微弱的喵呜声跟他们打招呼。

"哦,天哪!"迪娜倒吸了一口气,"太可爱了!"

"怪不得维贾雅蒂玛拉最近看着那么胖。"马内克笑着说。

小猫挣扎着想站起来,迪娜觉得自己从没见过这样弱小无助的东西。"不知它是不是直接在这里把它们生下来的。"

马内克摇摇头。"看样子他们出生已经几天了。它肯定是在夜里把它们送进来的。"

"不知道这是为什么。噢,它们真可爱啊。"

"现在你还打算用它们的肠子做小提琴弦吗,阿姨?"

迪娜责备地白了他一眼。可是当马内克伸手想轻轻抚摸小猫时,她却拦住了他。"别碰。你又不知道它们身上有什么病菌。"

"它们还是小宝宝呢。"

"那又怎么了？小猫也能携带传染病。"迪娜铺开一张旧报纸，抓住报纸中间。

"你要干什么？"他警惕地问。

"保护我的手。我要把它们三个全放到窗外去，这样那只猫就能看见它们了。"

"你不能这么做！"马内克争论说如果母猫遗弃了小猫，它们都会饿死的。甚至还没等饿死，乌鸦和老鼠就会先来袭击它们，吃掉它们的小眼睛，扯烂它们小小的身体，掏出它们的内脏，啃食细小的骨头。

"用不着描绘得这么具体。"她说。小猫不停地发出可怜的哀叫声，应和着马内克描绘的恐怖情景。"那你想怎么办？"

"给它们喂吃的。"

"没门儿。"迪娜断然说道——一旦给了它们吃的，它们就永远不肯走了。至于它们的母亲，即使它原本打算回来，现在也会逃避责任的。"我不可能对全世界所有无家可归的生物负责。"

马内克最终为小猫们争得了缓刑。迪娜答应暂时不把它们挪出去，给维贾雅蒂玛拉一个机会，说不定它能听见小猫的呼唤声。也许小猫的叫声能够把它引回来。

"看，"马内克指着窗外，"天亮了。"

"天空真美啊。"她停下来，心醉神迷地望着窗外。

水龙头出水了，打断了迪娜的遐想。她快步来到卫生间，马内克则去查看睡在院子里的野猫。他望着远方那错综复杂的小巷尽头。令人欣喜的第一缕天光中蕴藏着变革的希望，映照着沉睡的城市。他知道，这种感觉最多只能持续几分钟——过去他也曾有过这种感受，一旦天色大亮，这种感觉就会消失。

尽管如此，在这种感觉尚未消失的时候，他心中仍然充满感恩。裁缝们醒来后，他把这个新闻告诉了他们，并带他们到厨房去看。裁缝们

第十二章　命运的痕迹

的到来使得本就持续不断的呜咽声变得愈发响亮。

迪娜连忙把他们赶出去。"这么一大帮人在这里看着，母猫更不会回来了。"说完她自己走进了厨房，说是为了准备早茶，实际却面带微笑站在墙角，发出一声叹息，看着小猫在煤炉灶里蹒跚爬行，爬到彼此身上，跌作一团。它们的母亲真会选地方，她心想，炉灶足够深，小猫没法爬出来乱跑。

这天早上他们没干多少活。马内克说他上午没有课。"真巧啊。"迪娜说，马内克站在厨房门口值守，不时向大家通报最新进展。裁缝们也时常停下缝纫机，倾听小猫的动静。

随着时间的流逝，它们的叫声越来越响，缝纫机的声音也无法掩盖。"它们叫个不停，"小翁说，"准是饿了。"

"它们跟人类婴儿一样，"马内克说，"也需要定时喂食。"他用余光瞥了迪娜一眼。他知道，小猫的呜咽声也开始令她心生不安了。她故意漫不经心地问，这么小的猫能不能喝牛奶。

"能喝，"马内克连忙答道，"不过要兑水稀释一下，不然它们很难消化。再过几天，它们就可以吃蘸了牛奶的面包。我父亲在家就是这样喂小狗小猫的。"

迪娜又僵持了一个小时，不肯理会厨房传出的哀求声。然后，"唉，真没办法，"她说，"来吧，马内克先生，你是专家。"

他们把牛奶兑水、加热后倒进一只铝碟子，把不断扭动的小猫从煤炉灶里拿出来，放在地上铺的报纸上。"我也想拿小猫。"小翁说，于是马内克让他把最后一只小猫拿了出来。

三只小猫瑟缩在报纸上，止不住地发抖。它们渐渐闻到牛奶的气味，越凑越近，在碟子边上试探着舔了几下，很快就都挤在碟子旁边，起劲地舔了起来。碟子里的牛奶喝光之后，它们踩进碟子里，抬起头看着他们。马内克又倒了些牛奶让它们喝，然后把碟子收了起来。

"怎么这么小气？"迪娜说，"再让它们喝点儿。"

"过两个小时再喂。吃得太多它们会生病的。"马内克从房间里拿来一个空纸箱,在底下铺上干净的报纸。

"我可不能让它们待在厨房里,"她表示反对,"这样不卫生。"

小翁主动说可以把纸箱放在门廊上。

"好吧。"迪娜说。不过,到了晚上她要把小猫放回空的煤炉灶里。她盼着母猫回来把自己的孩子领走。为了方便母猫回来,她特意没有修补打破的窗户。

连续七个晚上,迪娜都把厨房里的锅碗瓢盆清理一空,关严橱柜,关上厨房的门。连续七个清晨,她一起床就赶到炉灶旁,盼着里面已经空了,然而迎接她的总是三只欢天喜地的小猫,闹着要吃早饭。

她渐渐开始期盼着早上与它们重逢。一个星期过去,她发现自己上床睡觉时竟然在担心——如果是今晚怎么办?如果母猫把它们带走了怎么办?她一睡醒就立刻赶到厨房——啊,放心了!它们没有消失!

每晚把纸箱送回炉灶的惯例也被打破了。裁缝们很乐意跟小猫分享自己的住处。三只小猫长得很快,开始在门廊探险。与之相邻的房门不得不时刻紧闭,以免它们溜进缝纫室,把布料弄乱。不久,它们就从门廊窗户的栏杆钻出去,开始进行短暂的户外探险。

"您知道吗,迪娜女士,"一天晚饭后伊什瓦说,"那只猫给了您一份厚礼。它把孩子留在这里,说明它信任这幢房子——这对您来说也是种荣耀。"

"净胡说八道,"她才不相信这些多愁善感的瞎话,"那只猫当然要把小猫送到这里来了,因为有三个心肠软的傻瓜隔三岔五就从这扇窗户给它喂吃的。"

然而伊什瓦决意要从这件事中总结出某种道理、某种深层含义。"无论您怎么说,这幢房子都受到神的保佑,就连坏房东也没法伤害我们。那些小猫也是个好兆头。这预示着小翁也会有很多健康的孩子。"

"首先他得有个老婆。"迪娜冷冷地说。

"说得完全正确,"伊什瓦诚恳地表示赞同,"我一直在认真思考这件事,我们不能再等了。"

"你说什么胡话呢?"迪娜有些不耐烦,"小翁的人生才刚刚起步,又缺钱,你们连自己的住处都没有。你现在就想给他娶媳妇?"

"车到山前必有路。我们必须得有信心。重点是他必须尽快娶妻生子。"

"你听见了吗,小翁?"迪娜朝门廊高声说道,"你大伯想让你尽快娶妻生子。不过你要保证别把孩子留在我的厨房里。"

"别跟他一般见识,"小翁用家长似的语气说,"有时候我大伯精神不好,就会说疯话。"

"无论你干什么,都别指望我给你提供住处,"马内克说,"我可没有多余的纸箱了。"

"什么?老兄!"小翁埋怨道,"我还指望着你把两个纸箱摞在一起,给我盖幢二层小楼呢。"

"用这种吉利的事情开玩笑可不好。"伊什瓦有些不服气地说。他觉得自己的提议不该遭到取笑。

每到吃饭时间,外出的小猫会准时回来,穿过门廊的窗户栏杆进屋。"瞧它们几个,"迪娜慈爱地说,"说来就来,说走就走,好像把这里当作宾馆似的。"

后来,随着小猫学会觅食,它们出门的时间也越来越长,跟同类一起在小巷里游荡。下水道和垃圾堆散发出的气味令它们难以拒绝,于是欣然前往。

它们不时离开,令所有人都情绪低落。马内克和小翁留下小块的食物,认真地在盘子里堆得老高。他们天天盼着小猫屈尊到这里来。等到深夜,他们只好把剩饭处理掉以免生虫子。无论窗外是什么动物他们都会喂，一双双不知名的眼睛在黑暗中闪着亮。

小猫来的时候，家里便一派喜气洋洋。若没有合适的剩饭，马内克或者小翁就会跑到维什兰买面包和牛奶。有时小猫吃完零食会多待一阵，玩耍一会儿，撕咬缝纫机旁边的布头。不过大多数情况下它们吃完饭就会立刻离开。

"吃完饭就跑，"迪娜说，"好像这地方是它们开的似的。"

渐渐地，小猫到访的次数越来越少，时间也越来越短。它们渐渐长大，不再像小时候那样对任何事物都充满好奇，对牛奶和面包也置之不理。长期在户外搜寻食物，它们的胃口显然也变得更有冒险精神了。

为了吸引它们的注意，小翁和马内克会匍匐在饭碗旁边。"喵！"他们齐声叫道，"喵——"小翁大声嗅闻碗边，马内克则伸着舌头，忙不迭地假装舔食。几只小猫不以为然。它们冷冷地看着他们的表演，打个哈欠，然后开始舔毛。

出现在煤炉灶里的三个月后，三只小猫彻底消失了。一连两个星期没见到它们的踪影，迪娜坚信它们是被车撞了。马内克则说它们有可能是遭到了发疯的流浪狗的袭击。

"或者是那些大耗子，"小翁说，"就连成年的大猫都怕它们。"

想到种种令人不安的可能性，他们陷入了阴郁的情绪当中，只有伊什瓦依然坚信小猫平安无事。他提醒大家，这些小家伙既机灵又健壮，而且已经适应了流浪生活。其他人并不赞同他乐观的看法。他们对他渐渐不耐烦起来，仿佛他说了什么不堪入耳的话。

就在他们沉浸在悲痛与沮丧中时，乞丐头儿来收保护费了。黄昏时分，天色显得比平常更暗，因为路灯还没点亮。"出什么事了？"他问，"房东又来骚扰你们了吗？"

"没有，"迪娜说，"只是我们可爱的小猫咪不见了。"

乞丐头儿哈哈大笑起来。这声音把他们吓了一跳，因为这是他们第

第十二章　命运的痕迹

一次听见他笑。"瞧你们愁眉苦脸的样子，"他说，"你们遇到打手的时候都没这么伤心，"他又笑了，"很抱歉，我帮不上你们的忙——我毕竟不是猫咪头儿。不过我有个好消息，也许这个消息能让你们开心些。"

"什么消息？"伊什瓦问。

"跟尚卡尔有关，"他笑容满面地说，"我暂时还不能把这个消息告诉他，这是为他好。不过我忍不住想跟人分享这个消息——实在是太好了——而你们是他唯一的朋友。你们必须保证绝不会向他透露任何事。"

所有人都向他保了证。

"这件事发生在我把你们和尚卡尔从那个灌溉工地带回来之后几个星期。我手下有个病得很重的女乞丐，她对我讲起了她小时候的故事，还讲了尚卡尔的童年。我每次过来收钱，她都会对我讲这些陈年旧事。她上了年纪，作为乞丐来说已经很老了，大约四十岁。上个星期她终于死了。然而就在她临死前，她告诉我，她其实是尚卡尔的母亲。"

其实这件事本身并不令人惊讶，乞丐头儿解释道，他对此一直有所怀疑。他小时候常常陪父亲去巡视，经常看见那女人给一个婴儿喂奶。大家都管那女人叫"鼻子"，因为她脸上没有鼻子。她当时很年轻，十五岁上下，身材窈窕，妓院老板们一致认为若不是因为面部残缺，她准能卖个好价钱。据说她刚出生就被醉醺醺的父亲在盛怒之下割掉了鼻子，他对孩子的母亲失望透顶，因为她生下的是个女儿，而不是儿子。母亲为她照料伤口，帮这个新生儿捡回了一条命，父亲却总是说让她死了算了，这张丑脸就是她唯一的嫁妆，让她死了算了。由于他不断地烦扰虐待这孩子，后来她被卖去做了乞丐。

"我不确定我父亲买下鼻子的时候她多大年纪，"乞丐头儿说，"我只记得她带着个小婴儿。"后来，又过了几个月，那个名叫尚卡尔的婴儿就跟她分开，被送去进行专业改造了。

那个孩子再没有与母亲团聚。让不同的女乞丐轮流带着他去各地乞讨更好赚钱。再说，给他喂奶的陌生人发现，带着他，自己脸上更容易显示出彻底的绝望神情,而这正是行乞成功的关键。若是由鼻子整天乐呵呵地把小儿子抱在胸前,她眼神中必定会流露出难以掩饰的欣喜,这对行乞十分不利。

"尚卡尔就这样长大了,滑着轮板乞讨,独树一帜,我从不知道关于他母亲的事。"乞丐头儿说,"等到我接管生意的时候,我已经忘了小时候怀疑过他是鼻子的儿子。直到最近才想起来。"

是躺在人行道上奄奄一息的鼻子提醒了他。不仅如此,她还声称乞丐头儿的父亲也是尚卡尔的父亲。起初乞丐头儿大为震怒,她竟敢说出如此冒犯的话来。他威胁说要是她不道歉,就要将她从客户名单上除名。她却说除不除名对她来说无所谓,她已是将死之人,根本不在乎这些。

乞丐头儿仍然不肯相信她说的话,他想不通她为什么要编造这样一番毫无意义的谎话。她想从中得到什么好处呢?他愤怒而茫然地望着行人继续往鼻子的钱罐里扔硬币。那些人对这里正在上演的荒唐事一无所知,有些人停下脚步,用怀疑的目光打量着他。

"说不定他们以为你是在等机会,想从她那里偷钱。"马内克说。

"你说得对。我当时气得要命,真想朝他们大喊操蛋。"

迪娜听见这话,不由得一畏缩,差点脱口责备他说话太难听。前屋渐渐暗淡,她点亮了电灯。灯光让所有人眨了眨眼,抬手遮住了眼睛。

"但我控制住了自己,"乞丐头儿说,"我们这行有句老话——谁给钱谁有理。"

于是,他没有理会那些探头探脑的闲人,而是静下心来思考鼻子说的话。暴怒过后,随之而来的是怀疑。他指责她口出狂言,临死还要跟他搞恶作剧,让他心里永远不得安宁。

安静点儿听我说,她对乞丐头儿说,无论你接不接受,我都是你的继母。而且我有证据。你有没有为你父亲按摩过后背和肩膀?

当然了,他回答,我是个孝顺的儿子。只要父亲叫我,我都会为他

第十二章 命运的痕迹

按摩，直到他去世为止。

既然如此，鼻子说道，那你一定熟悉他背上那个不正常的大鼓包，你父亲的后脖颈上有个大肿块，就在脊柱顶端。

"我真不知道她是怎么知道的，"乞丐头儿说，"可是她坚持要我回答他那里究竟有没有鼓包，除此以外她一个字也不肯再说，直到我不情愿地承认。没错，我父亲确实有她说的这个特点。这时她才急切地又讲了下去。"

那是很久很久以前的事，当时鼻子年纪还很小，刚来月经。一天深夜，乞丐头儿的父亲酒醉后来到了她所在的街角，他喝得酩酊大醉，甚至不觉得她容貌骇人，跟她睡了觉。散发着酒气的嘴巴令她想拒绝，但她还是背过脸去，忍住了这种冲动。她像死人似的一动不动地躺在他身下，任他为所欲为。完事之后，他轰隆隆地打着呼噜睡着了，而她坐起身吐了一场，就在他身旁。夜里他醒过来，在她吐过的地方也吐了，恶心的呕吐物喷涌而出。后来，她听见一阵窸窣声，一睁眼，发现耗子正在吃他们混合在一起的呕吐物。

鼻子推测他一定很喜欢自己的身体，因为他隔三岔五就会在夜里回来找她，甚至没喝醉的时候也来。现在她不再那样讨厌这事了。他趴在她身上，望着她的脸，不再有酒精做盔甲，她也渐渐喜欢上了这件事。她的身体变得鲜活起来，欢喜地与他一同融化。她用手探索他的身体，发现了后脖颈上的肿块。她咯咯直笑，问他是怎么回事。他开玩笑说自己长这个东西就是为了逗她开心的——这样她就有不止一根，而是两根大骨头可以把玩。

这个男人望着她丑陋的脸，却仍然爱着她，他就这样走进了她的心。他解释说，医生说他的骨头长得不同于常人。普通人有三十三节脊椎，而他生来就有三十四节，多出来的一节跟脊柱顶端长在一起，这也是他慢性背痛的来源。

"我说的是不是你父亲，"鼻子说，"现在还有疑虑吗？"

乞丐头儿承认这些都是真的。但这只能证明他父亲酒后乱性，并不能说明别的什么。

"不只是酒后，"鼻子自豪地纠正他，"清醒的时候也来的。"这点区别是她一生中最珍视的东西，即使她即将跨过死亡的门槛，这仍是她最看重的事情。

乞丐头儿不情愿地承认了。但他仍然坚持这并不能证明尚卡尔是他父亲的儿子、自己同父异母的弟弟。不，他就是，鼻子说，因为尚卡尔后脖颈也长着一模一样的突起，只要片刻的工夫就能证实。当然了，乞丐头儿可以自欺欺人，说这只是个巧合，她又说，但真相就在他内心深处。

"她说得没错，真相确实在我内心深处。我心里也百感交集，既气愤又害怕又困惑，但同时我也感到开心。因为我知道，我——一个独生子，父母双亡，孤身一人，没有亲属——突然有了个弟弟。还有一位继母，尽管她的年纪跟我差不多大，而且已经奄奄一息。"

就这样，他接受了事实，他对这个垂死女人的所有怒火与怨恨都被感激之情所取代。他问她为什么没有早点告诉他。她说她害怕他被这个秘密激怒，或者感到屈辱——说不定会杀了她和尚卡尔，或是把他们卖到人生地不熟的偏远地区，卖给对乞丐不好的乞丐头儿。她最害怕的就是失去她从年轻时就熟悉的人行道。

不过事到如今，这些都无所谓了，她很快就要死了，而他是这件事唯一的知情者，如何处理随他的便，是否告诉尚卡尔也完全由他决定。

乞丐头儿向她保证，她吐露的秘密带给他的只有欣喜。当务之急是为她找家好医院。他希望让她所剩不多的时日过得尽量舒服些，于是去拦出租车。

最初几辆车的司机一见到病恹恹的女乞丐，都担心会把车里弄脏，不肯载他们。最后乞丐头儿朝司机挥舞着厚厚一沓卢比，这才拦下了车。那辆出租车坏了一个头灯，保险杠咣当直响。乞丐头儿坐在后座，

第十二章　命运的痕迹

一路把鼻子抱在怀里，听司机讲述自己的倒霉经历，说自己每个星期要把停车保护费装在信封里交给警察，就因为这个星期交得晚了，一名警察就恶意弄坏了他的车。

他们在医院耽搁了好一阵。鼻子跟其他穷困潦倒的患者一起挤在走廊的地上等待治疗。透过人体散发的臭味能依稀闻到地砖上消毒剂的苯酚味。乞丐头儿尽最大的努力敦促负责人，并且跟一个面目和善的医生谈了话。医生把听诊器强塞进白大褂的衣兜里，把衣兜撑破了。乞丐头儿求他抓紧时间照看鼻子，并说一定会报答他。医生和气地说别担心，每个人都会接受治疗的，说完便把手插进撑破的衣兜匆匆地走了。

乞丐头儿推测医务工作者跟社会上的大多数人有所不同，他们致力于神圣的职业，对他浸满汗水的卢比并不以为然。但他接触的医生和护士不多，因此无法得出确切的结论。没等他的继母接受治疗，她的生命就走到了尽头。乞丐头儿没有支付医疗费，而是付钱办了一场体面的葬礼聊以自慰。

"等处理完这一切之后，我去见了尚卡尔，"乞丐头儿叹了口气，"当然了，我没有立刻把这个大新闻告诉他，因为我想先平静下来想一想鼻子告诉我的那些话。"

他问尚卡尔乞讨进行得是否顺利，轮板好不好用，轮子需不需要上油——都是巡查时惯常说的那些话。尚卡尔抱怨说这附近的施舍越来越少，净是些一毛不拔的家伙，人人脾气都很差。乞丐头儿在他身旁跪下来，一只手搭着尚卡尔的肩膀。他说其他乞讨地点也有同样的麻烦——这是一场真正的人性危机，人心亟待革命。不过他会想办法的，也许会把他派到别的地方去。他拍拍尚卡尔的后背说别担心，然后把手指伸到他衣领下面，摸了摸他的后脖颈。

"就在那儿，在我指尖下面，正是我父亲的脊柱。一模一样的鼓包。我的手感动得直发抖。我激动得全身颤抖，跪在那里几乎无法保持平衡。面前的人正是我的弟弟，我父亲就活在那根脊柱当中。我极力克制住自己，没有拥抱尚卡尔，没有把他紧紧搂在胸前，把一切都告诉他。"

他用超人的意志控制住了自己。过早吐露实情也许会带来无法言说的痛苦。首先他必须做出对尚卡尔最有益的决定。把弟弟接回家，让他舒舒服服地度过余生，兄弟俩幸福地生活在一起，这样的事在想象中固然显得很好。这样的梦想很廉价，人们时常这样幻想。

但如果尚卡尔无法适应新的生活怎么办呢？倘若他觉得这样的生活毫无意义，甚至比毫无意义更糟糕怎么办？他会变成家里的囚徒，他的缺陷会变得格外扎眼，而无法像在人行道上行乞那样作为长处加以利用。更重要的是，如果早年间的悲惨经历成了尚卡尔心里的疮，由内而外将他蚕食，让他的余生充满苦闷、充满对乞丐头儿和他父亲的愤恨，那该怎么办？得知这些事以后，他会原谅他们吗？

"我觉得还是先让自己做一番思想斗争比较好，先把鼻子透露的事藏在心里。为了让自己的内心获得安慰，就把我那可怜的弟弟卷进这个不幸的事件——这样做太自私了。"他解释说尚卡尔的生活在婴儿时期已经被摧毁过一次，但是他已经适应了这样的生活。再次摧毁他的生活，这种行为是不可原谅的。

"所以我决定先等一等。等一等，跟他谈谈他的童年时光。也许我可以向他透露一些细枝末节的事情，观察他的反应。渐渐地，我就能摸清怎样处理对我们才最好。而这正是我需要你们帮忙的地方。"

"我们能怎么帮忙呢？"伊什瓦问。

"问尚卡尔一些问题，让他谈谈他的过去，看看他都记得什么。他还是有点儿怕我，不过他对你们也许会多说一些。你们能向我汇报吗？"

"当然了，这我们能办到。"

"谢谢你们。同时，我想尽量让他在人行道上过得舒服些。我已经开始每天给他买他最爱吃的甜食了——莱杜糖球、炸糖环，星期天还有奶汤圆。我还给他的轮板加了软垫，帮他找了个更舒服的地方过夜。"

"这下说得通了，"伊什瓦说，"他总是跟我们说您对他有多么好。"

"这是我应该做的。我还打算派我的私人理发师给他理发,全套尊享服务——理发、刮脸、面部按摩、修指甲,全套服务。要是人们仅仅因为他打扮得整洁了些就不肯给钱,那就叫他们滚蛋吧。"

迪娜再次克制住了自己,没有脱口而出"说话文明点儿"。不过这一次,这话在她听来不像上次那样刺耳了。"你带来的消息真好啊,"她说,"等你将来告诉尚卡尔的时候,他不知会多高兴呢。"

"问题不是什么时候告诉他,而是是否告诉他。我有那样的勇气吗?我有足够的智慧做出正确的抉择吗?"

这些沉重的问题突然令他陷入了绝望。这个原本让所有人喜笑颜开的消息变成了遮蔽太阳的乌云。

"我相信您最终会想清楚的。"伊什瓦说。

"有一点很清楚,那就是我和尚卡尔之间有条细细的界线,比我那遭人谋杀的可怜乞丐的头发丝还要细。这条线不是我画的——那是命运的痕迹。然而现在,我拥有擦去这条痕迹的能力,"他叹了口气,"这是一种多么令人敬畏的能力啊。我有那个胆量吗?那条线一旦擦去,就再也无法重新描画了,"他打了个冷战,"我继母留给我的是怎样一笔遗产啊。"

他打开公文包,取出速写本,给他们看他最近的画作。"这是我昨晚画的,我太压抑了,睡不着觉。"

画上有三个人。第一个人坐在装有小轮子的木板上,他既没有腿也没有手指,大腿的残肢像空心竹竿似的伸在外面。第二个人是个瘦骨嶙峋的女人,她没有鼻子,面孔正中央有个裂开的洞。然而最骇人的要数第三个人。那个男人手腕上铐着一只公文包,长着四条蜘蛛似的腿,四只脚分别指向东西南北四个方向,仿佛永远处在矛盾之中,无法确定哪个方向才是正确的。他双手各有十根手指,仿佛手掌上长出了无用的香蕉。他脸上长着两只鼻子,彼此相邻,却朝着相反的方向,模样古怪,仿佛两只鼻子都不愿闻见对方的味道。

他们望着这幅画,不知道该对乞丐头儿的作品作何反应。他自己解释起来，为他们解了围。"怪物，我们就是怪物——全都是。"

伊什瓦刚想说他对自己太苛刻了，尚卡尔和鼻子的命运不该统统由他承担，这时乞丐头儿又对自己说的话做了解释。"我是说，每个人都是怪物。谁又能怪我们呢？生命的开端和终结都这样怪诞，我们能有什么办法呢？生与死——有什么事比这更骇人呢？我们总喜欢骗自己，说生命奇妙、美好、壮观，其实都是畸形的，还是面对现实吧。"

他合上本子，动作利落地把本子放回公文包，表明他从喜悦到凄惨，到怀疑，再到顿悟的长篇叙述已经完结，情感已经收进公文包，现在是谈公事的时候了。"再过四个月，你们这一年就到期了。我得提前知道你们还要不要跟我续约。"

"哦，要的，"伊什瓦说，"绝对要。不然房东又要开始骚扰我们了。"

他们把乞丐头儿送到门廊。屋外的夜色没有被路灯的光亮划破。看来是停电了，因为一整排路灯都没亮。

"但愿尚卡尔那儿的路灯亮着，"乞丐头儿说，"我得快点儿去看看他，人行道上太黑他会害怕的。"

他白衣白裤，大步走过黑色的柏油路，像空白的石板上画下一道粉笔印。他回身向他们挥挥手，然后渐渐消失在夜色中。

"真是个奇特的故事，"小翁说，"我们维什兰的那些朋友一定会很爱听的。这个故事里什么都有——悲剧、爱情、暴力，还有一个充满悬念的开放式结局。"

"可你也听见乞丐头儿的嘱咐了，"伊什瓦说，"这件事千万要保密，这是为尚卡尔好。"这个故事同样不能编进厨子的《摩诃婆罗多》里。

第十三章

婚礼、虫子与遁世

一个月后,当小猫再次出现在厨房窗外的时候,家里并不是一片喜气洋洋的景象。在猫眼中,这里不过是个吃白食的地方。小翁和马内克盼望着它们流露出一丝认出他们的迹象——叫一声,或者看他们一眼,打声呼噜,弓一下后背。然而小猫叼起一个鱼头就跑,躲到僻静的地方享用去了。

"这有什么好吃惊的?"迪娜说,"忘恩负义在这世上本就是平常事。总有一天你们也会把我忘掉——你们都会忘的。等你们跟我分道扬镳、安顿下来以后,你们就不会再记得我了,"她说着指指马内克,"再过两个月你就要考期末考试,收拾行李,然后彻底消失。"

"我不会的,阿姨,"他抗议道,"我会永远记住你,回来看你,无论走到哪里我都会给你写信的。"

"好啊,我们等着瞧吧,"她说,"至于你们裁缝,早晚也要自立门户离开这里的。话虽这么说,等到你们真的离开的那天,我还是会为你们感到高兴的。"

"迪娜女士,如果真的有那么一天,那我真是借您吉言了,"伊什瓦说,"不过若要我们这些人有家可归、开得起店铺,政客们首先要实事求是才行,"他伸出食指,弯了一下又伸直,"弯了的木棍也许能掰直,但政府可不会变。"他说,实际上这正是他最为发愁的事——小翁连落脚的地方都没有,怎么娶媳妇呢?

"等他到了该结婚的年龄,肯定已经有住处了。"迪娜说。

"我认为他现在就到了该结婚的年龄。"伊什瓦说。

"我认为他还没到,"小翁插话道,"你怎么张口闭口总离不开结婚?看人家马内克,跟我同岁,从来没人催着他办婚礼。你父母着急吗,马内克?来,老兄,跟我们说说,跟我大伯讲讲道理。"

马内克耸耸肩,说不,他的父母并不着急。

"继续说,把另外一部分也告诉他。告诉他你父母会等你遇见你喜欢的人。只有你自己决定结婚之后,父母才会出面安排订婚。我也想这样。"

"翁普拉卡什,你净说胡话,"大伯听见这荒唐的建议,气不打一处来,"我们的出身不同,习俗也不同。你父母已经不在了,给你娶媳妇就是我的责任。"

小翁瞪了他一眼。

"瞧这张酸柠檬似的脸,"马内克想化解这场一触即发的争吵,"总之,我提醒你,阿姨,两个月之后你很可能没法甩掉我。"

"这话什么意思?"

"我已经决定再读三年大学,拿真正的学位证书,而不只是技师的培训证明。"

迪娜顿时喜笑颜开,又连忙克制住笑容。"这个决定很明智。大学毕业证更有含金量。"

"那我可以继续住在你这里吗?我是说,回家过完假期之后。"

"你们两个说呢?我们让不让马内克回来啊?"

伊什瓦笑笑。"只有一个条件,就是他不要再往我侄子的脑袋里灌输稀奇古怪的想法了。"

侄子的婚姻大事一直困扰着伊什瓦。他一有机会就要提起这件事,迪娜则总是委婉地劝阻。"要做的活很多,你们才刚刚攒下些钱,现在状况刚刚好转,你何必急着给自己增添负担呢?"

"这恰恰是我着急的原因,"伊什瓦说,"以免状况再次变糟。"

"无论小翁结不结婚,都要变糟的,"马内克说,"到头来一切都糟糕透顶。这是世间真理。"

伊什瓦的表情仿佛挨了一记耳光。"亏我一直把你当成我们的朋友,你竟然说这种话。"他的声音充满了痛苦。

"我是你们的朋友啊。我说这话没有恶意。你们自己看看身边的世界。有时候事情看起来前景不错,但最终都会——"

"你别再讲人生哲理了,"迪娜说,"要是你说不出好话来,就干脆什么也别说,把你那些灰暗的想法都藏在心里。我也不赞成伊什瓦的想法,但是即使不赞成,也不该说这样不吉利的话。"

"可我不是不赞成,我只是——"

"够了!你已经够让伊什瓦伤心了!"

伤心并没有打消伊什瓦执着的念头。两天后,他用完全没把握的语气宣布说他已经拿定了主意。"最好的办法就是给阿什拉夫叔叔写封信,让他在我们的圈子里打听打听。"

小翁停下缝纫活,轻蔑地看了大伯一眼。"你先是做梦攒钱,回村里开家小裁缝铺。现在又做起新的美梦来了。你怎么就不醒醒呢?"

"把无法实现的梦想换成切实可行的梦想,有什么不好的?开裁缝铺要花好长时间,但结婚这事可不能再拖了。别再说了,我要给叔叔写信了。"

"我可警告你,除非你自己想娶媳妇,否则别给他写信。"

"你们听见没有?我侄子在警告我呢,"伊什瓦再也无法强装镇定,受过伤的左侧面颊令他的面容愈发阴郁,"我叫你干什么你就照做,听见没有?我太纵容你了,翁普拉卡什——没错,太纵容了。要是换了别人,这些年下来准会把你管得服服帖帖。"

"别扯了,老兄,我才不怕呢。"

"你们听听他。几个月前在劳工营的时候,你天天夜里扑在我怀里哭，又害怕，又生病，像小孩一样呕吐。现在你翅膀硬了，不听我的管教了。这是为什么？就因为我为你好？"

"都知道你是为他好，"迪娜连忙劝慰，心想若是把自己的声音也加入反对的那一方，也许伊什瓦就会明白过来，"但是这样盲目地急着结婚不明智。假如小翁自己非常想娶媳妇，那自然另当别论。可你又在急什么呢？"

伊什瓦觉得他们是在联手对付自己。"这是我的责任。"他带着智者般令人恼火的神情嘟哝道，实际是在宣告自己才是这场争论的赢家，说完便回去干活了。他心不在焉地去拿布，结果把整摞布料都给弄塌了。

"好极了！"迪娜趁机反击，"干得好！你倒是把整个天花板都拽下来啊。瞧见没有，你这十万火急的责任对你有什么影响？这是痴迷——痴迷，不是责任，"她帮他拾起掉落的衣服，"要是那只讨厌的猫没把孩子留在我的厨房里就好了。都怪它，在你脑袋里种下了这个疯狂的念头。"

接下来的几天里，伊什瓦的忧心转变成了缝纫机前笨拙的动作。他缝的衣服不断地出错，像变魔术时变错了扑克牌，于是迪娜趁机指出他这种行为带来的危险。"你痴迷于结婚，早晚要把我们的生计毁掉。你会砸掉我们的饭碗的。"

"不好意思，我脑子里事情太多了，"伊什瓦说，"不过别担心，这只是暂时的。"

"什么叫别担心？什么叫暂时？娶了媳妇就会有孩子。到那个时候你脑子里的事情会更多。叫他们住在哪儿？那么多张嘴要吃饭。你究竟想毁掉多少人的生活？"

"在您看来也许是毁掉，但我这是在为小翁的幸福生活打基础。结婚可不是一两个月就能办成的，至少要提前一年才会有成果。要是女孩年纪太小，家长说不定想多等一段时间。我想做的是至少找到合适的女孩，为我侄子预定下来。"

第十三章　婚礼、虫子与遁世

"像买火车票似的。"马内克插嘴道。小翁哈哈大笑。

"你这个习惯很不好,"伊什瓦说,"总是拿你不了解的事情开玩笑。"

不然还有什么别的选择呢,马内克心想。不过他不想再惹伊什瓦生气,于是没出声。

阿什拉夫回信了,信封的邮票上盖着黑章。上面有日期、邮区,还有一句口号——"纪律的时代"。棍棒形状的感叹号紧随其后,令人不寒而栗。

他们焦急地等着伊什瓦撕开信封,把信上的消息告诉他们。他的目光扫过信纸,眼神中带着一丝不常阅读的人才有的犹豫,阿什拉夫颤抖的手写下的字迹有时难以看清。伊什瓦先是宽慰地笑笑,接着表情困惑起来,皱着眉头读到了信尾,种种反应让小翁十分紧张。

"叔叔的身体很好,"伊什瓦说道,"他很想念我们。他说时间一定是被魔鬼困住了才会过得这样慢。小翁要娶亲,他很开心。他也同意这件事不应该再耽搁了。"

"还说了别的吗?"

伊什瓦叹了口气。"他跟我们圈子里的人打听过了。"

"然后呢?"

"有四个恰马尔家庭都有意向。"他又叹了口气。

"太好了,"马内克说着在小翁背上捶了一拳,"你很抢手嘛。"小翁推开他的手。

"可是伊什瓦大哥,这个消息应该让你高兴才是啊,"迪娜说,"你怎么愁眉苦脸的?这不正是你想要的结果吗?"

他反复摆弄着那两张信纸,似乎盼望着能再多几页。"这部分确实让我高兴。难点在于另一部分。"

他们等着他往下说。"你打算今天告诉我们,还是明天告诉我们?"小翁问。

伊什瓦摸摸僵住的半边面颊。"那四个有意向的家庭很着急。你知道的，其他家庭也有适婚的儿子。好在叔叔帮我们增加了筹码——说小翁在城里为一家大型出口公司工作，这条件配什么样的女孩子都够了。因此那几家人希望我们在八个星期内选人、敲定。"

"那太匆忙了，"迪娜说，"你只能拒绝他们了。"

在伊什瓦跟侄子为迪娜工作的一年里，他从未抬高声音说过一句话。因此当他此刻抬高嗓门叫嚷起来的时候，所有人包括他自己都被吓了一跳。

"你凭什么说这种话！你算老几，来告诉我怎么做对我侄子才最有好处，这可是他这辈子最重大的决定！你了解我们吗？了解他的出身吗？了解我的责任吗？你凭什么觉得自己有资格对这种事指手画脚！"

伊什瓦这个一向谦逊和气的老好人此时暴跳如雷，挥舞着双手。"你以为你是我和我侄子的主子？我们不是你的奴隶，我们只是在你手下干活而已！难不成你还想告诉我们怎么生活，什么时候该死？"

接着，由于他对发怒这件事毫无经验，不知道发完脾气应该如何收场，于是他放声大哭，逃到门廊去了。

"好啊！"迪娜这才回过神来，对着他的背影高声叫道，"随你的便！不过你可别指望我会包揽他媳妇、孩子和孙子的住处！"

"我对你一点儿指望都没有！"伊什瓦高声还口，声音都变了。

迪娜躲到前屋想静静，她怕自己一气之下说出不该说的话来。她气得浑身发抖，挨着马内克在沙发上坐下了。

"冷静点，阿姨，他说那些话不是真心的。"

"我才不管他是不是真心的呢，"她声音颤抖，"你看见没有？这可是你亲耳听见的。我为他们做了那么多——让他们搬进我家，像亲人一样对待他们——他却疯狗似的对我乱叫。我真应该现在就把他们赶出去。"

"赶，你赶啊！"伊什瓦在门廊喊道，"我有什么好怕的！"他吸了一下鼻涕，尝到了咸味。

马内克把一根手指压在嘴唇上,示意迪娜别理他。"一旦涉及结婚这码事,他就彻底不讲逻辑了,"他小声说,"跟他有什么好吵的?"

"我只是替小翁难过。不过你说得对,这是他们伯侄之间的事。他们想怎么办就怎么办。这件事已经变成了大写的麻烦。"

小翁在后屋听见他们的对话,双手捂住了脸。

整个下午仿佛凝滞了,时间缓缓流逝,情况却毫无改观。阿什拉夫的信放在餐桌上,时钟的大指针像块石头,从一个数字落到另一个数字上。没人煮茶,也没人出去喝茶。伊什瓦在门廊,小翁在后屋,马内克和迪娜在前屋:整个房子都冻僵了。

太阳沉向地平线,日光渐渐变了模样。微风吹过每个窗口,桌上的信沙沙作响。快到吃晚饭的时间了——该做烤饼了。小翁已经饿了。

小翁在屋里走了走,拖鞋趿拉在地上,发出别有用心的啪嗒声。他喝了些水,杯子轻轻磕在水罐上。他希望自己发出的声音能够触及其他人,友善的响动能消融敌意。他坐下来,手指敲击着缝纫机的工作台,摆弄剪刀,装上六个线轴。然后他来到前屋。

见小翁过来,他们也松了口气。马内克朝他挤挤眼。"真没见过这样的场面,老兄。他突然就炸了,像排灯节的'原子弹'。"

小翁勉强笑了一声。"我也不知道该拿我大伯怎么办,"他压低声音对他们说,"我很担心他。"

他的话把迪娜逗乐了,因为在过去,小翁粗鲁无礼、不好好缝衣服或总体来说表现不好的时候,伊什瓦也会用这样的话语从中调解。"耐心点儿。"她说。

"娶媳妇、办婚礼究竟有什么魔力,能把人搞得疯疯癫癫的。只要一提到这个话题他就像疯了似的。"

"他确实是这样,是不是?"迪娜做了个厌恶的表情,"让我想起了我哥哥。"

"等着瞧吧,看我不把我大伯教训一通。"小翁来到门廊,伊什瓦靠着铺盖卷盘腿坐在地上。

"你是不是疯了,迪娜女士对我们这么好,你却那样跟人家说话?"小翁双臂交叉抱在胸前,开始责备大伯。

伊什瓦抬起头,心虚地笑笑。他跟迪娜一样,也在侄子的话语里听到了熟悉的声音。莫名地大发雷霆之后,他感到既困惑又愚蠢,已经做好准备弥补过错了。

"你这就去向迪娜女士道歉。告诉她是你昏了头,你说那些难听的话不是真心的。现在就去。告诉她,你尊重她的意见,你知道她说那些话是为我们好。起来,快去。"

大伯伸出一只手,小翁拉住他的手,身体后倾,把他从地上拽了起来。伊什瓦趿拉着步子来到前屋,怯生生地站在沙发前向迪娜道歉,对她来说这已经是重演:门廊上的那番说教她在屋里就听见了。但她仍然一动不动,盯着右边的墙壁。

好话说尽之后,伊什瓦叹了口气。"迪娜女士,为了感谢您的善良,也为了求您原谅我的无礼,我只能伏在您脚边了。"他说着弯下腰,这个威胁立刻见效。

"你敢!"她终于打破了沉默,"你知道我对别人这样做是什么感受。这件事就让它过去吧。"

"好的。这是我的问题,我保证自己想清楚。"

"好。他是你的侄子,做父亲的责任也在你身上。"

这个承诺在第二天晚上就被伊什瓦打破了。他收到的回信还没处理,而这件事让他一再陷入痛苦的怀疑。每隔一阵他就会叹息一句"老天啊"。这时大家才搞清楚他昨天情绪爆发的真正原因。

"这个机会太完美了,"他忧心忡忡,"唯一的问题是,这个机会在我们还没准备好的时候就来了。"

"小翁是个帅小伙,"马内克说,"看他这神气的发型。他才不需要提前订婚呢。漂亮姑娘会排着队来找他的,一来就是几十个。"

伊什瓦猛然转身指着马内克,手指离他的脸只有一英寸远。"不许你拿这么严肃的事情开玩笑。"

那一瞬间他看上去像是要打马内克,接着他放下了手。"我把你当儿子看待——当你是小翁的兄弟,你就是这样对待我的吗?拿我这么看重的事情开玩笑?"

马内克有些不知所措,他隐约看见伊什瓦眼里泛起了泪花。不过还没等他想出该说什么来安慰伊什瓦,小翁就插话道:"我看你是疯了,连玩笑都不能跟你开了。但凡遇到一点儿事情你就小题大做。"

大伯温顺地点点头。"有什么办法呢,我太为这件事担心了。好了,从现在开始我闭嘴,默默地思考。"

但他又非常希望听听其他人的意见,想好好讨论一下,让大家都赞同他的想法,以此掩饰自己对这件事的痴迷。因此,没过几分钟他又开口了:"这么好的黄金时机,谁知道什么时候才能再次遇上呢?四个好人家供我们选。有些人活了一辈子都碰不上一个合适的。"

"我现在结婚还太早。"小翁不堪其扰地反复说。

"宁可太早也不能太晚。"

"要是我们的裁缝活遇上罢工或者别的事情,出了问题怎么办?"迪娜说,"现在时局不好,什么事情都不能想当然。"

"那就更要尽早结婚了。新媳妇能改命,让我们的生活全都好起来。"

"就算这是真的,这么小的公寓里哪有她容身的地方呢?"

"我做梦也不敢奢求更多的地方。门廊就足够了。"

"给你和小翁,还有他媳妇住?三个人都住在门廊上?"这安排听起来太荒唐了,"你是在逗我吧?"

"不是,迪娜女士,我没有。我下次去找房子的时候您应该跟我一起去，看看别的家庭都是怎么生活的。八九口甚至十口人住在同一个小房间里。一个摞一个，睡上下铺，从地板摞到天花板，像火车上的三等卧铺。还有的人睡在橱柜里、卫生间里，像仓库里的货物。"

"这些我都知道。不用你教我，我在这座城市生活了一辈子。"

"跟那样悲惨的生活比起来，三个人住在门廊上已经算奢侈了。"他热诚地说，"但我不强求。若是您不同意，我们就回村里去。重点是小翁得结婚。一旦他结完婚，我的任务就完成了。剩下的都不要紧。"

阿什拉夫叔叔的信寄来一个星期后，伊什瓦终于鼓起勇气去见那四名待选的新娘了。他写了回信，努力地组织语言，说自己和小翁一个月后到。"这样我们就有时间把您昨天拿回来的衣服做完。"他告诉迪娜。回信寄出之后，往日那种平静的情绪回来了，像一件衣服披回了他身上。

迪娜对此困惑不解：伊什瓦这样明事理的人突然变得如此蛮不讲理，他会不会是想以此要挟她？他会不会是吃准了她离不开他们的裁缝手艺，借此逼迫她接纳小翁的妻子？

她的怀疑时轻时重。疑心最重的时候是伊什瓦反复强调，新娘子住进公寓后迪娜的命数会大有改观。"她一过门您就会看见区别的，迪娜女士。儿媳妇会改变整个家庭的命运，这人人都知道。"

"她既不是我的儿媳妇，也不是你的儿媳妇。"迪娜纠正他。

然而这种咬文嚼字的细节无法扑灭他的热情。"儿媳妇只不过是个称呼，您愿意叫她什么就叫什么。好运之手是不会对区区字眼挑三拣四的。"

迪娜摇摇头，既无奈又忍俊不禁。伊什瓦和骗局——这两样东西凑不到一块儿。人人都知道他不会装假。若是他心绪不宁，很快就会从行动中体现出来；每当有喜事，他那半边笑容总会难以自控地显露出来，双臂做好了拥抱世界的准备。这样天生坦荡的性格不可能孕育出奸诈的

第十三章　婚礼、虫子与遁世

阴谋来。

她打消了他要挟自己的疑心。若是跟努斯万那样的人打交道，这种疑心还算有用。他那个人，什么狡诈的花样都耍得出来。谁要是想摸清他行事的套路，准会想到头脑发昏。她琢磨着侄子们到了该结婚的时候不知会是什么样。他们其实已经不是小孩了——薛西斯和扎里尔都已长大成人。努斯万肯定会穷尽各种手段为他们挑选妻子，就像当年他决意为迪娜找个丈夫那样。

她还记得侄子们年幼的时候。那段日子那样有趣，却又那样短暂。每当努斯万、露比和她大喊大叫地吵架，孩子们总是那样伤心。他们不知道该站在谁那边，应该跑到爸爸还是姑姑身边求他们别吵了。到头来，她错过了太多。侄子们入学的日子、成绩单、发奖的日子、板球比赛、第一次穿长裤的日子。独立生活有着高昂的代价，这笔贷款要用伤痛和悔恨来偿还。然而另一种选择——在努斯万的掌控下生活——是她无法想象的。

跟以往一样，迪娜回顾过去，认为自己还是独自生活比较好。她想象着小翁成家后的样子，想象他身边有个妻子的情景，一个跟他同样纤瘦的女人。一张婚礼照片。小翁身穿浆得笔挺的新衣服，裹着夸张的婚礼头巾。妻子穿着红色的纱丽，戴着朴素的项链、鼻环、耳环和手镯——出资人站在旁边，乐得把婚姻的枷锁套在他们的脖子上。她会是个怎样的人呢？这公寓里再住进一个女人会是什么样呢？

迪娜的头脑中渐渐勾勒出一幅画面，她让那幅画面又丰富了两天，添上深意与细节、色彩与纹理。小翁的妻子站在前门口，温顺地低着头。她抬眼时眼眸闪亮，嘴巴羞涩地微笑，手指遮住嘴唇。日子一天天过去。有时那年轻女子独自坐在窗边，回想自己背弃的家乡。迪娜坐在她身边，鼓励她开口，跟自己讲讲她过去的生活。小翁的妻子终于开了口。画面越来越多，故事也越来越多……

第三天，迪娜对伊什瓦说："要是你真的认为门廊住得下三个人的话，我们可以试一试。"

伊什瓦透过缝纫机的轧线声和嗡鸣声听见她说的话，忙刹住飞轮，猛地一拍缝纫机。

"幸好你操作的是缝纫机，不是汽车，"她说，"不然只怕乘客要被你直接送上天了。"

他哈哈大笑，从板凳上一跃而起。"小翁！小翁，听见没有！"他高声对门廊说，"迪娜女士答应了！快来——快来谢谢她！"这时他才想起自己还没向迪娜道谢，"谢谢您，迪娜女士！"他双手合十，"您又一次帮了我们，我们实在无以为报。"

"只是先试试。等到确定这样行得通，你再来谢我也不迟。"

"绝对行得通，我保证！我就知道，我没看错那只猫……小猫回来……这件事我也错不了，相信我，"他高兴得上气不接下气，说道，"重点是您愿意帮我们。这就好比受到了您的祝福。这是最重要的事——最重要的！"

公寓里的气氛变了，伊什瓦一边踩缝纫机，一边止不住地对着轧出的针脚发笑。"一定会非常完美的，迪娜女士，相信我。对我们所有人来说都是。她对您来说也是个帮手。她可以打扫房子，去赶集买菜，做饭——"

"你究竟是要给小翁娶媳妇还是雇用人啊？"她语气尖刻地问。

"不不，不是用人，"他责备道，"只是叫她尽妻子应尽的义务，怎么就成用人了呢？若是不能履行自己的义务，人怎么可能生活幸福呢？"

"没有公平，幸福就无从谈起，"迪娜说，"你记住，小翁——不要偏听偏信。"

"说得没错，"马内克掩饰着忽然涌上心头的难以言喻的伤感，说道，"要是你不好好待她，雨伞巴沙坎可要拿着宝塔阳伞来教训你了。"

迪娜觉得自己贡献出了门廊，在小翁的婚事中就有了一席之地，也有了发言权。她觉得过去的几个月里小翁很有改观：头皮不再发痒，头发健康浓密，也不再涂满散发出怪味的椰子油。最后这点要归功于马内克，因为他不喜欢把头发涂得油腻腻的。

小翁一步步把自己渐渐变成了马内克的样子，从发型到稀疏的胡须再到服饰。他最近给自己做了条喇叭裤，正是借来了马内克的裤子做样品。多亏了辛多尔香体皂和拉克美爽身粉，他的体味跟马内克也越来越像了。马内克也向小翁学习——天热的时候不再穿袜子和裹脚的鞋子，一天下来脚总是有味道，现在他也穿拖鞋。

然而这种互相模仿反而凸显出两个人的区别：马内克长得健壮魁梧，小翁却像小鸟那样纤细瘦弱。若要说谁更像个丈夫，迪娜心想，马内克看上去更像那么回事，而不是小翁这个瘦巴巴的十八岁男孩。

她开始再次密切关注那个瘦弱得让人心疼的身影，看着他在公寓里穿梭往来，特别是在厨房里，在晚上，她醉心地看着他沾满面粉的手指上下翻飞，和面、擀出一张张烤饼。擀面杖在他手中活动，如有魔力。他技艺娴熟，做起饼来乐在其中，令人神往。这场景经常让她不由得停下自己手中的杂活，驻足观看。

她回想小翁与自己同住的这段时间。她见过他大口吞下丰盛的饭菜，饭量绝对不小，这就排除了一种可能性——他体重太轻不是因为吃得少。一年前就有的怀疑再次从她心底钻了出来。

"这样不行，"她跟伊什瓦商量这件事，"多亏你操办，这孩子马上就要承担重任了。可是他满肚子都是肠虫，怎么能当个好丈夫、好父亲呢？"

"您怎么这么确定呢，迪娜女士？"

"他抱怨头疼，还有下面发痒。他吃得很多，却还是一副骨头架子。这些都是明确的症状。"

第二天，她把自己在药店买的深棕色瓶装驱虫药拿给伊什瓦看。"这是我能送给这孩子的最好的结婚礼物了。"

瓶子里的粉色液体需要一口气喝下，伊什瓦仔细看看，又拧开瓶盖闻了闻。味道不大好闻。若是小翁能在婚礼前康复，那该多好啊，他心想。"可要是他其实是生了别的病，没生虫子怎么办呢？"

"不要紧，这种药对他没有害处。它的作用只是清肠。他今天晚上必须禁食，到深夜再喝下去。瞧，这里的标签上写着呢。"

不过对伊什瓦基础的英语水平来说，标签上的说明太复杂了，一旦涉及跟胸围、袖长、领围和腰围不相干的内容，他就不知所云了。不过他保证叫侄子上床睡觉前把药全喝下去。

更难办的部分是说服小翁不吃晚饭。"太不公平了，"小翁抱怨道，"你们竟然让做烤饼的大厨饿肚子。"

"你吃饭，虫子也会跟着吃。它们必须在你肚子里饿着肚子等着，嘴张得老大。这样等你喝下药，它们就会急不可耐地把药吞下去死掉。"

马内克说他以前看过一部电影，电影里的医生把自己缩得非常小，进入病人体内与疾病做斗争。"我可以带上一把小枪，把你的虫子全部射死。"

"好啊，"小翁说，"或者一把小雨伞，把它们戳死，这样我就不用喝这个难喝的东西了。"

"有件事你们忘了，"伊什瓦说，"要是你变得很小，钻进小翁肚子里，虫子就会跟巨型眼镜蛇、蟒蛇一样大。没错，小伙子，上百条虫子聚在一起翻腾，在你身边嘶嘶响。"

"我没考虑到这一点。"马内克说，"算了，我的行程取消了。"

第二天上午，小翁开始跑卫生间，跑了七趟之后迪娜就没再继续数。"我要死了，"他唉声叹气地说，"已经没东西可拉了。"

临近傍晚时，他冲出卫生间，浑身打战却欢欣鼓舞。"出来了！像一条小蛇！"

"它扭来扭去还是一动不动？"

第十三章 婚礼、虫子与遁世

"像疯了似的扭来扭去。"

"那就说明药水不足以让它失去知觉。真是条顽强的寄生虫。有多大?"

小翁想了想,伸出手来。"从这儿到这儿,"他从指尖比到手腕,"差不多八英寸。"

"现在你知道自己为什么这么瘦了。那个讨厌的害虫跟它的孩子把你的营养都吸收了。你的肚子里还有上百个肚子。我说有肠虫,你们都不相信。不说这些了,从现在起,你用不了多长时间就会增重的,很快就能跟马内克一样结实了。"

"没错,"马内克说,"我们有三个星期的时间把你改造成一个强壮的丈夫。"

"以及六个儿子的父亲。"伊什瓦添上一句。

"别出馊主意,"迪娜说,"只能生两个。最多三个。你们没听见那些搞计划生育的人是怎么说的吗?记住,小翁,你要尊重妻子,不许对她大喊大叫,也不许打她。还有一件事没得商量,我绝不允许我的门廊上点起煤油炉。"

尽管这话说得很委婉,但伊什瓦还是听懂了她的弦外之音。他抗议说焚妻和嫁妆纠纷[1]只发生在贪得无厌的高种姓人家,他们这种人家从不会这样做。

"真的吗?那你们这种人家对生男生女怎么看?有偏好吗?"

"这种事我们也决定不了,"他说道,"都掌握在神的手里。"

马内克戳戳小翁悄声说:"不在神的手里,而是在你裤裆里。"

喝了驱虫药之后,小翁花了一天的时间才复原。第二天晚上,马内克打算请他去海滩吃咸辣爆米花、喝椰子水,以此庆祝他恢复胃口。

---

1. 在印度,夫妻双方的家庭有时会因为嫁妆产生纠纷,纠纷的极端后果之一就是焚妻。由于印度家庭常用煤油做饭,焚妻者往往将煤油浇在妻子身上点燃,借此伪装成意外事故。

"你要把我侄子惯坏了。"伊什瓦说。

"不会的。这是我第一次真正请他吃饭,以前都被他的宠物肠虫吃了。"

伊什瓦怔怔地看着站在门口的男人,努力回忆他究竟是谁,他的声音十分耳熟,面相却很陌生。接着他猛然一惊,认出了完全变了样的头发贩子。他的头皮光滑闪亮,胡子也刮掉了。

"是你!你是从哪里来的?"他心里琢磨着应该叫他快跑,还是威胁说要报警。

拉加拉姆垂下肩膀,耷拉着脑袋,不肯与他四目相对。"我回来碰碰运气,"他说,"已经过去好几个月了,我不知道你是不是还在这里工作。"

"你的长头发哪儿去了?"小翁问。伊什瓦不赞成地咂咂舌头,他不希望侄子再跟这个杀人凶手走得太近。

"问问我的头发不要紧的。"拉加拉姆抬起头说。他眼神空洞,对赚钱的热情之火已经熄灭。"你们是我唯一的朋友。我需要你们的帮助。可是我太过意不去了……以前向你们借的钱还没还。"

伊什瓦强忍厌恶之情。还有几天就要去相亲了,这个时候跟警察掺和在一起可不是好兆头。若是几个卢比就能把这个凶手打发走,那他愿意掏钱。他退后一步,让拉加拉姆走进门廊。"这次又怎么了?"

"可怕的麻烦事。没别的,全是麻烦事。自从我们的棚屋被拆之后,我的生活中就充满了巨大的麻烦。我已经做好了遁世的准备。"

这下可省事了,伊什瓦心想。

"打扰一下,"迪娜说,"我跟你不熟,不过作为一个帕西族人,出于信仰,我必须得说一句,自杀是不对的,人没有权利选择自己死亡的时间,就像人不能选择出生的时间。"

拉加拉姆盯着她的头发怔怔地看了好一会儿才答话:"选择结束的时间跟选择开始的时间没有关系,这是彼此独立的两件事。再说,您误会我了。我的意思是，我已经做好准备摒弃物质世界，去做一名遁世的桑耶西[1]，在山洞里冥想度过余生。"

迪娜觉得这种逃避行为跟自杀没什么分别。"都是一码事。"

"我不同意。"马内克说。

"请不要打断我，马内克，"说完她又转向拉加拉姆，"我的理发工具怎么样了？还好用吗？你要当心，那可是英国制造的工具套装。"

他脸色发白。"没错，用得非常顺手。"

说完这话，他便不肯再当着马内克和迪娜的面开口了。"我能不能请两位老朋友喝杯茶呢？你们去的那家餐馆叫什么来着——阿兰？"

"维什兰。"伊什瓦说着检查了口袋里的钱够不够喝茶。尽管头发贩子说要请他们喝茶，最后很有可能还是他来付钱。

他们沉默地走到街角，在唯一的桌边坐下。厨子在墙角向他们挥了挥油乎乎的手。"讲故事时间！"他开心地高声说道，"今天是什么话题呢？"

裁缝们哈哈笑着摇摇头。"今天的故事是，我们的朋友非常想喝你特制的茶，"伊什瓦说，"他赶了很远的路才来跟我们见面。"

拉加拉姆尴尬地环顾四周，他已经忘了维什兰多么狭小、多么人多眼杂。不过有咆哮的炉灶打掩护，这丝隐秘让他很感激。

"所以说，你那些关于桑耶西的瞎话究竟是怎么回事？"小翁问他。

"不，我是认真的，我想要遁世。"

"理发生意不好做吗？"

"一切问题都是从这里引起的。从第一天起我就失败透顶。收了这么多年头发，我理发的手艺已经荒废了。"

这个凶手说的话伊什瓦一个字也不愿相信。"你是说你忘了怎么

---

1. 原文为 sanyasi，亦作 sannyasi，印度教的一种修行者。他们放弃世俗和物质追求，出家遁世，托钵乞讨，把生命奉献给精神生活。

理发？"

"比那糟糕得多。只要有顾客在人行道上坐下来让我修头发，最后都会变成光头。"

"这是怎么回事？"

"我鬼迷心窍了。我不是修剪头发、做出造型，而是把所有头发都剃下来。有时很好笑——有些顾客很和善、很有礼貌，当我把镜子放在面前时，他们会说'好，很好，谢谢你'。也许他们不想伤我的心，不想说我是个糟糕的理发师。但大多数顾客都没那么好心。他们气愤地大喊大叫，不肯付钱，甚至威胁说要打我。可我就是控制不住自己的推子和剪刀。收头发的本能太强大，我变成了一个怪物。"

有关剃头疯子的流言渐渐传开，谁也不肯在他的人行道理发摊驻足了。很快他就别无选择，只能再次开始全职收购头发。然而现在有个问题：他没地方存放一包包不值钱的碎头发——他的存货。"即使你们也没法把它存在箱子里。需要一座小型仓库来存放。你们在棚户区见过我的小屋，头发从地板一直堆到天花板。"

拉加拉姆绞着双手摇了摇头。"只要我每个星期能弄到一条十二到十四英寸长的辫子，我就能活下去。这样可以供我每天一顿饭。可是我命里没有长头发。"

"你留在尚卡尔那里的包裹呢？"小翁打断了他，"那里面有长头发啊。"

"那是后话，"他说，"别急，我会把所有事情都告诉你们，"他伤感地望向远处，仿佛望着一队长发飘飘的美人，"我永远也想不通，女人为什么那样舍不得自己的长头发。看着确实很漂亮，没错，但是打理起来太麻烦了。"

他抿了口茶，舔舔嘴唇。"我没打算放弃。起码当时还没有。于是我开始免费给乞丐、流浪汉和醉鬼理发。"夜幕降临，喧嚣归于宁静，酒鬼喝完酒之后，拉加拉姆就会去找那些长着长头发的人。有些人需要花几枚小钱才能劝动。要是那人睡着了或者身体虚弱、不省人事,他就直接下手。

但他投机失败,收获的头发质量非常差。收购商说这些头发纠结在一起,脏兮兮的,卖的价钱跟路边剃头匠的碎头发差不多。而且自从警察开始按照紧急状态下的美化市容法抓人之后,这样的头发供应也不再稳定了。

拉加拉姆饥肠辘辘、无家可归,经常贪婪地盯着路过的女人的辫子看。垂在脑后的辫子撩拨着他,她们头上的财富仿佛在奚落他。有时他会跟踪某个衣着入时的上层女子,看样子有可能去美发店的那种人,说不定她正打算把辫子剪掉呢。那些女人带领他去过她们朋友的家、医生办公室、占星铺、信仰治疗室、饭店和纱丽店,却从没去过美发沙龙。

他也曾细细端详那些留长发的男人——嬉皮士,外国的本地的都有,身上穿珠戴串,留着大胡子。外国来的那些学着当地人的样子穿起了拖鞋、库尔塔长衫和睡裤;本地的无精打采,穿着运动鞋、喇叭裤和T恤衫。无论外国的还是本地的,身上都一样臭。他琢磨过一头金发或者红发能卖多少钱,却没费心跟踪过他们,因为他知道那些人永远也不会理发。

真可惜啊,他心想,头发紧紧地长在主人头上,格外难偷,比攥得最紧的钱包还难偷,比紧身裤口袋里的皮夹子藏得更严实。即使最经验老到的扒手——或者说"扒头"也无从下手。头发这样又细又轻的东西竟能如此坚韧地长在头上,实在令人惊叹。发根扎进头皮,像苍劲的榕树把树根深深扎进土地。当然了,除非人们患上脱发症,头发掉光。

拉加拉姆告诉裁缝伯侄,为了打发时间,他梦想成为世上第一个"扒头"。他做梦都想想出办法克服障碍,让健康的头发乖乖离开脑袋。也许可以发明一种药水,喷在受害者的头皮上,发根就会消融,而头发完好无损。或者发明一种能将人催眠、让头发立刻脱落的咒语,像苦行僧背诵的吠陀经文,能让柴火腾起火焰,让天空降下大雨。

他靠幻想打发饥肠辘辘的时光,最终做出决定,在实际操作中,"扒头"既不需要新发明也不需要超人的法力,只要把扒手们现有的技术稍加改进就足够用了。在拥挤的地方下手很容易,采用跟割包偷盗差不多的娴熟技法。扒手们用锋利的刀片突破戒备森严的口袋,而拉加拉姆拥有锋利的剪刀。只要一刀,头发就是他的了。

后来,拉加拉姆天马行空的想法渐渐变得严肃起来。他渐渐相信,偷钱包和不经同意就帮别人理发在道德层面上并无关联。一个是犯罪行为,夺走了受害人的钱财。另一个则是善举,帮人们缓解累赘,消除滋生虱子的温床,为受害者节约时间和精力,免去头皮发痒的烦恼,更不必说还省下了洗发水和护发素的开销。而且他认为"受害者"这个词也不准确,"受益者"才更贴切。人们被虚荣心蒙蔽,不知道怎样的发型才对自己最有益,正应该有人伸出援手。再说,失去头发只是暂时的,头发还会重新长出来。

"我开始认真练习,"他摸摸自己的光头说道,这时裁缝伯侄坐在维什兰的长凳上挪了挪身子,头发贩子的故事听得他们无话可说,"我在郊外长途跋涉,终于找到一处荒无人烟的乡下供我练习。"

在那里,他避开旁人的耳目,把报纸塞进包里做成一个人头大小的球,但是重量更轻,用绳子挂在树枝上,只要稍微一碰球就会来回晃动。他在包上拴了许多细绳,然后开始练习把绳子贴根剪断而不让包晃动。为了增添花样,他还会把绳子编成麻花辫、扎成粗马尾或是像瀑布般的鬈发那样披散开来。

随着技术不断提高,他把场景做了改动,以模仿现实生活中的情景。他把一个布袋放在底下,接住掉落的辫子,把剪刀扔进去,然后绳子一拉合上布袋——整套动作如行云流水。他在空间狭小的地方演练动作,让双手适应在人群中工作。训练完毕后,他便回到城里,来到了熙熙攘攘的街头和集市。

"可你为什么要干这些疯狂的事啊?"伊什瓦问,"既然收头发的生意干不下去，你转行收别的东西不是更容易吗？报纸、饭盒、空瓶子？"

"我也在问自己同样的问题。答案是没错，有数十种可能。再不济，我还可以去做乞丐。即使是那个出路，也比我后来走上的可怕道路更好。现在很容易看清这些事。可我当时鬼迷心窍，长头发越是难收集，我越是想方设法地要把它弄到手，好像没有它我就活不成似的。因此我的计划在当时看来并不疯狂。"

实际上，真正动手之后，他发现自己创造出了一个绝佳的体系。他带着布袋和剪刀推搡着混入人群，仔细挑选受害者（或者叫受益者），从不急躁，从不贪心。遇上扎两根辫子的人，他从不会把两根都剪掉——只有一根他就心满意足了。他也时时控制自己，不要紧贴着后脖颈剪——多出来的那一两英寸头发可能会让他功亏一篑。

在集市上，拉加拉姆从不去碰那些带用人来购物的人——无论她们的头发多么浓密。与之类似的是带孩子的女人——小孩子的行为太难以预料了。被他选中挨剪刀的女人最好孤身一人，衣着寒酸，忙着为家人买菜，为过高的菜价而恼火，全神贯注地讨价还价，或者目不转睛地盯着小贩的秤，以防小贩缺斤短两，自己上当受骗。

不过，用不了多长时间，"缺斤短两"的就会是她的头发了。拉加拉姆锋利的工具在摩肩接踵的购物者之间神出鬼没，只要咔嚓一刀，干净利落。辫子掉进布袋，他也消失得无影无踪，又一次将素昧平生之人从不自知的累赘中解脱出来。

在公共汽车站，拉加拉姆会选择那些格外担心自己钱包的女人下手，她们把包紧紧地夹在胳膊底下，皮包或塑料包的表面热乎乎地贴着滚烫的皮肤。半圆形的汗渍在她们衬衫上漫延开来。他跟赶通勤的人一道坐车，假装自己也是个赶着回家的疲惫的工人。当公共汽车驶来，队伍变成横冲直撞的人群，紧张的女人在人群外围犹豫不决的时间足够让他的剪刀施展本领了。

他从不在同一个集市或车站重复下手，那样风险太大了。不过，他经常空着手回到作案现场（或者叫施惠现场），听集市上的人们如何议论发生的事。

起初并没有人谈论这些事。他推测也许是那些女人太难为情，不好意思声张；又或者没人相信她们说的话，或者觉得这不是什么大事。

然而，渐渐地，街头巷尾传出了丢头发、偷头发、乱拿头发的闲话。卖槟榔角的小店之间流传着一个笑话，说在紧急状态下，贫民窟被打扫干净后，城里进化出一种新的耗子，不爱吃腐烂的垃圾，专门吃女人的头发。在码头，给船只卸货的搬运工欢呼庆祝神秘头发大盗的英雄事迹，坚信这一定是低种姓的兄弟为几个世纪来的迫害在向高种姓报仇，为低种姓的女人被剥光衣服、被强暴、被迫剃头而报仇。在茶摊和伊朗餐馆里，知识分子讽刺说由于官僚体系愚笨无能，贫民窟清除项目获得了更高级别的授权。在一份高级备忘录中，"美化市容警察"被错写成了"美发美容警察"，于是他们现在像处理贫民窟一样粗鲁地处理人们的头发。境外势力也不可避免地参与其中，美国中情局派出女性特工散布被人偷剪头发的谣言，以此扰乱民心。

"当时人人都在拿这件事开玩笑，我并不担心，"拉加拉姆说，"我越发自信，想扩大头发的来源。"

嬉皮士曾被他视为完美的人选，他却不可能下手，现在他们渐渐成了他施予救助的主要关注对象。他发现，这些人吸了毒，经常在清晨昏昏沉沉地躺在卖大麻的毒贩据点附近。

帮助麻木不仁的外国人摆脱长发的纠缠简直是小菜一碟。即使他们当中有人睁开眼睛看见有人在给同伴剃头，也会以为那是自己的幻觉。他咯咯傻笑几声，嘀咕一句"棒极了，伙计"或是"哇，太酷了"，在裤裆抓挠几下便继续睡去。有一次，拉加拉姆甚至给正在交媾的一对男女剃了头。先剃男的，因为男的在上面，半路时那女人跨坐在男人身上。二人摇摆震颤，对手法娴熟的头发贩子来说却完全不成问题。"哦，天哪!"那男人看见眼前的景象大为震撼,说道,"在远处!我看见伽摩[1]在为你削发,为涅槃做准备!"那女人则喃喃地说:"宝贝,这好比现世报!"

拉加拉姆觉得事情终于有起色了。他跟那些保守的市民不同,他欢迎外国人侵入城市,从不抱怨堕落的美国人和欧洲人肮脏的生活习惯与放纵的行为方式会给年轻人造成恶劣的影响。只要这些外来者长着齐肩甚至更长的头发,拉加拉姆就乐意见到他们拥入城市。

这时,随着美化市容法愈发自相矛盾,渐渐失去执行力,乞丐们重新占领了人行道。头发贩子那专业人士的眼光立刻觉察到了这个商机。不过,此时他生意做得风生水起,已经不屑于剪乞丐那肮脏打结的头发了。有些乞丐认出他,还会招呼他,要他免费为自己理发,但他对他们视而不见。

"要是我继续保持对他们视而不见,那就好了,"拉加拉姆重重地叹了口气,"那样的话,我如今的生活会迥然不同。可我们的命运从一出生就刻在额头上。令我坠入深渊的是乞丐,而不是巴扎集市上那些我不敢接近的美女,也不是那些我以为早晚要把我痛打一顿的吸大麻的嬉皮士。不是他们——而是两个穷困潦倒的乞丐。"

拉加拉姆打住话头,看了一眼在柜台后面的收银员兼服务生,他笑眯眯地望着他们,仍然盼着他们邀请自己分享故事。裁缝们没理会他。"乞丐的事我们全都知道了。"伊什瓦小声说,"你为什么要把他们杀掉啊?"

"你们知道!"拉加拉姆惊恐地叫了一声,"对呀!你们那个乞丐头儿——可是我没有!我是说,我确实做了……我是说——那只是个误会!"他双手拄着脑袋倚在桌子上,不愿抬头面对朋友。接着他直起身,揉了揉鼻子。"这张桌子好臭。不过求你们帮帮我吧!求你们了!不

---

1. 原文为 Kama,即伽摩(Kamadeva),是印度神话中的爱神。

要让——"

"冷静点儿，没事的，"伊什瓦说，"乞丐头儿不知道是你。他只说他手下的两名乞丐被人杀死，头发被偷。我们立刻就想到了你。"

拉加拉姆看上去有点委屈。"也有可能是别的头发贩子啊，你们知道的，这城里足有上百个。你们不该立刻想到我啊，"他咽了一下口水，"这么说你们没告诉他？"

"这事跟我们又没关系。"

"谢天谢地。我本不想伤害那两名乞丐的，这整件事都是个糟糕的误会，相信我。"

一天夜里，他出门巡视时遇到了两名乞丐，一男一女，睡在一道门廊的廊柱底下，膝盖蜷缩在空空如也的肚皮前。若不是路灯照亮了他们的头发，拉加拉姆本该径直从他们身边走过的。那头发真美啊。两个人的头发都闪着丰盈的光泽，拉加拉姆走街串巷见多识广，却很少见到这样美的头发。这样的头发能让广告经理美梦成真，客户恨不得为它大打出手——如此富有光泽的头发，若是用来给藤金合欢洗发皂或者塔塔牌椰子芳香护发油之类的产品做广告，准能让销售利润再创新高。

拉加拉姆心想，这多么奇怪啊，这样的宝物竟然长在两个瑟瑟发抖的乞丐头上。他在他们身边跪下来，指尖轻轻拂过闪着微光的发辫，犹如丝绸。他无法克制自己，把辫子捧在手里，惊叹于它们的质地。他的指尖受到剧烈的感官冲击，绷得紧紧的，仿佛要偷走头发光泽而柔顺的秘密。

乞丐动了动，打破了笼罩他的魔咒。拉加拉姆这才想起自己的职责。他掏出剪刀行动起来，首先剪了女人的头发。在他的职业生涯中，这是他第一次感到后悔。这是在犯罪，他心想，把如此漂亮的头发齐根剪断——它们魔法般的光泽将会消逝，就像摘下的花朵会慢慢枯萎。

一缕缕长发落在他手里，他把发辫扭紧，装进布袋，然后转去剪男人的头发。男人的头发跟那女人的几乎毫无差别。

头发贩子刚剪完，那女人醒了，见他蹲在她身边，手中的剪刀在黑暗中闪着寒光，仿佛是要置人于死地的凶器。她发出一声令人揪心的尖叫。叫声吵醒了那男人，他也发出了令人毛骨悚然的叫声。

"那种尖叫，"拉加拉姆说着打了个冷战，仿佛叫声还在他耳畔回响，"把我吓坏了。我坚信警察很快就会赶来，把我活活打死。我哀求那两个乞丐别出声。我说没事的，我不会伤害他们。我剪下一绺自己的头发，表明我做的事不会伤害他们。我苦苦哀求，从口袋里掏出纸币、硬币撒向他们。可他们还是继续尖叫。叫啊、叫啊、叫啊！把我逼疯了！"

他慌了手脚，举起剪刀扎了下去。先是女的，然后是男的。扎在他们喉咙、胸口、肚子上——扎在一切供他们呼吸、让他们的器官发出恐怖尖叫声的地方。一下、一下、又一下地扎，直到一切重归寂静。

并没有人过来查看。人们早已对街边疯子的尖叫和酒鬼出于幻觉发出的号叫声习以为常。马路对面有人在歇斯底里地狂笑，一只狗大声吠叫，寺庙的钟声响起。拉加拉姆夺路而逃，在不引人注意的前提下用最快的速度离开现场。

后来他丢掉了剪刀、染血的衣服和头发。一有机会，他马上剃光了头发和胡须，因为当警察在这一带调查时，乞丐们肯定会说起那个过去常来理发、收头发的人。

"但我还是不安全，"拉加拉姆说，"尽管已经过去了几个月，刑事调查局仍然在找我。各种各样的案件每天足有上百起，天知道他们为什么唯独对我的案子这么感兴趣。"杯里的茶凉了，他咽下去时做了个鬼脸，"现在你们知道我全部的不幸经历了，你们愿意帮我吗？"

"怎么帮？"伊什瓦说，"我看你还是投案自首比较好。看样子你没别的出路了。"

"有出路的。"拉加拉姆停顿一下，凑到离他们很近的地方，眼睛紧盯着他们。现在他的眼里又有了光亮。"我之前就告诉过你们，我想告别这个充满困难和悲伤的世界。我想过桑耶西那样简单的生活，我想在喜马拉雅山脉寒冷、幽暗的山洞里长时间地冥想。我要睡在坚硬的地上，日出而作，日落而息。无论风雨多么强劲，我遁世的肉体都无动于衷。我将扔掉梳子，让我的头发和胡须长长、虬结在一起。小动物可以在其中寻求庇护，随心所欲地穿梭钻洞，而我不会去打扰它们。"

伊什瓦抬起一边眉毛，小翁翻了个白眼，但拉加拉姆并没注意他们。他缓慢而坚定地放下茶杯，仿佛在演练自己遁世后的第一幕。苦行僧的生活狂野而富有浪漫色彩，大大激发了他的想象力，在他眼前活灵活现。

"我将赤着脚走路，脚掌和脚跟皲裂、划破、流血、遍布伤口，而我不会涂药膏。毒蛇在幽暗的丛林里爬上我行走的小路，而我不会感到恐惧。我在陌生的城镇和偏远的村庄游荡，野狗跟在脚边试图咬我。我以化缘为生。小孩子，有时甚至连大人也会取笑我，扔石头砸我，害怕我怪异的外表和洞察人心的炽烈目光。必要时，我将忍饥挨饿、赤身裸体。我将跌跌撞撞地走过布满岩石的平原，走下陡峭的山坡。我绝不会抱怨。"

他的目光越过观众，忧伤地凝视着远方，仿佛已经开始了穿越整片次大陆的远行。他看上去自得其乐，仿佛在规划假期行程。在厨子所在的墙角，炉灶燃尽了燃料。少了炉灶的咆哮声，餐馆里寂静下来。

这宁静将拉加拉姆从白日梦里拽了回来，思绪回到维什兰唯一的臭烘烘的餐桌旁。厨子到后屋去取煤油桶。他们看着他把漏斗插进炉子，往里面灌满了煤油。

"世俗生活把我引向了灾难，"拉加拉姆说，"总是这样，对我们所有人都是这样。只不过事情不总像我的经历那样清晰。而现在，我全靠你们了。"

"可我们对桑耶西的事情一点儿也不了解，"伊什瓦说，"你想让我们做什么？"

"钱。我需要钱买火车票去喜马拉雅山。我还有自我救赎的希望——只要我能逃避警察和刑事调查局的追捕。"

他们回到公寓。拉加拉姆在门口等着,伊什瓦则进屋问迪娜能不能从他们的积蓄里取出一些钱,用来买边区邮报列车的三等车票。

"这是你们的钱,我不该指手画脚告诉你们怎么花,"迪娜说,"可既然他打算遁世,为什么还要买火车票呢?他可以步行过去,沿途乞讨,就像其他的苦行僧那样。"

"确实如此,"伊什瓦说,"不过那样要花很长时间。而他急着要得到救赎。"

他拿了钱,交给在门廊等候的拉加拉姆。拉加拉姆数了数,犹豫了一下。"我能不能再要十卢比呢?"

"干什么用?"

"卧铺费。这么长的路途,整夜坐着太难受了。"

"不好意思,"伊什瓦恨不得把交给他的钱夺回来,"我们实在拿不出更多的钱了。不过要是你回城,欢迎你来看我们,我们可以一起喝茶叙旧。"

"我对此深表怀疑,"拉加拉姆说,"桑耶西是没有假期的。"说完他伤感地笑笑,离开了。

小翁好奇他们还能不能再见到他。"他借钱的习惯很讨厌,但他真是个有趣的人,能为我们带来全世界的新鲜事。"

"别担心,"伊什瓦说,"就凭拉加拉姆的运气,等他赶到的时候,所有山洞都会被占满的。他回来时准会给我们讲故事,说喜马拉雅山脉上挂出了'没有空位'的牌子。"

第十四章

重归孑然

迪娜收拾缝纫室,把剩余的布料整理分类,灰尘和细碎的纤维呛得她打了个喷嚏,喷出的气息掀动了小块的碎布。最后一批衣服已经送到再会公司,古普塔太太也得知了他们要休假六个星期的消息。

现在,迪娜对即将到来的这段空虚的日子充满了好奇。她觉得这就像是一门关于独处的进修课。这样的练习很有用。没有裁缝,没有房客,独自与回忆为伴,一桩桩一件件地回想,像硬币收藏家那样逐一检视它们的光泽、瑕疵与纹样。若她忘记了如何与孤独共处,总有一天她的日子会很难过的。

她挑出最适合缝被子的布块,单独放在一旁,把剩余的碎布塞进架子最底层。两台胜家缝纫机被推到墙角,板凳叠放在一起,好在床铺周围腾出地方来。裁缝们的行李箱已经整理好,放在门廊上。他们不打算带走的东西都留在纸箱里。

还有两天才出发,他们无事可做,这种度日方式对他们来说有些陌生,闲散而缺乏条理,仿佛散开的针脚,时间编织成的帐篷一会儿塌下去,一会儿又鼓胀起来。

吃完晚饭,迪娜继续做被子。被子已经拼成了她想要的大小,七英尺乘六英尺,只是末端还剩下大约一平方英尺的空当。小翁坐在地上为大伯按脚。马内克望着他们,心里琢磨着自己为父亲按脚不知会是怎样的情境。

"这条被单真好看,"小翁说,"等我们回来的时候应该就全部做完了。"

"很有可能,我得从过去的旧布料里挑一些拼上才行,"迪娜说,"不过重复用同样的布料太没意思了。我还是等新的布料送来再做吧。"他们拿着被子两头抻开。整齐的针脚彼此交织,像一排排对称的蚂蚁队列。

"真漂亮啊。"伊什瓦说。

"嗐,被子谁都会做,"迪娜谦虚地说,"只要把你们缝纫剩下的碎布缝起来就行了。"

"没错,但真正见功夫的是碎布的组合方式,就像您这样。"

"瞧,"小翁用手一指,"看这里——是我们第一单活儿用的府绸。"

"你还记得啊,"迪娜愉快地说,"那第一批衣服你们缝得真快啊。我还以为我找到了两个缝纫天才。"

"我们手指动得快,全靠空荡荡的肚子驱使。"伊什瓦呵呵笑着说。

"之后是黄底带橙色条纹的棉布。这个小伙子给了我好一通脸色。事事都要跟我争、跟我吵。"

"我?跟你吵?从来没有的事儿。"

"我认得这块蓝白花布,"马内克说,"是我搬进来那天你们正在做的短裙。"

"你确定吗?"

"当然,那天伊什瓦和小翁没来上班——他们被抓去参加总理的集会了。"

"哦,对。还有,这块漂亮的巴厘纱你还记不记得啊,小翁?"

小翁脸一红,假装不记得。"来,好好想想,"迪娜打趣他,"这块布你怎么能忘记呢?这可是你抛洒过鲜血的布料啊,你用剪刀划破了大拇指。"

"我不记得有这事。"马内克说。

"那是你搬进来之前的事。这块雪纺绸也很有意思,它害得小翁大发脾气。因为这个花纹太难拼,布料太滑了。"

第十四章　重归子然

伊什瓦凑过来指着一块方形的麻纱布。"看见这个没有？开始缝这批布料的那天，我们的房子被政府推倒了。一看见这块布我就伤心。"

"把剪刀给我，"迪娜开玩笑地说，"我把它剪下来扔掉。"

"不不，迪娜女士，就这样放着吧，它放在这里很漂亮，"他的手指拂过麻纱，回味着当时的情景，"说一块布料叫人伤心，没有这样的道理。瞧，它旁边这块布就很让人高兴——睡在门廊上。再往旁边——是吃烤饼的日子。还有这块淡紫色的柞蚕丝，那是我们做了五香小扁豆丸子的日子。还有，别忘了这块乔其纱，这是乞丐头儿把我们从房东的打手那里救出来的日子。"

他退后一步，感到心满意足，仿佛自己刚刚解释了某种高深复杂的理论。"所以我们要记住这一点，整条被子比任何一块单独的布料都更重要。"

"说得好，说得好！"两个男孩欢呼鼓掌。

"这话说得很有智慧。"迪娜说。

"可这究竟是哲理还是歪理邪说呢？"

伊什瓦揉了揉侄子的头发作为反击。

"老兄，别乱碰，我要为婚礼好好打扮一番呢。"小翁掏出梳子，重新给头发分缝，梳整齐。

"我母亲喜欢收集线头，把它们缠成一团，"马内克说，"我小时候常常用线团玩游戏，把它拆开，回忆每一条线是哪里来的。"

"我们可以用被子玩同样的游戏。"小翁说。他和马内克找出最早的布料，按照时间顺序一块接一块地往下找，重新构建起他们一连串的悲喜经历，直到最后那尚未完成的一角。

"我们卡在这儿了，"小翁说，"路到头了。"

"只要等一段时间就好了，"迪娜说，"这取决于我们下一批订单能拿到什么布料。"

"没错，小伙子，要有耐心。没等你说出那一角是什么布料，我们的未来就会变成过去。"

伊什瓦的无心之言如同一场冰冷的雨，浇在马内克心头，他心中的喜悦仿佛一盏瞬间熄灭的灯。未来正在变成过去，一切都在虚无中消逝殆尽，人们回头想要抓住什么，抓住他们原本攥在手里的东西——究竟是什么呢？是一截线绳，是几块碎布，是黄金时代的阴影。若人们能让时光倒流，将过去变成未来，抓住时光的翅膀，跟随它飞越变幻莫测的此时此刻……

"你听见没有？"迪娜问，"你的记忆力怎么样？这一年里发生的事，你不看被子能记住吗？"

"我觉得好像比一年长很多。"小翁说。

"别说傻话了，"马内克说，"明明是刚好相反。"

"喂喂，"伊什瓦说，"时间怎么会变长变短呢？时间既没有长度也没有宽度。关键在于时间流逝的过程中发生了什么。而发生的事情就是，我们的生活渐渐交织在了一起。"

"就像这些布块。"小翁说。

马内克说把缺的角补齐之后，被子也不必就此打住。"你可以继续往上加布块，阿姨，把它再做大些。"

"你又来了，又说傻话，"迪娜说，"我要那么大的怪物被子干什么用？你可不要把我跟你那个缝被子的上帝搞混了。"

上午过半，迪娜闲适地待着。需要用水的家务活都做完了，前一晚的餐具都洗刷干净，衣服也洗了。没有缝纫机的哗啦声和敲击声，这天里余下的时光被拉长，显得十分空虚。她坐着看马内克吃一顿有些晚的早餐。

"你应该跟伊什瓦和小翁一起去的，"马内克想逗她开心，说道，"这样你就能帮忙选媳妇了。"

"又跟我油嘴滑舌了是不是？"

第十四章 重归子然

"没有，我敢肯定他们很乐意带你一起去。你可以加入挑选新娘委员会。"他被吐司面包噎住了，使劲地往下咽。

迪娜拍拍他的后背，帮他缓过气来。"没人教过你嘴里有东西的时候不要说话吗？"

"是伊什瓦在喉咙里报复我呢，"马内克笑着说，"因为我拿他看重的喜事开玩笑。"

"这个可怜人，但愿他心里有数自己在做什么。我希望无论他们选了谁，她都会努力融入我们，跟我们所有人都和睦相处。"

"我相信她一定会的，阿姨。小翁不会选个坏脾气、不好相处的妻子的。"

"嗯，这我知道，但也许他别无选择。在这种包办婚姻里，一切全由占星师和家长做主。结婚之后女人就成了夫家的财产，遭人虐待、欺负。这个体系太糟糕了，最和善的女孩也会变成巫婆的。不过有一点她必须明白，这是我的房子，在我家就要按我的风格行事，就跟你、伊什瓦和小翁一样。不然就没法和睦相处。"

她停下来，发现自己这话像是当婆婆的人该说的。"好了，把鸡蛋吃掉，"她转移了话题，"你明天开始期末考试？"

马内克点点头，嘴里还在嚼吃的。迪娜开始收拾早饭的餐具。"五天后你就要走了。你订好票了吗？"

"订了，都准备好了。"马内克一边说，一边整理要带去图书馆的书，"我很快就会回来的，可别把我的房间租给别人啊，阿姨。"

邮差送来了信，其中一封是马内克的父母寄来的。他拆开信，把房租支票递给迪娜，然后开始读信。

"妈妈爸爸都还好吧？"迪娜见他脸色渐暗，问道。

"哦，都好，一切照常，跟平常一样。只是现在他们又开始抱怨了，说：'你为什么要再读三年大学？学费倒不是问题，但我们会很想你的。店里要做的活很多，我们两个忙不过来，应该由你接管。'"他放下信，

"假如我真的决定回家,每天肯定还是会跟爸爸大喊大叫吵个不停。"

迪娜见他紧握着拳头,便捏捏他的肩膀。"做父母的跟其他人没什么不同,都会对生活感到迷茫。但是他们已经很努力了。"

马内克把信递给她,她读完了剩下的部分。"马内克,我真的认为你应该听从你妈妈的请求——去苏打瓦拉家坐坐。你这一整年里都没去见过他们。"

马内克耸耸肩,做个鬼脸,回到了自己的房间。再次出来时,她发现他胳膊底下夹着一只盒子。"你要把象棋也带到学校去?"

"这不是我的,是我朋友的。我今天去还给他。"

去公共汽车站的路上,他反复思考着信上的内容——爸爸复杂的情况,妈妈的痛苦,他们的怀疑与恐惧在字句中翻涌。如果他们说的是真心话呢?也许这次真的能得到好结果,也许一年的分别真的帮助爸爸接受了生活中的变化。

他绕了段路,从维什兰门口经过,想跟尚卡尔打个招呼。乞丐心里装着别的事,伸长脖子盯着街角的人行道,并没注意到他。马内克弯下腰,又挥了挥手,尚卡尔把铁罐在轮板上轻轻敲了敲,表示注意到他了。"哦,老兄,你还好吗?我的朋友们顺利出发了吗?"

"昨天走的。"马内克说。

"我真为他们感到激动。而今天对我来说也是个激动的日子。乞丐头儿的私人理发师要来给我刮脸。真希望伊什瓦和小翁也在,他们见到我刮完脸的样子不知会多高兴呢。"

"有我在呢,别担心。明天见。"马内克说完继续向公共汽车站走去。

尚卡尔目送马内克消失在街角,然后继续观望理发师。轮板一动不动地停在路沿,讨钱用的铁罐还是空的,乞讨的歌声也不见了。尚卡尔没有做任何动作来吸引施舍者的注意力。他满脑子想的都是刮脸的体验,乞丐头儿的私人理发师即将为他带来全套的奢华享受。

尚卡尔并不知道,那名私人理发师已经在当天早些时候拒绝了这个

第十四章　重归子然

任务。他告诉乞丐头儿，自己不提供露天理发服务，然后推荐了另一个人。"这位是拉加拉姆。他技术很好，价格也很便宜，而且他愿意露天理发。"

"您好。"拉加拉姆说。

"听我说，"乞丐头儿说，"尚卡尔虽然只是个乞丐，但我很看重他——我希望他能得到最好的服务。我不想冒犯你，但我不得不质疑你的水平。一个秃头的人对头发能有多少了解呢？"

"这个问题不公平，"拉加拉姆说，"乞丐有很多钱吗？没有。但是他们知道怎么管钱。"

乞丐头儿很喜欢这个答案，便答应了换人。于是拉加拉姆带着理发工具来到了维什兰门口。

尚卡尔觉得自己在什么地方见过这个人。"老兄，我以前见过你吗？"

"从来没见过你。"拉加拉姆心里惦记着他们关于头发的来往，急于撇清关系。留在城里风险太大了，这他心里清楚，但他觉得先搞到桑耶西的行头再动身去喜马拉雅山区更加保险。不过藏红色的僧袍、念珠以及手工雕刻的钵都不便宜。乞丐头儿为这单特殊生意支付的酬金肯定能帮上大忙。

他把一块白布系在乞丐的脖子上，用修面刷打出一碗刮胡泡。尚卡尔低头去闻泡沫的香味，险些失去平衡。拉加拉姆把他推回原位。"待着别动。"他的语气粗鲁无礼，意在打消对方闲聊的意向。

对尚卡尔来说，粗鲁无礼乃是生活的常态，并不能影响他的好心情。"看着像打发的奶油。"他看着碗里越打越高的泡沫说道。

"那你干脆吃一碗好了。"拉加拉姆为他沾湿下颌，打上肥皂。拉加拉姆的刷子心不在焉，把刮胡泡扫进了尚卡尔张开的嘴里。拉加拉姆技艺生疏，忘记了给上唇打泡沫时要把鼻孔捏住。他掏出剃刀，把刀刃在皮带上磨了磨。

尚卡尔很喜欢这种唰唰的声响。"你的剃刀出过错吗？"他问。

"出过好多次错。有时人们的喉咙形状长得奇怪，稍不注意就会割开。而警察也不能因为工作失误就逮捕理发师，这是法律规定。"

"你最好别在我的喉咙上失误，我的喉咙形状很标准！再说乞丐头儿也不会放过你的！"

尽管尚卡尔嘴上虚张声势，刮脸时他却一动不动，浑身紧绷，直到剃刀结束了在喉咙附近的旅途他才放松下来。拉加拉姆用抹布擦掉剃刀没刮干净的零星泡沫，然后用明矾块在刮过的地方蹭了蹭。刚刚刮过的皮肤被划破了好几处。

"拿镜子来让我看看。"尚卡尔要求道，他觉得脸上刺痛，担心剃刀还是失误了。

拉加拉姆举起镜子。乞丐焦急的脸映在镜子里，但是明矾止住了血，脸上并没有红色的血滴。

"好，接下来是面部按摩。这是乞丐头儿特意吩咐的。"拉加拉姆从盒子里取出一个瓶子，挖出一坨软膏涂在尚卡尔下巴上。

尚卡尔浑身紧绷，不确定那双强劲有力的大手要干什么。没过多久，他的头开始随着揉捏、抚摸的动作轻轻摆动。手指在他面颊、眼下、鼻子周围、额头和太阳穴揉捏，用按摩驱散伴随他一生的痛苦与磨难。

"再按一会儿，"理发师停下来擦手时他央求道，"就一分钟，求你了，这感觉太舒服了。"

"已经完事了。"拉加拉姆皱起鼻子说。他一向不喜欢给人做面部按摩，就连在他事业的鼎盛时期为中产阶级按脸他也不喜欢。他活动一下手指，拿起了剪刀和梳子。"现在该剪头发了。"他说。

"不，我不想剪头发。"

"乞丐头儿吩咐过我要做什么。"他把尚卡尔的头猛地按下去，在后脖颈附近修剪起来，急于尽快剪完走人。

"哎哟老兄，我不想剪头发！"尚卡尔尖叫起来，"我说了我不想剪！

第十四章　重归子然

我喜欢长头发！"他摇晃铁罐想弄出动静来，可是这天早上的收入不景气，铁罐寂静无声，他便用铁罐敲打人行道。

路过的人放慢脚步好奇地看着这两个人，拉加拉姆怕自己吸引更多的注意，便不再逼他了。"别害怕，我会非常认真地帮你理发，保证非常帅气。"

"我不管多帅气！我就是不想理发！"

"求求你别喊了。跟我说说你要什么，我可以帮你。头皮按摩？去头屑？"

尚卡尔伸手从轮板底下取出一个包裹。"你是头发专家，对不对？"

拉加拉姆点点头。

"我想让你把这个接到我的头发上。"尚卡尔把包裹往他手里一送。

拉加拉姆打开包裹，两根漂亮的马尾辫滑落出来，吓得他往后一缩。"你想让我把这个系在你的头发上？"

"不是系上。我要让它永远接在我的头发上，必须得从我自己头上长出来。"

拉加拉姆蒙了。他做理发师的日子里曾遇到过不少稀奇古怪的要求：为马戏团里长胡子的女士修剪胡子；帮男妓把私处的毛发编成小辫子；为想要进军高端市场、服务于官场和商场人士的妓院设计过阴毛的艺术造型；为一个种姓观念浓厚的男人的妻子刮过阴毛（为了避嫌，他蒙着眼睛），因为那男人不想让妻子亲自做这么低贱的事。在理发师的职业生涯中，他经历过各种各样富有挑战性的工作，总能泰然处之。然而尚卡尔的要求超出了他的能力范围。

"这不可能办到。"他开门见山地说。

"你必须接上，必须，必须！"尚卡尔尖叫起来。乞丐头儿最近突然对他关照有加，让这个一向温顺听话的乞丐变得骄纵起来。他不肯听理发师的解释。"玫瑰能嫁接！"他嚷道，"你就给我的头发也嫁接上嘛！你是专家！要是你不干，我就去向乞丐头儿告你的状！"

拉加拉姆好言好语地求他先把辫子收起来,说明天会带着特殊的工具来做这项格外复杂的工作。

"我今天就要!"尚卡尔大喊,"我现在就要长头发!"

维什兰素食餐厅的收银员兼服务生来到门口看热闹,厨子也跟着看。越来越多的行人停下脚步,等着看事态进一步发展。接着,一个卖彩票的小贩提起了几个月前因为头发被人杀死的乞丐。真巧啊,他说,这个乞丐手里正好有两条粗粗的辫子。

各种各样的猜测纷至沓来:也许这其中有联系——乞丐们做法事,需要用活人献祭,又或者这个乞丐是个精神变态。有人提到了几年前令人闻风丧胆的连环杀手拉曼·拉加夫,说那两名乞丐的死也有着相似的特点——嗜血成性。

拉加拉姆吓得浑身颤抖,极力想要摆脱尚卡尔。他收起东西,往后挪腾着步子渐渐退出了与乞丐对质的人群。一有机会他便溜走了。

人们围拢到尚卡尔身边。他害怕起来。现在他开始后悔自己跟理发师纠缠不休。他后悔自己忘了靠人施舍维持生计的头条准则:乞丐可以被人看见,也可以被人听见,但是动静不能太大——尤其不能参与跟乞讨无关的事情。

人群立在他周围,遮蔽了阳光,幽闭恐惧袭上他心头。人行道陷入了黑暗。他唱起那首乞讨的歌谣,试图平息人们的情绪,"噢,老兄,赏个小钱吧。"他用缠着绷带的手掌反复触碰自己的额头。并没有成效。人们的态度继续发酵,渐渐带有了威胁性。

"你这骗子,你从哪里偷来的头发?"有人喝道。

"是我朋友送给我的。"尚卡尔哀叫道,他虽然满心恐惧,却对这种指控感到很委屈。

"该死的杀人凶手!"

"他简直是个魔鬼!"另一个人半是嫌恶半是惊奇地说,"真是诡计多端啊!他没有手指也没有腿,却能犯下这样残忍的罪行!"

第十四章　重归子然

"说不定他其实有手有腿，只是藏起来了。这些人有办法改造自己的身体。"

尚卡尔抽泣着说自己没做过任何坏事，他只是个守规矩的乞丐，从不烦扰别人，向来都待在自己应该待的地方。"愿神永远保佑你们！噢老兄，求您听我说，我总会向路过的人问好！即使我浑身疼得厉害，我还是会笑脸迎人！有些乞丐嫌钱少还会骂人，可我总会祝福路过的人，无论钱多还是钱少！您向这附近的人打听一下就知道了！"

一名警察走过来，想看看这么大的动静究竟是怎么回事。他弯下腰查看，尚卡尔在森林般的人腿之间看见了他的脸。人群让出一条路，好让警察看个清楚。尚卡尔认为机不可失，于是双手一推，轮板就从人群的空当冲了出去。

人们哈哈大笑，看他猫着腰拼命用手臂撑着地面往前滑。"能开走的就叫车[1]！"不知哪个人说道，记得那部老电影的人听了又是一阵大笑。

"乞丐汽车拉力赛！"另一个人说。

滑到离维什兰一百码开外的地方，尚卡尔发现自己来到了一片陌生的领域。这里人行道的坡度变得很陡，轮子越转越快。以这样快的速度想要在街角转弯是不可能的。但尚卡尔没有提前想到这些，他只想尽快逃离可怕的人群，仅此而已。

他滑到人行道尽头，惊声尖叫。轮板飞了起来，在空中滑翔，冲向了繁忙的十字路口。

马内克走在楼梯中央，远离布满槟榔渍的栏杆和墙上那些鬼才知道是什么的污迹。登上宿舍的台阶时，令人厌恶的旧日回忆重返心头。空烟盒、碎灯泡、发黑的香蕉皮、裹在报纸里的烤饼、橙子皮撒得满走廊

---

[1] 原文为 Chalti Ka Naam Gaadi，是 1958 年上映的一部印度喜剧电影，由于没有官方中文译名，这里用的是直译。

都是。是清洁工来晚了,还是这些垃圾是早晨打扫之后又留下的?他在心里琢磨。

他没指望阿维纳什会在宿舍,但他决定把盒子托付给某个人,也许是大厅里的前台。他来到自己住的楼层,屏住呼吸从厕所门前走过。那股恶臭证实了厕所依旧没有修好,臭气太浓,直呛嗓子。

他住过的房间还空着,门没锁。自从他离开后没人再住过,房间还跟他离开时一模一样。这景象叫人心里发毛,仿佛他被一分为二——一半仍然住在这里,另一半则跟迪娜阿姨同住。床铺离墙壁有一英尺远,四条床腿还浸在盛水的铁皮罐里。这是阿维纳什教他的办法,能防止虫子爬上床——这个办法非常有效。阿维纳什曾开玩笑说自己从小在工厂的宿舍长大,对于蟑螂和臭虫无所不知。

马内克凑近些,心里抱着一丝期望,以为罐子里还有水。里面是干的,除了棕色的蟑螂卵、一只死蛾子和一只半死不活的蜘蛛,空无一物。水在木头床腿上留下了水渍。那是他的水印:马内克曾经到过这里。曾经见证过无数场棋局的桌椅还放在窗边,当初他们把桌椅搬到那里是为了采光更好。回想起来,仿佛是很久以前的事了。

他退出房间,轻轻关上房门,掩住过去的思绪。令他惊讶的是隔壁的房间里传出了响动。再次见到他,不知阿维纳什会说什么?而他又该对阿维纳什说什么呢?他定了定神,不希望自己看上去焦急而犹豫。

他敲了敲门。

房门打开,一对中年夫妇疑惑地看着他。两个人都头发花白,男的面颊凹陷,咳嗽得厉害,女的则眼睛通红。这肯定是阿维纳什的父母了,他心想。

"你们好,我是阿维纳什的朋友,"也许他们是在等他回来,他可能到楼里的别处去了,"你们是在等他吗?"

"不,"男人用微弱的声音说,"等待已经结束了。一切都结束了。"他们缓缓走回屋里,无形的负担重重地压在他们背上。他们示意马内克进屋。"我们是他的父母。我们今天把他火化了。"

"什么？今天什么？"

"今天火化了，没错。已经耽搁了很长时间。几个月来我们一直在寻找我们的儿子。去了一个又一个警察局，求人帮我们。没人肯帮我们。"

他的声音颤抖了，他停下来，努力想要控制住自己的声音。"四天前，他们通知我们太平间有具尸体，叫我们去认。"

母亲哭了起来，用纱丽的一角捂住了脸。父亲去安慰她，咳嗽声却犹如利刃刺进空气。他用指尖轻轻碰了碰她的胳膊。走廊里不知什么地方的门砰的一声猛然关上。

"可是——我是说……没有，没人……"马内克结巴起来。阿维纳什的父亲把一只手搭在他肩上。

马内克清了清喉咙，又说道："我们是朋友。"阿维纳什的父母点点头，仿佛从这微不足道的说明中获得了一丝安慰。"但是我不知道……出什么事了？"

这次开口的是母亲，她的话语一闪而过，几乎听不清。"我们也不知道。火化仪式之后我们直接就到这里来了。仪式很顺利，多亏神明保佑。没下雨，柴堆烧得很旺。我们在柴堆旁守了一整夜。"

父亲点点头。"他们告诉我们尸体是好几个月前发现的，在铁道边上，没有能证明身份的东西。他们说他是从快车上掉下来摔死的，说他肯定是扒着车门或者坐在车顶，结果掉了下来。但阿维纳什一向很谨慎，他从不会做这样的事。"他眼里再次泛起泪水，他停下来擦了擦。母亲用指尖轻轻碰了碰他的胳膊。

他继续说道："过了这么长时间，我们终于又见到儿子了。我们看见他身上很多私密的地方都有烧伤，他母亲握住他的手，想放在自己额头上，那时我们才发现他的手指甲都没了。于是我们去问太平间的负责人，从火车上摔下来怎么会有这样的伤？他们说什么事都有可能。没人愿意帮我们。"

"你们一定要把这件事通报出去!"马内克义愤填膺地强忍住泪水说道,"一定要去!告诉……告诉部长——我是说,告诉地方官员,或者告诉警察署长!"

"我们去了,我们报过警。警察也把案件记录在册了。"

他们继续整理阿维纳什的遗物。马内克无助地望着他们庄重地把衣服、课本、纸张放进行李箱,不时地把某件东西放在唇上亲吻一下再收起来。除了他们轻柔的脚步声,房间里一片寂静。

"他跟没跟你说过他有三个妹妹?"母亲突然说,"她们小的时候,阿维纳什常常帮我照顾她们。他很喜欢给她们喂饭。有时候她们会咬他的手指头,逗得他哈哈大笑。这些事他跟你说过吗?"

"他什么都跟我说过。"

几分钟后,他们准备走了。马内克坚持要帮他们把箱子提到楼下,暗自庆幸这样可以阻止眼泪流下来。阿维纳什父母的感激之情让他意识到,面对他们沉重的丧子之痛,自己能做的多么有限。他满脑子想的都是入学的第一天,阿维纳什拿着杀虫喷雾出现在自己门口。他们一起杀蟑螂、下棋、向彼此讲述自己的生活经历。而现在他死了。

他跟阿维纳什的父母道了别,向技术教学楼走去。这时他才想起象棋和棋盘还在自己这里。他连忙来到大门口,阿维纳什的父母已经无迹可寻。我真傻啊,他心想,这对他们来说该多有意义啊,其中蕴含了阿维纳什高中时赢得象棋锦标赛的回忆。

他开始漫无目的地往回走,发现自己又回到了宿舍的门厅。这时他停下脚步,下定决心:这副象棋——无论如何他都要把它还给阿维纳什的父母。他觉得自己像个强盗,夺走了他们慰藉的源泉。自己把象棋留在身边的时间越长,就越是在为他们增添丧子之痛。

归还象棋变得格外紧急,成了生死攸关的事情。他默默地抽泣着走上楼梯,几个好奇的学生盯着他看。有些人叫嚷着起哄,说些他听不清的话。他们齐声喊道:"宝贝宝贝别哭啦,妈妈给你把辣椒炸,爸爸给你把蝴蝶抓……"

　　他回到自己原来的房间，坐在发霉的床上。也许阿维纳什的房间里能找到线索，也许废纸篓里有旧信封，或是一封带地址的信。他去看了一圈，什么都没有，一张纸片都没有。地址，他必须找到阿维纳什父母的地址，好把象棋寄给他们。他可以在楼里向人打听询问，但走廊里那些没心没肺的混蛋只会再次取笑他，看着他从一个房间跌跌撞撞地走到另一个房间，出尽洋相。

　　他把盒子抱在胸前，闭上双眼，尽量冷静地思考。地址。答案很简单——院长办公室。没错，他们肯定有地址。他可以把象棋寄给阿维纳什的父母。

　　他睁开眼睛，透过泪光望着红棕色的胶合板棋盒。他回想起那天在食堂里发生的事：走白棋，三步制胜——后来吃素的学生开始呕吐。这回忆令他露出了微笑。阿维纳什曾说这是呕吐引发的革命。他让马内克帮忙保管这套象棋。

　　而阿维纳什再没有把象棋要回去。这是他的礼物，他生命的礼物。把它还回去就是辜负了阿维纳什。马内克要留着它，永远留着它。

　　迪娜嘱咐马内克保持冷静，阅读考卷之前先在心里默念一遍《阿谢姆·沃胡》[1]，开始答题之前再默念一遍。"我不是个笃信宗教的人，"她说，"不过你姑且把这看成是保险的手段。我觉得这样会有帮助。祝你考试顺利。"

　　"谢谢，阿姨。"马内克打开门准备出发，却差点儿撞上了站在门外的乞丐头儿，他伸出食指正要按门铃。

　　"打扰了，"乞丐头儿说，"但我带来了一个糟糕的消息，"他精疲力尽，哭得双眼无神，"我能见见那两位裁缝吗？"

---

1. 琐罗亚斯德教最著名的几段祷告词之一，出自该教的圣书《阿维斯陀》。

"他们两天前刚走。"

"哦,对啊。我忘了婚礼的事。"看他的样子几乎要崩溃了。

"请进吧。"迪娜说。

乞丐头儿走进门廊,强忍抽泣,告诉他们尚卡尔死了。

马内克难以置信,他需要时间来消化这令人震惊的消息。"可我们三天前刚刚跟他说过话——伊什瓦、小翁和我去喝茶的时候。昨天早晨他还告诉我理发师要来。他好端端的,很有精神,跟往常一样滑着轮板。"

"没错,直到昨天上午他还是好端端的。"

"后来出什么事了?"

"可怕的事故。他的轮板失控了,飞出人行道……径直撞上了一辆双层大巴。"乞丐头儿咽了一下口水,说他没有亲眼目睹事故发生,但是他去认了尸,"我做这一行这么多年,什么样的惨状都见过,但我从没见过这么惨的场景。尚卡尔和轮板都彻底撞烂了——没法分开。木头和轮子嵌进了他的骨肉,要拿出来,就得进一步毁掉他可怜的身体。我只能把轮板跟他一起火化掉。"

他们沉默不语,想象着那令人毛骨悚然的场景。乞丐头儿情绪崩溃,无法自持地哭了起来。他试图止住抽泣,反而哭得浑身颤抖。"我应该告诉他我们是兄弟的。我拖得太久了。现在一切都晚了。要是我给他的轮板装上刹车就好了……我曾经考虑过,但这个想法在当时看来很蠢。他坐在轮板上只能勉强活动……轮板又不是什么高速汽车。也许我本该把他从街上调回来的。"

"你千万不要自责,"迪娜说,"正像你说的那样,你也是为他好。"

"是吗?我是为他好吗?我怎么才能确定呢?"

"他真是个好人,"马内克说,"伊什瓦和小翁给我们讲过,他们在劳工营病倒的时候尚卡尔是怎样照顾他们的。阿姨,你没跟他见过面,但是从很多方面来说,他跟普通人没有区别。有时候他还会开些很有趣的玩笑。"

"我觉得自己仿佛也认识他。伊什瓦和小翁为他量过衣服尺寸,向我描述过他的样子,你还记得吗?我为他设计过一件特殊的马甲?"

"真谢谢你。"乞丐头儿说,在泪眼蒙眬中,他想起自己如何细心地把那件衣服扯破、弄脏,打造成适合尚卡尔穿着的样子。

"你要不要喝杯水?"她问。乞丐头儿点点头,马内克取来了水。

乞丐头儿喝了水,平复下来。"我本想邀请两位裁缝参加尚卡尔的火化仪式。明天四点钟。他们是他唯一的朋友。到时会有很多乞丐参加,但伊什瓦和小翁是特殊的客人。"他把空玻璃杯还给了马内克。

"我去。"马内克说。

乞丐头儿在悲伤中露出惊喜的神情。"你真的肯来吗?那实在太棒了。"他握住马内克的手摇了摇,"送葬的队伍在维什兰门口集合。我认为这个地点很适合向尚卡尔致意。你觉得呢?在他最后乞讨的地方?"

"没错,我明天在那里跟你们会合。"

"你的考试怎么办?"迪娜问。

"三点钟就考完了。"

"这倒是,但是后天的考试呢?"她努力想要打消他这个念头。参加乞丐的葬礼,这念头让她很不自在。"你难道不应该直接回家准备复习吗?"

"我会的,参加完火化仪式就回来复习。"

"不好意思,请稍等,"她对乞丐头儿说了一句,然后退回后屋,"马内克!"她在后屋叫他。他耸耸肩,跟了过去。

"你胡闹什么?你为什么非要去?"

"因为我想去。"

"少跟我油嘴滑舌!你知道我害怕那个人。我之所以跟他打交道,完全是因为他能保护这间公寓。我们不需要跟他进一步混熟。"

"我不想跟你吵架,阿姨。但我一定要参加火化仪式。"马内克的声音很柔和,每个字却都很坚定。

马内克对一名乞丐的葬礼如此重视,这让迪娜感到不解。她认为他这种行为准是期末考试压力太大造成的。"好吧。我拦不住你。不过既然你去,那我也跟你一起去。"迪娜下定了决心,不为别的,就为了照看他。

他们回到门廊。"我们研究了一下明天下午的事,"她说,"我们两个都去。"

"噢,真是太好了,"乞丐头儿说,"我该怎么感谢你们呢?你们知道吗,我刚才在想,从某方面来说,伊什瓦和小翁两天前离开其实是件好事。这件丧事会扰了婚礼的喜气。而婚姻跟死亡一样,一生只有一次。"

"确实是这样,"迪娜说,"我真希望有更多的人明白这个道理。"她自己也吃了一惊,乞丐头儿那番话竟然与自己对这种事的看法不谋而合。

乞丐头儿给所有乞丐放了假,让他们参加葬礼。人行道上聚集了一大群瘸腿、盲眼、缺胳膊少腿、病痛缠身、面容残缺的人,吸引了大批围观者。看热闹的人打听是不是哪家医院地方不够用,于是在人行道上开设了露天诊所。

迪娜和马内克跟乞丐头儿一起坐在维什兰店内喝茶。"瞧这些人,"他厌恶地说,"他们把这儿当成马戏团了。"

"而且一枚硬币也不肯施舍。"迪娜说。

"这不稀奇。同情心只能少量给予。一旦许多乞丐聚在一起,人们就会变成这样。"乞丐头儿把拳头攥成望远镜的样子放在眼前,"他们把这当作怪胎展览。人们意识不到自己有多么脆弱,别看他们穿着衬衫皮鞋,提着公文包,这个饥饿而残酷的世界照样能把他们洗劫一空,落到跟我的乞丐们相同的境地。"

马内克望着乞丐头儿喋喋不休地说话,试图借此掩饰自己的心痛。人们为什么要这样掩饰自己的情感?无论愤怒、爱意还是悲伤,他们总会用其他东西做挡箭牌。还有的人则假装自己的情感比其他人更充沛、更饱满。些许微弱的恼火被夸大成雷霆之怒；一丝微笑、一声轻笑就足以表达感受的情况下，他们却偏要歇斯底里地大笑。无论哪种人，都不诚实。

"还有，"乞丐头儿说，"你们现在看见人们这样冷漠，恰恰说明了一个道理。乞讨跟其他行业一样，有三个最重要的因素，那就是地利、地利和地利。假如我现在把这些乞丐从维什兰调到某座大型寺庙或者某个朝圣地附近，保证会财源滚滚。"

尚卡尔的遗体放在一张新扎的竹子停尸架上，停放在维什兰后门外，旁边是放盘子、厨具、备用炉灶和燃料的储物棚。乞丐头儿说，之所以没有把尚卡尔的面部露出来让送葬者看他最后一眼，是因为那景象实在惨不忍睹。一张被单盖住了残缺不全的尸首，被单上面盖满了鲜花：有玫瑰，也有百合。

马内克望着停尸架，心想阿维纳什的送葬队伍是不是从太平间出发的呢？抑或阿维纳什的父母得到了许可，将尸体运回家祈祷？也许这取决于腐烂的程度，以及尸体在室温下能够保存的时间。在没有制冷的世界里，一切最终都会变质。

"维什兰素食餐厅真好心，在葬礼开始前让尚卡尔停放在这里。"迪娜说。

"他们才不是出于好心呢。我给了厨子和服务生不少钱。"乞丐头儿伸长脖子向窗外张望，朝四个刚刚赶到的男人挥了挥手，"好，我们可以出发了。"

那四个人是他从火车站雇来抬停尸架的。"我没别的办法，"他遗憾地解释道，"我是他唯一的亲人。当然了，我会时不时地抬我弟弟走一段，向他致意，但我不能让乞丐们抬。他们身体太弱了。担架有可能整个掉下来。"

他在尚卡尔身上压根儿没打算省钱，买了最好的酥油和焚香，成堆的檀香。这些东西全都放在火化地点做好了准备，还请了一位造诣深厚的祭司主持葬礼。他准备了成筐的玫瑰花瓣，供哀悼者在送葬的路上抛撒在担架上。葬礼之后，乞丐头儿还会以尚卡尔的名义向庙里捐一笔钱。

"只有一件事让我有些担心，"他说，"我希望其他乞丐不要以为这是正常的程序，不要以为自己也能得到这样奢华的葬礼。"

四点刚过，全城最慢的一支送葬队伍开始穿越城市的大街小巷，向火化地点进发。队伍里瘸子众多，使得队伍行进的速度堪比蜗牛。残缺的肢体削弱了他们的行动力，他们只能像青蛙那样蹲着前进：他们用手臂撑着身体往前荡。少数人只能像螃蟹那样侧着身子挪动脚步。还有的弯着腰，手脚并用往前爬行，屁股像驼峰那样高高突起。送葬者彼此有种心照不宣的默契，用极慢的速度往前走；但他们精神饱满，有说有笑，体验着全新的经历，使送葬队伍看上去反倒像节日游行的队伍。

"真叫人伤心，"迪娜不赞成地说，"有人死了，却没人哀悼。乞丐头儿甚至不叫他们收敛些。"

"你以为会是什么样的，阿姨？"马内克说，"他们很可能都在羡慕尚卡尔呢。"再说，他心想，哀悼又有什么用呢？哪怕躺在担架上的人是他自己，这个世界也不会有一丝改变。

乞丐头儿像巡查员那样在队伍里来回走动，确保队伍不会出现不必要的耽搁。他走到队尾时，迪娜招呼他。"我和马内克都没参加过印度教的葬礼，"她对乞丐头儿说，"我们到那里之后应该做什么呢？"

"什么都不用做，"乞丐头儿说，"你们能来，已经是在向尚卡尔致意了。祭司会诵读祷告词。尚卡尔没有儿子，所以由我点燃柴堆，并在最后将颅骨砸碎。"

"看着会不会很难受？有人告诉我味道非常刺鼻。真的会看见皮肉被烧掉吗？"

第十四章　重归孑然

"能看见，不过别担心，那个场景很凄美。你离开时心里会很舒畅，觉得尚卡尔得到正式的送别，踏上了下一段旅程。而且，但愿他在接下来的旅途中不再需要轮板了。我每次看到葬礼上燃烧的柴堆之后都有这种感受——圆满、平静、生死之间的完美平衡。实际上，正是由于这个原因，我甚至会去参加陌生人的火葬仪式。只要我有空，见到送葬队伍我总会加入其中。"

说到这里，他匆匆赶到队列前头去安抚几名不满的警察。慢吞吞的送葬队伍惹得那几名交警很不高兴，他们觉得这样的行进速度不合理。"快点儿走"是他们生命中唯一的信条，他们对任何慢速的东西都心怀恐惧，无论是汽车、手推车、流浪狗还是行人。若他们偶尔破例，那也是因为牛。他们急着让送葬者快点儿走，时而挥动手臂，时而吹响口哨，时而大声哄劝，时而指手画脚，时而眉头紧锁，时而抬手扶额，时而挥舞拳头。然而这些百试不厌的方法通通不见效：无论哨声多么刺耳，无论他们如何使劲挥手，残缺的肢体是无法做出回应的。

火车站的挑夫习惯了提着沉重的行李快步赶路，对这种不同寻常的行进速度也不大适应。每当听见身后"罗摩之名即真理[1]"的唱诵声越来越远，他们就知道自己走得太快了，便停下来等后面的队伍跟上。

慢吞吞地走了一个小时，路程过半，一支戴头盔的防暴警察小分队突然毫无预警地挥舞着警棍冲进了送葬的队伍。几名挑夫慌忙闪避警棍的抽打，尚卡尔的尸身从停尸架上滚落下来。乞丐们惊恐地尖叫起来，纷纷跌倒在地，六只箩筐里的玫瑰花瓣撒得满地都是，在马路中间聚成一汪雅致的粉色池塘。

"看见没有？我之所以不想让你来，就是担心这种事，"迪娜跟马内克逃到安全的人行道上，气喘吁吁地说，"现在世道不好，随时有可能祸从天降。可这些蠢货警察究竟是怎么回事？他们为什么要打这些乞

---

1. 原文为"Ram naam satya hai！"，是印度教送葬时常见的祷告词。

丐啊？"

"也许是为了给另一个劳工营抓人，就像他们把伊什瓦和小翁抓走时那样。"

这时警察却突然撤退了，跟来的时候一样毫无征兆。警察指挥官找到乞丐头儿，反复向他赔不是，说自己不该打扰这样神圣的仪式。"我自己也是个非常虔诚的人，对宗教仪式非常重视。这完全是个不幸的误会。都是由于情报失误造成的。"

他说他们收到无线电情报，称有人在举办假葬礼，意在借此发表政治声明，而这种行为无疑违反了紧急状态下的管理规定。之所以有人生疑，主要是因为队伍中有大量乞丐。他解释道："人们错把这些乞丐当成了乔装打扮的政治激进分子——这些人在街头哗众取宠，把政府塑造成坏人和罪犯的形象，诬陷政府让国家陷入赤贫。这些人的套路您也知道。"

"这个误会我非常理解。"乞丐头儿接受了他的解释，说道。真正令他气愤的是置办担架的那些人——他们把尚卡尔的遗体绑在担架上的时候肯定非常不用心，才会让它如此轻易就滑落下来。不过，他转念一想，这不完全是那些人的错，他们很可能从没处理过像尚卡尔这样残缺的遗体。

警察指挥官尴尬得无地自容，仍在连声道歉。"我们一看见是真的尸体，而不是装样子用的假人，就立刻意识到了自己的错误。实在对不起，"他摘下带黑色面罩的头盔，"我能向您表示慰唁吗？"

"谢谢您。"乞丐头儿说着跟他握了手。

"相信我，这件事非查得水落石出、人头落地不可。"警官向乞丐头儿保证，与此同时他手下的警察已经赶去取回那颗落地的人头了：它跟另外几块肢体一起从担架滚落，掉在了马路上。

为了弥补这个重大失误，警察指挥官坚持要让下属为剩余的送葬路程开路。防暴警察小队接到命令，重新装好担架，把散落在柏油路上的

第十四章 重归孑然

玫瑰花瓣装回乞丐们的筐里。"别担心，"他向乞丐头儿保证，"我们很快就会让所有人井然有序地向火化场前进。"

送葬队伍清理伏击现场的时候，一辆轿车停在路沿，按响了喇叭。"哦，不，"迪娜说，"是我哥哥。他很可能是在下班回家的路上。"

努斯万在后排座位对她招招手，摇下了车窗。"你是在送葬吗？我不知道你有信印度教的朋友。"

"我有。"迪娜说。

"这是谁的葬礼？"

"一个乞丐的。"

他哈哈大笑，然后止住笑，下了车。"别拿这么严肃的事开玩笑。"他见这个人的送葬队伍有警察护送，便推测这个人肯定不是寻常人。说不定是再会公司的高层，也许——是董事长或者总经理。"好了，别开玩笑了，究竟是什么人。"

"我说过了，是个乞丐。"

努斯万张开嘴又闭上：张嘴是由于吃惊，闭上则是由于恐惧——他这才注意到送葬者的特点。他明白了，迪娜不是在开玩笑。

这时他又张开了嘴，却张口结舌说不出话。迪娜说："把嘴闭上，努斯万，当心苍蝇飞进去。"

他闭上了嘴，不敢相信自己会遇上这样的事。"我明白了，"他缓缓地说，"这些乞丐全都是——死者的朋友？"

她点点头。

他脑海中涌现出十多个疑问：乞丐为什么会办葬礼？为什么有警察护送？她和马内克为什么会参加葬礼？谁来为葬礼付钱？但这些问题的答案可以等会儿再问。"上车。"他打开车门命令道。

"上车？你什么意思？"

"好了，别顶嘴。上车，你们俩都上来。我送你们回公寓去。"三十多年来积攒的种种不满情绪瞬间涌入他的脑海。现在居然出了这样的事。"我不许你再在队伍里走一步！你干什么不好——竟要去参加乞丐的葬礼！你究竟想堕落到什么地步？别人会怎么说，叫人看见我妹妹——"

乞丐头儿和警察指挥官走上前来。"这个人在骚扰你吗？"

"没有没有，"迪娜说，"这是我哥哥。他只是想向尚卡尔表示哀悼。"

"谢谢，"乞丐头儿说，"能邀请您加入我们吗？"

努斯万结巴起来。"呃……我还有事。不好意思，改天吧。"他溜回车里，慌慌张张地关上了门。

他们向他挥手告别，然后回到队伍里，他们并没落下很远——队伍最多只走了十几米。乞丐头儿走到队伍前头，从一名挑夫手中接过担架，扛在自己肩上。

"真有意思，"迪娜对马内克说，"我猜他今天晚上会做噩梦的，梦见葬礼上的柴火堆——他的名声灰飞烟灭。"

马内克笑了，但他心里想的是另一场葬礼，在三天以前。他理应参加的那场葬礼。白发人送黑发人的那场葬礼。点燃柴火堆的必定是阿维纳什那面颊凹陷的父亲。柴火噼啪作响，烟雾刺痛双眼。火焰的手指撩拨、戏耍、逗弄着尸体，让它弓起背，仿佛要坐立起来……人们说那是一种兆头，是逝者的灵魂在抗争。过去下象棋时，阿维纳什常常这样弓着背靠在床上，几乎快要躺平，脸扭向一侧，审视着棋盘。他用胳膊肘撑着身体去拿棋子，走出属于他的那步棋。

将军。火焰腾起。

时间过得很慢，仿佛对全世界都失去了兴致。迪娜为家具和房间角落里的缝纫机掸了灰。没有比沉默的缝纫机更加了无生气的东西了，她心想。

她重新为拼花被忙碌起来：整理线缝，修剪碎布，调整看起来不那么顺眼的地方。午后的阳光映在透气窗的玻璃片上，在她膝头的方形布

第十四章 重归子然

块上撒下斑驳的光点。

"把它往你左边挪一挪，阿姨。"马内克说。

"怎么了？"

"我想看看黄色的部分在阳光下效果怎么样。"

她咂咂舌头，照做了。

"真漂亮。"他说。

"你还记得第一次看见它的时候多没把握吗？"

他自嘲地笑笑。"当时我不是对颜色和设计一无所知嘛。"

"这么说，现在你是这方面的专家了，是不是？"她把被子的对角拉到自己膝头。

"做完之后你要把它铺在床上吗？"

"不。"

"那你打算把它卖掉吗，阿姨？"

迪娜摇摇头。"你能保守秘密吗？这是我送给小翁的新婚礼物。"

就算马内克猜中了这一点，他的心情也不会比此刻更加愉快。他被迪娜的心思感动，神情柔和起来。

"别这么伤心嘛，"她说，"等你结婚的时候我也给你做一条。"

"我没伤心，我觉得这个主意棒极了。"

"不过你可别一见到伊什瓦和小翁就全说出去。等裁缝们回来，从再会公司取来新布料，我再把被子做完。在那之前你一个字也不要对他们说。"

马内克的考试结束了，他觉得大多数科目考得都很糟糕。他盼着自己的成绩能够达到三年制学位的录取标准。

迪娜问他考得怎么样，他的回答是"还行"。

她从他的声音里听得出他缺乏信心。"那我们只能先等成绩了，看看你考得到底怎么样。"

临走前最后一晚，在迪娜的敦促下，马内克终于屈服于母亲在信中的央求，去拜见了亲戚们。他花了两个小时应付滔滔不绝的苏打瓦拉家族成员，谢绝了十多种各式各样的零食和冷饮。"谢谢你们，不过我已经吃过饭了。"

"下次你一定要空着肚子来，"他们说，"让我们享受款待你的乐趣。"亲戚们收起零食，想说服马内克跟他们一起去看电影，吃夜宵，留下过夜。

"实在抱歉，我真的得走了，"马内克觉得自己待的时间够长了，便说，"我明天一早就得出发。"

回到迪娜的公寓，他怪她毁了自己的夜晚。"我再也不去了，阿姨。他们说起话来没完没了，行为举止像傻乎乎的小孩子。"

"别说得那么难听，他们毕竟是你母亲的娘家人。"

她帮他把空箱子从橱柜顶上取下来，替他掸去灰尘。她看着他装行李，不时打断他，或建议，或提醒，或教导：别忘了带上这个，别忘了做那个。"还有，最重要的是你要对父母好一点儿，不要跟他们吵架。他们这一年肯定非常想你。好好过个假期。"

"谢谢你，阿姨。还有，拜托你不要忘记喂猫。"

"哦，没错，当然要喂了。我还要亲手给它们做它们最爱吃的饭菜呢。你说我应该给它们摆上餐具，还是让它们用爪子抓着吃呢？"

"不，阿姨，餐具应该留给你的儿媳妇用。再过三个星期她就来了。"

迪娜作势要打他屁股。"你啊，坏就坏在小时候母亲打你打得不够。"

第二天一早，马内克拥抱了她，然后离开了。

重返孑然一身的生活与迪娜的预期不同。她心想，多年来我对无法逃避的现实逆来顺受，把这种生活称为安详平静。然而她一个人生活了大半辈子，此刻又怎么会重新感到孤独呢？她的心灵和头脑难道什么也

第十四章　重归孑然

没学会吗？难道一年的时间就能对她的适应能力造成如此重大的影响？

她无数次查看日历上的日期：过三个星期伊什瓦和小翁才会回来；再过三个星期马内克才会回来。

日子慢吞吞地过去。她决定，现在正是给公寓大扫除的好时机。裁缝伯侄开玩笑的声音在每个房间里回荡，在她心头萦绕不去，伴着她擦洗厨房、用长柄扫帚清扫天花板、擦窗户和通风扇、洗刷全屋的地板。

在马内克的房间里，她在橱柜里发现了他朋友的那套象棋。她猜他是想等开学再还回去。

接下来，她清空了自己的橱柜，只留下最底下那层的东西。她把柜子里面擦净，把再会公司的碎布叠放好，将自己的衣服重新分了类。不再穿的衣服单独放在一旁，准备送给小翁的妻子。当然了，这要看她的身材，还要看她究竟是个怎样的人。

然后迪娜开始处理橱柜的最底层，里面塞满了一年来做缝纫活剩下的零碎布头——最细碎的那种，除了当作自制卫生巾的填料没别的用途。她把胳膊伸进去掏，堆积如山的碎布滚落出来，不禁把她逗笑了：就算再来五十年的月经她也用不完这么多的填充棉。她装了一大袋碎布，打算把剩下的扔掉。

这时她又想到了小翁的妻子。她年轻体壮，肯定要用不少卫生巾。于是她想，还是先留着吧，便开心地把剩下的碎布塞回架子上。

一番大扫除帮她消磨了不少天。然后她的思绪转向了门廊，过不了多久，那里就会是新婚夫妇和他们大伯的家了。裁缝们只有一套铺盖，她觉得肯定不够用，便开始用再会公司的边角料制作新的床单和被单。

伊什瓦的缝纫机踏板对她来说有些难操作。她做缝纫活的那些年里从没用过这种缝纫机。于是她换用希琳阿姨那台手摇式的小缝纫机，做得乐在其中。每轧出一趟针脚她都会自言自语：真幸运啊，我们要多少布料就有多少布料。

伊什瓦、小翁和他妻子同住门廊的情景让她有些不自在。她想，要是在我的新婚之夜，达拉布姨夫和希琳阿姨跟我和鲁斯图姆睡在一个房间里，那成什么样子。

她想到的唯一解决办法就是在门廊中间挂一道布帘。她量了尺寸，然后选取边角料中最厚实的布料缝在一起。哪怕只是一堵象征性的墙，也总比什么都没有强。

她希望伊什瓦和小翁会喜欢自己做的这一切。她已经尽力了。只要新媳妇肯做出一半的努力，她们肯定就能够和睦相处。

两根钉子加一根绳子，一堵象征性的隔墙就立了起来。迪娜退后几步，仔细查看布帘两侧，心想，穷人的生活中总是充满了象征。

第十五章

计划生育

裁缝伯侄刚把行李箱从车厢里拖到站台上,一个长着络腮胡子、身形憔悴的人就向他们奔了过来。"总算来了,"那人欣喜地拍着手说,"你们总算来了。"

"阿什拉夫叔叔!我们本想去铺子里给您一个惊喜呢!"他们把行李拖到一旁,握手、拥抱、开怀大笑,没别的原因,仅仅出于重逢的喜悦。

伊什瓦和小翁是唯一在这站下车的乘客。两名在水龙头旁边休息的挑夫蹲着没动,他们本能地感觉到这些人不需要自己的服务。睡意蒙眬的小车站在火车头有节奏的鼓动声中渐渐醒来。小贩们将火车团团围住,出售水果、冷饮、茶水、小吃、冰沙、太阳镜和杂志,空中充满了他们的叫卖声。

"走,"阿什拉夫说,"咱们回家吧,你们肯定累坏了。咱们先吃饭,然后你们可以慢慢给我讲城里的新鲜事。"

一个女人挎着一小篮无花果在他们身边吆喝:"无花果!"尖利的喊声中起初带着哀求的意味,随着他们从她身边走过,那声音里渐渐带了指责的意味。她不再继续向他们吆喝,而是开始向车上的乘客兜售。乘客们被框在车窗里,像移动画廊里的肖像画。那女人贴着车厢慢跑,篮子抵在胯骨上,像婴儿似的上下颠簸。守卫吹响哨子示警,把一条在铁道旁打盹的奶油色杂种狗吓了一跳。它懒洋洋地挠挠耳后,面孔皱成一团,像男人刮胡子时的表情。

"叔公，您真是个天才，"小翁说，"我们在信上没告诉您到达的日期，您却还是接到了火车。您怎么知道我们会今天来呢？"

"我不知道，"阿什拉夫笑着说，"但我知道是在这个星期。而火车每天都是这个时间进站。"

"这么说您每天都在这里等车？那裁缝铺怎么办呢？"

"生意不忙。"阿什拉夫伸手帮他们拎行李。他的手上青筋暴露，手不由自主地颤抖。哨声再次响起，火车隆隆驶过。小贩们纷纷散去。火车站渐渐从睡意蒙眬重归荒凉，犹如一座人去楼空的房子。

但这种空虚感是短暂的。渐渐地，十几个身影从阴暗的小屋和仓库里显现出来。这些人身上裹着破布，弯下脆弱的腰身爬下站台边缘，来到铁轨上，有条不紊地沿着一条条枕木向前走，搜寻火车沿途留下的杂物，不时弯腰捡起旅客扔掉的废物。每当两个人的手碰巧捡起同一件宝物，他们定会争夺一番。火车靠站时厕所停靠的位置下方的枕木和碎石湿漉漉的，散发着臭气，苍蝇嗡嗡地在附近飞舞。衣衫褴褛的拾荒大军捡起离去的列车抛下的废纸、残羹剩饭、塑料袋、瓶盖、碎玻璃，但凡值点钱的东西都被他们装进了麻袋，然后这些人重新隐没在车站的暗处，一边分拣捡到的东西一边等待下一班列车进站。

"看来你们在城里过得不错，是不是？"他们穿过道口来到铁路的另一侧，阿什拉夫说道，"你们俩看起来都很有精神。"

"叔叔，您的眼神把我们看得太好了。"伊什瓦说。阿什拉夫颤抖的手让他很难过。裁缝们不在的日子里，阿什拉夫的年纪占了上风，压弯了他的肩膀。"我们没什么可抱怨的。倒是您，过得怎么样呢？"

"以我现在的年纪来说，过得好极了。"阿什拉夫挺直腰板拍了拍胸脯，但驼背几乎立刻又回来了，"你呢，小翁？你当时那么不愿意去城里。瞧瞧你现在的模样，脸上容光焕发，多么健康啊。"

"那是因为我肚子里的寄生虫把地方腾出来了。"他饶有兴致地解释了驱虫药击败寄生虫的过程。

"你一年半没见到叔公了,见了面却只给他讲你的肠虫?"

"这有什么?"阿什拉夫说,"健康才是头等大事。看看,在这里,你们永远也别想买到这么有效的驱虫药。这又是个让人为你们进城而高兴的原因,不是吗?"

走到寄宿公寓附近,伊什瓦和小翁放慢了脚步,阿什拉夫却拉着他们往裁缝铺的方向走。"浪费钱去睡净是臭虫的床干什么?来跟我一起住。"

"这太麻烦您了。"

"一定要来——你们还要用我的房子办婚礼呢。就当是帮我个忙。我这一年过得太孤独了。"

"蒙塔兹婶婶听见您这么说可要不高兴了,"小翁说,"她的陪伴难道不算数吗?"

阿什拉夫的笑容蒙上了一丝困惑。"你们没收到信吗?我家蒙塔兹去世了,就在你们离开大约六个月之后。"

"什么?"裁缝伯侄顿时停下脚步,行李从手中坠落,行李箱重重地落在了地上。

"小心!"阿什拉夫弯腰去扶,"可是我给你们写信了啊,寄给纳瓦兹,让他转交的。"

"他没给我们。"小翁气愤地说。

"也许是信来得迟了——我们搬去棚户区之后才寄到的。"

"那他也可以给我们送来啊。"

"没错,可谁知道他究竟收没收到信呢。"

他们不再猜测,轮流拥抱了阿什拉夫。每人在他的面颊亲吻了三下,既是为了安慰他,也是为了安慰自己。

"你们一直没回信,我还挺担心的,"他说,"我猜你们肯定非常忙,忙着找工作。"

"无论多忙,要是我们知道这件事,肯定会回信的,"伊什瓦说,"我们肯定会回来看您的。这太糟糕了——我们本该回来参加她的葬礼的,她对我就像母亲一样,我们根本就不应该走……"

"你这就是在说傻话了。谁也不能预见未来。"

他们继续往前走,阿什拉夫向他们讲述了蒙塔兹婶婶从生病到病逝的经过。随着他讲述丧妻之痛,他们渐渐明白了他为什么每天都来车站迎接他们的火车:他是在用这种方式与时间这个摧残人的家伙较劲呢。

"说来也怪。我家蒙塔兹在世的时候,我整天一个人坐着,有时缝衣服,有时读书。她就在后屋忙活自己的事,做饭、打扫、祷告。可我们并不觉得孤独,日子过得很轻松。我只要知道有她在就够了。而现在,我真想她啊。时间这东西实在不可靠——我希望它飞逝的时候,它却像胶水一样黏着我,真善变啊。有时候,时间像条线,把我们的生活编织成一年年、一月月;有时它又像根橡皮筋,可以随心所欲地拉长。时间可以是小女孩绑头发用的漂亮发带,也可以是你脸上的皱纹,偷走你青春的容光和头发,"他叹了口气,苦笑一声,"可是到头来,时间就是套在人脖颈上的绳索,慢慢地勒紧。"

伊什瓦的内心五味杂陈——内疚、悲伤以及横亘在他自己未来人生道路上的老年时光涌上心头。他真希望自己能安慰阿什拉夫叔叔,说他们再也不会留下他孤身一人了,但他只是说:"我们想去蒙塔兹婶婶坟前祭拜一下。"

这个请求让阿什拉夫很高兴。"下个星期就是她的忌日。我们可以一起去。不过你们大老远赶回来是为了办喜事的。我们还是先谈喜事吧。"

他决意不让这个悲伤的消息扫大家的兴致。他解释说,三天后就要与四个备选的家庭会面。"起初,他们当中有些人不太放心——我一个穆斯林,却为你们牵线——你懂的。"

"他们怎么能这样?"伊什瓦愤愤不平地说,"他们不知道我们是一家人吗?"

"刚开始不知道。"阿什拉夫说。不过旁人了解他们多年来的交情,

第十五章 计划生育

向那几家人解释说不必为此担心。"于是就这么定下来了。你肯定着急了吧,"他半开玩笑地戳戳小翁的肚皮,"你还要再耐心等几天。真主在上,一切都会很顺利的。"

"我不担心,"小翁说,"跟我讲讲这里的新鲜事吧。镇上有什么变化?"

"没什么,只是新开了个计划生育中心。我猜你对这个不感兴趣,"阿什拉夫呵呵笑着说,"至于别的,有好有坏,还是老样子。"

小翁远远望见了他们那条街,接着看见了穆扎法尔裁缝铺的招牌,心里一阵激动,不由得加快了脚步。他走在前面,向五金店老板、杂货铺老板、磨坊主、煤油店老板一一打招呼,他们也都从门口探身出来,七嘴八舌地向他道喜。

"你们饿了就告诉我,"阿什拉夫说,"我做了些扁豆汤和米饭,还有你们最爱吃的腌芒果。"

小翁舔舔嘴唇。"回来真好啊。"

"你们能回来我也很开心。"

"是啊,"伊什瓦说,"您知道吗,叔叔,迪娜女士很善良,我们跟她相处得非常融洽,但这里还是不一样。这里是我们的家,我在这里感觉更放松。在城里,我每次出门都有些害怕。"

"什么呀,老兄,你就是被那些麻烦吓怕了。别想那些事了,都是好久以前的事了。"

"什么麻烦?"

"没什么,"伊什瓦说,"我们以后再给您讲。来吧,我们先吃饭,不然扁豆汤要变干了。"

他们坐在裁缝铺里一直聊到深夜,伊什瓦和小翁故意把他们遇到的磨难讲得轻描淡写。他们这样做是出于本能,他们不想让阿什拉夫叔叔太痛苦,因为他每听他们讲述一件事,总会感同身受地跟着龇牙咧嘴。

午夜时分，小翁困得开始频频点头，阿什拉夫建议大家上床睡觉。"我这个老头子可以坐一个通宵听你们说话，我不用睡多少觉。但是你们两个必须得休息了。"

伊什瓦搬开椅子，腾出地方准备打地铺。阿什拉夫却拦住了他。"睡在这儿干什么？楼上只有我自己。上来吧，"他们爬上台阶来到楼上的房间，"过去这里的生活多热闹啊。有蒙塔兹，有我的四个女儿，还有两名学徒。那时候我们多开心啊，不是吗？"

他从散发着樟脑味的箱子里取出床单和毯子。"女儿们出嫁以后，我家蒙塔兹就把这些东西都收起来了。她真细心啊——每年她都会把这些东西拿出来晾晒，再换上新的樟脑丸。"

小翁的脑袋刚沾枕头他就睡着了。"我看到他，就想起了你和纳拉扬，"阿什拉夫低声说，"你们小时候第一次到这里来，还记得吗？吃完晚饭你们就下楼到铺子里，铺开床垫。你们睡得那样安详，仿佛这里就是你们的家。对我来说，这是你们最高的赞扬。"

"您和蒙塔兹婶婶把我们照顾得那么好，这里确实像是我们的家。"他们又回忆了一阵往昔，然后关了灯。

阿什拉夫想送给伊什瓦和小翁几件新衬衫。"我们今天下午就去。"他说。

"喂喂，叔叔，我们不能跟您要那么多东西。"

"你是想拒绝我的礼物，惹我不高兴吗？"他抗议道，"小翁的婚事对我来说也是件大事。你就由着我吧。"这些衣服是他们去那四户人家选新娘时要穿的。婚礼的服装要等到以后跟选定的女孩家一同商定。

伊什瓦同意了，不过他提了个条件——他和小翁要帮阿什拉夫做衣服，绝不能让叔叔一个人在缝纫机旁边忙活。

"谁也不用做，"阿什拉夫说，"巴扎集市上有家新开的成衣店，就是它把我们的顾客都抢走了。你们怎么能忘记呢？你们之所以要离开，正

第十五章　计划生育

是因为那家店啊。"

他告诉他们,忠实的主顾如何一个接一个抛弃了穆扎法尔裁缝铺,连他父亲经营时常常光顾的老主顾也不例外。"两代人积累下来的忠实客户就像大风里的一缕烟,烟消云散了,都是因为成衣店的价格更低。金钱的魔力太大了。幸亏你们走了,留在这里是不会有前途的。"

没过多久,小翁提起了他们逃往城里的另一个心照不宣的原因。"达拉姆西塔库尔呢?您还没提过他。那个恶棍还活着吗?"

"这一区任命他总管计划生育。"

"他怎么管?把婴儿杀掉来控制人口吗?"

大伯和阿什拉夫叔公彼此交换了一个不安的眼神。

"我认为我们的人应该团结起来,杀了那条老狗。"

"翁普拉卡什,别说胡话。"伊什瓦警告他。侄子过去那种阴郁暴躁的情绪有回来的迹象,这让他十分担心。

阿什拉夫握住小翁的手。"我的孩子,那个魔鬼的势力太强了。自从颁布紧急状态法案,他的势力就从他自己的村子一路蔓延到了这里。现在他是国会里的要人,人们都说下次选举他很可能被选为部长——前提是政府决定组织选举。如今他注重形象,不想沾染上打手那些事。他想要威胁别人时不会派自己的手下出面,而是告诉警察。警察会找到那个可怜的家伙,把他胖揍一顿再放走。"

"我们浪费时间说那个人干什么,"伊什瓦恼火地说,"我们回来是为了办喜事,跟那个家伙没关系,像达拉姆西塔库尔那样的人,自有神明会收拾他。"

"说得完全正确,"阿什拉夫说,"走,我们买衣服去。"他挂出一块牌子,说裁缝铺六点再开门,"其实根本无所谓,反正没人来。"他费劲地拉扯门上的折叠铁栅栏,小翁上前去帮他。栅栏卡在轨道里了,必须先退回去,摇晃松动再轻轻往前拉。

"该上油了,"他气喘吁吁地说,"跟我这把老骨头一样。"

他们走土路去巴扎集市，踏着坚硬、干燥的地面走过谷仓和劳工住的小屋。凉鞋踩在地上发出轻柔的咯吱声，扬起小团的尘土。

"城里下雨多吗？"

"太多了，"伊什瓦说，"街上经常发大水。这里怎么样？"

"雨太少了。魔鬼在我们头顶撑了把大伞。但愿他今年能把伞收起来。"

通往成衣店的那条路要经过计划生育中心，小翁放慢脚步向里面张望。"您说达拉姆西塔库尔在这里管事？"

"没错，而且他从中赚了好多钱。"

"怎么赚的？我以为政府会向人们付钱，让他们做手术。"

"那个无赖把现金全装进了自己的腰包。村里人拿他没办法。谁要是抱怨，只会给自己引来更多的麻烦。塔库尔手下的人出去搜寻志愿者时，那些可怜的家伙只好忍气吞声地把妻子送去，或者自己去做手术。"

"老天啊。这样的恶魔居然能升官发财，世界一定是处在暗无天日的争斗时。"

"亏你还说我是在说胡话，"小翁轻蔑地说，"要想结束争斗，最合理的办法就是杀了那头猪。"

"冷静点儿，我的孩子，"阿什拉夫说，"恶有恶报。他在这一世造下罪孽，下一世必定要受惩罚的。"

小翁翻了个白眼。"是，没错。不过您跟我说说，他从那个中心能赚多少钱？手术的奖金并不多啊。"

"啊，奖金不是他唯一的收入来源。病人们被带到诊所之后，他会把他们拍卖掉。"

"什么意思？"

"你知道的，政府雇员每人都要完成两三台结扎手术的指标。如果不能完成指标，当月的工资就会被政府扣掉。于是塔库尔就邀请所有学校老师、规划发展部门的办事员、收税员、食品检查员到诊所去。参加拍卖的人可以为村民出价。谁出价最高，这台手术就可以登记在他名下。"

伊什瓦绝望地摇摇头。"走吧，我们走，"他说着用双手捂住耳朵，"够了，我不想再听到这些事了。"

"不怪你，"阿什拉夫说，"听着这些发生在我们生活中的事情，就像是在喝毒药——毒害了我内心的平静。我每天早晨都在祈祷笼罩在我们祖国上空的邪恶乌云能够散去，让正义指引这些迷失心智的人。"

他们正要离开的时候，有人从计划生育中心里出来，到了门口。"请进，"他说，"不用排队，有医生值班，我们马上就可以做手术。"

"别想碰我的命根子。"小翁说。

那人开始懒洋洋地解释，这是人们对输精管结扎手术的常见误解，手术并不涉及命根子，医生甚至连碰都不会碰那里。

"没事的，"阿什拉夫笑笑，"我们知道。这孩子是在跟您开玩笑呢。"他和气地挥挥手，他们继续走了。

成衣店门外用铁丝晾衣架挂着成套的衬衫和长裤，在风中拍打鼓动。衣服从雨棚上悬挂下来，像没有脑袋的稻草人。主要的存货都装在货架上的纸盒里。售货员为他们估量了尺寸，给他们看了几件衬衫。小翁做了个鬼脸。

"你不喜欢？"

小翁摇摇头。那人把纸盒推到旁边，又拿出另一批衣服，急切地等待顾客的反应。

"这件挺好看的。"为了照顾那个人的情绪，伊什瓦说道。他拿起一件短袖格子衬衫仔细查看。"跟马内克那件一样。"

"这倒是，可是你看扣子缝得多糟糕啊，"小翁反驳道，"水一洗就会掉的。"

"要是你喜欢这件，就先买下来，"阿什拉夫说，"我帮你把扣子缝结实些。"

"再给你们看看别的，"售货员说，"这盒是我们的独家花纹，质量一流,是自由服装公司生产的,"他取出六件衬衫摊放在柜台上,"最近条纹图案正流行。"

小翁拿起一件浅蓝底色带深蓝色条纹的衬衫,从透明塑料包装袋里取出来。"瞧瞧这个,"他把衬衫抖落开,嫌弃地说,"衣兜是歪的,条纹也对不上。"

"您说得没错,"售货员也承认,他取出更多的纸盒,"我只负责卖衣服,不会做衣服。有什么办法呢,现在没人珍惜好手艺。"

"确实是这样,"伊什瓦说,"在哪儿都一样。"

他们感慨着世道不复从前,挑选衣服也变得不容易起来。售货员把他们选中的衣服按照原本的折痕叠好,装回透明包装袋里。玻璃纸哗啦作响,显得很华贵,营造出高档服装的假象。售货员用绳子和牛皮纸把衣服裹起来,又咬断一截绳子来捆包裹。"欢迎下次光临,很乐意为你们服务。"

"谢谢。"阿什拉夫说。

他们站在街上,商量接下来该干什么。"我们可以去巴扎集市上逛逛,"小翁说,"看能不能碰到熟人。"

"我有个更好的主意,"阿什拉夫说,"明天是赶集的日子,我们明天早上过来。村里人肯定都在,你们能遇见许多老熟人。"

"这个主意好,"伊什瓦表示赞同,"回家前我请大家吃槟榔角吧。"

"可别告诉我你们也养成了嚼槟榔角的习惯。"阿什拉夫不赞许地说。

"没有没有,只是为了纪念今天这个特别的日子,我们已经好久没见到您了。"

他们嘴里胀鼓鼓的,嚼着槟榔、石灰和烟草的混合物往穆扎法尔裁缝铺走,路上再次经过计划生育中心。阿什拉夫把槟榔渣吐在路旁的水沟里,指了指停在路边的汽车。"那是达拉姆西塔库尔的新车。他肯定在里面清点受害者的人数呢。"

伊什瓦立刻拽着他们往马路对面走。

第十五章 计划生育

"你跑什么?"小翁说,"我们才不怕那条老狗呢。"

"还是别惹麻烦的好。"

"我同意,"阿什拉夫说,"能躲就躲,何必跟魔鬼打照面呢?"

就在这时,达拉姆西塔库尔从屋里出来了,小翁虎虎生风地大步走过去,像是要跟他正面冲突。伊什瓦使劲想把他拉回阿什拉夫叔叔身边。小翁的凉鞋皮底踩在人行道上脚下一滑,这让他觉得很难堪。在伯侄俩的拔河赛中大伯占了上风,而当着塔库尔的面,小翁的不忿渐渐被屈辱感取代。

小翁朝他吐了口唾沫。

那道红色的弧线短了几英尺,黏糊糊的槟榔汁落在两人之间的地面上,渗进了土地。塔库尔停下脚步。身边的两个随从等待着他的指示。周围的人迅速退散,不敢亲眼目睹接下来发生的事。

塔库尔用极轻的声音说:"我知道你是谁。"他上了车,摔上车门绝尘而去。

回家的路上伊什瓦又气又急,慌慌张张的。"你疯了!彻底疯了!你要是想死怎么不直接去喝老鼠药?你到底是来办婚礼还是办葬礼的?"

"办我的婚礼,塔库尔的葬礼。"

"少给我油嘴滑舌!我真该好好抽你个大嘴巴!"

"要不是你拉着我,我本可以吐到他身上的——不偏不倚吐在他脸上。"

伊什瓦抬手要打他,却被阿什拉夫拦住了。"事情已经发生了。我们从今往后只能躲着那个恶魔了。"

"我才不怕他呢。"小翁说。

"我知道你不怕。只是我们不该惹麻烦,扰乱婚礼的准备,仅此而已。我们的喜事不该被那个恶魔蒙上阴影。"

阿什拉夫不停地说好话,仿佛那是药膏,能涂在伊什瓦的痛处。可是过去的恐怖经历仍然不时涌上伊什瓦心头,惹得他连珠炮似的数落侄子的愚蠢行为。"光会摆英雄架子,却没有英雄的脑子。我错就错在不该给你买槟榔角。迪娜女士说你是个坏脾气的猫头鹰,一点儿没错。你不是挺会说笑的吗,这是怎么了?离开了马内克你就不会笑、不会好好生活了?"

"既然你觉得他这么好,那你应该带他回来。我留下。"

"你净胡说八道。我们回来只待几天,很快就要回去工作,你连这短短的几天都不能好好表现吗?"

"你在城里也是这么说的——我们只是在那里暂住,很快就会回老家的。"

"怎么着?城里的钱比我们预想的更难赚,这难道是我的错吗?"

说到这里,他们止住了话头。再吵下去,只会让阿什拉夫得知他们讲述经历时隐去的那些悲惨的细节。

赶集的日子比往常更加热闹,因为计划生育中心在广场上架起了棚子,宣传结扎手术,扬声器的音量开到最大,路上挂着横幅,规劝大家去结扎。棚子周围满是露天游乐场常见的装饰品——气球、鲜花、肥皂泡、小彩灯、零食——意在吸引镇上的居民和来赶集的村民。电影插曲时常被宣讲声打断,说国家需要计划生育,说谁愿意做结扎谁就能享受财富和快乐,说无论男女,结扎后都能拿到丰厚的奖金。

"他们在哪里做手术呢?"小翁纳闷儿,"就在这儿吗?"

"怎么?难不成你想去看看?"伊什瓦说。

阿什拉夫说计划生育中心通常在镇子外面搭起帐篷。"他们做手术就像工厂里的流水线。这里切一刀,那里剪一下,缝几针——商品就准备就绪可以发货了。"

"听起来跟裁缝生意差不多啊,老兄。"

"说真的,我们裁缝对自己的工作更自豪。我们对待布料比这些野兽对待活人更体谅。他们真是我们国家的耻辱。"

第十五章　计划生育

离计划生育宣传棚不远的地方，有个男人在出售治疗阳痿和不孕不育的药水。"那个冒牌郎中吸引的观众比政府工作人员还多呢。"伊什瓦说。

那人把黑头发梳得油光锃亮，肩上披着兽皮。他胸膛袒露，右上臂紧紧地扎着一根皮带，勒得血管凸起，展示出肢体中蕴含的力量。每当需要生动地描绘某些与生育有关的事物，他便会挥动自己那勒得肌肉鼓胀、血脉偾张的手臂。

他面前铺着一张垫子，上面摆着几只罐子，里面装有草药和树皮。为了跟乏味的普通药剂做区别，他在罐子之间点缀了一些死掉的蜥蜴和蛇，使布景充满狂野的男性雄风和爬行动物的神力。垫子一角摆着个骷髅头，一个熊头占据了垫子中央的位置，大眼睛闪着凶光，张开血盆大口。这个战利品在旅途中吃了些苦头，磕掉了两颗牙，由锥形的木头涂上白漆代替。这滑稽的假牙让熊凶狠的目光大打折扣，整体效果显得十分可笑。

壮阳药贩子用小棍指着一张表格，上面列举了症状与疗法，又指着一张电路图似的图表。说到一半，他撩起缠腰布的下摆向上提——露出小腿、膝盖，最后是肌肉发达的大腿，深棕色的皮肤在阳光下闪着光泽。作为一个长满胸毛的男人，他的腿光滑得令人生疑。接着，为了强调自己说的话，他还会在自己结实的大腿上拍打几下，发出几声脆响，仿佛一双完美的手发出的掌声。

他的推销采取的是有问有答的形式。"你是否有生儿育女方面的障碍？你的炮筒是否不愿雄起？它是否陷入沉睡忘了醒来？"他手里的小棍忧郁地垂了下去。"不用担心，有办法挽救！包它像立正的士兵一样站得笔直！一、二、三——砰！"他说着猛地一挥小棍。

观众当中有人窃笑起来，胆大的人放声大笑，少数人却脸色阴郁，挑剔地皱着眉头。

"它是否能够站立，却不够笔直？工具是否打弯？它是像马列党派那样偏左？像人民同盟那些法西斯那样偏右？还是像国大党那样心不在焉地摇摆不定？不用担心，可以叫它变直！它是否不肯变硬，即使揉搓按摩也不行？那就来试试我的药膏吧，包它变得像政府的心肠一样硬！我的药膏用野兽内脏炼制而成，有了它，保证你的烦恼全都消散得无影无踪！有了它，男人能变成火车头！就像紧急状态下的火车那样准时！保证你每天夜里被强劲的活塞运动推来移去！就连火车也想拥有你的能量！这种药膏每天涂一次，媳妇保证为你骄傲！每天涂两次，只怕她要跟街坊邻居分享才能招架得住你！"

最后这段话在年轻小伙子当中激起一片哄笑声。女人们用手捂着嘴掩住笑容，忍不住偷笑几声。眉头紧锁的道德监察员听见这话，嫌恶地走开了。

壮阳药贩子拿起龇牙咧嘴的骷髅头举到半空。"假如我现在把我的药膏涂在这家伙的头上，保证他会一跃而起！但我不敢这么做，我必须替在场的女士们考虑，保证她们的清誉！"观众由衷地鼓起掌来。

他用这种腔调继续推销了一阵，然后说到了女性问题。这时他摇身一变，成了为人们解决生育难题的修士。"你的生活中是否充满了悲伤，因为自己生的孩子不如邻居多？田里的农活永远做不完，是否需要多一双手帮你打水、拾柴？你是否担忧，没有儿子的你进入无助的老年，该让谁来为自己养老送终？不用担心！这种药水能让你源源不断地生出健壮的孩子！每天服用一勺，你就能为丈夫生下六个儿子！每天服用两勺，你的子宫就能产下一支军队！"

尽管小贩身边聚满了人，真正的顾客却寥寥无几。人们大多是为了看热闹。再说，光天化日之下买这种东西等于摆明了承认自己下半身不好使。交易会在晚些时候完成，等表演结束，看热闹的人陆续离开之后。

"你打算买点儿吗？"伊什瓦见小翁听得入神，便在他肋间胳肢他。

"我才不需要这些垃圾玩意儿呢。"

"当然不需要，"阿什拉夫说着，一只手臂环住小翁的肩膀，"真主在上，等时候到了，儿女自然会有的。"

他们继续漫步穿过巴扎集市，来到恰马尔的货摊前。"别说话，静静地站着，"小翁说，"看看他们过多长时间才能认出我们。"

他们装模作样地挑选凉鞋、水囊、钱包、腰带、磨剃刀用的皮带和挽具。浓郁的新鲜皮革味飘进他们脑海深处，唤醒了已经忘却的记忆。这时，同村的一个乡亲认出了他们。

一声惊喜的欢呼响起，接着此起彼伏。人们兴高采烈地欢迎他们回来。人群聚在他们身边七嘴八舌地交谈起来。每个人都急切地想告诉裁缝伯侄在他们离开的这段漫长的日子里发生了什么事。

伊什瓦和小翁从同村老乡口中得知，杜奇一生的好友、多年前耳朵里被人灌了铅的甘比尔最近去世了。尽管烫伤的伤口时常溃烂，但他最终的死因是血液中毒，一把生锈的镰刀划破了他的腿，最终要了他的命。几位老妇人，安巴、皮亚丽、帕德玛和莎维德丽都健在。她们是最怀念裁缝家族的人。至今她们最得意的经历仍然是跟鲁帕、杜奇还有另外几十个人一起乘着中巴车去看纳拉扬未来的妻子。

关照过逝者与老人之后，话题转向了现在。小翁即将去选新娘的消息已经在恰马尔社群之间传开了。两个人把小翁扛在肩上，抬着他像凯旋的英雄那样在集市上游行，仿佛婚礼已经办完了。每个人都连声道喜，拥抱小翁。这次就连他也说不出一句尖酸的话来反驳，大伯更是笑容满面地频频点头。

对于那些跟他父亲相识的人来说，这桩喜事具有特殊的含义。恰马尔出身的纳拉扬成为裁缝，与高种姓抗争，这样了不起的人的血脉得以延续，人们都很高兴。"我们都在祈祷他的儿子终有一天会回来，"人们说，"我们的祷告得到了回应。小翁必须继承他父亲的工作。还有孙子们也一样。"

在伊什瓦听来，同族乡亲们的向往实属考虑不周，过于莽撞冒险。

小翁昨天与达拉姆西塔库尔起冲突的鲁莽行为仍令他不寒而栗。他打断了人们的美好祝愿。"不可能回来的。我们在城里有很好的工作。在那里，翁普拉卡什的未来一片光明。"

恰马尔们又谈起伊什瓦和弟弟初次离开村子，去穆扎法尔裁缝铺做学徒的事。他们告诉小翁他父亲的裁缝手艺如何精湛，阿什拉夫这位自豪的老师则笑眯眯地频频点头，表示没错，他们说的都是真的。"简直像是魔法，"人们说，"脑满肠肥的地主丢掉的衣服被纳拉扬用缝纫机修改一番，穿在我们身上就像新的一样。他把我们的破布做成精美的衣服，哪怕给国王穿都足够了。再也见不到他那样的人了——那么慷慨，那么勇敢。"

伊什瓦担心他们回顾往昔会对侄子产生危险的影响，便再次扭转话题。"自从我们回来，阿什拉夫叔叔一直在对我们说过去的事情，"他说，"还是跟我们说说最近发生的新鲜事吧。"

于是伊什瓦和小翁得知最近有条小溪干涸了，河床里发现了一块球形的石头，能够治病。另一个村子里有个苦行僧在树下坐冥想，他离开后，树干上出现了深深的沟痕，拼成象头神的样子。在别的地方，拜天母的游行队列里有人陷入催眠般的状态，说一个比尔族女人是巫婆，为整个族群带来了厄运。那女人已经被活活打死，现在村里人正盼着过上好日子。不幸的是一年过去了，他们还在盼。

伊什瓦不等话题再次绕回往日，又说道："如果一切顺利的话，我们婚礼上见。"接着，他们在欢呼与笑声中离开了乡亲们。

他们信步走到集市上卖蔬菜的区域，伊什瓦选了豌豆、香菜、菠菜和洋葱。"今晚我来给大家做我的拿手好菜。"

"烤饼大师也得给我们露一手啊。"阿什拉夫说着又伸手搂住小翁。他总是情不自禁地想要触碰、拥抱这两个对他而言像儿孙一样亲近的人。而且，他也想尽量借此驱散自己对婚礼结束后离别之日的恐惧。

"回家前还有一件事要办。"伊什瓦说。他带头走向出售宗教用品的货摊，买了一串价格不菲的念珠。"这是我们送您的小礼物，"他对阿什拉夫说，"希望它能在往后的岁月里陪伴您。"

"真主在上，"阿什拉夫说着亲吻了那串琥珀念珠，"你们这份礼物选得真是太好了。"

"是我的主意，"小翁忙说，"我们发现您花在祈祷上的时间比以前多得多。"

"没错，意识到自己迈入老年、命不久矣，确实会对我们这些凡人产生这样的影响，"他叫住了正在叠报纸袋、打算把念珠装起来的摊主，"不必装起来了。"他说着把那串珍贵的礼物缠绕在指尖。

卖棉花糖的小贩在不远处叫卖："棉花糖！棉花糖！"

"我要一个。"小翁说。

"喂，多来点儿，来两个！"那人敲响黄铜小铃铛说道。

伊什瓦竖起一根指头，卖棉花糖的小贩打开了机器。

他们望着机器旋转、嗡鸣，中间喷出一缕缕粉红色的糖絮。那人用一根小棍在转盘中搅动，收集飘在空中的甜蜜糖絮。棉花糖球变成人头大小的时候，他关闭了机器。

"你知道这是什么原理吗？"阿什拉夫说，"机器里坐着一只大蜘蛛，只吃糖和粉红色的颜料。卖糖的人一声令下，蜘蛛就开始结网。"

"这我当然知道，"小翁说着伸手一挑阿什拉夫的下巴，摸摸他纤细的白胡子，"您的胡子也是这样做出来的吗？"

此时日近正午，空空的卡车轰隆隆驶过主路，停在赶集的广场周围。谁也没有留意。每个星期的赶集日，路上总是交通繁忙。

"尝尝吗？"小翁递上棉花糖棒。

伊什瓦拒绝了。阿什拉夫则决定尝尝，拿着棉花糖灵巧地避开胡子。但还是有几缕糖丝粘在了胡子上，粉白相间，逗得小翁哈哈大笑。小翁把阿什拉夫拉到一家卖纱丽的商店橱窗前，叫他看自己的棉花糖胡子。"看上去很英俊呢，叔公。您应该创立一种新的时尚潮流。"

"这下你知道棉花糖为什么被叫作'爷爷的胡子'[1]了。"阿什拉夫一边把糖丝从胡子上摘下来一边说道。

伊什瓦心满意足地看着他们,幸福地微笑着。他心想,尽管有诸多不顺意,但生活终究是美好的。小翁有幸与阿什拉夫叔公、迪娜女士和马内克这样的人结下情谊,他还有什么可抱怨的呢?

广场周围的卡车越来越多,堵塞了通往巴扎集市的小路。这些是收垃圾的卡车,车顶拱起,车尾有个开口。

"怎么来得这么早?"阿什拉夫有些纳闷儿,"集市还有好几个小时才收摊,要到晚上才开始清理场地呢。"

"也许卡车司机也想买东西吧。"

突然间,警笛声震耳欲聋,警车冲进了集市。人群连忙避让。警车停在集市中心,一大群警察从车上一拥而下,分散到广场的各个角落。

"巴扎集市上要有警察守卫?"伊什瓦说。

"肯定是出事了。"阿什拉夫说。

赶集的人困惑地望着眼前的一切。接着警察冲进人群开始抓人。被抓的人大感不解,奋力抵抗,高声叫嚷、质问:"先告诉我们!告诉我们犯了什么错!你们怎么能这样随便抓人呢?我们有权到这里来,今天是赶集的日子!"

作为回答,警察不为所动地在人群中穿行。遇到不从的人就挥起警棍。集市顿时充满了恐慌的气氛,面对警察,人们推搡、哀求、挣扎,试图冲出警戒线。然而广场的包围圈非常见效。冲到边缘的人被痛打一顿,落进早已等候多时的警察手里。

货摊和售货亭轰然倒塌,货篮翻倒在地,货箱被砸得稀烂。不出几秒钟,广场上遍地都是西红柿、洋葱、瓦罐、面粉、菠菜、香菜、辣椒——橙一块、白一块、绿一块;它们原本码放整齐,此时都散落在混

---

1. 原文中棉花糖(Aga-ni-dadhi)的字面意思是"爷爷的胡子"。

乱之中。壮阳药贩子的熊头被人踩在脚下,又丢了好几颗牙齿,死掉的蜥蜴和蛇又死了一次。计划生育宣传棚的音乐声依旧震耳欲聋,盖过了人们的尖叫声。

"到这边来,快,"阿什拉夫说,"我们可以在这里躲一躲。"他带头跑到一家布料店门口,店主过去经常为穆扎法尔裁缝铺介绍顾客。店门关着,他按响门铃。没人应答。"管不了那么多了,我们先在这里等着,等事情平息后再说。警察肯定是在人群里抓罪犯呢。"

然而警察抓人完全是随机的。老头子、小伙子、带孩子的家庭主妇全被拽上了卡车。少数几个人设法逃了出来,而大多数人都像被困在鸡圈里的鸡,除了等待执法人员把自己带走,再没别的办法。

"快看,"阿什拉夫急切地说,"那个角落只有一名警察把守。你们快点儿跑,一定能冲出去。"

"那您呢?"

"我在这里不会有事的,一会儿我到铺子跟你们集合。"

"我们没犯错,"伊什瓦说着,不肯抛下他,"不该像贼一样逃命。"

他们躲在门口看着警察继续抓人,人们在散落满地的水果、粮食和碎玻璃之间慌不择路地狂奔。有人摔倒在地,脸被碎玻璃划破了。追赶他的警察顿时没了兴致,转而去追新的猎物了。

"老天啊!"伊什瓦说,"瞧瞧,那么多血!现在他们倒不管他了!这究竟是怎么了?"

"如果说这是达拉姆西那个魔鬼在背后指使的,我一点儿都不会惊讶,"阿什拉夫说,"那些收垃圾的卡车都归他所有。"

卡车上逐渐装满了人,广场上的人越来越少。警察抓人也越来越费劲。不一会儿,六名警察盯上了三名裁缝。"你们三个!上车!"

"可是警察老爷,这到底是为什么啊?"

"叫你上车你就上,少废话。"一个警察举起手里的警棍说道。

阿什拉夫连忙抬手护住脸。警察抓住他缠在手上的念珠用力一扯,绳子断了。珠子落在人行道上，懒洋洋地滚来滚去。

"哎哟！"两名警察踩在琥珀小念珠上滑倒了。先前那名警察见同事摔倒，气急败坏地抡起警棍抽打起来。

阿什拉夫连声呻吟，缓缓地瑟缩在地上。

"别伤害他，求您了，这是个误会！"伊什瓦哀求道。他和小翁跪下来护着阿什拉夫的头。

"起来，"警察说，"他没事，都是装的。我只轻轻打了他一下。"

"可他的头都流血了。"

"一点儿血而已。起来，上车。"

裁缝伯侄没理会警察的命令，继续照顾阿什拉夫叔叔。警察踢了他们每人一脚。他们惨叫一声捂住肋骨。警察收回脚打算再踢，他们这才起身。警察推搡着他们向卡车走去。

"阿什拉夫叔叔怎么办？"伊什瓦尖声质问，"你们就这样把他留在人行道上？"

"少对我喊大叫，我可不是你的仆人！再废话，小心我朝你脸上来一棍！"

"对不起，警察大人，请您原谅我吧！只是叔叔他受伤了，我想帮帮他！"

警察回头看了一眼受伤的老头。血从他稀疏的白头发下面渗出，缓缓滴落在人行道上。但是警察事先得到过命令，不要把昏迷不醒的人装上车。"其他人自会照顾他的，不用你操心。"他说着，推搡着两名裁缝上了卡车。

人行道上，一条狗嗅了嗅小翁丢下的棉花糖。糖絮粘在它鼻子上。那狗伸出爪子拨弄、撕咬着粉红色的络腮胡，卡车上的一个孩子坐在母亲膝头看着那条狗滑稽的举动哈哈大笑。垃圾车全部装满人之后警察才停止抓人，广场上余下的人突然发现自己可以自由地离开了。

第十五章 计划生育

结扎手术的营地离镇子不远。镇郊的田野里支起十二顶帐篷，收获的季节刚刚过去，作物的根茬还残留在田里。迎接垃圾车的横幅、气球和歌曲跟集市上的宣传棚如出一辙。汽车开到帐篷背后的空地上，在一辆救护车和一台柴油发电机旁停了下来，乘客们惊恐的哭号声变得越来越响亮。

其中两顶帐篷比其他帐篷更大、更稳固，响亮的音乐声没能完全掩盖发电机有节奏的震响，延伸出的电线通往那两顶帐篷。红色的圆柱形煤气罐摆放在帆布帐篷外面。帐篷里面摆着几张蒙着塑料布的办公桌，当作手术台。

负责管理手术营地的医务官员来到垃圾车周围，皱起了鼻子。车上还残留着平常运送的货物的气味。他跟警察说了几句话。"等十分钟，到那时我们的茶歇就结束了。每次送四名患者过来——两男两女。"他不希望帐篷里人太多，以免在场的医生控制不住局面或者引起大范围的恐慌。

"倒是没人招待我们喝茶，"警察彼此低声嘟哝道，"还有这些愚蠢的音乐，翻来覆去都是同样的歌曲。"

半小时后他们得到了放行的命令。从离得最近的卡车上选出四个人，他们高声尖叫，被拉进了那两顶大帐篷，强行按在办公桌上。"别挣扎，"医生说，"要是手术刀一滑，受伤的只有你自己。"这句警告吓得人们乖乖照办。

警察一丝不苟地盯着那两顶帐篷，尽量按照指令将人持续而稳定地送进帐篷。可是有些警察不识字，时常搞错。把女人送进结扎输精管的帐篷。这样的错误也算情有可原：除了手写的指示牌，两顶帐篷长得一模一样，身穿白大褂的医务人员看起来也都差不多。

"男左女右。"医生一遍遍地重复。他们越来越不耐烦，不禁怀疑警察是故意搞错的——也许警察是在开低级的玩笑。最后，一名医务助理将指示牌做了改进。他用一支黑色记号笔在指示牌上画出公共厕所常见的那种示意图。男人裹着头巾,女人身穿纱丽、梳着长辫子,清清楚楚,这下警察们工作时的准确度明显有所提高。

随着结扎手术逐步推进,一个上了年纪的女人试图跟医生讲道理。"我岁数大了,"她说,"我的肚子已经结不出果实,没有卵子了。你们何必浪费精力给我做手术呢?"

医生走到当地的负责官员身边,他负责为当天的手术做记录。"这个女人已经过了生育年龄,"医生说,"你应该把她从名单上划掉。"

"这是你通过医学手段得到的结论吗?"

"当然不是,"医生说,"这里没有用于临床验证的设备。"

"既然这样,你只管做就是了。这些人经常谎报年龄。再说看外表也不准。就凭这些人的生活方式,被太阳晒得干巴巴的,三十岁看上去就像六十岁。"

开始手术后两个小时,一名护士急急忙忙地找到警察传话。"请你们放慢送女患者进来做手术的速度,"她说,"输卵管结扎帐篷里出了技术故障。"

一个中年男人抓住机会向那名护士求情。"求求你了,"他抽泣着说,"给我做手术吧,我不介意——我已经有三个孩子了。但我儿子才十六岁!他还没成家!放过他吧!"

"我说了不算,你得跟医生说才行,"护士说完便急匆匆地赶回去处理技术故障了。高压灭菌器出了故障,她得去烧水给手术器械消毒。

"你看,我说得没错吧?"伊什瓦把小翁揽进自己瑟瑟发抖的怀抱,低声说,"医生会放你走的,这可是护士说的。我们必须去跟医生谈谈,说你还没有孩子。"

裁缝伯侄所在的卡车里有个女人在给孩子喂奶,全然不为身边的苦难所动。她柔声哼着歌,身体随之摆动,哄孩子睡觉。"等轮到我的时候,你能帮我抱一会儿孩子吗?"她问伊什瓦。

"好的。别担心,妹子。"

第十五章 计划生育

"我不担心。我正盼着结扎呢。我已经生了五个孩子,丈夫还不让我停下来。这样一来他也没办法——是政府叫停的,"她又唱起歌谣来,"呐、呐、呐、呐、纳拉扬,我的小纳拉扬睡觉觉……"

不久,警察叫她上前,她移开胸前的孩子。肿胀的乳头离开孩子的小嘴,轻轻发出"啵"的一声。小翁望着她把乳房收回上衣里。伊什瓦热情地伸出双臂接过孩子。母亲爬下卡车时,孩子哭了起来。

伊什瓦向她点点头,示意她放心,然后温柔地把孩子抱在膝头轻轻摇晃。小翁做鬼脸转移孩子的注意力。接着,伊什瓦学着那母亲的声调唱起了歌谣:"呐、呐、呐、呐、纳拉扬,我的小纳拉扬睡觉觉……"

婴儿停止了哭闹。伯侄俩交换了一个得意的眼神。几分钟后,泪水从伊什瓦面颊滚落。小翁背过脸去。伊什瓦不必问也知道其中的缘由。

受到仪器故障的限制,下午医生们做手术的进度很慢,结扎手术营的工作时间也超过了原定的晚上六点。第二台高压灭菌器也出了故障。七点左右,计划生育中心的一位高级官员带着私人助理来到了营地。

视察营地的过程中,警察挪腾脚步,站得比之前直了些。官员对卡车中剩余的患者数量表示不满。接着他来到煤气炉旁的医生身边,见他们正等着炉灶上的水烧开,便决定训斥他们一通。

医生们问候他晚上好。"别浪费时间,"他厉声喝道,"你们怎么一点儿责任心都没有?外面还有几十台手术等着你们做呢。叫杂工给你们沏茶就行了。"

"我们这不是在沏茶。这水是用来清洁手术器械的。机器出故障了。"

"手术器械够干净了。你们这水要烧到什么时候?结扎手术营里最重要的就是效率,必须在有限的预算内完成目标。你们用这么多煤气罐,谁来付钱?"他威胁说要向上级反映医生们不肯合作,不让他们升职,也不给他们发工资。

医生们只好用没彻底消毒的器械继续做手术。他们听说过同行在从业经历中遇到过类似的事。

官员在一旁看着，给手术掐时间，算出每个患者花费的平均时间。"太慢了，"他对自己的私人助理说，"切几刀就完事的事情，被他们这样小题大做。"

离开前，他又使出杀手锏威胁医生。"记住，达拉姆西塔库尔要来清点总人数。要是他对你们不满意，你们就可以立刻辞职了。"

"是，长官。"医生们说。

他心满意足地到其他帐篷里查看一番。私人助理像随行的翻译，和他寸步不离，用自己的面部表情来阐释上司说的话。

"我们对待这些医生一定要强硬，"官员私下对助理说道，"若是放手任由他们去对抗人口爆炸的威胁，只怕国家要被溺死、憋死，那样就完蛋了——我国的文明就终结了。因此要打赢这一仗，全靠我们。"

"是，长官——说得完全正确，长官。"助理说道，能够私下得到这样的智慧结晶，他激动不已。

轮到裁缝伯侄时，太阳已经快要沉入地平线。伊什瓦向抓住自己胳膊的那名警察苦苦哀求："警察大人，这是个误会。我们不住在这里，我们是从城里来的，因为我侄子要结婚了。"

"这我也没办法。"警察说着，步子迈得更大了。

伊什瓦一溜小跑紧跟着他，以免被拽倒在地。"能不能让我见负责人一面？"他气喘吁吁，声音也不平稳。

"医生负责。"

来到帐篷里，伊什瓦怯生生地对医生说。"这是个误会，医生先生，我们并不住在这里。"

早已精疲力尽的医生没搭理他。

"医生先生，您对我们穷人就像再生父母，您的工作保证了我们身体健康。我也认为结扎对国家来说很重要。我这辈子不打算结婚，医生先生,您给我做手术吧,我会很感激您的。不过请您放过我侄子,医生先生,他叫翁普拉卡什,马上就要娶媳妇了。求您听我说,医生先生,我求求您了!"

他们被推上办公桌,脱掉了裤子。伊什瓦哭了起来。"求您了,医生先生!别给我侄子做手术!您想怎么切我就怎么切!但是放过我侄子吧!他正准备结婚呢!"

小翁什么也没说。他对大伯那屈辱的哀求声充耳不闻,暗地里希望大伯的行为能更有尊严些。帆布帐篷顶在微风中轻轻起伏。在帐篷牵索的吱呀声中,他木然地盯着摇摆的电灯。

裁缝伯侄由护士搀扶着从桌子上下来时,暮色已经变成了夜色。"哎哟!"小翁说,"好疼啊!"

"酸痛持续几个小时是正常的,"医生说,"不用担心。"

他们由护士带着一瘸一拐地穿过黑暗的田野,向康复帐篷走去。"你们为什么要把我们困在这里?"伊什瓦抽泣着说,"让我们回家不行吗?"

"你们可以回家,"护士说,"不过最好先休息一段时间。"

走了几步之后,疼痛感愈发强烈。他们决定听从护士的建议,在稻草垫上躺一会儿。并没人理会伊什瓦的哭声,帐篷里尽是悲痛和泪水。护士发给他们一些水,还有每人两块饼干。

"一切都毁了,"他哭着说,把自己的饼干递给小翁,"这下那四户人家绝不会同意让我们娶他们的女儿了。"

"我不在乎。"

"你就是个傻小子,你根本不明白这件事的意义!我辜负了你死去的父亲!没有孩子我们家族就要绝后了,全完了——一切都没了!"

"对你来说可能一切都没了,但我还是有尊严的。我可不会像小孩那样哭鼻子。"

旁边铺位上的男人认真地听着他们的对话。他用胳膊肘撑着抬起身。"喂，大哥，"他说，"别哭了。听着，我听说这个手术是可以复原的。"

"这怎么可能呢？卵蛋都被切断了啊？"

"不是的，大哥。大城市里的专家能把卵蛋重新接上。"

"你确定吗？"

"非常确定。唯一的问题是这种手术非常贵。"

"你听见没有，小翁？还有希望！"伊什瓦擦了把脸，"甭管手术多贵——多贵我们都要做！我们疯狂地给迪娜女士缝衣服，没日没夜地缝！我无论如何也要让你复原！"

他转向给自己带来希望的好心人。"感谢你告诉我们这个消息，愿神保佑你。愿你也有机会复原。"

"我不想复原，"那人说，"我已经有四个孩子了。一年前我主动去找医生做了手术。这些畜生今天重新给我做了一遍。"

"这不是跟处决死人一样吗？他们不听解释吗？"

"文化人偏要像野人那样办事，我们能有什么办法呢，大哥？管事的人蛮不讲理，你怎么跟他们解释？没希望的。"他感到下身一阵刺痛，便放下胳膊肘躺平。

伊什瓦擦干眼泪也躺下了。他把手伸到旁边的垫子上摸摸侄子的胳膊。"好了，孩子，我们已经找到了解决办法，现在不用担心了。我们回去，把结扎手术复原，明年再来娶亲。到时候自然会有别的人家感兴趣。说不定到那时候这个该死的紧急状态就结束了，政府又恢复了理智。"

一阵水龙头放水似的声音响起，伴随着嘶嘶声，有人在外面撒尿。那人尿在地上发出响亮的水流冲击声，把帐篷里那个做了两次结扎手术的男人气坏了。他用胳膊肘拄着垫子撑起身体。"听见没有？我跟你说，这些人跟畜生没两样。这些警察，连走远点儿去放水的素质都没有。"

天色越来越暗，达拉姆西塔库尔来营地时，医生们只剩下最后几台手术要做了。警察和计划生育中心的工作人员拥到他跟前点头哈腰，争先恐后地去触碰他的脚。他对医生和护士简单说了几句话,然后在康复帐篷里走动巡视,向患者挥手,感谢他们的配合,是他们让结扎手术营大获成功。

"快,把脸背过去,小翁,"塔库尔走到他们所在的那一排时,伊什瓦焦急地低声说道,"用胳膊把脸挡住,假装睡着了。"

达拉姆西塔库尔在小翁的铺位尾端停下脚步,盯着他看了看。他低声对身边的人说了几句,那人便走了,片刻之后又回来了,带来了一名医生。

塔库尔对医生轻声说了几句话,医生一畏缩,使劲地连连摇头。塔库尔又小声说了几句,医生的脸色顿时变得惨白。

不久,两名护士赶来扶着小翁站了起来。"可是我想休息,"他表示抗议,"还疼呢。"

"医生要见你。"

"为什么?"伊什瓦大声叫嚷,"你们已经给他做完手术了!现在又想干什么?"

来到手术帐篷,医生背对门口站着,看着水渐渐烧开,手术刀沉在水底,在气泡之下寒光凛凛。他示意护士把人扶到桌子上。

"睾丸肿瘤,"他觉得自己有必要向他们解释一下,"塔库尔老爷批准移除的,作为对这个孩子的特殊款待。"颤抖的声音出卖了他的谎言。

小翁的裤子再次被脱掉。一块浸了氯仿的破布捂在他鼻子上。他短暂地拉扯了几下破布,接着便瘫软下去。医生利落地下刀切除了睾丸,缝合伤口,包扎得严严实实。

"这名患者不要跟其他人一起送回家,"医生说,"他需要在这里过夜。"他们往小翁身上蒙了块毯子,用担架抬着他把他送回了康复帐篷。

"你们把他怎么了?"伊什瓦尖叫起来,"他是自己走出去的!你们却把他不省人事地送回来!你们对我侄子做了什么?"

"安静,"他们责备道,把小翁从担架放回铺位上,"他病得很厉害,医生免费给他做了手术，救了他的命。你应该感激才对，而不是大喊大叫。别担心，他醒过来就没事了。医生叫他在这里休息到明天早上。你也可以留下。"

伊什瓦凑到侄子身边亲自查看。他问侄子话，但小翁睡得很沉，没有回答。伊什瓦扯下毯子，开始细细查看侄子：他的手、手指、脚趾都完好无损。他检查了后背——没有鞭子抽打留下的血痕。嘴巴也没问题，舌头和牙齿都没有受伤。他的恐惧略微减轻了些，也许塔库尔放了小翁一马。

这时他发现小翁的裤裆底部有血迹。莫非是结扎手术留下的？他低头查看自己——没有血迹。他用颤抖的手指解开小翁的裤子，看见一大团包扎用的纱布。他解开自己的裤子与之比较：只有一小块纱布和医用胶带。他把手指按在小翁的纱布上，发现下面少了东西。他用力咽了一下口水，手指慌乱地摸索寻找，希望能在某个地方找到睾丸，不肯相信它们已经不见了。

接着，他发出了一声哀号。

"老天啊！你们看！你们看他们对我侄子干了什么！你们看！他们把他给阉了！"

主帐篷里来了人，叫他安静。"你又大呼小叫什么？你听不懂吗？这孩子病得很厉害，他那里长了危险的肿瘤，毒素都聚集在那里，必须切除才行。"

做了两次结扎手术的男人已经走了。帐篷里余下的人都沉浸在自己的悲伤中，忙着应对恶心和眩晕的感觉。恢复体力之后他们便一个接一个地起身，面带愧色地回家去了。没人留下来安慰伊什瓦。

他独自挨过长夜，哭号、抽泣，累得精疲力尽便睡上几分钟，醒来又接着哭。午夜过后，小翁的氯仿麻醉过了药效，他干呕一阵，然后又睡着了。

集市抓人行动结束后，阿什拉夫被人送到了市立医院，并通知了他在木料场的亲属。几个小时后，他死了。医院按照标准流程将死因登记为事故致死："由于脚下不稳而摔倒，头部撞到路沿。"第二天，亲戚们把他跟蒙塔兹葬在了一起，与此同时，伊什瓦和小翁正艰难地走在从结扎手术营回家的路上。

除了下身酸痛，伊什瓦并未感到任何不适。然而小翁却极度痛苦。他刚走了几步就又开始出血。大伯试图把他背在自己背上，反而让他更疼。唯一能让小翁舒服些的姿势就是像婴孩那样平躺在大伯怀里，但这让伊什瓦体力不支。他只好每走几码远就把小翁放下稍事休息。

临近中午，一个推着空手推车的男人经过时停下了脚步。"这孩子怎么了？"

伊什瓦把缘由告诉了他，那人主动提出帮忙。他们把小翁放在车斗里。那人摘下头巾做成枕头。伊什瓦和他一同推车。车子推起来不重，但路上遍布车辙，他们行动必须非常缓慢。每一下震动都像刀子扎在小翁身上，一路上他的惨叫声不绝于耳。

他们回到穆扎法尔裁缝铺时天已经黑了。推车的男人不肯收他们的钱。"我正好顺路。"他说。

阿什拉夫在木料场工作的堂侄在裁缝铺里，他是来打点铺子的。"我有个令人悲伤的消息，"他说，"堂叔出了事故，去世了。"

然而裁缝伯侄心烦意乱，并没有理解这话的含义。昨天集市上发生的事情已经与他们生活中其他的苦难经历融为一体。"谢谢你来通知我们，"伊什瓦机械地重复道，"我一定要去参加葬礼，小翁也要来，没错，他明天就会好些的。"

那人反复说了四遍，他们才明白阿什拉夫已经入土为安了。"别担心，你们依然可以住在这里，直到康复为止，"他说，"我还没想好怎么处理这座房产。如果你们有任何需要，请务必告诉我。"

他们毫无胃口，没吃饭就睡觉了。为了避免爬楼梯，伊什瓦在楼下的柜台旁边铺了一张床垫。夜里，小翁精神恍惚，闹腾不休。"不！不要扔阿什拉夫叔公的剪刀！伞呢？给我，看我不教训那些打手！"

伊什瓦从睡梦中惊醒，摸索着点亮电灯。他看见床单上有一块深色的血污。伊什瓦为小翁清理了伤口，坐着守了他一夜，在他挣扎抽动时按住他，以免扯动包扎的纱布。

到了早上，伊什瓦半拖半抱着小翁来到镇上的一家私人诊所。阉割的伤口令医生颇为嫌弃，但他并不惊讶。他隔三岔五就要为附近村子里遭受种姓暴力的受害者疗伤，早已放弃了通过法律追求正义。"证据不足，不予立案"是标准答案，无论缺失的是手指、手、鼻子还是耳朵。

"算你走运，"医生说，"这个手术做得干净利索，缝合得也很好。让这孩子休息一个星期就能愈合了，"他给伤口消了毒，换上新的纱布，"别让他走路，走路又会流血的。"

伊什瓦用办婚礼的钱付了换药费，然后，尽管心里明知道答案，他还是问道："他还能有孩子吗？"

医生摇了摇头。

"阴茎没受伤也不行？"

"生产种子的部位已经被切掉了。"

伊什瓦牢记医生的建议，把侄子抱在怀里步履踉跄地回了家，把他放到床上。他找来一个瓶子和一口锅，这样小翁不必走到厕所也能解手。阿什拉夫叔叔的邻居们都躲着他们。蒙塔兹婶婶过去常在狭小的厨房里为全家六口、外加两名学徒做饭，如今却是伊什瓦郁郁寡欢地在那里做饭。快乐的童年回忆挥之不去，无法令他感到慰藉，他们在小翁床边沉默地吃完了饭。

七天后，伊什瓦再次抱着小翁来到那家私人诊所。在街上，一眼就能分辨出哪些人被迫接受了结扎手术，尤其是那些只有一套衣服的人。胯间的脓渍揭示了他们的经历。

"伤口几乎长好了，"医生说，"现在他可以走路了——但是不要走得

第十五章 计划生育

太急。"第二次检查他没有收费。

他们从诊所小心翼翼地迈着小步走到警察的岗亭,说要报警。"我的侄子被人阉割了。"说出最后一个词时,伊什瓦难以抑制地抽泣起来。

值班的警察不安起来,他担心这意味着高低种姓之间又要爆发新一轮骚乱,害得他和同事们头疼。"是谁干的?"

"是在结扎手术营。在医生的帐篷里。"

听到这个答案,警察放心了。"这不归警察管。这归计划生育中心管。投诉他们的人,由他们的办公室处理。"他心想,这多半又是个把结扎和阉割搞混的家伙。到中心去一趟,事情自然就清楚了。

裁缝伯侄离开警察的岗亭,用极其缓慢的速度走到计划生育中心。伊什瓦心中为这样缓慢的步速暗自庆幸。过去三天里,他自己的下身也渐渐疼得厉害,而他为了照顾侄子,一直未加理会。

小翁察觉出他步态异常,便问大伯怎么了。

"没事,"一波接一波的疼痛感顺着双腿不紧不慢地向下蔓延,他不禁皱起眉头,"就是手术之后有点酸痛。过一会儿就好了。"但他心里很清楚,疼得越来越厉害了,就在今早,他腿上长出了一个肿块。

来到计划生育中心,伊什瓦刚说出"阉割"这个词,那些人就不肯再听下去了。"出去,"那里的官员说道,"我们受够了你们这些无知的家伙。还要我们解释多少遍?结扎跟阉割一点儿关系也没有。你怎么就不肯听我们的宣讲,不读我们发的宣传册呢?"

"我明白其中的区别,"伊什瓦说,"只要您看一眼,您就会明白医生干了什么。"他说着示意小翁把裤子脱掉。

可是小翁刚开始解扣子,那名官员立刻冲过来抓住他的裤腰。"我绝不允许你在我办公室里脱衣服。我又不是医生,你裤裆里有什么跟我一点儿关系都没有。要是我们相信你们说的话,全国的阉人都要跑到我们这里来,怪我们把他们变成了这样,想从我们这里讹钱。你们这种人的伎俩我们再清楚不过了。整个计划生育中心都要被你们搞垮。那国家就毁了。人口不受控制地增长，国家要窒息而死的。快出去，不然我要报警了。"

伊什瓦求他再考虑考虑，至少看上一眼吧。小翁在大伯耳边警告他可不要又哭鼻子。那人气势汹汹地向他们逼近，他们不得不后退。他们刚退到街上，那人立刻关上门，挂出了"午休吃饭"的牌子。

"你真的以为那些人会帮我们？"小翁说，"你还不明白吗？在他们眼里，我们连畜生都不如。"

"你给我闭嘴，"伊什瓦说，"都怪你太蠢，我们才会碰上这些事。"

"怎么着？就算我被人割了卵蛋是因为我自己蠢，可你被人结扎怎么也成了我的错？这件事迟早要发生。那天去赶集的人全都碰上了，"他顿了顿，接着忿忿地说，"实际上，这全是你的错。是你疯了似的想到这儿来给我娶媳妇。我们本可以平平安安地留在城里，住在迪娜女士的门廊上。"

伊什瓦的眼中噙满了泪水。"照你说的，我们就应该躲在门廊上度过余生？那是什么样的生活啊？这是个什么国家，我们连随心所欲地去自己想去的地方都不行吗？我回老家有错吗？我给侄子娶媳妇有错吗？"他再也走不动了，瘫坐在人行道上浑身颤抖。

"走吧，"小翁低声说，"别在路上演这一出，不好看。"

然而大伯还是哭个不停，小翁坐在他身边安慰他："我不是故意的，老兄，这不是你的错，别哭了。"

"疼，"伊什瓦颤抖着说，"到处都疼……太疼了……我不知道该怎么办。"

"咱们回家吧，"小翁温和地说，"我帮你。你得把脚抬高休息才行。"

他们站起身，伊什瓦一瘸一拐地趿拉着脚步，痛得浑身颤抖，总算回到了阿什拉夫的裁缝铺。伯侄俩一致认为只要好好睡上一宿，伊什瓦就能痊愈。小翁帮大伯把床垫和枕头摆放舒服，然后为大伯按摩双腿。伯侄俩睡着时，伊什瓦的脚还在侄子手里。

第十五章　计划生育

一个星期过去，伊什瓦的双腿肿得像柱子一样粗。他烧得浑身滚烫，从腹股沟到膝盖的皮肉全变黑了。他们返回计划生育中心，从门口怯生生地向里面张望。所幸这一次有医生在场，而上次跟他们谈话的那个男人不在。

"结扎手术没问题，"医生匆匆瞥了一眼说道，"手术跟你腿上的病没关系，是你体内的毒素引起了肿胀，你应该去医院。"

伊什瓦见这人是讲道理的人，便提到了侄子被人阉割的事，那名医生立刻变了脸。"出去！"他说，"你们要血口喷人就立刻从我面前滚开！"

他们来到医院，医生给伊什瓦开了药：每天四次，连服十四天。吃药后他退了烧，腿却不见好转。治了两个星期之后，他已经彻底无法走路。黑色像一块污渍，向脚趾的方向蔓延，这让他回想起童年时跟父亲和其他恰马尔一起做工，鞣皮用的染料浸染了自己的皮肤。

那天下午，小翁在集市上找到了那个推手推车的男人，请他帮忙。"这次是我大伯。他不能走路，得送他去医院。"

那人正用手推车运洋葱。运送过程中有几颗洋葱掉在地上被碾碎了，空气中充斥着刺鼻的洋葱味。他擦擦眼睛，把一只麻袋扛在肩上送进了仓库。尽管小翁站的地方离他还有一段距离，洋葱的气味还是飘进了小翁的眼睛。

"好了，我准备好了。"二十分钟后手推车车夫说道。他掸了掸车斗里的灰，二人一同向穆扎法尔裁缝铺走，去接伊什瓦。他们把推车推到紧挨台阶的地方，把伊什瓦抬上了车。邻居们躲在窗帘后面，看着摇晃的车轮缓缓向医院的方向驶去。

手推车车夫在医院外面等着，伊什瓦瑟缩在门口，小翁进去找急诊病房。"开的药没用，"值班医生检查之后宣布，"血液中的毒素太强了，必须将这条腿截肢才能避免毒素向上扩散，只有这样才能救他的命。"

第二天早上，乌黑的双腿被截了肢。做手术的医生说要观察几天，以确保毒素已经全部去除。伊什瓦在医院里住了两个月。小翁每天早上去给他送饭，待到晚上才走。

"你一定要给迪娜女士写封信，"伊什瓦反复提醒小翁，"告诉她发生了什么事，她会担心我们的。"

"好。"小翁嘴上这样答应着，却始终没有勇气去完成这个任务。他该写什么呢？他怎么可能靠一张纸就将这些事情解释清楚呢？

两个月后，手推车车夫返回医院，帮忙把伊什瓦送回在穆扎法尔裁缝铺的家。"我这辈子完了，"伊什瓦哭着说，"把我扔进我们村旁边的那条河里吧。我不想成为你的累赘。"

"少来了，老兄，"小翁说，"别说胡话。什么叫你这辈子完了？你不记得尚卡尔了吗？他连手指头都没有。你起码还有两只手，还可以缝衣服。迪娜女士有一台手摇式缝纫机，等我们回去她会借给你用的。"

"你这孩子真是疯了。我连坐都坐不住，动也动不了，你还说什么缝衣服。"

"要是你们需要交通工具，只管找我，"手推车车夫说，紧接着又加上一句，"往后我就按公共汽车的价格送你们。"

"好的，我们会付钱给你的，别担心，"小翁说，"我大伯还要去医院。说不定再过几个星期，等他体力恢复之后你还要送我们去火车站。用不了多久我们就要回城里去了。"

复健的过程十分缓慢。他们的钱快花光了。伊什瓦不怎么吃东西，夜里总是发高烧、做噩梦。他经常哭着惊醒。小翁安慰他，问他需要些什么。

"帮我按按脚，疼得太厉害了。"他总是这样说。

一天晚上，阿什拉夫在木料场的堂侄来找他们，说他为裁缝铺找到了一个买家。"实在抱歉，不得不让你们搬出去。只是谁知道我什么时候才能再遇上下一个买家呢？"他提出要为他们另寻住处，找间小棚子或者小屋，木料场里肯定能为他们腾出一个角落来。

第十五章 计划生育

"不用了,没事的,"小翁说,"我们回城里继续缝衣服去。"

这次伊什瓦也同意了。他觉得这个地方带给他们的只有苦难,还是离开这里比较好。每一天都令他们窘迫难当,来往医院的路上,熟识的人,尤其是邻居,都盯着他们看,彼此窃窃私语,每当手推车经过,邻居们都会故意避开。

"你能不能最后帮我们一个忙?"小翁问阿什拉夫叔公的堂侄,"能不能请你们木料场的木匠为我大伯做一台带小轮子的轮板车?"

他说这是小事一桩,第二天就把轮板送到了裁缝铺。轮板一头有个钩子,上面拴着一根绳子,供小翁拉着轮板。

"不需要这根绳子,"伊什瓦很坚持,"我可以自己用手撑着轮板行动,像尚卡尔那样。我不想依赖别人。"

"好吧,老兄,那咱们就试试看。"

他们取下绳子,伊什瓦开始在室内练习。他首先需要学习坐稳,在没有双腿保持平衡的情况下让身体保持稳定。他愈发沮丧,以他虚弱的状态根本无法滑动轮板,上路更是无稽之谈。

"耐心点儿,"小翁说,"等你身体强壮些就能滑动了。"

"什么耐心?"伊什瓦抽泣着说,"再耐心也没法让我的腿重新长出来。"他被绝望击败,听凭小翁把绳子重新拴在了轮板上。

裁缝伯侄回来安排婚事已经过去近四个月了,他们终于出发去火车站,打算踏上返城的旅途。他们顺路到阿什拉夫和蒙塔兹的坟前去了一趟。"我真羡慕他们,"伊什瓦说,"他们现在多么安详啊。"

"别再说傻话了。"小翁说着拉着轮板掉转方向,准备离开。

"再多待一小会儿不行吗?"

"不行,我们该走了。"小翁拉着绳子,轮子在墓地的地面颠簸而过。我大伯真轻啊,他心想,像小孩子一样轻,根本不用使劲就能拖动他。

第十六章

完整的轮回

迪娜开门后，泽诺比娅最先看见的是那道将门廊一分为二的拼花布帘。"这是什么，你洗的衣服吗？"她咯咯笑着问，"还是你开始提供洗衣服务了？"

"不是，这是新婚夫妇的套房。"迪娜哈哈大笑起来。四个星期以来，她一直闷闷不乐地忍受着孤独的生活，朋友到访对她而言是种巨大的解脱。

泽诺比娅只觉得好笑，却不清楚这句玩笑话背后的含义。她们走进前屋。伴随着一阵接一阵的开怀大笑，泽诺比娅才渐渐明白门廊为什么要隔开。

"他们随时有可能回来，"迪娜说，"这块布帘不够厚，不足以阻隔新婚夫妇的动静，但我已经尽力了。"

泽诺比娅不再觉得好笑。她盯着迪娜，仿佛迪娜疯了一样。"你的变化真大啊。听听你说的这些话。就在一年前，你连一个毫无害处的房客都不肯收。我花了好几天才说服你相信阿班·科拉的儿子不是坏人，他不会把你的公寓吃干抹净。"

"而你说得完全正确——马内克是个招人喜欢的孩子。再过两个星期他也要回来了。瞧我做的这床被子，我打算把它当作新婚礼物送给小翁。"

泽诺比娅没理会她，继续说道："你的胆子突然大起来了，敢让裁缝住在这里。这已经够糟糕了，眼下你又让他们把媳妇带来？相信我，你早晚要后悔的。他们一大家子人会一股脑儿来到你的门廊上,半个村子的人都会跟来,你永远也别想摆脱他们。就凭他们那落后的卫生习惯,这个地方会变成猪圈的。"

泽诺比娅悲观的预言把迪娜逗乐了,然而这次发笑的只有迪娜自己。为了安抚好友,迪娜换了一种比较严肃的语气。"他们绝不会占我的便宜的。伊什瓦是个真正的好人,小翁也是个善良、聪明的孩子,跟马内克一样——只是没那么幸运。"

泽诺比娅又待了半个小时,央求、威胁、哄劝,极尽自己所能想让好友回心转意。"别犯傻,叫他们走吧。我们总能找到新的裁缝的,古普塔太太会帮我们的,我有把握。"

"但这不是重点。即使他们不为我做工,我也会让他们住在这里的。"

泽诺比娅为这场争论投入了大量心血,最后终于意识到自己的劝说没有任何成效。为了保全面子,她气呼呼地离开了。

迪娜拆开马内克寄来的信时双手不住地颤抖。"亲爱的阿姨,"她读道,"希望你别来无恙、一切安好,也愿我们最终都能如此。妈妈和爸爸让我捎上他们对你的祝福。他们说见到我非常开心,说他们非常想念我。"

"我终于收到了学校寄来的信。很抱歉告诉你,我的成绩不太好。他们不肯录取我就读三年的学位项目,因此我只能满足于一年的培训证明了。"

她已经知道了信中接下来的内容,却还是读了下去,竭力遏制胃里那翻江倒海的感觉。

"你真该看看我父母知晓消息时演的那一出。不知你还记不记得,最初我说要再读三年大学时父母反对我,而现在他们生我的气却是由于完全相反的原因。你这辈子该怎么办啊,爸爸一遍遍地重复,完了,全

第十六章　完整的轮回

完了，这孩子根本不知道这是多大的灾难，我这辈子就是一场灾难接着一场灾难，我以为我儿子能扭转命运，但我早该知道的，刻在手心里的掌纹永远没法改变，这是我的命，我没法跟命运抗争。

"你还记不记得伊什瓦给小翁娶媳妇时的夸张举动？阿姨，那跟我爸爸的表现比起来真是小巫见大巫。我真不该告诉他们我打算报名那个破学位项目。

"幸运的是表演完毕之后，我父母的一个朋友带来了好消息。格雷瓦尔准将在波斯湾那一带有关系，那里的阿拉伯国家都很富有，遍地都是摇钱树。他在迪拜的一家空调制冷公司为我找了一份不错的工作。准将认为自己很有幽默感，他说在沙漠里人人都有空调，用来给帐篷降温，加上沙尘暴和萨姆风[1]对电机和风扇的摧残，所以那里长期需要新的空调和维护人员。

"由于格雷瓦尔准将的幽默感实在太蹩脚了，我决定接受这份工作，因为只要我到迪拜去就不用再听他讲笑话了，再说工资、福利和津贴也非常高。人们说，只要在那里工作四五年就能攒下一小笔钱。也许到那时我就可以回来，在城里做自己的空调生意，或者有更好的办法，那就是我们一起做缝纫生意。鉴于我去年积累了许多经验，我自然应该当老板。（哈哈，开个玩笑。）"

泪水刺痛了迪娜的双眼，信上的字越来越难看清了。她接连眨了几下眼睛，深吸一口气。"我必须在三个星期内赶到迪拜，因此妈妈什么都想替我准备好，快把所有人逼疯了。她只不过是在重复去年那一套，我离家上学时她也是这样的。爸爸跟以前一样。我每件事都遵照他的意愿去做，可是自从我回到家，他甚至没有好好跟我谈过一次话。现在听他的意思倒像是我要抛弃他和杂货铺，他真是得了便宜还卖乖。他按照那套顽固不化的老办法经营杂货铺，能有什么发展？可是我一提建议，他

---

1. 又称西蒙风，指一种出现在阿拉伯半岛和撒哈拉地区的极端干热的小规模旋风。

又用悲伤的眼神看着我。只要我离开,他就舒坦了,他就是不喜欢我在他身边。五年级时,他把我送去寄宿学校的那天我就认清了这一点。

"请转告小翁,很抱歉我见不到他的新婚妻子了。有你这样好的婆婆,我相信她一定会很快乐的(哈哈,再开个玩笑啦,阿姨)。不过,等我明年从波斯湾回家休假的时候会去看望你们的。

"最后,我想谢谢你让我住在你的公寓,并且把我照顾得这么好。"接下来的句子被划掉了,但迪娜在浓重的笔道下面依稀辨认出了几个字:"生命"和"最快乐的"。

在这之后就没什么了。"祝你的裁缝事业蒸蒸日上。向伊什瓦和小翁还有你献上许许多多的爱。"

他在签名下面又附上了一句话:"我叫妈妈附上了三个月的房租支票,因为我没有提前退房,但愿这样没问题。再次感谢你。"

此时字迹已经模糊不清。迪娜摘下眼镜擦了擦眼睛。真是个好孩子。没有了他的陪伴,她能适应吗?他的玩笑、他的唠叨、他乐于助人的天性、清早的微笑、他逗猫的样子,还有他看待生死的悲观态度。他开出这样大方的支票,迪娜敢肯定是他逼着母亲签下的。

但为这件事伤心就太自私了,她心想,她应该为马内克抓住机遇而高兴。他说得没错,许多人去富有的石油国家工作都赚了大钱。

收到信的两天后,迪娜去了趟维纳斯美发沙龙。接待员从后屋回来,说泽诺比娅在接待顾客。"请您在等候区稍等一会儿,女士。"

迪娜在一盆枯萎的绿植旁边坐下,随手拿起一本往期的《女性周刊》,暗自发笑。泽诺比娅显然还在为小翁的媳妇那件事生气呢,她就是要用这种方式让自己知道,不然她准会拿着剪刀和梳子气喘吁吁地跑过来,跟迪娜打个招呼再跑回去。

过了四十五分钟,泽诺比娅才出来把顾客送到门口。那个发型花枝招展的女人不是别人,正是古普塔太太。"真没想到在这儿碰见你,达拉

第十六章　完整的轮回

尔太太,"她说,"你也来找泽诺比娅做头发吗?"尽管她面带笑容,但她左侧的嘴角还是流露出不以为然的神情。

"哦,不是,我可付不起那么多钱找她服务!我只是刚好路过,进来聊几句。"

"但愿她聊天的收费标准比做头发公道些,"古普塔太太笑着打趣道,"不过我这可不是在抱怨,她是个美发天才——瞧瞧她今天的手艺,简直神了。"她缓缓地左右摆头,最后像雕像般定格,眼神盯住天花板上的吊扇。

"太漂亮了。"迪娜忙说。若是没人夸赞,只怕古普塔太太会永远保持这个姿势。

"多谢夸奖,"她故作腼腆地说道,脑袋这才恢复了活动,"不过你什么时候才会再到再会公司来呢?你的裁缝回来了没有?"

"我估计下个星期就能开工。"

"但愿他们婚假结束后别再要求休蜜月假期了。不然只怕人口又要增长了。"古普塔太太再次笑着说道,又朝接待柜台背后的镜子瞄了一眼。她摸摸自己的头发,恋恋不舍地出门了。那面镜子独特的角度让她心满意足。

只剩下迪娜跟好友两个人,她窃笑起来,不出声地向泽诺比娅表达自己对古普塔太太的看法,然而泽诺比娅的反应十分冷淡。"你找我有事?"

"对,我收到了马内克·科拉的信。他不再需要我的房间了。"

"我一点儿都不吃惊,"泽诺比娅哼了一声,"他肯定是受够了跟裁缝住在一起。"

"实际上,他们相处得非常融洽。"话刚出口,迪娜就意识到这种说法并不能准确地描述她家里的情况。可她还能怎么说呢?她该如何向泽诺比娅描述马内克和小翁怎样形影不离,伊什瓦又怎样把两个孩子都当成亲生儿子看待?如何描述他们四个人一同做饭、吃饭、洗衣、打扫、买菜、欢笑、发愁？如何描述他们对她的关切，给她自家亲人从未给过她的尊重？如何描述她在过去几个月里终于明白了家的感觉？

根本无法解释。泽诺比娅会说她这是在犯傻，异想天开，把谋生手段跟人情礼往混为一谈，也可能会说裁缝们是想通过阿谀奉承来迷惑她。

于是迪娜只简单地说了一句："马内克不回来，是因为他在波斯湾那边找到了一份非常好的工作。"

"好吧，"泽诺比娅说，"无论真实原因是什么，你都需要找个新的租客补他的空。"

"没错，我到这里来就是为了这件事。你有人介绍吗？"

"眼下没有。我会留意的，"她说着起身回去工作，"找起来会很难的。人家一见到你那花花绿绿的布帘和门廊上成群的裁缝保证掉头就跑。"

"别担心，我会把帘子摘掉的。"迪娜盼望好友能明白。泽诺比娅生起气来总要花几天才能消气，一向如此。

迪娜回到家，把马内克的房间打扫得一尘不染。不过她下定决心，不能再把这个房间看作马内克的房间了。在掸灰、擦洗的时候，她发现那套国际象棋还留在柜子里。应不应该给马内克寄回去呢？等寄到山区，马内克肯定已经动身去波斯湾了。还是按他在信上说的，等他明年来做客时再给他吧。

迪娜觉得这个主意不错，便把象棋跟自己的衣物一起放在缝纫室里。这下马内克归来的日子仿佛就有了定数。这个念头让她感到安心，压住了另一个令她不安的念头——马内克再也不会住在这里了。

夜里，她来到厨房的窗边喂猫，用马内克起的名字呼唤它们。

整整六个星期过去了，她仍然耐心地等着，门铃每一次响起她都坚信是伊什瓦和小翁回来了。再后来，租售缝纫机的人来了，要收取两台胜家缝纫机早已逾期的货款。

第十六章　完整的轮回

"裁缝们下个星期就回来,"她只好拖延,"你也知道办婚礼有多忙。"

"他们交钱总是晚,"那人嘟哝着说,"然后公司就对我大喊大叫,怪我收钱不及时。"他答应再等七天。

那天上午晚些时候,门铃又响了。她快步跑到门廊。

来的是乞丐头儿。他带着一份小小的新婚贺礼。"一把铝制茶壶。"他说。见裁缝们还没回来,他不禁有些失望。

"我估计最晚下个星期,"迪娜说,"出口公司也等得不耐烦了。"

"那我下个星期四再来送礼物。"

迪娜清楚他的意思:他那份分期付款的保护费跟缝纫机租售商的欠款一样,也逾期了。"房东那边不会有麻烦吧?因为裁缝们没有付钱。如果你需要的话,我现在可以先给你一部分。"

"不要紧。我会照看这间公寓的,别担心。跟这样的好人打交道,暂时拖欠几天,我不担心。你们来参加了尚卡尔的葬礼,这一点我是不会忘记的。"

他在日记本上记下收款的日期,合上了公文包。"昨天我总算以尚卡尔的名义向庙里捐了钱,举办了一场小型祭拜仪式。祭师敲响了钟,我感到无比安详。也许到了我放弃这个行当,专注于祈祷和冥想的时候了。"

"你是认真的吗?你那些乞丐怎么办?裁缝们和我怎么办?"

乞丐头儿疲惫地点点头。"问题就出在这里。因为我在俗世的责任还没尽完,所以我必须克制自己精神方面的追求。别担心,我不会抛下依靠我的人不管。"他离开时,手腕上用来拴公文包的铁链发出轻柔的叮当声。迪娜注意到铁链开始生锈了。

不出几分钟,乞丐头儿庄重的许诺给她带来的安慰就烟消云散了。一早来了两名访客,她一直努力克制的焦虑感渐渐浮现,像捕猎的猛兽,在她周围悄然潜行,围着她打转。现在她敢肯定,裁缝们迟迟不回来绝不是短暂耽搁几天那么简单。他们甚至连一张明信片都不肯给她寄，能有什么事让他们连寥寥几个字都不肯写给她，解释一下"请原谅，迪娜女士，我们决定在村里定居了，小翁和他的妻子更喜欢这样"呢？只要几句话就行，这样的期待过高了吗？泽诺比娅说得对，她就是太傻了才会相信他们这种人。他们利用了她，然后将她弃置不顾。

仿佛这一天发生的事还不够似的，临近傍晚时门铃第三次响起，折磨着她。她连防盗链都没取下就扭动了门把手。日头那么大，没必要这样小心翼翼的。紧接着，门口出现了一个骇人的身影。

"噢！"她惊声尖叫，吓了一跳。那人面容憔悴，额头上带有刚刚愈合的伤疤，眼神狂野，看样子像个刚刚复活的垂死之人。

迪娜正想把门推上，那人忽然说话了，她惊恐的心情这才有所平复。"别害怕，女士，"那人连忙说道，"我并不想伤害您，"他的声音像受伤的动物发出的悲惨的呜咽声，受伤的肺发出嘶嘶的声音，"是不是有两名裁缝在这里工作？伊什瓦和翁普拉卡什？"

"对。"

那人长舒一口气，几乎要瘫倒。"求您了，能让我见他们一面吗？"

"他们已经离开了一段时间。"迪娜说着往后退了一步，那人身上的味道很冲。

"他们还会回来吗？"他说出的每个字都那样绝望。

"也许会吧。你是谁？"

"我是他们的朋友。我们住在同一片棚户区，后来被政府拆除了。"

迪娜琢磨着他会不会是拉加拉姆，那个要告别尘世、去做桑耶西的人。她只见过他一两次——难道桑耶西的艰苦生活让他有了这么大的改变？"你不会是那个头发贩子吧？"她问。

他摇摇头。"我是个耍猴人，但我的猴子已经死了。"他的手指摸摸额头，小心翼翼地触碰发痒的伤疤，"裁缝们跟我说过他们在这一带工作。从昨天起，我就沿着这条路一栋楼一栋楼地找，挨家挨户地敲门。而现在——他们已经不在这里了，"他看上去快要哭出来了，"伊什瓦和小翁还跟乞丐头儿有联系，是不是？"

"好像是。"

"您知道他住在哪儿吗？"

"不知道。都是乞丐头儿到这里来收钱。实际上他今天刚来过。"

耍猴人的眼睛顿时亮了。"多久以前的事？他什么时候走的？"

"我也不知道——好几个小时以前，是上午的事。"他脸上的希冀瞬间消失了。她心想，转瞬即来，转瞬即逝，就像电灯的光亮。

"我有非常重要的事情要找他。可我不知道怎么才能找到他。"

他的无助、满是创伤的身体和声音中的绝望令迪娜不由得皱了皱眉。"乞丐头儿下个星期四会过来。"她主动说道。

耍猴人摸摸额头，向她鞠了一躬。"您肯帮助我这样的可怜人，愿神保佑您，让您的愿望全部成真。"

一个星期后，租售缝纫机的人又来了，说付钱不能再等了。他本以为迪娜会再找借口，因此拿定了主意，这次态度一定要坚决。

"我也不想让你再等了，"迪娜不客气地说，"现在就把这些机器拿走，我一分钟也不想再保管它们了。"

"谢谢，"那人很吃惊，说道，"明天一早我们的货车就来取机器。"

"你没听见我说话吗？我说现在就拿走。要是一个小时后还没取走，我就把这些东西从家里扔出去，扔到马路上去。"那人听了这话便匆匆离开，去给办公室打电话安排紧急取货了。

处理掉缝纫机，迪娜心里好受了些。她心想，等那两个混蛋回来发现缝纫机不见了，这样准能给他们上一课。

接下来她便等着乞丐头儿来送新婚贺礼。她决定对他也改变策略，让他知道那两名裁缝消失了。他的钱还没收齐，肯定会迅速行动起来，无论他们在哪里，他肯定都能找到。

然而乞丐头儿失约了。随着这一天渐渐过去，她心想，这完全不符合他向来守时的习惯。他该不会是跟那两名裁缝合谋算计她，打算甩掉她，霸占这间公寓吧？焦虑的心情愈发刺激了她的想象力，种种恶毒的阴谋在她头脑中绽放，直到第二天早上依然烦扰着她，这时，一阵敲门声终于揭开了真相。

　　失望、背叛、喜悦、心痛、希望——世间百态都通过这扇门进入了她的生活，她心想。她侧耳细听乞丐头儿公文包上铁链的叮当声。没有动静。接着又是一声轻柔的敲门声。无论来人是谁，显然都不愿按响门铃。她打开了房门，不过没取下防盗挂链。

　　一缕白胡子从门缝伸了进来，紧接着传来说话声："拜托了，妹子，让我进屋吧！要是被公司的人看见，我要受罚，我不该到这儿来的！"

　　她不情愿地取下挂链，让易卜拉欣进了屋。"这话是什么意思，你不该到这里来？你可是这里的收租人啊。"

　　"已经不是了，妹子。上个星期房东把我赶走了，他说我破坏公司物品，说我用坏了太多文件夹。他给我看了我四十八年前开始工作以来的办公用品记录。我用坏了七本文件夹——一个绑皮绳的、三个硬麻布的，还有三个塑料的。房东跟我说七本是上限，用坏七本文件夹你就得走人。"

　　"这是什么胡话，"迪娜说，"你用文件夹总是很爱惜，保持干净，打开关上的动作都很轻。是他们给你的文件夹质量太差，用几年就坏了，这不能怪你。"

　　"他只是想找个借口把我赶走，妹子。真正的原因我心里有数。"

　　"真正的原因是什么？"

　　他陷入了沉默，心里似乎在做斗争究竟要不要告诉她，最后叹了口气。"真正的原因就是：我对自己的工作已经不再有热情了。我对租户不够刻薄，也无法通过恐吓让他们畏惧我，我热情的火焰已经熄灭了。因此对房东来说，我没有利用价值了。"

第十六章　完整的轮回

"你不能再努力吗？说话更凶狠些之类的？"

他摇摇头。"火焰一旦熄灭，就没法再点燃了。事情就发生在这里，这间公寓里，妹子。你不记得了吗？几个月前，我在夜里带打手来的那次？自从发生了那件事以后，我就连吃奶的娃娃也吓唬不住了。为此我倒要感谢神灵。"

她回忆起那天夜里他给自己带来的恐惧，然而她并没有感到愤怒，而是为他失去工作感到自责。"那你找到其他工作了吗？"

"我这个岁数，谁还会雇我呢？"

"那你靠什么生活呢？"

他面有愧色，盯着地板说："有些租户会帮我。最近，我跟他们当中的一些人结成了朋友。我站在住宅楼门口，他们就，你知道的，给我一点儿——帮助。不过别管这些了，妹子，跟你说说我来找你的真正原因吧。我是来给你提醒的，房东会来找你大麻烦的。"

"我才不怕那个恶棍呢，有乞丐头儿照应我。"

"可是妹子，乞丐头儿死了。"

"你说什么呢？你疯了吧？"

"没有，他昨天被人杀了。我亲眼看见的，我就站在外面，太可怕了！太可怕了！"易卜拉欣浑身颤抖起来，侧着身子跟跄了几步。迪娜忙把他领到椅子旁边让他坐下。

"你深呼吸，好好跟我讲讲。"她说。

他深吸一口气。"昨天早上，我拿着铁皮罐站在大门口，等着我的租户——我是说朋友们——帮助我。我看见了整个经过。警察说我是他们的重要目击者，把我带走做了一份完整的笔录。他们把我留下问话，直到晚上才放我走。"

"是谁杀了乞丐头儿？"

他又深吸了一口气。"一个看上去病入膏肓的男人。他躲在门口的石头柱子后面。乞丐头儿刚进门，那人就从他背后跳出来，想用刀捅他。

可是那个人太虚弱了,出手根本没力气,刀子没法捅进肉里。任谁都能从这样虚弱的凶手手里逃脱。"

"那乞丐头儿为什么没逃掉呢?"

"因为那天乞丐头儿不走运。"

易卜拉欣解释道,那天乞丐头儿随身带着一大袋硬币,用铁链铐在手腕上,是他巡视乞丐时收上来的。他被这个沉重的累赘禁锢在地上,一只手动弹不得,无法脱身。他挣扎扭动,挥舞不受束缚的那只手臂,双腿乱踢。与此同时,那名虚弱的凶手继续奋力行刺,骑坐在受害人背上,使劲让刀锋穿透衣服,刺破皮肤,捅进血肉,最终刺穿了心脏。

"起初那个场景十分滑稽。他拿着卖气球的小贩用的塑料柄折叠刀捅人,像是在闹着玩儿。但他不慌不忙地连续下刀,最终乞丐头儿就不再动弹了。乞丐头儿靠无助的残疾乞丐讨来的钱谋生,最终也因为讨来的钱送了命,被沉重的金钱困住。你看,妹子,人间难得有了一丝公平。"

可迪娜想到的是尚卡尔葬礼上的那些乞丐。他们现在确实自由了。可是对他们来说自由有什么用呢?他们散落在城市凄凉的人行道上,孤苦无依、无人照看——有乞丐头儿的庇护,他们难道不是更幸福吗?

"他不是个彻头彻尾的坏人。"迪娜说。

"我们哪有资格评判别人的善恶呢?只是命运的天平难得平衡了一次。说实话,妹子,昨天早上我看见乞丐头儿过来时,我甚至想找他帮忙——让他安排我到好地方去乞讨。只是被那名凶手抢了先。"

"他把钱偷走了吗?"

"没有,他对那个钱袋子根本不感兴趣。再说,假如他是奔着钱去的,总得把手腕砍断才行。他没有。他只是把刀扔在一旁,高声喊叫,说他是耍猴人,说他杀乞丐头儿是为了报仇。"

迪娜脸色苍白,瘫坐在椅子上。易卜拉欣挣扎着从自己那把椅子上坐起来,摸摸她的手臂。"你没事吧,妹子?"

"自称叫耍猴人的那个人——他额头上是不是有个大疤?"

第十六章　完整的轮回

"好像有。"

"他上个星期到这里来过，说他找乞丐头儿有事。我告诉他乞丐头儿这个星期四要来——就是昨天，"她攥紧拳头掩住了嘴，"是我帮了那个杀人凶手。"

"别这么说，妹子。你又不知道他要杀人。"他拍拍她的手，迪娜看见他的指甲很脏。换作几个月前，他的触碰准会令她作呕。而此刻她却心怀感激。他干燥的皮肤上皱纹密布，像一只与人无害的爬行动物的皮肤，令她心中充满惊异与悲伤。她扪心自问，我过去为什么会这样讨厌他呢？就人类而言，唯一说得通的感受就是惊异与悲伤，惊异于他们的耐力，悲伤于他们无助的经历。也许马内克是对的，到头来一切都糟糕透顶。

"别自责了，妹子。"他说着拍拍她的手。

"你为什么总管我叫妹子啊？以你的年纪，更像是我父亲才对。"

"好吧，那我以后就叫你闺女，"他笑笑，不是平常那种下意识的赔笑，"你要知道，无论你帮不帮他，耍猴人迟早会找到乞丐头儿的。警察说他是个疯子，他甚至没打算逃跑，就站在原地大喊大叫着说疯话，说乞丐头儿趁他昏迷不醒，从他那儿偷走了两个孩子，砍掉手，弄瞎眼睛，扭断脊柱，把他们变成了乞丐。但现在他实现了预言，他已经报了仇。谁知道那家伙的头脑遭到了哪个魔鬼的折磨呢？"

他又摸摸她的手。"现在乞丐头儿死了，房东很快就会派人来把你赶出去的。这就是我来提醒你的原因。"

"我拿那些打手也没办法啊。"

"你必须先下手为强。你还有一点儿先机。你的房客和裁缝都走了，这样他就需要一个新的理由。你去雇个律师然后——"

"我雇不起那么贵的律师。"

"便宜的律师就够了。他必须——"

"我不知道该去哪儿找啊。"

"去法院。他们自会找到你的。只要你走进大门，他们就会朝你扑过来。"

"然后呢？"

"问他们话，选一个你雇得起的。告诉他们你要求针对房东的强制令，令他终止威胁，并停止以其他任何形式进行骚扰，要求维持现状，直到——"

"等我把这些写下来，我记不住，"她取来纸和铅笔，"你觉得这样有用吗？"

"只要你动作快。别浪费时间，闺女。去——现在就去。"

她在钱包里翻找一阵，找出一张五卢比的纸币。"先拿着，等你找到工作再说。"她说着把钱塞进他粗糙的手里。

"不，我不能收你的钱，你的麻烦事已经够多了。"

"做闺女的难道不许帮助她的老父亲吗？"

他眼睛湿润，收下了钱。

法院门口人头攒动，因为院外建起了一个临时巴扎集市。人们向小贩购买食物，他们在追求正义的道路上奔波，不知还要奔波多少天、多少个星期、多少个月。人群中一眼便能认出谁是经验老到的当事人，他们往往自己带饭，站在一旁淡定地吃着。炸蔬菜的小贩身边聚集了一大群饥肠辘辘的人。也难怪，迪娜心想，那味道确实很香。那人身边的大冰块上摆着菠萝。她欣赏着整齐的圆形菠萝片，望着卖菠萝的女人用长长的尖刀剜去果眼。

法院外面最重要的人物便是打字员。他们盘腿坐在摊位上，面前摆着颇为神气的安德伍德牌打字机，仿佛那是神龛里的圣物，为等候多时的原告和请愿者敲出一份份文件。他们还出售法院专用的文件纸、曲别针、文件夹、捆扎打印好的文件用的绛红色绸带、红蓝铅笔、钢笔和墨水。

第十六章　完整的轮回

身穿黑夹克的法律从业者在人群中悄然潜行，物色官司。迪娜小心翼翼地避开这些人，决定先在法院四处看看再说。"不用了，谢谢。"她对那些主动向自己伸出援手的人反复说道。

越靠近主楼，人群越密集，走进这一带，混乱的气氛顿时扑面而来。人们在门口穿梭进出，里面的人急切地向同伴打着手势，招呼他们进去，外面的人则大声呼唤，叫里面的人出来。时不时有人将宝贝文件掉在地上，胡乱捡起文件的过程中往往又弄丢了诸如手帕、凉鞋、帽子、披肩之类的其他东西。

借着一大群人往门里拥的机会，迪娜也跟着人群进了门。她发现自己来到了一条俯瞰法院的走廊。在这里，人们同样来来去去，进出拥挤的审判室，上下楼梯，仿佛人人都得了同一种传染病，丧失了方向感。喧嚣声在房间和走廊里不断回荡，持续不断的嗡嗡声中不时爆发出阵阵喧哗声。迪娜不禁纳闷，在这样的环境里，人们怎么可能听得清法庭上的辩论呢？

她在一扇门口站了一会儿，那个房间里似乎正在审理案件。法官若有所思地把眼镜腿衔在嘴里。辩方律师正在陈词。迪娜一个字也听不见。只有他明确的手势和鼓动的喉结揭示出他正在陈述事实。

人们在走廊里走着走着，偶尔会猛然定住，焦急地大声喊出某个名字或者号码。有时搜索小队会兵分几路，呼唤着那个名字或号码朝不同的方向分头寻找。会不会是司法系统出了问题，迪娜心想，也许是赶上了罢工？也许是杂工、书记员和秘书都请了病假，所以法院才会陷入这样混乱的境地？

她决定跟住一户看起来似乎很有想法的人家。他们跑，她就跟着跑；他们说话，她就听着；他们的眼睛望向哪里，她就跟着望向哪里。经过一段时间的细致观察，她渐渐看出了混乱无序中隐藏的秩序。这就好比制作新衣服的过程，她心想。纸样看上去也很乱，只有把它们系统地拼接起来才能厘清头绪。

现在她明白了，所有这些焦躁的喧闹声不过是法院普普通通的一天当中的组成部分。就拿走廊上一窝蜂似的人群来说吧，他们只不过是想在公布案件编号的告示板上找到自己的案件在哪个房间审理。鬼鬼祟祟地聚在阴暗角落里的那些人是中间人，他们正在商议贿赂的筹码。高声呼喊名字的那些人是律师，他们正在寻找自己的当事人，因为就要轮到他们的案子了，反过来也一样。当事人们经历了几个月，有时甚至是几年的等待，此时慌乱焦急也是情有可原。若是律师在这个关键时刻没有知会书记员就去上厕所或者茶歇，导致法官将听证会改期，实在没有比这更令人崩溃的事了。

迪娜从混乱中摸清了脉络，顿时变得有把握多了。她返回院子里观察揽活的律师。他们当中有的带着手写的招牌，上面列出了他们的服务范畴和专长：代理离婚案件；遗嘱及遗嘱验证；肾脏买卖协议；代书证词，准确清晰英文好。

还有的则喜欢像集市上的小贩那样叫卖自己的服务："真实复写件，每份五卢比！宣誓书十五卢比！各种案件、各种轻罪辩护一律低价！"

她在一个有招牌的律师面前停下脚步，牌子上的价目表顶端写着：租房法案争议——只需五百卢比。她正要开口跟那人攀谈，一大群律师察觉到有生意可做，全向她扑了过来，黑夹克上下翻飞。其中许多夹克只能勉强算黑色，由于洗的次数太多，黑色已经褪成了灰色。

律师们你推我搡，争着吸引她的注意力，但仍然保持着基本的尊严，竞争还算不失风度。职业上的竞争没有体现在脸上，他们当中没人皱眉，也没人说过分的话。每个人似乎都对其他人的存在充耳不闻，只求她考虑雇用自己。

其中一个挤到最前面，把自己的法学证书递到迪娜面前。"拜托了，哦，太太！看看这个——名牌大学颁发的货真价实的学位证！现在有很多骗子冒充律师！无论您选谁，千万要小心，一定要记得检查从业资格！"

第十六章　完整的轮回

"特别酬宾！"人群最外围的一个人喊道，"打字不额外收费——价格低廉，一条龙服务！"

他们将她团团围住。她被这群人穷追不舍，十分窘迫，竭力想从这混乱的场面脱身。"请让一让，我——"

"是什么案件啊，太太？"一个人踮起脚尖，好让她能看见自己，"刑事和民事我都可以！"

那人的唾沫星子落在她眼睛和脸颊上。她不禁一畏缩，试图从人群中挣脱出来。就在这时，拥挤的人群中有只手捏了她的屁股，另一只手利落地从她胸脯上拂过。

"你们这些混蛋！不要脸的无赖！"她用胳膊肘猛击，踢中了其中一两个人的小腿，那群人这才散开。她后悔自己没将那把宝塔形的阳伞带来——否则她定要给他们好好上一课。

她双手直发抖，努力定了定神才勉强稳住脚步往前走。她退到院子里一处没那么拥挤的地方，那是法院大楼的侧面。这里没有律师，十分安静。沿着院子的栅栏摆放着许多木头长椅。人们在草地上休息，头枕着凉鞋小憩——这样既能把凉鞋当枕头又能防盗。还有些人端着亮闪闪的不锈钢饭盒吃午饭。一位母亲用削笔刀削掉人心果的果皮，把香甜的棕色果肉喂给孩子吃。收音机里传出轻柔的音乐声，如同一只蜻蜓在炎热的午后嗡嗡飞过。

在这个清静的氛围中，一张破长凳上坐着个男人，他盯着一棵芒果树出神。三个小男孩正朝坚硬的青果子扔石块，家长在草坪上打瞌睡。孩子们费了不少劲，终于打下来一只芒果。几个孩子轮番咬着吃，生涩的果肉酸得他们皱起嘴巴。他们高兴得浑身打战，紧紧地闭着眼睛，咬紧牙齿品味这令人愉悦的酸味。

坐在破长凳上的男人微笑着点点头，沉浸在被这几个孩子唤起的童年回忆当中。他衬衣的口袋里塞满了钢笔，装在特制的塑料笔盒里。他脚边摆着块方形的硬纸板，大约十五乘十英寸，用砖头抵着立起来。

迪娜心生好奇,凑过去读纸板上写的字:瓦森特劳·瓦尔米克——文学士,法学士。真奇怪,她心想,若他真是个律师,怎么会甘心坐在这里干等着?连一件黑夹克也不穿,完全没有抢生意的意思?

"女士,我谨代表我们这个行业,为门口那种难看的场面向您道歉。"瓦尔米克先生说。

"谢谢。"迪娜说。

"不,不用谢,是我应该感谢您接受了我的歉意。他们那样围住您,实在是无耻。我在这里都看见了。"他打开盘着的双腿,脚趾碰到那块纸板,把它碰倒了。他扶起纸板,调整了一下用来抵住它的砖头。

"坐在长凳上的这个座位,我每天能够观察到许多事。其中大部分都令我感到绝望。可是还能怎样呢?蛮横的野兽已经驱散了理智,国家的领导者不追求智慧与治理能力,而是既胆小怯懦又自我膨胀。我们的社会正渐渐从上烂到下。"

他移到东倒西歪的长凳一头坐着,把坏得没那么厉害的那一头让给迪娜。"请坐吧。"

迪娜被他的话语和举止打动,坐了下来。她觉得他与这里的环境格格不入。一间装潢优雅的办公室,配有红木办公桌、皮质软扶手椅和摆满书的书架才更适合他。"在法院的这一侧真平静啊。"她说。

"没错,这样很好,不是吗?人们拖家带口地在这里休息放松,打发时间,等待正义的齿轮绞磨出他们的案子。谁会相信,这个美丽的地方其实是座破败的剧院,上演怨恨与复仇的戏码?抑或是个斑驳的舞台,上演一出出悲剧与闹剧?这里看上去更像是野餐地点,而不像是战场。几个月前,我甚至亲眼目睹了一个女人心甘情愿地在这里生下了孩子。她不想去医院,因为她不想让自己的案子再耽搁下去了。她是我的当事人。我们赢了。"

"这么说您也是执业律师?"

第十六章　完整的轮回

"没错,"他指指那块牌子,"资质过硬。不过许多年前我还在上大学的时候,入学第一年,朋友们就说我不需要学习,他们说我已经是一名LL.B.[1]了。"

"怎么回事?"

"最后一排的学士,"瓦尔米克先生微笑着说,"大家颁给我这个荣誉学位是因为我总是坐在教室的最后一排——这样我才能把局面看得更清晰。而我必须承认,那个位置教给我的关于人性与公正的知识比教授教给我的更多。"

他摸摸口袋里的钢笔,像是要确认它们都安然无恙。钢笔装在塑料笔盒里,仿佛箭筒里满满的箭,令人肃然起敬。"现在我在这里又有了一个新学位: L. BB.——破长凳上的学士[2]。而我还在继续接受教育。"他笑了起来,迪娜也客气地跟着笑笑。破旧的长凳也跟着摇晃。

"可是,瓦尔米克先生,您为什么不像其他律师那样到门口去拉客户呢?"

他把目光转向芒果树,说道:"我觉得那种行为粗鲁至极,实在infra dig[3]。"他担心迪娜以为自己说拉丁语是为了卖弄,紧接着又补上一句:"我放不下自尊做那样的事。"

"可要是您一直坐在这里,该靠什么谋生呢?"

"顺其自然,慢慢来,人们迟早会发现我的。像您这样的人,为举止粗野的律师和行为猥琐的叫卖者感到不齿的人。当然了,他们不都是坏人——只是太急于揽活了,"他友善地向路过的法院工作人员挥挥手,然后又摸摸自己的钢笔,"即使我有心像他们那样不择手段地揽活,我的嗓子也不允许我去那样吵闹的环境里竞争。您知道吗,我有严重的喉疾。

---

[1] LL.B.是法学士(Legum Baccalaureus)的拉丁语缩写。下文提到的"最后一排的学士"原文为Lord of the Last Bench,字面意思为"最后一排的君主",其缩写也是LLB。

[2] 原文为Lord of the Broken Bench,缩写为L.BB.,与法学士的缩写相似。

[3] 拉丁语infra dignitatem 的缩写,意为"有失体面"。

如果我大声说话，就会彻底失声。"

"哦，这也太倒霉了。"

"不，其实不倒霉。"瓦尔米克先生安慰她。他把发自内心的同情看作一种珍贵的东西，不愿看见它被白白浪费。"不是的，这对我来说一点儿都不要紧。以如今的情势，已经不需要声如洪钟的律师在法庭辩护时慷慨陈词来吸引法官和陪审团，"他呵呵笑了几声，"这里不需要克拉伦斯·达罗，也不再举办'猴子审判'[1]。不过猴子倒不少，每间审判室里都有，给它们几根香蕉、一把花生，它们什么都愿意表演。"

他重重地叹了口气，言语中的讽刺被悲痛取代。"女士，国家现状如此，我们还有什么话可说，有什么可思考呢？从国家最高法院把总理的罪行判成无罪的那一刻起，这一切，"他朝法院气势恢宏的石头楼面一挥手，"这一切就变成了低俗把戏的展览馆，而不再展示能够强健社会秩序的活生生的法律。"

迪娜被他沉重的悲悯打动，问他："最高法院为什么要那样做呢？"

"谁知道呢，女士。世上为什么会有疾病、饥饿和痛苦呢？我们能够回答的问题只有方式、地点和时间。总理在选举中舞弊，相关的法律就被立即修正。Ergo[2]，她无罪。木已成舟，这些事超出了我们这些区区凡人的控制范围，只能接受现实，而总理则在继续篡改法案。"

瓦尔米克先生突然停下来，意识到自己说个不停，却让潜在的客户干坐着。"那么您的案子呢，女士？看您的样子似乎跟法院打交道的经验很丰富。"

"不，我以前从没来过法院。"

---

1. 1925年美国田纳西州颁布法案，禁止在课堂上讲授人类进化论。对此美国公民自由联盟进行测试案例，资助一名高中生物学代课教师尝试违反该法案，并请美国著名的刑法专家、民权律师克拉伦斯·达罗为涉案教师进行辩护。同年7月21日，宣判教师一方败诉。这起诉讼受到媒体的关注，被人们称为"猴子审判"。该法案在1967年被州议会撤销。

2. 拉丁语，意为"因此"。

第十六章　完整的轮回

"啊，那您这辈子真是有福了，"他低声说，"我冒昧地问一句，您需要雇律师吗？"

"需要，这个案子跟我的公寓有关。整件麻烦事是从十九年前、我丈夫去世后开始的。"她把一切都告诉了他，从房东的第一次通知讲起，那是鲁斯图姆在结婚三周年的纪念日死去之后几个月，还讲了裁缝、房客、收租人持续不断的骚扰、打手们的威胁、乞丐头儿的庇护以及乞丐头儿之死。

瓦尔米克先生双手指尖相抵，认真地听着。他一动不动，甚至连他心爱的钢笔都没摸过一下。迪娜为他倾听时专注的态度感到惊奇——他听人讲话几乎跟他自己说话时同样专注。

迪娜讲完，他放下了双手。然后他开口了，轻柔的声音已经开始变哑。"这个情况非常棘手。您知道的，女士，有时候采取 ex curia 的方式看上去似乎很有成效，"见她面露困惑，他又补上一句，"就是庭外和解。但到头来往往会引发更多的问题。没错，我们生活在这个荒蛮的时代，身边的暴行比比皆是。现在毕竟是暴力至上的时代。所以谁又能责怪您选择这个途径呢？正义的神庙已经遭到玷污，正义被它的守护者屠杀，横尸其中，还有谁想踏入这座神庙呢？而现在，杀死正义的凶手正在嘲弄神圣的司法过程，将公平倒卖给出价最高的人。"

迪娜开始盼着瓦尔米克先生别再用这种云里雾里的方式讲话了。这样说话初听还算有趣，但很快就会令人厌烦。人们真爱高谈阔论啊，她心想，全国上下都大话连篇、夸夸其谈，上至政府官员，下至律师、收租人和头发贩子。

"那您的意思是没希望了？"她打断了他。

"希望总是有的——足以平衡我们的绝望，否则我们就会迷失。"

他从公文包里取出记事本，满心喜爱地从满满当当的笔盒里选了一支笔，开始做记录。"也许正义的幽灵尚未散去，愿意向我们伸出援手。若是有位通情达理的法官听取我们的诉求，颁发强制令，那么直到结案以前您都是安全的。怎么称呼您，女士？"

"达拉尔太太。迪娜·达拉尔。那您是怎么收费的呢？"

"您付得起多少，我就收多少。这个我们以后再考虑，"他简要记下房东的姓名和办公地址，以及过去发生的与案件相关的细节，"我给您的建议是不要离开公寓。现实占有，胜之八九。而且那些打手其实都是懦夫。您能不能找其他人跟您同住呢，比如亲戚朋友什么的？"

"找不到。"

"是啊，这样的人永远找不到，不是吗？我的问题冒昧了，请原谅，"他顿了顿，然后剧烈地咳嗽了一阵，"不好意思，"他哑着嗓子说，"我想我的喉咙已经达到了今天讲话的限度。"

"天哪，"迪娜说，"听着真够严重的。"

"这还是治疗以后的状态呢，"他的语气中不无得意，"您应该听听我一年前的声音，我只能发出老鼠般微弱的声音。"

"可您的嗓子究竟是怎么伤成这样的？您遇到意外了吗？"

"算是吧，"他叹了口气，"说到底，我们的生活就是由一连串的意外构成的——意外事件串联成一根链条，叮当作响。这一连串的抉择随机也好、有意为之也罢，共同构成了一场巨大的灾难，而我们将其称为生活。"

他又开始了，迪娜心想。不过他说的话确实有道理。她用自己的生活经历与之相较。一切都被随机事件支配：她十二岁时父亲的死，还有裁缝伯侄的一生，还有马内克——上一刻还打算回来，下一刻便出发去了迪拜。她也许永远都无法再见到马内克、伊什瓦和小翁了。他们凭空出现在她的生命里，又消失得无影无踪。

与此同时，为了回答她的问题，瓦尔米克先生已经抚摸着钢笔讲起了自己的故事。迪娜隐约觉得他这个习惯有种猥琐的意味在里头。不过摸钢笔总比摸裤裆强，有些男人会那样做，要是为了把他们那东西拨到一侧去，要么干脆没有原因。

第十六章　完整的轮回

他用粗哑的声音讲述法学院里那名踌躇满志的年轻大学生的故事，老师们都认定他前途不可限量，而他在做了一段时间的诉讼律师之后却开始渴求宁静和独处，最终在校对行业觅得所求。"二十五年来，我以文字为雅伴。直到有一天，我的眼睛开始过敏，我的生活发生了翻天覆地的变化。"

他喉咙里发出刺耳的喘息声，使迪娜难以听清他说的话。但她的耳朵渐渐习惯了这种独特的音色和怪异的声调。她意识到，尽管瓦尔米克先生将生活描述成一连串的意外，但他流畅的叙述却毫无意外可言。语句从他口中倾泻而出，仿佛完美的针脚，将故事织成衣服，却毫不引人注意。他是否意识到自己替她将故事排了序呢？也许他没有——也许是讲述这种行为本身创造出了一种自然的式样。也许这是人类特有的本领，为了梳理他们杂乱的生活——这是他们求生的秘密武器，就像血液中的抗体。

他说话时，心不在焉地掏出一支钢笔，拧开笔盖，把笔尖凑到鼻子前。迪娜困惑地看着他先后堵住两边的鼻孔，深深地吸入墨水的香味。

有蓝墨水提神，他继续说了下去："这下我只能安于吵闹的示威活动和抗议游行，靠这个填饱肚子。撰写口号、喊口号成了我的新职业。我的声带就是从那以后毁掉的。"

律师的故事让迪娜想起了自己那床停滞不前的拼花被——给小翁的新婚贺礼。瓦尔米克先生用自己生活的片段拼出一条声音做的被子，讲给她听，仿佛魔术师从口中扯出一连串无穷无尽的丝巾。

"最后，又发生了另一件意外的事——我找到了一位军士长。大喊大叫对他来说几乎是本能，就连没必要喊叫的时候他也要大喊大叫。他生牛皮似的喉咙越喊越结实，而我的喉咙终于可以休息了。"

他停下来，递给她一颗喉糖，迪娜谢绝了，于是他往自己嘴里丢了颗喉糖。"我曾经做了许多计划，扩张经营，在每个大城市都设立分支办公室。我还打算买台直升飞机，培训一队空中宣传员。无论哪里发生罢工或骚乱，无论什么时候需要抗议的队伍，只要一通电话，我的人就会带着准备就绪的标语从天而降。"

雄心勃勃的光芒在他眼中渐渐消退，带着一丝不甘心。"不幸的是，在紧急状态下，政府禁止了一切示威游行活动。因此去年以来，我一直带着我的法学学位坐在这张破长凳上。这个轮回完整了。"

他失去了耐心，不再把糖含在嘴里从这边挪到那边，而是嚼碎了只剩一半的喉糖。"为了完成这个轮回，我失去了多少东西啊：抱负、独处、文字、视力、声带。实际上，这正是我一生的主题——失去。可是所有人的人生经历难道不都是如此吗？失去是必不可少的。在我们称为生活的这场灾难里，失去是个重要的组成部分。"

迪娜点点头，心里却不以为然。

"您别误会，我不是在抱怨。多亏了某种冥冥之中的力量的引导，我们失去的往往是无关紧要的东西——像蛇蜕皮那样。失去，再失去，这是生命的基础，最终留给我们的才是纯粹的人的本质。"

到这个时候，迪娜已经对瓦尔米克先生很不耐烦了。他最后说的这段话听起来根本就是令人厌烦的废话。"蛇蜕了皮，底下还有一层全新的皮，"她打断了他的话，"除非有新的公寓给我，否则我可不想失去我的公寓。"

瓦尔米克先生仿佛胸口遭了一记猛击。不过他很快回过神来，微笑着对迪娜的反驳表示赞许。"非常好。确实说得非常好，达拉尔太太。我这个例子举得不恰当，被您发现了。您说得非常好，而且很幽默。我这个职业的缺点之一就是太缺乏幽默感，法律是严肃的，不苟言笑。然而正义它却不是。正义它风趣、诙谐、和蔼而友善。"

他拿起自己的招牌收进包里，把那块砖放回长凳底下，等下次用时再取出来。他掸掉手上的红色砖灰，说道："我就要动身走了，去写抗辩书，建起有说服力的诉状，用的是文字与激情。"

这番没头没脑的话惹得迪娜好奇地打量着瓦尔米克先生，心里纳闷

第十六章　完整的轮回

儿自己究竟有没有选对律师。

"别介意，"他说，"我这是受到了诗人叶芝的启发[1]。在这令人不齿的紧急状态中，我觉得他的文字尤为贴切。您知道的——万物分崩离析，中心离散，世间祸乱横行，如此种种。"

"是的，"迪娜说，"而且到头来一切都糟糕透顶。"

"这个嘛，"瓦尔米克先生说，"这对叶芝先生来说倒是过于悲观了。他是不会写下这样的诗句的。不过请您后天到我的办公室来，我会向您更新进展的。"

"办公室？在哪儿？"

"就在这儿，"他笑着说，"这张破长凳就是我的办公室，"他轻轻拍拍已经放回塑料笔盒里的钢笔，"达拉尔太太，我要感谢您听我讲述我的故事。如今已经没多少人有时间容许我这样做了。我上次有这样的机会是在一年前，对一名职校学生讲的。当时我们同坐一班长途火车。再次谢谢您。"

"不客气，瓦尔米克先生。"

他离开后，几个半大孩子相中了芒果树上稀稀落落的绿色果实，奋力往下摘。他们忙活得很起劲儿，看着怪有趣的。迪娜坐着看了几分钟，然后出发回公寓去了。

一名警长和一名警员在上了挂锁的房门前跟另外两个男人争论不休。这场景在迪娜的头脑中已经预想过多次，她并未觉得事态紧急。生活中的某个阶段告一段落，另一个阶段即将开始。是时候翻开新篇章了，她心想。给被子缝上一块新花布。

---

1. 律师说的话化用了叶芝的诗歌《茵纳斯弗利岛》中的句子：我就要动身走了，去茵纳斯弗利岛，搭起一个小屋子，筑起泥巴房（《叶芝诗选：英汉对照》2012年3月出版，袁可嘉译）。

她认出了那两个男人,是房东的打手。她发现拜乞丐头儿所赐,他们的手完全变了样,手指扭成怪异的形状,变得畸形,长短不协调,仿佛孩童的涂鸦。乞丐头儿虽然死了,他的作品却留在了人世。

"怎么了,你们要干什么?"她故意虚张声势。

"我是凯萨尔警长,女士,"警察说着从腰带里抽出双手的大拇指,之前跟打手说话时他一直盛气凌人地把手指别在腰带里,"来给您添麻烦实在不好意思,这间公寓收到了驱逐令。"

"你们不能这么做。我刚从律师那里回来,他正在向法院申请强制令。"

秃头打手咧嘴笑了。"不好意思,姐妹,被我们抢先了。"

"抢先?你这话是什么意思?"她转而对凯萨尔警长说,"这又不是赛跑,我有权利去法院起诉。"

警长丧气地摇摇头。由于工作需要,他不得不长期与这些打手打交道,已经等不及想把他们关起来了。"说实在的,女士,我也无能为力,有时法律的运作方式就像是用勺子端着柠檬赛跑。驱逐令必须落实,您可以以后再上诉。"

"我还不如一头撞在墙上来得痛快呢。"

打手们也对她说的话表示同意,赞同地点点头。"法院根本没用。又是辩论又是休庭,又是证词又是证据的,没完没了。这些破玩意儿在紧急状态下都没必要。"他的搭档把挂锁晃得哗啦响,提醒执法者行动起来。

"拜托了,女士,"凯萨尔警长说,"您能把门打开吗?"

"要是我拒绝呢?"

"那我别无选择,只能把锁砸开了。"他忧伤地说。

"我开门之后会发生什么事呢?"

"公寓会被清空。"他嘟哝道,由于羞愧,他吐字含糊不清。

"什么?"

"清空,"他重复道,声音略微大了一些,"您的公寓会被清空。"

"把我的家当扔到人行道上去?为什么?这些人为什么像畜生一样?至少给我一两天的时间让我安排一下。"

"说实在的,女士,这事由房东说了算。"

"没时间了,"秃头打手说,"作为房东的代理人,我们不容许任何拖延战术。"

凯萨尔警长转身对迪娜说:"别担心,女士,您的家具保证安然无恙,我会派警察看守,确保他们小心对待所有物品。如果您有需要,我可以派他帮您雇辆卡车。"

迪娜从包里翻出钥匙打开了门。两名打手想冲进房子,好像怕门会猛然关上似的,不过他们被凯萨尔警长的胳膊挡住了。他像交警那样伸出手臂,拦住了他们。

"您先请,女士。"他略一鞠躬,跟在她身后进了屋。

他们首先看见的是裁缝们堆叠在门廊一角的纸箱。两名打手立刻开始动手往外搬。

"那些箱子不是我的,我不要了。"迪娜脱口而出,她把怨气撒在了缺席的人身上——是他们抛弃了她,是他们让她独自面对这些事。

"不是你的?那好,这箱子归我们了。"

迪娜把衣服和零散的杂物收进抽屉和橱柜,尽量抢在打手前面,因为他们已经开始往外搬家具了。凯萨尔警长忙不迭地跟在她身后,急切地想帮忙。"您想好要把东西运到哪里去了吗,女士?"

"我去维什兰给我哥哥打个电话。他可以派办公室的卡车过来。"

"好的,我来盯着这两个家伙。您出门的这段时间,我能为您做些别的什么事吗,女士?"

"您允许帮助罪犯吗?"

他悲哀地摇摇头。"说实在的,女士,那两个家伙才是罪犯,还有房东。"

"然而被赶出去的却是我。"

"我们生活的世界就是这么疯狂。若不是为了养活家人,您以为我愿意做这份工作吗?这份工作做得我胃都溃疡了。自从颁布紧急状态法案,我就得了胃溃疡,起初我以为只是胃酸过多,但是医生已经确诊,我马上就要做手术了。"

"很抱歉听见这些,"她在厨房的架子上找出螺丝刀递给他,"如果您愿意的话,可以帮我把门口的门牌卸下来。"

他欣喜地接过工具。"哦,保证照办。我很乐意帮忙,女士。"他说完便走了,心中的内疚得以略微减轻,随即在早已失去光泽的黄铜门牌前呼哧呼哧地忙活起来,满头是汗地跟螺丝较劲。

"什么?"电话另一头的努斯万惊呼道,"驱逐?家具都搬到人行道上了你才给我打电话?都火烧房子了你才开始挖井?"

"这事发生得很突然。你到底能不能派车过来?"

"我还能怎么办?这是我的责任。我不帮你还有谁会帮你?"

她回到公寓时,那些人几乎已经忙完了。最后搬出来的东西是厨房里的锅碗瓢盆和炉子。警察在人行道上守着那些东西,她全部的家当这样堆叠在一起。看上去没多少东西,她心想。这些东西看起来并不足以填满三个房间,或是她在其中度过的二十一年岁月。

凯萨尔警长得知有人接应迪娜,松了口气。"您太有福了,女士,至少您还有地方可去。我每天都能见到人们干脆把人行道当成家,精疲力尽、不知所措、垂头丧气地躺在人行道上。最神奇的是他们很快就能学会利用纸板、塑料和报纸。"

他请迪娜正式交出公寓前再把房间检查一遍。"您确定不需要门廊的东西吗?"他小声问。

"那不是我的——在我看来不过是垃圾而已。"

"您知道的,太太,无论什么东西留在这里,都会自动成为房东的

第十六章　完整的轮回

财产。"

"那是我们的。"两名打手抓过箱子说道。他们关上前门，麻利地给门闩换上一把新挂锁。凯萨尔警长办完了交接手续，一式三份的文件都签了名。

接着两名打手把注意力转向了那几只箱子，急着查看自己的意外收获。"等一下，"秃头的那个说着，从里面拎出一把黑辫子，"这是什么垃圾？"

"这怎么是垃圾呢？"他的搭档笑着说，"你正需要头发呢。"

秃头并不觉得好笑。"看看其他箱子里有什么。"

凯萨尔警长盯着他们看了一会儿，然后把大拇指别在腰带上，做好了采取行动的准备。他想起那两名死去的乞丐——臭名昭著的头发大盗杀人案。这正是他等待已久的机会。他解开枪套的翻盖以防万一，然后对手下的警察低声吩咐了几句。

"不好意思，"他客客气气地对两名打手说，"你们因为涉嫌谋杀而被捕了。"

那两个人哈哈大笑。"哈哈，凯萨尔警长真会开玩笑，"直到他们的手腕被警察利落地铐住，他们才抗议说这个玩笑开得过火了，"你说什么呢？我们没杀过人！"

"说实在的，你们杀人了，杀的是两名老乞丐。这是表面证供的绝佳案例。被杀害的乞丐的头发被人剪掉偷走了。现在这些头发在你们手里。整件事都说得通。"

"可我们是刚刚在这儿发现的！你亲眼看见我们打开箱子的！"

"说实在的，我什么都没看见。"

"你没有证据证明我们谋杀！你怎么知道这是同一个人的头发？"

"这个你们就不用担心了。就像你们之前说的，如今我们有了紧急状态这个好东西，还有《维持法》，证据之类的破玩意儿已经没有存在的必要了。"

"《维持法》是什么？"迪娜问。

"《国内安全维持法》，女士。非常方便。警察有权不经审判就将人拘留，最长可达两年。如果提出申请，还可以延长时间，"他甜甜地一笑，转而对打手说道，"差点忘了告诉你们——你们有权保持沉默，不过要是你们真的那样做，我局里的弟兄们自会为你们松松筋骨，帮助你们认罪的。"

两名打手蹲在地上，被铐住的双手放在头顶。凯萨尔警长尚未打算把他们就这样关起来。他把头发放回箱子里。"物证A，"他对迪娜说，"别担心，女士，我会在这里一直等到您的卡车过来。要是我走了，谁知道您会丢失多少财物呢。一旦您安全上路，我就把这两条狗带回局里去。"

"太谢谢您了。"迪娜说。

"不，是我要谢谢您。是您成全了我这一天。"他检查枪套是否扣好，又说，"您喜欢克林特·伊斯特伍德的电影吗，女士？比如《肮脏的哈里》[1]？"

"从来没看过。好看吗？"

"非常刺激。是部充满打戏的剧情片，"他又伤感地笑着加上一句，"肮脏的哈里是个一流的侦探。即使法律无法实现正义，他也会匡扶正义。"他压低声音又问："顺便问一句，女士，那些头发究竟是怎么跑到您家门廊去的？"

"其实我也不太确定。有两名裁缝给我做工，他们有个朋友是收头发的，然后——我也不确定，他们全都消失了。"

"紧急状态下很多人都消失了，"警长摇摇头说，"不过您知道吗，您有可能在不知情的情况下跟杀人犯打过交道。女士，多亏您吉星高照，才能平安无事地脱身。"

---

1. 1971年上映的美国电影，讲述的是旧金山的警探哈里为了破案不惜采取违法手段抓捕嫌疑人的故事。

第十六章　完整的轮回

"这么说，这两名打手没真的犯罪，是不是？"

"说实在的，他们犯了罪——只不过犯的是其他罪行。但他们进监狱绝对不冤枉，女士。这就好比借贷平衡记账法，有借必有贷。从某种角度来说，肮脏的哈里也是一名会计师，对他来说最重要的是最终达到借贷平衡。"

迪娜点点头，望着几只乌鸦在街对面干涸的下水道里翻找吃的。它们推挤、呱叫着争抢残羹剩饭。这时卡车开了过来。

"您有孩子吗？"努斯万派来的人搬家具时，她问凯萨尔警长。

"哦，有啊，"他自豪地说，迪娜的提问让他很是得意，"有两个女儿。一个五岁，一个九岁。"

"她们上学吗？"

"哦，上的。大女儿不仅上学，还要上西塔琴课呢，放学后每个星期一节课。学费非常贵，不过为了她，让我加班我也愿意。孩子是我们唯一的宝贝，不是吗？"

卡车准备就绪后，迪娜登上副驾驶的座位，再次感谢凯萨尔警长的帮助。"我很荣幸，"他说，"祝您一切顺利，女士。"

"您也是。祝您的胃溃疡手术顺利。"

由于路窄，司机颇费了些工夫才把卡车掉过头。驶出大门时，她看见易卜拉欣在柱子后面向路过的人举起铁皮罐。

卡车经过时，他抬起手想扶一扶毡帽以示告别。然而肩痛使他没法举手。他只好扯扯外套的衣领代替，然后挥了挥手。

"不好意思我回来晚了，"努斯万说着亲吻露比的面颊，然后拥抱了妹妹，"这些会开起来没完没了，"他揉揉额头，"卡车把东西都平安拉回来了？"

"对，谢谢你。"迪娜说。

"我猜你的乞丐、裁缝和房客都跟你说了'再会'吧。"他为自己的玩笑话笑出了声。

"别闹了，努斯万，"露比说，"你要好好对她，她经历了太多事情。"

"我只是开个玩笑。迪娜能回来，我真是说不出的高兴。"

他的声音变得柔和起来，充满温情。"多年以来，我一直祈求神明把你送回家。你选择独自生活，实在让我心疼。到头来全世界都背叛了你，只有家人才能帮你。"

他的喉咙哽咽了，迪娜也受了感动。她帮露比摆桌子，取来水罐和玻璃杯。这些东西都跟原来一样放在餐具柜里。这么多年过去了，这里什么都没变，迪娜心想。

"再也没有丢人现眼的裁缝和乞丐了，"努斯万说，"用不着他们，你再也不必为钱发愁了。只要你在家里帮着搭把手就行——我就这么一点儿要求。"

"努斯万！"露比责备道，"可怜的迪娜过去一直在帮我。她绝不是个懒惰的人。"

"我知道，我知道，"他咯咯笑着说，"她的问题是犟，而不是懒。"

晚饭过后，他们查看她从公寓带来的东西。努斯万大为惊骇。"你从哪里搞来的这些破烂儿？"

她耸耸肩——有些时候并不需要言语作答。这是她从马内克那里学到的实用办法。

"哎呀，这里也放不下这些东西。瞧那张丑巴巴的小餐桌。还有那张沙发，怕不是从开天辟地的时候传下来的。"他许诺说这几天就叫收破烂的人来把它处理掉。

迪娜没跟他争论。她没有哀求给她留下几件寒酸的旧物，用它们支撑起自己的回忆。

努斯万对妹妹的转变有些摸不着头脑。迪娜过于温顺、过于驯服、过于安静了，完全不像往日的她。这让他心里有点儿没底。她会不会是装出来的？她会不会暗中另有打算，趁他不备的时候反击？

第十六章 完整的轮回

他们把她抽屉里的东西放进她原来房间里的衣柜。"它一直在这儿等着你呢,"露比小声说,"你父亲的柜子。你回来我真的很开心。"

迪娜微微一笑。她取下铺在床垫上的床罩,收进衣柜底层,然后取出自己的被子,叠好,铺在床脚。

"好漂亮啊!"露比说着把被子摊开欣赏,"真是太美了!可那个角是怎么回事,怎么缺了一块?"

"我的布料用完了。"

"真可惜,"她想了想,"你知道吗,我有些很漂亮的布料,准能把这条被子补得漂漂亮亮的。你可以用那些布料把它做完。"

"谢谢。"然而迪娜心里早已做了决定,再没什么可加的了。

晚上上床后,她盖着被子,开始回忆那许许多多的事件。这些布块是她一针一线用真情紧密地织在一起的,若她回忆不顺,被子自会督促她继续下去。路灯的光芒从敞开的窗口映进房间,足以照亮被子上的花样。这便是她的睡前故事。

有一天,午夜过后,她的故事正述说到一半,努斯万和露比突然敲响房门冲了进来。"迪娜?你没事吧?"

"没事。"

"你还好吗?"

"当然了。"

"我们听见了动静,"露比说,"以为你又说梦话、做噩梦了。"

迪娜这才知道,她的叙述从默念变成了出声的讲述。"我只是在念祷告词而已。不好意思打扰到你们了。"

"没关系,"努斯万说,"只是我听不出这是哪段祷告词。你应该去火庙找咸猪手大祭司的继任者好好上上课。"他们为他这句玩笑话哄堂大笑,然后各自回到床上。

他小声对露比说:"你还记得鲁斯图姆死后她是什么样吗?她几乎每

天夜里都会在睡梦中呼喊他的名字。"

"没错,可那是很久以前的事了。她为什么还是放不下呢？"

"也许她始终没有走出来。"

"是啊。也许有些事情永远没法彻底放下。"

迪娜在房间里把被子叠好。这床拼花被把她的沉默转变成了不由自主的话语,现在必须将它锁进衣柜了。这床被子奇异的魔力能够左右她的头脑,对此她心怀畏惧,不知它会将自己引向何处。她不愿永久地踏过那条边界。

努斯万放弃了对迪娜的打趣挖苦,因为她不反击,这样做就没意思了。有时他独坐房中,回忆起那个固执、不服输的妹妹,为她的消沉感到痛心。唉,他低声叹息,对于那些不肯从生活中吸取教训的人,生活就会这样对待他们：将他们打倒、摧毁他们的意志。不过,至少她不停劳碌的日子已经过去。从今往后,她的家人会照顾她,供养她。

不久以后,每天早上来洒扫、给家具掸灰的用人被解雇了。"这坏女人要涨工钱,"努斯万解释道,"她说家里多了一个人,她扫地拖地的活变多了。这些无赖什么借口都想得出来。"

迪娜听懂了他的暗示,主动承担了家务。她像一块宽容的海绵,将一切照单全收。独处时,她就把自己拧干,做好准备接受更多的东西。

现在露比一天中大部分的时间都出门在外。不过在离开前,她总会问一句能不能帮上忙。迪娜倒也鼓励露比出门,她宁愿独处。

"多亏了迪娜,我在威灵顿俱乐部的会员卡终于派上用场了,"晚上露比对努斯万说,"过去的会员费都白白浪费了。"

"迪娜真是万里挑一,"他表示赞同,"我一直这么说。我们有过争执、吵嘴,是不是,迪娜？尤其是在结婚这件事上。不过我一直很佩服你的意志力和决心,我永远也忘不了,可怜的鲁斯图姆在你们结婚三周年纪

第十六章　完整的轮回

念日去世时，你表现得多么勇敢。"

"努斯万！你偏要在吃晚饭的时候说这件事，让可怜的迪娜烦心吗？"

"不好意思，太不好意思了，"他顺从地转移话题，说起了紧急状态，"问题是那股新鲜劲儿已经过去了。起初人们由于害怕，都很守规矩，办事守时、工作尽力——他们的忌惮已经消耗没了。政府应该想想办法，再次推动这个项目。"

晚饭时的交谈已不再提起结婚的话题。到了四十三岁，该说的话早已说尽，货架上的货物也放旧了，他私下对露比如是说。

每到星期天晚上，他们会打牌。"大家一起来啊，"努斯万在五点钟准时招呼她们，"打牌时间到了。"

他非常看重这段时间。这个场景给他梦想中的亲密家庭关系增添了一丝可信度。有时候，如果朋友来访凑齐了四个人，他们便会打桥牌。不过大多数时候只有他们三个人在，努斯万便主持牌局，一局接一局地打拉米纸牌，顽强地追求着和睦幸福的家庭生活。

"你们知道吗？纸牌起源于印度[1]。"他说。

"真的吗？"露比说。每当努斯万说起这种事，她总是对他大为钦佩。

"哦，没错，国际象棋也是。实际上，据说纸牌是从象棋演变来的。直到十三世纪才通过中东流传到欧洲。"

"真不敢想象。"露比说。

他调整一下手里的牌，正面朝下打出一张牌，喊道："拉米！"

摊开手里完整的套牌之后，他分析了其他人犯的错误。"你不该弃掉红桃 J 的，"他对迪娜说，"就是因为这个你才会输。"

---

1. 国际上普遍认为纸牌游戏起源于中国唐代，其前身是以叶子戏为代表的纸牌游戏。

"我赌了一把运气。"

他收起纸牌开始洗牌。"好了,轮到谁发牌了?"

"我。"迪娜说着接过了纸牌。

尾　声

一九八四

　　清早，来自波斯湾的航班经历了起飞延误后，终于带着马内克降落在故土的首都。他在飞机上尝试过入睡，可是经济舱在放电影，闪烁的画面在他眼前不断跳动，像坏掉的荧光灯。于是此刻他正两眼昏花地排队等待海关检查。

　　机场正在扩建，旅客们被临时关进一座波纹铁皮搭建的建筑物。他记得自己八年前出发去迪拜时机场的扩建工程刚刚开始。被阳光浸染的铁皮闪闪发光，一股股热浪从铁皮上反弹回来，冲击着旅客。空中弥漫着汗味、烟味、不新鲜的香水味和消毒剂的气味。人们用护照和海关申报表扇着风。有人昏倒了，两名杂工把他挪到海关关员桌上的电扇能吹到的地方，试图将那人唤醒。另外有人打水去了。

　　这个突发事件平息后，工作人员继续搜查行李。马内克身后的一名旅客嘟哝着抱怨速度太慢，马内克耸耸肩："也许是他们接到线报，说今天从迪拜来了一名大走私犯。"

　　"才不是呢，总是这样，"那人说，"从中东来的航班都这样。他们要找的是珠宝、金条、电器之类的东西，"他解释说海关之所以检查得这样起劲，是因为最近政府发布了新的指示，海关人员每没收一笔财物，都能按比例得到一笔奖金，"所以他们现在对我们的骚扰比平常更厉害。"

　　"我精心叠好的纱丽肯定要被弄皱了。"那人的妻子抱怨道。

　　检查马内克行李的那名关员把手指伸到衣物底下摸索。马内克暗想，若是在行李中安放一只捕鼠夹不知会不会被罚款。摸索了好一番之后，那名关员收回手，不情愿地放他过关了。

马内克勉强合上包，快步走出机场来到出租车旁，说要去火车站。司机不愿跑这趟活。"那里正好是暴动的中心。太危险了。"

"什么暴动？"

"你不知道吗？有人被殴打、砍杀、活活烧死。"

马内克没跟他争辩，换了一辆车碰运气。然而他问的每名司机都不肯跑这趟活，并且给了他同样的告诫。有些司机建议他先在机场附近找个宾馆住下来，等事情平息之后再动身。

他满心沮丧，决定给下一名司机加钱。"计价器显示多少钱，你就能拿到双倍的钱，行吗？我必须回家去，我父亲去世了。要是我错过火车，就会错过我父亲的葬礼。"

"先生，我担心的不是计价器。你我的性命可比车费值钱多了。不过上车吧，我尽力试试。"他伸手去调计价器，"空车"的牌子当啷一声翻了下来。

出租车在机场附近路上的车流中穿行，不久便上了高速公路。查看路况之余，司机从后视镜观察着乘客，马内克察觉到那人的目光落在自己身上。

"先生，您应该考虑把胡子刮掉，"司机开了口，"您有可能会被误认为是锡克教徒。"

马内克为自己的胡子深感自豪，即使被人误认为是锡克教徒又如何？他两年前开始蓄胡子，经过悉心打理才长成如今的样子。"我怎么可能被误认为是锡克教徒呢？我又不包头巾。"

"好多锡克教徒都不包头巾啦，先生。不过我还是认为把胡子刮干净对您来说更安全。"

"安全？怎么说？"

"难道您还不知道？暴动中被人杀害的正是锡克教徒。一连三天，他们烧毁锡克教徒的店铺和住宅，把锡克族男孩和男人乱刀砍死，而警察只是跑来跑去地装装样子,假装保护居民。"

一列军队的卡车车队从后面赶上了出租车,为了避让车队,司机把车子开到了马路最左边。卡车的隆隆声中,他高声对身后的马内克说:"是边境安全部队!报上说过今天要派他们来!"

车队驶过,司机的声音恢复了正常。"我们最优秀的士兵——边境安全部队,本该在最前线抵抗外敌侵略、保卫国家,现在却要戍守城市内部的边境线。真是国家之耻。"

"可为什么只有锡克教徒受害呢?"

"什么?"

"你说只有锡克教徒遭到了袭击。"

司机不可思议地盯着后视镜。这名乘客是在假装不知道吧?他最终断定他是真心在提问。"这一切是总理在三天前遇刺之后开始的,她是被锡克教保镖开枪打死的,因此据说这一切都是为了报仇。"

说到这里,他扭头直视马内克。"您到哪儿去了,先生,这里发生的事情您一点儿都没听说吗?"

"我知道刺杀事件,但不知道有暴动。"马内克盯着面前乙烯塑料座椅上的裂缝看,司机磨破的衣领从椅背上方露出来。那人脖子上长着许多小疖子,又红又亮,尚未破皮。"我最近太忙了,急着赶回来参加我父亲的葬礼。"

"是啊,"司机同情地说,"您一定很难过吧。"他猛打方向,避开路上的一条狗,那是条黄色的杂种狗,患了疥癣,瘦骨嶙峋。

马内克从后窗向外望,想看那条狗是否成功离开了危险的马路。他们后面的一辆卡车把它碾死了。"问题是,我出国已经有八年了。"他进一步解释道。

"那时间可真够长的,先生。那说明紧急状态还没结束您就走了——在选举之前。当然了,对平民百姓来说什么改变也没有。政府还在拆除穷人的房子和棚屋。在乡下,他们说只有结扎人数达标之后才会给村里挖新水井,他们告诉农民,不做结扎手术就不能领肥料。人生在世就是一天接一天的紧急状态,"他按了下喇叭,提醒沿着路肩步行赶路的人,"金庙的事[1]您听说了吗?"

"听说了。那样的事情很难错过。"马内克说。这家伙以为他是从哪里回来的?月球吗?在接下来的沉默中,他意识到自己在外面的这些年对国内的了解其实非常少。他不禁好奇,自己在沙漠的酷热中监督空调制冷的时候,国内又上演了哪些或悲惨、或滑稽的戏码。

他鼓励司机继续说下去:"金庙的事你怎么看?"

见有人询问自己的见解,司机很得意。他在首都的市郊驶下高速公路,从一辆汽车的残骸旁边驶过,那辆车已经被烧毁,车轮朝天。"我得绕路去火车站,先生,有些路段还是避开比较好,"接着他开始回答马内克的提问,"总理说有锡克族武装分子藏在金庙里。军队进攻不过是几个月前的事,而真正关键的问题是这一切究竟是怎样在多年前埋下祸根的,不是吗?"

"没错。究竟是怎么埋下的祸根呢?"

"跟她的其他问题一样,都是她自己惹的事,跟斯里兰卡、克什米尔、阿萨姆、泰米尔纳德一样。在旁遮普,她扶持一伙人找邦政府的麻烦。事后那伙人势力壮大了,就开始闹事,要求独立,搞卡利斯坦运动[2],专门找她的麻烦。是她准许动用枪炮和炸弹的,结果这些杀人不眨眼的武器反过来攻击她自己的政府。那句话是怎么说的来着——搬起石头砸自己的头,是不是?"

---

1. 1984年6月初,为了打击锡克教分离主义者,印度军方奉总理英迪拉·甘地的命令,突击位于旁遮普邦的锡克教圣地哈曼迪尔寺(俗称金庙),这次军事行动被称为"蓝星行动"。在行动中,军队、平民和武装分子均有伤亡,金庙也遭到毁坏。此后安全顾问曾提议撤走总理身边的锡克教人士,但为了避免加剧印度教和锡克教之间的矛盾,总理没有采纳这个建议。同年10月31日,英迪拉·甘地遭到锡克教保镖刺杀身亡。

2. 锡克教分裂主义运动,目的是在旁遮普邦等地建立起名为卡利斯坦的锡克教国家。

"砸自己的脚。"马内克低声说。

"没错,就是这句,"司机说,"之后她又越抹越黑,叫军队进攻金庙,抓捕武装分子。开着坦克架着大炮冲进去,像一群流氓无赖。对圣庙造成了多大的损害啊。那可是锡克教徒最神圣的圣地,所有人都很伤心。"

他这番隐忍而悲伤的话语令马内克深受触动。"她亲手创造出的怪兽,"司机继续说道,"怪兽反过来吞噬了她,现在又要吞噬无辜的人。一连三天,砍杀行动惨绝人寰,"他的手指紧紧攥住方向盘,声音颤抖,"他们往锡克教徒身上泼煤油,然后点火。他们抓住锡克男人,把他们脸上的胡须要么撕扯下来,要么用刀往下砍,然后再把人杀掉。整户的人家被活活烧死在家里。"

他一只手捂住嘴,深吸一口气,继续描述他亲眼所见的屠杀行动。"而这一切,先生,就发生在我们国家的首都。在发生这些事的同时,警察在无耻地装聋作哑,政客则说人们之所以愤怒是为了给遇刺的领导人报仇,我们还有什么办法呢?我对这些恶臭的走狗要说的只有一个字——呸!"他朝窗外吐了口唾沫。

"可我以为总理并不受人待见呢。大家为什么会这样气愤?"

"确实如此,先生,别看她穿着白纱丽,女神下凡似的四处招摇,其实老百姓并不待见她。我们姑且假设她深受爱戴——您以为那样的话,平民百姓就会做出这种事吗?才不会呢,这是犯罪团伙收了她那个党派的好处费之后干的好事。有些官员甚至还帮助那些犯罪团伙,为他们提供锡克教徒的家庭住址和店铺地址名单。否则这座城市这么大,那些杀人凶手的行动不会这样精准有效。"

他们驶过一条条街道,路边尽是冒着烟闷燃的废墟和瓦砾堆。妇女和小孩坐在残垣断壁间,或茫然恍惚,或抽泣不断。司机的面孔扭曲了,马内克看得出他的恐惧。"别担心,"他说,"我的胡子不会有事的。要是我们被拦住,他们马上就会知道我是帕西人——我会给他们看,我还穿着琐罗亚斯德教徒的圣衫和系着腰带[1]呢。"

"没错,但他们有可能要检查我的驾照。"

"那又怎么了?"

"您还没猜到吗?我是个锡克教徒——我两天前刚刮了胡子,剃了头发。但我还戴着铁手镯呢。"他抬起手,露出手腕上的铁镯子。

马内克细看司机的面孔,种种迹象突然变得明晰起来:他的皮肤尚不习惯剃刀的刮擦,划破了几处。霎时间,那人讲述的种种遭遇——残害、殴打、砍头,暴徒将人的骨头打断、皮肉刺穿、让人鲜血迸溅的各种手段——这些事马内克此前听着仍觉得置身事外,此刻却如同剃刀刮出的伤口,无比真实。下巴和脖子上凝结的点点血痂仿佛横流的鲜血之河,在新刮过的苍白皮肤的映衬下显得那样刺眼。

马内克只觉一阵反胃,脸上冰凉,尽是冷汗。"那些混账!"他哽咽地说,"我希望他们全都被人抓起来绞死!"

"真正的杀人凶手永远不会受到惩罚。为了获得投票和权力,他们草菅人命。今天受害的是锡克教徒,去年是穆斯林,再往前是哈里贞[2]。也许有一天,就连您的圣衫和腰带也无法保护您了。"

出租车开到火车站前。马内克看了下计价器,从钱包里取出双倍的钱,然而司机只按实际价格收费。"拜托了,"马内克说,"拜托你收下吧。"他把钱硬塞在司机手里,仿佛这样就能帮助他在这恐怖的状态中幸存下来,司机最终收下了钱。

"我说,"马内克说,"你为什么不把手镯摘下来,暂时藏起来呢?"

"摘不下来了,"司机抬起手用力拉扯铁手镯,"我本打算把它切断的,但我必须先找到信得过的铁匠,不会把这件事说出去。"

---

1. 琐罗亚斯德教的青少年教徒在成人仪式时会穿上一种白色短袖上衣(sudra,或sudreh),并系上一条羊毛制成的细腰带(kusti)。

2. Harijan,意为"神的子女",指印度的低种姓人群。为了破除种姓歧视,圣雄甘地提出用"哈里贞"取代以往的歧视性称呼。

"我来试试。"马内克抓住司机的手,拿着手镯又拉又拧。手镯无论如何也无法越过大拇指根部的位置。

司机微微一笑。"像手铐一样结实。我被自己的宗教给铐住了——我是名幸福的囚犯。"

"那你至少也穿件长袖衫,把它遮住,把手腕藏起来。"

"可是有时候我不得不把手伸出去示意转弯,否则交警会因为违章驾驶来抓我的。"

马内克放弃了,松开了手镯。司机双手紧紧握住马内克的手,说:"一路平安。"

儿子一到家,阿班·科拉就开始哭。再次见到他多好啊,她说,可他为什么一走就是八年,他是不是在置气?是不是觉得家人不欢迎他?她说着拥抱了儿子,拍拍他的面颊,抚摸他的头发。

"不过我喜欢你的胡子,"她恭顺地说,"衬得你非常英俊。你应该给我们寄张照片的,这样爸爸也能看见。不过没关系,我相信他在天上看着呢。"

马内克沉默地听着。离家在外的漫长岁月里,他没有一天不想起故乡、想起父母。在迪拜,他有种受困的感觉。他觉得自己身处困境,就像他接到电话通知、上门维修冰箱时碰见的那个年轻女子一样。她来波斯湾做女佣是因为承诺给她的报酬十分可观。

"怎么了,马内克?"科拉太太恳求道,"你不想住在这里、住在山区了——是不是?你是不是觉得这里太乏味了?"

"不是,这里很美。"他说着,心不在焉地拍拍母亲的手。他止不住地想,不知那名女佣后来怎么样了。劳累过度,反复遭到男主人的性骚扰,夜里被反锁在房间,被没收了护照。她曾向他求助,为了不让雇主听懂,她说的是印地语,可是还没等马内克答话她就被叫离了厨房。他感到十分为难,不知该如何介入这件事,只是匿名给印度领事馆打了个电话。

　　跟那个可怜的女人比起来，他多么幸运啊，他心想。可是他为什么像她一样无助呢？即使在这里、在家里也同样无助。

　　此刻母亲正在哭哭啼啼，马内克也希望自己能够回答她的问题。但他无法做出解释，无论对她还是对自己。他能告诉她的只有那套老生常谈的借口：工作忙、压力大、没时间——空洞的字眼重复着他每年草草写给母亲的那封家书上的内容。

　　"不，你跟我说实话，"她说，"算了，我们以后再说这个，你先休息一下。你可怜的爸爸，他多么想念你啊，可是他从不抱怨。但我知道，他的内心早就被这件事吞噬一空了。"

　　"这么说你现在是把癌症怪到我头上来了。"

　　"不是！我不是那个意思！"母亲双手捧起他的脸，反复否认，直到确定他相信了自己，"你知道吗，你爸爸曾经跟我说，他这辈子最不幸的一天就是他听从格雷瓦尔准将的劝告，相信去波斯湾工作对你有好处的那一天。"

　　他们坐在门廊上，母亲把第二天早上的葬礼安排告诉了他：祭司们来自离家最近的火庙，尽管如此，路途仍然十分遥远。他们费了好大劲才找到两名愿意主持葬礼的祭司。大多数人一听说逝者要火化就拒绝了，说他们只为葬在寂静之塔的琐罗亚斯德教徒提供服务——至于教徒是否要搭长途火车，他们才不在乎呢。

　　"这些人的思维真是狭隘，"她摇摇头说，"当然，我们选择火化是因为这是你爸爸的遗愿，可是那些付不起钱运送遗体的人怎么办呢？这些祭司难道就不肯为他们祈祷吗？"

　　她继续解释，葬礼上没有露天柴火堆。他们已经预订了山谷里的电力火葬场——这样更显庄重得体。加上爸爸对这一点并没有做明确的要求，所以不要紧。

自从父亲死后，杂货铺就关了门。她计划下个星期恢复经营，照常开张。"你打算回来定居吗？"她怯生生地试探着问道，生怕儿子嫌自己问东问西。

"这些事我暂时还没考虑。"

在他们周围，天光渐渐变暗。马内克望着一只蜥蜴纹丝不动地趴在石墙上。每隔一段时间，蜥蜴那细瘦的身体便像箭一般向前弹射出去捕苍蝇。

"你在迪拜过得开心吗？工作有意思吗？"

"还行。"

"多跟我说说。你在信上说你现在是经理了？"

"是主管，负责一支维修团队——中央空调。"

她点点头。"迪拜是什么样啊？"

"就那样。"他绞尽脑汁想补充几句，却发现自己对那个地方一无所知，也不愿去了解它。时至今日，那里的人、那里的风俗、那里的语言对他而言仍然跟八年前他降落在那里时同样陌生。他的流离似乎永无休止。"有很多大宾馆，还有上百家出售金银首饰、音响电视的商店。"

她又点点头。"肯定是个很漂亮的地方。"他的不悦仿佛是种实实在在的负担，令她也深感痛苦。她觉得现在是时候谈谈他回家的事了。"现在杂货铺是你的了，这你也知道。你想回来经营、革新都可以，你想怎么安排就怎么安排。要是你想把店铺卖掉，用这笔钱做空调制冷的生意也可以。"

他听出母亲的语气不同于以往，不禁感到难过。一位母亲跟自己的儿子说话竟然如此瞻前顾后——难道他真的这样令人生畏？"这些事我暂时还没考虑。"

"慢慢来，不着急。你想怎样都行。"

他听出母亲是在努力安抚自己，不禁皱了皱眉。他回家后的这般行为，加上长期离家在外，很少写信，即使写也只是敷衍几句，她为什么不直说这一切都让她感到厌恶呢？假如她真的指出这一切——他会为自己辩解吗？他会道出原因，尝试着解释这种种努力在他看来多么无用吗？不会。因为那样母亲又会哭起来，而他则会告诉她别犯傻了，她会追问其中的细节，而他则会告诉她不要来管自己的事。

"我在考虑，"科拉太太把话题转向了没那么危险的方向，"既然你过了这么多年才回来，也许应该借这个机会去看看我娘家的亲戚。苏打瓦拉家族的人全都盼着再次见到你呢。"

"太远了，我没时间。"

"就连两三天的时间也没有？你还应该跟你上职校时寄宿的那位女士打个招呼。她见到你一定会很开心的。"

"过了这么长时间，她肯定早就把我忘了。"

"我不这么想。若不是因为她，你就不可能拿到培训证明。你不喜欢学校的宿舍，打算直接回家来的，你不记得了吗？你能有今天的成就，迪娜·达拉尔为你提供吃住也有一份功劳。"

"没错，我记得。"听见母亲说他有"成就"，他分外难堪。

暮色降临，马内克盯着看的那只蜥蜴渐渐与石墙融为一体，只有移动时才格外明晰地再次显现出来。不过，马内克心想，那家伙准是吃饱了，因为它已经不再向前飞扑着捕苍蝇了——它的肚子明显变鼓了。

"马内克。"母亲等他把脸转过来对着自己，才继续说道，"马内克，你为什么离我这么远呢？"

他眯缝起眼睛端详她的面容——母亲很少说这种傻话。"因为我在迪拜工作。"

"我说的不是那个距离，马内克。"

母亲的回答让他感觉自己很愚蠢。母亲轻拍他的肩膀，说了声"该做饭了"，便进了屋。

他听着厨房里的动静传到门廊，那声响小心翼翼，一如母亲的话语。锅碗瓢盆，还有刀的声音——菜板上发出一连串敲击声，是她在切东西。水在水池里流动。一声钝响，接着是窗栓插上的声音，母亲关上了窗户，以抵挡夜晚的寒意。

马内克在椅子上颇不自在地动了动。做饭的声音、微凉的暮色、山谷里泛起的雾气渐渐将旧日回忆送进了他纷乱的思绪里。儿时的清晨，他醒来，站在风景如画的卧室窗口，望着太阳登上白雪皑皑的山峰，山中的雾气翩翩起舞，妈妈在做早饭，爸爸在准备杂货铺开门。接着，烤吐司和煎鸡蛋的香味引得他肚子饿，他把暖融融的脚塞进冰凉的拖鞋，打个舒畅的冷战，刷过牙，匆匆下楼，向妈妈献上早安拥抱，然后坐在自己的椅子上。不多时，爸爸搓着双手走进来，端着他的专用茶杯站着大口喝着茶，望着窗外的山谷，然后坐下来吃早饭，继续喝茶，妈妈则会说……

"马内克，外面有点儿凉了，你要不要穿件毛衣？"

母亲的话打断了他的回忆，思绪如同轰然倒塌的纸牌屋。"不用，我这就进屋。"他高声应道。这打断令他心烦，仿佛只要他沉浸其中的时间足够长，就能够重新捕捉、重建、修复当年的美好时光。

蜥蜴还贴在石墙上，隐藏在石头的保护色中。马内克决定等光线暗到完全看不清蜥蜴就回屋去。他讨厌那东西的形状、颜色和它丑陋的尖嘴。它快速伸出舌头的动作那样邪恶，吞吃苍蝇的方式那样无情，就像时间吞噬了人类的努力和欢乐。时间，这位终极棋手永远也无法被人将军。永远无法逃出它鼓胀的肚子。他想杀掉这令人憎恶的动物。

他抄起门廊角落的拐杖，蹑手蹑脚地凑上前，挥起拐杖砸向蜥蜴。木棍砸在石头上发出一声脆响。他迅速退后，检查脚边的地面，随时准备再补上一击。然而地上空无一物。他又看看石墙，什么也没有。他打中的只有空气。

这时他又为自己没有杀死蜥蜴而松了口气。他好奇它是什么时候逃走的，只留下了影子迷惑他。他凑近观察石墙的纹路，手指在墙面上摸索着寻找。肯定是石头上某个不寻常的记号、一处凸起、一道裂缝或是一块空洞欺骗了他的眼睛。

然而蜥蜴的轮廓消失了。尽管他努力搜寻，却无法重现它的身影。想象中的蜥蜴跟现实中的蜥蜴一样，消失得无影无踪。

火化后的第二天早上，马内克跟母亲捧着木盒出门，将父亲的骨灰撒在山上父亲散步时最爱去的地方。父亲想把骨灰撒遍山野，撒在尽人力所能及的所有山地，越远、越广越好。实在不行你就雇个夏尔巴人[1]，他曾这样开玩笑，只是千万不要把我全倒在一个地方。

"依我看，你爸爸这是在逼着我陪他远远地散一回步。"科拉太太说着用手背擦掉眼泪，以免沾湿手指影响撒灰。

马内克后悔自己没有经常陪父亲出门散步。他多希望自己幼年时那种喜乐与热切能持续到后来的岁月中，持续到父亲最需要他的时候。相反地，面对父亲对溪流、飞鸟和花朵与日俱增的专注，他反而感到难堪，尤其是在镇上的人开始议论科拉先生拍打石头、抚摸树木之类的古怪举止之后。

这天早上天色沉静，没有微风把骨灰吹向远方。马内克和母亲轮流从盒子里捏出小撮灰色的粉末撒在山间。

骨灰撒了一半，阿班·科拉内疚不已，觉得他们抛撒骨灰不够彻底，没有达到丈夫的期望。她开始勇敢地往更危险的地方走，试图将骨灰撒进水流微弱的瀑布，撒进够不着的野花丛，撒在一棵从悬空的峭壁上向外伸展的树木周围。

"这是你爸爸最喜欢的地方，"她说，"他常常向我描述这棵树，说它长得多么奇怪。"

"当心啊，妈妈，"马内克提醒道，"你想撒在哪里，告诉我就行了，

---

1. 一个生活在喜马拉雅山脉地带的民族。由于常年生活在高山地带，许多夏尔巴人以登山向导为业。

别把身子探那么远。"

但那不是一码事,她这样想着,继续步履蹒跚地爬下陡峭的山间小路。马内克担心的事情终于发生了。她脚下一滑,从山坡滑了下去。

他跑到母亲跌倒的地方,帮她揉着膝盖。"噢!"她说着试图起身往前走。

"别动,"他说,"在这儿等着,我去找人帮忙。"

"不用,不要紧,我能爬上去。"她走了两步,再次倒在了地上。

马内克把骨灰盒妥善地塞在一块岩石后面,然后快步跑到马路上向路过的人高声呼唤,说他的母亲受伤了。不出三十分钟,朋友和邻居便成群结队地赶来救援了,打头的是令人敬畏的格雷瓦尔太太。

自从丈夫去世后,格雷瓦尔准将的妻子举手投足愈发具有领导的气质了。无论身处何地,她总会主动掌控局面。朋友们大多欢迎她这样做,因为这样一来,无论是筹备晚宴还是组织出游,自己的工作量总归是减少了。

格雷瓦尔太太估量了科拉太太所处的困境,派人找来两名挑夫。这两个人如今在五星级宾馆里做服务生,在过去,他们俩合伙用滑竿抬着老弱的游客走山路,观赏沿途风景。新路建成后,观光大巴可以直接开上山,挑夫就没活干了。

不过他们俩很乐意把滑竿重新取出来抬科拉太太。马内克问他们抬得稳不稳当,担心他们在宾馆做了多年轻松的工作,来往于厨房和餐厅之间,脚下的功夫已经不稳当了。

"别担心,先生,"那两个人说,"这是我们家祖传的工作,已经融进血脉了。"尽管路途很短,但是有机会施展旧手艺,看得出他们很激动。

"马内克,你能留下来把骨灰撒完吗?"科拉太太被人扶上滑竿时问道。

"对,他要留下来,"格雷瓦尔太太替他们做了决定,"马内克,你撒完骨灰再跟上来。你妈妈跟着我不会有事的。"

她示意挑夫动身，他们用整齐划一的动作把滑竿扛在肩上，一溜小跑地走了起来，胳膊和腿活动起来仿佛上了油的机器，在崎岖不平的山路上踏出平稳的节奏，使乘客免受不必要的颠簸。马内克不由得回忆起父亲曾带他凑近观察的火车头……父亲在火车站把他抱在怀里，火车司机拉响汽笛……驱动轴、曲柄和活塞有力地推进、冲击，发出有规律的咣当声……

"唉，要是法鲁赫能看见这个场景就好了，"科拉太太笑中带泪地说，"他妻子撒了骨灰之后被人用滑竿抬回家去。他如果见到我这副笨手笨脚又娇气的样子，不知会怎样笑话我呢。"

马内克目送挑夫消失在下一个转弯处，然后原路折返，取回放在岩石背后的骨灰盒，继续撒骨灰。渐渐地，起风了，云朵懒散地缓缓飘荡，在天空中展开了一场赛跑，投下的影子落在低处的山谷。他让骨灰从指缝落下，被风带走。他拢了拢盒底的骨灰，然后将盒子翻转过来，在外面轻敲几下。最后一丝骨灰随风飞逝，去探索广袤的山野。

格雷瓦尔太太大步跟在挑夫们身后，不时高声指挥他们。"当心，那条树枝很低，可别撞到科拉太太的头。"

"别担心，太太，"挑夫喘着粗气说，"我们的老本行还没忘呢。"

"嗯，"格雷瓦尔太太半信半疑地说，"小心点儿，那块石头很大，可别被它绊倒。"

这一次是科拉太太替挑夫们开了口。"别担心，他们都是专家。我坐得很舒服。"

那两名滑竿挑夫离开山路，开始沿着马路往镇上走，跟在后面的朋友和邻居们纷纷鼓掌。人们已经许多年没在路上见过滑竿了，沿路的人见到这个旧物件都为它开心地喝彩。许多人干脆跟在后面，自发的庆祝队伍越来越壮大。

每隔一段时间，滑竿队伍就不得不停下来让到路边，好让卡车和大

尾声 一九八四

巴经过。这样停了五次之后,格雷瓦尔太太不服气了。"我受够了这一套,"她说,"大伙儿跟我走。出来,到路上去——到马路中间去。我们不该给任何人让路,尤其是今天,科拉太太有权利在马路上行走,今天对她来说是个特殊的日子。让汽车等着吧。"

所有人都赞同格雷瓦尔太太的提议,有三十五分钟的工夫,他们排着队昂首阔步,坚定地往镇上走,不耐烦的汽车在他们身后排成长队,司机或按喇叭,或高声呼喊。大多数时候格雷瓦尔太太对他们不予理睬,决意对他们低劣的噪音充耳不闻。不过,由于气愤,她时不时便停下脚步朝身后高声叫嚷:"放尊重点儿!这女人刚没了丈夫!"

走了大约一个小时,救援队平安到家,科拉太太舒舒服服地坐在安乐椅上,膝盖上放着冰袋。格雷瓦尔太太坐在她对面的靠背椅上,挺直的椅背犹如哨兵。她不肯跟其他人一同离开,坚定地说:"葬礼过后的第一天,决不能让你一个人待着。"

她这副样子让科拉太太觉得有些好笑,但又对这份陪伴心怀感激。她们回忆杂货铺的过往、繁荣的旧日光景、茶话会、晚宴以及兵营里的日子。过去的生活多么美好啊,空气清甜而新鲜——无论你什么时候感到病了、累了,只要来到室外深呼吸几下,立刻就会觉得好多了,不必吃药,也不必吃维生素片。"如今整个环境都变了。"格雷瓦尔太太说。

就在这时,马内克踏进了家门,屋里陷入了尴尬的沉默。他不禁琢磨她们之前在谈论什么。

"你回来得真快啊,"格雷瓦尔太太打量着他说,"年轻人腿脚就是利索。骨灰撒得还好吗?"

"很好,谢谢。"

"你确定你撒得认真吗,马内克?"母亲问他。

"确定。"

又是一阵沉默。

"你在迪拜还干什么了?"格雷瓦尔太太问,"除了留胡子?"

他只是笑笑。

"嘴还挺严。但愿你赚了不少钱。"

他又笑笑。格雷瓦尔太太又待了一会儿便走了,说她不必久留。"现在可以由你来照顾母亲了。"她别有深意地补上一句。

马内克检查了冰袋,然后提议做些奶酪三明治当午饭。

"我儿子离家八年才回来,我却连饭都不能给他做。"母亲叹息道。

"不过是三明治,谁来做有什么要紧的?"

她听出他语气不善,便打住了话头,不久又开了口。"马内克,拜托你别生气。但你能不能告诉我,你为什么这样不开心?"

"没什么好说的。"

"我们两个都为你爸爸的死而伤心,但这不可能是唯一的原因。自从他确诊结肠癌以来,我们已经料到了会有这一天。你的悲伤有着不同的原因,我能感觉到。"

她看着他切面包,等待着他的回答,但他依然面无表情。"是不是因为他活着的时候你没来看他?你不该为此自责。爸爸知道你回来一趟很困难。"

他放下面包刀转过身来。"你真的想知道原因?"

"真的想知道。"

他重新拿起刀,一边认真地切面包一边保持声音平稳。"你们把我送走了,你和爸爸。一旦走了,我就回不来了。你们失去了我,而我失去了——一切。"

她一瘸一拐地来到他身边,拉住他的胳膊。"看着我,马内克!"她含着眼泪说,"事情并不是你想的那样,你是我和你爸爸的全部!无论我们做什么,都是为你好!求你了,求你相信我!"

他轻轻抽回胳膊,继续做三明治。

"你怎么能说出这么伤人的话,接着就不吭声了?你过去总是抱怨爸爸遇事反应过激。现在你的行为跟他完全一样。"

尾声 一九八四

他不肯再讨论这件事。母亲跛着脚跟着他在厨房里团团转，反复哀求他。

"既然你非要拖着受伤的膝盖走来走去，那我做三明治还有什么意义？"他恼火地说。

她只好顺从地坐下，等他备好午餐放在桌上。吃饭时，她趁儿子不注意的时候偷偷观察他的脸。天色渐渐转暗，马内克刷干净盘子，放在架子上沥水，滚滚雷声席卷山谷。

"我们今早运气真好，"天上下起毛毛雨时母亲说道，"我打算上楼休息了。要是潲雨你就把窗户关上行吗？"

他点点头，扶着她上了楼梯。她忍着疼微微一笑，满足地倚在儿子肩上，为他强壮有力的臂膀感到自豪。

母亲上床后，马内克回到楼下，站在窗口望着闪电，沉醉于雷鸣之中。他在迪拜时很怀念这样的雨。山谷渐渐被雾气笼罩、消失。他在屋里焦躁地来回踱步，然后来到杂货铺里。

他仔细查看货架，回味罐子、盒子上多年未见的商标。他心想，这间小店多么小、多么破败。这间小店曾是他整个宇宙的中心，而如今他离它已经那样遥远，远到他觉得自己无法回来。他好奇是什么让自己变得如此疏远，可以肯定的是绝对不是干净整洁的迪拜。

他走下台阶来到地下室，灌装汽水的机器沉睡于此。到处都是蜘蛛网，蒙住了败下阵来的生产设备。对科拉可乐的需求已经近乎为零，父母曾在信中写道——每天只做六瓶，给挚友和街坊邻里。

他在空瓶和木箱之间闲逛，地下室的角落放着一叠发霉的旧报纸，被麻袋掩住了一部分。他抚摸着粗糙的麻袋，感受到纤维的刺痛，体会它散发出的浓重木质和植物气息。报纸的日期回溯到十年前，没有按时间排序，而是在十年间杂乱地跳跃。奇怪，他心想，爸爸在店里时常要用报纸包裹商品，或者塞在包裹里用来减震。这些肯定是被爸爸忘了。

他决定把报纸拿到楼上翻看。阴沉多雨的午后似乎正适合翻看旧报纸打发时间。

他在窗边的椅子上坐下,翻开一份泛黄、布满灰尘的报纸。这是紧急状态结束后选举之后的报纸,总理输给了反对党派联盟。有些文章报道了紧急状态下的虐待行为、折磨受害人的证词,以及警察拘留期间造成的大量死亡案例引起的公愤。在她执政期间被迫缄默的编辑人员呼吁成立特殊委员会,调查恶行,惩治有罪之人。

千篇一律的报道令他不耐烦,他翻开了另一份报纸。新政府对于如何评判前任总理举棋不定,同样叫人读得很没兴致。只有一篇文章例外,里面引用了一位内阁部长的话:"她必须接受惩罚,她是个坏女人,跟埃及艳后一样邪恶。"而陷入瘫痪的政府达成的唯一一个统一意见是将可口可乐逐出国,因为他们拒绝交出秘方和经营权;经过一番调整,这项举措与执政联盟中各方的思想体系都相吻合。

几份报纸过后,执政联盟在无休止的争吵中解散了,即将发起新的选举。前总理已经做好准备甩掉"前"缀,重掌权力。报纸上反对她的长篇大论立刻打住,换上谄媚的语气念起紧急状态的好来。一篇报道低声下气地写道:"总理本人会不会就是天神的化身呢?毫无疑问,她体内蕴藏神力,盘卧在她脊梁的末端,如今昆达里尼能量[1]已然觉醒,即将带她进入超凡的境界。"其中并无讽刺意味,只是长篇颂词的一部分而已。

马内克读腻了,便翻到运动版。报上有板球比赛的照片,以及澳大利亚队长说的那句"一群第三世界的乞丐,以为自己会打板球"。接着便是"乞丐"们在对抗赛中战胜澳大利亚队后燃放烟火欢庆胜利的情景。

他加快了翻报纸的速度。过了一会儿,就连照片看上去也都大同小

---

1. 昆达里尼能量(Kundalini Shakti)是印度教中的概念,常以女神或沉睡的蛇为象征。是生命力的象征、性力的来源。传统印度教认为昆达里尼蜷曲在人脊椎骨的末端,通过修习瑜伽将其唤醒,沿体内的能量中枢"脉轮"上升,最终达到梵我合一的境界。

异了。火车脱轨、雨季洪水、桥梁坍塌；官员们接受花环、发表讲话、到天灾人祸的现场视察。他翻动报纸，不时瞥向窗外，那是天气的舞台——大雨如鞭，疾风撼动雪松，电闪雷鸣。

接着一篇报道吸引了他的目光。他翻回去细看，照片上是三个年轻女子，身穿短衫和围裙，从天花板的吊扇吊下来。她们纱丽的一头系在吊扇的挂钩上，另一头系在自己脖子上，歪着头，手臂软绵绵地垂在身侧，像布娃娃的肢体。

马内克读了旁边的报道，他的目光反复游移，落回那骇人的场景上。那三名女子是三姐妹，分别十五、十七、十九岁，趁父母外出时悬梁自尽，留下一封信解释了这样做的原因。她们知道父亲无力为姐妹三人筹备嫁妆，为此郁郁寡欢。经过多次焦急的讨论，她们决定迈出这一步，以免父母承受三个女儿都嫁不出去的耻辱。她们乞求父母原谅自己，这种行为固然会给父母带来极大的悲痛，但她们实在看不到别的出路。

那张照片重新吸引了马内克的目光，凝固的场景清清楚楚，叫人毛骨悚然、充满遗憾又令人发狂。他觉得那三姐妹看上去有些失望，仿佛她们原本以为自缢后会经历其他超出死亡本身的东西，却发现死亡就是死亡。他不禁钦佩她们的勇气。他想，人要有多么坚定的意志才能解开身上的纱丽，系在自己的脖子上。抑或这其实很容易做到，只要这个行为兼具逻辑的美感与理智的沉重感就可以。

他努力将目光从照片上移开，继续读剩下的文章。记者见到了她们的父母，写道他们已经承受了过多的悲痛——在紧急状态期间他们已经失去了长子，而孩子的死因至今没有得到令人信服的解释。警察宣称他死于铁路交通事故，但父母说他们在太平间里见到儿子的尸体上有伤。根据报道，受伤迹象与其他已经确认遭到拷打的人伤情一致："除此以外，考虑到紧急状态下的政治气候以及他们的儿子阿维纳什是学生联盟的活跃成员这一因素，这更像是又一起警察拘留期间的非正常死亡事件。"

文章接下来的部分评论了国会委员会针对紧急状态下违法行为的调查,但马内克没有往下读。

阿维纳什。

雨水敲打着房顶,从窗口落进屋里。他想沿着原本的折痕把褪色的报纸折起来,但他的手止不住地颤抖,报纸在他膝头哗啦作响,乱糟糟地皱了起来。房间里令人喘不上气,他挣扎着从椅子上站起身。带有地下室的霉腐味的报纸哗啦一声落在地上。他来到门廊,深深呼吸大雨的气息。风从门口吹进房间,掉落的报纸在房间里飘飞,窗帘抽打着窗户。他关上门,在潮湿的门廊来回踱步,接着走进雨中,泪流满面。

不出几秒钟,他的衣服就湿透了,湿漉漉的头发贴在额头上。他绕着房子打转:走下缓坡来到后院,在低处绕了一圈,又从房子另一侧回到高处。瓢泼大雨中,他看见了用来把房子的地基固定在山崖上的钢缆。可靠的钢缆将房子牢牢定住,已经过了四代人。但他敢肯定,自己离家在外的这些年里房子绝对动过。一幢有自杀倾向的房子。阿维纳什曾这样说。一点点,再一点点——终有一天它会扯出锚定桩,一头跌下山崖。那情形很符合如今的形势。一切都在渐渐失控、滑落、无可挽回。

他走上镇中心广场的马路,此时几乎奔跑起来。他不在乎旁人的侧目,眼前只有那张照片。三条纱丽勒住脆弱的脖颈……阿维纳什的三个妹妹……小时候阿维纳什很喜欢给妹妹们喂饭,而她们常咬他的手指开玩笑。还有他们可怜的父母……世上有什么天理可言?神灵到哪儿去了?这该死的傻子到哪儿去了?他究竟懂不懂什么是公正、什么是不公?他连最简单的借贷平衡都不懂吗?若他是在经营公司,放任事态如此发展,只怕早就被炒了……那名女佣的遭遇,首都被杀死的数千名锡克教徒,还有那可怜的出租车司机戴着取不下来的铁手镯。

马内克仰望天空。父亲的骨灰早上刚刚撒下。此刻被雨淋湿,随水流走。这念头令他难以承受，因为什么也剩不下……而妈妈，孤零零的……

他在路上奔跑，路面很快变得泥泞湿滑。他奔跑、踉跄、滑倒，想找到一个景致依旧青翠怡人的地方，一个幸福而宁静的地方，父亲在那里散步，步伐矫健而自信，手臂搂着儿子的肩膀。

他在泥地里深一脚浅一脚地跑，脚下一滑，他连忙展开双臂以免摔倒。此时他才体会到父亲感受到的那种绝望——周遭熟悉的世界离自己越来越远，丑陋的山谷满目疮痍，山林渐渐消失。父亲说得对，他想，群山在渐渐死去，而我实在愚蠢，居然相信山峦亘古不变，父亲会永远年轻。若我跟他多些交流，若他让我与他更亲近些就好了。

然而父亲的骨灰还散落在寒冷而猛烈的大雨里。他跑回自己上午将盒子倒空的地方。他上气不接下气，在母亲停留过的每一处停下脚步，却找不到一丝灰白的踪迹。他的呼吸变成了剧烈的抽泣，他拂去树叶，踢开石头，翻动残损的树干。

什么都没有。他来得太晚了。他跌跌撞撞跪倒在地，手指插进淤泥。大雨无情地落下，他无力起身，用满是污泥的双手捂住脸，哭啊，哭啊，哭啊。

一条狗啪嗒啪嗒地踩在泥地上向马内克走来。雨声嘈杂，他没听见。狗越走越近，嗅了嗅。他心里一惊，放下手才发觉狗的鼻子正抵着自己的手。那狗舔舔他的面颊，他拍拍它，这会不会是爸爸过去在门廊喂养的流浪狗之一呢？他发现狗的腰间有一处已经化脓的溃疡，不由得想到父亲用来给流浪狗疗伤的自制药膏，不知它是否还放在柜台底下的架子上。

此时雨势略有减小。他站起身，用湿衣袖擦了把脸，眺望山腰。云层逐渐现出缝隙，山谷在浓雾中依稀显现。

他留在原地等雨彻底停下来。这时只剩下毛毛细雨，轻柔的雨点落在皮肤上，比人的呼吸更轻。他回到那棵长在悬空峭壁上的树所在的地方。流浪狗跟着他走了一段。由于生了脓疮，它走路一瘸一拐，感染很可能已经深入骨头。这可怜的家伙只剩下几个星期的寿命了，马内克心想，没人照顾它、给它疗伤。爸爸不在了，有谁在乎这些呢？

他眼里重新泛起泪水，往家的方向走去。雨水汇成数不清的小溪，顺着山坡往下流。它们将壮大山中的溪流，为临时形成的瀑布贡献力量。等到明天一切都会绿意盎然，生机勃发。他想象着骨灰被闪亮的水流冲走，流遍山野。父亲的遗愿实现了——他彻底散布在山野间，比人迹所能至的范围更加广博：强大而审慎的自然之手接管了这个任务，而父亲遍迹山野，与他深爱的地方融为一体。

科拉太太裹着羊绒围巾站在门廊，眺望路的尽头，焦急地等待着。马内克刚走进她的视野，她立刻拼命地挥手，他也加快了脚步。

"马内克！你到哪儿去了？我打了个盹儿，醒来你就不见了！雨下得这么大，把我担心坏了，"她抓住儿子的胳膊，"瞧瞧你，浑身都湿透了！脸上身上净是泥！出什么事了？"

"没事的，"他轻声说，"我没事。我想出去走走，结果摔了一跤。"为了解释身上的泥，他补上一句。

"你跟你爸爸一样，净干傻事，他也喜欢冒雨散步。快去换身衣服，我去给你准备些茶和吐司。"大雨冲散了岁月，他又变回了她年幼的儿子，浑身湿透，束手无策。

"你的膝盖怎么样了？"

"好多了。冰敷很见效。"

他上楼来到自己的房间，擦洗身体，换上了干衣服。回到楼下时茶点已经准备好了。母亲给他的茶加了两勺糖，自己加了一勺。他的茶倒在父亲的杯子里。母亲搅搅茶水，把杯子送到他面前。"你还记不记得，你爸爸喝第一杯茶的时候总要在厨房里走来走去？"

他点点头。

母亲笑笑。"偏要在我最忙的时候挡我的路。不过近几年他不再这样了。他只是直接进屋，静静地坐下，"母亲在椅子上侧探过身子，手指轻轻抚摸马内克的头，"瞧瞧，你的头发还在滴水呢。"

她从放桌布的橱柜里取出一块餐巾，开始帮他擦头发。她擦得用力，动作简短而迅速，他的头也跟着前后摇晃。他本想反抗，却又觉得这样令人心神放松，便任由母亲继续擦。他闭着眼睛，脑海中浮现出城里的按摩师的身影，那是八年前，他和小翁在海滩上看着顾客坐在沙滩上，头被按摩师又捏又揉，敲敲打打。海浪在他们身后漫上海岸，黄昏时分微风拂面，空中弥漫着茉莉花的香气，是从附近的小贩那里飘来的，乳白色的花朵串成串，女人会买来别在她们发间。

"我想我还是去拜见一下亲戚们，还有迪娜阿姨。"母亲帮他擦头发的轻快动作为他的声音加上了一丝颤音。

"你这样说话声音真好玩，像是在边说话边漱口。"她笑着收起餐巾，"他们见到你一定会很开心的。你什么时候走？"

"明早就走。"

"明天？"母亲怀疑这是他想出的办法，目的是摆脱自己，"那你什么时候回来？"

"我想从那边直接回迪拜。这样更方便。"

她知道自己的脸色一定很伤心，但马内克似乎并没察觉。他的话语在她耳中渐渐变得模糊不清，母子之间已隔了千山万水。

"我的想法是，"他继续说道，"早点回到单位——交上辞职信，然后看看他们什么时候能放我离职。"

"你说辞职？然后呢？"

"我已经决定回来定居了。"

母亲的呼吸急促起来。"这个主意太好了，"她说着，竭力克制着潮水般涌上心头的情感，"你可以卖掉杂货铺自己创业，然后——"

"不，我回来就是为了这间铺子。"

"你爸爸知道了一定会很开心的。"

他从桌边起身来到窗口。到头来，不必万事都糟糕透顶——他要向自己证明这一点。他要先跟所有朋友们见一面：小翁，跟妻子婚姻美满，现在至少也该有两三个孩子了；不知他们叫什么名字？如果有男孩，肯定叫纳拉扬。还有自豪的伯祖父伊什瓦，笑容满面地坐在缝纫机旁，不时管教孩子们，叫他们离旋转的飞轮和跳动的缝衣针远一点。还有迪娜阿姨，掌管小公寓里的成衣出口生意，像指挥交响乐团那样操持全家，在忙碌的厨房里指点江山。

没错，他要亲眼去看一看。既然世上有许多苦难，就必定也有许多喜悦，没错——只要你知道该去哪里寻找。过不了多长时间他就要回来接管科拉可乐和杂货铺。固定房子的钢缆该加固了，房子应该整修，他要安装新式的灌装设备，他存的钱足够办这些事了。

科拉太太来到窗前，站在他身边。他的手紧紧抓住窗台，指节发白。这是双强壮的手，跟他父亲的一样，母亲心想。

"又起云了，"马内克说，"今晚还要下雨。"

"是啊，"母亲附和道，"也就是说明天万物都会青翠葱郁。肯定会是美丽的一天。"

他伸手搂住母亲，给了她一个童年时代的早安拥抱，尽管此时已是夜晚。她满足的叹息声几乎难以听见。母亲握着他的手，那手搭在母亲肩上，温暖有力。

三十二个小时南下的火车上，雨始终伴随着马内克穿越国土，出山区、过平原。他险些误了火车，因为从镇中心广场开往火车站的大巴遇上泥石流延误了。昨天满以为会是阳光普照、万物青翠，结果未能实现，暴风雨依旧强劲。到达目的地后，他走出喧嚣拥挤的车站大厅，大雨过后，城市的街道闪着湿漉漉的光。

尾声 一九八四

出租车停靠站是空的。他在路沿等车,身边遍地是水洼。他的箱子没地方放,只好两只手换着提。

这时他注意到身后的石板路上有道裂缝,蠕虫源源不断地从里面爬出来,暗红色的身体爬过被雨淋得湿滑的人行道,是环节虫。有几条已被行人踩烂了,还有几十条在源源不断地往外爬,爬过浅浅的积水,从死去的同类身上爬过。

他观察虫子时,时间的齿轮毫不费力地掉转方向,繁忙的人行道变成了迪娜阿姨的浴室。那是他在她公寓度过的第一个早上,他听见她在门外说话,顿时愣住了,同时仍在留意那团扭动着前进的虫子。她后来把他笑话了好一通,想到这里他不禁微微一笑。石板缝里的虫子这时几乎都爬了出来,最后几条虫子正慢吞吞地爬向安全的阴沟。

他决定当晚就去看望母亲的娘家亲戚,先完成这个任务,明天他就可以全天陪着迪娜阿姨、伊什瓦和小翁了。

一辆出租车噪声大作地开到他身边。司机一条胳膊耷拉在车窗外,知道有活干,满心期待地看着他。

"去格兰达酒店。"马内克说着打开了车门。

他洗漱更衣,出发去忍受苏打瓦拉家亲戚们热切的嘘寒问暖。整个晚上他都耐心地任由大家叫自己马克,畏畏缩缩地忍受他们的拥抱、拍打和亲昵。那情形有点像犬展,而他是条得了奖的狗。

"我们听见你爸爸去世的消息真是既吃惊又伤心,"亲戚们说,"你们住得那么远,我们连葬礼都不能去参加。实在抱歉。"

"没关系,我能理解。"他想起爸爸过去对苏打瓦拉家亲戚们的评价——毫无生气,像放了气的汽水,快把自己无聊死了。而到头来,爸爸也失去了自己的生气。

马内克突然觉得置身于这幢房子里异常压抑,这次拜访让他精疲力尽。他感觉若是继续跟这群亲戚在一起只怕自己会昏倒,于是他起身伸出手:"很高兴再次跟大家见面。"

"再待一会儿吧,今晚在我们这儿住,"大家挽留他,"这样多好啊。明天早上我们吃煎蛋卷,再做些新鲜的酸甜咖喱虾。"

他坚持拒绝。"我晚饭约了谈生意。明天早晨还有早餐会。我必须得回宾馆了。"

亲戚们对此十分体谅,并且对早餐会这种事深深敬服。他们送他离开,声声祝福,要他尽快再来做客。"可别再让我们等这么多年了。"大家说。

回宾馆的路上,他去了趟航空公司的办公室,核对预订的机票。票务代理向他确认了订票:"是后天的飞机,先生。您的起飞时间是晚上十一点三十五分。请您在晚九点前到机场。"

"谢谢。"马内克说。

回到格兰达酒店,他到餐厅吃了一盘羊肉香饭,随后在大厅里读了会儿报纸,然后取了钥匙回房休息。他睡着时头脑中想的是迪娜阿姨,以及伊什瓦和小翁失踪那次他们熬到深夜为再会公司赶制衣服的事。当时的生活真是大写的麻烦。

当年的住处经过翻修,已经完全变了样,马内克迟疑了一阵,怀疑自己搞错了地址。大理石阶梯、保安员、门厅的墙壁嵌着亮闪闪的花岗岩,每间公寓都配有空调,楼顶有座花园——当年的廉租房变成了豪华公寓。

他查看入口处的名牌。那个混蛋房东终于得逞了,他赶走了迪娜阿姨——到头来,她的生活确实糟透了。那裁缝们呢,他们现在在哪里工作?

他回到楼外,绝望渐渐揪住了他的心,太阳照得他头晕。也许迪娜阿姨知道伊什瓦和小翁在哪里。她能去的地方只有一个:她哥哥努斯万家。可是马内克没有他家的地址。再说何必呢——她见到他真的会开心

尾声　一九八四

吗？他可以去翻翻黄页。她娘家姓什么来着？

他绞尽脑汁回忆迪娜阿姨的娘家姓氏。她曾经提起过一次。多年前的一天夜里，伊什瓦、小翁和他坐在一起，听她讲述自己的生活。那是晚饭后，她把拼花被摊在膝头，正在往上缝新布块。我从不带着悔恨和苦涩回忆过去。迪娜阿姨如是说，她还说起失去了光明的未来……不对，是蒙上阴云……当时她是个还在上学的小女孩，而她的名字叫——迪娜·史洛夫。

他去了趟药店查看黄页，里面有好几个姓史洛夫的人，不过只有一个努斯万·史洛夫，他记下了地址。售货员说离得不远，他于是决定步行过去。

离开旧城区，道路变得陌生起来。他向一名木匠问路，木匠坐在路边，工具装在麻袋里，大拇指缠着厚厚的绷带。他告诉马内克在下个十字路口右转，过了板球场就是。

虽然这天并没有球赛，但球场外面架起了一顶帐篷。好奇的人在周围徘徊打听，向里面张望。帐篷的入口上方挂着一块牌子，上书：欢迎至高无上的圣人，巴尔·巴巴长老——达显[1]时间上午10点至下午4点。星期天及公共假日无休。

真是位勤劳的圣人啊，马内克心想，不由得好奇这位圣人有什么专长——凭空变出金表，让雕像流泪，还是从女人的乳沟里变出玫瑰花瓣来？

不过这个名字暗示着跟头发有关[2]。他问门口的人："巴尔·巴巴是谁？"

"巴尔·巴巴是个非常、非常神圣的圣人，"那名引导员说，"他在喜马拉雅山的山洞里冥想了许多年，然后才回到我们中间。"

---

1. 达显（Darshan）的字面意思为"注视"，引申含义为面见圣人、感受神的注视。
2. 巴尔·巴巴（Bal Baba）的名字与印地语中的"头发"（baal）相似。

"他是做什么的?"

"他拥有非常奇妙、非常神圣的法力,您想知道的一切他都能告诉您。只要您把头发放在他神圣的手指间十秒钟就可以。"

"那他怎么收费呢?"

"巴尔·巴巴不收费。"那人受了冒犯似的说,接着又带着油滑的笑容补上一句,"不过欢迎您向巴尔·巴巴基金会捐款,捐多捐少都可以。"

马内克越发好奇,便进了帐篷。他打算简单看一眼就走——用小翁的话来说就是,见识下城里最新鲜的骗术。要是把自己在这里的见闻讲给裁缝们听,肯定会很有趣。八年过去了,他们还可以为同一件事而开怀大笑。

帐篷里面的人远不如外面多。屏风前只有寥寥数人,等着拜见坐在屏风后面的非常、非常神圣的巴尔·巴巴。马内克心想,每名顾客冥想十秒钟,以这样的速度推断,花不了多长时间。这种达显与开解是流水线作业。

他开始排队,不多时就轮到他了。屏风后面的人身穿藏红色的僧袍,秃头,胡须剃得一干二净,甚至连眉毛和睫毛也拔得干干净净。无论脸上还是僧袍下面露出来的皮肤,都看不见一根毛发。

尽管那人的脸光滑得出奇,但马内克还是认出了他。"你是那个头发贩子拉加拉姆!"

"哎?"巴尔·巴巴一惊,不那么神圣的呼喊声脱口而出。他很快恢复了镇定,抬起头,一边姿态优雅地做着手势,一边安详地朗声说道:"头发贩子拉加拉姆已经遁世了,他摒弃了这一世的喜悦与悲伤、罪恶与善行。为什么呢?为了让巴尔·巴巴转世,用他卑微的天赋帮助世人走上解脱之路。"

说完这番话,他不再摆出故弄玄虚的姿态,探头用正常的声音问:"不过你又是谁呢?"

"还记得伊什瓦和小翁吗?在上一世——你收头发的那一世经常借钱

尾声 一九八四

给你的那两名裁缝？我跟他们同住一间公寓，"头发贩子还没反应过来，马内克又说，"我留了胡子。也许是因为这个你才没认出我来。"

"不可能。任何发型和胡子都骗不过巴尔·巴巴，"他派头十足地说，"那么你想问我什么问题呢？"

"你在开玩笑吧？"

"没有，你试试看。来啊，只管问。问失业、健康、姻缘、妻子、孩子、教育，什么都行。我都能给你答案。"

"我已经有了答案。我要寻找的是问题。"

巴尔·巴巴怀疑地瞟了他一眼，光滑的面孔蒙上一层厌烦的阴影——这种故作高深的话向来是他才会说的。不过他克制着不悦，重新挤出必不可少的睿智笑容。

"转念一想，我确实有个问题，"马内克说，"若是有人像你这样没有头发，你该怎么帮他们呢？"

"那只是个小麻烦。巴尔·巴巴基金会以成本价出售生发药水——邮寄和分销额外收费。药水用喜马拉雅山上的珍稀草药制成，具有奇效，只要几个星期，光头就能长满浓密的头发。到时候那人再到这里来，我拿着新长出的头发冥想一会儿，再回答问题。"

"那你会不会想把头发剪掉，用来收藏呢？"

巴尔·巴巴火了。"那是另一世、另一个人的事。全都过去了，你听不懂吗？"

"我明白了。那你从山里回来之后有没有去看过伊什瓦和小翁？说不定他们有问题要问你。"

"巴尔·巴巴可没有闲情逸致去走亲访友。他注定要留在这里，好让人们有达显的机会。"

"好吧，"马内克说，"既然如此，我就不浪费你的时间了。外面还有几千人在等着呢。"

"愿你早日达成心愿，享受极乐。"巴尔·巴巴说着举起一只手，摆出超然物外的姿态与马内克作别——他的眼睛却仍然充满怒火。

马内克决定明天早上再来，把小翁和伊什瓦也带来——他明晚才去机场，有的是时间。到那时的场景保证可笑至极，戳穿巴尔·巴巴这副虚假的面孔肯定有趣极了。煞一煞他的威风，叫他不要忘本。

离开帐篷要走后门，马内克从坐在写字台前的男人身边经过，那桌子摇摇晃晃，上面堆满了信纸和信封。马内克盯着那人看，努力回忆他们在哪里见过面。接着他注意到那人衬衫的口袋里插着一个塑料笔盒，里面装着许多钢笔和圆珠笔。他忽然想起来了——火车、声音沙哑的同行者。

"打扰了，你是名校对员，对不对？"

"从前是，"那人说，"瓦森特劳·瓦尔米克，很乐意为您服务。"

"你不认得我了，因为我留了胡子，不过我是那个多年前跟你一起坐火车的职校学生，当时你坐车去找专家治喉疾。"

"不必再说了，"瓦尔米克先生开心地微笑起来，"我记得清清楚楚，我从没有忘记你。那趟旅途我们谈了很多，是不是？"他呵呵笑着拧开了钢笔帽，"你知道吗，遇见一个愿意倾听自己故事的人真是太难了。一旦陌生人讲起自己的人生经历，大多数人都会不耐烦的。不过你是个绝佳的倾听者。"

"哦，我听得很开心。你的故事把旅途变短了。再说，你的人生确实很精彩。"

"你心地真好。告诉你一个秘密：其实并不存在不精彩的人生。"

"你来试试我的。"

"我很乐意。有时间你一定要把你的故事完完整整地讲给我听，一点儿都别删减。你一定要讲。我们定个日子碰头。这非常重要。"

马内克笑笑。"为什么这么重要呢？"

瓦尔米克先生瞪圆了眼睛。"难道你不知道？这件事至关重要，因为这样能帮你回想起自己究竟是谁。然后你才能继续前行，而不必害怕在不断变幻的世界里迷失自我。"

他顿了顿,摸摸装笔的衣兜。"我一定是受了神的照拂,因为我曾经两次完整地讲述了自己的人生经历。第一次是和你在火车上,后来是跟一位和善的女士在法院的院子里。不过那也是多年以前的事了。我十分渴望再遇见一位新的倾听者。啊,没错,分享人生经历能够弥补一切。"

"这是怎么办到的?"

"要问是怎么办到的,我也不确定。不过我在这里能感受得到。"他说着又把手放在了衬衫口袋上。

他的钢笔能感受到这些?接着马内克才反应过来,校对员指的是自己的心。"那你现在都忙些什么呢,瓦尔米克先生?"

"我负责巴尔·巴巴的信函业务,他也通过信件做预言。人们把剪下来的头发寄过来,我打开信封,丢掉头发,兑现支票,然后针对他们的提问写下答案。"

"你喜欢这份工作吗?"

"非常喜欢。我的表达不受任何限制。任何写作形式我都可以用在回信中——短文、散文诗、诗散文、格言,都可以,"他拍拍装笔的衣兜继续说道,"我的小宝贝们下笔有神,创造出一个又一个故事,在收信人眼里,这些故事比他们可悲的现实生活更加真实。"

"见到你我很高兴。"马内克说。

"我们什么时候再见呢?你一定要跟我讲讲你的故事。"

"也许明天吧。我打算带两个朋友来见巴尔·巴巴。"

"很好,很好。明天见。"

来到出口处,引导员拿起一只铜碗,里面放着几枚硬币。"捐多捐少都欢迎。"

马内克丢了几枚硬币进去,觉得自己这钱花得很值。

马内克按响门铃后过了一会儿才有人开门。那干瘦的身形跟他八年前离开时迪娜阿姨的样子判若两人。八年的时光固然会改变人的容貌，可是这——这不只是改变，这根本就是摧残。

"什么事？"她探身问道。她的镜片足有他记忆中的两倍那么厚，镜片后面的眼睛只有针尖大小。白发已经彻底取代了原来的黑发。

"阿姨，"他喉咙哽咽，声音呜哑，"我是马内克。"

"什么？"

"马内克·科拉——你的房客。"

"马内克？"

"我留了胡子，所以你才没认出我来。"

她凑近些。"没错，你留了胡子。"

他听出她语气冷淡。我居然心存幻想，真是愚蠢，他心想。"我去了你的公寓……结果……你不在。"

"我怎么可能在那儿？那又不是我的公寓。"

"我想再见你一面，还有裁缝们，还有——"

"已经没有裁缝了。进来吧。"她关上门，迈着小心翼翼的碎步，摸索着墙壁和家具辨认方向，带他走进了幽暗的门厅。

"坐，"来到客厅后，她说，"你怎么突然来了。凭空冒出来的。"

他听出她语气中的责备，点了点头，没有辩解。

"你那胡子应该刮掉，长得像个刷厕所的刷子。"

他哈哈大笑，她也跟着笑了，只是微微一笑。见她还是那样说话不饶人，马内克不由得松了口气，然而这并未完全打消先前的寒意。他们所在的房间富丽堂皇，家具华丽复古，玻璃陈列柜里摆着古董瓷器，墙上挂着一张精美的波斯真丝挂毯。

"下次你再见到我，我保证把胡子刮掉，阿姨，我向你保证。"

"也许那时我就能快点认出你来，"她使劲调整头上的发卡，把它别整齐，"我的眼睛如今糟透了。你逼着我吃的那些胡萝卜算是浪费了。这双眼睛谁也救不了。"

他试探着又笑起来,然而这次她没有跟着一起笑。

"你过了这么久才来。要是再过几年,我就根本看不见你了。即使是现在,你也只是房间里的一道影子。"

"我不在这儿,在波斯湾工作。"

"那边怎么样?"

"那边……那边——空荡荡的。"

"空荡荡的?"

"空荡荡的……像片沙漠。"

"可那里本来就是沙漠国家,"她顿了顿,"你在那边没给我写信。"

"对不起。不过我没有给任何人写信。我觉得非常……非常没必要。"

"是啊,"她说,"没必要。再说我的地址也变了。"

"你的公寓究竟怎么了,阿姨?"

她告诉了他。

他探过身低声问:"你在这里过得还好吗?努斯万对你好吗?"他又把声音压得更低:"他给你的吃的够吗?"

"你不用压低声音,家里没人,听不见你说话,"迪娜摘下眼镜用裙摆擦了擦,又重新戴上,"东西够吃,反倒是我的饭量小。"

他颇不自在地挪挪身子。"那伊什瓦和小翁呢?他们现在在哪里工作?"

"他们不工作。"

"那他们靠什么度日,特别是小翁还有老婆孩子要养活?"

"没有老婆也没有孩子。他们成了乞丐。"

"不好意思——阿姨,你说什么?"

"他们现在都成了乞丐。"

"不可能!这太疯狂了!我说——他们沿街乞讨难道不感到丢人吗?既然没有缝纫活,他们就不能做别的工作吗?我是说——"

"你不了解他们的经历,就想对他们指指点点?"迪娜打断了他。

她尖刻的语气克制住了他冲动的情绪。"请告诉我发生了什么事。"

她讲话时,寒意如同利刃,刺穿他的五脏六腑。他呆呆地坐着,活像身边玻璃橱柜里摆放的塑像摆件。

她讲完后,他迟迟没有动静。她探过身摇晃他的膝盖。"你有没有听我说啊?"

他轻轻点点头。她的眼睛没有捕捉到这个细微的动作,于是她又不耐烦地问了一遍:"你究竟有没有听我说啊,还是我说的都是废话?"

这一次马内克出声回答了她:"听了,阿姨。我听着呢。"他的声音毫无生气。

声音跟他的面容一样空洞,她心想。"即使见到他们,你也认不出他们了。伊什瓦身材萎缩,不仅仅是因为失去了双腿——他整个人都萎缩了。小翁倒变得胖乎乎的,那是阉割带来的副作用之一。"

"没错,阿姨。"

"你记不记得我们过去一起做饭?"

他点点头。

"你还记得那些小猫吗?"

他又点点头。

她再次试图唤醒他。"几点了?"

"十二点半。"

"要是你不着急的话,你能见到伊什瓦和小翁。他们一点钟会到这里来。"

他的声音重新有了情感,却不是她期盼听见的那种情感。"真抱歉——我不能久留,"他的拒绝带着一丝恐惧,字句慌张地脱口而出,"我还有好多事要做……趁明天的飞机起飞之前。我母亲的娘家亲戚,还要买东西,还得去机场。我还是下次再来吧。"

"下次。是啊,好吧。下次我们都等着你。"

尾声 一九八四

他们起身穿过门厅。"等一下,"走到门口时迪娜说,"我有样东西要给你。"

她小心翼翼地迈着碎步走回来。"你把这个落在我的公寓了。"

是阿维纳什的象棋。

"谢谢。"他身子打晃,但声音还是保持着平静。他伸手接过棋盘和红棕色的胶合板棋盒。接着他又说:"其实我也不需要它了,阿姨。你留着吧。"

"我留着它有什么用呢?"

"送给别人……送给你侄子?"

"薛西斯和扎里尔不下棋。他们都是大忙人。"

马内克点点头。"谢谢。"他又说了一遍。

"不客气。"

他犹豫不决,把盒子拿在手里转啊转,手指轻轻抚摸着盒子的边缘。"再见了,阿姨。"

她沉默地点点头。马内克探身轻轻地吻了一下她的面颊。迪娜抬起手,仿佛在挥手作别,她退后一步,开始缓缓地关门。马内克转过身,快步走上了铺着鹅卵石的走道。

他听见门关上的声音,停下了脚步。他在小路尽头的大树下停下脚步,一只鸟儿在枝杈间唱歌。他听着鸟鸣,凝视着手里的棋盘和棋盒。有东西落在他头上,他连忙闪身躲开第二泡鸟屎。他摸到了那摊黏糊糊的东西,一边用树叶擦净头发一边抬头看。树上只有一只乌鸦,唱歌的那只鸟儿已经飞走了,他不禁琢磨究竟是哪只鸟弄脏了自己的头发。爸爸过去常说寻常乌鸦的屎能够带来不同寻常的好运气。

他瞥了一眼手表:差二十分钟到一点。伊什瓦和小翁很快就要来了,要是在这里多待几分钟他就能见到他们,而他们也会见到他。可是——到时他该说些什么呢?

宅邸外面的街道一片宁静,他顺着人行道缓步前行,走到马路尽头，又折回来往迪娜阿姨家走。来回走了几圈之后，他看见两名乞丐转过了主路的街角。

其中一个瘫坐在低矮的轮板底座上，他没有腿。另一个把绳子背在肩上拉着轮板前行，他肥胖的身材看上去很不自然，仿佛身上穿着加了垫料的大码衣服。他胳膊下面夹着一把破雨伞。

我该说什么呢？马内克绝望地问自己。

他们越走越近，坐在轮板上的乞丐把铁皮罐里的硬币晃得叮当响。"噢，先生，赏点儿零钱吧？"他羞涩地抬头望着马内克乞求道。

伊什瓦，是我啊，马内克！你不认得我了吗？这些话在他脑海中徒劳地盘旋，却找不到出口。说话啊，他命令自己，说什么都行！

另一名乞丐也开了口："先生！嘿，给点儿钱吧！"他的声音很高，语气不饶人，跟他四目相对，眼神里带着取笑的意味。他们满怀期待地停下脚步，伸出手，铁罐哗啦作响。

小翁！酸柠檬似的面孔，我的朋友！难道你已经把我忘了吗！

他心中充满了饱含爱、忧伤和希冀的话语，却像顽石般沉默。

没有腿的乞丐咳嗽几声，吐了口痰。马内克瞥见了他吐出的痰里面带着一丝血色。轮板滚动着从他身边走过，他看见伊什瓦坐在垫子上。不，那不是垫子，那东西肮脏破旧，折成坐垫大小。是那条拼花被。

等一等，他想呼唤他们——等等我。他想追上他们，跟他们一起回到迪娜阿姨家，告诉她自己改了主意。

他什么都没做。伯侄俩转弯走上铺着鹅卵石的走道，从他的视野里消失了。他听见轮子咯咯嗒嗒地滚过凹凸不平的石子。声音停止，他继续往前走。

马内克走过板球场，走过巴尔·巴巴的帐篷，走过坐在路边的受伤木匠，急匆匆地回到了熟悉的环境中。他看见了维什兰餐厅崭新的霓虹灯招牌。看样子那地方如今已是家生意兴隆的餐厅，吞并两侧的店铺，扩大了店面，灯泡在午后的阳光里徒劳地嗡鸣闪烁。霓虹灯下的小招牌上写着：欢迎用餐畅饮，店内冷气开放。

他走进店里，被引到桌边坐下，玻璃桌面亮闪闪的。一名干净整洁、穿着制服的服务员上前来，手里拿着份光面大菜单。马内克把象棋放在身边的空椅子上，点了一杯咖啡。

正值午餐时段，餐厅里一派繁忙景象。服务员端着一杯水匆匆赶回来。"咖啡正在现煮，先生，过两分钟就好。"

马内克点点头。收银台背后高架子上有台扬声器，正在播放乏味的轻音乐，根本盖不住餐厅里的喧嚣。他环顾周围的桌子，看着身穿衬衫、夹克，打领带的办公室职员起劲儿地吃着饭，伴着餐具碰撞声热切地交谈——谈的都是办公室里的话题，管理层的猫腻和物价津贴，预算和推广。这是个全新的客户群，跟过去在这里吃饭的低等杂工和浑身汗津津的劳工已是云泥之别。

咖啡上来了。马内克加了糖，搅拌片刻，呷了一口。在近旁徘徊的服务员立刻凑上前来。"合口味吗，先生？"

"很好喝，谢谢。"

那人整理了桌上的盐瓶和胡椒瓶，又使劲擦了擦烟灰缸。"我说，先生，总理的儿子接管政府了，您觉得他会是位好领导吗？"

"谁知道呢。我们只能等着瞧了。"

"这倒是。人们总是说一套做一套。"他说完便去照应其他桌子了，那张桌子的顾客已经吃完饭。马内克看着他把盘子摞起来，加上另一张桌子的盘子，再加上另一张的，然后端着盘子摇摇晃晃地向厨房走去。

他很快便回来，看见马内克喝了一半的杯子。"要来点儿吃的吗，先生？"

马内克摇摇头。

"我们还有美味的冰淇淋。"

"不用了，谢谢。"过于热情的服务让他有些厌烦——他觉得服务员彬彬有礼的微笑也是改头换面的维什兰店内装饰的一部分。在这里，他孤身一人。在昔日的维什兰，他总是有小翁和伊什瓦为伴。在许多个午后，他们坐在唯一一张臭烘烘的餐桌旁。尚卡尔在门外滑着轮板，挥着残缺的手，扭动截肢的双腿，微笑着摇晃铁皮罐。再后来便是尚卡尔葬礼上的柴火堆。祭师在唱诵，檀香木在燃烧，烟雾散发出香气。圆满。父亲的火化仪式上没有这个场景，露天的柴火堆确实效果更好。对活着的人来说更好……

一伙顾客乱哄哄地推开椅子起身走了，新的一伙人随即填补了腾出的空位。他们直呼服务员的名字，显然是常客。马内克拿起红棕色的胶合板棋盒，推开滑盖，随手拿出一枚棋子。是个卒子。他拇指和食指捏着棋子来回捻，细看底下已经脱落的绿色毛毡。

服务员也看见了。"您应该用骆驼牌胶水来粘，先生，这样才结实。"

马内克点点头。他喝光剩下的咖啡，把卒子放回棋盒里。

"我儿子也玩这个。"服务员自豪地说。

马内克抬起头。"哦？他有自己的象棋吗？"

"没有，先生，太贵了。他只在学校里下棋，"他见杯子空了，便又递上菜单，"两点了，先生，厨房要午休了。我们有好吃的铁锅鸡，还有香饭，或者来点儿小吃？羊肉卷、炸蔬菜配酸辣酱、炸蔬菜配面包？"

"不用了，再来一杯咖啡就好。"马内克起身往后面走，去找厕所。

厕所有人。他在过道处等着，在那里他能看见厨房里忙碌的景象。帮厨满头是汗，切菜、油炸、搅拌，忙个不停。一个瘦巴巴的小男孩倒掉剩菜，把盘子放进水槽里浸泡。

尽管厨房里的装修材料换成了铬合金、玻璃和荧光灯，但维什兰仍然保留了一丝往日的气息，马内克心想——炉灶用的还是煤油和煤球。厕所的门吱呀一声打开，他走了进去。

他出来时，离厨房最近的桌子腾了出来，他决定在那里坐下。服务员冲上来提醒他第二杯咖啡已经放在另一张桌子上等着他了。

尾声 一九八四

"我在这里喝。"马内克说。

"可是这里不好,先生。这里厨房的噪音大,还有味道。"

"没关系。"

服务员照做了,取来了咖啡和象棋,然后退下去跟同事嘀咕顾客们真是萝卜白菜各有所爱。

有人向厨房高声呼喊,点了一份肉串。帮厨给炉子添了煤,燃起来之后又取出几块放在烧烤炉里,上面架着串满大块羊肉和羊肝的扦子。一扇风,煤块燃得更欢了。

瞧那煤块发光的样子,马内克心想——仿佛一个会呼吸、有心跳的活物。起初烧得不猛,热量也不够,接着发出强烈的红光,噼啪作响,吐着火舌,散发出热量与激情,改变形状,咄咄逼人,吞噬周遭。再后来——陷入沉寂,散发出温和的热量,顺服,最后归于彻底的宁静。

维什兰的午餐时段结束了。三点一过,服务员就开始带着歉意与蹩脚的幽默感暗示他。"大家早就赶回办公室了,先生,"他笑着说,"都怕老板找麻烦。只有您留了下来,您肯定是个大老板吧?"

是啊,只有我留下了,马内克想。只有慢车会被落在后面。

"您在休假吗?"

"是的。麻烦结下账。"他又向厨房里瞥了一眼。炉灶已经熄灭,帮厨正在清理厨房,准备晚餐时段再营业。烧烤架上的煤块已烧成了灰。

两杯咖啡总共六卢比。马内克往碟子里放了十卢比,然后向门口走去。

"等一等,先生,等一等!"服务员呼喊着追赶他,"先生,您的钱包忘在椅子上了!还有您的棋!"

"谢谢。"马内克接过钱包放在裤子后面的口袋,又接过象棋。

"您今天丢三落四的,"服务员笑着说,"当心啊,先生。"

马内克微笑着点点头,然后打开门,走出凉爽的维什兰,迈进了午后阳光炽烈的怀抱。

渐渐地，马内克在人行道上越来越难走了。他发现自己是逆着人流走的。他在城市的街道上游荡，暮色渐渐降临，人们急匆匆地拥出办公楼，往家里赶。他的手表显示正是六点一刻。他转身向火车站走去，任凭身后的人流推着自己前进。

晚高峰最拥挤的时段已经过去，但天棚高挑的车站大厅仍随着火车的轰隆声震响。售票窗口排着队。他想起自己曾听过一个关于逃票乘车的故事。

他离开队伍，推搡着穿过人群来到站台上。告示牌上写着下一班是特快列车，不停靠本站。

他打量着等车的乘客——有沉迷于报纸中的，有摆弄行李的，有喝茶的。一位母亲揪着孩子的耳朵训斥。遥远的轰隆声隐隐入耳，马内克来到站台边缘。他望着铁轨。它们闪闪发亮，仿佛充满希望的生活，向两头无尽地延伸。铁轨在碎石之上延伸，串起乌黑破旧的枕木。

他发现身边站着个上了年纪的女人，戴深色眼镜，不禁纳闷儿她是不是盲人。她站在离轨道这么近的地方很危险——也许他应该帮她找个安全的地方。

那女人笑笑说："快车，这站不停。我看过告示牌了。"她说着退后一步，同时伸手示意他也往后退。

看来不是盲人，只是打扮时髦而已。马内克向她还以一笑，还站在原来的位置，把象棋抱在胸前。远处的特快列车已经转过弯，依稀可见。轰隆声越来越响，随着列车驶近，渐渐变成了咆哮声。第一节车厢驶进车站时，他走下站台，来到了闪亮的银色铁轨上。

第一个发出尖叫的是戴深色眼镜的老妇人。接着，气压制动器的尖叫声盖过了其他一切声响。特快列车滑行了几百码才停下来。

在最后一刻，马内克想，阿维纳什的象棋还在我这里。

尾 声 一九八四

　　石子路和人行道的交会处有棵树，小翁放下用来拉伊什瓦的纤绳，在树下等待，惊动了他们头顶浓密的树叶间的那只鸟儿。他们缠着过路人要钱，时不时瞥一眼路人的手表。

　　一点钟，他们离开人行道，轮板滑过颠簸的石子路。史洛夫宅邸的树丛和花园的围墙遮住了他们的身影，不会被邻居发现。他们径直来到后门，紧靠屋侧，轻轻敲了敲门。

　　迪娜连忙让他们进屋。她给他们倒了水。伯侄俩喝水时，她从橱柜上取下露比日常用的盘子，盛了些小扁豆汤。她暗自琢磨，不知还能这样做多久而不会被露比和努斯万发现。"有人看见你们进来吗？"

　　他们摇摇头。

　　"快点儿吃，"她说，"我嫂子今天回来得比平常早。"

　　"真好吃。"伊什瓦把盘子放在大腿上小心翼翼地端平，说道。

　　小翁哼了一声表示赞同，又加上一句："烤饼有点儿干，不如昨天的好吃。你是不是没按照我的方法做？"

　　"这家伙觉得自己什么都懂。"迪娜向伊什瓦抱怨。

　　"没办法，"伊什瓦笑着说，"谁叫他是做烤饼的世界冠军呢。"

　　"这是昨晚剩下的，"迪娜说，"我没做新的。今天来了位客人，你们保证想不到是谁。"

　　"马内克。"他们说。

　　"我们半小时之前亲眼看见他走的。尽管他留了胡子，我们还是认出了他。"伊什瓦说。

　　"你们没跟他说话？"

　　他们摇摇头。

　　"他没认出我们，"小翁说，"要么就是故意不理我们。我们甚至还说了'先生，赏点儿零钱吧'来吸引他的注意力。"

　　"你们的变化太大，已经不是他记得的样子了，"迪娜说着拿起放烤饼的托盘，"再吃一张。"伊什瓦拿了一张饼，撕成两半跟小翁分着吃。

"我告诉过他你们一点钟会来，"迪娜继续说，"我问他要不要等你们，但他赶时间。他说下次吧。"

"下次见面也不错。"伊什瓦说。

小翁气愤地耸耸肩。"我们认识的那个马内克今天就会等我们的。"

"没错，"伊什瓦说着，刮净盘子里最后一点扁豆汤，"不过他毕竟走得那么远。要是你到那么远的地方去，你也会变的。距离这东西很难对抗，我们不该怪他。"

迪娜也同意。"好了，记住，明天是星期六，所有人都在家——接下来两天你们千万不要来。"她把他们的盘子放进水池，开门放他们出去。

"喂喂，"伊什瓦说，"这是怎么回事？"他坐的拼花被开线了，缠住了一只轮子。

"我看看。"小翁弯腰抽出被子，大伯用胳膊微微撑起身体。他们找到了开线的那块布。

"幸亏你看见了，"迪娜说，"不然那一块就要彻底掉下来了。"

"这个很好补，"伊什瓦说，"迪娜女士，能不能借你的针用一下？几分钟就行。"

"现在不行。我跟你说了，我嫂子今天要提前回家。"不过她走进自己的房间，取来一只插着针的线轴。"拿上这个，"她说着帮他们打开门，"别忘了雨伞。"她把伞塞进小翁怀里。

"这东西昨晚派上了大用场，"小翁说，"我用它击退了一个想抢我们硬币的贼。"他拿起绳索往前拉。伊什瓦用舌头和牙齿弹出声声脆响，模仿牛车的声音。侄子用脚刨着地面，来回甩头。

"别闹了，"迪娜责备道，"要是你们在路上也这副样子，人家一分钱都不会给你们的。"

"走吧，我忠实的牛儿，"伊什瓦说，"迈开蹄子前进，不然我可要给你喂鸦片了。"小翁咯咯直笑，拖着胖乎乎的身体小跑起来。他们来到大路才不再开玩笑。

迪娜摇摇头，关上了门。这伯侄俩每天都能把她逗笑，跟过去的马内克一样。她把两只盘子洗净，放回橱柜上，等努斯万和露比吃晚餐时再用。然后她擦擦手，决定先打个盹儿再开始做晚饭。